로마제국의 어머니

리비아

로마제국의 어머니

1판 1쇄 인쇄 2015년 8월 25일
1판 1쇄 발행 2015년 9월 1일

지은이 필리스 T. 스미스
옮긴이 토마스 안 · 벨라 정
펴낸곳 앰버리트 (영어닷컴 임프린트)

주소 03150 서울시 종로구 삼봉로 95 208호 (견지동 대성스카이렉스)
전화 (02)739-5333 **팩스** (02)739-5777
이메일 amberlit@naver.com

ISBN 979-11-85345-06-2 03840

* 책값은 표지 뒤쪽에 있습니다.
* 파본은 구입하신 서점에서 교환해 드립니다.

로마제국의 어머니

리비아

필리스 T. 스미스 지음 | 토마스 안 · 벨라 정 옮김

앰버리트
AMBERLIT

어머니를 추억하며

모든 면에서 인간이라기보다 신에 가까우며

고통을 경감하는 능력만 제외하면

누구도 느껴보지 못한 힘을 가진

많은 여성 가운데 탁월한 한 여성이 있다.

_ 벨레이우스 파테르쿨루스(Velleius Paterculus)

등장인물

- 리비아 드루실라
- 마르쿠스 리비우스 드루서스 클라우디아누스 : 리비아의 아버지
- 알피디아 : 리비아의 어머니
- 세쿤다 : 리비아의 여동생
- 마르쿠스 브루투스 : 줄리어스 시저 암살단의 주모자
- 마르쿠스 키케로 : 로마의 원로 정치인, 시저 암살단과 연대
- 시저 옥타비아누스 : 줄리어스 시저의 사후 양자
- 티베리우스 클라우디우스 네로 : 로마의 명장, 리비아의 남편
- 어린 티베리우스와 드루서스 : 리비아의 아들들
- 줄리아 : 시저 옥타비아누스의 딸
- 루브리아 : 리비아 드루실라 가문의 유모
- 마크 안토니 : 줄리어스 시저의 오른팔
- 옥타비아 : 시저 옥타비아누스의 누나
- 클레오파트라 : 이집트 여왕
- 섹스투스 폼페이 : 시칠리아의 통치자
- 마르쿠스 아그리파 : 시저 옥타비아누스의 친구이자 고위직 장군
- 카에실리아 : 아그리파의 부인
- 가이우스 마에케나스 : 시저 옥타비아누스의 친구이자 고문, 예술 후원자

1

때때로 내가 후세에 어떻게 기억될지 궁금하다. 사람들이 내 앞에서 불러주었던 대로 국모일까? 아니면 괴물로 기억될까? 어느 누구도 감히 내게 큰 소리로 말하지 못 한다는 소문도 알고 있다. 어떤 이들은 내가 여러 차례 살인을 저지른 여자라고 믿는다. 그들은 나를 속으로 부러워하면서도 겉으로는 나의 능력을 시기한다. 여자로서 도리를 다하며 아무리 신중하고 용의주도하게 행동한다고 해도 로마 여성이 권력을 갖는 것에 반감을 드러낸다.

사람들은 우리 집안에서 벌어진 죽음을 놓고 항상 나에게 의심의 눈길을 던졌다. 그들은 내가 독약을 능숙하게 사용한다고 쑥덕였다. 오, 비록 나는 법을 어겼을 수도 있지만 남들이 생각하는 그런 식은 아니었다. 지나간 젊은 시절을 생각하면 나도 모르게 섬뜩하고 움츠러든다. 내가 사랑했던 그를 회상할 때도 그럴까? 아니, 그건 아니다. 하지만 내 영혼 속에서 나는 사랑의 대가를 치렀다.

나이는 사람을 기만할 수도 있다. 걸을 때는 무릎이 아프지만 가만히 앉아 있으면 소녀 때와 별반 다르지 않은 것 같다. 스스로도 나는 그다지 달라진 게 없이 여전히 똑같다고 말한다. 문득 주름잡힌 황색 스톨라 드레스 위에 얹힌 손을 내려다본다. 투명할 정도로 흰 피부 아래 푸른 핏줄이 보인다. 물론 신체적인 현실은 피할 수 없다. 하지만 나는 몇 가지 중요한 면에서 열다섯이었던 때, 혹은 스물이었던 당시와 비교해볼 때 지금의 내가 그대로임을 믿는다. 오늘날 나는 경칭인 '줄리아 아우구스타'로 불린다. 그러나 나의 내면에는 여전히 리비아 드루실라라는 이름의 소녀가 살아 있다. 오래 전 그 소녀가 내린 결정이 지금의 내 모습을 만들었다.

인생의 연회에서 다음 손님을 위해 자리를 비켜주어야 할 시기가 점점 다가오고 있다. 신 앞에 나와 나의 삶에 대해 설명할 말을 준비해야 하는 것이다. 가장 먼저, 나는 아직 어린 소녀였던 시절의 리비아부터 설명하고 싶다.

내가 사랑하는 사람은 후일 다른 사람이 읽을 수 있도록 자신의 공적을 기록했다. 그는 불편한 진실을 희미하게 가리기도 했지만, 나는 내가 알고 있는 그대로 젊은 시절의 이야기를 들려줄 것이다. 나는 정직하고 싶다. 그렇지 않으면 신 앞에서는 아무 소용이 없기 때문이다.

리비아 드루실라였던 당시를 기억하는 것은 용기가 필요한 일이기에 물러서지 않고 할 수 있을지 나 역시 의문이다.

로마인이라면 모두 기억하는, 온 세상을 들썩였던 그 사건이 발생하기 며칠 전 나는 이미 그 살인을 알고 있었다.

그날 세 사람이 아버지의 서재로 사라지고 난 뒤 나는 아무 소리도 듣지 못했다. 심지어 흘러나오는 대화의 웅성거림조차 없었다. 말을 하지 않는다면 대체 무엇을 하고 있는 것일까?

나는 천성적으로 호기심이 많았다. 지나치게 많았다. 단순한 어린이의 탐구적 호기심이 아니었다. 고작 열네 살 생일이 지났을 뿐이지만 권력을 휘두르는 아버지 같은 남자들의 세계에 관한 모든 것을 알고 싶었다. 여자는 그런 세계에 들어갈 수 없다는 것을 알고 있었지만, 하늘이 어린 새를 끌어당기듯 호기심이 나를 잡아끌었다.

아트리움 거실과 아버지의 서재는 묵직하고 길게 늘어진 진한 자주색 모직 커튼으로 분리되어 있었다. 나는 발끝으로 걸어가서 커튼에 얼굴이 닿을 정도로 가까이 다가갔다. 그리고 가만히 서서 귀를 기울였지만 이상하게 아무 소리도 들리지 않았다.

평소라면 서재에서 흘러나오는 남자들의 시끌시끌한 대화 소리가 있어야 마땅했다. 지금은 어째서 이렇게 조용한 것일까? 안에서 비밀이라도 속삭이는 것일까? 여동생과 나는 가끔 서로 작은 목소리로 소곤거렸다. 하인들도 그랬다. 하지만 소곤거리는 것은 아버지 같은 남자들이 할 만한 행동은 아니었다.

나는 소리를 들으려고 귀를 바짝 댄 채 긴장하며 서 있었다. 처음에는 조용했지만 차츰 알아들을 수 있는 낮은 목소리가 들렸다.

"그 자 하나로 될 게 아닙니다."

다른 목소리가 말한다.

"몇 사람이 죽어야 만족하겠습니까, 티베리우스 네로?"

처음에 들렸던 목소리가 다시 말했다.

"우리가 안전한 만큼이죠. 명심하세요. 나는 피에 목마른 사람이 아닙니다. 그러나 우리가 이 일에 목숨을 걸었다는 걸 알아야 해요.

그러니 어리석게 행동하지 맙시다."

"또 다시 시민권 박탈인가요?"

박탈령. 내가 태어나기 전 독재관 술라가 로마를 지배하던 시기에 많은 사람들의 이름이 벽에 게시되었다. 시민권을 박탈당한 이들의 명단이었다. 명단에는 술라에 반대했던 사람들을 비롯해 그들의 친척과 친구들이 적혀 있었다. 또한 사람들의 부러움을 살 정도의 재산을 축적한 부자들, 술라나 측근으로부터 의심이나 적개심을 야기하는 행동을 한 이들의 이름이 포함되었다. 일단 이 살생부에 이름이 오르면 그들은 야생동물처럼 사냥 당했다.

아버지의 목소리가 커졌다. 단호한 결의와 울분에 사로잡혀 부드러운 말씨를 잊어버린 듯했다.

"나는 동의하지 않아요. 브루투스도 마찬가지일 겁니다. 우리가 그 자를 합법적인 재판 없이 죽여야 하는 자체로도 충분히 나쁜 상황이에요."

목소리가 다시 낮아졌다.

온몸이 전율했다. 어떤 상황인지 눈치 챘기 때문이다. 조만간 암살이 있을 것이고, 그로 인해 누군가 죽을 것이며, 아버지가 이 음모에 가담했다.

우리 집에는 아들이 없었고, 딸만 둘이었는데 내가 장녀였다. 아버지는 나에게 자신의 속내를 많이 드러내 보이셨는데, 이는 보통의 계집아이와 아버지 사이의 모습과는 사뭇 다른 것이었다. 나는 아버지의 입을 통해 국경 너머 다른 왕국들과 전쟁에 대한 이야기를 들었고, 아버지의 눈을 통해 제국의 곳곳을 들여다보곤 했다. 아버지는 공직에 있는 인물이나 그 외 다른 사람들에 대한 자신의 평가를 들려주기도 했다. 종종 불만스러운 목소리를 내기도 했다. 아버지는 부유하고 권력 있는 귀족 집안에서 태어나 다른 집안의 양자가 되었으며, 늘 관직을 희망했다. 실제로 과거에는 군대 요직과 정부 공직을 맡기도 했다. 그러나 줄리어스 시저 통치 하에서는 로마 정부 내에 마땅한 자리를 찾지 못했다. 적어도 자신의 신념에 부합하는 직책은 없었다.

내가 어렸을 때는 아버지가 자신의 마음을 위로하기 위해 정치에 관한 이야기를 내게 해주었다고 생각했다. 가끔 내가 질문을 하면 마치 내가 아버지의 말에 관심을 갖는 게 의외라는 듯 놀라는 미소를 짓곤 했고, 차츰 나의 질문을 기대하게 되었다.

아버지는 종종 자유와 올바른 정부의 모습에 대해서 이야기했다. 아버지에 따르면, 시저는 법의 규제를 받는 명예로운 공직을 수행하는 전제군주가 아니라 폭군의 독재자였다. 그는 5년 전에 내전을 일으켜서 권력을 잡았다. 그리고 원로원의 권위를 전복시키고 로마를 마음대로 주물렀다. 오만해진 그는 가장 아름다운 계절인 7월 여름의 이름을 자기 이름을 딴 '줄리어스(July)'로 바꾸었다. 그 후 시저의 지지자들은 그는 결코 독재자가 아니며, 왕관을 쓰고 왕이라는 호칭을 받아야 된다고 주장했다. 아버지는 한 남자에 의해 공화정이 붕괴하고 있다고 생각했다. 나는 그 사실을 알았지만, 아버지와 동료들이 실행하려는 계획은 조금도 눈치 챌 수 없었다.

나는 조금이라도 더 잘 듣기 위해 긴장하며 커튼을 응시했다. 호리호리한 몸과 얼굴에 비해 크고 검은 눈과 붉은 머리색에 대조적으로 내 얼굴은 색이 빠진 듯 창백했을 것이다. 시저가 죽는다는 사실에 놀라지는 않았다. 나는 시저가 로마의 적이라고 배웠고, 직접 그를 만난 적도 없었다. 단지 그가 신성한 길로 개선행렬을 하면서 사람들이 환호를 보내자 희미하게 자아도취적 미소를 띤 채 마차를 달리던 모습을 먼발치에서 보았을 뿐이다. 그러나 나는 아버지의 위험을 알았다. 시저는 자기 생명에 대한 위협을 결코 용서하지 않을 것이다.

아마도 내가 무심코 소리를 내었거나 혹은 커튼에 손을 대서 커튼이 움직였는지도 모른다. 서재에 있던 사람 중 누군가가 인기척을 알아채고 커튼을 옆으로 밀어 젖혔다. 심장이 마구 뛰었다. 아버지의 동료들은 무서운 표정으로 나를 응시했다.

아버지는 소스라치듯 놀라 당혹스럽게 보였지만 급히 말했다.

"걱정할 것 없어요. 다른 사람에게 말하지 않을 겁니다."

"큰일 났군!"

참석자 중 가장 젊은 티베리우스 네로가 말했다.

"지금도 충분히 많은 사람들이 알고 있는 상황입니다. 여기에 당신의 딸까지 알게 된다? 이건 보통 문제가 아니지요."

뒤이어 자주색으로 끝을 장식한 토가를 입은 백발의 원로가 내 눈을 응시하며 물었다.

"애야, 너 지금 뭘 들었지?"

그 말의 위엄이 나를 무섭게 했다. 입안이 바짝 마르는 것을 느끼며 기어들어가는 목소리로 간신히 말했다.

"여러분이 시저를 죽이려 한다고……."

그 상원의원의 얼굴이 굳어졌다. 그는 마치 내 입을 막기 위해 나를 때려죽이고 싶어 하는 것처럼 보였다.

"자, 심각하게 생각할 것 없어요."

아버지는 말했다.

"절대로 문제가 되지 않을 겁니다. 그렇지? 리비아 드루실라?"

나는 두렵고 부끄러운 마음에 몸을 웅크렸지만, 아버지가 내 성과 이름을 딱딱하게 부르는 순간 등을 똑바로 세웠다.

"아무 말도 하지 않겠어요."

"만약에 저 아이가 누설한다면—"

티베리우스 네로가 다시 말했다.

"절대로 말하지 않을 겁니다."

아버지가 그의 말을 잘랐다.

"리비아는 우리에게 약속했어요. 나는 여러분들에게 내 딸이 거짓 말쟁이도 아니고 바보도 아니라는 것을 보장합니다."

티베리우스 네로는 마치 팔려고 내놓은 노예를 샅샅이 살피듯이 나를 쳐다보았다.

"이 아이가……?"

"큰딸입니다."

아버지는 답했다.

"아하."

나는 나를 쳐다보는 티베리우스 네로의 눈길이 싫었다. 턱을 위로 쳐들고 그를 똑바로 쏘아보자 잠시 후 그가 시선을 피했다.

당시 38세였던 그는 코가 뾰족하고 눈이 촉촉했으며 키가 컸다. 곁에 있던 나머지 두 사람이 아버지의 오랜 친구들인 반면 티베리우스 네로는 그날 처음 본 사람이었다. 그들은 주의 깊게 나를 쳐다보았다. 과연 내가 자신들의 비밀을 잘 지킬 수 있을지 관찰하고 있는 듯했다.

결국 세 사람은 불안한 심정으로 집을 떠났다. 그들이 가고 난 뒤 아버지가 나를 품에 안았다.

"딸아, 남의 대화를 엿듣는 것은 나쁜 일이다. 네 엄마와 내가 그보다는 너를 잘 키웠잖니?"

눈물을 글썽이며 머리를 돌리고 아버지의 어깨에 얼굴을 대었다. 비록 아버지는 나를 꾸짖을 때조차 상냥했지만, 나는 꾸지람이 싫었다.

"아버지……."

"쉬잇."

나는 목소리를 낮추었다.

"아버지가 걱정돼요."

"겁낼 필요 없어."

아버지가 내 귓가에 속삭였다.

"내가 직접 공격할 일은 없을 게다. 원로들만 가담할 거란다. 다른 사람들이 그 일을 해치울 때 옆에서 지켜보고 모든 일이 명료해졌을 때 공직의 직책을 받아들일 뿐이다. 그것은 영웅적인 일도 아니고 위험스런 일도 아니잖니?"

나는 다시 속삭였다.

"그렇지만 아버지는 로마에서 가장 힘 있는 사람을 죽이려는 음모자 중 한 사람이에요. 만약에 실패하면 큰 위험에 빠지게 될 거예요."

무시무시한 상상이 내 마음을 가득 채웠다. 시저가 아버지를 처형하라고 명령할지도 모른다. 혹은 명문가에 대한 예우 차원에서 아버지에게 단검과 쪽지를 보낼 수도 있다.

'당신의 명예를 스스로 지켜라.'

"이 일은 절대 실패하지 않을 거다."

아버지는 말했다.

"설령 성공한다 하더라도 여전히 위험한 일이라고 생각해요. 대중이 시저를 사랑한다고 말씀하셨잖아요. 그를 위해 복수하려는 사람들이 있을 거예요."

"네가 약속한 대로 아무한테도 입만 뻥긋하지 않으면 모든 일이 다 잘 될 거다."

아버지는 내 어깨를 꽉 껴안아주었다.

"티베리우스 네로 말이다……."

"네, 아버지."

"그는 시저의 부관이었다. 하지만 우리 편으로 넘어왔지. 좋은 사람이다. 명문가의 태생이고. 실제로 아버지의 육촌이기도 하단다."

나는 아무 말도 하지 않았다.

"너는 그와 결혼할 것이다."

특별한 일이 없다면 아버지는 내년이나 후년쯤 적당한 신랑감을 찾아 나를 결혼시킬 생각이었다. 그러니 이런 이야기가 아주 갑작스러운 것은 아니었다. 하지만 실망의 파도가 밀려왔다. 나는 무심코 내 생각을 말해버렸다.

"티베리우스 네로가 시저를 배신하도록 하기 위해 나를 그에게 선물로 주는 거죠?"

"물론 아니다. 지금 무슨 말을 하는 거냐?"

아버지는 내 눈을 피했다.

내 짐작이 어느 정도 사실이라는 것을 알았다. 나는 유인물이었다. 즉, 내 지참금은 아버지와 연대함으로써 생기는 특권이었다. 그러나 충성심을 버리는 대가로 나의 남편이 되는 것은 노골적으로 말해서 잘못이었다. 다만 그러한 문제를 솔직하게 내뱉은 내가 어리석고 미숙했을 뿐이다.

그 당시에 나는 어리석게도 자주 진실을 입 밖에 내었다. 어머니도 이런 내 버릇을 고치려고 자작나무 막대기로 훈육했지만 소용없는 일이었다. 아버지는 훨씬 너그러웠다. 아버지는 때때로 내가 하는 이야기를 듣고 껄껄 웃기도 하고, 내가 사물이나 상황에 대해 깊게 생각한다고 말하곤 했다. 간혹 내가 한 말에 하던 일조차 잠시 멈추고 생각에 잠길 때에는 상당히 즐거워하는 것 같았다.

아버지의 서재는 내게 특별한 장소였다. 이곳은 아버지와 내가 좋은 대화를 나누던 곳이었다. 서재에서는 늘 양피지 두루마리에서 배어나오는 옅은 보존용 기름 냄새가 났다. 두 면의 벽에 세워진 책장에는 아버지가 좋아하는 역사와 정치, 철학 분야의 책과 로마공화국을 위해 싸웠던 인물에 관한 책이 들어차 있었다. 또 다른 벽에는 자마 전투를 묘사한 엄청난 크기의 벽화가 걸려 있었다. 한쪽 구석에는 로마의 전설적 군인정치가 킨키나투스의 조각이 놓여 있었는데, 그는 침략자로부터 로마를 구해낸 희생적 애국자였지만 자신을 돌보지 않은 탓에 곧 권력을 잃었다. 이 서재에서 나는 항상 아버지에게 존중받고 있다고 느꼈고, 나와 아버지의 사이가 무척 가깝다고 생각했다.

내가 이 세상에서 가장 기쁘게 해주고 싶었던 사람인 아버지의 마음을 불편하게 했다는 생각에 마음이 아팠다.

"화나셨어요?"

내 물음에 대한 대답으로 아버지는 내 이마에 입을 맞추었다. 그리고 말했다.

"자, 이제 그만 나가거라."

나는 서재를 나가려다 다른 생각이 떠올라서 다시 몸을 돌렸다. 아버지는 책상 위에 몸을 기대고 서류를 들여다보고 있었다. 근육이 발달한 다부진 체격과 철회색 머리카락의 건장한 남자이자 우리 가문의 든든한 바위.

나는 더 이상 입을 놀려서는 안 된다는 것을 알고 있었다. 이미 한 차례 잘못을 저질렀기 때문이다. 하지만 두려운 마음이 계속 나를 괴롭혀서 재차 확인하고 싶은 충동을 억누를 수 없었다. 결국 나는 도로 안으로 들어가 아버지의 귀에 속삭였다.

"아버지, 시저가 죽으면 누가 로마를 통치하나요?"

"원로원이지. 그 외에 누가 있겠니?"

"하지만 아버지는 지금까지 원로원이 로마를 통치하지 못 했다고 말씀하시곤 했잖아요. 우리는 백 년 가까이 피를 흘려 왔고요. 시저가 죽으면 상황이 더 나빠지지는 않을까요?"

"원로원은 정의롭게 통치하고 국민들의 충성심을 이끌어낼 거다. 마르쿠스 브루투스는 능력 있고 강직한 사람이다. 그가 우리를 이끌 것이다."

브루투스는 원로원의 핵심 인물이었다. 게다가 수 세기 전에 로마의 사악한 왕 타르퀴니우스를 상대로 성공적인 반란을 이끌었던 사람의 직계 후손이다. 그의 조상은 어느 누구보다도 로마 건국에 큰 공헌을 했던 것이다. 시저의 정적들이 브루투스를 새로운 지도자로 희망하는 것은 당연한 일이었다.

"이 이야기는 그만하자. 리비아, 나가보렴."

나는 나가려다 또 다시 돌아섰다. 오늘 알게 된 일들 가운데 보다 사적인 내용이 이제야 현실적으로 다가왔기 때문이다.

"티베리우스 네로와 제가 결혼하는 것이 꼭 필요한 일인가요?"

"나는 그에게 너를 주겠노라 약속했단다, 얘야."

"마음이 바뀌었다고 말씀하실 수 있잖아요. 그렇지요?"

"약속을 했대도 그러는구나."

"아버지, 나는 그가 싫어요."

"싫다고? 너는 그를 알지도 못하잖니. 이제 정말로 화가 나려고 하는구나, 리비아. 이제—"

아버지는 나를 겨냥하여 활 쏘는 시늉을 했다.

나는 정원으로 뛰어나갔다. 뜨거운 눈물이 흘러내렸다. 아버지가 어떻게 나를 티베리우스 네로에게 줄 수 있는가? 나는 그에 대해 즉시 혐오감이 들었다. 그는 마치 노예를 살피듯이 나를 응시했고, 내가 똑바로 마주봤을 때 전혀 사적인 감정이 없는 듯이 시선을 다른 데로 돌렸다.

티베리우스 네로가 좋은 사람이라는 말의 의미는 무엇이었을까? 아버지는 그를 일컬어 '좋은 사람, 명문가 태생'이라고 설명했다. 내가 느낀 바로는 출생이 뛰어나다는 것 외에 그에게서 다른 어떤 훌륭한 점도 찾을 수 없었다. 그의 외모도, 그의 태도도 아니었다. 엿들은 대화 내용을 떠올려 보았다. 그는 박탈령 선고를 지지하지 않았던가? 게다가 단지 자신을 보호하기 위해서 연대한 사람들의 의견을 비난했다. 그는 '몇 사람이 죽어야 만족하겠습니까'라는 질문에 '우리가 안전한 만큼'이라고 대답했다. 그게 과연 좋은 사람이 할 이야기인가?

이곳, 안마당은 거대한 뜰과 같았다. 사면이 건물로 둘러싸인 저택의 중심이자 무척 중요한 장소였다. 집밖의 소음도 이곳까지 뚫고 들어오지는 못했다. 마치 이곳이 로마가 아니라 교외의 한적한 전원주택이라고 착각할 정도였다. 3월에 접어들면서 몇몇 꽃들이 봉우리를 맺고 이 정원에 서서히 봄의 영광이 찾아옴을 넌지시 알리고 있었다. 나는 이곳을 피난처로 삼았다. 적어도 스스로 감정을 정리할 수 있는 동안만큼은.

방금 일어난 사건은 지금까지 살면서 미처 겪어보지 못한 충격이었다. 나는 조금도 준비되어 있지 않았고 전혀 예상하지도 못했다. 아버지의 말은 마치 내가 아버지에게 별로 중요하지 않은 존재인 것으로 여겨졌다. 나를 팔아넘기고 내 말을 묵살했다. 그러나 아버지가 나를 대수롭지 않게 여긴다는 것을 깨달은 것보다 더 나쁜 것은 아버지를 영영 잃을 수 있다는 위험이었다. 나는 시저에 대한 암살 음모가 발각되는 위험성을 각오해야 했다.

다이아나의 동상이 정원 북쪽에 위치한 작은 연못 옆에 서 있었다. 조각가는 우리의 여신을 사냥꾼으로 묘사했고, 살아있는 듯한 생생한 색조로 칠했다. 덕분에 그녀는 밀처럼 노란 머리카락과 폭풍우를 머금은 구름 같은 회색조의 눈을 자랑했다. 내 또래의 소녀처럼 보이는 그녀는 신성한 자유로 빛나고 있었으며, 발목까지 내려오는 긴 튜닉 의상을 입고 손에는 활을 든 채 한 발을 앞으로 내민 자세를 취하고 있었다.

올림푸스의 신들 중에 다이아나는 로마인에게 가장 상냥하고 다정한 신으로 알려져 있다. 다른 신과 여신들처럼 인간으로부터 동떨어져서 손에 닿기 어려운 존재처럼 보이지 않았다.

정원을 둘러보고 혼자임을 확인한 다음 동상에 다가가서 두 손을 뻗어 손바닥을 위로 하고 애원하듯 속삭였다.

"여신이여, 지금은 당신께 드릴 제물이 없습니다. 그러나 조만간 반드시 공물을 드리겠노라 맹세합니다. 간청하오니 시저에게 무슨 일이 일어나든 간에 부디 아버지에게 아무런 해가 끼치지 않도록 지켜주십시오. 또한 제가 티베리우스 네로와 결혼하지 않게 되기를 간절히 바랍니다."

얼마 후 어머니가 보낸 노예가 나를 찾아와 저녁 식사 시간이라고 알렸다. 서두르지 않으면 화를 내실 게 뻔해 지체하지 않고 안으로 들어가서 식당 입구에 놓인 구리대야에서 손을 씻었다. 테이블 중앙에 전식이 차려져 있었고, 어머니와 아버지는 이미 자리를 잡고 음식을 먹고 있었다. 나는 일곱 살짜리 여동생 세쿤다가 앉아 있는 세 번째 카우치의 옆자리에 앉았다.

어머니는 언제나처럼 저녁 식사를 위해서 완벽한 차림을 갖춘 모습이었다. 아버지가 사준 값비싼 에메랄드 목걸이를 걸고, 붉은 빛의 곱슬머리는 위로 감아 올려 고정했다. 어머니는 비스듬히 기대 앉았을 때 매력적으로 보이도록 자세를 취하는 타고난 균형미와 감각을 가졌다. 덕분에 어머니의 스톨라 드레스가 우아하게 주름이 잡힌 채 흘러내렸다. 사람들은 내가 어머니를 닮았다고 말하지만, 실제로는 피부색만 닮았고 분명히 말해서 어머니의 우아함은 물려받지 못했다.

"얘야."

어머니가 입을 열었다.

"아버지가 네게 이미 말해주셨다고 하던데."

나는 아버지를 쳐다보았다. 아버지는 굳은 얼굴로 의미 있는 시선을 던졌다. 시저를 죽이려는 음모에 대해서 말하면 안 된다는 약속을 상기시키는 것이리라.

나는 어머니가 단순히 앞으로 있을 약혼에 관해서 이야기한다고 이해했다. 그래서 어머니의 눈을 마주보며 말했다.

"아버지가 저에게 결혼해야 한다고 이야기하셨어요."

그러나 나는 말을 덧붙이지 않을 수 없었다.

"그렇지만 아버지께서 마음을 바꾸시길 간절히 바라고 있어요."

나는 한풀 꺾인 목소리로 말하며 방금 노예가 내 접시에 국자로 떠준 생선 스튜를 내려다보았다.

"왜 아버지가 마음을 바꾸시기를 바라니?"

"그야 제가 티베리우스 네로를 좋아하지 않기 때문이죠."

나는 대답했다.

옆에서 여동생이 어색하게 낄낄거리며 웃었다.

"알피디아."

아버지가 입을 열어 어머니를 불렀다.

"잠시만요, 마르쿠스. 리비아가 마저 말하게 내버려 두세요. 평소에 당신은 리비아가 재잘거리는 것을 좋아했잖아요? 리비아, 네가 미래의 남편을 좋아하지 않는다니 유감이구나. 대체 그가 어떤 점이 부족한지 말해볼래?"

"자기만의 특별한 개성이 별로 없어 보여요."

나는 내 말에 덧붙여 이야기했다.

"편을 바꿔버린 것도요. 그다지 의리가 있는 행동이라고 할 수는 없잖아요. 게다가 그는 겁쟁이 같이 말해요."

"네가 잘못 판단한 거다."

아버지가 말했다.

"정치에 있어서 한 사람의 잘못을 보고 더 나은 이를 따르는 것은 불충이 아니라 바로 지혜다. 티베리우스 네로가 조심성이 있다는 것은 맞는 얘기다. 그러나 요즘 같은 때에 누가 그를 나무랄 수 있겠니? 그는 용기 있는 남자고 훌륭한 군인이다."

"모르겠어요."

시선을 내린 채 나는 근거도 없이 아버지에게 반론을 제기하고 있었다.

"시저 역시 티베리우스 네로가 전장에서 보인 용기에 대해 여러 차례 칭찬을 했었다. 시저에 대한 다른 평가는 차치하더라도, 그는 사람을 볼 줄 안다."

"그래요?"

나는 고개를 들어올렸다.

"그런 사람이 마르쿠스 브루투스를 자신의 오른팔로 곁에 두고 있는 건가요?"

아버지는 충격 받은 것처럼 보였다. 순간적으로 내가 시저 암살 계획에 브루투스가 개입되어 있다는 것을 말하려고 한다고 생각했는지도 모른다. 어머니는 아버지가 당황하는 모습을 보았지만 이유를 이해하지 못했다.

"이제 아시겠어요?"

어머니는 아버지를 향해 말했다.

"당신이 저 애를 오냐오냐 하며 키운 결과예요. 기분 나쁘다면 미안해요. 그렇지만 당신이 잘못한 거예요. 당신이 저 아이에게 심각한 이야기들을 들려주면서 지존심을 키워놓잖아요. 내 말을 따르지 않을 때면 당신이 편을 들어 주고요. 그러니 저 애가 저녁 식사 시간에 아버지에게 무례하게 말할 수 있다고 생각하는 게 뭐 이상한 일이겠어요?"

"아버지, 아버지께서 정직하지 않으면 명예도 없다고 가르치셨잖아요. 저는 다만 진실을 말할 뿐이에요."

나는 좀 더 예의바르게 말을 이었다.

"제가 생각할 때 진실이라고 느끼는 것이요."

"가서 자거라."

어머니가 말했다.

"저녁을 먹을 자격이 없어 보이는구나."

나는 간절한 눈빛으로 아버지를 쳐다보았다. 어차피 식사에는 관심도 없었고, 음식이 배속으로 들어가면 그대로 굳을 것 같았다. 단지 아버지가 나를 옹호해 주기를 바랐다. 하지만 아버지는 아무 말도 없었다.

"어서 가렴."

어머니가 말했다.

나는 자리에서 일어나 침실로 갔고, 그대로 침대 위에 몸을 던지며 울음을 터트렸다.

침실에 있는 조그만 창을 통해 들어오던 햇빛이 점차 사라졌다. 밤이 되었을 때 나는 울음을 그쳤다. 침대에 앉아 창문 밖의 초승달을 바라보며 티베리우스 네로와 결혼하기 전까지 이 집에서 얼마나 더 살 수 있을지 생각했다. 나는 우리의 약혼 기간이 오래 가기를 바라지만 과연 그럴 수 있을지 의문이었다. 실제로 많은 소녀들이 내 나이에 결혼을 했다.

결혼 그 자체가 두려운 것은 아니었다. 그러나 티베리우스 네로는 내 마음을 끄는 매력이 전혀 없었다. 그래서 그와의 결혼이 싫었다. 이 결혼에서 도망칠 수 있는 모든 방법을 생각해보았다. 결혼식장에서 미친 여자처럼 날뛰거나 바닥에 쓰러져서 간질이 있는 것처럼 입에 거품을 물면 어떻게 될까? 틀림없이 티베리우스 네로는 나와 결혼하고 싶지 않을 것이다. 혹은 내가 결혼식장에서 결혼에 동의한다는 말을 거절하거나 입 안에 있던 케이크를 뱉어버리면? 그러면 결혼은 끝나버릴 것이다. 나는 자신을 위로할 수 있는 이런 가능성을 생각해보았고, 이 결혼이 불가피한 것은 아니라고 애써 믿으려고 노력했다. 그런 다음 나는 헛수고를 포기하고 울다가 잠이 들었다.

이상한 꿈을 꾸었다.

나는 번쩍이는 붉은 돌계단 위로 올라갔고 불현듯 암탉이 우는 소리를 들었다. 발 아래 밝고 호기심 많은 눈으로 나를 응시하는 암탉한 마리가 있었다. 깃털에 피가 묻어 있었지만 다친 곳은 없어 보였다. 이내 닭은 사라졌고, 나는 꽃이 만발한 넓은 정원으로 이어진 구불구불한 길을 따라 걸어갔다. 정원 중앙에는 거대한 다이아나 동상이 서 있었다. 내가 바라보는 사이 동상이 살과 피를 가진 존재로 변했고, 마치 암사자처럼 힘차고 우아하게 움직이며 받침대에서 뛰어내렸다.

다이아나의 살아있는 얼굴은 동상보다 훨씬 더 아름다웠고 등불같이 빛났다.

"나는 로마인들의 수호신이다."

여신은 말했다.

"너는 나에게 공물을 바치겠노라고 약속했다. 그것이 무엇일지 아느냐?"

나는 고개를 흔들었다.

"양 한 마리면 되겠습니까?"

여신은 내 머리를 툭 때렸다.

"기다리거라. 시간이 되면 알게 될 테니."

다음날 저녁 부모님이 가까운 지인의 저녁 식사에 초대를 받아 외출한 까닭에 동생과 나 둘이서 식사를 했다. 음식을 집어 들었지만 평소에 좋아하던 굴조차 입맛을 돋우지 못했다. 내 마음이 얼마나 비참한지 눈치 챈 세쿤다가 말했다.

"생각해봐. 언니가 결혼하면 엄마처럼 언니 집을 갖고 관리하게 될 거야. 분명히 좋아할 걸."

"나는 티베리우스 네로한테 시집가기가 싫은 거야."

식사 후 침실에서 늦게까지 아리스토텔레스의 《정치학》을 다시 읽었다. 그것은 가정교사와 같이 공부하기 시작한 책이었다. 나는 어머니와 아버지가 돌아온 소리를 듣고서야 작은 책상 위에 양피지 두루마리를 내려놓았다. 어머니는 늘 내가 늦게까지 기름 램프를 켜놓고 책을 읽는다고 야단쳤다. 동생 세쿤다가 말한 것을 생각하면서 결혼한 뒤 내가 원하는 대로 새벽까지 책을 읽을 수 있는 상황을 상상했다. 아니, 그럴 수 없을 것이다. 결혼하면 남편과 함께 잠자리에 들어야 할 테니까.

나는 결혼을 한 뒤 있을 육체적 부분에 관해 무지하지 않았다. 언젠가 부엌에서 집사와 노예 소녀가 그들의 옷을 허리춤에 부여잡은 채 서서 성교하는 모습을 우연히 본 적도 있었다. 여자의 파리하고 가는 다리와 남자의 검고 털이 난 다리 모습이 어땠는지까지 모두 기억하고 있다. 그녀는 테이블 위에 엎드려 있었고 남자는 쾌감으로 끙끙거렸다. 혐오스러웠다. 마치 두 마리의 동물이 교배하는 것 같았다. 그 소녀의 위치에 내가 놓일 수 있다는 가능성을 믿고 싶지 않았다.

내가 갈망하는 바는 좀 색다른 꿈같은 안개 속에 덮여 있었다. 나는 젊은 남자의 얼굴을 상상했다. 그 얼굴은 조각가 피디아스가 제작한 것처럼 아름다웠다. 그것은 훌륭한 내면이 외부로 드러나는 것이었다. 플라톤이 썼던 도덕적 사랑이라고 할 수 있는 둘의 순수한 영혼의 결합을 그와 나는 공유하는 것이다.

어리석게도 나는 내가 꿈꾸는 이상형과 결혼하여 고차원적인 사랑을 경험할 것이라고 상상했다. 결코 자신이 원하던 그런 일은 없을 것이다. 오히려 티베리우스 네로 같은 사람과 결혼하게 되지 않았는가.

조그만 램프의 불을 끄고 막 침대에 누우려는 찰나 문을 두드리는 소리가 나고 곧이어 아버지가 침실로 들어왔다.

"아트리움으로 가자꾸나."

나는 잠옷 위에 숄을 두르고 아버지를 따라나섰다. 입구통로 근처의 제단 위에 놓인 작은 램프가 유일한 불빛이었다. 제단 뒤로는 우리 가문의 수호신인 라르의 조각상이 서 있었다.

아버지는 제단 옆의 커다란 캐비닛으로 걸어가서 문을 활짝 열었다. 선반 위에는 준엄한 표정을 한 남자들의 얼굴 조각이 줄지어 놓여 있었다.

"이들이 누군지 알고 있지, 리비아?"

"아버지의 조상들이에요."

"그리고 네 조상이기도 하지. 대대로 네 선조들은 높은 관직에 올랐고, 로마군을 이끌기도 했다. 그들의 피가 지금 네 핏줄 속에 흐르고 있어."

아버지는 로마 역사에 대해, 그리고 역사 안에서 우리의 선조들이 담당했던 역할에 대해 내게 자주 이야기했다. 아버지가 들려주는 이야기는 언제나 나를 자극했고, 우리보다 앞서 우리의 길을 닦은 그들을 실제로 알고 있는 듯한 기분까지 들었다. 그리고 나도 그 위대한 영웅들의 대열에 낄 수 있었으면 하고 느꼈다. 그러나 어떻게 여자가 로마를 위해 위대한 업적을 이룰 수 있을까?

"리비아, 네가 어렸을 때부터 나는 내 딸이 비범한 아이라는 것을 알고 있었단다."

아버지는 내 머리를 쓰다듬으며 말했다. 램프의 불빛에 미소를 짓고 있는 아버지의 치아가 반짝였다.

"어떤 사람들은 내가 너를 좀 이상한 방향으로 키웠다고 말하지만,

너를 나와 마찬가지로 합리적인 사람으로 대하고 네가 깊이 사고할수 있도록 이끈 것이 잘못이라고 생각하지는 않는다. 너는 대단히 현명한 여성이 될 수 있을 게다. 그러니 네가 현명할 뿐 아니라 착하고선량한 여성이 되면 좋겠구나. 어떻게 생각하니?"

"네, 아버지."

아버지의 말에 마음이 푸근해졌다.

"어쩌면 티베리우스 네로는 네게 맞는 남자가 아닐지도 모른다."

"그러면……."

나를 자유롭게 하는 말에 고마움을 표하기 위해 팔을 뻗어 아버지를 안으려는데 아버지가 다시 입을 열었다.

"그가 좋은 사람이 아니라는 말이 아니다. 내 말은 내가 지금보다좀 더 수월한 상황이었다면 네 남편감으로 그를 고르지 않았을 수도있다는 뜻이다. 그럴 가능성도 있다는 거야. 내 말을 들어봐라, 애야.네게 명령하는 게 아니라 나와 똑같은 인격체로 생각하고 말하는 거란다. 지금은 정상적인 시대가 아니다. 자유를 위해 투쟁해야 할 때야. 로마의 미래만큼 중요한 것은 없단다. 따라서 티베리우스 네로를우리 가까이 묶어둘 필요가 있어. 그는 시저의 신임과 총애를 받는측근이고, 군인 친구들이 많이 있지. 그와 연대하는 건 아주 중요해.이해하겠니?"

나는 입술을 굳게 다물고 아래를 내려다보며 고개를 끄덕였다.

"네가 아들이었다면 혹여 생명을 잃는다 하더라도 검을 들고 로마를 위해 싸우게 했을 것이다. 만약 그랬다면 너는 이 아버지의 말을거역했을 것 같으냐."

나는 고개를 저었다. 아버지는 손으로 내 얼굴을 들어 올리고 이마에 늘어진 머리카락을 뒤로 쓸어 넘겼다.

"너는 틀림없이 전투에서 용감하게 싸웠을 거다. 그렇지?"

"네."

"지금 네가 우리의 사명을 위해 할 수 있는 일은 그와 결혼하는 일이다."

"차라리 전쟁터에서 죽고 싶어요."

나는 이 말을 하자마자 거짓이라는 것을 알았다. 전투에 나간다고? 내가 자진해서 전쟁에 나간다 하더라도, 죽는다는 것은 설령 그것이 영웅적인 죽임이라 하더라도 내키지 않았다.

아버지는 슬픈 얼굴로 미소 지었다. 순간 어떤 생각이 퍼뜩 머릿속을 스쳐갔다. 나는 결코 전쟁터에서 죽을 일이 없겠지만, 아버지는 그럴 수도 있다. 나는 비록 어렸지만, 나라를 통일한 시저의 죽음이 많은 혼란을 야기할 수도 있다는 것을 예상했다. 이처럼 알 수 없는 위험요소가 놓여 있었다. 티베리우스 네로와의 결혼이 아버지의 지지 기반을 굳건하게 만들 수 있다면, 나는 할 수 있을 것이다.

"티베리우스 네로와 결혼하겠어요."

그리고 덧붙였다.

"이것이 로마의 자유를 위한 일이라면 기꺼이 그렇게 하겠어요."

아버지는 몸을 숙이고 내게 입을 맞추었다. 잠시 후 아버지는 말했다.

"너는 그와 결혼하는 데 그치는 것이 아니라 그에게 좋은 영향을 주는 사람이 되어야 한다. 얼마 전까지 그와 손잡는 것에 우려도 있던 것이 사실이다. 그러나 네가 그를 잘 섬기고 사랑스러운 아내가 되어 그가 너를 아끼게 되고 진정한 애정을 갖게 된다면, 중요한 상황에서 그는 네 의견을 물을 것이다. 절대로 남편을 압도해서는 안 된다. 다만 그가 마음을 터놓을 수 있는 신뢰받는 친구가 되어야 한다. 부드럽게, 부드럽게. 내 말뜻 이해하겠니?"

"네, 아버지."

아버지는 나에 대한 자부심과 부드러운 애정이 가득한 눈으로 나를 응시했다.

"너는 고귀한 아들들의 어머니가 될 것이다."

2

3월 15일 아침, 동생과 나는 가정교사 제노와 함께 그리스 희곡을 읽고 있었다. 안티고네가 산 채로 매장되려는 시점이었다. 나는 왼손 네 번째 손가락에 티베리우스 네로가 앞으로 있을 우리의 결혼의 증거로 보낸 약혼 금반지를 끼고 있었다.

그때 하인이 공부방으로 들어와서 아버지가 급히 우리에게 할 이야기가 있다는 말을 전하며 대단히 중대한 사건이 발생했다고 말했다. 그는 교사에게 오늘 수업은 그만해도 된다고 덧붙였다. 제노는 수업을 중단시키는 갑작스런 하인의 태도에 어리둥절해 하는 것 같았고, 세쿤다 역시 놀란 기색이었다. 아버지는 수업 중에 우리를 불러낸 적이 한 번도 없었다.

나는 시저 암살 시도와 관련된 일일 것이라고 확신했다. 입안이 바짝 말랐다. 그가 죽었나? 아니면 실패일까? 만약 시저가 여전히 살아 있다면 아버지를 포함한 적들에게 복수를 하려들 것이다.

서재에 도착하니 어머니가 아버지와 같이 서 있었다. 아버지의 손이 어머니의 어깨 위에 올라간 채였다. 어머니는 마치 발아래 땅이 갈라진 듯한 표정이었다.

"얘들아, 오늘은 중요한 날이다."

아버지가 말했다.

"시저가 죽었다는 전갈이 왔다. 왕이 되려고 했던 그 폭군은……"

로마인에게 저주라는 마지막 말을 덧붙이려는 순간 아버지의 입술이 오그라들었다.

"그는 원로원 의원들에게 처형당했다."

냉정하게 시저의 죽음에 관해 일부 사안을 덧붙인 다음 아버지는 어머니와 동생, 그리고 나를 둘러보았다.

"세 사람 모두 집안에만 있어야 한다. 일대 혁명이 있을지도 모른다. 나는 포럼에 가서 사태가 어떻게 흘러가는지 살펴보겠다."

"당신도 집에 있어야 해요."

어머니가 아버지를 붙잡았지만 아버지는 머리를 흔들었다.

"나는 마르쿠스 브루투스의 동료요."

그리고 아버지는 다른 말없이 집을 나섰다.

어머니는 새로운 소식을 기다리는 동안 그저 빈둥거리며 헛되이 시간을 보낼 수 없다고 말하며 우리를 직조실로 데려갔다. 우리 셋은 열심히 실을 짰다. 길쌈을 하면서도 나는 두려움에 사로잡혔다.

"아버지가 밖으로 나가지 않았다면 좋았을 텐데."

내가 말했다.

"밖에서 틀림없이 큰 소동이 있을 거야. 평민들은 그래도 시저를 사랑했어."

평민들은 시저 군대의 잇따른 승리로 그를 숭배했다. 그도 대규모

검투대회와 축제를 열어 사람들의 지지를 얻으려고 노력했다. 특히 가난한 사람들의 영웅이었다. 반면 종신으로 원로원 의원에 임명된 600명의 귀족들은 대부분 대중의 사랑을 받지 못했다.

"무질서한 폭동이 일어나면 원로원이 단호하게 그들을 처리할 것 이다."

어머니가 내 말에 대답했다.

"그들에게는 철권통치가 필요해."

"만약 그들이 폭동을 일으키면 팔라틴 언덕까지 올까요?"

세쿤다가 어머니에게 물었다.

"모르겠구나."

우리 집은 로마 귀족들의 고급 주택지인 팔라틴 언덕 북쪽에 위치했고, 아래로 포럼이 내려다 보였다. 만약 사람들이 시저의 원수를 갚으려 한다면 팔라틴 언덕 능선을 타고 올라와 우리 마을까지 들어올지도 모른다. 나는 분노한 사람들이 우리 집을 부수고 들어오는 모습을 상상해 보았다.

"대문에서 아래쪽을 내려다보면 상황을 좀 알 수 있지 않을까요? 잠깐 나갔다 올게요. 살짝 살펴보는 건 위험하지 않을 거예요."

"너는 집 안에 있으라는 아버지 말을 듣지 못했니?"

"그렇지만 밖에서 무슨 일을 일어나고 있는지 알 수가 없잖아요!"

어머니는 내가 나가는 것을 허락하지 않았지만 집사 스타티우스를 포럼으로 보내어 정황을 살펴보고 오도록 시켰다. 그가 떠난 뒤 어머니가 말했다.

"리비아, 아버지의 동료들은 시저 외에는 아무도 죽이지 않았단다. 심지어 마크 안토니도 살려두었지. 어째서 그를 죽이지 않았다고 생각하니?"

"이 일이 보복을 위한 것이 아니라 정의를 위한 것임을 보여주기 위해서겠죠."

"그러나 그 자는 시저의 오른팔이잖니?"

"그래요."

"네 아버지는 현명하고 박식한 사람이다."

어머니가 말했다.

"다만 이기적인 행동을 하기에는 지나치게 고결하지."

어머니의 표정이 굳어졌다.

"오, 신이시여, 다른 사람들, 그 지도자들도 마찬가지로 지나치게 고결하다면 과연 어찌될까."

시저가 이집트 여왕 클레오파트라와 사랑에 빠져 둘 사이에 아들을 두었다는 것은 모든 로마인이 알고 있는 사실이었다. 나 역시 알았다. 그러나 시저는 자신의 로마인 아내인 칼퍼니아와 계속 함께 살았다. 내가 길에서 본 그녀는 얼굴이 통통하고 권위 있는 모습의 귀부인이었다. 시저가 암살되기 전날 밤 칼퍼니아는 악몽을 꾸었다. 그녀는 두려움에 떨며 남편에게 다음날 원로원 회의에 가면 살아서 돌아오지 못할 것이라고 설득했다. 그녀는 시저에게 집에 머물라며 사정했고 그도 아내의 말을 받아들였다. 그러나 다음날 아침, 마르쿠스 브루투스의 공범이자 먼 사촌인 데시무스 브루투스가 시저를 원로원 회의까지 호위하기 위해서 도착했다. 암살자가 그날 시저를 치기로 계획되어 있었고, 데시무스는 만약 날짜가 연기 될 경우 음모가 발각될까봐 두려웠다. 그래서 그는 시저의 자존심을 건드렸다. 어떻게 로마의 통치자가 부인이 꾼 악몽 때문에 집에서 웅크리고 있을 수 있단 말입니까?

결국 시저는 폼페이 극장에서 개최된 원로원 회의에 참석했다. 극장 안에서 의원 한 사람이 그의 발 앞에 엎드려서 절망적으로 호소하는 애원자처럼 긴 토가 옷자락의 주름을 잡아끌었다. 시저가 그자의 손을 뿌리치려 했지만, 그 전에 다른 음모자들이 그를 덮쳤다. 50명 이상이 그를 칼로 찔렀고 난투극 속에서 서로 부상을 당했다. 그들 중 많은 사람들이 지난 번 내전에서 시저에 맞서 싸웠지만, 그 후에 자비를 얻어서 살아난 이들이었다.

마침내 시저가 쓰러지자 암살자들은 포럼으로 달려가서 피 묻은 칼을 높이 들고 소리쳤다.

"로마는 자유다! 로마는 자유다!"

사람들은 그들로부터 도망갔다. 환호가 아닌 공포가 대부분의 로마 시민들이 보여준 반응이었다. 어머니와 여동생과 나도 무서웠다.

"마님, 폼페이 극장이 불에 휩싸였고 길거리 상점들은 약탈되고 있어요."

스타티우스가 돌아와서 어머니에게 고했다.

"사람들이 집과 상점들을 마구 박살내고 있어요."

"창문에 판자를 대고 문을 닫아 못질을 해라."

어머니가 외쳤다.

한참동안 온 집안에 망치 두드리는 소리가 시끄럽게 울렸다. 나는 어머니, 세쿤다와 함께 현관 가까이에 서 있었다. 하인 넷이 창문에 널빤지를 대고 못을 박았다. 힐끗 쳐다보니 세쿤다의 얼굴이 하얗게 질려 있었다.

우리에게도 무슨 일이 벌어질 수 있다. 저 야만적 폭도들이 이곳에 쳐들어 올 수 있고, 우리를 보호해줄 아버지도 안 계시다. 누가 우리를 보호할 수 있을까? 하인들? 그들은 달아날 것이다. 법과 질서는 무너졌다. 우리는 강간당하고 살해될지도 모른다.

집을 봉쇄하고 나자 갑작스런 적막이 으스스하게 느껴졌다. 나는 마치 사냥꾼의 함정에 걸린 작고 연약한 짐승 같은 기분이 들었다. 이런 감정은 일찍이 느껴보지 못한 것이었다. 로마의 정치적 상황이 어떻든 간에 이렇게 무서웠던 적은 한 번도 없었다. 기다리는 것밖에 할 수 있는 일이 아무것도 없었다. 실을 짜고 싶은 마음도 전혀 들지 않았다. 우리는 서재에 조용히 앉아 있었다. 그때 갑자기 현관문을 요란하게 두드리는 소리가 들렸다.

어머니는 세쿤다와 나를 팔로 끌어안고는 그대로 우리의 얼굴을 가슴에 품었다. 마치 곧 벌어질 끔찍한 장면으로부터 우리를 지키려는 것 같았다. 분명 살인자 무리가 문을 부수고 쳐들어오는 모습을 예상한 것이리라. 코끝에 어머니의 향수 냄새가 들어찼고, 어머니의 가슴이 몹시 뛰는 것을 느낄 수 있었다.

나의 부드러운 살결과 연약한 신체를 떠올렸다. 상상 속의 야만스런 손이 어머니로부터 나를 낚아챘고, 시저가 공격자들에게 둘러싸였던 것처럼 적들이 사방에서 나를 둘러쌌다. 그들은 나를 범하고, 시저가 찔렸던 것처럼 여러 차례 나를 찔러댔다. 어찌할 수 없는 공포가 나를 삼켜버렸다.

그때 익숙한 목소리가 들렸다. 안도의 노래라도 부르는 듯한 그 목소리.

"주인님이시다!"

집사 스타티우스가 입구에서 소리를 질렀다.

"문에서 못을 전부 빼라! 주인님께서 들여보내라고 소리치신다!"

어머니는 세쿤다와 나를 품에서 놓아주고 일어나서 옷매무새를 고쳤다. 곧 아버지가 안으로 들어와서 일부 약탈과 폭동이 일어나 사람들이 죽었지만, 도시는 지금 대체로 잠잠해졌다고 알려주었다. 우리를 사로잡았던 두려움은 쓸데없는 걱정이었다. 세쿤다와 나는 서로 쳐다보며 키득거렸고, 심지어 어머니도 웃음을 터트렸다. 그러나 우리가 안전하다고 생각한 것은 잘못이었다.

시저의 장례식은 엄숙한 정치적 행사였기 때문에 어머니를 비롯해 동생과 나는 참석하지 않고, 아버지만 참석했다. 마르쿠스 브루투스와 다른 암살자들도 그 자리에 함께했다.

"추도사가 있어요?"

아버지가 집을 나서기 전 입구통로에서 물어보았다. 아버지는 세심하게 주름을 잡은 토가를 입고 있었다.

"물론, 그것이 관습이다. 시저는 어떤 면에서 로마를 위해 기여했다. 우리는 그 점에 대해 경의를 표할 것이다."

"누가 낭독하죠?"

"안토니가 한다."

나는 곁에 있던 어머니가 숨을 들이키는 소리를 들었다.

"당신, 안토니가 포럼에서 사람들에게 연설하도록 허용했다는 말이에요?"

불안한 표정이 아버지의 얼굴에 스쳤다.

"브루투스의 결정이었어. 그는 장례식의 모든 행사를 안토니에게 맡겼지."

"그렇지만, 왜요?"

어머니가 물었다.

"그 자를 회유시키기 위해서였어."

아버지는 잠긴 목소리로 말했다.

"알피디아, 안토니는 시저가 아니야. 그는 그저 쾌락을 즐기는 바보고, 언제나 술에 취해 있지. 쉽게 마음을 달랠 수 있는 사람이야. 브루투스가 그의 엉킨 깃털들을 매끈하게 정리하려는 건 옳은 일이야."

아버지는 항상 마르쿠스 브루투스의 이름을 입에 올릴 때 깊은 존경심을 가지고 말했다. 그는 정직한 인물로 명성이 높았고, 시저가 했던 것처럼 자신의 인품으로 사람들에게 용기를 심어주었다. 다만 브루투스의 마력은 보다 폭이 좁고 더 선별적인 사람들 사이에서만 효과를 발휘했다.

아버지가 포럼으로 떠난 후, 어머니는 나를 쳐다보며 말했다.

"언젠가 안토니를 본 적이 있다. 그는 눈이 작았는데, 마치 돼지의 그것 같았지. 네 외할아버지께서는 종종 돼지는 개보다 더 교활하고, 개보다 충성심이 없다고 말씀하셨단다."

"엄마, 외할아버지 농장에……."

세쿤다가 말을 꺼냈지만 어머니가 단박에 잘랐다.

"조용히 하거라. 나는 지금 너에게 말하는 게 아니란다, 이 철부지야. 네 언니한테 말하는 거야. 너는 들어가서 선생님과 공부나 하렴."

어머니는 나를 쳐다보았다.

"내 방으로 가자."

우리는 어머니가 사적으로 사용하는 작은 방으로 들어갔다. 아버지의 서재처럼 그 방은 거실과 커튼으로 분리되어 있었다. 그곳에는 카우치가 있고, 귀한 그리스 시집을 꽂아 놓은 벽걸이 선반이 있었다. 이 책들은 외가에서 대대로 물려 내려온 오래된 유물이었다.

"앉거라."

어머니는 내 옆의 카우치에 앉았다.

"나는 종종 생각했단다. 이 세상에서 오직 여자만이 진정한 어른이라고 말이야. 남자들은 철없는 종자들이지. 아기가 태어날 때, 병자들이 사투를 벌일 때, 노인들이 숨을 거둘 때, 그 옆에서 볼 수 있는 것은 바로 여자들이란다. 남자는 거의 없지. 여자야말로 가족의 생존을 위해 등에 짐을 지는 거야. 내 말뜻을 이해하겠니?"

"네."

나는 진정한 의미를 알지 못 했지만 그렇다고 대답했다. 내 생각에는 세상의 가장 위대한 일들은 모두 남자들의 손에 달린 것 같았다.

어머니는 내 얼굴 앞으로 흘러내린 머리카락들을 뒤로 쓸어 올려 주었는데, 그리 다정한 손길은 아니었다.

"머리 모양이 엉망이구나. 거울 보기도 귀찮은 거니? 너는 이제 곧 아내가 될 몸이잖니."

어머니는 쓸쓸한 웃음을 지었다.

"나는 네 아버지가 너를 데리고 정치에 관해 이야기 나누는 것을 언제나 탐탁지 않게 생각했다. 그것은 남자들의 게임이야. 어째서 네 머릿속에 그런 걸 채우려고 하는지, 나는 알 수가 없구나."

"그것은 중요한 일이에요."

아버지와 이야기를 나눌 때면 마치 내가 산 정상에 올라 끝없이 펼쳐진 전경을 내려다보는 것 같았다. 반면 어머니는 요리와 실잣기, 바닥 청소를 감독했다. 이것들 중에 무엇이 흥미나 도전정신을 불러일으킨단 말인가?

"정치는 중요한 문제예요."

"그러니? 나는 그저 어리석은 바보 놀음이라고 생각한다."

어머니는 어깨를 으쓱했다.

"나는 네 아버지 말대로 시저가 끔찍한 인간이라고 생각한다. 그는 제 손아귀에 모든 권력을 쥐고 싶어 했단다. 생각해 봐라. 귀족이 다른 사람에게 고개를 숙인다니, 마치 그의 노예라도 되는 양 말이다. 그럼에도 불구하고 시저가 원로원 회의에서 살해당한 것은 무척 놀라운 사건이고 혼란을 가져올 만한 일이야. 게다가, 어째서 브루투스는 시저의 오른팔이었던 사내에게 대중 앞에서 추도사를 읽도록 시켰을까?"

그러면서 어머니의 얼굴이 굳어졌다.

"과연 그는 무슨 생각을 하는 걸까?"

어머니는 브루투스의 마음을 꿰뚫어 봐주기를 기대하는 듯이 나를 바라보았다.

아버지가 어머니와 정치를 논하는 일은 극히 드물었다. 그리고 내가 아는 한 어머니 역시 아버지에게서 정치적인 이야기를 듣고 싶어 하지 않았다. 하지만 어머니가 아닌 내가 아버지의 마음을 일부 차지하고 아버지와 관심사를 공유하는 것은 늘 언짢아했다고 생각한다. 그리고 지금, 어머니는 우리 가족을 향해서 위험이 서서히 다가온다는 것을 감지하고 나에게 몸을 돌렸다.

"어머니, 정치인들 중에는 자신들의 관점에서 위대한 인물로 보이는 것을 최우선으로 추구하는 사람들이 있어요. 브루투스가 그런 사람일 수도 있지요. 안토니로 하여금 시저의 피가 채 마르지도 않은 검을 들고 많은 사람들 앞에서 연설하도록 한다는 것은 말도 안 되는 일이에요. 제 생각에, 자기자신의 명성보다 로마의 영광을 더 생각한다면 안토니에게 적어도 추방령 정도는 내려야 한다고 생각해요. 안토니에게 추도사를 맡기면 사람들이 브루투스를 도량이 넓은 인물로 생각할 수도 있지요. 하지만 이것이 무모한 행동이 아닌가 싶어서 마음에 걸려요."

어머니는 손으로 무릎을 잡고 앉아서 내 이야기를 듣고 있었다.

"시저의 죽음을 둘러싸고 이미 폭동이 시작되었어요."

나는 말을 이었다.

"만약 안토니가 영리하다면 상황을 더욱 최악으로 몰지 않을까 염려돼요."

어머니는 앞으로의 상황을 예측할 수 없다는 듯 머리를 흔들었다. 그리고는 마음을 다소 안정시키며 나를 쳐다보았지만, 나는 어머니의 얼굴에서 숨길 수 없는 두려움을 읽었다.

온 세상이 원로원 회의장에서 일어났던 그날의 일을 알고 있었다. 안토니는 시저의 피 묻은 옷을 치켜들고 군중을 선동해 그들이 그의 죽음에 애도하게 이끌었다. 로마 시민들 모두에게 보내는 당부가 담긴 시저의 유언을 읽으며 안토니는 사람들이 그에게 감사하도록 마음을 움직였다. 그는 수많은 대중의 마음에 암살범에 대한 거센 증오를 불러일으켰다.

아버지는 우울한 얼굴로 귀가했다. 아버지는 짤막한 명령을 내렸고, 한 시간 후 아버지와 어머니, 세쿤다와 나는 가장 믿을 만한 하인

몇 명을 데리고 로마를 떠났다. 우리는 마차를 타고 해가 질 때까지 계속 달렸다. 아버지는 밤이 오기 전에 될 수 있는 대로 이 도시에서 최대한 멀리 벗어나기를 바랐다. 우리는 그날 밤 길가 여인숙에 머물렀고, 세쿤다와 나는 생쥐들이 뛰어다니는 비좁은 침실을 같이 썼다. 그리고 다음날 아침, 다시 여행이 계속되었다. 마침내 우리는 토스카나에 있는 아버지의 영지에 도착했다.

들리는 소문으로 그날 밤 평민들이 횃불을 들고 시저의 암살범을 찾으려고 도시 곳곳을 뒤졌으며, 범인들을 잡으면 산 채로 화형시키겠다고 엄포를 놓았다고 한다. 암살범과 이름이 같은 남자를 붙잡은 뒤 자신의 무죄를 항변하는 소리에도 아랑곳하지 않고 그의 사지를 갈기갈기 찢어버리기까지 했다. 하지만 막상 실제로 암살에 가담한 음모자들은 한 사람도 찾지 못했다. 마르쿠스 브루투스와 데시무스 브루투스를 비롯한 공모자들은 모두 도시를 탈출해서 달아났다. 그리고 나와 정혼한 티베리우스 네로는 우리 아버지와 마찬가지로 직접적으로 암살에 가담하지는 않았지만 살인자들과 연대했다는 소문이 돌았다.

교외 별장에 몸을 숨긴 채 우리는 로마의 상황이 어떻게 흘러갈지 지켜보며 기다렸다. 나는 토스카나의 저택을 항상 사랑했었다. 이곳에서는 아름다운 시골 공기를 맡을 수 있고, 올리브 과수원을 산책하고, 들판에 뛰어다니는 조랑말도 볼 수 있었다. 하지만 지금은 우리에게 깃든 두려움으로 하나도 즐겁지 않았다.

한 달의 시간이 흐르고, 시저의 살인자들과 안토니는 합의점에 도달했다. 암살자들은 처벌당하지 않을 것이다. 안토니는 로마의 집정관이 되어 암살자들과 함께 로마를 통치하게 될 것이다.

화해 협상에 따라 아버지는 원로원 의원이 되었다. 태생과 역임했던 관직을 따져볼 때 아버지가 원로원에 입성하기 위한 자격은 충분했다. 마찬가지로, 로마의 고귀한 귀족 가문인 클라우디우스 혈통의 티베리우스 네로 역시 원로원 의원이 되었다.

아버지는 저택의 잘 꾸며진 식당에서 우리와 함께 식사하면서 앞으로 모든 일이 잘 될 것이라며 우리를 안심시켰다.

"나는 우리가 토스카나에 계속 머물러야 한다고 생각해요."

어머니의 말에 아버지는 고개를 저었다.

"공화국의 미래를 놓고 포럼과 원로원 회의에서 정치적 싸움이 있을 거요. 나 역시 그곳에 있어야 해."

"그러나 마르쿠스는—"

"만약 일이 잘못된다면 이곳에 있다고 한들 안전하겠소?"

어머니는 눈을 찌푸리며 아무 말도 하지 않았다.

아버지는 나를 보며 말했다.

"리비아, 로마로 되돌아가면 곧 결혼하게 될 거다."

그 이유를 물을 필요도 없었다. 현재 상황이 혼란 속에 빠져있고 주위에 위험이 도사리고 있기 때문에 아버지가 티베리우스 네로를 자신에게 묶어두는 것이 더욱 중요해진 것이다.

마차를 타고 로마로 돌아가면서 나는 용기를 내려고 애썼다. 이제 며칠 내로 티베리우스 네로의 아내가 될 것이다. 그와 결혼한 뒤에 아버지와 남편의 정치적 위상이 하락한다면……. 어쩌면 이 원치 않았던 결혼도 오래가지는 못할 것이다.

사람들은 시저를 죽인 자들에게 무슨 짓을 하려고 했을까? 모두 제물로 바치는 일일 것이다. 나는 우리가 로마로 돌아가는 것이 죽음의 덫으로 향하는 것이 아니기를 기도했다.

우리 가족이 로마로 돌아온 직후 결혼식이 있었다. 때는 초여름, 줄리어스의 달인 7월이었다. 덥고 끈적이던 공기가 기억난다. 거실에는 식사용 카우치가 빼곡히 채워졌고, 아버지와 미래 남편의 친구들로 가득했다.

그날 아침 잠에서 깨었을 때, 나는 어렸을 때부터 부적처럼 걸고 있던 목걸이를 벗었다. 오늘부터 나는 소녀가 아닌 여인이 되는 것이다. 장미수에 몸을 담궈 목욕을 하고, 처음으로 입술을 붉게 바르고 눈꺼풀을 검게 칠했다. 머리는 베스타의 무녀들이 하는 방식으로 여섯 가닥으로 나누어 리본으로 묶고 손질했다. 고급 모슬린 천으로 만든 튜닉 드레스가 길게 늘어졌고, 옷과 같은 흰색의 부드러운 가죽 샌들은 황금으로 장식했다. 그리고 루비 귀걸이를 귀에 달고, 약혼선물로 받은 묵직한 황금 목걸이를 목에 걸었다. 치장을 마친 후 흐릿하게 비치는 붉은 비단 면사포를 썼기 때문에 내 눈에는 모든 것이

붉게 물든 것처럼 보였다.

티베리우스 네로가 도착하기를 기다리는 동안 나는 손님들에게 축하를 받고 있는 어머니와 아버지 옆의 카우치에 앉아있었다. 그리고 티베리우스 네로가 오는 길에 목이라도 부러지기를 간절히 희망하며 그가 사고를 당하는 모습을 머릿속으로 생생하게 그려보았다. 그의 발가락이 돌부리에 걸린다. 그가 비명을 지르며 넘어진다. 그의 친구들이 죽어서 늘어져 있는 그를 슬프게 내려다본다. 한 발 물러나 그가 나와 결혼하고 싶지 않다는 결정을 내려주기라도 했으면 하고 기원했다.

그러나 입구통로에서 "축하합니다!"라는 떠들썩한 외침이 들려왔고, 아버지는 예비 사위를 맞이하기 위해 자리에서 일어섰다.

붉은 베일 너머로 티베리우스 네로를 바라보며 그 남자에 대해 무엇이라도 좋아할 만한 부분을 찾아보려고 애썼다. 그의 토가는 정성스럽게 주름을 잡아 아름답게 늘어뜨렸고, 검은 머리는 회색 가닥이 눈에 띄지 않았다. 대부분의 군인들이 그렇듯이 피부는 거칠고 볕에 그을린 모습이었다. 나는 그런 부분에서 그가 고위 장교로 보이며, 이를 좋게 받아 들여야 한다고 스스로를 타일렀다.

그가 당당한 군인다운 태도를 보이기를 바랐지만, 그는 꽤 괜찮은 협상을 끝낸 행복한 상점주인 같은 모습이었다.

풍작의 여신 케레스를 모시는 사제가 돼지 한 마리를 가지고 나왔을 때 이 불쌍한 짐승은 버둥거리지는 않았지만, 바닥에 내려놓자 깜짝 놀라 꽥꽥 비명을 지르기 시작했다. 희생물이 저항한다는 것은 좋은 징조가 아니었다. 나는 희망을 갖고 아버지를 응시했다. 결혼식이 연기되지는 않을까?

그러나 아버지는 시선을 피했다.

사제는 몸을 숙여 돼지가 다시 소리를 내기 전에 재빨리 목을 땄다. 돼지는 술 취한 사람같이 온몸을 뒤틀다 다리를 뻗었다. 바닥에 흥건해진 피의 색이 베일을 통해 보는 탓에 시커멓게 보였다. 사제는 돼지의 배를 능숙하게 갈랐다. 그가 다시 엎드려 내장을 들여다보았을 때 매스꺼운 악취가 실내를 채웠다.

나는 사제가 무언가 나쁜 징조를 발견하고 결혼식을 중단하기를 갈망하며 주먹을 꽉 쥐고 입술을 깨문 채 마음속으로 기도했다. 그러나 사제는 몸을 바로 세우며 소리쳤다.

"좋은 점괘입니다."

하인들이 피를 닦고 사체를 다른 곳으로 치웠다. 아버지와 티베리우스 네로는 혼인계약서를 교환했다. 서류는 주로 지참금에 관한 것이었을 터였다. 나는 그것이 로마 외곽에 위치한 상당한 가치의 토지 소유권이라는 사실도 알았다.

나는 두 남자 사이에 서서 다시 한 번 아버지를 바라보았고 아버지는 또 다시 내 눈을 피했다. 아버지는 내 손을 잡아서 티베리우스 네로의 따뜻한 손에 꼭 쥐어주었다. 아버지는 나를 그에게 넘겨주었다.

내 안의 간절한 목소리가 아직 도망갈 방법이 남아있다고 말해주었다. 서약의 맹세를 하지 마. 그렇게 한다고 해서 그들이 너를 어떻게 하겠어? 죽이겠어? 오직 아버지만이 너를 죽일 권리를 갖고 있지만, 그렇게 하시지는 않을 거야.

"당신이 있는 곳에 언제나 내가 있어요."

우리가 한 몸임을 선포하면서 나는 티베리우스 네로에게 언약의 말을 읊었다. 사람들이 소리쳤다.

"행복하세요!"

피로연 동안 신랑과 나는 함께 식사용 카우치에 몸을 기대었다. 팔

뚝이 간질거리는 느낌에 아래를 쳐다보니 티베리우스 네로의 뭉툭한 손가락이 내 손목에서 팔꿈치까지 가볍게 쓰다듬고 있었다. 그는 내게 가벼운 미소를 던졌다. 나는 급히 팔을 끌어당겨 그의 손을 뿌리쳤다. 그리고 다음 순간 혹시 그의 기분을 언짢게 하지 않았는지 걱정이 되어 그의 안색을 살폈다. 그는 개의치 않는 것으로 보였다. 나는 좋은 가문에서 곱게 자란 처녀였고 그가 원하는 알맞은 신붓감이었다.

결혼 피로연은 순식간에 끝이 났다. 나는 어머니의 팔에 팔짱을 낀 채 서 있었고 티베리우스 네로는 전통에 따라 나를 어머니에게서 떼어내는 시늉을 했다. 그리고 나를 이끌고 밖으로 나갔다. 어린 아이들이 우리 주위에서 환호했고, 우박이 떨어지듯 견과류를 던졌다. 결혼식 횃불에 불이 켜졌다. 그리고 각기 행운과 다산을 상징하는 두 소년이 나를 신랑의 집으로 안내했다. 소년들은 부모가 모두 살아있는 아이들이어야 했다. 거리의 사람들은 외설적인 가사의 옛노래를 불렀다. 그들의 머리 위로 펼쳐진 하늘이 점점 어두워지고 별들이 나타났다. 연기 같은 시커먼 구름이 달을 집어삼켰다.

우리가 티베리우스 네로의 집에 당도했을 때 하녀가 양고기 비계가 담긴 그릇을 들고 나왔다. 미리 배웠던 지시대로 나는 손으로 지방 덩어리를 잡고 문설주 양쪽에 문질렀다. 건장한 젊은이 둘이 조심스럽게 나를 들어 올려 현관 계단 위로 옮겨주었다. 둘 중 누구도 비틀거리지 않았기 때문에 좋지 못한 징조는 없었다.

집의 벽에는 찬란한 벽화가 그려져 있었고, 바닥에는 모자이크가 정교하게 장식되어 있었다. 비록 내가 자란 집보다 크기는 작았지만 부유한 귀족의 집이었다.

하인이 나를 거실에서 떨어진 방으로 안내하자 바깥에서 들려오는 떠들썩한 소리가 점차 줄어들었다. 이제 남편과 나 두 사람만 남았다. 침실은 화환으로 치장되어 있었고, 침대는 붉은 비단으로 덮여 있었다.

티베리우스 네로가 옷을 벗겼을 때 나는 머리를 돌려 연한 미색의 벽을 바라보았다. 그리고 내 가슴을 빨고 있는 탐욕스런 그의 입술을 느꼈다. 나는 그가 나의 남편이고 그를 기쁘게 하기 위해 노력해야 한다는 것을 상기했다. 열기가 방안을 가득 채웠다. 나는 손끝으로 그의 목을 만졌다. 그의 피부는 축축했고, 땀 냄새가 났다.

그는 나를 침대로 밀어 붙이고 허벅지를 지분댔다. 나는 지난 번 선조들의 조각상 앞에 서 있었을 때 아버지가 말한 것을 되새겼다. 이것은 전쟁터에서 목숨을 바치는 것과 마찬가지다. 티베리우스 네로를 밀어내고 싶었지만 억지로 참았다. 나는 마치 두드려 맞는 듯한 기분을 느꼈는데, 다음 순간 그는 물러서며 호흡을 가다듬었다.

"왜 그래요?"

그는 웃었다.

"아무것도 아니야. 그저 당신이 너무 어리고 천진하기 때문이야."

그는 내 엉덩이 아래에 베개를 집어넣었다. 잠시 그를 올려다보았다. 넓은 어깨와 털이 무성한 가슴이 눈에 들어왔다. 나는 고개를 돌려 벽에 드리워진 그림자를 쳐다보았다. 그의 그림자가 올라갔다 내려가는 움직임을 반복했다.

티베리우스 네로가 숨을 가쁘게 내쉬었다. 곧 따가운 통증을 느껴졌다. 나는 이를 악물었다. 그는 내 옆에 몸을 눕히고 베개를 베고 누웠다. 나는 천장을 응시했다. 촛불의 희미한 불빛 속에서 눈에 거의 띄지 않았지만, 마치 날아가는 새 같은 모양의 조그만 틈이 있었다.

"당신 너무 아름다워."

그가 빙그레 웃어보였다.

"나의 아내."

나는 작은 목소리로 소곤거렸다.

"나의 남편."

얼마 후에 그가 말했다.

"몸을 뒤집어서 엎드려봐."

나는 부엌에서 보았던 집사와 하녀를 떠올리며 그 말을 이해했다. 이번에는 벽의 그림자를 보지 않았다. 대신 눈을 감았다. 나는 티베리우스 네로가 손댈 수 없는 부분 즉, 나의 마음은 그로부터 안전하다며 스스로를 타일렀다.

나는 결혼한 여자가 되었고, 팔라틴 언덕 저택의 안주인이 되었다. 잘 훈련된 순종적인 하인들에게 시중을 받았고, 내가 요구하는 물건은 무엇이든지 내 앞에 놓였다. 나는 엄청난 양의 책을 요구했다. 거대한 금제 기름 램프도 주문했다. 그리고 티베리우스 네로가 코를 골며 잠든 사이 밤늦게까지 책을 읽곤 했다. 값비싼 보석을 요구해 받기도 했다. 내 만족이 아닌 나의 권력을 증명하기 위한 것이었다.

침대에서 마음과 정신을 비워버리는 요령에 빠르게 익숙해졌고, 내 몸은 열정을 연기했다. 불편한 진실을 불쑥 말해버리는 습관 대신 능숙하게 가장하는 방법도 익혔다. 티베리우스 네로는 매일 밤 육체는 물론 마음과 정신의 피조물인 사랑하는 아내를 품었다고 믿었으리라.

정열적인 고통 속에서 남편은 종종 나에게 아름답다고 말하곤 했다. 이것은 내 마음을 따뜻하게 하기보다는 당혹스럽게 만들었다. 지금까지 나를 아름답다고 말한 사람은 아무도 없었다. 하녀가 아침에 내 머리를 만질 때 때때로 거울을 들여다보며 남편의 말을 떠올리곤 했다. 커다란 눈은 반짝이는 진한 갈색이고, 머리는 불꽃같은 붉은색이었다. 어쩌면 미모를 가리고 있던 요소가 있었는지도 모른다. 기혼 여성들이 입는 스톨라 옷은 나를 돋보이게 해주었다. 가슴 아래에 벨트를 찬 모습은 더욱 관능적으로 보이게 했고, 소녀 시절의 튜니카 옷보다 훨씬 성숙하게 보였다. 발목까지 길게 내려오는 곧은 린넨 주름은 실제 키보다 좀 더 커보이게 했다. 이제 나는 어린 아이라기보다 성숙한 여성으로 보였다.

때로 남편이 끌어안으면 육체가 반응하고 잠시 쾌락을 느끼기는 했지만, 곧 마음이 표류하고 느낌도 시들해졌다. 몸을 도구로 이용하는 것에 대해 마음 깊은 곳에서 저항감이 드는 것이 문제였을 것이다. 그럼에도 불구하고 아내로서, 그리고 아버지의 딸로서 해야 할 의무이기 때문에 티베리우스 네로가 원할 때마다 즐거운 말과 표면적인 친밀함으로 자신을 맡겼다. 나는 그의 욕구가 나에게도 기쁨을 주는 원천인양 가장했다. 내가 보기에 그는 온전히 만족스러워했다. 언젠가 그가 나를 끌어안으며 "당신을 보면 손을 안댈 수가 없어"라고 말했을 때 나는 그저 미소를 지었다.

나는 느끼지 못하는 쾌감을 꾸며내기 시작했다. 정직하게 살 수 없는 상황이라면 차라리 최고의 거짓말쟁이가 되리라. 내 침대에서 티베리우스 네로를 쫓아낼 수 없었다면 나에게 완전히 빠져들게 하리라. 이것은 진실로 게임 같은 것이었고 그 중심에는 분노와 조소가 있었다.

다른 사람들이 보기에 내 삶은 부러움을 살 만한 것이었다. 그러나 내 마음 한켠에서는 비명이 터져 나왔다. 우리 부부의 침실에서 행해지는 일들은 모욕적이고 침략적이었다. 침대에 누워 그가 발산하는 욕정을 받아내면서 소리를 지르고 싶었던 때도 있었다.

'나는 그를 원하지 않았어. 절대로 원하지 않았다고.'

어느 날에는 사달라고 말하지도 않았는데 은팔찌를 선물 받았다. "아름다워요"라고 말하며 그것을 팔에 찼다. 그리고 그에게 입을 맞추었다.

그의 얼굴에 나타나는 행복한 표정에 마음이 아팠다. 그를 기만하는 나 자신이 싫었다. 내 의지로 그를 진정 사랑할 수 있었다면 기꺼이 그렇게 했을 것이다. 그러나 그것은 내가 어떻게 할 수 있는 일은 아니었다.

우리가 결혼한 지 두 달 정도 지났을 때 그가 물었다.

"나는 언제나 '여보' 또는 '자기'라고 부르는데, 당신은 나를 늘 '남편'이라고 하거나 이름으로 부르는군. 왜 그렇게 격식을 차리는 거요, 나의 작은 비둘기?"

"사랑이란 건 나에게 낯설어요. 그러니 이해해 주세요."

그는 나의 순진함을 수긍하고 웃었다.

"당신을 뭐라고 부르면 좋겠어요?"

"침실에 둘만 있을 때는 '여보'라고 불러."

그 후 그것은 같이 누워 있을 때 그를 부르는 호칭이 되었다. 그것은 무엇인가 내 영혼에 영향을 미쳤다.

결혼 후 맞는 첫 번째 여름에 줄리어스 시저의 추모 일주년 행사가 있었다. 추모식은 흔한 일이 아니었다. 이것은 대단히 중요한 인물을 예우하는 행동이면서, 한편으로 여흥거리를 좋아하는 평민들에게 환심을 살 수 있는 방법이기도 했다. 시저의 유언에 따라 양아들이자 후계자로 지목된 그의 종손(從孫, 조카의 아들)이 행사를 주관했다.

로드 지역에서 공부하고 있던 이 젊은이는 자신의 유산을 상속 받기 위해 로마에 도착했다. 현 집정관인 마크 안토니는 자신이 보관하고 있는 재산의 일부를 공제해야 하는 몇 가지 구실을 찾아 내세웠고, 둘은 이 문제로 말미암아 갈등을 빚었다. 시저의 군대에 속한 군인들에게 남긴 유산도 있었는데, 이들 역시 돈을 받지 못한 상태였다. '가이우스 옥타비아누스'라는 이름 대신 이제 '가이우스 줄리어스 시저 옥타비아누스'로 불리게 된 그 청년이 자비를 충당해 군인들에게 돈을 주었는데, 몇몇 사람들은 이 점을 탐탁지 않게 여겼다. 아버지도 마찬가지였다. 아버지는 이 일로 인해 군인들의 지지를 받게 된 옥타비아누스가 높은 위치에 오르게 될 것을 염려했다. 그러나 남편은 청년 시저의 행동을 대수롭지 않게 여겼다.

"그가 멍청이 같이 자랑하느라 돈을 다 써버리면 어떻게 될까?"

"이전에 당신이 그를 봤을 때 그런 점이 있었나요?"

남편은 청년 시저가 열네다섯 살쯤일 때 몇 차례 만난 적이 있었다. 당시 티베리우스 네로는 시저의 부대에 소속된 장교였다.

"어리석게 보였어요? 아니면 오만했나요?"

"아니, 조용하고 학구적이었어. 하지만 강인하지도 않고 군인으로서의 면모도 없었어. 계속해서 기침을 했고, 창백하고 말랐지. 음식을 주의해서 먹지 않으면 토해버렸어."

그는 싱긋 웃고 덧붙였다.

"솔직히 말해서, 그렇게 불쌍한 놈은 처음 봤어."

우리는 정원 가장자리에 있는 테이블에서 간단한 저녁식사를 하고 있었다.

"그가 군인들에게 돈을 퍼주는 게 이상하지 않아요?"

"그야 그들에게 빚이 있으니까 그렇지. 게다가 그는 시저가 죽기 전에도 부유했어. 지금은 대부호인 크로이소스만큼 돈이 많을 거고. 결국 그는 안토니한테 충분히 보상받을 거야."

"그럴까요? 안토니가 청년 시저를 면전에서 모욕했다는 소리를 들었어요. 그들은 서로 몹시 싫어한대요."

"그래? 당신은 이런 것들을 다 어디서 들어?"

"아버지에게 들었어요. 아버지는 두 사람의 사이가 나쁜 걸 다행스럽게 여기세요."

티베리우스 네로는 생선을 씹으며 물었다.

"정말? 왜 그런 걸 신경 쓰시지?"

남편이 이런 질문을 한다는 사실이 놀라웠다. 결혼한 이후 우리는 정치적인 이야기를 나눌 기회가 별로 없었다. 그는 마르스 광장에서 열리는 군사훈련에 참여하거나 포럼에서 사람들과 어울렸고, 나는 여성의 영역에 머물렀다. 집을 관리하고 하인들을 감독하는 일들은 그리 어렵지 않았지만, 이전에는 맡지 않았던 새로운 역할이었다. 간혹 남편의 친구들이 우리를 저녁 식사에 초대했지만, 이런 자리에서 진지한 대화가 이루어지는 경우는 없었다. 나는 남편이 군에 관한 이야기를 박식하게 늘어놓는 것을 들었고, 사람들이 그의 전문성에 고개를 끄덕이는 것을 보았다. 때문에 그가 정치적으로도 정통해 있을 거라 예상했다.

"아버지나 브루투스 의원이 가장 경계하는 점이 안토니와 청년 시저가 연합하는 거예요. 키케로 의원 역시 시저의 추종자들이 안토니보다는 차라리 이 젊은이에게 모이는 것이 우리에게 더 유리하다고 했고요."

원로원의 최고 의원인 키케로는 시저 암살에 참여하라는 요구를 받은 적은 없었다. 쇠약하고 소심했기 때문이다. 하지만 계획이 성공한 이후에 그는 암살자들에게 열렬한 지지를 보냈다.

남편은 미소를 지었다.

"당신, 나 몰래 키케로를 만나기라도 한 거야? 그리고 그가 당신에게 속내를 털어놓았다고?"

티베리우스 네로는 정치에 대한 내 관심을 농담으로 취급해 버렸다. 그는 내 머리를 양손으로 잡고 입을 맞췄다.

"내일 검투대회 보러 가겠어? 시저 옥타비아누스도 모습을 드러낼 거야."

나는 머리를 흔들었다.

"하루도 안 가려고? 5일간 열리는데."

"당신만 괜찮다면 가고 싶지 않아요. 어차피 우리가 같이 앉을 수도 없을 것 같고요."

"그건 사실이야. 피를 보는 게 꺼려지는 거라면 이해할 수 있어."

"그래서가 아니라, 여자는 먼 뒷전에 앉아야 하기 때문이에요. 거기서는 아무것도 제대로 볼 수가 없어요."

티베리우스 네로는 전에 나를 검투 시범경기에 데려간 적이 있는데, 로마의 관습에 따라 뒤쪽 여자들 틈에 끼어 앉았기 때문에 너무 지루했다. 남자들 머리만 보이는 자리에 앉아서 서로 칼로 내리치는 작은 모습만 멀리서 내려다볼 뿐이었다. 남자들은 여자들이 그 같은 유혈 장면을 가까이 앉아서 보는 것이 적절하지 않다고 말했다. 그렇다면 애초에 왜 우리를 입장시키는 것일까? 사실을 말하자면, 그저 남자들이 가장 좋아하는 이 오락에서 좋은 좌석을 차지하기 위해 구실을 찾는 것뿐이다.

2년 전 줄리어스 시저는 아이를 낳다가 죽은 친딸을 기리기 위해 두 검투사가 대결을 벌이는 일반적인 시합뿐 아니라 보병대 간의 싸움, 말과 코끼리를 탄 기병대 간의 싸움을 경기에 포함시켰다. 그리고 그의 후계자는 시저보다 한 술 더 뜨고 싶어 했다. 그래서 그는 검투사들이 늑대와 곰, 사자와 싸우도록 하고, 수백 마리의 말과 코끼리, 많은 병사들을 투입하는 데 막대한 돈을 퍼부었다.

검투대회를 보지 않은 대신 보다 규모가 작은 또 다른 추모행사인, 서커스 맥시멈에서 열리는 전차 경주대회는 구경을 하기로 했다. 우리 부부는 결승선 근처 맨 앞줄의 좋은 자리에 앉았는데, 원로원 의원들을 위한 지정석이었다. 줄리어스 시저는 경기장 시설을 확장하면서 전체 경주 코스를 따라 좌석을 배치하여 15만 명의 관중이 앉을 수 있게 만들었는데, 심지어 아버지조차도 마지못해 이를 칭찬했다. 주위를 둘러보니 좋은 자리에는 역시 옷을 잘 입은 사람들이 앉아 있었으며, 남루한 차림의 가난한 시민들은 멀리 외야석에 자리하고 있었다. 말똥 냄새와 빽빽이 들어찬 사람들의 냄새, 장사꾼들이 관중석 사이를 누비며 파는 소시지 냄새가 뒤엉켜 있었다.

첫 번째 경주에서 남편은 초록색 전차에, 나는 붉은 전차에 돈을 걸었다. 나는 양손에 고삐를 움켜쥔 채 네 마리 말을 능숙하게 관리하며 몸을 앞으로 바짝 숙이고 있는 기수를 보았다. 그들은 긴 트랙을 일곱 바퀴 돌았다. 붉은 옷을 입은 사륜전차 기수가 가장 먼저 결승선을 통과했을 때 수천 명의 환호소리가 터져 나왔다. 티베리우스 네로는 판돈을 순순히 내 놓았다.

우리는 두 번째 경주를 기다렸다. 그때 시저가 수행원들에 둘러싸인 채 멀지 않은 곳에 자리 잡고 앉았다가 우리에게 다가와 정중하게 인사했다.

"즐거운 시간 보내시기 바랍니다."

나는 전에 그를 만난 적이 없었다. 남편의 설명대로라면 죽은 시저의 후계자는 상당히 연약한 청년일 것으로 생각했다. 그러나 그렇지 않았다. 다소 안색이 창백했지만, 허약해서라기보다는 단순히 야외보다 주로 서재에서 더 많은 시간을 보냈기 때문일 거라는 생각이 들었다. 그의 모습 어디에서도 연약함은 찾아볼 수 없었다. 가벼운 여름용 튜닉을 입고 있는 그는 키가 크지는 않았지만, 몸은 완벽하게 균형 잡힌 그리스 동상 같았다. 그리고 로마인치고는 특이한 색채를 띠었다. 눈은 맑은 날의 푸른 하늘색이었고, 금발의 곱슬머리는 아무렇게나 흩어져 앞이마까지 내려왔다. 그는 세련된 외모를 가졌고, 놀라울 정도로 잘생겼다.

벌써부터 사람들은 그가 언제쯤 정치에 뛰어들지 궁금해 하고 있었다. 나는 그를 쳐다보며 생각했다. 아니야, 불가능해. 너무 어려. 그가 만 열아홉이 되려면 아직 한두 달 남았다는 이야기를 들었다. 남편은 성인 남성이 소년을 대하는 투로 말했다. 어마어마한 부자고 인맥이 좋다 하더라도 어디까지나 어린 아이인 건 마찬가지라는 식이었다.

"이제 내가 당신을 어떻게 불러야 되나요?"

티베리우스 네로가 물었다.

"양부의 이름을 그대로 물려받은 것으로 알고 있는데요."

청년은 대수롭지 않다는 듯이 어깨를 으쓱했다.

"부르고 싶은 대로 부르세요."

티베리우스 네로는 재차 물었다.

"아니, 당신이 어떤 이름을 선호하는지 묻는 거예요. 친구들은 어떻게 부르죠?"

미소를 띤 남편의 말투는 마치 삼촌이 조카에게 말하는 것 같았다.

"내 친구들이요? 요즘에는 '시저'라고 불러요."

"그 이름이 좋아요?"

청년은 당연하다는 듯이 다시 어깨를 으쓱하고는 대답했다.

"사실대로 말하자면, 네, 좋아요."

이 젊은 남자는 티베리우스 네로가 자신의 양아버지를 살해한 자들과 연대했다는 것을 알았을까? 그렇다 해도 전혀 내색이 없었다. 그는 남편 옆 의자에 앉아 한동안 다정하게 사소한 이야기를 했다. 정치 이야기가 아닌 분위기를 환기시키는 정도의 말들이었다.

"얼굴이 좋군요. 요즘 건강이 좋아졌다는 소식을 들었어요. 다행이네요."

남편의 말에 시저의 얼굴이 굳어지고 눈이 차가워졌다.

"네, 한결 좋아졌어요."

티베리우스 네로의 표정이 난처해졌다. 나는 그가 일부러 상처를 주거나 불쾌한 말을 하려던 게 아니라는 걸 알았지만, 그 청년의 반응은 건강에 대해 굉장히 예민하게 생각하고 있음을 암시했다. 무릎에 팔꿈치를 대고 몸을 앞으로 기대며 남편을 슬쩍 바라볼 때 그의 얼굴은 여전히 긴장감을 드러냈다. 그리고 내게 처음으로 말을 걸었다.

"다음 경주에서 누가 이길 것 같아요?"

"흰색이요."

"흰색은 이기지 못할 거예요."

"못 이긴다고요?"

"네. 흰 기수에게 돈을 걸고 싶으세요?"

나는 고개를 흔들었다.

"당신이 너무 확신에 차 있어 보여서요."

그는 여유 있게 미소 지었다. 그의 미소는 매력적이었다.

"붉은 기수를 내가 알죠. 우리 집에서 그 기수를 채용한 적이 있었죠. 내 반대편에 걸지 않다니 현명하시군요."

몇 가지 의미로 이 말이 내 마음에 메아리쳤다.

'내 반대편에 걸지 않다니 현명하시군요.'

그때 남편이 실례한다며 자리에서 일어섰다. 어쩌면 그 자리에서 벗어나고 싶었거나 혹은 이야기를 나누고 싶은 친구를 보았는지도 모른다. 어쨌든 그는 몇 마디 일상적인 양해의 말을 하며 나를 청년 시저, 이 아름다운 젊은이 곁에 두고 자리를 떴다. 우리는 다음 경주를 함께 관람했다.

붉은 전차가 흰 전차를 들이받았고, 흰 전차가 우리가 앉아있는 벽 쪽으로 와서 부딪혔다. 관중들이 깜짝 놀라 헉 소리를 냈다. 나는 주먹을 이에 물었다. 기수는 멀리 나가떨어져 모랫바닥에 곤두박였고 고통으로 땅을 두드려댔다. 말도 마찬가지로 뒤로 나자빠져 다리를 공중에 허우적거리며 울부짖었다. 또 다른 말은 일어나려 했지만 다리가 부러져 주저앉았다.

노예들이 와서 부서진 전차와 다친 말들, 부상당한 기수를 다른 데로 옮겼고, 붉은 말들은 승리를 향해 달렸다.

"내기를 하지 않아서 다행이죠?"

"그러네요. 고의로 부딪친 게 분명해요. 완전히 불한당이에요."

"최고의 기수들은 다 그렇죠."

그의 눈을 들여다보는 순간 가슴이 두근거렸다. 여자들이란 완벽한 남성미가 어떤 것인지 마음속에 형상을 간직하고 있는 게 틀림없다. 이 청년은 내가 꿈꾸는 미의 전형이었다. 이전에도 잘 생긴 남자들을 본 적이 있었지만 별다른 감흥은 없었다. 지금은 피부 전체가 따끔거리는 기분이었다. 햇살이 내려 쪼이는 것도 느껴졌고, 스톨라의 천이 내 몸에 어떻게 걸쳐져 있는지도 느껴졌으며, 목 뒤로 늘어진 머리카락의 온기까지도 느껴졌다. 손을 뻗어 청년 시저의 뺨이 보이는 만큼 실제로 부드러운지 살살 어루만지고 싶었다. 재미있는 이야기를 들려주어 그가 웃는 모습을 보고 싶었다.

그는 줄리어스 시저의 상속인이었다. 아마도 이 도시 어딘가에 지금이 순간에도 그를 죽이려고 위협하는 사람이 많이 있을 것이다.

'만약 내가 그를 사랑하는 사람이라면, 그에게 로드 지역에 그대로 있으라고, 유산을 받지 말라고, 고개를 숙이고 사람들이 그의 존재를 잊을 수 있길 기도하라고 충고했을 거야. 힘 있는 사람 중에 그의 편은 아무도 없어. 안토니는 시저의 자리를 물려받길 원하는 사람이니 이 청년의 편이 될 수 없어. 아버지를 비롯해 브루투스를 따르는 사람들은 그를 잠재적인 적으로 볼 뿐이야. 그런데도 아무런 무장도 하지 않고 늑대 소굴로 걸어 들어가는 목동처럼 이곳에 있다니. 양아버지를 배신한 사람들을 향해 웃어주고, 그의 눈은 평화스럽기만 해.'

"당신은 전부터 시저의 상속자라는 것을 알고 있었나요? 그러니까 그가……."

이런 질문을 물을 정도로 내가 대담하다는 사실에 스스로 놀랐지만 호기심이 나를 집어삼켰다. 청년 시저는 당황하지 않고 심각한 어조로 답했다.

"전혀요. 무척 놀랐어요."

"기뻤나요?"

그는 잠시 시선을 멀리 던졌다가 다시 나를 바라보고 입가에 미소를 띠웠다.

"너무 기뻤죠."

"두렵지는 않고요?"

"바보만이 두려움이 없죠."

그의 목소리는 다시 진지해졌다.

"이번 추모행사로 사람들의 사랑을 얻게 될 거예요. 당신이 원한다면 위대한 정치적 업적을 이룰 수 있겠지요."

"대중의 사랑이 오늘날 위대한 정치적 업적을 이루기 위한 중요한 열쇠라는 말인가요?"

그는 평범한 투로 물었다.

"아뇨. 열쇠는 군대의 사랑이지만, 당신은 그들의 환심도 사고 있잖아요."

그는 예리하게 나를 보았지만, 서둘러 내 말을 부정하지도 않았고, 자신이 군대의 환심을 살 의도가 없다는 말도 하지 않았다. 우리는 서로를 이해한다는 표정으로 쳐다보았는데, 낯선 사람 간에는 이상한 일이었다. 그렇다. 그는 권력을 추구할 것이다. 조만간. 그 순간 마치 그가 직접 내게 이야기해주는 듯이 나는 그 사실을 감지했다.

"고인의 일은 유감이에요."

진심이었다. 다만 그 말은 내 의사와 달리 입 밖으로 나와 버렸다. 나는 그런 말을 할 의도는 없었다.

"진짜요? 이렇게 상냥하시다니, 놀랐어요."

"나는 그런 사람이 아니에요."

"나쁜 뜻으로 한 말은 아니에요."

나는 잠자코 있었다. 우리는 한참동안 서로를 쳐다보며 앉아 있었다. 그는 고개를 기울인 채 나를 관찰했다. 그리고 갑자기 웃었다.

나는 결혼한 여자였다. 내 아버지는 내 남편이 했던 것처럼 시저 암살 음모를 도왔다. 나를 흐뭇하게 응시하는 이 청년은 시저의 양자였다. 우리는 적들이다. 하지만 나는 그에게 웃어주지 않을 수 없었다.

나는 아래를 내려다보면서 그럴 필요도 없는 스톨라의 주름을 폈다. 그리고 눈을 위로 올리며 물었다.

"시저를 사랑했어요?"

"대단히. 그리고 내가 만나 본 어느 누구보다 존경했어요."

'그래서 보복하고 싶어 하는 거로군' 하는 생각이 들었다.

"그는 간질이 있었어요."

시저는 말했다.

"그가 이 점에 대해 나에게 이야기했고, 신체적인 결함을 극복하기 위한 한 남자의 의지력에 대해서 말하곤 했어요."

"그리고 시저가 당신을 아들로 원했군요. 나는 그게 당신에게 얼마나 중요한 의미였는지 상상할 수 있어요."

"그럴 수 있겠어요? 대부분은 조금도 이해하지 못하지만, 어쩐지 당신은 이해할 것으로 믿어요."

그는 손으로 머리를 빗어 넘겼다.

"사실 나는 방금 만난 사람과 마음을 터놓는 대화를 하는 편은 아니에요."

그는 어색한 웃음을 던졌다.

"나도 마찬가지예요."

그는 당황한 듯 보였다.

"무슨 말이죠? 나는 당신에게 내 속내를 이야기했는데, 당신은 자신에 대해 별로 얘기한 것도 없잖아요."

'과연 그런가?'

나는 속으로 생각했다.

'결혼한 여자가 다른 남자를 바라볼 때 지금 내가 당신을 바라보듯이 쳐다보면, 마땅히 자제해야 할 선을 훨씬 지나쳐서 이야기한 게 아닌가?'

그때 남편이 자리로 돌아왔고, 청년 시저와 나는 더 이상 사적인 말은 하지 않았다.

그날 밤 잠자리를 준비하며 티베리우스 네로에게 물었다.

"시저 말이에요, 암살당할까요?"

"그가 자초하지만 않으면 그런 일은 없겠지."

그는 약간 무시하듯 얼굴을 찡그리며 말했다.

"시저는 어리고 약골이야."

남편은 나를 끌어당겼다.

"나의 작은 비둘기, 뭘 그렇게 걱정하지?"

시저 옥타비아누스의 외적인 매력에서 벗어난 나는 마음속으로 상황을 가늠해보았다. 대중적인 인기에 군대와 막대한 재산, 양아버지에 대한 사랑……. 그가 양부인 시저의 암살자들에 대해 혐오감을 갖고 있으리란 게 분명했다. 그가 곧 강력한 권력을 손에 쥘 거라는 생각이 떠올랐다. 불길한 예감이 엄습했고, 아버지와 어머니, 내가 사랑하는 사람들이 청년 시저의 장화 아래 짓밟혀 피로 물드는 모습이 선명히 그려졌다.

"그가 위험한 사람이라는 점이 걱정돼요. 아주 위험해요. 아마 당신이 그를 죽여야만 할 거예요."

내 말에 남편은 그저 웃을 뿐이었다.

4

계절이 여름에서 가을로 바뀌었다. 나는 집 안을 바쁘게 움직이며 하인들을 감독했고, 시간이 날 때마다 틈틈이 두루마리를 펴고 몇 줄이라도 읽은 후 다시 말아놓곤 했다. 시저 옥타비아누스를 만났을 때 느꼈던 감정은 가슴 깊이 묻었지만, 새를 보면 나도 저렇게 하늘로 날아오를 수 있었으면 하고 바라거나 아니면 요정이나 여신이 되어 결혼으로 인해 지워진 의무로부터 벗어났으면 하고 소망했다. 날마다 나는 아무도 사용하지 않는 에너지로 가득 찼다.

남편과 아버지가 모두 원로원이었기 때문에 정치에 관한 소식을 쉽게 접했다. 시저를 찌른 원로원 의원들은 평민들을 두려워하며 로마 시를 빠져나갔다. 마르쿠스 브루투스는 배를 타고 아테네로 건너 가 그곳에서 생각을 정리하며 상황을 기다렸고, 공범이자 먼 사촌인 데시무스 브루투스는 알프스 남쪽의 속주인 갈리아 키살피나의 주지사로 떠났다.

한편, 마크 안토니는 브린디시에 주둔한 로마군의 사령관을 맡았다. 군인들이 줄리어스 시저의 원수를 갚지 않는다고 그를 조롱하자 안토니는 그들에게 보너스를 지급해 마음을 달래려고 했다. 하지만 오히려 금액이 적다며 불만의 소리가 터져 나오자 몇 사람을 본보기로 때려 죽였고, 이 일로 군인들은 입을 다물 수밖에 없었다.

청년 시저는 병을 앓고 있는 홀어머니와 함께 로마에 머물렀다. 그는 안토니보다 훨씬 넉넉한 보너스를 주었고 삼천 명의 사병을 키웠다.

안토니가 원로원에서 청년 시저를 비난하는 연설을 하겠다며 로마시로 돌아왔지만, 그는 술에 취해서 그 일을 까맣게 잊어버렸다. 그리고는 자기가 줄리어스 시저의 원수를 갚겠다고 선언했다. 그는 갈리아에 있는 데시무스 브루투스를 공격하기 위해 군을 이끌고 행진하며 길을 떠났다. 나는 이것이 내전의 시작이 아닌가 생각했다.

안토니의 출군 직후에 아버지는 조촐한 저녁파티를 열었다. 결혼후 처음으로 아버지가 주최하는 파티에 참석하는 자리였다. 성인이라는 새로운 신분으로 즐거운 느낌이 들었다. 처녀 때 앉던 자리 대신에 기혼 여성으로서 식당의 카우치에 비스듬히 기대어 앉았다.

마르쿠스 키케로도 저녁 식사에 참석했다. 그는 62세로 붉은 얼굴과 통통한 몸에 목소리가 큰 사람이었다. 그는 혼자 왔는데, 그가 열다섯 살짜리 상속녀와 결혼하기 위해 아이들 엄마와 이혼했다는 사실을 모두 알고 있었다. 그 후 그는 자기가 사랑하는 딸 툴리아와 싸움을 벌이고, 툴리아가 아기를 낳다가 죽었을 때 애도하지 않았다는 이유로 그 소녀와 다시 이혼했다.

파티에는 청년 시저도 있었다. 그와 나는 식탁에서 나란히 앉았는데, 그는 혼자 카우치를 차지했고 나는 남편과 부부용 카우치에 함께 앉았다. 청년 시저는 나를 보고 웃으며 인사했다.

"다시 만나서 반갑습니다, 리비아 드루실라."

자신의 인생을 즐기는 젊은 남자의 모습에서는 광채가 났다.

"당신과 키케로가 좋은 친구가 되었다는 소리를 들었어요."

모든 로마인들이 최근 두 사람이 자주 어울린다는 사실을 알았다.

"그는 내게 두 번째 아버지 같은 분이에요."

청년 시저가 대답했다. 그 말은 돼지가 날아가는 소리처럼 들렸다.

"세 번째 아버지죠. 당신을 양자로 들인 종조부가 두 번째 아버지 아닌가요."

내 말에 그가 밝게 웃었다.

"물론이죠."

"당신과 키케로는 공통점이 아주 많으니 친구가 되는 건 전혀 어색한 일이 아니네요."

"나를 너무 좋게 보시는군요."

나는 고개를 흔들고 와인을 몇 모금 마셨다. 청년 시저는 다른 사람이 듣지 못하도록 낮은 목소리로 물었다.

"키케로와 내가 정확하게 어떤 공통점을 갖고 있는지 이야기해줄 수 있나요?"

그가 나를 시험한다는 인상을 받았다. 두 사람이 공통적으로 갖고 있는 장점들을 바보같이 이야기했다면 그는 분명히 실망했을 것이다. 대신 나는 이렇게 대답했다.

"당신과 키케로 사이의 공통점은 둘 다 안토니를 미워한다는 것이지요."

그는 똑같은 조용한 목소리로 물었다.

"그것이 우정의 조건으로 충분하다고 생각해요?"

나는 그 질문을 곰곰이 생각했다.

"물론이죠. 당분간은."

키케로의 주도로 식탁 위의 주제가 일상적인 이야기로 흘러갔다. 그는 새해에 취임할 신임 원로원 집정관이 데시무스 브루투스를 구하기 위해 어떻게 군사력을 키울지에 대해 얘기했다. 청년 시저는 키케로가 말한 것에 고개를 끄덕였다. 나는 둘이서 이미 이 문제에 대해 토론을 했을 거라는 느낌을 받았다.

상황이 묘하다는 생각이 들었다. 안토니는 시저의 암살범인 데시무스에게 보복을 가하기 위해 출정했다. 시저의 양자는 이곳에 앉아서 안토니의 분노로부터 데시무스를 구하기 위한 계획에 동조하듯 차분히 듣고 있다. 그는 공공연하게 암살범들을 지지해온 키케로와 앉아 있다. 암살범들의 협력자인 아버지, 그리고 시저의 부하였지만 배신한 남편도 이 자리에 같이 있다. 청년 시저는 그들 모두에게 기분 좋은 웃음을 보여준다.

'그는 무엇을 하고자 하는 것일까?'

"우리는 오늘 이곳에서 중요한 문제를 결정하려고 합니다."

키케로가 말을 이었다.

"우리의 젊은 친구에게 줄 공식적인 직책 말이죠."

"집정관도 선택 가능한가요?"

청년 시저가 물었다.

로마법에 따르면서 로마공화국에서 가장 명예로운 직책인 원로원 집정관의 자리는 저명한 공직 경력이 있는, 최소 42세 이상의 남자들만이 후보에 오를 자격이 있었다. 독재관 외에 어느 현직 공직자도 집정관에게 대적할 수 없는 강력한 지위였다. 이 열아홉 살짜리 젊은이가 집정관이 될 수 있다는 제안을 했을 때 아버지는 목이 졸린 듯한 표정을 지어 보였다.

아버지 자신이 키케로와 청년 시저를 식사에 초대했다. 그는 자연스런 방법으로 둘의 의사를 타진해 보고 싶었고, 특히 이 젊은이의 속내를 떠보고 싶었다. 불행하게도 대화는 이미 아버지가 원치 않는 방향으로 흐르고 있었다.

"군대를 이끌기 위해서는 법적 권리를 가져야만 합니다."

청년 시저가 덧붙였다.

"불가피한 일이죠."

"사병은 반감을 살 수 있습니다."

아버지의 말에 시저가 동의를 표했다.

"전적으로 동의합니다. 그렇기 때문에 법적 권한을 원하는 것입니다. 키케로 의원이 여러분에게 명확히 밝히셨을 텐데, 저는 나 자신과 군대에 대한 처분을 원로원의 자유재량에 맡길 생각입니다. 제가 안토니 같은 사람으로부터 공화국을 보호하는 데 도움이 된다면 영광입니다. 만약 법무관 직책이라도 맡을 수 있다면……."

"이 자리는 그런 문제를 토론하기에 적합한 장소가 아닙니다."

아버지가 유쾌한 어조로 말하려고 애쓰면서 어머니와 나를 돌아보고 말을 이었다.

"아내와 딸아이를 지루하게 하고 싶지 않군요."

"알피디아 부인께서 지루해 하시는 듯 보이지는 않습니다만."

청년 시저가 반박했다.

"그리고 따님이신 리비아 드루실라 역시 이런 토론을 흥미롭게 여길 거라고 생각합니다."

"용서하세요. 하지만 당신이 틀렸어요."

나는 충성스런 딸이었다. 그러나 혹시 내 말로 말미암아 상처를 입을까봐 시저에게 미소를 지어보였다.

"관직이나 군대에 관한 이야기를 들으면 머리가 아파요."

"네. 괜찮다면 주제를 다른 것으로 바꿔도 될까요?"

그렇게 말하는 어머니의 얼굴에 미안하다는 듯한 미소가 걸렸다.

"적절한 때에 이 문제에 대해 깊이 있게 논의하도록 하지요."

아버지가 말했다.

"경솔함을 보여 죄송합니다."

청년 시저는 예의를 갖추며 말했다.

"다만 여러분도 내가 말하는 것에 대해 한번 생각해 보시면 좋겠습니다."

"물론입니다."

아버지가 대답했다.

저녁 파티의 활기가 다 사라져버렸다. 시저는 예의를 차리며 곧 자리를 떠났다. 하지만 작별인사를 하면서 마치 우리가 사적인 농담이라도 주고받은 사이처럼 내게 미소를 보냈다.

청년 시저가 문을 나서자 키케로가 말했다.

"나는 청년 시저를 법무관 역임자로서 지방장관에 임명할 것을 제안하는 바입니다."

법무관은 집정관에 이어 원로원에서 두 번째로 높은 자리였고, 법무관 역임자는 지방장관으로 임기가 연장된다. 한 번도 공직을 맡아보지 못한 젊은 사내를 지방장관에 임명한다는 것은 그야말로 터무니없는 일이었다.

갑자기 깊은 불안감을 느껴져 와인을 몇 모금 더 마셨다. 목으로 내려가는 시원하고 달콤한 맛이 느껴졌지만, 마음의 불안은 가시지 않았다.

아버지는 키케로를 쳐다보고 있었다.

"농담이시겠지요."

"정확하게 말하자면, 그는 실권을 행사하는 공직자가 되지는 않을 거예요."

키케로는 팔꿈치를 테이블에 대고 몸을 앞으로 굽혔다. 그는 내 건너편에 있었는데, 얼굴은 아버지 쪽을 향하고 있었다.

"우리는 저 시저가 필요해요. 보다 정확히는 안토니로부터 우리를 보호하기 위해 그가 지휘하는 충성심 있는 군대가 필요하다고 해야겠지요."

그러자 남편이 말했다.

"안토니만이 우리의 유일한 위협인지 확신하기 어렵군요."

키케로의 크고 둥근 올빼미 같은 눈이 사납게 티베리우스 네로를 쳐다보았다.

"지금 이 순간에 누가 우리의 친구 데시무스를 치려고 전진하는지 모르는 거요? 안토니는 3월 15일 그날 죽었어야 했어요. 안토니! 안토니! 안토니!"

키케로는 자신의 말을 강조하기 위해 세 차례 식탁을 내려쳤다.

"안토니는 위험한 존재예요. 시저가 원하는 건 껍데기뿐인 명예에 불과합니다. 그에게 지방장관직을 주고, 아폴로 신의 후손이라 부릅시다. 이것이 내가 바라는 겁니다."

"그를 지방장관으로 임명하고 법적 권한을 주어 자신의 깃발 아래 더 많은 군인을 육성하고 유지하게 한단 겁니까?"

아버지가 말했다.

"나는 그렇게 하고 싶지 않아요."

그러나 아버지 음성은 차분했다. 아버지가 종국에는 키케로의 뜻에 따를 것이라는 생각에 등줄기가 오싹했다.

"그의 군대는 나의 통제 아래 있을 것입니다."

키케로가 말했다.

"고작 몇 개월 전까지 로드의 학교에 다닌 어린 아이입니다. 그는 애견처럼 나를 따르고 있어요. 그는 돈이 가득 든 두둑한 지갑을 들고, 시저의 군인들을 집결시킬 수 있는 시저라는 이름을 갖고 있습니다. 그리고 우리에게 군대를 선물할 겁니다."

"시간이 지나면 그도 더 이상 열아홉이 아닐 텐데요."

티베리우스 네로가 말했다.

"장기적인 관점에서 생각해볼 문제입니다."

아버지처럼 그도 키케로에게 반대할 생각은 없는 듯 그저 확실치 않은 말을 던졌다.

"장기적인 관점이라."

키케로는 얼굴에 묘한 웃음을 띠었다. 즐거운 웃음은 아니었다. 덕분에 그의 날카롭고 누런 앞니가 드러났다.

"장기적으로 봐도 청년 시저는 나에게 별다른 걱정거리가 되지 않을 겁니다."

나는 키케로가 어떤 사람인지 떠올렸다. 많은 사람들이 그를 공화정의 위대한 투사라고 칭했지만, 그는 집정관 시절 많은 시민을 처형했다. 공화정을 전복시키려고 음모를 꾸몄다는 이유를 들었지만, 다른 이들은 그들이 절망적인 상황에 처하여 단지 부채 탕감을 받기 위해 일어났을 뿐이라고 수군댔다. 이런 일은 내가 태어나기 전에 벌어진 사건이었지만, 키케로가 벌인 행위의 정당성을 의심했던 아버지가 나에게 이야기를 해주었다.

"장기적으로 볼 때, 내가 저 나약한 소년을 두려워하게 될 거라고 생각합니까?"

키케로가 따지듯 물었다.

"지금은 그를 이용해야 합니다. 만약 훗날 그가 우리에게 덤빈다면 그를 다룰 방법을 알게 될 겁니다. 당신과 내가, 우리 모두가 힘을 합쳤을 때 그에게 대적할 수 있을지 의심스럽습니까?"

'나는 의심스러워요. 그는 줄리어스 시저의 양자예요. 대중과 군인들은 그를 사랑하지, 당신을 사랑하지 않아요.'

가슴이 사납게 뛰었다. 방안이 너무 더웠다. 어쩌면 생각보다 술을 많이 마신 건지도 모른다. 입을 열고 싶은 충동감을 느꼈다.

연장자들이 보지 못하는 것을 내가 보고 있다는 사실에 겁이 났다. 그들은 바로 눈앞에서 벌어지는 상황을 놓치고 있었다. 그들은 오판하고 있었고, 그 오판은 앞으로 큰 재난을 초래할 수도 있었다. 나는 그 사실을 '알았다'. 이런 깨달음은 혼자 속으로 삭히기에는 너무 중대한 일이었다. 도저히 참을 수 없었다.

믿을 수 없게도, 나는 공손함을 갖추며 예의바르게 말하지도 못했다.

"당신은 시저가 어리다는 이유로 어리석다고 생각하시는군요. 하지만 그는 바보가 아닙니다."

키케로가 놀라서 나를 쳐다보았다. 나는 그의 올빼미 눈을 응시한 채 계속했다.

"제 남편은 뛰어난 남자로 시저보다 나이도 두 배는 많습니다. 그이도 집정관을 희망하지만 아직 성취하지 못했고, 때가 오기를 참을성 있게 기다리고 있습니다. 그건 엄청난 포상입니다. 그런데 당신은 시저에게 그런 집정관의 권력을 쥐어주려고 하시는군요. 그 대가로 그는 당신에게 무엇을 줄까요? 당신이 바라는 것에 대한 약속의 말이 전부일 겁니다. 당신이 그를 이용한다고 생각하시나요? 그가 양아버지를 잊었다고 믿고, 죽은 아버지의 복수를 할 생각이 없다고 추측하고 계시지요. 그가 미소를 지으며 그 뒤에 자신의 속내를 숨기지 못할 거라고 생각하세요? 어린 노예 소녀도 그 정도는 할 수 있다는 걸 모르세요?"

말이 길게 이어졌다. 그러나 아무도 내 말을 막는 사람은 없었다. 다들 마치 식탁 위의 꽃병이 입을 열고 말을 한 것처럼 너무 놀라서 어안이 벙벙해진 듯했다. 갑작스레 내가 너무 지나치게 멀리 갔음을 깨닫고 입을 다물었다. 얼굴이 화끈거렸다.

결혼하기 전에 어머니 앞에서 이런 식으로 키케로한테 말했다면 밖으로 끌고 나가 나를 때렸을 것이다. 그러나 지금 어머니의 얼굴에 나타난 것은 분노도, 불신도 아니었다. 어머니는 아무 말이 없었다. 이 자리에 있는 사람들 가운데 나를 꾸짖을 권리를 가진 이는 남편뿐이었다. 하지만 남편은 어린 소녀의 귀여운 결례 정도로 여기는 듯 미소를 지으며 내 손을 들어 손바닥에 입을 맞출 뿐이었다.

키케로와 아버지는 내 말에 아무런 반응도 보이지 않았다. 아버지는 당혹스러워하며 침묵을 지켰고, 키케로는 아무 말도 듣지 않은 것처럼 굴었다.

나는 열다섯 살이었고, 여자였다. 식탁의 어떤 남자도, 심지어 사랑하는 아버지조차 내가 한 말에 조금도 귀를 기울이지 않은 것이 놀라운 일인가? 그건 조금도 놀랄 일이 아니었다. 하지만 나는 굴욕감을 느꼈다. 갑자기 오싹한 기분이 들었다. 그리고 순간 내 운명을 보았다. 나는 영원히 열다섯으로 남지는 않을 것이다. 그러나 언제나 여자로 남을 것이다. 나는 일생 동안 내 말이 무시당한 채 살아가는 모습을 떠올렸다.

아버지와 티베리우스 네로, 키케로는 마치 내가 아무런 말도 하지 않은 양 시저에게 지방장관직을 주는 것에 대한 의논을 계속했다. 나는 그들의 대화를 듣고 있기가 너무 괴로워서 마음 속 깊은 곳으로 침잠하려고 애썼다. 그때 키케로가 한 말이 내게 엄청난 충격을 주어 다시 그들이 나누는 대화에 관심을 기울이게 만들었다.

"다시 말하지만, 그 소년은 칭송을 받고 명예도 얻어야 합니다."

키케로는 약간의 손동작으로 천장을 가리키고 눈은 경건하게 위쪽으로 치켜뜨는 자세를 취했다.

"그리고 위로 올라가야 해요!"

티베리우스 네로는 웃었지만, 아버지는 반감을 갖는 태도였다.

어쩌면 키케로는 우선 시저를 치켜세우고 이용한 후 적절한 시기에 권력을 빼앗아버리겠다는 속셈인지도 모르겠다. 의기양양하고 포식자 같은 미소를 취하는 그의 맞은편에 앉아있던 나는 그가 무언가 훨씬 더 끔찍한 일을 계획하고 있다는 걸 느꼈다. 훗날 시저가 이런 야비한 늙은이한테 자비를 구하는 모습을 생각하니 움찔했다.

키케로의 자신만만한 음모를 듣고 있는 어린 여인은 냉혈한이 아니었다. 오히려 마음속에 동정심이 커졌다. 나는 그때까지도 여전히 마음이 여렸고, 누구라도 보호하고 싶었다. 아버지와 그의 친구들을 청년 시저의 배신으로부터 보호하고 싶었고, 그 잘생긴 청년 시저 옥타비아누스를 키케로의 조롱에서 엿본 야만적인 행위로부터 구하고 싶었다. 만약 마크 안토니가 저녁식사에 참석했다면 내 동정심은 그에게조차 동정심을 느끼고 그를 보호하고 싶어 했을 것이다.

집에 돌아왔을 때 남편은 내가 키케로에게 했던 이야기를 꺼냈다.

"당신 말이 옳아. 나는 지금쯤 집정관이 되고도 남았어야 해. 그들이 나를 무시하고 그런 애송이에게 집정관에 버금가는 권력을 부여할 수 있다고 믿는다면 크게 착각하고 있는 거야. 다음에 키케로를 만나면 그 점을 분명히 해야겠어."

그는 내 목을 포옹하며 침대로 나를 끌고 갔다.

다음날 아침, 양장점에 가기 위해 시장으로 향했다. 가마를 타고 그리스 출신의 몸종 펠리아를 옆에 앉혔다. 가마 안은 자리가 널찍했고, 쿠션과 커튼은 노란색 비단이었다. 여섯 명의 가마꾼은 힘이 세고 잘생긴 이들로 선별했는데, 모두 올리브색 피부와 검은 머리로 비슷한 외모를 갖추고 있었다. 자고로 귀부인이라면 제각각인 가마꾼은 용납하지 않으리라.

비단 쿠션에 기대어 앉은 채 펠리아가 칠면조 깃털 부채로 시원하게 부채질해 주는 바람을 맞으며 나는 어제 저녁 식사 때의 일을 생각하지 않으려고 노력했다.

"부채질 그만해도 돼."

펠리아에게 말했다.

"어차피 부채질한다고 더 시원해지는 것도 아니잖니? 아직 도착하려면 멀었니?"

커튼을 옆으로 젖히고 밖을 내다본 순간 긴장감이 스쳤다. 인파가 북적이는 시장 거리에 청년 시저가 걷고 있었다. 그의 금발머리가 햇빛에 반사되어 빛났다. 잘 차려입은 두 청년이 그의 양옆을 따랐는데, 친구이자 수행원으로 동행하는 것 같았다.

나는 그 후에 그때 내가 한 일에 대해 왜 그랬는지 스스로 자문하곤 했다. 갑자기 그를 향한 강렬한 호감과 동정심이 나를 덮쳤다. 어쩌면 시저의 젊음이 나를 불렀는지도 모른다. 왜냐하면 나 역시 젊었기 때문에. 시저의 관심을 이쪽으로 돌리지 않을 수도 있었지만 충동이 일었다. 가마꾼에게 잠시 멈추도록 하고 시저를 손으로 가리키며 펠리아에게 일렀다.

"저 젊은 사람에게 뛰어가서 리비아 드루실라 부인이 이야기를 나누고 싶어 한다고 전해라."

그녀는 가마에서 뛰어내리고 지시에 따랐다. 시저가 펠리아를 따라 내 쪽으로 걸어왔을 때 상당히 우울해 보였는데 나는 그 이유가 몹시 궁금했다.

"어제 저녁에 당신이 떠난 후에 말이에요."

나는 가마꾼들이 듣지 않도록 작게 속삭였다. 펠리아의 입은 단속할 수 있지만 가마꾼들은 믿을 수 없었기 때문이다.

"어제 저녁이요?"

시저가 내 말을 들으려고 몸을 가마로 기댔다. 어찌나 가까이 다가왔는지 그의 코가 양쪽으로 젖혀둔 커튼에 닿을 정도였다.

"여러 가지 말이 오고갔어요. 당신의 미래에 대한 이야기요. 와중에 키케로가 아주 걱정스런 말을 했어요."

나는 키케로가 했던 위쪽을 가리키는 손짓까지 따라하며 그의 말을 되풀이했다. 내가 말하면서도 시저가 나를 바보 취급할까봐 두려웠다. '그래서 어떻다고요? 칭송을 받고, 명예를 얻고, 위로 올라가야 한다고 했다고요? 그게 왜 문제라는 거죠?' 그러나 그는 아무 말도 하지 않았다.

"올라간다고요? 키케로가 그렇게 말했다는 거죠? 정확하게 무슨 의미였을까요?"

"확신할 수는 없지만, 어쩌면 권력에서 제거하겠다는 뜻이 아닐까요? 아니면……."

"이 세상으로부터?"

"그를 믿는 건 위험한 일일 수도 있어요."

"나는 진심으로 그를 믿고 있어요. 그런데 그가 그렇게 말했다는 거죠? '그 소년은 칭송을 받고 명예도 얻어야 한다. 그리고 위로 올라가야 한다.' 확실히 그가 이렇게 말했어요?"

시저는 그의 머리를 흔들었다.

"지금까지 나는 그가 조금은 나를 좋아하고 있다고 생각했어요. 하지만 순전히 내 착각이었군요."

그가 거친 목소리로 덧붙였다.

"게다가 그는 상대를 존중하지 않아요."

순간 시저의 표정에 변화가 일었다. 전날 밤에 그는 굉장히 즐거워 보였는데, 지금은 눈이 충혈되어 있었다. 얼굴에는 긴장감과 고통이 배어 있었다.

"무슨 일이 생겼나요? 무슨 좋지 못한 일이라도……."

"어젯밤에 어머니가 갑자기 돌아가셨어요."

"저런, 안됐군요."

그는 고개를 돌렸다.

"어머니는 저에 대해 무척 염려했어요. 너무 많이 염려했죠. 그게 어머니를 많이 괴롭혔을 거예요."

그가 다시 내게 눈길을 돌렸다.

"키케로에 대해 말해줘서 고마워요. 고맙다고 내가 이미 말했나요? 지금 다소 혼란스럽고 정신이 없어서요. 어쨌든 고마워요."

방금 내가 저지른 행동이 초래할 결과에 대한 걱정이 나를 짓눌렀다. 나는 손을 뻗어 그의 손을 잡았다.

"나는 감사를 바라는 게 아니에요."

그리고 음성을 더욱 낮췄다.

"다만 내가 당신에게 키케로의 말을 전한 걸 아무한테도 말하지 않겠다고 약속해 주세요. 누구에게도 말하면 안 돼요."

"약속하죠. 믿어도 좋아요."

"당신 말을 믿을 수 있다는 건 알고 있어요."

어째서인지 나는 그런 생각이 들었다.

"당신의 우정을 소중하게 여기고 있습니다."

그가 '우정'이라는 단어를 사용한 데에는 폭넓은 의미가 있었다. 그러나 몇몇 여자들이 기대할 만한 로맨틱한 뉘앙스는 아니었다. 마치 내 손가락에 불이 붙기라도 한 것처럼 재빨리 그의 손을 놓았다.

"나는 당신의 첩자가 되지는 않을 거예요."

그는 놀라지 않은 얼굴로 고개를 끄덕였다.

"사실, 내가 당신의 친구가 될 수는 없어요."

나는 이 말을 뱉으며 목이 메는 걸 느꼈다. 그의 입매도 굳어졌다.

"이해해요. 당신의 충성심은 내가 아닌 다른 편에 속해 있죠."

내 충성심이라……. 그렇다. 나는 충성심을 가지고 있었다. 하지만 나는 그들을 배신했다. 아버지의 협력자인 키케로의 신뢰를 배신했다. 이것은 아버지에 대한 배신이나 마찬가지였다. 내가 방금 저지른 일이 믿기지 않았다. 심지어 나의 배신에 대해 마치 시저가 그렇게 하도록 종용한 것처럼 그를 비난할 뻔 했다. 그러나 잘못은 전적으로 나에게 있었다. 나는 그에게 매료되었다. 하지만 그러지 말았어야 했다. 나는 두 손으로 얼굴을 가리고 창피함에 몸을 떨었다.

"리비아 드루실라, 왜 그래요?"

손을 밑으로 내렸다.

"내가 한 일을 후회해요. 아버지에게 불충을 저질렀어요."

그는 고개를 끄덕이며 암담한 목소리로 말했다.

"물론, 가족에 대한 충성은 모든 미덕의 근본이지요."

그는 엷은 미소를 지었다.

"너무 자신을 탓하지 마세요. 무엇보다도, 당신의 동기는 선이에요. 그렇지 않나요? 그저 순수한 친절에서 비롯된 거잖아요?"

나는 대답하지 않았다.

"제 어머니도 무척 친절한 분이셨어요."

그는 말을 이었다.

"나는 요즘 이 세상에서 친절이 다 사라진 줄 알았어요. 어쨌든 내게는 그랬어요. 일반적으로 여자는 남자보다 훨씬 더 친절하죠. 아무런 대가 없이 내게 키케로를 조심하라는 경고를 해주려는 남자는 없었을 거예요."

"아무도 없다고요?"

"아닐 것 같아요?"

그는 어린 아이처럼 꾸밈없는 모습으로 고개를 흔들었다.

"리비아 드루실라, 당신을 너무 오래 붙들고 있었군요. 이러다가 다른 사람이 목격할지도 모르고, 그러면 당신이 곤란해질 수도 있겠지요. 그러니 이제 작별 인사를 해야겠어요. 하지만 이것만은 알아주세요. 나는 다른 사람이 내게 베푼 호의나 반대로 마음의 상처를 결코 잊지 않는다는 걸요. 나는 내가 받은 것에 이자를 더해 돌려주는 사람입니다. 당신이 내게 베풀어준 친절에 대해 감사해요. 결국에는 당신이 이 일을 후회하지 않게 될 거예요."

"키케로는 당신이 복수를 단념할 거라고 생각하고 있어요. 하지만 그렇게 생각하는 그가 어리석은 거죠?"

"오직 내 친구만이 그런 질문을 할 권리가 있어요."

시저는 내면을 바라보는 듯 눈빛을 바꾸었다. 너무 냉정하게 보여서 거리감이 느껴졌고 마치 전에 한 번도 본 적이 없는 사람을 보는 것 같았다. 마치 입 밖으로 꺼내지 않는 게 좋을 만한 말을 내뱉지 않기 위해 애쓰는 것처럼 입술을 굳게 물었다. 하지만 곧 표정이 누그러지며 내게 말했다.

"이 말은 해야겠군요. 만약 당신이 남편과 아버지로 하여금 브루투스로부터 거리를 두게 할 수 있다면 두 사람은 훗날 그것에 대해 당신에게 감사하게 될 겁니다."

나는 그의 말에 움찔했다. 남편과 아버지에 대한 은연중의 위협이 분명했다. 내가 저지른 죄가 얼마나 무거운 것인지 깨달았다. 내가 도와주려 했던 이 남자는 나의 가족을 죽게 할 적이었다.

그는 내 표정을 읽었다. 나는 그 점을 확신했다. 그는 그다지 놀라지는 않았지만 어딘가 슬픈 표정이었다. 만약 그가 내 표정을 읽을 수 있다면 나 역시 그렇다. 그는 자신의 생각을 소리 내어 말한 것이나 다름없었다. '지금 당신은 나를 정확히 보고 있고, 이제 당신은 나를 더 이상 좋아하지 않지요. 나는 더 이상 당신으로부터 어떤 호의도 기대할 수 없겠군요.'

"저는 이만 장례식에 입을 예복을 사러 가야겠습니다. 안녕히 가세요, 리비아 드루실라."

그는 그대로 몸을 돌려 걸어갔다.

그날 오후 어머니가 나를 찾아왔다. 이번 방문은 평소와 달랐다. 어머니는 종종 우리 집에 오곤 했는데, 대부분 동생 세쿤다를 데리고 왔다. 그럴 때면 어머니는 내가 미처 보지 못한 구석의 먼지를 찾으며 집 안팎을 샅샅이 살피곤 했다.

"아무리 유능한 하인이라도 시키는 일만 최소한으로 한다는 사실을 명심해야 한다. 그게 인간의 본성이다. 네가 게을러서 하인을 제대로 길들이지 못하면 너는 너저분한 가운데 살 수 밖에 없다."

어머니가 그렇게 말하면 나는 고분고분하게 고개를 끄떡였고, 세쿤다도 나를 따라 고개를 끄떡였다. 그러나 이번에는 동생을 데려오지 않았고, 살림살이에도 관심이 없었다. 우리가 정원에 앉았을 때 어머니는 서두 없이 말했다.

"어젯밤 식탁에서 네 행동은 볼썽사납고 무례했다. 나는 대단히 못마땅하고, 아버지도 그렇다."

묵묵히 정원 벽 가까이 있는 나무를 쳐다보았다. 이미 복숭아꽃이 만발했다. 어머니는 몸을 앞으로 당기며 내 무릎을 세게 쳤다.

"리비아, 잘 들어라. 여자도 정치에 영향력을 행사할 수 있다. 내 말은 그렇게 해야만 한다는 게 아니라, 다만 여자도 할 수 있다는 뜻이야. 그라쿠스 형제의 어머니인 코넬리아가 그랬다는 것을 만인이 다 알고 있지."

로마 시 포럼에는 약 백 년 전에 활동했던 로마의 위대한 정치 개혁가이자 평민의 우상인 그라쿠스 형제의 동상이 서 있다. 그리고 그 옆으로 여신이나 인격화된 형상이 아닌, 실존했던 로마 여성으로서는 유일하게 그들의 어머니의 동상이 세워져 있다.

"여성은 코넬리아가 한 것처럼 아들이나 혹은 남편을 통해서 영향력을 행사할 수 있다. 그 외에 다른 방법은 없어. 네가 정녕 이 점을 모른다는 게냐?"

"어떤 나라에는 여왕도 있어요. 그들이 왕국을 지배해요."

"나는 로마를 말하는 것이지 야만국을 말하는 게 아니다. 내 말 잘 들어라. 만약 키케로에게, 세상에, 키케로에게 네 충고가 필요하다고 판단될 때 네가 취할 태도는 남편의 귀에 속삭이는 것이다."

어머니는 잠시 시선을 피했다가 다시 입을 열었다.

"티베리우스 네로가 의견을 받아들일 가능성이 있을 때를 의미하는 거다. 그리고 네가 정말로 현명하게 제대로 처신하면, 다음날 아침 네 남편은 키케로가 어떻게 잘못된 선택을 했는지 깨달았다고 느낄 것이다. 문제점을 파악한 게 자기 자신이라고 확신하게 만들어야 한다는 뜻이다. 그러면 그는 곧장 키케로를 찾아가서 키케로의 생각에 잘못된 점이 있다는 걸 지적해 주려고 했을 것이다."

'그리고 키케로 역시 티베리우스 네로의 말은 들을지도 모르지'라고 나는 생각했다.

'그 늙은 염소는 아마도 자신이 가던 방향을 바꾸지는 않을 테지만, 적어도 티베리우스 네로가 하는 이야기를 들으려고 했을 거야.'

"여자가 원하는 것을 얻기 위해서는 여러 가지 방법이 있다. 만약에 네가 현명하다면 옳은 방법을 선택할 줄 알아야 한다."

"말씀하신 걸 잘 기억하겠어요, 어머니."

어머니는 한숨을 내쉬며 의자에 몸을 기댔다.

"꼭 그렇게 해라."

내가 기억하는 한 어머니와 나 사이에는 거리감이 있었다. 하지만 그때는 어머니가 자신의 방식으로 나를 아낀다는 것을 느꼈다. 그러자 어머니에게 속내를 털어놓고 싶어졌다. 나는 아버지와 티베리우스 네로를 향한 위협이라고 생각한 시저의 말을 어머니에게 들려 주었다. 어머니의 얼굴이 어두워졌다.

"그래, 네 아버지에게 말씀드려야겠구나."

줄리어스 시저에 대한 존경심을 표현하는 차원에서 그의 조카 아티아의 시신을 마르스 광장으로 나르는 운구 행렬에 원로원 의원 대부분이 참석했다. 어머니와 여동생, 나는 아버지와 티베리우스 네로 옆에서 걸어갔다. 고용된 장례사들의 통곡소리가 높았고, 반대로 아버지는 아주 낮은 목소리로 말했기 때문에 말을 정확히 알아듣기가 어려웠다.

"네 엄마에게 시저가 네게 한 이야기를 전해 들었다. 그가 친척을 죽인 사람들에게 호감이 없다는 사실은 놀랄 일이 아니다. 마찬가지로 그가 소년다운 허세로 너에게 그렇게 말한 것 역시 전혀 놀랍지 않다."

"저는 그게 단순한 허세라고 생각하지 않아요. 아버지도 그날 그의 표정을 보셨어야 했어요."

아버지는 재미있다는 듯 코웃음을 던졌다.

"소년이 잘 보이고 싶은 소녀에게 말을 하는데, 과격하게 보이고 싶은 게 정상이다."

"아버지, 그에게 군대를 양성할 권리를 줘도 괜찮을까요?"

"키케로는 시저와 많은 시간을 함께 보내고 나서 그가 공화국의 충성스런 아들이라는 결론을 내렸다."

"키케로가 어리석은 거라면 어쩌죠?"

아버지는 다소 퉁명스럽게 말했다.

"키케로는 로마에서 가장 현명한 사람으로 정평이 나 있다. 함께 식사하던 날 네가 저지른 결례에 어처구니가 없었다. 하지만 네 엄마가 이미 그에 관해 주의를 주었다고 하니 내가 더 말할 필요는 없겠다."

"아버지."

"하고 싶은 말은 다했다. 이제 조용히 죽은 이의 명복을 빌어주자."

나는 광장을 가득 메운 인파의 앞쪽에 가족과 함께 서 있었다. 수의로 감싼 아티아의 시신이 경건한 분위기 속에 장작으로 쌓은 제단 위에 안치되었다. 주위로 향내가 짙게 풍겼다. 사제들이 기도하는 동안 장례사들은 소리 높여 통곡하며 자신의 옷을 찢었다.

죽은 사람의 조상 가운데 위대한 인물을 묘사한 탈을 쓴 십여 명의 사람들이 내 시선을 가로막아서 처음에는 시저를 보지 못했다. 주위가 조용해지고 탈 쓴 남자들이 옆으로 물러서자 청년 시저가 어머니의 시신 쪽으로 횃불을 들고 다가왔다.

나는 그의 옆모습을 똑똑히 볼 수 있었다. 검은 토가를 입은 그의 얼굴은 창백하고 우울해 보였다. 그의 곁에 자리한 금발의 아름다운 여성은 몇 살 터울 나는 그의 누나였다.

시저를 보는 순간 나는 이해할 수 없는 감정을 느꼈다. 그를 향한 경계심이 일어나는 대신 안쓰러운 마음이 들었다. 가족과 함께 있기보다 시저의 옆에 가서 서 있고 싶었다.

시저가 모친의 시신이 놓인 장작더미에 횃불을 갖다 대자 불이 타오르기 시작했다. 그는 뒤로 물러서서 횃불을 든 채 연기가 피어오르는 모습을 지켜보며 동상처럼 서 있었다. 그때 그는 다른 사람이 보았다면 다소 이상하게 여길 만한 행동을 했다. 나 이외에 누구도 눈치 채지 못했지만, 그는 머리를 돌려 그로부터 몇 미터 떨어진 곳에 상원의원들과 가족들이 서 있는 쪽을 돌아보았다. 그리고는 마치 누군가를 찾는 듯이 군중 위로 이리저리 시선을 옮기다가 나와 눈이 마주쳤다.

나는 왜 그런지 그에게 뛰어가서 그를 붙들고 나를 쳐다보게 하고 싶은 감정을 느꼈다. 우리는 꽤 길게 서로를 바라보았다.

이윽고 그는 고개를 돌려 횃불을 불속에 던지고 장작이 타는 것을 바라보며 뿌연 연기 속에 서 있었다. 내가 가족들과 함께 광장을 떠날 때까지도 그는 자식 된 도리로 여전히 그 자리에 서서 불길을 지켜보고 있었다.

그 후 시저 옥타비아누스와 키케로는 공적으로 친밀한 관계를 유지했다. 시저는 키케로가 자기에게 아버지 같은 존재라는 것을 공공연하게 이야기했다. 키케로는 몇 차례 연설에서 마크 안토니가 정치인으로서 뿐만 아니라 한 남자로서도 부패하고 성적으로 추잡한 인물이라고 질타했다. 반면 시저를 칭찬하며 '하늘이 내려준 젊은이'라고 치켜세웠다. 그는 원로원에서 "여러분 앞에서 엄숙하게 맹세하건대, 그는 지금 우리가 칭송하는 훌륭한 시민의 모습 그대로 영원히 변치 않을 것이다"라고 단언했다.

키케로의 지지를 기반으로 시저는 로마의 지방장관으로 임명됐다. 그는 법의 테두리 안에서 합법적으로 사병의 규모를 키웠고, 이듬해 군사를 끌고 마크 안토니로부터 데시무스 브루투스를 구하기 위해 진격했다. 안토니와 대적할 군대는 시저 자신의 부대와 최근 새로 임명된 두 집정관들이 통솔하는 좀 더 큰 규모의 부대가 포함되었다.

4월에 그들은 안토니와 격돌했다. 전투에서 집정관 둘이 모두 사망한 반면 시저는 경험 부족에도 불구하고 잘 싸웠다. 싸움에 패한 안토니와 군대는 후퇴했다.

시저는 본인의 군인들은 물론 원로원 집정관의 군인들까지 지휘하게 되었다. 원로원은 그에게 전령을 보내어 지휘권을 데시무스 브루투스에게 넘기도록 명령했다. 하지만 시저는 군인들 대부분이 줄리어스 시저를 섬겼던 이들이기 때문에 그의 암살에 관련된 사람의 명령을 따르지 않을 것이라며 그 명령이 불가능한 이유를 예의바르게 써서 보냈다.

데시무스 브루투스의 사절이 시저의 진영에 도착하여 협상과 두 사령관 사이의 회의를 제안했을 때 시저는 그것 역시 불가능하다고 설명했다. 데시무스 브루투스는 자신의 종조부이자 양아버지를 살해하는 데 참여한 사람이었다.

"하늘이 내게 데시무스와 눈을 마주해서도, 말을 섞어서도 안 된다고 금하고 있다. 그는 스스로 자신의 안위를 돌봐야 할 것이다."

다시 말해, 데시무스가 살고 싶다면 도망가라는 말이었다.

데시무스는 시저와 안토니 사이에서 꼼짝하지 못 하는 처지가 되었다. 그의 군인들이 탈영하기 시작했다. 그는 얼마 남지 않은 충성스러운 수하를 이끌고 마케도니아로 도주를 시도했다. 공화정 소속 부대들이 마르쿠스 브루투스의 지휘 아래 그곳에 모여들기 시작하고 있었기 때문이다. 그러나 데시무스는 갈리아의 야만인 부족에게 사로잡히고 말았다.

로마군을 두려워하는 갈리아 사람들은 안토니에게 전문을 보내어 자신들이 붙잡은 로마 포로들의 처리를 물었다. 안토니는 그들을 죽이라고 했다. 야만인들은 기꺼이 그들을 도끼로 찍어 죽였다.

시저는 8개 사단 5만 병력의 충성심을 확보했다. 그는 백부장 400

명으로 구성된 대표단을 로마로 파송했고, 그들은 원로원에 두 가지 요구 조건을 내놓았다. 하나는 시저의 군인들에게 상여금으로 황금을 지급하라는 것이고, 또 하나는 자신들의 사령관에게 집정관의 직위를 달라는 것이었다.

티베리우스 네로는 그들을 설득하려고 노력했다. 평민 출신의 백부장들은 스스로의 판단과 용기 때문에 권위 있는 지위까지 오른 이들이었고, 티베리우스 네로를 군인으로서 존경했기 때문에 그의 말에 귀를 기울였다. 반면 원로원에 대해서는 경멸의 눈초리만 보냈다.

"그들은 '원로원이 평민을 위해서 아무것도 하지 않았다'고 말하며 불만을 표했지."

티베리우스 네로가 내게 전했다.

"그들은 줄리어스 시저를 지극히 숭배했고, 청년 시저가 로마의 미래를 위한 위대한 희망이라고 주장했어. 그들의 생각을 도저히 바꿀 수 없었어."

다음날 백부장 몇 사람이 원로원에서 연설을 했다. 그중 하나가 칼을 빼들고 외쳤다.

"시저를 집정관으로 세워라. 그렇지 않으면 우리가 이 칼로 빼앗을 것이다."

원로원은 백부장들에게 돌아가서 시저에게 요구가 거절됐다는 것을 전하라고 명령했다. 곧 우리는 시저 옥타비아누스가 로마로 진격하고 있다는 사실을 알게 되었다.

겨울이 되어 낮이 짧아졌다. 시저군은 로마 시에 다다랐다. 우리는 함께 저녁식사를 했다. 어머니와 아버지, 티베리우스 네로와 내가 있었다. 세쿤다는 아랫입술을 덜덜 떨었다. 지금 일어나고 있는 상황을 이 아이가 과연 얼마나 이해하고 있을지 궁금했다. 어쩌면 두려울 정도로 충분히 이해하고 있는지도 몰랐다.

"키케로가 협상을 촉구했지만, 그 소년은 더 이상 협상은 없다고 했어."

아버지가 말하는 사이 어머니는 하인에게 두 번째 코스를 가져오고 와인잔을 채우라고 손짓했다.

"그냥 와인 말고 쥬디안 빈티지 와인을 가져와."

어머니는 티베리우스 네로에게 긴장된 웃음을 지어보였다.

"특별히 우리 사위가 왔으니까."

"고맙습니다. 하지만 저는 보통 와인이면 충분해요."

남편이 말했다.

"무슨 그런 말을."

"협상은 소용없을 거예요."

티베리우스 네로가 아버지에게 말했다.

"키케로가 뻔뻔히 얼굴을 들고 다닌다는 게 놀라울 따름이죠."

"비열한 부랑배가 그를 속인 거지."

아버지가 말했다.

"닭요리가 잘 익었으면 좋겠네요."

어머니가 말했다. 그때 하인이 쥬디안 와인을 들고 와서 각 잔에 부었다. 이어서 두 번째 코스가 나왔다. 이런 상황에서도 어머니는 민트와 식초 소스로 구운 참치요리와 구운 닭고기를 준비하라고 시켰다. 고수를 곁들인 렌즈콩 요리도 있었지만, 배고픈 사람은 없었다.

"닭고기가 참 맛있네요, 엄마."

세쿤다는 곧 울 것 같은 모습이었다.

"이곳을 떠나기는 어려울 거라 생각해요."

어머니가 아버지에게 말했다.

"그렇게 하기에는 너무 늦은 것 같지 않아요?"

"늦었지. 길이란 길은 이미 다 막혔어. 고위층 사람들이 탈출하는 길에 귀중품을 노린 악당들의 집중공격을 받고 있어. 시저의 군대가 빠르게 진격해 오기 때문에 떠나는 게 더 위험해."

"그렇군요."

한동안 우리는 묵묵히 접시를 비우려고 노력했다. 나는 두 달 전 아이를 가졌다는 사실을 알았다. 남편은 그것이 아들이기를 간절히 바랐다. 매일 아침 토기가 일었다. 적의 군대가 로마로 진격했고, 뱃속의 아이는 임신 전보다 스스로를 더욱 약하게 느끼도록 했다.

"그들을 막을 방법이 없어요."

남편이 아버지를 향해 입을 열었다.

"대적할 군대가 없어요."

"항복해야 한다는 말인가? 상황이 정말 그 정도로 나쁜가?"

"다른 대안이 뭐가 있겠어요?"

아버지는 손으로 얼굴을 덮었다.

시저가 도시로 진입하면 원로원은 맞서 싸우려고 할까? 싸움에서 누가 이길지는 불 보듯 뻔했다. 전쟁이 끝난 다음에는 어떻게 될까? 시저가 양아버지의 살인자들과 연대한 모두를 처형하라고 명령할까? 심지어 그들의 가족까지 함께 처단하려고 할까?

상황이 최악에 달하면 어떻게 될까?

만약 그렇게 되면, 나는 시저에게 달려가 그의 무릎을 부여잡고 애원할 것이다. 내가 한때 그에게 친절을 베풀었던 걸 기억해 주기를 희망할 것이다. 또 아버지와 어머니, 여동생의 목숨을 살려달라고 애걸할 것이다. 그래, 남편을 위해서도 그리할 테다. 그리고 나 자신과 아직 태어나지 않은 아기의 생명도 살려달라고 간청할 것이다.

아버지는 허망하고 고통스런 표정을 지었다. 어쩌면 과거로 돌아가서 지난해를 다시 살 수 있으면 하고 바랐는지도 모른다. 예리한 식견에도 불구하고 아버지는 브루투스를 따랐고, 이후에는 키케로를 지지했다. 심지어 그들이 어리석은 행동을 하는데도. 아버지는 다른 사람의 판단을 지나치게 신뢰하는 충직한 사람이었다. 나는 아버지 때문에 울고 싶었다.

만약 살아남는다면 결코 아버지가 했던 행동은 답습하지 않을 거다. 어느 누구의 판단도 따르지 않고, 세상을 너무 낙관적으로 보지도 않겠다. 나는 그렇게 결심했다. 절대로 눈이 가려진 사람은 되지 않겠다.

내가 살아남는다면.

5

집으로 돌아왔을 때 남편이 말했다.

"식사하면서 통 말이 없던데, 평소 당신 같지 않았어."

"할 말이 없었어요. 로마인이 로마로 쳐들어와서 집정관의 자리를 요구하다니! 도대체 어떤 사람이 그런 짓을 할 수 있죠?"

"너무 괴로워하지 마, 아기를 생각해야지."

아기를 생각하라.

나는 아기가 이 세상이 어떤 곳인지 미리 조언을 받고 태어나 어리석은 광대놀음에 끼어들지 않는 올바른 사고를 갖는 게 더 낫지 않은가 생각했다. 남편과 함께 침대에 누워 잠이 들었는데, 한밤중에 누군가 배를 칼로 찌르는 듯한 고통에 눈을 떴다. 유산은 피를 보는 끔찍한 일이었고, 산파도 마땅히 나를 편안하게 해줄 수 있는 일이 없었다. 그 후 며칠 동안 남편과 부모님은 내가 죽을까봐 근심했다. 나는 내가 얼마나 위험한 상태인지 느끼지도 못할 만큼 무감각한 혼수상태로 누워 있다가 서서히 회복되기 시작했다.

나는 출산을 기다리며 설레고 기쁜 흥분감을 느끼지 못했다. 아마도 몸이 자주 아팠고 불안함에 사로잡혀 있었기 때문일 것이다. 하지만 막상 지금은 마치 내 일부가 찢겨나간 것 같은 상실감을 느꼈다.

고열과 통증에 사로잡힌 채 침대에 누워 있으면서 아기를 팔에 안으면 기분이 어떨지, 걸음마를 이끄는 기분은 어떨지 생각해 보았다. 어린 아들이 정원에서 "엄마!" 하며 소리치고 달려오는 모습을 떠올려 보았다. 그리고 태어나지도 못한 그 아이 때문에 마음이 아팠다.

시저 군대가 로마로부터 하루 정도 떨어진 거리에 잠시 멈추었다는 소식을 들었을 때에도 나는 여전히 침대에 있었다. 그는 원로원에 서신을 보내거나 위협하는 행동을 보이지 않고, 그저 조용히 기다렸다.

결국 원로원이 항복하고, 그를 집정관으로 추대했다.

침대에서 몸을 일으키고 쿠션을 쌓아 등에 받치고 기대어 앉았다. 남편이 자주색으로 가장자리를 장식한 원로원 토가 차림으로 침실로 들어와 곁에 앉았다. 여러 날 동안 밤잠을 설친 탓에 피곤한 듯 지친 눈이 움푹 들어갔지만 나를 안심시키는 미소를 지었다.

그래서 나는 생각했다.

'우리 모두 살아남을 수 있겠구나.'

나는 남편이 불쾌함 없이 대답할 만한 질문을 찾으려고 노력했다.

"시저의 태도는 어땠어요?"

"오, 그는 매우 예의 바르고 대단히 이성적이었어. 소년다운 오만불손함도 없었고. 그는 마치 50년간 치안판사로 재직한 사람 같은 태도로 행동했지. 그는 우리에게 아피아 가도까지 나와 자신을 맞이하고 도시 안으로 안내해 주어 감사하다며 인사하기까지 했어."

"원로원 모두 함께했나요?"

"응, 그랬지. 전원이 참석했어."

'아버지도?'라고 묻고 싶었다. 하지만 남편이 이미 '전원'이라고 말하지 않았는가.

"물론, 우리는 그를 따뜻하게 환영했지. 많은 사람이 그의 뺨에 입을 맞추었는데, 나는 하지 않았어. 어쩌면 나도 했어야 했는지 모르지. 아마 그는 내가 자신에게 반감을 갖고 있다고 생각할 수도 있을 거야. 어쨌든 그는 열렬히 환영해줘서 감동받았다고 했어. 그는 제우스 신전에서 공식적으로 원로원 집정관으로서 제물을 올렸지. 그런 다음 우리가 그를 포럼으로 인도했고, 길가의 군중은 열렬히 박수치며 환호했어. 그는 연단에 올라가서 부드러운 어조로 앞으로 어떤 일을 할 지 연설했어."

로마에서 집정관은 회의를 주재하고 원로원에서 결정된 사안을 수행하는 자리다. 그러나 모두가 알고 있듯이 시저는 군대의 지지를 받고 있다. 따라서 그는 의장 역할 이상도 할 수 있을 것이다. 그는 모든 것을 지휘하고, 원로원의 묵인 하에 자신이 바라는 대로 이끌어갈 게 분명했다.

"그래서 그는 앞으로 무슨 일을 할까요?"

나는 긴장된 목소리로 물었다.

"우선 자기 아버지의 살인자들을 법정에 세우려고 할 거야."

나는 티베리우스 네로의 팔을 붙잡았다.

"아니야, 여보, 그는 단순 공모자들을 뜻하는 게 아니라 실제적으로 칼을 휘두른 사람을 가리키는 거야. 그들은 이미 로마를 떠났지만 말이야. 조만간 재판이 열리고 '유죄' 판결이 내려지겠지. 브루투스와 그 일당은 심리에 출석하지 않은 채로 결석 재판을 받고 부재자 유죄 판결이 내려질 거야."

"당신과 아버지는 아니고요?"

"아니야. 확실히 아니야. 시저가 이성적인 사람이라고 말하지 않았던가? 그는 양아버지의 동상을 포럼에 설립하기 위해 공적자금 할당을 요청했는데, 막무가내가 아니라 우리 원로원에서 그것이 합당한 일이라고 생각하면 해달라고 했어. 물론 그 동상은 세워지겠지. 서둘러서 말이야."

티베리우스 네로는 내 손을 쓰다듬었다.

"모레 시저는 군대를 이끌고 행진을 할 거야. 헌재 11개 사단을 통솔하고 있다고 무심코 말하더군. 그는 안토니를 로마의 평화를 위협하는 존재라고 규정하고 그로부터 공화국을 수호할 거라고 했어. 맙소사, 우리는 굴욕을 느꼈지만, 어쨌든 시저는 아무도 죽일 계획은 없는 것 같았고, 서둘러 이 도시를 떠나고 싶어 하는 것처럼 행동했어."

"과연 누가 로마를 통치할까요?"

"시저가 자기 수하를 뽑아서 통치하도록 하겠지. 리비아, 내가 오늘 알아낸 게 뭔지 알아? 그 소년은 아직 면도도 하지 않았어. 워낙 밝은 금발인데다 선천적으로 털이 많지 않아서 겨우 턱에 까칠하게 수염이 났을 뿐이야. 그리고 윗입술에 갓 털이 났더군. 하지만 그는 소위 아버지의 원수를 갚을 때까지 수염을 깎지 않겠다고 맹세했어. 면도하는 기분은 그 어린아이에게 새로운 경험이 되겠지."

남편은 얼굴을 돌렸다.

"신들이 우리를 보고 얼마나 웃으실지."

지금 나 자신에게 당시 시저에게 가졌던 감정이 무엇인지 물어본다. 순수한 혐오감이었을까? 시저가 한 일의 대담성에 대해 경탄하지는 않았던가? 만약 그랬다면 나는 감정을 인정하지 않은 것이다. 시저는 내가 사랑하는 모든 이에게 위협적 존재였고, 아버지가 가르친 모든 진리를 의심케 했다. 나는 아버지가 내게 보여준 로마제국의 이상에 대한 존경심을 가지고 있었다. 세상의 많은 나라에는 왕이 존재하고, 백성들은 한 사람의 통치자에게 고개를 숙였다. 반면 로마에는 법에 근거한 정부가 있었고, 국민이 행정장관을 선출했고, 이들 중에서 원로원 의원들이 선출되었다. 원로원은 한때 공익을 추구하는 사람들이었다. 나는 정부가 부패했다는 것을 알았다. 지난 수백 년간 부와 권력을 가진 사람들이 시민들의 의사를 누르기 위해 폭력을 행사했고, 원로원은 소수만을 위한 독재 정치기관이 되었다. 그러나 아버지처럼 나 역시 공화정이 정화될 수 있고 다시 예전의 상태로 돌아갈 수 있다고 믿었다. 그러나 만약 시저가 자기 뜻대로 로마를 다스린다면 청렴한 공화정으로의 회복은 불가능할 것이다. 나는 내가 한때 끌렸던 사람으로서가 아니라 풀어야 할 문제라는 시각에서 그에 대해 생각해 보려고 노력했다.

　다음날 재판에서 브루투스와 일당들에게 순조롭게 유죄 판결을 내리는 동안 나는 침대 위에 앉아 베개에 기댄 채 시저 옥타비아누스의 영혼을 소환하듯 그를 떠올렸다. 자주색으로 장식한 집정관 토가를 입은 상상 속 그의 모습이 내 발 가까운 의자에 자리를 잡고 앉았다. 빛이 나도록 잘생긴 그의 얼굴을 그려보면서 남편이 말한 이제 막 털이 자라기 시작한 까칠한 턱과 몇 가닥의 콧수염도 추가했다.

'원하는 게 뭐죠?'

나는 그에게 물었다. 그는 대답했다.

'최고의 권력.'

'그 다음에는?'

'아버지의 복수를 갚아야겠죠.'

'양아버지를 무척 사랑했기 때문에?'

'그들이 내 아버지를 덮쳤어요. 한 사람을 상대로 50명이나 덤볐죠. 내 아버지로부터 자비를 선물 받았던 사람들인데 말이에요. 그런데 그를 칼로 찌르고 또 찌르고 다시 찔렀습니다. 내가 그 사실을 잊었다고 생각하시나요?'

'당신의 종조부는……'

시저가 내 말을 가로막았다.

'내가 그를 아버지라고 부르게 해주시죠. 줄리어스 시저는 내가 늘 존경해 왔던 아버지였습니다. 생부는 내가 기억하기도 전에 돌아가셨거든요.'

참 이상한 일이었다. 지금 나는 시저 옥타비아누스에게 아무런 동정심을 느끼지 않는다. 혹은 적어도 없다고 믿었다. 하지만 알 수 없는 유대감이 있었다. 마치 그의 감정을 느끼기라도 하는 것처럼.

시저의 유령이 말했다.

'나는 줄리어스 시저를 통해 나 자신을 봅니다. 아버지가 나를 통해 자신을 보았던 것과 마찬가지로요. 나는 진심으로 그를 사랑했습니다.'

'그러나 이 모든 게 전적으로 당신 아버지에 대한 사랑 때문인 건 아니잖아요. 당신이 복수를 꿈꾸는 이유가 오로지 그에 대한 애정 때문인가요?'

'맞아요, 그렇지는 않죠. 나 자신의 명예를 위해서이기도 해요. 내가 복수하지 않으면 수하의 군인들이 나를 존경하지 않고 따르기를 망설일 테니까요.'

'당신은 이 재판을 최우선 순위에 두고 있어요. 모든 일이 법 안에서 적법하게 집행되고 있다는 걸 보여주고 싶은 거죠.'

유령은 미소를 지었다.

'정확합니다.'

'브루투스와 그 일당이 유죄 판결을 받으면 당신은 서둘러 떠나겠죠. 안토니를 잡으려고……?'

시저는 머리를 갸웃거리며 나를 응시했다.

'지금 내가 그와 싸울 이유가 있나요?'

'당신은 그렇게 하겠다고 말했잖아요.'

그는 웃었다.

'그러나, 리비아 드루실라, 내가 말한 걸 반드시 행동으로 옮기지는 않는단 걸 우리 둘 다 알고 있지 않나요?'

시저의 군대와 안토니의 군대가 서로를 향해 진군했다. 시저는 로마에서, 안토니는 갈리아에서 출발했다. 양측은 라비니우스 강에서 행군을 멈추고 반대쪽 강둑에 각각 진을 쳤다. 강 중간에 자리한 작은 섬이 양쪽 강가에서 다리로 연결되었다. 전임 집정관인 레피두스가 안토니의 진영에서 이 섬으로 걸어왔다. 레피두스는 줄리어스 시저의 지지자 가운데서 안토니 다음가는 지위에 있던 사람이었다. 그가 숨겨진 무기와 숨어 있는 암살범들이 있는지 수색했다. 발견한 것이 없을 때는 망토를 흔들었다. 이것은 사전에 합의된 신호였다. 시저와 안토니는 각자 홀로 무장을 푼 채 다리를 건너 섬으로 왔다.

시저와 안토니가 연대를 구축했다는 이야기가 로마에 퍼진 직후에 아버지가 나를 보러 왔다. 우리는 남편과 내가 공동으로 사용하는 서재에 앉았다. 집에서 내가 가장 좋아하는 공간이었다. 가을 햇빛이 창문을 통해 흘러들어서 아버지의 희끗한 머리를 금발로 바꾸어 놓았다.

아버지는 내게 시저와 안토니의 연합군이 그리스에서 브루투스의 군대와 싸우기 위해 대규모의 병력을 집결시키고 있다고 말해 주었다.

"현재 내가 원로원 의원이기 때문에, 몇몇 사람들은 내가 로마 시내에 남아서 때가 올 때 정치적으로 적절한 행동을 하는 것이 더 나을 거라고 주장한다."

아버지는 말했다.

"티베리우스 네로는 이곳에 머물고 싶다는 의사를 알렸다. 그 또한 명예로운 길이다. 그러나 또한 한편으로 이것은 나라의 운명이 결정되는 전쟁이기 때문에, 그래서 개인적으로 나는 참여해야만 한다."

필사적으로 가지 말라고 사정했지만, 아버지는 내 간청을 들으려고 하지 않았다. 다만 세쿤다의 결혼식을 보려고 출전을 잠시 연기했을 뿐이었다. 동생은 불과 열두 살이었다. 평소라면 그렇게 일찍 결혼시키지 않았을 테지만, 아버지는 그 아이가 정치와 무관한 가족과 인연을 맺어서 혹여 자신이 패배하는 경우가 벌어지더라도 안전하게 보호되기를 희망했다.

브루투스에게 합류해 공화국을 위해 싸우겠다는 아버지의 결정에 대해 어머니가 반대한다는 소리는 듣지 못했다. 아버지와 어머니 둘만 있을 때는 만류했을지도 모르지만, 나는 알 수 없었다. 아버지가 로마를 떠나기 전 함께한 가족 식사 때 아버지를 쳐다보는 어머니의 얼굴에는 두려움이 어려 있었다. 마음이 아팠다. 어머니와 나는 브루투스가 전쟁에서 패할 경우 다시는 아버지를 보지 못하게 될 지도 모른다는 같은 두려움을 느꼈다.

아버지에게 작별키스를 하며 눈물이 흐르지 않도록 속으로 삼켰다. 이것은 정말 끔찍한 이별이었다.

시저가 내 먼 사촌이자 마크 안토니의 의붓딸인 클라우디아와 결혼했다는 소식을 들었다. 그녀는 불과 열 살이었고 성인이 되려면 아직 2년을 더 기다려야 했지만 그 결혼이 시저와 안토니의 혈연적 유대를 만들어 주었다.

한동안 상황은 더디게 흘러갔다. 나는 지난 80년간 로마가 어떤 모습이었는지 곰곰이 생각해 보았다. 선이라고 생각하는 정치적 명분 때문에 되풀이하여 사람들이 죽었고, 뒤에 남겨진 아내와 자녀들은 살기 위해 몸부림쳤다.

나의 경우에 가난은 크게 두렵지 않았다. 그보다 더 끔찍하고, 그보다 명확하지 않은 것이 내 공포의 대상이었다. 내가 진정으로 두려워하는 것은 우리 가족의 완전한 파괴였다. 심지어 그것이 어떤 형태로 이루어질지 확실하지 않았음에도.

달거리는 언제나 규칙적이었기 때문에 나는 두 번째 임신을 확신했다. 계산에 의하면 11월에 아기를 낳게 되는데, 아버지가 말했던 큰 전쟁이 그때 발생하지는 않을지 걱정이 되었다. 만약 공화국이 패배하면 어떡하나? 더불어 아버지와 남편도 쓰러지면 나는 어떻게 해야할까? 그 와중에 어떻게 아기를 돌볼 수 있을까?

티베리우스 네로는 한 번도 직접적으로 말하지는 않았지만, 자기가 잘못된 선택을 했다고 생각하는 듯했다. 또한 내가 느끼기에 그는 자신이 생각하는 바를 스스로에게 시인하는 것을 부끄럽게 여기고 있었다. '나는 바보였어. 그리고 이제는 안전을 위해 꽁무니를 빼고 도망쳐야 해.' 수치심이 그를 마비시켜 버렸다.

어느 날 밤 잠자리에서 나는 그의 귀에 대고 속삭였다.

"여보, 줄리어스 시저가 없는 지금 살아있는 장군 중에 누가 최고의 장군이에요?"

남편은 웃었다.

"당신은 이게 부부 사이에 잠자리에서 할 이야깃거리라고 생각하는 거야?"

"누구에요?"

그는 탐구심 강한 아이 같은 목소리로 말했다.

"가장 훌륭한 장군은 의심할 바 없이 마크 안토니지."

"하지만 일전에 시저와 격돌했을 때 패배했잖아요."

"시저가 안토니 군을 격퇴시킨 것은 안토니가 위대한 장군이 아니어서가 아니라 로마 군인들 때문이었어. 심지어 안토니를 따르던 군인들마저도 줄리어스 시저가 선택한 후계자와 싸우기를 거부했지."

"그러면 안토니는 가장 훌륭한 장군이고, 청년 시저는 군인들의 충성심을 얻고 있네요. 맞나요?"

"맞아."

"그들은 지금 연합했지요?"

"그래, 맞아."

그의 목소리에서 밝은 기운이 사라졌다.

"당신은 결코 줄리어스 시저에게 맞선 적이 없었어요. 몇 년 동안 당신은 그를 충성스럽게 보좌했죠."

"지금 무슨 소리하는 거야, 리비아?"

"당신이 오랫동안 줄리어스 시저를 적대시하지 않았다는 거예요. 그리고 당신이 시저의 살해 음모를 미리 알고 있었다는 사실을 시저의 친구들은 몰랐고요. 그들이 당신을 미워할 특별한 명분이 없어요. 청년 시저는 더욱 없구요. 혹시 마크 안토니는 당신에게 악감정이 있을지 모르겠네요."

"그가 나에게 악감정을 품을 까닭이 뭐가 있어서? 갈리아 전쟁에서 나는 그의 휘하에서 싸웠어. 그는 내 상관이었지. 게다가 그의 동생 루시우스는 나와 좋은 친구 사이야. 내 자랑을 하려는 게 아니라, 전쟁에서 루시우스의 목숨을 구해준 적도 있어."

"그랬어요? 처음 들어보는 얘기인데요."

나는 티베리우스 네로에게서 그가 루시우스의 목을 향해 내리치는 칼을 어떻게 막아주었는지에 관한 이야기를 끌어내었다. 한 군인이 다른 군인을 구해주는 일은 전쟁에서 흔히 있는 일일 것이다. 하지만 루시우스는 감동적인 어조로 남편에게 감사했다.

나는 남편의 어깨에 뺨을 댄 채 새 아기가 잠들어 있을 내 배를 만졌다.

'이 아이, 이 아이야말로 내가 섬겨야 할 가장 중요한 존재야.'

"왜 이런 질문을 하지? 도대체 무슨 말을 하려는 거야?"

티베리우스 네로의 목소리가 조심스러워졌다. 나는 대답하는 대신 말했다.

"아무래도 당신 아들을 가진 것 같아요."

"정말?"

그는 내게 키스했다.

"이번에는 아무 일도 일어나선 안 돼. 나는 이제 곧 마흔이야. 첫 아들을 얻기엔 너무 늙었지. 세월이 무상하군."

"당신은 늙지 않았어요. 그리고 아이는 당신이 마흔이 되기 전에 나와요. 겨울이 오기 전, 11월에 우리 티베리우스가 태어날 거예요."

로마의 아들은 관습대로 아버지의 이름을 따서 이름 지어진다. 그러나 아기는 내 아이가 될 것이다. 절대로 고아가 되어서도 발에 채이거나 업신여겨져서도 안 된다. 남자답게 멋지게 성장할 때까지 조심스럽게 양육되고 보호 받아야 한다.

"내가 안토니와 모종의 협정을 맺으면 당신이 더 안전하다고 느끼겠어?"

"신중하게 처리해야 한다고 생각해요. 안토니는 원로원에서 자기 편이 더 필요하겠죠? 동료가 필요 없을 정도로 충분히 강하지는 못하잖아요?"

'이 말을 하고 있는 사람이 나예요? 나? 아버지의 딸 리비아 드루실라?'

남편은 길게 한숨을 내쉬었다.

"하지만 마크 안토니한테 고개를 숙이자니……."

"당신이 그를 만날 필요는 없지 않을까요? 직접 갈 까닭이 없다면요? 만약 당신이 루시우스한테 연락하면, 그는 당신의 친구이고 당신에게 목숨을 빚진 일도 있고…….”

“그렇지, 루시우스는 좋은 녀석이야.”

그는 내 머리카락을 쓰다듬었다.

“당신이 그에게 메시지를 보낼 방법이 있겠죠? 루시우스에게 말이에요.”

“방법이 있지.”

‘용서하세요, 아버지. 용서하세요. 용서하세요. 용서하세요.’

“만약 브루투스가 이기면…… 오, 제우스신이시여! 브루투스가 이기게 하소서! 그렇게 돼도 문제가 되지는 않을 거예요. 그러니까 공개적으로 사람들에게 알려지지 않을 테니까요. 그렇죠?”

“하지만 여전히 썩 내키지는 않아.”

티베리우스 네로가 말했다.

“물론 그렇겠지요. 당신은 명예롭고 훌륭한 사람이니까요. 그러나 시절이 좋지 못해요. 이 문제를 이런 식으로 바라보세요. 그게 군인 한 사람을 시저와 안토니 연합군에게 추가하는 일일까요? 브루투스에게서 한 명을 빼앗아 오는 일일까요? 전혀 그렇지 않아요. 당신은 안토니에게 미래의 우정 외에 그 이상은 제안할 게 없어요.”

“그러나 그런 생각을 하는 자체가 싫어. 당신이 아이를 임신한 동안에 미래에 대해 염려하는 걸 원치 않기 때문이지, 그런 게 아니었다면 고려하지도 않았을 거야.”

“여보, 당신이 안토니에게 대가 없이 충성을 바친다면, 그건 잘못이라고 생각해요. 당신이 왜 그래야 하죠? 당신은 티베리우스 네로예요. 그의 동생의 생명을 구해준 훌륭한 군인이에요. 당신이 그 대가를 원한다는 걸 안토니에게 당당히 밝혀요. 나는 당신이 지방장관직을 요구할 수도 있다고 생각해요."

티베리우스 네로는 크게 웃었다.

"세상에. 루시우스가 나를 지지해주면, 어쩌면 마크 안토니가 내 부탁을 들어줄 수도 있어."

높은 관직에 오를 수 있다는 가능성에 남편은 의구심을 풀었다. 전 언이 보내졌고 협상이 체결되었다.

2개월 후 로마에 시민권 박탈령이 내려졌다. 그것은 삼두정치를 형 성한 안토니, 레피두스, 시저의 명령으로 집행되었다. 시저는 마지못 해 박탈령에 합의했다고 알려졌다. 하지만 결국 다른 두 사람의 주장 을 묵인했다. 포럼에 세운 흰 나무판 위에 많은 이름이 휘갈겨 써졌 다. 누구라도 명부에 이름이 오른 사람을 죽일 수 있었고, 살해자는 죽은 자의 재산 일부를 받게 되고 나머지 재산은 3인 위원에게 귀속 되어 군인 월급으로 충당했다. 판 위에 새겨진 이름들은 정적들이었 고, 삼두정치인의 사적인 적들이었다.

살해된 많은 이들이 내가 어릴 때 살았던 팔라틴 언덕의 부유한 사람들이었다. 박탈령 첫날 집밖에 나갔다가 토가를 입은 머리 없는 남자가 사지를 벌린 채 길에 놓인 모습을 보았다. 나는 시체에서 흘 러나온 피가 도로를 흠뻑 적신 것을 보고 그의 몸 안에 얼마나 많은 피가 있었던 것인지 생각하며 놀랐다. 다시 집안으로 돌아온 나는 로 마에서 포악한 늑대가 우글거리는 황무지로 끌려가는 기분을 느끼며 두 손을 잡고 떨었다.

박탈령 동안 약 2천 명이 죽었다. 그 가운데 키케로도 있었다. 안토니의 명령에 따라 그의 머리가 잘렸고, 안토니를 비방하는 연설을 작성했던 오른팔도 잘려나갔다. 그리고 잘려나간 키케로의 신체는 포럼에 전시되었다.

살인자들은 정체를 숨기고 싶었기 때문에 해가 진 후에 나왔다. 그들은 도망자들이 숨을 수 있는 장소를 찾아다녔고 뒷골목을 뒤졌다. 비록 남편이 안토니의 지지자로 꼽히기는 했지만, 나 역시도 안전하지 못하다고 생각했다. 밤이면 눈을 뜬 채 누워있었고 배를 어루만지며 아직 태어나지 않은 아기에게 위로의 말을 속삭여주었다.

아버지의 이름도 당연히 적혀 있었다. 아버지의 모든 재산이 압수됐다. 사람들이 문을 부수고 집에 쳐들어왔을 때 어머니는 도망쳐 우리 집으로 왔다. 보석 같은 귀중품을 겨우 챙겨 왔을 뿐 다른 모든 것은 잃어버렸다. 어머니는 압수된 재산은 브루투스가 승리했을 때 반환될 것이라고 말했다. 그러나 그렇게 말하는 목소리에 두려움이 담겨 있었다. 집과 재산 그 이상의 것도 잃을 수 있다는 두려움이었다. 어머니는 세상에서 가장 중요하게 생각하는 모든 것을 잃어버리고 상실감에 빠진 여성의 모습이었다. 아버지는 언제나 내 마음 속에 자리 잡고 있는 것처럼 어머니의 마음속에 자리 잡고 있었다.

유죄 판결을 받았지만 로마를 탈출하지 못했던 사람들이 모두 살해되었을 때 박탈령이 종료되었다. 안토니, 레피두스, 시저 세 사람은 로마를 떠나 그리스로 진격하기 위해 12만으로 늘어난 군대를 이끌고 선두에 섰다.

어머니는 우리와 같이 살았는데 말이 없었고 침울해 보였다. 어느 날 함께 실을 짜면서 어머니에게 말을 걸었다.

"아이가 아들인지 궁금해요. 11월까지 기다리기가 힘들어요."

"그보다 좀 더 일찍 알 수 있는 방법이 있지."

어머니는 베틀에서 눈도 돌리지 않았다.

"거의 확실한 방법이지만 상당히 성가신 일이기도 하다. 방금 낳은 달걀을 손에 쥐고 부화할 때까지 따뜻하게 해야 한다. 만약 그 병아리가 암탉이면 딸이고 수탉이면 아들이 될 거다."

나는 흥분해서 어머니에게 날짜에 대해 물었고, 외가의 농장에서 자란 어머니는 병아리가 부화하기까지 약 21일 정도 걸렸다는 상세한 대답을 들려주었다. 내가 들고 있을 수 없을 때는 잠시 하녀가 들고 있을 수는 있지만, 어디까지나 한 여자의 손으로 달걀을 부화시켜야 한다고 했다.

"병아리가 나온 후에도 적어도 30일은 더 기다려야 한다. 머리에 붉은 덩어리가 나타나는지 살펴 보거라. 혹시 병아리 머리 위에 붉은 혹이 보이면 무엇인지 물어볼 필요도 없다."

"그것이 볏으로 자라 수탉이 되는 거네요."

내 추측이 맞는지 신경도 쓰지 않고 어머니는 하던 길쌈을 다시 했다.

하인을 로마 외곽 농장으로 보내 갓 낳은 새 달걀을 하나 얻어오게 했다. 나는 매일 달걀을 손에 꼭 쥐고 있었다. 목욕을 하거나 옷을 입거나 식사를 할 동안에는 하녀 펠리아와 어머니가 교대로 손에 쥐었고, 내가 자는 동안에는 하녀들이 차례로 아트리움에 앉아 달걀을 꼭 쥐고 있었다.

달걀 부화는 어느 정도 어머니를 위해 벌인 일이기도 했다. 어머니의 마음을 고통에서 다른 데로 전환시키고 싶었고, 나 역시 아버지에 대한 걱정으로부터 다소 주의를 흩어 놓는 것이었다. 나는 매일 달걀을 손 안에서 보살피는 일에 집중했다. 그리고 나 자신은 물론 하녀들이 부주의하지 않도록 신경 써서 살폈다. 나는 용사가 될 아들을 이 세상에 탄생시키고 싶었다. 저 멀리서 일어나는 사건에 자신의 운명이 결정되는 것을 집에서 기다려야 하는 여자는 원치 않았다. 만약 성공적으로 알이 부화하면 분명 수탉일 거라고 거의 확신할 정도로 나는 아들을 원했다.

"마님! 마님!"

먼동이 트기 직전 펠리아가 아트리움에서 부르는 소리를 들었다. 나는 침대에서 일어나 맨발로 급히 침실 밖으로 뛰어나갔다. 아트리움에는 기름 램프가 켜져 있었고, 펠리아는 그 불빛 아래 의자에 앉아 있었다. 펠리아는 무릎에 손을 올려놓고 달걀을 쥐고 있었다. 나는 몸을 구부리고 그녀의 손을 들여다보았다. 달걀 표면에 금이 가서 생긴 조그만 틈과 그 사이를 뚫고 나오는 작은 부리를 볼 수 있었다.

생물체가 태어나는 모습을 본 것은 난생 처음이었다. 지금까지 신전을 많이 방문했어도 이 순간만큼 신성한 느낌을 받은 적이 없었다. 한 시간 가량 서 있는 동안 집안의 모든 여성들이 주위를 둘러싸고 펠리아의 손에서 병아리가 천천히 나타나는 모습을 지켜보았다.

내가 임신했다는 걸 알았을 때 티베리우스 네로는 선물로 예쁜 쌍둥이 소년들을 데리고 왔다. 둘은 시리아 출신으로 이름은 탈로스와 안티탈로스였다. 그런 아이들을 애완으로 키우는 것이 일종의 유행이었는데, 그들은 벌거벗은 채 걷고 노래를 부르고 농담을 하도록 훈

런받았다. 그들은 병아리를 보고 대단히 신기하게 생각했고, 내가 병아리를 키우는 걸 도와주었다. 나는 병아리를 작은 나무 상자에 넣어 아트리움 구석에 두고 쌍둥이가 정원에서 잡아온 지렁이를 먹였다. 그들이 '아퀼라'라는 이름도 붙여 주었는데, 독수리라는 뜻이었다. 확실히 병아리에게 붙이기에는 과한 이름이었다.

병아리가 부화한 지 한 달이 지나면서 깃털이 돋기 시작했다. 어느 날 아침, 안티탈로스가 병아리 머리를 가리키며 말했다.

"마님, 보세요."

병아리 머리에 작고 붉은 혹이 솟아 있었다. 기쁨으로 가슴이 두근거렸다. 나는 내가 아들을 낳을 것임을 알았다.

티베리우스 네로는 이런 이야기를 믿지는 않았어도 그 소리에 나만큼 기뻐했다. 그리고는 이제는 작은 수탉이라고 해야 할 그 병아리를 잘 먹여서 살을 찌워야겠다고 제안했다. 나는 한숨을 쉬었다.

"아퀼라를 먹고 싶어요?"

한동안 나는 아퀼라와 헤어지고 싶지 않았지만 결국 닭이 우는 소리에 신경이 거슬리게 되었고, 티베리우스 네로 소유의 도시 외곽 농장으로 보냈다. 대신 절대로 먹어서는 안 되고 단지 더 많은 병아리를 낳을 수 있게 씨닭으로만 사용하라고 지시했다.

내가 임신 7개월이 되었을 때 아버지에게서 편지가 왔다. 어머니가 편지를 읽는 동안 나는 옆에서 어머니의 표정을 살폈다. 어머니의 눈이 빛나는 것을 보았고, 어머니가 건넨 납판을 열심히 읽었다. 편지의 내용은 간단했다.

10만 명이 넘는 용감한 군대가 브루투스 주위에 모여들었고, 그들은 로마를 재탈환하기 위해 날을 기다리고 있다. 우리는 용기를 계속 유지해야만 한다. 신에게 기도하고 즐거운 재회를 기다려야 한다.

전령은 오래 지체할 수 없었기에 어머니와 나는 서둘러 아버지에게 보내는 짧은 편지를 썼다.

'사랑하고 존경하는 아버지, 몇 개월 내로 자유 공화국에서 아버지의 품에 손자를 안겨드릴 수 있기를 기도합니다. 또한 우리 모두가 항상 함께 있고 다시는 헤어지지 않기를 원합니다.'

그날 밤 나는 희망으로 가득차서 편안히 잠에 들었다. 그러나 악몽을 꾸었다. 나는 전장 한 가운데에서 무장한 남자들에게 둘러싸였다. 두 명의 남자가 내 눈길을 끌었다. 그들은 번쩍이는 거대한 칼을 휘둘렀다. 그들의 얼굴을 볼 수 없었고 누군지 알 수 없었지만, 나는 둘 다 걱정스러웠다. 나는 소리를 질렀다. '그만! 그만!' 그러나 그들은 내 말을 듣지 않았다. 그들이 싸우는 동안 나는 그저 지켜볼 뿐이었고, 공포로 괴로웠다. 마침내 한 사람이 상대를 칼로 찔렀고 다른 군인은 땅 위에 쓰러졌다. 나는 비명을 지르며 달려가 쓰러진 남자의 곁에 무릎을 꿇고 그를 찌른 남자를 올려다보았다. 그는 내 아버지였다. 아버지는 차디찬 눈으로 나를 내려다보며 경멸하는 목소리로 말했다.

"아내는 남편을 위해 울어야 한다."

나는 아버지가 죽인 군인을 내려다보았다. 나는 그것이 티베리우스 네로일 것이라고 생각했다.

그 남자의 얼굴은 마치 죽은 자의 얼굴을 본떠 만든 데드마스크 같이 차게 얼어붙었지만, 시체의 얼굴이 아니었고 인간 같은 얼굴도 아니었다. 그것은 티베리우스 네로도 아니었다. 죽은 남자는 청년 시저였다. 나는 그가 누군지 보자마자 옷을 찢으며 비명을 지르기 시작했다.

잠에서 깼을 때 뺨이 눈물로 젖어 있었다. 나는 어둠 속에 누워 있었고, 티베리우스 네로는 옆에서 코를 골고 있었다. 이전에는 전혀 알지 못했던 무엇인가를 이해하게 되었다. 시저가 전선에서 죽는다면 그를 위해 애도하고 싶다는 것이다. 심지어 그가 아버지의 적이라 하더라도, 끔찍했던 박탈령의 참상을 보았음에도. 그리고 또 하나의 혹독한 진실을 깨달았다. 꿈에서조차 명백한, 이전에는 미처 실감하지 못했던 진실. 바로 적대적인 두 세력이 충돌했을 때 아버지나 시저 둘 중 하나는 살아남지 못할 거라는 확실한 사실이있다. 이 세상에는 아버지와 브루투스, 그리고 안토니와 시저 같은 사람들이 모두 함께 있을 충분한 여지는 없었다.

나는 이 악몽이 미래를 예언하는 것인지 알 수 없었다. 물론 아폴로 신을 모시는 사제는 꿈 해몽을 할 수 있었겠지만 누구에게도 털어놓고 싶지 않았다. 깊은 곳에 감춰져 있던 진심을 자각하자 나 자신이 반역자 같은 느낌이 들었다. 나는 아버지를 사랑했다. 그러나 앞으로 있을 전투에서 시저가 죽는다면 그를 위해서도 울 것이다.

11월이 코앞으로 다가왔다. 곧 아기가 태어날 것이다. 몸이 무겁고 나른해서 낮에도 자주 옷을 입은 채 침대에 눕기도 하고 때때로 꾸벅꾸벅 졸기도 했다. 어느 날 여느 때처럼 낮잠을 자고 있었는데 집밖에서 들려오는 시끌시끌한 소리가 신경을 거슬려 잠에서 깼다. 정오에서 두어 시간 지난 시각이었다. 정확히 무슨 말인지 들리지 않았지만, 거리에서 두세 사람이 다투는 소리 같았다.

고함이 계속 됐고 목소리가 점점 높아졌다. 무슨 일이지? 두려움에 입안이 메말랐다. 배가 너무 불러서 두 손으로 몸을 세우고 간신히 침대에서 일어났다. 신발도 제대로 신지 않은 채 아트리움으로 갔다.

어머니와 남편이 서 있었다. 어머니는 주먹을 이 사이에 밀어 넣고 절망적인 표정을 짓고 있다가 나를 향해 자제하는 목소리로 말했다.

"리비아, 여기 와서 앉아라."

어머니가 의자에 나를 앉히고 곁에 앉았다. 티베리우스 네로도 와서 다른 쪽 옆에 앉았다.

"지금 일어난 일을 네 아들이 태어날 때까지 비밀로 지키는 것이 가능했다면 그렇게 했을 것이다. 그러나 그렇지 않구나. 그러니 너도 들어야 한다. 아기에게 해를 끼치지 않도록 침착해야 한다. 알겠니, 리비아?"

마지막 순간에 어머니의 목소리에 떨림이 느껴졌다.

"진정할 수 있겠니?"

"네. 진정하겠어요."

어머니가 다시 말하려고 입을 열었지만 오히려 목이 메여 눈을 감았다. 그러자 티베리우스 네로가 내 손을 잡았다.

"전갈이 왔어. 공식적인 파발이 아니라 한 사람이 말을 타고 달려와서 소식을 전했어. 무슨 말인지 알겠지. 그러나 허튼 소리는 아닐 거고, 틀림없는 사실이라고 생각해. 지금 도시 전역에 그 소식이 퍼지고 있어. 그리스 필리피에서 양 진영이 부딪쳤고 안토니와 시저의 군대가 전투에서 승리했어. 여보, 내가 안토니와 연합하고 있다는 걸 기억해. 우리는 안전해."

나는 어머니를 보았다.

"아버지는 살았어요?"

어머니는 고개를 저었다. 얼굴을 어머니의 어깨에 갖다 대었다. 어머니도, 나도 울었다. 내 안의 목소리가 비명을 질렀다. '아버지! 아버지! 아버지!' 그렇게 가슴 찢어지는 슬픔은 일찍이 느껴보지 못했다. 그러나 나는 울지 않았고 옷도 찢지 않았다. 어머니는 나와 아들을 위해 슬픔을 자제하라고 말했다.

나중에 내 자제력을 확인한 후 티베리우스 네로는 전쟁에 관해 알고 있는 것을 말해 주었다. 브루투스에 맞선 병력 전체를 안토니가 홀로 이끌었다고 한다. 시저는 몸에 수종이 덮치는 바람에 약을 먹고 간이침대에서 누운 채 일어나지 못했고, 결국 전투에 참여하지 못했다.

싸움이 끝난 후 브루투스는 도덕과 행운의 변덕스러움에 관한 시를 읊은 다음, 한 군인에게 칼을 들게 하고 그 위로 뛰어들었다.

티베리우스 네로는 아버지의 죽음에 관해서는 아무 말도 하지 않았다. 그러나 나는 알아야 했다. 마음을 굳건히 하고 물었다.

"아버지도 그 전투에서 살아남았나요?"

"그래."

남편은 다정하게 말했다.

"아버지가 스스로 목숨을 끊었나요?"

나는 조용하고 침착한 목소리로 물었고, 티베리우스 네로는 진실을 감추려하지 않았다.

"당신의 칼 위에 쓰러지셨어."

공화국을 위해 싸웠던 그 누구도 이보다 더 고귀하고 숭고한 죽음은 없으리라.

필리피 전투의 결과를 알게 된 그날, 절대로 떠나지 않을 슬픔이 내 마음 안에 자리 잡았다. 그것은 죽는 날까지 떠나지 않을 것이다. 죄책감 역시 그럴 것이다. 남편으로 하여금 안토니와 손잡도록 부추겼을 때 나는 아버지를 배신했다. 나는 아버지의 운명을 조금도 바꾸지 않았다고 주장할 수 있다. 그러나 아버지라면 결코 하지 않았을 일을 했다. 즉, 명예보다 안전을 택했다.

어머니, 세쿤다, 나는 여자들이 입는 흰 상복을 입었다. 그러나 우리는 상을 치를 아버지의 시신이 없었고, 또한 승리자가 아버지의 시신을 명예롭게 처리해 줄 거라고 기대할 수도 없었다. 그것이 우리의 슬픔을 더욱 깊게 했다.

필리피 전투의 이후 정황에 대한 소식이 로마로 흘러들어 티베리우스 네로의 귀까지 들어왔을 때, 나는 어떤 일이 있었는지, 얼마나 비참했는지 진실을 알고 싶다고 고집을 부렸다. 전투가 끝났음에도 여전히 병세가 깊어 걷기가 힘들었던 시저는 상아로 만든 대관의자에 앉은 채 안토니와 더불어 항복한 사람들을 재판했다. 산 채로 잡혀온 줄리어스 시저의 암살범들은 모두 처형되었다. 자비를 구하는 이들에게 시저는 같은 말을 반복했다.

"당신은 사형입니다."

시저와 안토니는 포로들이 땅에 던져지고 목이 잘리는 모습을 지켜보았다.

시저가 '아버지'의 살인범들을 철저히 죽음으로 처단하는 것에 놀라는 사람은 없었다. 그러나 그의 야만적 행동은 충격적이었다. 한가없은 사람이 시저에게 제대로 된 매장이라도 허락해 달라고 애걸했지만 시저는 거절했다.

"저놈을 까마귀밥으로 던져라."

죽은 자들은 도축된 가축의 사체처럼 쌓여서 불태워졌다.

청년 시저는 줄리어스 시저의 갈리아 전투 당시 참전용사였던 자신의 호위병에게 브루투스의 목을 시체에서 자르도록 명령했다. 그의 지시에 따라 그 군인은 브루투스의 머리를 들고 로마로 질풍처럼 내달렸다. 오직 말을 교체할 때만 잠시 멈추었다. 로마에 도착한 전령은 말을 탄 채 포럼까지 가서 청년 시저의 명령에 따라 세운 줄리어스 시저의 동상으로 곧장 다가갔다.

"오, 신이시여! 이 복수를 보소서!"

그는 크게 소리치고 동상의 발 아래 잘린 머리를 던졌다.

지금 내가 시저 옥타비아누스에게 느꼈던 매력을 회상하면 움찔한다. 그러나 이상할 정도로 나는 여전히 그의 편이 되지 않을 수 없다. 아버지라고 불렀던 사람을 위해 벌인 엄청난 보복 전쟁을 목전에 두고 병 때문에 몸소 참전이 불가능했을 때 그가 느꼈을 비참함을 가슴 속 깊이 공감했다. 그는 세상에서 한 명의 남자로서 제 역할을 해낼 수 있기를 갈망하던, 병약한 소년으로 되돌아간 자신을 보았다. 나는 그의 참을 수 없는 모욕감을 상상해 보았다. 어쩌면 그 일은 전투가 종료된 후 그가 표출한 분노에 기름을 끼얹는 원인이 되었을지 모른다.

혹시 그가 '연약한 사람'보다 '무자비한 사람'이라고 불리길 바랐다면 잘 해낸 셈이다. 그는 딱 한 차례 유일하게 관대한 행동을 보여주었다. 티베리우스 네로가 급히 새 소식을 갖고 집으로 달려왔다. 또 다른 충격 말고 내가 무엇을 기대할 수 있었을까? 나의 굳은 얼굴을 보고 그는 엉겁결에 말했다.

"아니, 이번은 당신에게 위안이 될 소식을 가져왔어. 진짜야. 믿을 수 없는 사건이 일어났어. 하지만 믿을 만한 소식통이야."

그때 나는 길쌈 방에 앉아 있었는데 일할 의욕도 없었고 근래에는 해놓은 일도 없었다. 앞으로 태어날 아기가 입을 작은 튜닉을 만들고 있었는데 자주 옷감 사이로 바늘을 놓쳤다.

"무슨 일인데요?"

"시저가 장인어른의 장례식을 치러 주었어."

나는 벌떡 일어섰다.

"뭐라구요?"

"군인으로서 합당한 장례식을 완벽하게 치렀어. 제물을 바치고 향을 피웠고 부대가 일렬로 정렬하여 경의를 표했어. 그는 장례의 장작 제단에 직접 불도 붙였어."

"그가 왜 내 아버지를 다른 식으로 다루었는지 말했나요?"

티베리우스 네로는 고개를 저었다.

시저는 내게 친절함에 대한 보상을 받을 수 있다고 말한 적이 있었다. 시저가 자신의 '아버지'의 원수를 갚았을 때, 그는 모든 로마인들에게 자신이 이자를 붙여서 부채를 갚는다는 것을 입증했다. 시저가 내 아버지의 장례식을 치러 준 까닭은 나 때문이라는 사실을 확신했다. 그렇다 해도 이것이 그를 좋게 생각하도록 바꾸지는 못했다. 단지 내가 피할 수 없다는 점을 인지시켰을 뿐이었다.

"시저가 건강을 회복됐다고 들었어."

티베리우스 네로는 말했다.

"좀 안됐네. 그렇지?"

"안됐네요."

나는 따라 말했다.

마르쿠스의 부인 포르티아가 어떻게 되었는지 궁금했다. 그녀는 로마 공화국의 대의명분을 열렬히 마음속에 간직해왔고, 남편이 걸었던 여정에 용기를 북돋아 주었다. 우리가 아버지의 장례에 대한 소식을 들은 다음날 포르티아의 운명에 대해 들었다. 남자가 목숨보다 명예를 추구할 때 흔히 부인도 같은 것을 추구한다. 포르티아 역시 그러했다. 그것도 가장 고통스러운 방법으로. 그녀는 불타는 숯을 목 안에 밀어 넣었다. 이 소식을 들었을 때 공포가 나를 사로잡았다. 어머니도 죽으려고 하면 어쩌지?

이머니가 살아야겠다고 마음을 다진 것은 나의 임신 때문이었다. 다른 여자들처럼, 어머니도 첫 출산이 상당히 위험하다는 것을 알고 있었다. 출산일이 가까워졌다고 해서 이전보다 특별히 따뜻하게 나를 대하거나 하지는 않았지만, 지금껏 한 번도 경험해보지 못했던 딸에 대한 배려가 떠나지 않았다. 출산을 앞둔 임산부에게 필요한 영양식을 준비해 주기도 하고, 어머니의 출산 때 걸었던 부적 목걸이를 내 목에 걸어주기도 했다.

아버지의 사망 소식을 들은 지 반달 후 이른 아침에 최초의 진통을 느꼈다. 분만의자에 앉아 있으면서 고통을 견뎌내는 신체의 능력을 알게 되었다. 산파와 어머니, 세쿤다 모두 나와 함께 그 방에 있었다. 그들은 내 얼굴을 찬물로 씻어주고 용기를 북돋는 말도 해주었다. 그러나 그것은 고통을 완화시키거나 아기가 빨리 나오도록 촉진시켜 주지는 못 했다.

나는 다이아나 신이나 다른 신의 이름을 부르지 않았다. 그들은 내게서 멀리 있는 존재처럼 느껴졌기 때문이었다. 오직 스스로의 힘만으로 마호가니 의자 팔걸이를 휘어잡고 힘주어 밀고 또 밀어내야 한다고 느꼈다. 만약 이 분투에서 이기면 나도 살고 내 아들도 살겠지만, 그렇지 않으면 우리 둘 다 죽을 것이다.

날이 저물고 새로운 날이 찾아왔다. 햇살이 침실 창을 통해 비스듬히 들어오는데도 아기는 아직 태어나지 않았다. 어머니의 얼굴에 걱정스런 표정이 나타났고, 산파 역시 걱정스러운 기색이 역력했다. 동생은 이미 울고 있었다.

나는 전투에서 서서히 힘을 잃어가고 있는 게 분명했다. 내 안의 무엇인가가 이 상황에 반격을 가했다. 나는 지고 싶지 않다. 지지 않겠다. 바늘로 찌르는 듯한 고통이 다시 시작되었을 때, 나는 있는 힘을 다해 아기를 밀어내겠다고 다짐했다. 아직 밀어낼 수 있는 힘이 남아 있었다. 철저히 남김없이 밀고 밀고 또 밀어서 아기가 태어날 때까지 중단하지 않았다. 사느냐 죽느냐. 나는 한 번의 주사위에 모든 운명을 걸었다. 또 다시 진통이 시작되었다. 나는 결심한 대로 산파가 준 이미 젖어버린 가죽 끈을 입에 물며 비명을 참았다. 내 몸이 갈가리 찢겨져 나가는 기분이 들었다. 마침내 산파가 "아들이에요! 완벽한 아이에요!"라고 외쳤을 때에야 비로소 내가 전쟁에서 이겼다는 것을 알았다.

이 세상에서 여성으로서 아들을 출산한 엄마가 되는 것보다 더 영광스런 재산이 무엇이란 말인가? 그러나 나는 너무나 지쳐서 승리감도 느끼지 못했다.

그 후 품에 아들을 안고 의심스럽게 손가락을 세어보았다. 양손에 각각 다섯 개. 산파가 말한 대로 완벽한 아들임이 틀림없었다. 모든 이가 엄마에게는 자기 자식이 아름답게 보인다고 하지만, 내게 진실로 말하라면 아이가 아름답게 느껴지지 않았다. 작고 주름 진 붉은 얼굴은 떼를 쓰는 작은 노인을 연상시켰다. 하지만 나는 그 아이를 사랑했다.

아들의 유모로 자신의 아들을 잃은 루브리아를 고용했다. 아기가 태어나자마자 산파가 아기를 배내옷에 싸서 티베리우스 네로의 발 아래 놓았고, 그는 기뻐하며 팔로 아기를 들어 올렸다. 이것은 아이를 방치하지 않고 잘 보살피며 양육하겠다는 결심을 의미하는 것이었다. 나는 심지어 여아라 할지라도 건강하고 적출인 자기 아기를 문밖으로 던져버리는 아버지는 거의 보지 못했다.

출생 후 아흐레가 되자 관습대로 아기를 위한 성명식을 거행했다. 아버지가 돌아가신 지 얼마 지나지 않았기 때문에 축하식은 조촐하게 치렀다. 거기에 어머니, 세쿤다, 내가 흰 상복을 입고 앉아서 슬픔과 기쁨의 균형을 잡으려고 애썼다. 티베리우스 네로는 아기에게 주는 수호 목걸이를 요람에 걸어주었다. 손님들이 박수를 치자 아기가 깨어 울음을 터트렸다. 내가 아기를 흔들어 보았지만 진정시키지 못하자 결국 어머니가 아이를 안았다. 어린 티베리우스 클라우디우스 네로는 할머니의 품에서 잠잠해졌다.

어머니는 요람에 아기를 눕혔다.

"몸은 이제 괜찮아졌지, 리비아? 열도 없고? 어디 아픈 데나 불편한 곳도 없지?"

"네, 괜찮아요, 어머니."

어머니는 내 얼굴에 흘러내려온 머리카락을 뒤로 빗어 넘겨주었다.

"늘 머리가 엉망이구나. 어쨌든, 삶은 계속되는 거지."

그날 나는 꽤 늦게 잠자리에 들었고, 다음날 남편과 집안 식구들이 다 일어난 후에도 늦게까지 잠을 잤다. 침실을 두드리는 소리가 나를 깨웠다. 문을 열었더니 어머니의 하녀 엔티오페가 초조한 얼굴로 서 있었다. 그녀는 침실을 계속 노크했지만 대답이 없어서 걱정된다고 말했다.

어머니의 침실로 달려갔다. 문을 열기 전, 방 안에서 나를 기다리고 있을 상황을 생각하니 두려워졌다. 어머니는 어제 성명식에 입었던 옷 그대로 머리는 베개를 베고 다리는 발목을 꼰 채 침대에 누워 있었다. 스톨라 드레스의 주름은 곱게 손질되어 있었다. 입가에는 노란 자국이 있었고, 손에는 고급 향수를 담아두던 작은 병이 쥐어 있었다. 어머니는 눈을 크게 뜬 채 천장을 멍하니 보고 있었다.

침대 아래쪽 의자에 납판이 놓여 있었다. 나는 애타는 마음으로 그것을 집어 들었다. 마치 거기에 나를 이해시킬 만한 무언가가 적혀 있을 것처럼.

리비아, 나는 네 아버지를 따라간다. 내 결정은 몰수당한 재산 때문이라기보다는 너나 네 남편에게 짐이 되고 싶지 않은 게 더 크다. 하지만 무엇보다 이렇게 하는 게 네 아버지와 우리의 결혼에 가장 명예로운 경의를 표하는 길이라고 생각했기 때문에 선택한 일이다. 나는 네가 딸로서 내 행위의 정당성을 추호의 의심 없이 충분히 존중해줄 것으로 믿는다.

세쿤다에게는 내가 약속했던 에메랄드 목걸이를 주거라. 나머지 보석들은 네가 생각하는 대로 동생과 나눠 갖거라.

나는 너에게 나의 선례를 따르는 것을 금지한다. 그리고 네 남편과 아들에 대한 책임을 내가 상기시킬 필요가 없도록 잘 처신하기를 바란다.

나는 아버지의 사망 소식을 침착하게 받아들였다. 어머니가 내게 자제하라고 말했기 때문이다. 이제 어머니는 여기 계시지 않는다. 나는 그 자리에 털썩 주저앉아서 짐승처럼 울부짖으며 옷을 찢었다.

티베리우스 네로가 달려왔다. 그는 나를 일으켜 세우려고 애썼으나 쉽지 않았다. 한참 뒤에 가까스로 나를 일으킨 그는 내게 수면제를 먹였고, 나는 곧 정신이 흐려졌다. 아마도 남편은 내가 자해하지 않을까 염려했던 것이리라.

6

12월은 농경의 신 사투르누스를 기념하는 대전과 연회가 벌어지는 농신제가 있는 일 년 중 가장 즐거운 달이면서 새해를 앞둔 마지막 달이다. 이런 시기에 새로운 슬픔을 겪게 되면 세상 모든 사람들과 담을 쌓고 분리된다. 많은 사람들이 시민권 박탈령과 전쟁통에 죽었기 때문에 그 해의 축제는 다소 마지못해 흥을 돋우는 분위기가 있었다. 하지만 그럼에도 여전히 길에서 음악소리를 들을 수 있었고, 허니케이크와 와인 냄새를 맡을 수 있었다. 어쩔 수 없이 집밖으로 나가야 할 일이 생겼을 때 나는 가마의 커튼을 내리고 다녔다. 어렸을 때는 그와 같은 애도 행렬도 알지 못했고, 젊은 사람들이 그렇듯 나도 슬픔 앞에 무방비 상태였다.

아들조차 큰 즐거움이 되지 못했다. 아기가 재채기를 많이 하기만 해도 두려웠다. 부모를 잃은 것처럼 아들을 잃으면 어쩌나?

내가 아내로서의 의무를 다시 수행할 시기가 되었다. 이것은 전보다 덜 부담스러웠다. 그러나 티베리우스 네로의 침실에서의 열정이 줄었다. 나는 내가 임신한 기간 동안 남편이 다른 여자를 찾기 시작했고 그것이 습관처럼 계속되고 있다고 의심했다. 귀족 남자에게 이런 행동은 흔한 것으로 사회적 관습이었다. 만약 내가 그를 사랑했다면 화가 났을 것이다.

나의 결혼이 이 공화국을 구원하는 데 도움이 될 거라는 환상은 더 이상 하지 않았다. 공화정은 완전히 멸망했다. 안토니, 레피두스, 시저는 셋이서 제국을 분할했다. 안토니는 동쪽, 레피두스는 북아프리카, 시저는 이탈리아 본국을 차지했다.

티베리우스 네로는 집정관에 임명되었다. 루시우스 안토니는 로마에 있었고, 그도 집정관에 선출됐다. 사람들은 루시우스 안토니가 형 마크 안토니보다 다소 능력이 떨어지는 쌍둥이 같다고 말하곤 했다. 그는 형처럼 키가 크고 건장한 체격에 살집 있는 얼굴을 하고 있었다. 그는 종종 우리 집에서 식사를 했고, 남편과 몇 시간씩 이야기를 나누기도 했다.

어느 저녁식사 때 나는 루시우스가 하는 말에 깜짝 놀랐다.

"시저 그 애새끼가 마치 그라쿠스 형제의 세 번째 동생인양 행동하고 싶어 해요. 그건 너무 지나치지요."

남편을 의미심장하게 쳐다보며 그는 말을 이었다.

"나는 형에게 티베리우스 네로는 전적으로 믿을 수 있는 사람이라고 편지했어요."

"물론 그렇지."

티베리우스 네로가 서둘러 답했다.

시저는 로마 시에 머무르는 경우가 드물었고, 안토니 쪽 사람들과 로마의 통치권을 공유했다. 그의 최우선 과제는 군인들의 충성심을 지키는 일이었기 때문에 그는 전쟁에 침여했던 군인들을 조그만 농장에 정착시키고 있었다. 그라쿠스 형제 시대 이후 군인들이 전쟁에서 돌아와서 아무것도 얻지 못하는 건 부당한 일이라고 생각되었다. 군인들은 전쟁에서 귀환했을 때 작은 농지라도 얻을 수 있기를 사령관에게 기대했다.

그라쿠스 형제처럼 아버지는 생전에 지주가 노예를 시켜 영토를 경작하는 대토지 소유제를 싫어했다. 이탈리아의 곳곳에서 이러한 형태의 경작이 이루어졌다. 토지 소유주들은 흔히 비도덕적이고 불법적인 수단으로 토지로부터 가난한 시민들을 몰아냈다고 아버지는 말했다. 만약 아버지가 시저가 하는 일을 다 반대했더라도, 시저가 이탈리아의 노예 소작지를 분할하여 퇴직군인들에게 나누어 준 것만은 찬성했을 것이다.

"시저와 대토지 소유제에 관하여 안토니가 당신에게 원하는 게 뭐예요?"

그날 밤 잠자리를 준비하며 다소 긴장된 목소리로 남편에게 물었다.

"내 관할지에 속하는 법적 문제들이 있어."

티베리우스 네로가 말했다. 그의 집정관 임무는 주로 재판과 관련된 일이었다.

"안토니는 당신이 대토지 소유주에게 유리하게 판결하길 원하는 거예요? 단순히 시저를 방해하기 위해서?"

티베리우스 네로는 대답하지 않았다.

"그렇죠?"

내 폐에서 공기가 다 빠져나간 것처럼 숨이 찼다.

"땅에 대한 문제는 피를 부르는 거예요. 언제나 그랬어요."

이탈리아 내부의 다툼은 거의 1세기 전 땅 문제로 말미암아 촉발되었다.

"여보, 진정해."

침대 옆 탁상 위에 놓은 움푹 패인 양초 불빛이 나약하게 깜박거렸다. 나는 남편의 얼굴을 볼 수 없었다.

"그것은 파멸의 화근이에요."

그러자 티베리우스 네로가 대답했다.

"내가 안토니가 요구하는 대로 하지 않으면 내 인생이 파멸돼. 다른 선택이 없어. 내 머리가 목에 붙어있고 싶다면 말이야. 나라고 이런 일을 좋아서 하는 줄 알아?"

"시저와 그쪽 사람들은 가만히 참고 있지 않을 거예요."

대학살과 내전이 또 다시 시작될 것이다. 현재 나타나는 소강상태는 로마의 자기 파괴 습성에서 잠시의 휴식일 뿐이었다. 나를 절망으로 몰아넣는 최악의 사태는 남편의 충성심이 안토니를 향하고 있다는 것, 그리고 남편의 충성이 곧 나의 충성이었기에 나 역시 올바르고 정의로운 시저가 아닌 그에 맞서는 안토니의 편에 서야 한다는 사실이었다.

태곳적부터 여성들이 세계를 지배할 수 있었다면 지금보다 훨씬 더 낫지 않았을까 하고 많은 여자들이 생각했을 것이다. 정말로 역사의 어느 순간, 혹은 다른 시대에도 그렇게 생각한 여성이 없었을까? 물론 나도 그렇게 생각했다. 나는 의심의 여지없이 여자가 남자보다 피에 덜 목말라 한다고 믿었다. 그리고 그때 나는 풀비아를 만났다.

그녀는 마크 안토니의 부인이었다. 아내를 정열적으로 사랑한다고 말했던 그녀의 남편은 로마제국의 동쪽 지방의 통솔권을 맡았고, 이집트로 가서 클레오파트라의 유혹에 걸려들었다. 만약 풀비아가 조금이라도 품위 있는 인격을 갖추었다면 같은 여자로서 그녀를 동정했을 것이다. 그러나 풀비아는 그렇지 않았다.

티베리우스 네로와 함께 저녁 식사를 하러 그녀의 집으로 갔을 때, 아직 아버지와 어머니의 추모기간이 끝나지 않았기 때문에 나는 흰옷을 입고 있었다. 풀비아가 나를 위아래로 쳐다보며 말했다.

"불쌍하게도. 부모를 모두 잃었죠? 그들이 잘못된 편을 선택한 것이 안타까워요."

그녀는 40대 나이로 키가 크고 가슴이 풍만했다. 그녀의 밝은 화장은 다소 부자연스러웠다. 나는 부모님에 대한 그녀의 말에 아무런 대꾸도 하지 않고, 단지 그녀가 뜨거운 지옥 타르타로스 구석에 처박히기를 바라며 조용히 시선을 마주했다.

그녀는 남편과 나를 식당으로 안내했다. 술과 풍요의 신 바쿠스 축제를 잘 묘사한 벽화들이 벽을 장식하고 있었다. 그녀의 시동생 루시우스는 검고 윤기 나는 머리카락의 열 살이나 열한 살 정도로 보이는 소녀와 식사를 하고 있었다.

"그 비열한 어린 짐승이 저 아이와 이혼했어요."

아이를 쳐다보는 내 시선을 보고 풀비아가 말했다.

"시저 말인가요?"

"그럼 누구를 말하는 것이겠어요? 몇 달 살다가 끝나버린 저 가엾은 소녀를 생각해 봐요."

풀비아가 말했다.

"시저와 함께 살았어요?"

나는 풀비아를 쳐다보았다.

"그래요. 집에서 같이 살았죠. 하지만 저 아이를 건드리지도 않았어요. 클라우디아, 그는 너를 건드리지 않았지?"

소녀는 고개를 흔들었다.

"내가 너무 어리대요."

"시저는 저 아이와 이혼하고 바로 다음날 섹스투스 폼페이의 친척과 결혼했어요."

풀비아가 내게 말했다. 줄리어스 시저의 가장 강력한 적이었던 폼페이 마그누스의 아들 섹스투스는 입대 지원자를 모아서 지중해의 시칠리아 섬을 점령할 준비를 하고 있었다.

"스크리보니아는 깡마르고 못생긴데다 적어도 서른다섯은 먹었을 거예요. 안토니에 대적하기 위해 섹스투스의 도움이 간절했겠죠. 그 겁쟁이에게 그건 절대로 도움이 되지 않는 일이에요. 나는 이탈리아에서 군대를 모으고 있어요. 그를 없애는 건 아주 쉬운 일이죠."

그녀는 손가락을 튕기며 말했다.

"이렇게 간단해요."

"당신이 군대를 모으고 계시다고요?"

"물론이죠."

풀비아는 나를 어리석다는 듯 쳐다보았다.

저녁식사 내내 풀비아가 티베리우스 네로와 루시우스 안토니에게 호통을 치며 명령하는 소리를 듣고 있기가 몹시 당혹스러웠다. 그녀는 로마 정부와 이탈리아에 주둔하고 있는 안토니의 군대가 마치 자기 손 안에 있는 것같이 행동했다. 티베리우스 네로와 루시우스 중 어느 누구도 감히 그녀에게 아니라고 하지 못 했는데, 그것은 그녀의 의지에서 나오는 힘이었다.

풀비아는 원하는 만큼 많은 군인을 모집하지 못했는데, 그것은 노력 부족 때문이 아니었다. 그녀는 티베리우스 네로에게 다달이 압력을 가하여 합법적으로 시저에게 불리한 판결을 내리도록 시켰고, 거기에 만족하지 않고 자기 군인들에게 시저군을 괴롭히도록 명령했다. 작은 접전이 벌어져서 군인들이 죽었다. 시저는 이 일 때문에 생긴 수하 군인들의 분노를 자제시킬 수 없었다. 그들은 시저에게 풀비아에게 반격하도록 요청했지만 그가 망설이자 시저를 욕했다.

행운의 여신은 남편과 내게 호의를 베풀었다. 시저와 군인들이 로마를 향해 진군하기 시작했다는 소식을 일찍 들었기 때문에 도시 안에 갇히기 전에 대처할 여유가 있었다.

티베리우스 네로가 도망가야 할 상황임을 우리 모두 알았다. 남편이 풀비아의 지시에 따라 사법적 판결을 내린 장본인임을 모르는 사람은 없었다. 시저의 군대가 로마를 점령하면 그는 사지가 찢기게 될 것이다.

햇볕이 내리쬐는 어느 아침 내가 아들을 팔에 안고 정원에 있을 때 티베리우스 네로는 풀비아와 루시우스 안토니, 그리고 그들의 지지자들이 로마에서 페루자로 철군을 결정했다고 말했다. 페루자는 로마에서 수백 킬로미터 떨어진 작은 도시로, 굳건히 요새화되어 있어서 적군의 공격을 오랫동안 버틸 수 있었다.

"리비아, 당신과 아이도 나와 함께 페루자로 가야해."

티베리우스 네로가 말했다.

"시저는 아직까지 여자와 어린이를 살해한 적이 없지만 이번에도 그럴지는 알 수 없어. 게다가 그의 군대가 일단 로마에 들어오면 그의 명령에 복종할지는 오직 신만이 알 수 있어."

로마에 남는 건 너무 위험이 컸다. 나는 아들을 꼭 껴안고 그의 검은 곱슬머리에 내 얼굴을 파묻었다. 우리는 행운의 여신의 장난감이었고, 어쩌면 모든 것을 잃어버릴 수도 있다. 하지만 나는 무슨 일이 있어도 내 아이를 지켜주겠다고 굳게 다짐했다.

페루자는 로마에 비해 도시라기보다 벽이 둘러진 자그마한 마을 같았다. 도시 수비대는 우리에게 문을 열어주었다. 마차가 좁은 길을 따라 페루자 포럼에 도착했다. 사방에 일층짜리 벽돌 건물들이 둘러싸서 형성된 사각지대였다. 그곳에는 가슴에 흉갑을 두르고 투구를 쓴 무장군인들이 가득 차 있었다. 정문에서 파견된 연락병이 루시우스 안토니에게 우리의 도착을 알렸다. 그는 사람들을 헤치고 나와 웃으며 티베리우스 네로에게 말했다.

"어서 오게, 친구."

그는 나에게도 눈길을 주었다.

"아기와 더불어 여행하느라 고생 많았습니다. 머물 집을 마련해 두었어요."

루시우스가 우리를 위해 징발한 집은 포럼에서 그다지 멀지 않은 곳에 위치한, 상당한 권력가가 소유했던 집이었다. 그러나 집안에 들어가서 아트리움을 둘러보았을 때 나는 멈칫할 수밖에 없었다. 거기에는 낡은 소파 몇 개와 평범한 참나무 테이블 두 개만 있을 뿐 벽화도 없었고, 값지고 아름다운 것은 아무것도 없었다.

티베리우스 네로는 침울하게 주위를 보았다. 나는 남편과 더불어 정신을 바짝 차리지 않으면 안 되겠다는 것을 깨달았다.

"내가 생각했던 것보다 좋은데요. 편하게 지낼 수 있을 거예요."

험악하게 생긴 하인 부테오는 한때 남편의 무기를 지키는 군인이었는데 페루자까지 우리와 함께 왔고, 유모 루브리아도 어린 티베리우스를 돌보기 위해 같이 왔다. 부테오가 마차에서 짐을 안으로 나르는 동안 루브리아와 나는 집을 둘러보다가 아기를 보살필 수 있는 작은 방을 찾았다. 그녀는 자신이 처한 상황을 완벽하게 받아들이는 것 같았다. 의자에 앉아 젖을 꺼내어 아기의 입에 물리자 수수하고 넓은 그녀의 얼굴이 평온해졌다. 아트리움으로 돌아오니 남편이 부테오와 서 있었다.

"일단 물건들을 정리하고 좀 쉬고 싶어요. 나를 좀 도와주겠어요, 부테오? 서랍장을 아트리움 왼쪽 방으로 옮겨주면 좋겠어요."

부테오는 잠시 얼굴을 찡그렸지만 서랍장을 들어올렸다.

나중에 우리 둘만 있게 되자 티베리우스 네로는 내 뺨을 어루만졌다.

"작은 비둘기, 지금 무슨 일이 일어나고 있는지 이해하겠어? 만약 마크 안토니가 군대를 끌고 제때에 이곳에 도착하지 않는다면 어떻게 될지 알겠어?"

"알아요."

나는 남편을 껴안고 뺨을 그의 어깨에 기댔다. 함께 나누는 고생이 관계를 더욱 돈독하게 만드는 것 같았다. 나는 그 순간 그에 대한 진정한 애정을 느꼈다.

"우리가 함께 있다는 게 가장 중요해요. 당신과 나와 우리 아기요."

"당신, 용감해졌어."

"나는 용감한 게 아니라 겁이 나요. 하지만 아버지가 계셨다면 용감해져야 할 때라고 말씀하셨을 거예요."

나는 속으로 생각했다.

'지금, 이 비극적 도시에서 포위당할 날을 기다리고 있는 지금, 지금이 바로 신들이 우리의 영혼을 굳건하게 만드는 때야.'

우리는 이 집에 자리를 잡고 주어진 여건에서 할 수 있는 최선을 다해 생활했다. 나는 다른 사람을 감독하기 위해서는 자신이 먼저 일을 익혀야 한다는 어머니의 이론대로 주부로서의 모든 훈련을 받았다. 페루자에서는 어떤 사람도 노예를 거느릴 수 없었지만, 풀비아는 할 수 있었고 또 그렇게 했다. 그러나 매춘업을 겸했던 목욕탕 일을 하는 여성들을 제외하고 사실상 페루자 여성 대부분은 변두리 농장이나 다른 도시로 도망가고 없었다. 그래서 나는 직접 옷을 문질러 빨고 먹을 음식을 만들었다. 부테오는 늘 험상궂은 표정이었지만 몸을 써야 하는 힘든 일을 도맡아 했고, 루브리아 역시 있는 힘껏 도왔다.

음식을 팔러 성문으로 오는 시골 사람들이 로마의 소식을 전해주었다. 시저의 군대가 로마시내로 진입했고, 일부 군인들이 약탈을 했지만 시저가 질서를 회복했다.

"이제 그는 이탈리아 전역을 통솔하고 싶어 할 거야."

티베리우스 네로는 우울하게 말했다.

우리가 페루자에 온 지 거의 한 달이 되었을 무렵 시저의 군대가 로마 시 외곽에 병영을 세웠다. 풀비아는 여성복에 칼을 차고 페루자 포럼 연단에 올랐다. 그리고 군인들을 향해 마치 남자처럼 자신감 있고 호소력 있는 목소리로 절대로 두려워할 필요가 없다고 연설했다. 나의 남편은 지금 오는 중이고, 그의 군대가 우리를 지키기 위해 곧 도착할 것이다. 그녀는 연단 아래에 서 있는 두 아들을 가리키며 말했다. 마크 안토니는 절대로 자신의 부인과 아이들을 버리지 않을 것이다.

우리가 살고 있는 이런 혼란스런 시대에도 여성은 칼을 차지 않았고, 연설도 하지 않았다. 이것은 마치 달이 지구에 떨어진 것 같은 놀라운 일이었다. 비록 풀비아를 싫어하기는 했지만, 그녀의 대담함에는 일말의 존경심을 느꼈다. 처음에는 비웃는 사람도 있었지만, 끝에 가서는 군인들도 모두 그녀에게 박수를 보냈다. 어쨌든 그녀는 군인들에게 원조를 약속했다.

칼을 차고 연단에 서 있는 풀비아는 분명 보기 흉한 모양새였다. 하지만 내 마음을 끄는 면이 있었다. 그녀는 감추지 않고 당당하게 정치적 권력을 휘두르는 여자였다.

시저가 페루자를 포위했다. 그의 군대가 도시 주위에 참호를 파고 방어벽을 세웠다. 우리가 굶주림에 지쳐 기운이 빠지면 도시의 성벽을 넘어오려는 계획이었다.

아군은 자갈만한 납덩이나 주먹 크기의 돌을 투석기에 실어 벽 넘어 적들에게 발사했고, 그들도 우리에게 똑같이 했다. 군인들은 납조각에 상대를 모욕하는 메시지를 새겼다. 풀비아의 신체를 성적으로 모욕하는 문구가 우리 쪽으로 날아왔다. '시저의 엉덩이를 날려주겠다' 정도는 우리가 발사한 가장 점잖은 말이었다. 돌덩이가 군인의 두개골을 부셔버리는 경우를 제외하고 납 조각 메시지 공방은 꽤 재미있었다.

아버지의 초대로 그날 저녁 식탁에서 대화를 나눴고 매력에 끌렸던 청년에 의해서 내가 이 도시에 포위되어 있다고 생각하니 이상한 기분이 들었다. 그에게 살려달라고 애원하고 싶었다. 왜 우리가 이런 싸움을 해야만 할까? 당신은 포위를 중단하고 떠나면 안 될까?

숫자상으로 크게 열세였지만 루시우스 안토니와 남편은 계속해서 군인들을 끌고나가 시저의 군인들을 공격했다. 그들이 시저 군을 격파시킬 수는 없었지만, 성곽 축성을 지연시켜 도시가 완전히 봉쇄되지 않기를 바랐다. 우리의 희망은 루시우스와 풀비아의 구조 요청을 받은 마크 안토니가 이집트를 떠나 엄청난 군대를 끌고 이곳을 향해 항해 중일 거라는 기대였다. 결국 이 싸움은 단순히 페루자를 사수하기 위한 게 아니라 이탈리아 전역을 장악하려는 시도를 막기 위한 것이었다. 우리는 방어벽이 완성되어 우리가 굶어죽기 전에 마크 안토니가 도착하기를 간절히 기도했다.

티베리우스 네로가 적군을 공격하러 집을 나설 때마다 가슴이 조여들었다. 만약에 그가 전투 중에 죽으면 어쩌나? 포위된 이 도시에 아기와 하인 둘만 데리고 나 홀로 남겨지면 어떻게 될까? 하지만 나는 내 역할을 알고 있었다. 침착하고 자신 있는 얼굴로 남편을 배웅해야 했다. 그리고 나는 언제나 그렇게 했다.

어느 날 남편은 부상당한 소년 병사를 집으로 데려왔다. 습격 당시 눈에 띄게 용감하던 어린 군인이 부상을 입자 부테오의 도움을 받아 도시 안으로 수송해온 것이었다. 그 소년병은 등에 깊은 상처를 입어 피가 천천히 계속 흘러나왔다. 그는 살 수 없었다. 겨우 16, 17세 정도밖에 되지 않았지만 무척 용감했기 때문에 남편은 그가 병원 막사에서 처참하게 죽게 하고 싶지 않았다. 그는 소년을 침대에 눕힌 뒤 한 마디 말도 하지 않았고, 나도 말없이 물을 가져와 피와 전쟁의 진흙으로 뒤범벅된 소년의 얼굴을 씻어주었다.

소년은 모로 누워 가만히 있었다. 그는 검고 넘실거리는 머리와 올리브색 피부를 가졌다. 이 상황에 그런 게 보인다는 것이 이상하기는 하지만, 나는 특이하게 길고 진한 그의 속눈썹도 보았다. 나는 많은 소녀들이 그의 불운에 한숨지을 거라 확신했다.

그가 입을 열고 물을 찾았다. 내가 물을 입에 갖다 대어 주었지만 그는 마실 수 없었다. 나는 손가락을 컵에 담갔다 그의 입술을 축여주고, 옆에 앉아서 그의 손을 잡아주었다.

그가 눈을 떴다. 그는 처음으로 나를 정확히 본 것 같았다. 그리고 자기 옆에 여자가 있는 것을 보고 놀란 것 같았다. 그리고 미소 지었다. 나를 자기가 좋아하던 여자로 착각하거나 아니면 여동생으로 생각하는지도 모를 일이었다. 나는 그가 나를 착각한 채 그대로 있기를 희망했다. 그는 다시 눈을 감고 잠에 든 것 같았다.

'어리석은 자들이 너에게 무슨 짓을 했는지 보렴. 시저와 안토니와 풀비아, 그 어리석은 자들이.'

소년이 더 이상 자기 옆에 앉아있는 존재를 인식하지 못 한다는 걸 알았지만, 자기만의 여행을 계속하도록 그의 손을 붙잡은 채 놓지 않았다.

'어째서 신들이 개입하여 이 살상을 중단시키지 않을까? 내가 그들이라면 그렇게 했을 텐데. 내게 힘이 생긴다면 그런 일을 하고 싶다. 시저가 로마를 다스리든, 안토니가 다스리든 상관없다. 우리는 평화로워야 한다.'

그 군인은 아침이 오기 전에 죽었다. 왜냐하면 로마가 스스로 통치할 수 없었기 때문이었다. 그의 죽음은 어머니와 아버지를 여읜 기억을 다시 상기시켰다. 그리고 눈물을 자제할 수 없는 지경까지 몰고 갔다.

언젠가 티베리우스 네로가 적을 습격한 뒤 잔뜩 화가 난 모습으로 집에 돌아왔다. 그의 태도가 너무나 어두워서 아무것도 묻지 않는 게 좋겠다고 생각했다. 그가 갑옷을 벗는 걸 거들어 준 후 나는 그의 오른쪽 이마에 생긴 상처를 붕대로 감아주었다.

"리비아, 그놈을 거의 잡을 뻔 했어."

"누구 말이에요?"

"그놈 말이야. 똥덩어리 같은 놈, 시저 말이야."

나는 그를 빤히 쳐다보았다.

"그러니까, 당신이 그와 그렇게 가까이 있었다는 거예요? 정말 그를 봤어요? 무슨 일이 있었어요?"

"그들은 무슨 의식을 치르고 있었어. 시저는 칼을 손에 든 채 양을 희생물로 바치려고 임시 제단에 서 있었어. 그때 우리가 그를 급습했어. 내가 창을 던졌는데 거의 그를 맞출 뻔했어. 맹세하건데, 조준은 정확했어. 그러나 창이 날아오는 것을 보고 그가 몸을 피하는 바람에 어깨 뒤로 넘어가버렸지. 그 직후에 군인들이 시저를 둘러쌌고……그는 도망가 버렸어. 만약에 내가 그를 죽였다면 이 모든 상황이 다 끝났을 거야."

그러나 전쟁은 끝나지 않았고 끝이 보이지 않았다.

물은 충분했다. 도시 안에 우물이 많았기 때문이다. 덕분에 적이 우리를 갈증으로 죽일 수는 없었다. 하지만 곧 달걀도, 생선도 떨어졌다. 시장에서 우리가 볼 수 있는 것은 적은 양의 농산물뿐이었고, 그나마도 뿌리가 반쯤 썩었거나 해충에 의해 쏠린 것들뿐이었다. 저장소에도 공급할 수 있는 곡식이 얼마 남지 않았다. 이것으로 죽을 끓여 먹거나 갈아서 밀가루를 만들어 거칠고 맛없는 빵을 구웠다. 우리는 엄밀히 말해 굶지는 않았다.

가끔씩 배가 고팠지만 불평할 수는 없었다. 티베리우스 네로의 가족은 일반 사병보다 곡식 배급을 더 넉넉하게 받았기 때문이다. 내게 중요한 건 유모 루브리아가 밥을 충분히 먹는 것이고, 그래서 아기 티베리우스가 배고프지 않는 것이었다.

내 아들은 한 살이 되었다. 나이에 비해 키가 컸고 씩씩하게 걸었다. 지금 그가 잘 양육되고 있는 건 다행이었지만, 우리는 곡식 외에 다른 음식이 더 필요했다.

큰맘을 먹고 집을 빠져나와 시장으로 갔다. 남편은 수천의 군인들로 꽉 들어 찬 거리에 나를 혼자 보내기를 원치 않았기 때문에 부테오를 데리고 가라고 말했다. 페루자 안에는 풀비아와 나, 루브리아를 제외하면 여자가 거의 남아 있지 않았다. 그나마 있는 여자들은 대부분 창녀였다. 그래서 마지못하는 부테오를 데리고 가서 시장에서 음식을 살펴보았다. 먹을 만한 고기를 얻게 되면 푸줏간 주인에게 금화 몇 개를 찔러줄 의향도 있었다. 그러나 상하지 않은 고기를 찾는 자체가 어려웠다. 도시에서 군사용으로 즉각 징집되지 않았던 것은 말과 당나귀 정도였는데, 이미 한참 전에 모두 도살되어 다 먹어버린 뒤였다. 뒤이어 사람들은 개도 잡아먹었다.

어떤 푸줏간 앞에서 조그맣게 잘라 놓은 살코기를 보면서 물었다.

"이건 뭐예요?"

"닭이요."

그는 낡아서 너덜해진 회색 옷을 입고 있었는데, 천에 핏자국이 얼룩져 있었다. 그가 나와 눈을 마주치기는 했지만, 거짓말을 하고 있음을 알았다.

"이게 뭐예요?"

그는 웃었다. 남자의 몸이 이상할 정도로 살이 쪘다는 게 마음에 걸렸다. 그의 모습은 어딘가 난폭해 보이는 면이 있었다.

"쥐고기요."

사람들이 쥐를 덫으로 잡아 먹는다는 걸 알고 있었지만 속이 메스꺼웠다. 또 다른 생각도 들었다. 어쩌면 그가 데리고 있던 늙은 노예가 쓸모없어 보이고 더 이상 밥을 먹이고 싶지 않다면 그 늙은 노예는…… 아니면 그저 내가 허기진 나머지 끔찍한 상상을 하는 걸까?

그날 나는 더 이상 시장에 있을 수 없어서 뛰다시피 집으로 돌아왔다. 그리고 다음날 다시 시장으로 가서 고기를 찾았다.

허기가 계속되면 사람은 모든 것이 무감각해진다. 그러나 나는 한번도 두려움으로 무기력해진 적은 없다. 내가 느끼는 가장 큰 두려움은 궁핍으로 내 어린 아들이 병에 걸려 포위된 이곳에서 죽게 될까봐 하는 점이었다. 그렇지 않으면 적군이 벽을 타고 넘어와서 화살이나 창으로 내 아들의 가슴을 노릴까봐 걱정이었다.

언젠가 절망적인 상태에서 아들을 껴안았던 것을 기억한다.

"아들아, 네게 무슨 일이 일어나면 어쩌지?"

부드러운 목소리가 말했다.

"걱정 마세요, 마님. 우리가 안전하게 지킬 거예요."

내 옆에 루브리아가 있었다.

"우리가 그럴 수 있을까?"

"그럼요. 우리는 둘 다 강해서 함께 도련님을 지킬 수 있어요."

루브리아는 내가 말을 붙이지 않으면 좀처럼 먼저 입을 열지 않았다. 그녀는 자기 인생에 대해 극히 일부만 말했다. 로마의 공동주택 화재 때 남편과 아들을 잃은 그녀는 살기 위해서 자신에게 남아있는 젖까지 팔아야 했다는 것을 알았다. 루브리아는 조용하고 거의 표현을 하지 않았지만 내가 의존할 수 있는 사람이었다.

겨울이 깊어지자 우리는 더욱 배가 고파졌다. 그러나 마크 안토니는 아직 오지 않았다.

도시가 포위된 지 5개월이 되었고, 봄이 왔다. 티베리우스 네로는 풀비아와 두 아들이 페루자를 떠났다는 말을 전했다.

"도시 성곽 아래에 있는 비밀통로를 이용했는데, 이 통로를 아는 사람은 거의 없었어."

우리는 침실에 서 있었다. 나는 우리가 철저히 비려졌다는 것을 알았다. 마크 안토니는 절대로 오지 않을 것이고, 페루자는 함락될 것이다.

"우리도 떠나요."

"그럴 수 없어. 나는 탈영병이 아니야."

그의 턱에 나타나는 단호한 모습에 화가 났다.

"먹을 것이 다 떨어져서 고통받는 이런 곳에 아들을 둘 수는 없어요. 시저의 군대가 벽을 넘어와서 이곳을 약탈하고 불태울 텐데, 내 아들을 여기에 둔다는 건 말도 안 돼요. 알겠어요?"

티베리우스 네로는 내 어깨를 감쌌다.

"당신과 아들이 여기서 무사히 빠져나가도록 할 수 있는 모든 노력을 다하겠어. 하지만 나 자신을 위해서는 아니야."

눈물이 나왔다. 그의 아내가 된 지 3년이 지났다. 하지만 아직까지도 내 영혼은 어머니가 아버지에게 이어지듯이 남편의 영혼에 얽혀지지는 않았다. 그럼에도 불구하고 페루자를 위해 죽으려는 티베리우스 네로를 떠날 수 없었다.

"만약 당신이 로마를 위해 싸운다면 결코 떠나자고 하지 않을 거예요. 그러나 이것은 로마를 위한 일이 아니에요. 티베리우스, 나는 참을 수가 없어요. 당신이 이런 명분도 없는 터무니없는 일을 위해 죽는 건 도저히 참을 수 없어요. 나는 내 아들을 아빠 없는 아이로 만들고 싶지 않아요. 당신 없이 혼자는 떠나지 않겠어요."

티베리우스 네로는 머리를 흔들었다.

"당신은 아들과 같이 여기를 떠나야 해. 내가 계획을 짜보겠어."

"안 돼요."

나는 오랫동안 그의 눈을 깊이 들여다보았다.

"당신은 우리 모두를 구할 방법을 찾아야 해요."

그는 마침내 루시우스 안토니한테 갔다. 루시우스는 한 가지 조건으로 떠나도 좋다는 승인을 했다. 이곳에서 탈출한 뒤 시저에 맞서 싸울 만한 노예들에게 자유를 주겠노라 제안하고 페루자를 구할 군대를 모집해야 한다는 것이었다. 어처구니없는 생각이었다. 하지만 티베리우스 네로가 페루자를 떠날 수 있도록 루시우스의 승인을 얻기 위해서는 그를 하늘 끝까지 끌어올릴 수 있는 거대한 기구를 건축하라는 제안에 동의하지 않으면 안 되는 것이다. 나라도 '물론 동의한다'고 말했을 것이다.

우리는 탈출을 준비했다. 루브리아와 부데오도 우리를 따라길 것이다. 우리는 보석과 가진 돈을 챙겼지만 그 외에는 아무것도 없었다. 티베리우스 네로는 우리가 지하 통로로 빠져나간 후 적군의 진영 가까이로 연결되는 길을 약 7, 8킬로미터 정도 걸어가야 한다고 알렸다. 시저군 보초가 지키는 곳이었다. 최대한 멀리까지 가는 동안 아기가 우는 걸 막기 위해 남편이 군의관으로부터 아기를 잠재우는 약을 얻어올 것이다.

페루자 도시 성곽 아래로 이어진 굴은 거의 1.5킬로미터 정도로 뻗어 있었는데, 폭이 너무 좁아서 우리 넷이 일렬로 걸어야 했다. 내부는 습기가 차서 기분 나쁘게 눅눅했다. 길을 아는 부테오는 가슴 흉갑을 두르고 투구를 쓰고 칼을 찬 상태로 횃불을 들고 앞장섰다. 그는 손을 자유롭게 쓸 수 있도록 등에 무거운 배낭을 메고 있었는데, 그 안에는 귀중품이 담겨 있었다. 내가 그 뒤를 따라 걸었다. 나는 튜니카 옷을 네 겹으로 겹쳐 입었고, 그 위에 망토까지 걸쳤다. 보석을 넣은 주머니를 허리에 차고, 팔에 아기를 안았다. 혹시 아기에게 해가 될까 두려워 의사가 추천한 수면제의 반만 먹였다. 아기는 곧 잠이 들었다.

내 호흡이 가빠지기 시작했다. 폐에 충분한 공기를 공급할 수 없는 것처럼 느껴졌다. 나는 단지 어리석은 상상일 뿐이라고 자신을 타일렀다. 굴 안에는 공기가 충분했다. 아들의 가슴을 만져보니 호흡이 정상적이었다.

우리는 계속 걸었다. 내 발 위로 무엇인가 스르르 미끄러졌다. 나

141

는 입술을 깨물었다. 소리 지르는 것은 아무 의미가 없었다.

굴은 나무가 우거진 깊숙한 숲까지 연결되어 있었다. 최종 목적지는 그곳에서 몇 킬로미터 떨어진 나폴리 시였다. 그곳에는 마크 안토니 지지자였던 티베리우스 네로의 친구가 있었다. 우리는 그 친구가 우리에게 안식처를 제공하는 데 겁내지 않기를 바랐다.

우리는 도망자가 되는 것이다. 현재 시저는 이탈리아 전역을 지배했다. 나는 우리의 불확실한 앞날에 대해 생각하지 말라고 스스로를 독려했다. 계속 걸으면서, 공기를 충분히 들이마시면서, 보석을 차고 아기를 안은 채 살기 위해 이 순간을 헤쳐 나가는 것은 너무나 힘들었다.

마침내 부테오가 중얼거렸다.

"여기에요."

나는 돌계단을 보았다. 계단은 더 이상 굴로 이어지지 않고 나뭇가지 더미 속으로 들어가는 것처럼 보였다. 그러나 부테오가 가지들을 옆으로 밀자 햇살이 비쳤다. 그는 횃불을 껐다. 나는 그의 발자국을 따라갔다. 루브리아와 티베리우스 네로는 내 뒤에서 따라왔다. 빛에 눈이 부셔서 잠시 멈춰 눈을 깜박거렸다. 티베리우스 네로와 부테오는 굴로 이어지는 땅의 구멍을 나뭇가지로 덮었다. 시저군이 이 구멍을 발견하고 이 굴을 이용해서 공격하면 페루자를 방어할 수 없을 것이다.

눈이 햇빛에 익숙해지자 우리가 사방이 나무로 가득한 숲 속에 와 있다는 것을 알았다. 공기 중에 나뭇잎 썩는 냄새가 났고, 앞에는 더러운 길이 나 있었다. 부테오가 그의 입술에 자기 손가락을 갖다 댔다. 조용히 해야 한다는 사실을 알릴 필요도 없었다. 시저의 군인들이 이 숲을 순찰했다.

이 지역을 순찰했던 적이 있는 부테오는 좁고 더러운 길로 우리를 이끌었다. 우리는 한 줄로 그를 따라갔다. 갑자기 부테오가 걸음을 멈추고 손을 들었다.

누군가의 목소리가 들렸다. 남자 두 명이었다. 그들이 말하는 내용을 알 정도로 가깝지는 않았다.

나는 남편을 돌아보았다. 그는 칼자루에 손을 대었다. 그 순간 나는 공포스러운 장면을 떠올렸다. 싸움이 일어나고, 시저군이 소리를 지르고, 더 많은 군인들이 지원하러 이쪽으로 몰려온다. 남편과 부테오가 죽고 루브리아와 나와 아기는 무방비 상태이다. 적은 우리에게 어떤 짓을 할 것인가?

목소리가 서서히 멀어졌다. 우리는 다시 앞으로 나아갔다. 우리가 백 미터 정도 걸었을 때 아기가 깨어 울기 시작했다. 나는 손으로 아이의 입을 덮었다. 하지만 곧 숨을 못 쉴까봐 두려워졌다.

"쉬쉬, 아가야, 귀염둥이, 우리 아들."

아이를 달랬지만 손을 떼자 곧 울부짖었다.

순간 부테오가 내게서 아기를 낚아채어 공중으로 높이 들어올렸다. 나는 그가 아기를 나무나 땅에 힘껏 던져서 죽이려고 한다는 걸 알았다. 나는 아이의 생명을 구하기 위해 아기를 향해 손을 뻗었다. 그때 작은 티베리우스가 울음을 그쳤다.

아기를 잡아 부테오로부터 다시 빼앗았다. 아기를 내려다보니 작고 파리한 얼굴 위에 눈이 반짝이고 있었다. 내 입은 두려움에 바싹 말랐지만 아기는 내 팔에서 안전했다.

나중에 티베리우스 네로는 아무 일도 일어나지 않았을 거라고 나를 설득하려 했다. 내가 아기를 조용히 시키지 못하는 것을 보고 부테오가 아기를 흔들어서 달래려고 한 것이라고 말했다. 다행히 그것은 효과가 있었다.

그러나 나는 부테오의 의도를 알았고, 아기도 역시 알았다고 믿는다. 이후의 여정 동안 나는 아이를 내 팔에 더욱 단단히 감쌌고, 아기는 더 이상 소리를 내지 않았다.

마침내 삼림 끝에 있는 농가에 도착했고, 그곳에서 말을 얻을 수 있었다. 우리는 마차가 다닐 수 없는 좁은 길을 말을 타고 가야 했다. 나는 난생 처음 말에 올랐고, 가슴이 두근거렸다. 높은 안장에 앉아 땅에서 얼마나 멀어졌는지 생각하니 떨어질 것 같았다. 하지만 나는 젊었고, 이것은 덩치가 크고 힘찬 짐승에 올라타는 모험이었다. 내 튜니카가 무릎 위까지 올라왔고 찬 공기가 폐를 가득 채웠다. 루브리아는 내 옆에서 말을 탔다. 그녀가 말 타는 경험을 재미있게 느꼈으리라고 생각하지는 않는다. 하지만 나는 순간순간 마치 아마존의 여왕 히폴리테가 말을 타고 전쟁에 나가는 것 같은 기분이 들었다.

마침내 우리는 말을 말이 끄는 마차로 바꿀 수 있었다. 나흘간 잘 사용하지 않는 도로로 움직인 끝에 마침내 티베리우스 네로의 친구가 우리에게 준 거처가 있는 나폴리 시내에 도착했다.

루브리아는 우리와 같이 있었지만, 나는 남편에게 부테오를 내보내야 된다고 주장했다. 나는 그를 차마 볼 수 없었고, 그가 아들 주위에 있다는 사실을 용납할 수 없었다.

그 후 내 마음 속에는 여러 생각이 들었다. 매일 아침 남편이 노예군대를 모으려고 집을 나간 동안 나는 집에서 그를 기다렸다. 나는 그가 실패할 것을 알았고, 그가 혹시 루시우스의 명을 다하려고 자살할까 봐 두려웠다. 그러나 적어도 아기와 내가 더 이상 페루자에 있지 않게 된 것을 다이아나 신에게 감사했다.

그때 우리는 도시가 함락되었다는 소식을 들었다. 그곳에 일어난 사건은 로마인들을 애통하게 만들었다. 그 도시를 방어했던 수천 명은 모두 살해당하고, 도시는 약탈당하고 불에 타서 초토화되었다. 항복하려는 사람들에 대해 시저는 그다지 자비를 베풀지 않았다. 루시우스 안토니의 생명은 살려주었지만, 그것은 다만 마크 안토니와 전면전을 벌이고 싶지 않았기 때문이었다.

이제 티베리우스 네로가 노예를 선동하는 무모한 노력을 더 이상 계속할 필요는 없었다.

페루자 함락 직후 우리는 시저의 군대가 이미 나폴리를 침공하기 위해 출발했다는 사실을 알게 되었다. 남편과 나는 아기를 데리고 도망쳤다. 아이를 몹시 사랑했던 루브리아도 따라가게 해달라고 사정했다.

티베리우스 네로는 말과 마차로 우리를 나폴리 시에서 몇 킬로미터 떨어진 한적한 숲속으로 데려갔다. 신경이 곤두선 그의 뺨에서 경련이 일었다. 나는 남편에게 먼저 목적지를 결정해야 한다고 말했지만, 그는 말없이 마차에 뛰어내려서 나무 사이로 사라졌다.

루브리아는 나를 쳐다보았고, 그녀의 눈에서 내가 묻고 싶은 질문을 보았다.

'우리는 어디로 가는 거죠?'

우리 둘은 티베리우스 네로가 오기를 기다렸지만 그는 돌아오지 않았다. 나는 루브리아에게 아기를 맡기고 숲속으로 남편을 찾으러 갔다. 그는 나무에 기대어 한 손을 눈에 대고 있었다.

"티베리우스?"

나는 부드럽게 말했다.

그는 몸을 바로 세우고 나를 보았다. 그가 울지 않았다는 걸 알고 다소 마음이 놓였다. 하지만 그는 완전히 좌절한 것처럼 보였다.

"아무래도 나는 내 길의 끝에 다다른 것 같아. 이렇게 도망가고 들짐승처럼 쫓기는 것보다 차라리 로마 군인답게 죽는 게 더 좋겠다는 생각이 들어."

어쩌면 그는 순간적인 좌절감에 굴복하고 있는지도 몰랐다. 잠시 혼자 있으면서 마음을 가라앉히기 위해 우리에서 떨어져 나왔을 뿐인데, 내가 그를 따라와서 그가 밑바닥에 가라앉아 있는 모습을 발견한 것일 수도 있다. 하지만 아버지와 어머니의 죽음이 아직까지 기억에 생생했던 나는 그의 말이 비참함에 대한 단순한 표현일 뿐이라고 받아들일 수가 없었다.

"그렇다면, 그렇게 하세요. 그러나 내가 당신을 명예롭게 기억하리라는 것도, 당신 아들에게 훌륭한 아버지였다고 가르치리라는 것도 기대하지 마세요. 당신은 겁쟁이로 기억될 게 틀림없어요. 그리고 결단코 우리는 당신과 같이 죽지 않을 거예요. 내 아들과 나는 살아남겠어요."

그는 믿기지 않는다는 듯이 나를 쳐다보았다.

"겁쟁이."

나는 그에게 이 말을 내뱉었다.

"어떻게 감히 내게 그런 말을 해?"

"화났어요, 티베리우스? 좋아요. 그렇다면 어쨌든 당신은 사내이긴

하겠군요."

그가 손등으로 내 입을 쳤다. 그 바람에 내 몸이 비틀거렸고, 입 안에서 피맛이 느껴졌다.

그는 한 번도 나를 때린 적이 없었다. 그가 때릴 거라고는 생각하지 못 했지만, 그의 분노를 바짝 끌어올리고 싶었다. 분노가 자살하겠다는 이야기보다 훨씬 나은 것 같았다.

그는 주먹을 불끈 쥐었다. 나를 치지 않으려고 스스로를 억제하는 모습이었다. 나는 입술의 피를 닦았다.

"명예롭게 죽을 시기가 올 거예요. 그러나 아직은 아니에요."

"내 입장을 알기나 해? 나는 도망가야 하지만, 이제 갈 곳이 없어. 이탈리아 어디라도 시저의 부하들이 나를 쥐 잡듯 찾아낼 거야."

"마크 안토니에게……."

"그에게 간다 해도 어디로 가야 하지? 지금 그가 어디 있는지도 몰라. 아직 이집트에 있는 걸까? 이집트는 너무 멀어."

나는 잠시 생각한 후 말했다.

"시칠리아 섬이 이집트보다 가까워요."

시칠리아는 섹스투스 폼페이가 통치했고, 그는 근래 시저와 연합했다. 그러나 클라우디우스 가문과 섹스투스 가문의 연대는 훨씬 오래된 것이었다. 세대를 거슬러 올라가면 우정뿐 아니라 혼인 관계도 있었다.

"내가 듣기로 섹스투스 폼페이는 예전의 유대관계를 존중하는 사람이에요."

티베리우스 네로는 내가 인도하는 곳을 생각했다.

"섹스투스가 나를 죽이거나 시저한테 넘길지도 몰라. 또한 그가 내게 실질적인 도움을 줄지도 의문이고."

"그는 최소한 우리에게 당분간 머물 거처라도 내어줄 거예요. 당신을 죽이지도 않을 거고요."

남편은 뉘우치는 표정으로 나를 보았다.

"당신 입술 좀 봐. 도대체 왜 그런 식으로 나를 모욕한 거야?"

'왜냐하면 내 아들은 아버지의 보호가 필요하기 때문에 당신 마음을 각성시켜야 했어요.'

나는 우리가 살아남는 데 도움이 될 수만 있다면 더 많은 주먹도 맞을 수 있다고 생각했다.

"너무 지나쳤어요. 용서하세요. 시칠리아로 가야겠지요?"

그는 잠시 미간을 찌푸리더니 깊은 한숨을 쉬며 말했다.

"그러지."

시저군에 잡히지 않고 시칠리아 섬까지 가는 배를 구하기란 쉽지 않았다. 그러나 티베리우스 네로는 로마의 전 집정관에게 기대할 수 있는 능력을 발휘하여 배를 구했다. 우리는 섬에 도착했고 초가지붕에 바닥이 더러운 낡은 여관에 묵었다. 섹스투스는 우리를 만나려는 열의는 없었지만, 한 달 뒤 우리에게 사람을 보냈다.

섹스투스는 열세 살 때 눈앞에서 아버지가 살해되는 장면을 목격했다. 가족의 사유지는 적들에게 압수됐고, 20대 중반까지 오랫동안 산적으로 살아왔다. 하지만 로마 귀족의 후예로서 그는 명예롭게 행동했다.

"진심으로 당신을 도와주고 싶습니다."

그는 티베리우스 네로보다 주로 내게 말하는 것 같은 모습이었다.

"하지만 내가 시저와 연대하고 있기 때문에 난처한 일입니다."

그럼에도 그는 우리에게 그리스에 있는 마크 안토니에게 가도록 도와주겠다고 말했다. 그것은 섹스투스가 할 수 있는 가장 좋은 제안이었기 때문에 티베리우스 네로는 받아들였다.

섹스투스는 시칠리아 섬은 물론 바다까지 지배했다. 사람들은 그를 바다의 신 넵튠이 비호하는 인물이라고 불렀다. 그는 자신을 두려운 존재로 만들었지만, 내 눈에는 우울하고 상실감에 빠진 사람으로 보였다. 어쩌면 나 역시 그에게 같은 모습으로 보였는지 모른다. 헤어지면서 그는 내게 쓸쓸하고, 묘하게 부드러운 미소를 짓고는 몸을 숙여 내 뺨에 키스해 주었다.

어머니는 마크 안토니가 돼지 같은 작은 눈을 가졌다고 했었다. 그를 만나보니 그 묘사가 적절했다는 것을 알 수 있었다. 하지만 살이 찌고 불그레한 얼굴에 턱이 튀어 나오기는 했어도 잘 생긴 편이었다. 그는 땀과 술이 뒤섞인 강한 남성미를 풍겼다. 그는 토가 대신 붉은 비단으로 만든 그리스식 키톤을 걸친 채 식당 카우치에 편안히 기대어 앉아 루비로 장식한 황금잔으로 와인을 마시고 있었다. 그는 내 가슴을 쳐다봤다. 그때 하녀가 와서 술잔을 채우자 그녀의 엉덩이를 만졌다.

"아테네는 마음에 둡니까, 드루실라?"

그가 내게 물었다. 나는 갑자기 불안을 느꼈지만 들키지 않으려고 조심했다. 안토니는 우리를 만나기까지 이곳 아테네에서 무려 4개월이나 기다리게 했다. 그리고 지금 이 식사 자리가 바로 그 접견이었다. 게다가 처음 만났을 때 그는 나를 '리비아'나 '리비아 드루실라'라고 하지 않고 '드루실라'라고 부르겠다고 했다. 이것은 정말 적절치 못한 모욕이었다. 누구도 여성의 성만 부르는 사람은 없었다.

"아테네는 생각했던 대로 아름다워요."

내가 대답했다.

"그래요. 우리는 관광도 하고 즐겁게 보내고 있어요."

티베리우스 네로는 마치 우리가 지난 몇 개월 동안 미래에 대한 불안으로 괴로워하지 않은 것처럼 말했다. 그가 그런 연기를 할 수 있다는 것을 미처 알지 못했다.

"페루자에서 탈출했으니 어떤 도시도 좋게 보이겠지요."

안토니는 나를 보고 말했다.

"그곳이 포위되어 있는 동안 거기에 있었죠?"

나는 고개를 끄덕였다.

"당신이 겪었던 궁핍에서 회복된 것처럼 보이는군요. 나의 불쌍한 풀비아는 그렇지 못했어요."

풀비아와 두 아들이 그리스에서 안토니와 합류한 지 얼마 되지 않아 그녀가 열병으로 죽었다는 말을 들었다.

"유감입니다."

나는 말을 시작했다.

"부인이 좋은 의도를 갖고 계셨다는 건 잘 압니다. 하지만 전체적으로는 실패로 끝나고 말았어요. 대토지 소유제를 둘러싸고 시저와 갈등을 야기한 건 현명한 일은 아니었습니다."

안토니는 고개를 저었다.

"이탈리아에서 무슨 일이 일어나고 있는지 아무도 내게 알려주지 않아서 아쉬워요."

안토니의 시선이 남편에게 향했다.

"어째서 당신이 풀비아와 루시우스를 자제시키지 않았는지 나 자신에게 가끔 물어보곤 해요. 집정관으로서 당신같이 신중한 사람이 어째서 그랬을까 말이죠."

티베리우스 네로가 말했다.

"솔직하게 말해서, 나는 의심할 여지없이 그들이 늘 당신으로부터 명령을 받고 있다고 생각했습니다."

"나로부터 명령을 받는다고?"

안토니가 소리를 질렀다.

"제정신인가?"

나는 가슴이 철렁했다.

"남편은 단지 풀비아와 루시우스에게서 그런 느낌을 받았다는 걸 말하는 거예요."

내가 중얼거리는 말에 안토니는 멸시조로 코웃음을 쳤다.

나는 안토니가 풀비아와 루시우스의 행동을 전혀 모르고 있었다고는 믿지 않았다. 만약 그들이 안토니에게 상황을 알리지 않았다 하더라도 틀림없이 시저가 그에게 항의 편지를 보냈을 것이다. 아니, 안토니가 그들에게 시저를 물리치도록 시켰을 것이다. 그런 다음 둘은 물론 자신의 두 아들마저 포위된 그 도시에 무방비 상태로 내버려두었다.

안토니가 페루자에 있던 우리를 구하지 못한 이유가 무엇일까? 나는 의심스러웠다. 신중함? 그의 정부인 이집트 여왕 클레오파트라의 촉수가 그를 옆에 묶어 두었기 때문일까? 혹은 이해할 수 없는 다른 이유가 있는 걸까? 가령 순수한 방관이랄지?

"좋아요. 과거는 과거일 뿐이니까."

안토니는 접시에서 속을 채운 버섯을 집어 들었다. 그리고 마치 그것이 무슨 말이라도 하는 듯 자세히 살펴더니 입에 집어넣고 씹다가 꿀꺽 삼켰다.

"네로, 지금 당신의 계획은 뭡니까?"

"그것은 전적으로 당신에게 달렸어요. 당연히 내가 희망하는 건……."

안토니는 중간에서 남편의 말을 가로막았다.

"솔직하게 말하죠. 조만간 내 집은 시저의 사절단으로 가득 차게 될 겁니다. 현재 시저 누나의 남편이 70세쯤 되었을 텐데 건강 상태가 그다지 좋지 못해요. 그녀는 스물다섯이고, 아마도 좋은 여자겠지요. 그리고 지금 나는 홀아비가 되었고. 그래서 나는 그 늙은이가 죽으면 그녀와 결혼하겠다고 합의할 수도 있어요. 그러면 여러 가지 일들이 매끄럽게 넘어갈 수 있을 테지요. 좋은 게 좋은 거 아니겠습니까? 성대한 결혼이 될 겁니다. 어쩌면 그 어린 독사 놈이 이 일 때문에 여기에 오겠다고 동의할 수도 있지요. 내가 무슨 말을 하는지 이해하겠습니까?"

티베리우스 네로는 고개를 끄덕였다.

"당신은 시저와 새로운 연대를 구축하려 하는군요."

"맞았어요. 그리고 내가 원하는 게 뭔지 압니까? 시저와 친구들이 당신들 얼굴을 보지 않았으면 하는 겁니다. 당신들을 보면 페루자와 대토지 소유제와 관련된 사건들을 연상할 거 아닙니까? 그래서 나는 그들이 내 주변에서 당신들을 보지 말았으면 좋겠어요."

"알겠어요."

티베리우스 네로가 말했다.

안토니는 카우치에 도로 등을 기대고 명상에 잠긴 듯 천장을 보았다. 천장은 날개 달린 어린 천사를 분홍색으로 그려서 잘 장식해 놓았다.

"지금은 상황이 달라질 수 있어요. 비록 당신은 나쁜 집정관이었지만, 한편으로 훌륭한 군인이에요. 당신을 개에게 던져줄 생각은 없어요. 자, 클라우디우스 가문은 스파르타와 유대 관계가 깊지 않습니까? 거기에는 당신의 할아버지나 친척에게 한때 도움을 받았던 무리들이 많이 있잖아요."

"그래요. 스파르타에 친구들이 있지요."

티베리우스 네로는 기운 없는 목소리로 말했다.

"그래, 바로 그거야."

안토니는 남편 쪽으로 몸을 돌리고 상기된 소년 같은 웃음을 지었다.

"스파르타는 내 관할 구역이니까 맘이 편하잖습니까? 그곳에 있는 한 당신은 시저를 두려워 할 이유가 없어요. 내가 제안하는 것은 당신이 스파르타에 가서 친구들에게 옛날 빚을 돌려받기 위해 왔다고 하라는 겁니다."

그는 나를 쳐다보았다.

"드루실라, 당신도 스파르타를 좋아하게 될 거예요."

우리는 한동안 말없이 당장의 미래가 스파르타에 놓여있다는 사실을 마음속에 받아들였다. 잠시 후 티베리우스 네로가 말했다.

"내 재산에 대해……."

"당신의 뭐요?"

"시저가 이탈리아에 있는 내 재산을 압수한 것으로 알고 있어요."

"그거 참 안됐군. 하지만 그런 것을 내게 기대하면 안 돼지."

나는 분노와 배신감을 억지로 삼켰고, 남편도 같은 심정이었다. 우리는 힘이 없었다. 안토니에게 충성을 바치고 그 때문에 겪은 고통을 생각하니 마음이 쓰렸다. 그것은 안토니에게 무의미한 일이었다.

이제 와 그 당시를 되돌아보니 얼마나 무력했었는지 기억난다. 그 것이 싫었다. 나는 내 상황이 무엇이든 간에 내게 충성한 사람을 그런 식으로 방치하지 않을 것이다. 절대로 그런 야비한 처사는 하지 않을 것이다.

저녁 식사가 끝난 후, 안토니의 고위 장교 폼포니우스가 티베리우스 네로와 나를 편들어 주었다. 갈리아에서 티베리우스 네로와 복무했던 그는 우리에게 스파르타로 가라고 충고했고, 안토니로부터 더이상 어떤 도움도 기대하지 말라고 했다.

"만약 당신을 도울 수 있는 정보를 얻게 되면 편지를 보내겠어요. 내 우정은 믿을 수 있어요."

그렇게 우리는 스파르타로 갔다. 티베리우스 클라우디우스 네로와 그의 아내이자 마르쿠스 리비우스 드루서스 클라우디아누스의 딸은 따뜻한 환영을 받았다. 클라우디우스 가문은 여러 세대에 걸쳐서 그도시와 관계를 맺으며 로마 원로원에서 스파르타 사람들의 이해관계를 보호해 왔다. 카드모스라는 이름의 남자는 우리에게 집세도 받지 않고 집을 빌려 주었다. 빨간 기와를 얹은 그 집은 정원에 무화과나무가 있는 좋은 집이었다. 다른 사람들은 음식과 옷을 갖다 주었다.

스파르타 사람들의 자선이 계속될 수는 없었다. 가족이 먹고 살기 위해서는 곧 보석을 팔아야 했다. 하지만 아들을 조그만 침대에 눕

154

히고 건강하고 안전한 모습을 보니 인생이 그렇게 비극적으로 보이는 것만은 아니었다.

어린 티베리우스는 두 살이 되자 수다스러워졌다. 가끔 어린 아이로서 지나치게 진지해 보일 때는 아들의 짧은 인생에 그동안 우리가 겪은 일들이 그에게 새겨진 것은 아닌지 생각했다. 그러나 다시금 아이가 천진하게 노는 것을 보고 안도감이 들었다.

한동안 티베리우스 네로와 나는 마음이 불안해서 거의 잠자리를 같이 하지 못했다. 하지만 친구가 되고, 역경을 극복하는 진정한 동지가 되었던 스파르타의 어느 날 그는 나를 원했다. 그날 밤 나는 전과 달리 그에게 기꺼이 몸을 열어주었지만, 여전히 그를 사랑하지는 않았다. 그렇기는 해도 스파르타의 작은 집에서 처음으로 나는 그의 팔 안에서 즐거움을 느꼈다. 그리고 얼마 지나지 않아 나는 다시 아이를 가졌다.

스파르타를 지나가는 여행자에게서 시저의 누나 옥타비아가 과부가 된 후 안토니와 재혼했다는 소식을 들었다. 그 결혼 소식을 안 지 얼마 지나지 않아 티베리우스 네로는 안토니와 시저 사이에 영토 경계 재편이 있었다는 폼포니우스의 편지를 받았다. 안토니는 남편에게 이 사실을 경고해 주었어야 했지만 하지 않았다.

"시저가 스파르타를 손에 넣었어."

남편이 내게 말했다.

"그의 군대가 여기로 오는 중이래."

우리는 아들과 뱃속의 아기를 데리고, 언제나 충실한 루브리아와 함께 도망쳤다. 카드모스는 사냥할 때 사용하는 숲 속 거처를 우리에게 알려주었다. 방이 두 개뿐인 그 오두막은 숲 속의 좁은 빈터에 위치했다.

오두막을 처음 들여다보았을 때 로마의 내 집을 떠올리고 실컷 웃기라도 하고 싶었다. 세상에서 내몰리는 것도 한 운명이겠지만, 이렇게까지 추락할 수가 있을까? 이런 몰락을 들어본 사람이 있을까?

준엄한 목소리가 내 안에서 들리며 상황이 더 악화될 수도 있음을 깨닫게 했다. 무엇보다 우리는 살아있었다.

오두막에 짐을 풀었다. 사냥꾼의 움막에는 간이침대 몇 개가 전부였다. 숲을 헤치고 우리를 오두막으로 안내해준 카드모스에게 물었다.

"이 지역에 늑대들이 출몰하나요? 사나운 짐승들은요?"

"여기는 도시와 가까워서 그렇지 않아요."

하얀 구렛나루와 반짝이는 검은 눈의 카드모스가 대답했다. 그는 얼굴에 주름이 많았고 웃을 때는 주름이 더 많이 잡혔다.

"우리가 지나온 굴 속에 혹시 곰들은 없어요?"

"없어요."

"그러면 안심이네요."

"가까이에 물을 얻을 수 있는 곳이 있어요?"

티베리우스 네로도 물었다.

"이 근처에 냇가가 있어요. 하지만 최근에 가물어서 말랐는지도 모르겠어요."

시내가 흘렀었던 곳까지 얼마간 걸어갔지만 물은 없었다. 네로는 욕을 뱉었다.

"여기서 3킬로미터 정도 떨어진 곳에 호수가 있어요."

카드모스가 말했다.

"어차피 여기서 오래 있을 건 아니잖아요?"

우정은 우정일 뿐이다. 친구라 해도 티베리우스 네로를 도우면 위험하다는 것을 생각하지 못 한다면 바보일 것이다.

"그래요. 오래 있지 않을 거예요."

남편이 말했다.

우리는 다시 오두막으로 돌아왔고 카드모스는 떠났다. 오두막 뒷방으로 가는 남편을 따라 나도 들어갔다. 그는 간이침대에 앉아 머리를 감싸 쥐었다.

"멀리 떠나요. 로마를 잊고 우리 새 출발해요."

"안토니가 우리에게 시저군이 온다는 걸 말해주지 않은 건 도저히 이해할 수 없어. 안토니는 내게 스파르타로 가라고 제안했고, 지금 여기 있다는 것도 알아. 연락해 주는 게 그에게 부담이 됐을까? 폼포니우스가 아니었더라면 나는 죽었을 거야."

"안토니는 잊어버려요."

티베리우스 네로는 고개를 끄덕였다.

"안토니는 우리를 버렸고, 시저는 재산을 몰수하고 나를 죽이려고 해. 섹스투스 역시 우리가 크게 기대할 수 있는 사람은 아니야. 세 사람이 세상을 분할하여 가졌으니 이제 내가 있을 곳이 없어."

"그들이 이 세상을 전부 가진 건 아니에요."

"거의 전부지."

나는 그의 말을 반박할 수 없었다. 이 세상 어디에도 티베리우스 네로를 위한 장소가 없고, 그래서 나와 아들과 앞으로 태어날 아기가 있을 곳이 없었다.

남편은 얼굴을 문지르며 말했다.

"우리가 어디로 가야 할까? 시칠리아로 다시 가서 섹스투스에게 배를 태워 다른 곳으로 보내 달라고 해야 할까? 안토니의 무릎 아래 매달려야 할까? 가장 좋은 방법은 스파르타로 걸어가서 시저군에게 '내가 여기 있다' 하고 자수하는 거겠지. 나는 로마 시민이니 설마 십자가에 못 박지는 않을 거야. 그들 손에 죽음이 결정되는 게 차라리 빨리 끝나고 비교적 자비롭지 않을까?"

"그런 마지막 방법을 취해서는 안 되요. 살아날 방법은 있기 마련이에요."

"없어."

티베리우스 네로가 말했다.

"그런 말을 하는 건 당신이 아직 젊기 때문이야. 살아날 방법이 늘 있는 게 아니야."

"우리를 위해서는 있어요. 보세요. 우리에게는 지금 거처할 곳이 있고, 음식도 있고, 움직일 수 있는 자유도 있어요. 누가 알아요? 혹시 시저군이 여기를 떠날지. 그러면 우리가 다시 스파르타로 돌아갈 수 있잖아요?"

나는 스파르타의 작은 집으로 가기만 하더라도 진심으로 기쁠 것 같았다.

우리가 오두막에 자리를 잡은 지 며칠이 지났다. 우리는 매일 아침 호수에서 우리와 말이 마실 물을 길어왔고, 남편은 매일 카드모스를 만나러 숲 끝까지 다녀왔다. 그는 음식과 정보를 가져다 주었다. 시저의 군대가 스파르타로 진입했고 주둔하고 있는 것처럼 보인다고 말했다. 정확하게 시저 영역의 새로운 경계는 어디일까? 우리는 어디로 가면 안전할까? 카드모스는 우리를 위해 알아보겠다고 말했다.

시간이 흐르자 티베리우스 네로와 카드모스의 만남이 불안해지기 시작했다. 그는 우리에게 친절했지만 배신할지도 모른다는 생각을 해

보았다. 만약 티베리우스 네로와의 연대가 그에게 불리하게 보인다면 남편을 시저에게 팔아넘기지 않을까? 나는 골똘히 생각해 보았다. 하지만 카드모스는 외부세계와 우리를 연결하는 유일한 존재였고 관계를 단절할 수 없었다.

줄리어스의 달 7월 초였다. 더위가 극성을 부렸고 땅은 마르고 갈라졌다. 식물들도 발 아래에서 푸석거렸다. 나는 풀이 누렇게 되고 나뭇잎들이 말라버린 나무에 힘없이 매달려 있는 것을 보았다. 티베리우스 네로는 평소처럼 카드모스를 만나러 갔고 루브리아는 어린 티베리우스를 데리고 딸기를 따러 나갔다. 딸기를 담아오려고 크고 거친 천으로 만든 자루도 가지고 갔다. 한편 나는 임신 3개월이 되어 메스꺼움을 느끼고 오두막 뒤쪽에 파놓은 뒷간으로 갔다. 햇볕이 뜨거웠고 악취가 진동하자 머리가 빙빙 돌더니 구토가 나오고 또 나왔다.

남편과 아이에게 용기를 주기 위해 강인해 보이도록 노력했지만 지금은 혼자만 있다. 나는 울었다. 아버지와 어머니가 그리웠고, 한때 누렸던 생활이 그리웠다.

마침내 눈을 닦고 오두막 앞쪽으로 돌아왔다. 기둥에 묶어 둔 두 마리 말이 킁킁거리기 시작하더니 어떤 이유인지 뒷다리로 몸을 세웠다. 어쩌면 카드모스의 말과 달리 늑대들이 숲 속에서 이곳으로 접근하고 있는 것일까? 주위를 둘러봐도 눈에 보이는 위협은 없었다. 나는 말들이 거칠게 다가올까 봐 무서웠다. 쳐다보고 있는 동안 말들은 끈을 끊고 루브리아와 아들이 간 방향으로 뛰어갔다.

또 다른 재난이었다. 저 말들을 다시 찾을 수 있을까? 이미 비참해진 현실이 더 악화되어 버렸다는 생각에 또 눈물이 나기 시작했다. 그때 연기 냄새를 맡았다.

냄새가 나는 방향으로 고개를 돌리자 붉은 기둥이 치솟았다. 나는 삼림의 불이 얼마나 빨리 번지는지 들었던 이야기를 떠올리며 루브리아와 아들이 간 길로 재빨리 몸을 돌려 달려갔다.

길 아래 멀리서 루브리아가 어린 티베리우스의 손을 잡고 있는 모습을 보고 소리쳤다.

"루브리아!"

그녀는 발을 동동 굴렀다. 그녀도 불길을 보았고, 얼굴은 공포에 질려 있었다.

"아기를 안고 뛰어, 어서 뛰어!"

말할 필요도 없이 그녀는 아이를 끌어안고 달렸다. 나는 그녀를 따라 전속력으로 질주했지만, 짙은 연기가 이미 우리를 감쌌다.

"다이아나 여신이시여! 제발, 구해주세요!"

나는 울부짖었다. 너무 빨리 뛰었기 때문에 가슴이 터져버릴 것 같았고, 숨이 가빠 헐떡거렸다. 나는 연기를 들이마셨고, 연기는 내 눈을 태우는 것 같았다. 불이 어찌나 빠른지 등이 뜨거움을 느낄 정도였고 산 채로 불에 탈 것 같았다.

"여기, 여기요!"

루브리아가 비명을 질렀다. 모습은 보이지 않았지만 그저 목소리 방향으로 뛰었다. 그런 후 연기 속에서 그녀를 볼 수 있었다. 언젠가 내가 곰이 있을까 봐 겁을 내던 굴 입구에 그녀가 서 있었다. 나는 굴 입구로 몸을 던졌고 땅에 쓰러지며 비명을 질렀다.

"흙 위에 구르세요! 빨리요. 불이 붙었어요. 마님!"

나는 땅에 몸을 문지르고 흙을 뿌렸다. 루브리아는 내 머리카락을 두드렸고 가져왔던 자루로 내 튜니카를 두드려 불씨를 없애느라 정신이 없었다. 그러는 사이 나는 그녀가 지르는 고통스러운 비명을 들었다. 틀림없이 아픈 소리였다. 루브리아도 불에 덴 걸까? 나는 아픈 곳은 없었고 당장의 공포도 없어졌다. 루브리아는 불끄기를 중단하고 굴속으로 기어들어갔다.

"마님 머리와 옷에 불이 붙었었어요."

루브리아는 말하며 흐느껴 울었다.

"손, 제 손이……."

루브리아는 불을 끄느라 손을 데었다. 나는 그녀의 목에 손을 얹고 울기 시작했다. 우리는 서로 끌어안았다. 그러자 아들의 우는 소리가 났고 아들도 함께 끌어안았다. 연기로 자욱해진 어둠 속에서 아들의 얼굴도 알아보기 힘들었다. 어린 몸이 떨고 있었다.

우리는 최대한 깊이 굴 속으로 들어갔다. 입구는 연기로 가득 찼고, 밖은 온통 화염에 휩싸였다. 겨우 뱃속 아기를 생각하고 배를 감싸 안았다.

'괜찮니, 아가? 괜찮아?'

루브리아와 어린 아들과 나는 서로를 붙들고 있었다. 기침이 나고 목이 메었다. 연기가 우리 눈과 목을 태웠다.

"아파요, 엄마."

나는 흐느끼는 아들을 꼭 껴안고 용감한 아들이라고 말하며 이 안에 있는 공기라도 계속 숨을 쉬어야 한다고 했다. 어린 아들을 생각하니 더럭 겁에 질렸다. 만약 어린 아이가 연기에 질식해서 죽게 되면 어쩌지? 나는 속삭였다.

"숨을 쉬렴."

몇 시간처럼 느껴지는 동안 우리 셋은 헐떡거리고 기침하며 최선을 다해 숨을 들이쉬려고 애썼다.

마침내 공기가 맑아졌다. 우리는 있는 힘을 다해 굴 밖으로 나왔다. 더 이상 불길은 없었고 타버린 땅과 숯으로 변한 나무만 있었다. 나는 데인 손이 고통스러워 울고 있는 루브리아를 보았다. 손이 벌겋게 타서 피부가 벗겨졌다.

"너는 내 생명의 은인이야."

루브리아는 아들이 들을 수 없도록 낮게 말했다.

"마님은 정말 불이 붙었었어요."

"나는 화상을 입지는 않았어."

"마님 튜니카를 보세요."

그녀의 눈을 따라 내 튜니카 단을 보니 새까맣게 타 있었다.

"그리고 머리카락도 그을렸어요."

나는 믿기지 않아서 고개를 흔들었다.

"신들이 마님을 사랑하는 게 틀림없어요."

어린 티베리우스는 내 손을 꼭 잡고 황폐해진 주위를 바라보며 눈이 커졌다. 우리 발 아래 땅은 온통 재로 뒤덮였다. 우리 셋은 오두막이 있던 곳으로 걸어 갔지만 갈 곳이 없었다. 물론 오두막도 그 속에 있던 전부도 다 사라졌다.

"스파르타로 가서 손에 바를 약을 구해야겠다."

"주인님께서 오실 때까지 기다려야 한다고 생각해요."

"하지만 네 손이……."

"이전에도 화상을 입은 적이 있었어요."

나는 놀라서 그녀를 쳐다보고 그녀의 남편과 아들이 타죽었다는 사실을 기억했다.

"네 가족을 잃었을 때?"

"아니요. 아주 어렸을 때 살던 임대가옥이 불타서 재로 변했어요. 그때 많은 사람들이 죽었어요."

루브리아는 고통이 스민 웃음을 지었다.

"이 화상은 그다지 크지 않아요. 곧 나을 거예요."

내 인생은 최근 시련으로 이어졌지만, 그녀는 아무것도 없는 것에 익숙한 것 같았다.

우리는 굴로 되돌아 왔다. 지금으로서는 유일한 안식처였다. 우리는 땅에 털썩 주저앉았다.

루브리아의 얼굴이 나의 기진맥진한 상태를 그대로 비추는 듯했다. 내가 팔을 베개 삼아 눕자 아들이 머리를 내 가슴에 파묻고 옆으로 달라붙었고, 루브리아도 우리 옆에서 팔 다리를 쭉 펴고 누웠다. 나는 루브리아에게 말했다.

"팔라틴 언덕의 대저택에서 지금 이 굴까지 왔어. 그런데도 신이 나를 사랑한다고 생각하니?"

"신은 마님이 불에 타도록 내버려두지 않았어요."

우리는 굴 속에서 그다지 오래 있지는 않았다. 해지기 직전에 남편은 흔적을 따라 우리를 찾아냈다. 그는 나를 보자 놀란 눈으로 손을 입에 갖다 대고 겨우 중얼거렸다.

"모두 죽은 줄 알고 무서웠어. 리비아, 어떻게 된 거야?"

"난 괜찮아요. 머리카락과 튜니카가 불에 탔을 뿐이에요. 하지만 루브리아가 나를 구하려다가 손을 다쳤어요. 그녀를 의사에게 데려가야 해요."

티베리우스 네로는 고개를 끄덕였다.

"우리는 당장 스파르타로 되돌아 갈 수 있어."

나는 그가 제정신이 아니라고 생각했다. 그러나 그는 말을 이었다.

"나는 더 이상 수배자가 아니야."

남편은 놀랄 만한 소식을 가져왔다. 카드모스가 그에게 폼포니우스로부터 온 편지를 전달해 주었다. 그 내용은 시저, 안토니, 섹스투스 폼페이 사이에 삼자 협정이 체결되었다는 것이었는데, 그 조항은 우리에게 지각변동과 같은 중요한 소식이었다. 시저는 로마를 탈출했던 안토니와 섹스투스의 지지자 일부가 집으로 돌아오는 데 합의했고, 또 몰수된 재산 사분의 일을 되돌려 준다는 것이었다. 안토니와 섹스투스는 자신의 지지자들 명단을 시저에게 제출했는데 티베리우스 네로의 이름도 들어 있었다. 하지만 티베리우스 네로의 이름을 명단에 올린 사람은 안토니가 아니었다. 그것은 섹스투스의 순수한 호의였다.

"원로원석을 다시 차지하겠어. 그리고 재산의 사분의 일만으로는 넉넉하게 살지 못하겠지만 우리가 생활할 수는 있을 거야."

마음속에 수많은 의문이 떠올랐다. 시저가 이런 협의를 지킬 것으로 믿을 수 있을까? 로마로 되돌아갔을 때 예상치 못한 위험이 기다리고 있지는 않을까? 그러나 나는 불안감을 드러내지 않았다. 집으로 돌아가서 소유물 반환 청구를 하지 않는다면 다른 어떤 선택이 있을까? 어린 시절 행복을 누렸던 로마로 돌아가고 싶었다. 특히 동생이 보고 싶었다. 스파르타에서 나는 편지를 한 번 보냈고 잘 지낸다는 답장도 받은 적이 있지만 직접 만난 지는 거의 2년이 지났다.

일의 절차가 마련되는 즉시 우리는 시저 옥타비아누스 통치 하에 들어가기 위해 로마로 돌아왔다. 나는 다이아나 신에게 우리의 안전을 지켜달라고 기도했다.

세쿤다는 더 이상 내가 기억하던 어린 소녀가 아니었다. 동생은 이전보다 더욱 여성스럽고 성숙해졌다.

"언니를 다시 못 볼 줄 알았어. 편지를 받고도 아버지와 어머니처럼 언니를 잃어버린 걸로 생각했어. 우리가 다시 만난 것은 정말 꿈같은 일이야."

"네가 성장해서 엄마가 되었다니 꿈만 같다."

세쿤다는 얼마 전 딸을 낳았다. 남편은 부유한 상인이었고, 로마정치의 위험 밖에서 사는 생활이 그녀에게 맞는 것 같았다.

티베리우스 네로와 나는 집을 돌려받을 수 있었고, 우리 노예 대부분을 그들의 새 주인으로부터 돌려달라고 요청할 수 있었다. 이들 중에는 내가 가장 마음을 쏟았던 펠리아와 탈로스, 안티탈로스 쌍둥이도 있었다. 우리 주위에 늘 친숙했던 얼굴은 물론 심지어 노예조차도 우리 마음을 푸근하게 해주었다. 이런 안정감이 일시적일 수 있다는 것도 알고 있었다. 남편의 재산은 너무나 많이 줄어서 예전의 풍요로웠던 생활을 유지하는 건 어리석은 생각일 뿐이었다. 우리는 곧 집을 팔아 작은 집으로 옮기고 노예 일부를 팔 수밖에 없었다. 특히 잘 알고 있던 하인에 관한 일이라면 더욱 비참한 일이었다. 티베리우스 네로도 이 어려운 결정을 한동안 미루어 왔는데 나는 그를 비난할 수도 없었다.

내가 지금까지 한 번도 헤어지는 걸 생각해 본 적이 없는 사람이 루브리아였다. 비록 흉터는 남았지만 그녀의 손은 다 나았다. 그녀는 우리와 함께 살면서 어린 티베리우스를 마치 자신의 아들처럼 돌봤다. 우리는 자주 정원에 함께 앉아 아들이 노는 모습을 지켜보며 조용히 지난날을 회상했고, 나는 어린 아들이 겪었던 위험들을 다시 생각해보곤 했다. 루브리아는 아이의 음식과 목욕을 담당했고, 밤에 아기를 재우고 아침에 키스로 깨우는 사람은 나였다. 남편도 어린 아들을 무척 사랑했다.

이 모든 것에 대해 티베리우스 네로와 나는 현재 상황에 감사할 뿐이었다. 만약 우리의 상황이 보장 받을 수만 있다면 우리는 영원히 무조건 행복할 수 있을 것 같았다. 그렇지만 보장되지 않을 것이라고 느꼈다. 그 이유는 시저 옥타비아누스였다.

로마 시의 다른 행정 기구와 마찬가지로 원로원은 철저히 시저의 손아귀에 들어갔다. 티베리우스 네로가 원로원 의석을 되찾기는 했어도 시저의 용인 하에 유지되고 있다는 것을 그도 알고 있었다. 시저는 자주 원로원 회의에 참석했다. 그는 티베리우스 네로와 마주칠 때 대단히 예의를 차리며 말했지만, 티베리우스 네로는 그의 시선에서 불편한 느낌이 있다고 말했다.

"아마도 당신이 그렇게 상상하는 것이겠죠."

"그게 아니야. 내가 페루자에서 그에게 창을 던졌을 때 알아볼 정도로 가까웠으니까 그때 나를 본 게 분명해. 그러니까 나를 볼 때마다 내 창을 피했다는 걸 기억하는 게 틀림없어. 그 일은 두 사람 간에 따뜻한 감정이 일어나는 추억거리는 아니지."

로마 귀환 후에 원로원에서 첫 번째로 제기된 중요 안건이 동료였던 살비디아누스를 처형하는 문제였다는 것이 늘 티베리우스 네로의 마음을 불편하게 했다. 그 사람은 갈리아 지역의 군대를 지휘하다가 시저군을 데리고 안토니 진영으로 넘어가려고 했던 사람이었다. 시저와 안토니가 다시 연대하게 되었을 때 안토니가 시저에게 살비디아누스의 불충을 폭로했다. 그는 다른 구실로 로마에 소환됐고, 원로원은 시저의 주장에 만장일치로 동의하는 투표를 해서 그를 처형했다.

우리도 두려움을 느낄 만한 이유가 있었다. 시저와 안토니 동맹은 안토니가 시저의 누나와 결혼하여 더욱 굳어졌다. 그러나 그 동맹이 체결되자마자 시저와 섹스투스 폼페이 사이의 평화는 거의 붕괴되었다. 섹스투스가 시저를 비난했는지, 아니면 시저가 그랬는지 사람들마다 이야기가 달랐다. 그들의 군대가 바다에서 충돌했고, 현재 섹스투스 해군이 이탈리아 해안을 침공한 상태였다. 또한 로마로 오는 귀중한 곡식이 선적된 배의 도착도 막고 있었다. 티베리우스 네로는 섹스투스 지지자로 되어 있었다.

불안을 느끼고 궁지로 몰리는 기분이 들면 자신의 입지를 강화하기 위해 궁리하는 것이 자연스런 일이다. 티베리우스 네로가 어느 날 집에 와서 말했다.

"리비아, 아무래도 시저를 저녁식사에 초대해야겠어."

이런 생각은 너무도 뜻밖이라 나는 깜짝 놀랐다. 표정이 대신 말해 주었을 것이다.

"아니, 내 말을 잘 들어 봐. 나는 시저와 사적인 친분을 맺어 놓아야만 돼. 원로원 주요 의원들은 모두 시저 내외를 사교적으로 초청하고 있어. 나는 전 집정관이었고 또 그의 적이었어. 만약 같은 직급에 있는 모든 이가 그를 초청하는데 나만 초대하지 않으면 그 자체가 반감을 살 만한 태도 아니겠어? 이거야말로 대립 선언이야. 안 그래?"

나는 정신이 아찔해져서 머리를 흔들었다. 그동안 벌어졌던 많은 일들을 겪은 후, 다정하게 저녁식사를 하기 위해 시저를 초대하는 건 괴상한 일이었다. 그리고 생각했다. 그를 다시 보는 기분은 어떨까?

"당신이 이 일에 긴장할 필요는 없어. 첫째로 내가 그를 초청한다고 해도 그렇게 빨리 오지 않을 거야. 그는 대단히 바쁘거든. 초청장을 받고도 언제나 미루니까 실제로 대접하기까지 몇 개월이 걸릴지도 몰라. 중요한 것은 그 초청으로 관계가 부드러워질 거라는 점이지. 그런 다음 나는 다른 원로원 의원 부부들과 주요직 인사들을 전부 초청할 거야. 그가 오게 되면 정식 저녁 파티를 열고, 그렇게 되면 당신은 그와 그다지 말을 많이 하지 않아도 돼. 내 생각에 시저는 언제나 가장 마지막에 왔다가 가장 먼저 떠나는 것 같아. 거의 절반 정도는 부인도 데려오지 않아. 임신 중이어서 집에 있고 싶어 하나 봐. 그러니까 그가 오더라도 한두 시간 정도 식사하고 바로 떠날 거야. 리비아, 그는 소박한 식사를 좋아하니까 우리가 성대하게 대접해야 하는 것도 아니라구."

옛날 전차경기 대회에서 나를 바라보며 웃음 짓던 아름다운 소년의 미소를 떠올렸다. 어머니의 장례 제단에 불을 지핀 후 나를 쳐다보던 모습을 기억했다. 그런 다음 박탈령, 부모님의 죽음, 페루자 포위, 그리고 그 후 일어났던 여러 가지 일들을 생각했다.

"당신이 그에게 근사한 식사를 대접한다 해도 반대할 일이 아니라는 것은 확실해요. 그렇지만 지나온 일들을 생각하면 어떻게 우리가 그런 사람을 초대할 수 있겠어요?"

티베리우스 네로는 말했다.

"우리는 해야만 하기 때문에 할 수 있는 거야. 여보, 이제 내가 원하는 것은 평화로운 생활뿐이야. 또 다시 아내와 곧 둘이 될 아이들을 세계 곳곳으로 떠돌게 할 수는 없어. 그 동안 겪을 만큼 충분히 다 겪었다구. 우리 둘 다 그랬잖아."

나는 티베리우스 네로가 얼마나 피곤해하는지 엿보았다. 그는 이제 앞날이 불안한 43세였다. 앞이마는 주름이 깊었고 흰 머리카락이 생겨서 늙어 보였다. 그리고 둘째 아기가 태어나려면 3개월도 안 남은 나로서도 우리가 또 다시 도망가야 된다는 상황은 참을 수 없는 일이었다.

"우리 미래에 도움이 되는 일이라면 시저를 한두 시간 정도 대접할 수 있어."

티베리우스 네로가 말했다.

시저와 내가 얼굴을 마주하면 어떻게 될까? 내가 그를 미워할까? 아니면 다른 감정이 나올까? 이제 끌림은 없을 것이다. 확실히. 아닐 것이다.

어쩌면 그를 만날 때 기분이 어떨지 알고 싶지 않았는지도 모른다. 그리고 바로 이 생각이 시저를 저녁식사에 초대하는 걸 꺼리는 진정한 이유였다.

"리비아, 이건 필요한 일이야."

나는 등을 꼿꼿하게 세웠다.

"좋아요, 그를 초대하세요."

다음날 티베리우스 네로는 어찌 할 바를 몰라 하며 돌아왔다.

"그를 초청했어. 좋다고 하더군. 그런데 놀라운 것은, 날짜를 미루지도 않더라는 거야."

"그럼 그가 조만간 온다는 거예요? 언제쯤 그를 초청했죠?"

"삼일 후에. 그 사람은 초청해줘서 대단히 기쁘다며 반드시 오겠다고 말했어."

그날 시저는 늦게 오지 않았다. 하인이 그를 맞이하는 소리를 들은 건 내가 처음 도착한 원로원 의원 룰루스와 부인 네피아와 함께 식당에 있을 때였다. 티베리우스 네로는 내게 의미 있는 눈짓을 했다. 우리는 그 원로원 부부에게 양해를 구하고 아트리움으로 갔다. 시저를 지키는 열두 명의 근위병들이 높은 신분을 나타내는 곤봉과 도끼를 들고 서 있었고, 호위병 넷은 칼로 무장하고 있었다. 그 앞에서 시저가 기다리고 있었다. 그는 정교하게 주름을 잡아 만든 자주색 총독 토가를 입고 있었고, 황금색 턱수염을 기른 모습이었다.

턱수염에 대해서 로마인 대부분은 다소 좋지 않은 인상을 가지고 있는데, 조문 기간에는 면도를 중단하기 때문이다. 나 역시 수염을 보면 야만인들을 떠올리곤 했다. 그래서 시저의 수염을 보자 멈칫했다. 그러나 그 모습에도 불구하고, 또한 내가 그를 마지막으로 본 이후 일어났던 그 모든 일에도 불구하고, 나는 그를 보고 싶은 끌림을 느꼈다. 오, 나는 그를 보는 즉시, 매우 강렬하게 전율을 느꼈다. 거슬리는 턱수염을 갖고 있음에도, 내게는 지금까지 보았던 그 어떤 아폴로 신의 동상만큼이나 무척 아름다웠다.

"시저."

남편이 말했다.

"이렇게 방문해 주셔서 대단히 영광입니다."

"너무 일찍 와서 불편을 끼치지 않았기를 바랍니다."

시저가 대답했다.

"나는 언제나 마지막에 도착하는 손님으로 이름이 나 있어요. 하지만 고치려고 노력하고 있죠."

"제 시간에 오셨어요. 먼저 온 두 손님이 이미 식탁에 자리를 잡았어요."

"그렇군요. 좋습니다."

시저가 나에게 미소를 지었다.

"오랜만이에요. 리비아 드루실라. 내가 마지막으로 봤을 때 당신은 어린 소녀였었는데요."

"아니에요. 나는 그렇게 어리지 않았어요."

나는 그가 불편하도록 일부러 반박하려고 했던 것 같다. 나도 그를 처음 만났을 때 느꼈던 것을 기억하고 있었다. 그 당시의 내 감정은 어린이의 감정은 아니었다. 티베리우스 네로가 고개를 돌려 나를 보았다.

"당신은 새 신부였죠."

시저가 말했다.

"네. 그랬어요."

"아들을 낳았다고 들었어요."

나는 고개를 끄덕하고 임신한 배를 덮고 있는 스톨라를 어루만졌다.

"아내는 참석하지 못할 것 같아요. 대신 사과드립니다."

시저는 남편과 나를 보며 말했다.

"부인도 같이 오셨다면 좋았을 텐데 유감입니다."

티베리우스 네로가 말했다.

"식당으로 들어가실까요?"

안에서 룰러스와 네피아가 시저를 보더니 열렬하게 환영했다. 남편은 시저를 가장 상석으로 안내했다. 다른 원로원 의원 부부 판니우스와 발레리아도 곧 도착했다. 그들은 집주인인 티베리우스 네로와 나를 거의 무시했다.

"오늘 비공식적으로 당신과 시간을 보내게 되어 영광입니다."

판니우스가 시저에게 말했다.

"우리가 오늘 저녁 식사를 얼마나 기다려 왔는지 몰라요."

발레리아는 시저의 손을 붙들고 말했다. 시저의 입술에 경련이 일면서 순간 짧게 나를 쳐다보았는데, 그 느낌이 이상하게 친밀한 것이었다.

'어떤 이는 어리석다고 하겠지만.'

나는 시선을 돌리고 첫 코스 음식을 내오도록 하인에게 손짓했다.

"여러분이 염소치즈를 좋아하시면 좋겠네요."

모두 염소치즈를 좋아한다고 대답했다.

"당신은 식사를 간단하게 한다고 들었는데 사실이에요?"

네피아가 시저에게 물었다. 그는 고개를 끄덕이며 치즈를 우물우물 씹었다.

"술은 하루 그저 두 잔 정도, 그것도 물과 반씩 섞어 마신다는 것도 사실인가요?"

그는 또 다시 고개만 끄덕였다. 나는 그녀가 이런 빅뉴스를 친구들에게 흥분하며 전하는 모습을 그려보았다. '시저는 간단한 음식만 먹고, 술은 엄격하게 제한한대요.' 나는 시저의 건강문제를 기억했고 의사들이 엄격한 식사조절을 권유했을 거라고 짐작했다.

화제가 전차 경주에 관한 이야기로 바뀌었다. 시저는 이번 대회에서 붉은 마차가 마음에 든다고 말했다. 모두 붉은 마차가 좋은 팀이라고 인정했다.

"5년 전에도 당신은 붉은 팀을 좋아했죠."

내가 이렇게 말하자 시저의 눈이 빛났다.

"아직도 기억하세요?"

"처음 만나던 때 붉은 팀이 승리할 거라고 말했는데 진짜 승리했었어요."

나는 와인을 조금 마셨다.

"그때가 줄리어스 시저의 추모기념 대회였죠?"

티베리우스 네로는 식사를 초대한 주인으로서 당연히 대화를 주재할 필요가 있다는 단순한 생각으로 말을 꺼냈을 것이다.

"그래요. 그 추모기념 대회였죠."

시저의 눈빛이 약간 냉랭해진 것을 느꼈다. 모두가 식탁에서 얼어붙었다. 시저는 접시를 내려다보다 치즈 한 조각을 집어서 씹었다. 그가 고개를 들었을 때 침묵하는 분위기에 놀란 듯 보였다.

"이 치즈 정말 맛있군요."

그는 말을 꺼내고 나를 쳐다보며 호소하는 듯했다.

'무슨 말이든 좀 해봐요.'

"치즈 좀 더 드실 분 계세요? 없으시면 두 번째 코스를 내오도록 할게요."

우리는 두 번째 음식으로 뼈를 발라내어 소스를 바르지 않고 구운 숭어요리를 먹기 시작했다. 전에 시저를 대접했던 사람들 말로는 양념하지 않은 담백한 생선을 좋아한다고 들었기 때문이었다. 되도록 그를 보지 않으려고 했지만, 의지와 상관없이 눈이 자꾸 그쪽 방향을 헤매었다. 나는 그를 쳐다보았다. 다른 사람을 볼 때보다 더욱 주의 깊게 관찰했다. 그가 말할 때 고개가 살짝 기울어지고 황금색 머리카락 일부가 앞이마에 흘러내리는 것을 알았다. 팔 뒤쪽에 황금색 솜털이 났고, 손은 길고 손가락은 가늘었다.

네피아가 포럼 옆에 있는 지혜의 여신 미네르바 신전에 대해 말하기 시작했다. 신전은 최근 대부분의 벽돌을 대리석으로 바꾸어 새로워졌다.

"이제 그곳은 시에서 가장 아름다운 신전이 되었어요."

"그렇게 생각하세요?"

시저는 만족하는 목소리였다. 신전 수리는 그가 요즘 착수한 공공 토목공사 중 하나였다. 네피아는 그것을 알고서 말을 꺼낸 것이 확실했다.

"완벽해요. 그 안에 들어가 보니 경건함이 저절로 우러나왔어요. 미네르바는 내가 가장 좋아하는 여신이에요."

"그런가요?"

시저가 그녀를 보고 웃어주었다.

"나는 사랑의 신 비너스일거라고 짐작했어요."

그녀는 키득거렸다. 시저는 나를 보며 물었다.

"당신이 가장 좋아하는 신은 누구죠, 리비아 드루실라?"

"다이아나에요."

네피아의 남편 룰러스가 경외하는 체하며 말했다.

"순결과 정절의 여신 말이군요."

"어째서 다이아나죠?"

시저가 내게 다시 물었다.

"로마인의 수호자니까요."

모두가 각기 자기가 좋아하는 신에 대해 말을 꺼냈다. 티베리우스 네로는 전쟁의 신인 마르스를 꼽았다.

"당신의 군대 경력으로 보아 그것은 딱 들어맞는 선택이에요."

티베리우스 네로는 시저의 찬사에 기분이 좋아서 웃었다.

"당신도 마르스를 좋아하지 않았나요?"

발레리아가 시저에게 물었지만 그는 고개를 저었다.

"누구일 것 같아요?"

그의 눈이 내게 와 있었다.

"아폴로 신이요."

내 말에 시저는 웃으며 아이처럼 즐거워졌다.

"바로 맞췄어요. 어떻게 알았죠?"

왜냐하면 당신은 그 신처럼 아름답기 때문이에요. 나는 어깨를 으쓱했고 다소 불편하게 화끈거리는 기분이 들었다. 술은 더 이상 안 돼. 나는 하인에게 이미 내 잔에 가득찬 술을 물로 희석하도록 손짓했다.

네피아가 시저에게 물었다.

"왜 아폴로를 골랐죠?"

"그는 지식과 빛의 신이에요."

그런 다음 그는 시선을 내게 돌리고 말했다.

"당신은 아폴로와 다이아나가 어떻게 관련되어 있는지 아세요?"

"그들은 연인 관계는 아니잖아요?"

룰러스가 말했다

"네, 아니죠."

시저는 여전히 나를 보며 말했다.

"그들은 쌍둥이예요."

내가 대답했다. 시저는 끄덕였다. 나는 턱을 들어올렸다.

"쌍둥이 중 다이아나가 먼저 태어났어요."

"정확해요."

시저가 말했다.

"하지만 더 많은 이야기가 있어요. 다이아나는 뱃속에서 먼저 나와 자기 어머니의 산파가 되어 아폴로가 태어나도록 도왔어요."

판니우스가 말을 받았다.

"아기가 산파 노릇을 하는 걸 상상해 보세요. 그런 옛날이야기는 너무 황당하지만, 시골이나 도시 뒷골목에 가보면 이런 것들을 믿는 사람들을 쉽게 만나게 되요. 평민들이 얼마나 쉽게 믿어버리는지 놀랄 정도지요."

"문자 그대로 받아들이는 것 이외에 또 다른 면의 진실이 있기 마련이지요."

그의 눈이 나와 마주쳤다.

"그렇지 않아요?"

"시적인 진실도 있어요."

나는 입을 열었다.

"신에 관한 이야기는 진실이고, 똑같은 의미로 위대한 시도 그렇다고 할 수 있지요."

나는 시선을 다른 데로 돌렸다.

"제 아버지는 언제나 그렇게 얘기하곤 하셨죠."

"신에 관한 이야기들은 언제나 아름다워요. 마치 고결한 시가처럼 말이에요."

시저가 말했다.

내가 다시 쳐다보았을 때 그는 몸을 앞으로 약간 기울인 채 눈은 내 얼굴에 똑바로 꽂혀 있었다. 내 뺨이 달아오르는 기분이었다. 그리고 이것을 시저는 보았다. 내가 확신하는 이유는 그가 나를 보며 미소를 지었기 때문이다. 하지만 식탁의 다른 누구도 알아차리지 못한 것 같았다. 그저 우리는 종교니 시니 하는 그런 대화를 하고 있을 뿐이었다.

나는 우리 둘만 있는 모습을 그려보았다. 그가 나를 사랑해 주는 모습도 그려보았다.

그는 더 이상 미소 짓지 않았다. 그의 입술은 벌어졌고 시선은 전에 한 번도 느껴보지 못한 강렬함을 발산하고 있었다. 내 마음을 읽은 것이라고 느꼈다.

"당신도 시를 즐기세요, 시저?"

발레리아가 물었다.

"네, 무척이요."

시저는 카우치에 도로 몸을 기댔다.

"한때는 시인이 되어 비극적인 희곡을 쓰겠다는 생각도 했어요."

네피아는 웃었다.

"맙소사, 비극적 시라구요? 당신이?"

그는 그녀를 보고 웃었다.

"무척 진지하게 생각했어요. 한때 극본 하나를 완전히 구상해 놓기도 했죠. 뭐, 한 줄도 쓰지는 못 했지만요."

"어떤 내용이었어요?"

발레리아가 물었다.

"아약스에 대한 거였죠."

"서사시 〈일리아드〉에서 나오는 그리스 전사 말인가요?"

"어째서 그를 주제로 잡았죠?"

티베리우스 네로가 물었다.

"그 사람에게 관심 있나요? 나는 그가 언제나 아킬레스 다음으로 강한 사람이라고 생각합니다."

"네, 맞아요. 저도 그렇게 생각해요."

시저는 말을 이었다.

"대신 아킬레스는 이미 너무 많은 책에서 다뤄졌어요. 그리고 아약스는……."

그는 다시 나를 보았다.

"내가 아약스를 좋아하는 점이 뭐라고 생각하세요?"

"그의 기도겠죠."

시저는 고개를 끄덕였다.

"무슨 기도?"

티베리우스 네로가 나에게 물었다.

"트로이 전쟁에서 아약스는 빛을 위해 기도했어요."

"바로 그거예요."

시저가 대꾸했다.

"마음속에 그 상황을 그려볼 수 있나요? 전쟁터는 안개와 어두움으로 가득해요. 그는 제우스에게 무기를 들고 기도해요. 당신은 그 기도를 기억하죠? 리비아 드루실라?"

만약 다른 때에 다른 사람이 물었다면 나는 확실하지 않다고 말했을 것이다. 비록 어린 시절 가정교사가 일리아드의 방대한 구절을 외우라고 강조하기는 했지만. 그러나 바로 그때, 저절로 그 구절들이 떠올랐다. 나는 여사제처럼 팔을 들어 올리고 그리스어로 낭독했다.

지상과 하늘의 신이여!

오, 제왕이시여! 오, 아버지시여! 나의 겸손한 기도를 들으소서!

이 구름을 걷어 하늘의 빛을 회복시키소서

나로 하여금 보게 하시고 아약스가 더 이상 요구하지 않게 하소서

그리스가 멸망해야 한다면 우리는 복종하겠나이다

그러나 다만 밝은 날에 멸망하게 하소서

나는 팔을 내렸다. 한동안 침묵이 이어졌다. 무엇인가 몹시 갈망하는 표정을 한 채 시저는 움직임이 없었다. 그런 다음 그는 박수를 쳤다. 그러자 모든 이가 따라서 박수를 치며 소리를 질렀다.

"브라보!"

나는 살짝 목례했다. 박수 소리가 진정되자 시저가 말했다.

"아약스는 바로 그렇게 중얼거렸어요. 그러자 어두움이 걷히고 빛이 나왔으며, 그리스는 멸망하지 않았고 결국 승리했어요."

"그래요, 참 아름답군요."

발레리아가 말했다.

"이것은 물론 상징적인 이야기에요."

티베리우스 네로가 웃으며 말했다.

"시인이 이야기하는 빛은 문자 그대로 햇빛을 가리키는 게 아니라 계몽인 것이죠. 빛이 나오고 그리스는 승리했죠."

나는 남편이 저녁 시간이 잘 흘러가고 있다고 생각하는 걸 알았다. 분명히 그가 예상한 것보다 덜 불쾌하고 한결 자연스러웠다. 그리고 시저는 즐거운 시간을 보내는 것 같았다. 그게 가장 중요한 사실이었다.

"당신 말이 맞아요."

시저는 눈을 반짝였다. 나는 시저를 바라보며 생각했다.

'오, 신이시여. 나는 이 순간에도 그 기도가 당신에게 왜 그렇게 큰 의미가 있는지 그 이유를 분명히 알고 있어요. 당신은 로마를 곧 그리스라고 생각하고, 자신이 빛을 가져오는 자라고 생각하는 거죠. 진심으로 그렇게 생각하지요?'

"만약에 내가 그 연극 대본을 썼다면 그 기도자가 중심인물이 되었을 거예요. 그리고 실제로 그 무대를 안개와 어둠으로 덮고 싶었어요. 아약스가 빛을 구하는 기도를 하고 나면 갑자기 무대 위에 햇빛이 쏟아지게 했을 거예요. 훌륭한 무대 감독이라면 분명히 그런 표현을 가능케 하는 방법을 찾을 수 있을 거예요."

"근사할 것 같군요."

네피아가 말했다.

'그러나 다만 밝은 날에 멸망하게 하소서.'

불현듯 나는 아버지와 어머니를 떠올렸다. 그리고 그 순간 나의 테이블에 앉아 행복해 하는 시저의 모습을 그대로 보고 있을 수 없었다. 그를 향한 내 욕망에 혐오감이 일었다.

"그럼 그 이야기의 끝은 어떻게 마무리하실 건가요?"

나는 물었다.

"끝이요?"

시저가 말했다.

"마지막에 아약스가 광분해서 자기를 무시했던 그리스 지도자를 죽이잖아요?"

"그냥 피로 덮힌 모습을 보여주겠어요. 게다가 실제로 그는 아무도 죽이지 않았어요."

"맞아요."

나는 말했다.

"그는 단지 양만 죽였죠? 그는 제정신이 아니기 때문에 양들을 그리스 지도자라고 착각했던 거니까요. 그래서 당신의 연극은 빛을 찾으며 기도하던 남자가 결국에는 미쳐 날뛰다가 피로 뒤덮이면서 끝나는 거죠?"

"그래서 비극이라고 했잖아요."

시저가 대답했다.

"피와 광기 없이 비극은 완성될 수 없죠."

판니우스가 말했다.

"대단히 훌륭한 작품이 될 것 같아요."

발레리아가 시저를 보면서 말을 덧붙였다.

"어서 그 극본을 써야겠어요."

"시간이 없어요. 솔직히 말하면 그만한 재주도 없고요."

내 시선이 시저와 부딪쳤다.

"당신이라면 매우 뛰어난 비극을 쓸 수 있을 거라고 생각해요."

나는 진지하면서 부드럽게 말했다. 시저는 표정 없이 어깨를 으쓱했다.

"어쩌면 조만간 쓰게 될지도 모르겠어요. 얘기한 대로 지금은 시간이 없어요."

판니우스가 웃었다.

"그래요. 당신이 얼마나 바쁠지 알 것 같군요."

식탁 분위기가 다시 바뀌었다. 티베리우스 네로는 초조한 어조로 룰러스와 판니우스를 최근 보았던 권투 경기에 관한 얘기로 이끌어 갔다. 발레리아와 네피아는 듣고 있었지만 지루해 보였다. 나는 음식을 깨작거렸고, 시저도 자기 음식을 뒤적이며 이따금씩 권투 선수별로 간결한 평가를 내놓았다.

내가 얼굴을 들어 올리자 그가 내 방향으로 시선을 돌리는 걸 느꼈다. 그는 상처를 받았지만 상처 입힌 자를 용서할 준비가 된 것처럼 보였다. 한동안 나는 그의 시선을 피하려고 했다. 그러다 겁쟁이가 되고 싶지 않았기 때문에 그의 시선을 정면으로 받았다. 그는 내게 희미하고 애처로운 미소를 보였다.

갑자기 네피아가 발랄하게 목소리를 높여 말했다.

"시저, 당신은 앞으로 계속 수염을 기를 건가요? 나는 당신이 수염을 깎지 말았으면 좋겠어요."

"수염에 대해 그다지 깊게 생각하지 않았어요."

"수염을 기르는 게 좋겠어요. 나는 로마 남자들이 다시 수염을 길러야 한다고 생각해요. 예전처럼."

발레리아가 동조했다.

"나도 그렇게 생각해요. 수염은 남성다워요. 수염이 있으면 진짜 사내같이 보이죠."

네피아가 맞장구쳤다.

"당신은 새로운 유행을 만들 수 있을 거예요."

발레리아가 다시 말하자 네피아도 덧붙였다.

"시저가 수염을 기르면 로마 남자들도 결국 모두 따를 거예요. 제발, 수염을 깎지 말아요."

시저는 나를 쳐다보았다.

"리비아 드루실라, 당신 생각은 어때요?"

그는 뭔가 부정적인 대답을 요구하는 듯 다소 가시 돋친 목소리로 물었다.

"질문을 받았으니 정직하게 대답해야겠지요. 내 의견은 깎는 게 좋다고 생각해요. 수염 때문에 야만인처럼 보이거든요."

옆에서 티베리우스 네로가 급하게 숨을 들이마시는 소리가 들렸다. 하지만 시저는 그저 자기 턱을 문질렀다.

"그래요? 그렇게 별로예요?"

나는 말없이 고개를 끄덕였다. 그는 뻣뻣하게 웃었다.

"누나도 같은 말을 했어요. 지난 번에 봤을 때."

침묵이 이어졌다. 발레리아는 서둘러 그 순간을 채우려고 했다.

"만약 당신 누나가 수염에 대해 그다지 긍정적으로 생각하지 않으신다면……."

식당 안이 너무 덥고 답답하게 느껴져 더 이상 견디기가 어려웠다.

"잠시 실례하겠어요."

나는 중얼거리며 자리에서 일어나 아트리움을 지나 시저의 근위병과 호위병들을 스쳐 정원으로 나갔다.

'더는 못 참겠어.'

모든 것이 한꺼번에 마음속에 마구 밀려왔다. 귀한 손님으로 대접해야 하는 시저의 존재, 슬픔이 쿡쿡 찌르는 듯한 아버지와 어머니의 기억, 그를 향해 타오르는 불꽃같은 분노를 느끼고 그를 파멸시키기를 갈망해야 한다는 이성적 판단. 그리고 내 안에 어떠한 순수함도 없다는 깨달음. 나는 더러운 쓰레기 더미에 빠져 있었다. 그를 향한 욕망 없이는 그를 쳐다볼 수 없었던 까닭이다.

남편의 손님에게 끌리는 임신한 여자라니, 어떤 상황에서도 우아하지 못한 구경거리가 아닌가. 현재 상황에서는 더욱 역겨운 모습이었다.

'나는 뭐하는 인간이란 말인가?'

태양이 벌써 기울기 시작해 정원 구석구석에 긴 그림자가 드리웠다. 늦여름 금잔화가 만발한 덕분에 공기가 향긋했다. 나는 스스로에게 안으로 들어가야 한다고 타일렀다. 가서 좋은 여주인, 훌륭한 아내답게 행동해라. 하지만 지금 당장은 도저히 그렇게 할 수가 없었다. 아기를 임신한 여자가 식탁에 손님을 내버려 둔 채 얼마간 떠나 있는다 해서 크게 문제될 건 없겠지. 손님들도 그렇게 나쁜 일이라고 생각하지 않을 것이다. 그렇게 마음을 가라앉히며 정원에 좀 더 머물다 손님들에게 되돌아가고 싶었다.

마침내 나는 심호흡을 하고 저녁이 거의 끝나고 있으니 가서 마무리를 해야겠다고 생각했다. 나는 안으로 돌아가려고 마음을 굳혔다. 그때 시야 저 끝에서 그림자 하나가 움직였다. 남편이 나를 식당으로 데려가려고 온 것으로 생각하며 돌아섰다. 그러나 정원 가에 서 있던 남자는 시저 옥타비아누스였다. 그는 가까이 다가왔다.

"왜 여기서 숨어있죠?"

"숨지 않았어요. 그저 시원한 공기를 쐬고 싶었을 뿐이에요."

"내가 옆에 있는 게 불편하면 나를 초청하지 말았어야죠."

그는 마치 내가 자신으로부터 도망친 말 안 듣는 어린아이인 것처럼 말했다. 나는 갑자기 깊은 분노를 느꼈다. 나는 그의 평온한 만족감을 산산이 부숴버리고 싶었기 때문에 말을 아끼지 않았다.

"당신을 초청한 건 내가 아니에요. 남편이죠. 원로원에 있는 모두가 당신을 초청해야 되잖아요. 당신을 초청 안하면 기분 나쁘게 생각하니까. 당신이 싫은 내색을 비치면 다들 마음이 편치 않아요. 당신은 그것을 알아야 돼요."

"누가 나를 초대한다고 해서 그 이유를 분석하지는 않아요."

"당신은 어딜 가든 자신이 사랑 받는다고 생각하겠죠."

"아니에요. 그런 멍청이는 아니에요."

그는 얼굴을 찌푸렸다.

"내가 소년이었을 때, 공연이 있을 때마다 등장했던 재주 있는 코끼리가 있었어요. 등에 올라가서 코에 동전을 집어넣으면 코끼리는 동전을 주인의 지갑 속에 넣었죠. 내가 기억하는 것은 사람들이 코끼리한테 접근하던 모습이에요. 이렇게 했죠."

그는 발끝으로 앞으로 나아가며 손을 내밀어 동전을 흔드는 시늉을 했다.

"사람들은 코끼리에게 밟혀 죽을까봐 두려워했어요. 지금은 마치 내가 코끼리인 것처럼 사람들이 내게 다가와요."

"그게 놀랄 일인가요?"

"전혀 아니죠. 다만 내 말은, 만약에 나를 두려워하는 사람과 어울리지 않는다면 나의 사회적 관계망의 범위는 굉장히 좁아질 거라는 거예요."

'맞아요, 그럴 테죠.'

나도 그렇게 생각했다. 내가 그를 두려워하지 않는 건 놀라운 일이었다. 어쩌면 당연히 그래야 했겠지만, 그러지 않았다. 그가 나로부터 끌어낸 모든 감정 가운데서 두려움은 없었다. 그것이 참 이상했다.

그는 잠시 하늘을 응시했다.

"하늘이 참 맑군요."

"네, 깨끗하네요."

하늘은 자색으로 물들었고 구름 한 점 없이 별만 몇 개 떠있었다.

"나는 그저 당신과 평범하게 대화를 나누고 싶어요. 어떤 거대한 짐승이 아니라 인간으로서 일상적인 얘기를 나누고 싶다는 거예요.

그러나 말처럼 쉽지 않죠?"

"아마 안 될 거예요."

"그래도 노력해봅시다. 뭔가 평범한 이야기를 해봐요."

그에게 뭔가 즐거운 이야기를 던지고 이 자리에서 벗어나 안으로 들어가야겠다고 생각했다.

"부인이 오늘 저녁에 같이 참석하지 않아서 조금 놀라기는 했지만, 곧 출산을 할 예정이라는 얘기를 들었어요."

"그래요, 임신 중이에요. 하지만 그녀가 같이 오지 못한 이유는 우리의 결혼이 정치적 협상 그 이상은 아니고, 우리는 서로를 좋아하지 않기 때문이에요. 하지만 그녀가 아기를 낳을 때까지는 나와 함께 있는 것이 좀 더 편리하겠지요. 그래서 우리 둘 다 이혼을 참을성 있게 기다리고 있어요. 아기가 태어나는 순간 그날로 이혼할 겁니다."

나는 그를 쳐다보았다.

"상호간에 합의한 겁니다. 진짜예요. 한 집에서 살 필요가 없을 때 우리는 더 좋은 친구가 될 거예요."

나는 정원 남쪽 담 가까운 덤불에서 반딧불을 보았다.. 반딧불 불빛도 깜박거렸다.

우리는 조용히 있었다. 둘은 근래에 일어난 일을 나눌 정도로 친하지도 않았고, 그렇다고 낯선 사람같이 전혀 모르는 관계도 아니라는 사실이 명백해졌다. 나는 그 역시 이것을 감지했다는 것을 알았고, 그것이 내 뒤를 따라 정원으로 나온 이유였다.

"우리가 같이 밖에 나와 있는 건 적절한 일은 아니에요."

내가 말했다. 나는 임신 6개월이고 남편은 얼마 떨어지지 않은 식당에 있다. 이것은 가장 저속한 익살극에서도 볼 수 없는 상황이었다. 하지만 나는 안으로 가려고 하지 않았다.

"너무 많은 어려움을 끼쳐서 미안해요. 당신의 삶에 말이에요. 사회적 무질서가 여성들의 생활까지 영향을 미쳐서는 안 돼요. 우리 남자들이 적절한 방법으로 서로 간의 차이를 해결하지 못한다는 사실 때문에 가정에 혼란을 야기해서는 안 되는데 말이에요."

"그렇게만 되면 좋겠죠."

그는 깊은 생각에 잠겼는지 표정이 괴로워보였다. 그리고 물었다.

"당신 아버지의 죽음에 대해 나를 원망해요?"

"누구보다도 당신을 원망해요. 아버지와 어머니의 죽음에 대해서."

"나는 당신 아버지에 대해 아무런 원한이 없었어요. 게다가 당신 어머니에 대해서는 더욱 그랬어요. 나는 천성적으로 폭력적이거나 잔인한 사람이 아니에요."

시저가 자행한 것으로 알고 있는 무자비 행동들을 떠올렸지만, 아무 말도 하지 않았다.

"그럼 당신은 나를 적으로 여기고 있나요?"

"나 자신을 당신의 자비를 구해야 되는 사람으로 간주하고 있을 뿐이에요. 나는 어린 아들과 곧 태어날 아이가 있고, 당신의 묵인 하에 살아가는 남편이 있는 여자에요. 나는 신이 주는 음료를 삼켜야 해요. 당신이 나와 내 가족에 대해 두려워할 만한 게 없다는 건 분명하잖아요?"

"그렇죠. 물론 그래요. 그리고 당신 역시 나를 두려워할 필요가 없어요. 내가 보기에, 당신을 어렵게 만드는 건 나를 미워하기로 결심하는 거예요. 왜냐하면 당신은 나를 미워하지 않으니까."

그는 잠시 멈추고 내 얼굴을 관찰했다.

"나를 미워하지 않죠?"

"미워했다고 생각했어요."

"그러나 그렇지 않아요."

시저의 목소리에는 승리라도 얻은 것 같은 흔적이 있었다.

'나는 당신을 미워하지 않아요. 내가 느낄 수 있는 모든 감정 가운데 두려움과 증오가 당신에게 가장 적절한 것들이지만, 이런 감정을 어디에서도 찾을 수가 없어요.'

"당신이 느끼는 것은 무엇이죠?"

그의 물음에 나는 머리를 흔들었다.

"내가 키스하러 다가가면 뒷걸음치지 않을 거죠? 당신은 그러지 않을 거예요."

숨이 가빠지고 가슴이 두근거렸다. 내 마음 한편에서는 그의 입술이 내 입술에 닿기를 바랐다. 그리고 또 다른 한편으로는 이 자리에서 달아나고 싶었다.

"안 돼요."

나는 말했다.

"그래요. 당신 말이 맞아요. 지금은 적당한 시간도 아니고, 여기는 적당한 장소도 아니에요. 하지만 이상하게 그렇게 하고 싶어요."

"그럴 시간도 없고 장소도 없어요. 그럴 시간과 장소는 앞으로도 절대 있을 수 없어요."

"리비아, 내가 만약 필리피 이후에 기회가 있었다면 당신 아버지를 살려두었을 거예요. 맹세해요. 당신을 위해서 그렇게 했을 거예요."

나는 아무 말도 하지 않았고, 그는 내 얼굴에서 불신의 표정을 읽은 것이 틀림없었다.

"거짓말이라고 생각한다면, 내가 브루투스 지지자들의 장례를 몇이나 치러주었는지 알아봐요. 단 한 번이었어요. 그건 당신을 위해서였어요."

"내가 키케로에 대한 이야기를 당신에게 전해준 대가로 그렇게 해주었다고 믿고 있었어요."

그러나 죽은 적을 명예롭게 하는 것과 그를 살려서 위험 요소를 그냥 두는 일은 별개다. 시저는 진정으로 그렇게 하고 싶었을까? 확인할 길이 없다.

"당신이 내 아버지의 장례를 치러준 것에 대하여 감사의 말을 듣고 싶다면 지금 고맙다고 인사하겠어요."

"도대체 어떤 사람이 그런 감사를 듣고 싶어 하겠어요?"

'괴물. 괴물은 감사를 원할 걸.'

"그것은 키케로의 말을 전한 대가가 아니라 당신을 향한 내 마음 때문이었어요. 당신을 처음 만날 때부터 느꼈던 감정이요."

의문이 혀끝을 맴돌았다. '나에 대해 무얼 느꼈죠?' 나는 묻는 대신 말했다.

"안으로 들어가죠."

"원하신다면."

나는 집안으로 들어갔고 시저도 따라 들어왔다. 식당으로 되돌아오자 손님들이 우리 둘에게 향하는 시선을 의도적으로 숨긴다는 것을 감지했다. 네피아의 표정에는 질투가 드러났고, 티베리우스 네로의 얼굴에는 놀라움과 당황스러움이 있었다.

나는 무엇이라도 말을 하려고 했지만 나오지 않았다. 시저가 나를 구했다. 마치 아무 일도 없었다는 듯 그는 조각가 마실러스의 동상을 본적이 있는지 물었다.

"개인적으로 볼 때 그의 작품이 다소 과대평가 되었다고 생각해요. 어쩌면 내가 무엇인가 놓치고 있는지도 모르고요. 룰러스, 당신은 나보다 예술작품을 많이 알고 있죠? 어떻게 생각하세요?"

룰러스는 마실러스 작품을 비판하기 시작했다.

"그의 작품들은 완성도가 좀 떨어지는 것 같아요. 그가 좀 더 노력했더라면 진정으로 아름다운 작품을 만들었을 거예요. 하지만 아직 그런 작품이 나오지 않았어요."

나는 하인에게 디저트를 가져 오라고 손짓했다. 말린 대추, 자두, 복숭아, 포도가 식탁에 올라왔다.

저녁식사가 한동안 계속되다 기분 좋게 끝났다. 시저는 나가기 전 티베리우스 네로와 나에게 할 수 있는 한 최대한 친근하게 환대에 감사했다.

우리만 남았을 때 티베리우스 네로는 나를 향해 화난 목소리로 말했다.

"당신 무슨 짓을 한 거야?"

"무슨 말이에요?"

"시저를 모욕한 거나 다름없었잖아. 그리고는 무슨…… 둘이서 어디서 얘기라도 나눈 거야?"

"네, 둘이 이야기를 좀 했어요. 티베리우스, 용서하세요. 그 동안에 있었던 일을 생각하니 너무 괴로웠어요. 그리고 시저도 이해해 주었어요."

"이해한다고?"

그는 되풀이해서 물었다.

"당신이 뭘 어떻게 무마했다는 거야?"

"무마라고요?"

나는 그를 쳐다보았다.

"당신 둘은 꽤 좋은 분위기로 헤어지는 것 같았어. 나는 당신들이 진짜 마음을 풀었는지, 아니면 당신이 시저를 적으로 만들었는지 묻는 거야."

"그가 우리 적이 아닌 것은 분명해요. 그래요, 우리는 좋은 관계로 헤어졌어요."

"그렇다면 다행이야."

티베리우스 네로가 말했다.

"언니, 시저 옥타비아누스와 잠자리를 갖고 있어?"

세쿤다가 물었다. 시저가 다녀간 지 삼일 후에 동생이 나를 찾아왔고, 우리는 거실에 앉아 있었다. 우리는 가볍게 수다를 떨고 있었다. 적어도 나는 그렇게 생각했다.

"내가 뭘 한다고?"

그녀는 눈길을 피했다.

"그와 잔다고."

"왜 나한테 그런 질문을 하지?"

"사람들이 하는 이야기를 들었어."

"누가 그런 말을 해?"

"시장에 있는 여자들."

세쿤다는 바짝 다가와서 내 손을 잡았다.

"리비아 언니, 제발 사실대로 말해 줘."

그동안 나는 로마 시를 떠나 있었기 때문에 뜬소문들이 어떻게 살이 붙고 또 재빨리 퍼지는지 잊고 있었다. 시저의 모든 행동이 사람들에 의해서 입방아에 오르고, 곡해되고, 꼬리에 꼬리를 물고 이어진다는 것, 그래서 그와 관련된 부적절한 기미만 있어도 입맛에 따라 충격적인 흥밋거리로 오르내린다는 사실을 전혀 생각하지 못했다.

"사람들이 이야기하는 게 정확히 뭐야?"

"언니가 로마로 돌아오자마자 시저를 유혹했대. 나는 사실이 아니라고 믿어. 그가 언니를 유혹했다고 확신해. 아니라면 언니가 그렇게 하도록 강요받았거나. 언니, 시저가 언니를 그렇게 만들었지?"

나는 고개를 흔들었고 자세히 설명도 하지 않았으며 그저 아연실색했다.

"언니 때문에 시저가 부인하고 이혼하고 싶다고 말했다고 사람들이 떠들어. 언니가 가진 아이도 시저의 아이래. 그리고 시저가 언니를 기쁘게 해주려고 수염도 깨끗하게 면도한다는 소리도 들었어."

"내 하나밖에 없는 동생아, 너도 그 소문을 믿니?"

"나는 믿는다고 말하지는 않았어."

세쿤다는 그렇게 대답했지만 입술을 꼭 다물고 못마땅한 듯 얼굴을 찌푸렸다. 그 순간은 동생이 마치 어머니같이 보였다.

나는 불룩한 배 위에 손을 갖다 댔다.

"맙소사, 그래, 이 아이는 틀림없는 그 사람의 아이야. 그렇고말고. 내가 지금 임신 6개월이고, 6개월 전에 나는 그리스에 있었고 시저는 이탈리아에 있었다는 걸 잊었나?"

"그 아이가 시저의 아기가 아니라는 건 알아."

"알고 있다니 현명하구나."

나는 냉정하게 말했다.

"동생으로서 걱정이 되어서 말하는 것뿐이야. 게다가 시저가 갑자기 큰 축제를 열 계획이래. 그가 수염을 깎아버리는 걸 축하하기 위한 거라나."

사회적 관습상 남자가 처음으로 수염을 깎으면 제우스 신전에서 제물을 올렸고, 가족들은 이 행사를 축하했다. 시저는 열아홉 살 때 양아버지의 복수를 끝낼 때까지 수염을 깎지 않는 것은 물론 축하행사도 하지 않겠다고 약속했다. 그리고 그는 오는 스물네 살 생일 때 수염을 깎겠다고 공식적으로 발표했다. 사적인 파티를 여는 대신 로마 사람 모두를 그 축제에 초청하기로 결정하고, 거리 악사를 고용하고 음식과 마실 것을 도시 전역에 나누어 줄 계획이었다. 이것은 젊은 정치인이 사람들의 환심을 사기에 참으로 영리한 아이디어였다.

"시저의 면도와 내가 무슨 상관이 있니?"

"사람들 말로는 언니가 저녁식사 자리에서 시저에게 수염을 좋아하지 않는다고 말했기 때문에 언니를 기쁘게 해주기 위해 면도하는 거래. 언니는 지금 그것이 사실이 아니라고 말하는 거야?"

시저가 우리 집에서 식사하던 날 나의 행동은 가십을 일으키기에 충분했다. 나는 그 자리에 있던 다른 손님들이 그 일을 떠버렸음을 알았다.

"시저가 의견을 물어서 내 의견을 말했던 것뿐이야. 정말이지, 그게 내가 시저와 연애한다는 뜻은 아니야."

동생은 내 얼굴을 빤히 쳐다보더니 고개를 끄덕였다.

"다행이야. 물론 언니가 누군가와 연애를 해야 한다는 말은 아니지만, 언니가 사랑에 빠질 가능성이 있는 사람 중에서 시저가 최악의 선택이 될 거야. 그는 폭군이고 그의 종조부만큼 나쁜 사람이야. 맙소사, 언니, 아버지와 어머니가 뭐라 하시겠어?"

결혼한 여자가 연애를 한다는 건 있을 수 없는 일은 아니었지만 나는 언제나 정숙했다. 어떤 남자들은 부정한 아내를 용서하기도 했고, 또 어떤 사람들은 불륜으로 이혼하기도 했다. 만약 내가 부정을 저지른다면 티베리우스 네로는 크게 분노했을 것이다. 세쿤다가 들려준

이야기가 남편의 귀에도 들어갈까 봐 염려되었다. 동생이 돌아간 후, 나는 남편과 이 문제를 나누고 싶은 충동을 느꼈지만 결국 포기했다. 시저가 참석했던 저녁식사 이래 그는 다소 싸늘했고, 나는 그저 내가 시저에게 상냥하게 행동하지 않은 점에 대해 책망하는 것으로 생각했다. 세쿤다의 이야기를 들은 후 나는 혹시 남편이 외려 내가 시저에게 너무 상냥하게 대했다고 의심하는 건 아닌지 스스로에게 반문해보았다. 그러나 다음날 원로원에서 돌아온 티베리우스 네로는 웃으며 말했다.

"시저가 자신의 수염 깎는 행사에 우리를 초청했어."

"우리뿐만 아니라 도시 전체를 초청했어요."

"자기 집에서 하는 사적인 파티에 초대했다는 말이야. 리비아, 우리는 특별한 무리에 든 거라고."

남편이 기뻐하는 모습을 보며 무척 안쓰러웠다. 그가 페루자에서 얼마나 용감했는지 기억했다. 실제로 전쟁에서 그는 언제나 모범이 되는 무용을 보였지만 피 흘리는 로마의 정치 게임을 하는 데는 재주가 없었다. 그는 로마에서 조용히 살며 가진 재산을 즐기는 일과 안정적인 생활을 원할 뿐이었다. 그렇기 때문에 이 초청에 기뻐했고, 시저가 우리에게 호의를 보이는 것으로 생각했다. 지금 이 상황에서 시저의 자비로운 눈길 외에 그가 더 이상 바라는 건 없어 보였다.

나는 시저의 기념식에 참석하기 위해 의상을 신중히 골랐다. 만약에 누군가 나에게 시저를 위해 아름답게 치장했느냐고 묻는다면 아니라고 말했을 것이다. 나는 원로원의 아내였고, 이 기념식은 올해 가장 큰 사회적 행사였다. 따라서 최대한 잘 갖추어 입어야 한다는 의무감을 느꼈다. 머리색이 붉은 나는 연한 푸른색 스톨라가 잘 어울렸다. 황금과 보석을 늘어뜨린 모습을 싫어해서 간단히 에메랄드 목걸이와 화려하지 않은 금 귀걸이만 했고 팔찌나 브로치는 하지 않았다. 스파르타 외곽 숲속에서 불에 탄 머리 다발은 물론 한참 전에 잘라버렸지만 아직까지도 평소보다 짧았다. 하지만 손재주가 좋은 펠리아가 부드럽게 컬을 잡아 내 얼굴에 어울리도록 꾸며주었다. 그녀는 내 입술에 루즈를 발랐고, 눈썹은 아라비아 여성들이 애용하는 콜로 검게 칠해주었다.

펠리아가 은색 거울을 들어 주어 내 모습을 비추어보았다. 임신 중이었지만 다행히 푸석하게 부어 보이지는 않았다. 나는 광대뼈가 두드러졌고 피부색은 맑았고 뺨은 자연스런 홍조를 띠었다. 배가 불룩한 모습만 빼면, 열아홉의 나는 지금까지 지나온 그 어느 시기보다 아름다웠다.

팔라틴 언덕 아래에 있는 시저의 집으로 가면서 티베리우스 네로는 내 가마 옆에서 다리를 뻗으며 걸었다. 우리는 거리를 지나면서 노래와 웃음소리를 들었고 향긋한 와인과 달콤한 케이크 냄새도 맡았다. 시저가 주최한 축제의 분위기가 온 도시를 감쌌다.

시저와 같이 부유한 사람이 팔라틴 지역에 살지 않고 포럼 가까운 상업 지역에 산다는 사실이 이상하게 생각됐다. 그는 서민처럼 보이고 싶은 것일까? 그의 집은 인장 반지를 파는 가게들이 늘어선 통로 끝에 있었다. 시저의 지지자 무리가 밖에 모여 있었다. 그들 반절은 술에 취한 상태였고, 분위기는 친절했다. 가마꾼들은 힘들이지 않고 그 사이를 지나 시저의 집 앞까지 나를 데려다 주었다.

티베리우스 네로는 가마에서 내리는 나를 도와 함께 견고한 참나무 대문으로 다가갔다. 노크를 하자마자 문이 열리고 잘 차려 입은 하인들이 우리를 맞이했다. 우리가 안으로 들어가자 시저와 그의 부인 스크리보니아가 우리를 맞이하려고 나왔다. 시저는 말쑥하게 면도한 모습이었다. 스크리보니아는 거의 엄마뻘처럼 보였고, 임신으로 몸이 무거워 보였다.

티베리우스 네로는 시저의 첫 면도와 생일을 축하했다.

"만나서 반가워요."

스크리보니아는 나에게 인사하며 마치 관심 있는 사람이 내 뒤편에 서 있는 듯이 내 어깨 너머로 시선을 두었다. 내 뒤에는 아무도 없었는데도.

나 역시 만나서 기쁘다는 말을 그녀에게 건넸다. 우리 넷이 즐겁게 인사를 교환했을 때 나는 수염 없는 시저가 얼마나 어리게 보이는지 깨닫고 다소 놀랐다. 소년티가 나는 그의 모습이 더 어려 보였다. 나는 그의 부드러운 살결, 푸른 눈, 금발을 쳐다보고 사람들이 너무 멋진 청년이라고 말하는 모습을 상상할 수 있었다. 하지만 그들이 전신에서 뿜어 나오는 생동감 넘치는 에너지와 웃을 때조차 상대의 저의를 가늠할 것 같은 그의 태도를 본다면 섣불리 그런 표현을 하지는 못할 것이다.

다른 손님들이 뒤이어 도착하여 우리는 안쪽의 식당으로 안내되었다. 아트리움에는 자주색 주름 장식의 토가를 입은 저명한 인사들과 보석으로 치장한 부인들이 이미 가득 앉아 있었다. 내가 느낄 수 있는 집의 분위기는 특별한 게 별로 없었고, 대부분의 원로원 저택보다 더 크지도 않았다. 그러나 첫 번째 코스를 먹는 동안 하프를 연주한 사람은 최고 수준의 연주자였다. 음식과 술은 대단히 풍부했고, 모든 것이 훌륭했다. 시저는 자기의 건강 식단을 손님에게까지 강요하지는 않았다. 우리는 아스파라가스 위에 얹은 새 요리, 구운 공작 요리, 담백한 양파소스에 버무린 홍합과 뱀장어, 그리고 꿀을 넣어 익힌 햄을 먹었다. 나는 시저가 몸을 뒤로 기대지 않고 음식도 그다지 맛있게 먹지 않는다는 것을 눈치 챘다. 하지만 그는 높은 지위의 공인답게 많은 손님들을 하나하나 존경하는 태도로 상대하며 대화를 나누었다.

두 번째 코스가 나온 직후 티베리우스 네로는 방 건너편에서 갈리아 전투에 함께 참전했던 친구를 발견했다.

"비텔리우스잖아. 그를 못 본 지 십 년이나 됐는데. 미안해, 리비아, 가서 얘기 좀 해야겠어."

그가 자리를 뜨고 음식을 다시 먹으려는 순간 시저가 재빨리 내가 몸을 기대어 앉아 있는 카우치에 와서 앉았다. 식탁용 카우치는 너무 좁았다. 내 다리가 조금만 움직였어도 그에게 닿았을 것이다.

"나 어때요?"

그가 자기 턱을 쓰다듬으며 물었다.

"괜찮아 보이네요."

그는 더 바짝 다가와서 내 귀에 속삭였다.

"당신을 위해서 깎은 거 알아요?"

"아니요. 그런 게 아니에요."

그는 웃었다.

"아니라고요?"

우리는 다른 손님이 듣지 않도록 낮은 소리로 얘기했다.

"어째서 나를 위해 수염을 깎고 싶었다는 거죠?"

"좋은 질문이에요. 그 답이 뭐라고 생각하세요?"

나는 말하지 않았다.

"다른 것도 말해 봐요. 뭐든지 할 테니까요. 내가 뭘 더 했으면 좋겠어요?"

"바보 같이 굴지 말아요."

"그래요. 어리석게 굴지 않을게요. 사실, 어차피 수염을 깎으려고 했지만 서두르지 않았을 뿐이에요. 그리고 당신에게 야만인으로 보이고 싶지 않았어요. 나아 보이는 것 맞죠?"

"네."

"그렇게 생각한다니 기뻐요."

그는 내 눈을 들여다보았다.

"이제 뭘 하면 되죠?"

"그런 건 없어요. 나는 결혼했고, 당신도 그래요."

"나는 곧 이혼해요. 이미 말했잖아요."

"나는 결혼한 여자예요."

"당신의 상황을 말해볼까요? 당신 나이 열너댓 살쯤 아버지가 말했겠죠. '이 남자와 결혼해라.' 그래서 당신은 그렇게 한 거죠. 그 후 당신은 남편에게서 관용이나 우정 이상의 감정을 느껴보려고 노력했겠지요. 아마 당신 부부는 친구겠죠. 남편에게 상처를 주고 싶지 않을 거란 걸 알아요. 어쨌든 당신 아들의 아버지이니까요. 그것도 훌륭한 일이기는 하지만, 뜨거운 열정을 한 번도 경험해 보지 않고 남은 인생을 보내려고요?"

이런 대화가 도시의 유명한 상류층 인사들이 모인 파티 한가운데에서 일어나고 있었다. 나의 맞은편에는 사람들이 기대어 있었고 양쪽 옆에도 사람들이 둘러싸고 있었으며 남편은 갈리아 전투의 전우와 잔을 기울이며 내가 보이는 곳에 서 있었다.

"나는 임신중이에요."

"영원히 계속되는 것은 아니죠."

"나는 불륜에 빠지고 싶지 않아요."

"물론 그래서는 안 되지요."

나는 눈을 돌려 많은 사람이 빼곡하게 들어선 아트리움을 둘러보았다. 카우치에 앉은 사람들은 저마다 웃고 떠들며 어울리고 있었다. 입 안이 말라 와인을 조금 마셨다. 잔을 내려놓고 머리카락을 쓸어올렸다.

"당신 머리는 괜찮아요."

"사람들이 쳐다봐요."

"아무도 우리에게 관심을 두는 사람은 없어요."

"아니요. 내 말이 맞아요."

나는 마치 내 몸이 완전히 발가벗겨지는 것 같이 느껴졌다.

"우리가 하는 말은 아무도 듣지 않아요. 나는 그저 초대 손님 중 한 사람과 적당히 대화를 하고 있을 뿐인데 잘못된 게 뭐가 있어요."

"소문이란 게 있어요. 벌써 돌고 있어요."

내가 그에게 한 일을 어떻게 느껴야 할까? 차라리 잘생긴 남자에게 육체적 욕망을 느낀 거라고 말하는 게 더 맘이 편할 것이다. 마치 페이디아스가 조각한 동상을 바라볼 때처럼, 그의 완벽한 균형미를 높게 평가하고 그가 정말 아름다운 사람이라고 인정하는 것은 개인적인 감정이 섞이지 않은 객관적인 평가일 터였다. 그러나 그의 앞에 있을 때 나는 육체적 정욕보다 더 깊은 감정을 느꼈다. 아버지의 죽음에 일조한 사람을 향해 설명할 수 없는 호의를 느낀다는 것은 최악의 상황이었다.

시저는 속삭이듯 작은 소리로 말을 계속했다.

"나는 결혼을 두 번 했지만, 한 번도 결혼한 적이 없는 것 같아요.

내 결혼은 정치적 협정 그 이상은 아니었어요. 그래서 바람의 방향이 바뀌는 대로 쉽게 끝나버리죠. 요즈음 로마 귀족의 결혼 풍조가 내게는 자연스럽지도 않고 올바르게 보이지도 않아요. 툭하면 이혼하는 것 말이에요. 왜냐하면 내가 자란 벨레트리에서는 사람들이 결혼하면 평생 동안 함께 살아요."

"당신의 아이가 태어나면 아이 엄마와 함께 있어야 해요. 이혼하지 말고요. 더욱이 당신이 결혼에 대해서 그처럼 바람직한 견해를 갖고 있다면요."

그는 가볍게 얻어맞은 듯 움찔했다.

"아니에요. 그녀와 같이 살 수는 없어요. 당신도 알겠지만, 그녀를 좋아하지 않아요."

'당신은 그녀와의 사이에 아기를 낳을 정도로는 그녀를 좋아하는 거예요.'

만약 그렇게 말하면 당황할 그의 모습을 그려보았다. 그러면 그는 이렇게 말할 것이다.

'아기를 낳는 것과 좋아하는 것이 무슨 관계가 있나요?'

그는 계속 말했다.

"그리고 나는 지금 다른 여자를 사랑하고 있어요. 그녀를 줄곧 사랑해왔는데, 거의 5년이 다 되었군요."

가슴이 두근거렸다. 순간 나는 마음이 누그러졌고, 그는 누그러진 나를 보았다. 그에 대해 느끼는 모든 감정이 내 표정 위에 여실히 드러나고 있었다. 하지만 곧바로 두려운 마음이 들었다.

"당신은 나를 바보 취급하고 있어요."

"천만에요."

"당신은 지난 5년 동안 나를 사랑해 왔다면서 그 사이에 두 번이

나 결혼했어요. 그리고 지금 가슴 속에 키워온 나를 향한 위대한 사랑을 발견하기라도 했다는 건가요?"

"당신 말을 들으니 터무니없는 이야기 같기도 하군요. 그러나 나는 살아남으려고 애썼어요. 그러면서도 늘 당신을 생각했어요. 최근에야 간신히 숨을 쉴 수 있게 되었어요. 그동안은 행복이니 사랑이니 하는 사적인 생각은 접어두었죠."

"당신이 들려주는 말도 안 되는 이야기를 믿어달라는 건가요."

"나와 연애를 하는 게 별로 구미가 당기지 않는가 보네요."

"맞아요. 그다지 내키지 않네요."

불같이 빠르게 일어나서 겉만 화려하게 장식하는 사랑은 내가 원하는 것이 아니었다. 쓰여지고 버려지는 것 이상을 나는 원했다. 그의 눈이 싸늘해졌다.

"적어도 당신은 그보다 좀 더 호의적으로 말할 수 있잖아요."

그때 내가 로마의 절대 권력자와 대화하고 있다는 것을 깨달았다. 도대체 내가 무슨 말을 했지?

내가 어떻게 말해야 옳았을까? 최소한 나와 가족에게 끔찍한 해를 입히지 않도록 하기 위해 어떻게 했어야 했을까? '그래요, 당신과 연애를 하겠어요. 남편의 아기가 태어나는 즉시 당신의 품으로 곧장 달려가겠어요.' 대신에 나는 허튼소리를 했다.

"마음을 상하게 하려던 것은 아니었어요."

"오, 아주 고맙군요. 나는 당신에게 사랑을 고백하고 있는데, 당신은 나를 무시하더니, 이제는 '마음을 상하게 하려는 의도가 아니었다'고 말하고 있네요."

그가 머리를 흔들었다. 갑자기 그가 우스꽝스럽고 실망스럽고 놀라는 것 같이 보였다. 순간 내가 느꼈던 공포가 사라졌다.

"리비아, 당신은 내게 어떤 감정도 갖고 있지 않다는 건가요? 내가 착각한 건가요?"

물론 그의 접근에 전혀 유혹 받지 않은 것은 아니었다. 그를 5년 전 처음 본 순간부터 원했다. 그 역시 처음부터 이것을 알고 있었던 것이 틀림없다. 우리 집 저녁식사에 그가 왔을 때 나는 그에게서 눈을 뗄 수 없었다.

얼굴이 달아올랐다. 어디론가 도망가서 숨고 싶었다.

"나에 대해 어떻게 생각해요?"

"손님들이 모두 우리를 보고 있어요."

엄밀히는 내가 다른 사람들의 얼굴을 살펴보고 있다고 해야겠지만, 우리에게 관심이 모아지고 있다는 것을 말하지 않을 수 없었다.

"만약 당신이 내게 관심이 없다면 그렇다고 말해요. 그러면 당신을 떠나겠어요. 하지만 내가 벨레트리에서 온 시골 소년이라고 말한 것처럼 당신도 분명하게 설명을 해줘야 해요. 왜냐하면 실제로 이 문제에 있어서 나는 바로 그 소년이기 때문이에요. 나는 사실을 알아야겠어요."

"설명하겠어요. 나의 아버지와 어머니가 누구였는지 기억해요. 당신도 틀림없이 기억하고 있을 거예요. 내가 느끼는 기분은 어쩔 수 없어요. 그러나 값싸게 취급당하고 싶지 않아요."

내 시선이 방 전체를 둘러보았다. 이제 나는 좀 더 뚜렷하게 볼 수 있었다. 맞은편 카우치의 두 여자가 내 방향을 보고 있었다. 나는 속삭였다.

"그리고 당신이 내 옆에 앉아서 이런 식으로 말하면 나를 불미스런 소문거리로 만드는 거예요."

그의 얼굴이 굳어졌다.

"기분을 언짢게 했으면 미안해요."

그리고 그는 자리를 떴다. 나는 그의 뒷모습을 바라보았다. 그때 내가 느낀 감정은 갈망이었다. 왜냐하면 그가 가버렸기 때문에. 그때 티베리우스 네로가 내 옆에 앉았다는 것을 깨달았다. 그는 목소리를 낮추어 말했다.

"도대체 당신 둘 사이에 무슨 일이 있는 거야?"

"아무것도 없어요. 아무것도요."

나의 소리가 멀리 퍼져 나가는 듯했다. 마치 남편의 존재가 현실이 아닌 것처럼, 나는 혼이 육신을 빠져나가는 기분이 들었다.

"나가는 모습이 어딘지 좀 괴롭고 모욕당한 것처럼 보여서 하는 말이야."

"그래요. 어쩌면 괴로움과 모욕을 느꼈는지도 몰라요."

"만약 그가 적절하지 못한 것을 제안했다면……."

"아니에요. 그가 제안한 건 없어요."

"그럼 뭐야? 그가 당신에게 추파를 던졌나? 당신은 그냥 그를 기분 좋게 대해줄 수 없었어?"

"네, 도저히 그렇게 할 수 없었어요."

티베리우스 네로는 말했다.

"당신은 제정신이 아니야."

나는 내가 한 일을 알고 있었다. 깊이 숙고하고 한 행동은 아니었지만, 그렇게 해버렸다.

시저는 만약 자신에게 관심이 없다면 말하라고 했다. 그러면 나를 떠나겠다고 말했다. 그러나 나는 그렇게 말하지 않았다. 했던가? 아니, 안 했다. 분노하긴 했지만. 나는 값싸게 취급당하고 싶지 않다고 말했다. 그런 말은 평소의 나라면 사용하지 않았을 것이었다. 하지만 그것이 우연히 나온 건 아니었다. 나조차도 잘 몰랐던 내 일부가 연마한 것이었다.

나는 시저가 내 말을 밝은 햇빛 아래 들고서 음미하며 천천히 본래의 의미를 받아들이는 모습을 그려보았다. 그런 다음 답을 어떻게 낼지 결정하겠지.

시저 부인은 나흘 뒤 딸을 낳았고 갓 부모가 된 바로 그날 그들은 이혼했다. 사람들은 시저가 다른 여자를 사랑했기 때문에 그 결혼을 끝냈다고 말했고, 그녀의 이름이 '리비아 드루실라'임도 알았다. 우리는 키스조차 하지 않았는데도. 하지만 어떤 의미에서 나는 이미 공인이 되어 버렸다. 동생이 거의 울다시피 하며 찾아왔다. 그녀가 본 것은 울타리에 기대어 있는 임신한 알몸의 음탕한 여자를 그려놓은 흉측한 목탄화였는데, 그림 속 여자는 나와 닮아 있었다. 그 아래 '시저의 매춘부'라는 저속한 말이 적혀 있었다.

"도대체 어떻게 된 거야? 언니 왜 그래?"

내가 아무리 시저와 나 사이에 아무 일도 없다고 말해도 동생이 믿지 않는다는 것을 알았다.

이 시점에서 티베리우스 네로가 이 이야기를 모른다는 것은 있을 수 없는 일이었지만 아무 말도 없었다. 그는 믿기지 않는 충격에 빠져 있었다고 생각한다. 그는 종일 밖에 나가 있거나 문을 닫고 서재에 있었고, 우리 사이에는 거의 대화가 없었다.

어느 이른 아침 시저로부터 전갈이 왔다. 내가 아닌 남편에게. 그날 티베리우스 네로는 시저를 방문하고 싶었을까? 그들이 의논해야할 일이 있었나보다. 티베리우스 네로는 그 전령을 시저에게 되돌려보냈다.

"내가 한 시간 내에 방문하겠다고 전하라."

전령이 떠나자 그는 나를 보았다.

"리비아, 혹시 무슨 일인지 알아?"

나는 '내가 어떻게 알아요?'라고 말하지 않았다. 그저 머리를 가로저었다.

티베리우스 네로가 입을 굳게 다무는 것은 불길한 기미를 감지했을 때 나오는 습관이었다. 불만이 있다면 남편이 시저에게 있을 터였지, 그 반대는 아니었다. 시저가 자신의 아내를 유혹했다는 소문이 있었다. 불과 몇 세대 전만 하더라도 공인이 유부녀와 육체관계를 맺는 것은 대중의 분노를 받았다. 이혼은 드물었고, 신에 대한 모독 행위로 생각했다. 로마 여성들은 정숙해야 했고, 심지어 식사 자리에서 카우치에 기대서도 안 되었으며 마치 행실이 바른 어린이처럼 똑바로 앉아 있어야 했다. 여성이 술 마시는 것도 부적절한 일로 간주되었다. 간통한 남자는 아무리 유명한 사람이라 하더라도 살해당하는 게 마땅했다. 따라서 공화국 내에서 남편을 무서워할 만한 이유를 가진 사람은 시저였다. 그러나 공화국은 죽었다.

티베리우스 네로는 토가를 입고 출발했다. 그의 뒷모습을 보며 정원으로 나왔다. 늦은 9월 말 공기 속에서 가을 냄새를 맡았다. 새해가 밝고 얼마 있으면 아기를 낳을 것이다.

둘 사이에 무슨 일이 있을까? 연극의 한 장면처럼 나는 두 가지 우호적인 분위기를 그려보았다. 첫째, 나조차도 믿을 수 없는 상황으로, 즉 시저가 티베리우스 네로와 중요한 원로원 현안을 의논하는 모습이다. 이 만남은 나와는 전혀 관계가 없는 일이다. 다른 하나는 보다 가능성이 높은데, 시저가 우리에 관한 불미스런 소문을 듣고 티베리우스 네로에게 전혀 근거 없는 것이라며 확신시킨 후 위로 차 직책을 제안하든지 작은 선물을 준 뒤 돌려보내는 것이다. 또 다른 가능성, 우호적이지 않은 장면은 상상하고 싶지도 않았다.

정원 벤치에 앉아 티베리우스 네로가 돌아오기를 기다리는 동안 뱃속 아기가 마구 발길질을 했다. 나는 배를 쓰다듬으며 아직 태어나지 않은 아기를 안심시키는 말을 중얼거렸다.

나는 자신에게 원하는 게 무엇인지 물었다. 내가 원해야 하는 것은 분명하다. 집에 있는 내게 돌아오는 남편을 위해 변함없이 일생을 함께 사는 것이다. 고귀한 나의 아버지가 내게 준 남자에게 성실한 아내로 지내야 된다는 것이다.

내가 진짜로 원하는 것은 무엇인가? 서로 모순되는 두 가지가 있다. 부모님의 자랑스러운 자녀가 되는 것이다. 내 부모를 파멸케 한 남자를 향한 정열로 훼손되지 않는 내 존재와 고결함을 계속 지켜나가는 사람이 되고 싶었다. 한편으로는 시저의 팔이 내 몸을 감싸고, 내 입술에 그의 입술이 닿고, 그의 품에 꼭 안겨 육체와 육체가, 영혼과 영혼이 고통스럽고 끝없는 환희 속에 있기를 원했다.

8

시저를 만나고 집에 돌아온 티베리우스 네로는 말없이 나를 지나치며 서재로 들어가 의자에 깊숙이 내려앉았다. 그는 평소 낮에는 거의 술을 마시지 않았지만, 하인을 불러 술을 가져오게 했다.

나는 서재 소파에 앉았다. 하인이 술을 들고 들어왔다.

"나가서 문 닫아."

티베리우스 네로가 하인을 내보냈다. 그는 조용히 술을 들이켰다. 그의 마지막 목소리는 딱딱했고 지나치게 격식을 차리는 어투였다.

"리비아, 시저는 당신이 클라우디아누스 가문이라는 점과 로마 수호자로서의 당신 아버지의 지위를 가늠할 때, 당신과 결혼하는 것이 자신에게 정치적 이익을 가져다줄 거라고 생각한다는군. 뭐, 아마도 일부 귀족층을 회유하는 데 도움이 될 테지. 그래서 그는 나에게 로마의 평화를 위해서 애국자의 책임을 감당하라고 요구했어. 당신이 자기와 결혼하도록 당신을 해방시키래."

나는 그 말의 의미를 받아들였다. 시저는 아내로서 나를 원했다. 나는 한동안 시선을 아래로 내린 채 있었다. 티베리우스 네로에게 나의 기쁜 모습을 보이고 싶지 않았다.

"그가 당신에게 나와 이혼하도록 요구했나요?"

"로마를 위해서."

"당신은 뭐라고 했죠?"

티베리우스 네로는 눈을 감았다.

"뭐라고 말했어요?"

나는 재차 묻고는 숨도 못 쉬며 기다렸다. 그는 입술에 침을 발랐다.

"그에게 당신의 인생을 방해하지 않겠다고 했어."

여자의 마음은 단순한 것이 아니었다. 나는 한 번도 남편을 사랑한 적이 없었다. 그러나 티베리우스 네로가 나를 위해 싸우지 않으려했다는 것을 알았을 때 뺨을 맞은 것 같은 기분이 들었다. 그가 시저에게 나를 포기해 주기를 몹시 원했지만, 한편으로 그가 이에 동의했다는 사실이 내 마음을 찔렀다.

그가 내 표정에서 읽은 것은 경멸감이었던 것 같다. 그의 얼굴이 상기되었다.

"이해하라구? 시저가 당신에게서 확실한 약조도 없이 당신과 결혼하겠다는 생각을 했다고는 믿어지지 않아. 나는 당신이 생각하는 정도로 멍청한 바보는 아니야. 마음과 육체를 다른 남자에게 주어버린 여자를 위해 내 자신을 파괴하고 싶지 않아."

"나는 그에게 육체를 주지 않았어요."

그 말이 내 입에서 나온 순간 스스로 모든 것을 밝혔다는 것을 깨달았다. 그때까지 나는 스스로에게도 진실을 시인하지 않았다. 나는 두 손으로 얼굴을 가리고 울기 시작했다. 티베리우스 네로는 낮게 저

주의 말을 중얼거렸다.

얼마 후 나는 울음을 그쳤다. 그리고 침실로 가서 펠리아를 불러 물 한 대야와 거울을 가져오게 했다. 펠리아는 나를 닦아주고 빗으로 머리를 빗겨주었다. 그런 다음 나는 가마를 준비시켰다.

내가 나가려고 문으로 걸어갔을 때 티베리우스 네로가 따라오며 팔을 붙잡았다.

"내가 나쁜 남편이 아니었음을 시인해주길 바라. 당신이 겪은 고생은 나의 과오 때문이 아니라 시대가 나빠서였어. 무엇보다, 나는 당신의 희망에 맞추어 살려고 노력해왔을 뿐이야."

"당신 말이 맞아요."

하지만 그가 어째서 그런 말을 했을까? 그가 나의 증오를 두려워했다는 것을 알았다. 이것은 나를 깊은 곳까지 뒤흔들었다. 나는 힘겨운 상황 때문에 또 다시 슬퍼할 수도 있었다. 나는 남편의 아기를 낳았지만, 그를 배신하고 있었다. 또한 아버지가 꿈꾸었던 고결한 공화국에서 사는 대신 우리는 군대를 거느린 젊은 사내의 지배를 받았다. 어느 원로원 의원도 이 젊은 남자가 자신의 부인을 요구할 때 거절하기란 어려웠을 것이다. 이 모든 것이 내가 사랑하지 않을 수 없는 젊은 남자 때문이었다. 이런 일은 있어서는 안 되는 일이었다.

나는 그 어떤 점에서도 티베리우스 네로를 비난할 권리가 없었다. 그는 그물에 사로잡혀버린 것이다.

"티베리우스, 당신은 내 아들의 아버지이고, 곧 태어날 아기의 아버지에요. 나는 언제까지나 당신의 친구로 지낼 거예요."

그는 내 팔을 놓고 한 발 뒤로 물러섰다. 나는 가마가 대기하고 있는 곳으로 나가 시저 옥타비아누스 집으로 가자고 말했다.

하인이 나를 안으로 안내했고, 나는 아트리움에서 시저와 만났다. 우리는 말없이 서서 서로 바라보기만 했다.

그는 우리가 결혼할 수 있도록 내 남편에게 이혼을 요구함으로써 내가 원하는 대로 행동했다고 생각했다. 그러나 우리는 이에 관해 분명하게 터놓고 이야기한 적이 없었다. 내가 보기에 아마도 그는 내가 그의 생각이 잘못되었다고 말하러 왔을 수도 있다고 생각했던 듯하다. 즉 내가 원하는 게 그와 결혼하는 것이 아니었다는 점 말이다. 그도 아마 이런 가능성을 생각해 보았으리라. 그래서 그의 태도에서 의혹과 상처 받기 쉬운 연약함이 순간적으로 드러났다. 그 순간은 말로 나타낼 수 없을 정도로 짜릿했다. 하지만 곧 사라졌다. 그는 사무적인 어조로 말했다.

"와줘서 고마워요, 리비아 드루실라. 우리가 의논해야 할 문제들이 있어요."

그는 낡아 보이는 카우치가 있는 작은 방으로 나를 안내했다.

물론 내 가마는 문 밖에 기다리고 있었다. 일부 사람들은 그것을 알아보았을 것이고, 소문 공장이 제대로 돌아갔을 것이다. 사람들은 둘이 안에서 무슨 일을 할지 상상했을 것이고, 틀림없이 정열적인 장면을 떠올렸을 것이다. 하지만 우리는 그저 서로 마주보고 카우치에 앉아 있었다. 마치 우리가 사업 계약을 협상하기 위해 만나는 것처럼 말이다.

"당신이 티베리우스 네로에게 한 말은 그다지 실효성이 없어요. 나와 결혼하는 게 당신에게 그리 좋은 정치적 포석이라고 생각하진 않아요."

"아니라고?"

그는 태연한 표정으로 말했다.

"아니죠. 만약 내가 미혼이라면 그럴 수도 있어요. 당신이 내가 태어난 가문의 누군가를 선택하면 안심할 사람들도 있겠죠. 하지만 당신과 귀족들 사이에 있는 갈등이 무엇이든 그것을 좀 더 저명한 귀족의 아내를 요구해서 해결할 수 있다는 생각은 터무니없는 거예요."

"그렇게 생각해요?"

"확실히 그래요."

시저는 어깨를 으쓱했다.

"남자에게 아내를 주라고 요구하는 건 어려운 일입니다. 그것은 너무나 큰 모독이기 때문에 그에 걸맞은 대가를 지불하지 않는다면 그는 자기 생명을 걸고서라도 모욕을 준 상대에게 칼을 꽂으려고 할 거예요. 나는 티베리우스 네로와 가진 회담이 성공적이었다고 생각해요. 왜냐하면 당신이 지금 나를 만나러 여기 왔잖아요. 그리고 그와 나 둘 다 살아 있잖아요. 그에게 진실을 말하는 것보다 정치에 관한 시시한 소리를 하는 것이 더 나았어요."

"당신이 말하는 진실이란 게, 당신이 나를 사랑한다는 의미에요?"

그는 경직된 목소리로 말했다.

"나는 이미 당신을 원한다고 말했어요."

그는 '사랑'이라는 단어를 쓰지 않았다. 그러나 왜 그가 자신의 마음을 보호해야만 했을까? 그가 이전에 사랑을 말했을 때 내가 조소하며 말한 적이 있었다.

"나는 이 결혼이 당신에게 불명예를 줄까 봐 염려스러워요."

"지난 5년간에 걸친 나의 행적은 철저히 계산된 일이었어요. 내가 이 정도의 권리도 없나요? 그러니까 딱 한 번······."

그는 적당한 단어를 찾을 수 없다는 듯이 잠시 멈추었다.

"어리석게 행동한다고요?"

"리비아 드루실라, 당신과의 결혼에 따를 수 있는 모든 가능성을 충분히 고려해 봤어요. 나는 어떤 것이든 다 받아들일 수 있다는 것을 알았어요. 내 아내가 되고 싶은지 말해주면 좋겠어요."

이것은 이전에 내가 한 번도 경험하지 못했던 선택의 순간이었다. 나의 운명을 결정할 수도 있는 것이다. 내가 "아니요"라고 하면 그는 자기와 결혼하도록 나를 강제하지 않을 것임을 알고 있었다. 혹은 "네"라고 할 수도 있었다.

사람들은 내가 시저와 결혼하면서 얻을 수 있는 권력과 부를 노렸다고 수군거릴 것이다. 나는 권력과 부 어느 것도 나 자신을 팔아서 얻고 싶은 건 없었다. 나는 맞은편에 긴장한 모습으로 앉아서 내 눈을 바라보며 대답을 기다리는 시저를 보았다. 내가 원하는 것은 권력도 부도 아닌 바로 그였다.

나는 말했다.

"나는 당신의 아내가 되고 싶어요."

그는 미소를 지었다.

"그럼, 모든 것이 잘 되었어요."

"아니에요. 모든 것이 다 잘 된 게 아니에요. 모르겠어요? 당신은 내 아버지의 적이었죠. 나는 결혼했고, 아이들이 둘 있고 하나는 아직 태어나지도 않았어요. 내가 이혼하면 모두 잃어버리게 돼요. 그게 끔찍해요."

"때로는 땅이 갈라져 벌어진 균열로 내몰리는 경우가 있어요. 후퇴가 불가능하면 건너뛰어야 해요."

"건너뛴다."

나는 그의 말을 되풀이했다.

"리비아, 모든 게 완벽할 수 없다면 하고 싶은 쪽으로 가는 게 옳아요. 두 개의 불완전함 가운데 하나만 선택해야 해요. 왜냐하면 그것밖에 없으니까요. 당신이 네로의 아내로 남거나 그와 이혼하고 나와 결혼하는 것 둘 중 하나예요. 우리는 당신 부모의 운명을 바꿀 수 없어요. 자녀들도 마찬가지로 아버지가 양육권을 가질 테지만, 티베리우스 네로가 과연 내 아내가 자기 아이들을 보지 못 하도록 막을까요? 그가 그럴 것이라고는 생각하지 않아요. 당신이 아이들을 보고 싶을 때마다 보게 될 것이라고 약속해요."

"내가 바라던 게 무엇인지 알아요?"

나는 그날 두 번째로 울고 있었다.

"나는 5년 전에 이것을 원했었어요. 내가 애초에 결혼하지 않고, 벨레트리 지방에서 온 소년이 아버지에게 나타나 내게 청혼을 하는 거예요. 그는 명석하고 잘생겼기 때문에 내 아버지는 그를 보는 순간에 좋아했을 거예요. 로마에는 내전이 없었을 것이고, 우리는 결혼해서 큰 역경 없이 결혼생활을 이끌어 가는 거죠. 어째서 그런 식으로 이루어질 수는 없었을까요?"

시저는 내가 앉은 카우치로 건너와서 나를 껴안았다.

나는 지난 5년간 아무 일도 일어나지 않은 것처럼 상상했다. 줄리어스 시저를 비롯하여 그 당시 죽었던 모두가 여전히 살아있고 시저 옥타비아누스는 벨레트리에서 온 피를 묻지 않은 순수한 소년이다.

나는 얼굴을 들었다. 나는 그 소년에게 키스 받고 싶었다. 그리고 그는 내게 키스했다. 그토록 깊이 갈망했던 사람으로부터 키스를 받는 것은 헤아릴 수 없는 기쁨이었다. 그는 나를 숨 막히게 껴안았고 나도 그를 포옹했다. 그의 모직 튜닉의 부드러움과 그 안의 육체를 느끼고 깨끗한 남자의 체취를 맡았다. 우리는 계속해서 뜨겁게 입을 맞추었다.

마침내 그에게서 떨어졌을 때 나는 몸을 떨었다. 공기는 따뜻했다. 그가 나의 뺨을 어루만지는 사소한 터치만으로도 오랜 갈망이 가득 채워졌다.

사람들은 가장 고결한 순수한 사람들만이 죽은 뒤에 이상향 엘리시움으로 간다고 말한다. 저 멀리 떨어진 그곳에 끝없는 행복이 있다. 나의 아버지와 어머니가 그곳에 있으리라고 확신한다. 과연 나도 그곳에 들어갈 자격이 있는지 모르겠다. 하지만 나는 이 땅에서, 시저 옥타비아누스의 곁에서 엘리시움을 경험했다. 한 번도 둘만 있은 적이 없었던 우리가 방 안에 나란히 앉아 그의 어깨에 내 머리를 기댄 채 휴식을 취하고 그의 체온을 느꼈다. 그의 목소리를 듣고 그를 쳐다보았다. 이것이 내게는 행복 이상의 행복이었다.

"시저, 내가 당신을 어떻게 부를까요? 시저는 너무 공식적이에요."

이 이름은 지난 몇 년 동안 원한관계가 있었다. 그는 잠시 망설이며 낮은 목소리로 말했다.

"가족들은 나를 타비우스라고 불렀어요."

"타비우스."

벨레트리에서 온 소년은 타비우스로 불렸다. 그 순간부터 시저 옥타비아우스는 나를 위한 타비우스가 되었다.

우리가 같이 보낸 처음 몇 시간 동안 누군가 우리를 지켜보았다면 타비우스와 나는 이상한 사람들이라고 느꼈을 것이다. 그의 이상야릇함과 나의 것이 같은 모양은 아니었지만, 마치 쪼개진 항아리의 두 부분처럼 각각의 양끝이 딱 들어맞는 것 같았다. 어떤 면에서 우리 둘 다 이를 느꼈고, 이것이 바로 두 사람의 모습을 함께 하게 이끈 힘이었다. 그의 손이 내 몸을 쓰다듬을 때마다 욕망을 느꼈지만 임신 중이었기 때문에 우리가 사랑을 완성할 순간이 못 되었다. 우리가 할 수 있는 것은 대화였다. 우리는 같이 보낼 달콤한 미래나 환상을 나누는 대신 로마에 대해서 이야기했다. 오래오래 계속될 그 대화는 그날 시작되었다.

우리가 여전히 카우치에 딱 붙어 앉아 있었음에도 불구하고 그의 어조는 강했다.

"리비아, 당신은 내가 야심가였기 때문에 이런 일들이 발생했다고 생각해요? 물론, 나에게는 야심이 있지만, 또한 상황 탓이기도 해요. 모든 것이 완전히 부패했기 때문에 누군가가 앞에 나서야 하고, 필요하다면 어떤 일도 망설이지 않고 바로 잡아야만 할 거예요. 내가 그 일을 하지 않으면 안 되는 상황이죠. 때때로 역사의 바람이 내 목 바로 뒤편에서 나를 떠밀고 있는 걸 느낄 수 있어요."

"역사가 목 뒤에서 미는 것을 느낀다고요?"

"일종의 은유죠. 생각해 봐요, 우리가 지나 온 90년처럼 또 다른 90년을 헤쳐 나갈 수 있을까요? 단 10년이라도? 어느 나라가 더 버틸 수 있겠어요? 나는 가끔 이탈리아가 유럽 대륙에서 떨어져 나가 바다 속으로 가라앉지 않을지 걱정스러워요."

그는 지난 90년의 이야기를 계속했다. 착하고 순수한 이들의 암살, 일생동안 관직을 붙들고 로마의 병폐를 개선하기는커녕 자신의 부와 지위를 보호하기 위해 살인을 저질러온 원로원, 폭력으로 끝나버린 비교적 평화로웠던 시기, 거듭되는 내전. 그의 설명은 구체적이었고 완벽했고 훌륭했다. 나는 그가 이전에도 자기의 견해를 다른 사람에게 밝히거나 혹은 스스로를 설득하는 일을 여러 차례, 아마도 꽤 많이 해왔을 거라고 확신했다. 그것은 자기 정당화였다. 비록 그 자리에 앉아 그의 말을 들었고, 그를 사랑했으며, 그의 천부적 광채로 인해 그를 더욱 사랑하게 될 수 있다고 하더라도 그 사실은 알 수 있었다. 공화국은 부패한 소수 집단에 의해 지배되어 왔다. 로마는 하나의 강력하고 계몽된 지도자가 필요했다. 그가 그런 지도자였다.

"나에게 가장 큰 괴로움이 뭔지 알아요?"

타비우스가 물었다. 그의 얼굴에 그림자가 스쳤다.

"이 모든 게 끝나고 났을 때 후세 사람들이 '시저 옥타비아누스가 공화국을 파괴했다'고 말할 거라는 사실이에요. 파괴된 것은 사람의 수명보다 더 길게 많은 이들을 죽음의 고통 속에 몰아넣었어요. 실제로 자신의 정적들을 죽였던 최초의 한 원로원 의원이 살해되자 사람들은 그에 대해 찬사를 보냈어요.

"우리는 길을 잘못 들은 거예요."

나는 대단히 조심스럽게 말했다.

"계속해서 여러 번 그랬죠. 만약 되돌아 갈 수 있는 길이 있다 하더라도 나는 그 길을 모르겠어요. 다만 앞으로 전진하는 길은 알죠."

나는 아버지가 지키려 했던 이상에 대해 생각했다. 정의롭고 조화로운 공화국 안에서 귀족들은 평민의 이익을 위해서 활동하고 사람들은 지도자를 칭송하며 그들에게 충성을 다한다. 한때 실제로 그런 공화국이 존재했지만 내가 태어나기 오래 전의 일이었다. 나는 더 이상 공화국이 부활할 수 있다는 꿈은 꾸지 않았다. 조국에 대한 희망은 줄었고, 단지 우리가 평화롭게 살기를 원했다.

"당신은 우리가 그런 무가치한 공화국에 있다는 거군요."

나는 타비우스에게 말했다.

"그래서 영원히, 적어도 오랫동안 공화국은 끝났다는 의미고요. 그렇다면 우리에게는 하나의 대안만이 남아있어요. 보다 나은 철저한 파괴죠. 당신 말이에요."

"그것은 섬뜩한 방법이에요. 하지만 맞아요. 그것이 바로 내가 믿는 바에요."

"아버지도 온 마음을 다해 공화국을 믿었어요. 하지만 아버지가 믿었던 공화국은 소수의 패거리들을 위한, 그들에 의해서 운영되는 정부가 되어버렸고, 그들에 의해 부적절하게 운영됐어요. 사람들을 도와주려 노력했던 이들은 모두 살해되었죠. 공화국도 재정 당시처럼 없어져야 해요. 그러나 지금 여겨지고 있는 것처럼, 혹은 마땅히 그래야 하듯이 죽어야만 해요. 그러나 당신은 사람들이 당신에게 충성할 수 있도록 진실된 것을 주어야 해요. 당신의 지배는 두려움 이상의 것에 기초를 두어야 해요."

"물론 그래야지."

나는 그가 너무 빨리 동의하는 말을 했다고 생각하고 그의 얼굴을 살폈다. 나를 보고 있는 그의 시선을 마주했다.

"리비아, 내가 완전히 이기적이라거나 나라를 사랑하지 않는다고 추측하지 마요. 그건 잘못된 인식이야."

그의 목소리에는 열정이 있었다.

"나는 로마의 건국자로 왔지, 파괴자로 온 게 아니라는 것을 알아줘요."

술이 담긴 잔에 물을 섞고 나면 그 안에 얼마만큼의 술이 들어 있는지 말하기 어렵다. 그보다는 차라리 그 잔에는 술과 물이 들어 있다고 말하는 게 훨씬 쉽다. 나는 타비우스가 최고의 명성을 추구한다는 것을 알았고, 그의 원대한 목적을 달성하고자 하는 염원을 믿을 준비가 되어 있었다.

그와 나는 어려운 시기에 태어났고, 우리는 암흑을 헤쳐 나가는 길을 추구했다. 나의 기도는 신이 우리를 심판할 때 이 점을 기억해 달라는 것이다.

내가 한 일의 도덕적 중대함을 깨닫고 나는 아버지의 꿈을 포기했다.

"로마 내전은 끝내야 해요."

내 말에 타비우스가 대답했다.

"내가 그것을 끝낼 거예요."

'그리고 나는 당신이 하는 일을 돕겠어요.'

나는 생각했다.

그날 종일 나는 타비우스와 같이 시간을 보냈다. 점심에 우리는 빵과 치즈로 아주 간단히 식사를 했다.

"모든 것에 절제하는 게 나의 방침이에요."

타비우스는 그의 24번 째 생일을 맞기 전에 로마 제국 절반의 통치자가 되었다. 그는 내게 자신의 좌우명이 '절제'라고 했다.

우리는 정원에서 식사했다. 상업 지역은 예상대로 작고 혼잡했다.

"어째서 당신은 이곳 로마 시내에서 살죠?"

나는 물었다.

"어디에 살든 내게는 큰 의미가 없어요."

"물론, 우리는 팔라틴 언덕으로 이사하게 되겠죠?"

그는 즐겁게 미소 지었다.

"물론."

우리는 잠시 말없이 음식을 먹었다. 타비우스가 말했다.

"즉시 결혼하고 싶어."

나는 고개를 끄덕였다.

"아기가 태어나는 대로 바로 해요."

"아니, 당장. 나는 이미 사제단과 의논했어요."

"벌써 의논을 했다고요?"

"그래요. 내가 가장 꺼리는 것이 신에 대한 모독이에요. 임신 중에는 종교 의식을 행할 수 없지만, 사제단은 나에게 결혼식을 두 번 올릴 수 있다고 제안했어요. 먼저 평민들이 하는 일반적 형식으로 바로 식을 치르고, 아기가 태어난 다음에 귀족에 합당한 종교의식 행사를 진행하는 거예요."

"결혼식을 두 번 올린다고요?"

"티베리우스 네로가 아기의 아버지라는 것을 나와 동의하기만 하면 일반 예식에서는 종교의식 때처럼 아이의 적통성에 대해 왈가왈부할 필요가 없다는 말을 들었어요. 우리는 아기가 출생한 후에 종교적 절차에 따른 결혼식을 할 수 있어요."

"하지만, 타비우스, 어떤 경우든 우리 결혼에 나쁜 소문이 돌 거예요. 스캔들은 빠르게 퍼지며 점점 불어나게 될 거예요. 내가 다른 남자의 아기를 갖고 있을 때 당신과 결혼하면 우리 둘 모두에게 좋지 못한 영향을 줄 거예요. 내가 출산 후 정식으로 한 번만 결혼하면 어때요?"

"나는 그런 식으로 기다리고 싶지 않아요."

나는 처음으로 그의 목소리에서 날카롭고 굳은 쇳소리를 느꼈다. 나는 정신적 충격을 받았다. 팔라틴으로 이사하자는 데 그토록 귀엽게 동의하던 사람은 어디 갔을까?

그는 내가 당황한 것을 눈치 챘다.

"내가 가는 길에는 온갖 복잡다단하게 얽혀있는 일이 많아요. 나는 어느 때고 쳐들어 올 수 있는 섹스투스 폼페이의 침입을 막아내기 위해 출정해야 할지도 모르죠. 우리를 묶어 줄 결혼식도 없이 몇 개월 동안 떨어져 있으면 어떻게 될까요?"

'우리는 서로를 잃을 수도 있겠죠.'

나는 속으로 생각했다.

"만약 당신이 그러길 원한다면, 아기를 낳을 때까지 당신에게 손도 대지 않겠어요. 믿어도 돼요. 나는 기다릴 줄 아는 사람이에요. 하지만 당신이 이곳에서 내 아내로서 몇 달이라도 빨리 나와 함께 있기를 바라요."

우리는 줄곧 정반대 편에 서 있었지만, 같은 사회적 격변 속에서 살아왔다. 둘 다 예측할 수 없는 불행이 얼마나 쉽게 우리를 덮칠 수 있는지 잘 알고 있었다. 나는 다급해 하는 그의 마음을 이해했다.

"리비아, 당신은 나와 같이 있기를 원하지 않아요?"

"이 세상 그 어떤 것보다 더 원해요."

내가 집으로 돌아가기 위해 그를 떠나기 직전, 타비우스가 말했다.

"혹시 아기 보고 싶어요?"

그와 같이 있는 시간 동안 집안 어딘가에서 종종 갓난아기 우는 소리가 들렸다. 내 마음이 다른 곳에 있었기 때문에 그 소리에 거의 주의하지 못했고 어쩌면 하인의 아기였는지도 몰랐다. 그가 말하는 아기는 얼마 전 태어난 타비우스의 딸이라는 것을 깨달았다. 나는 전처 스크리보니아가 아기를 보러 자주 오는지 궁금하기도 했고, 우리 생활에 그녀의 존재가 어느 정도 차지하는지 궁금했다.

나는 당연히 보고 싶다고 했다. 내가 곧 그 아기의 새엄마가 된다는 사실을 깨달았다. 우리는 유모가 요람을 흔들며 앉아있는 아기 방으로 갔다. 웃으며 타비우스는 아기를 들어올렸다.

나는 아기를 볼 때마다 부드러움으로 마음이 설레는 여성은 아니지만, 새로 아빠가 된 타비우스의 사랑스럽고 행복한 모습은 언제나 추억 속에 감동적인 장면으로 간직하고 있다.

"줄리아."

그는 다정하게 아기를 어르며 나를 보았다.

"예쁘죠?"

나에게는 그저 작고 붉은 갓난아기일 뿐 별반 다르지 않았다. 내아이는 아니었지만 나는 마음속으로 아기에게 다정한 계모가 될 것을 약속했다. 내가 낳은 아기보다 타비우스의 딸과 더 많은 시간을 보내야 한다는 도리가 나를 일깨웠다. 확실히 앞으로 어린 티베리우스와 태어날 아기도 찾아가 보겠지만 아이들의 중요한 어린 시절을 대부분 놓치게 될 것이다. 아들이 울 때 달래주고, 말을 시작하거나 발걸음을 뗄 때 엄마가 필요할 텐데. 나의 어린 아들들과 같이 있지 못 하고 다른 집에서 살아야 한다. 이런 생각을 하니 마음이 아프고 이 길을 선택해야 하는지 의문이 생겼다. 어떻게 아이들을 떠날 수 있을까?

타비우스가 유모에게 아기를 건네고 우리는 현관까지 걸어 나왔다. 그는 나를 안으며 말했다.

"당신을 돌려보내야 한다니 견딜 수 없어요."

"하지만 가야 해요."

"알아요. 하지만 당분간인데도 참기 어려워요."

나의 임신 상태는 우리를 갈라놓는 신체적 장벽 같았다. 우리는 키스했고, 나는 그곳을 떠나면서 그에게 속삭였다.

"내 사랑."

이전에는 누구에게도 이 말을 한 적이 없었다.

나는 가마를 타고 집으로 돌아오며 커튼을 내렸다. 이 생각 저 생각으로 마음이 혼란스러웠다. 하지만 그때마다 생각의 끝은 다시 타비우스로 향했다. 아무리 생각해도 매번 타비우스로 결론이 났다. 혹시나 우리의 결혼에 뒤따를 엄청난 추문이 그의 통치를 위협하게 될까 봐 두려웠다.

로마인들은 시저 옥타비아누스가 마치 전갈만큼이나 많은 방어가 필요할 거라고 말하곤 했다. 그를 향한 나의 열정에는 처음부터 그에 대한 우려와 그의 안전을 지키겠다는 욕구가 뒤섞였다.

그는 한 번 정도는 어리석은 행동을 할 수 있는 자격이 있다고 말했다. 즉 이번에 한해서 자신의 욕구에 근거하여 인간의 감정이 시키는 대로 행동한다는 것이었다. 그러나 그의 통치는 여전히 경험이 부족하고 취약했다. 그는 단 한 번의 어리석은 행동에 의해서도 파멸될 수 있었다. 나와의 결혼으로 그에게 해가 미칠 유혈 충돌을 야기하고 싶지 않았다.

사람들은 시저가 티베리우스 네로로부터 나를 쟁취한 것에 대해 로마 상류층 사이에서 종종 이루어지는 흔한 이혼과 재혼의 일화 정도로 생각할 수도 있다. 혹은 합법적 남편으로부터 아내를 빼앗는 독재자의 악행으로 간주할지도 모른다.

티베리우스 네로는 원로원에서 감정을 드러낼지도 모른다. 머릿속으로 불만을 품은 자들이 타비우스를 둘러싸서 그를 때려눕히는 광경을 그려보았다. 타비우스가 이런 위협을 감지하고 티베리우스 네로와 다른 사람들을 죽여 버리는 모습도 쉽게 생각할 수 있었다. 나는 이런 가능성이 하나도 일어나지 않기를 바랐다. 나는 우리의 빈틈을 악화시키려는 풀비아와는 달랐다. 내 결혼은 로마를 치료하는 한 부분이 되어야만 했다. 나는 결혼을 치를 방법을 궁리했고, 여기에는 티베리우스 네로의 태도가 대단히 중요했다.

집에 들어서자마자 남편을 찾았다. 그는 여전히 서재에서 우울하게 허공을 바라보고 있었다. 임신으로 거동이 불편했지만, 남편 앞에 양쪽 무릎을 꿇고 말했다.

"용서해 주세요."

놀라는 표정이 티베리우스 네로의 얼굴을 잠시 스쳤지만 아무 말도 하지 않았다.

"그와 결혼하겠어요. 용서하세요."

여전히 그는 말이 없었다.

"내 자신에게 무엇을 다짐했는지 아세요?"

무릎을 꿇고 있었지만 내 목소리는 그대로였다. 그때까지 인생의 사분의 일을 함께 지내온 남자에게 나는 친구로서 말하고 있었다.

"결혼식 때 나의 손을 신랑에게 넘겨줄 사람에 대해 줄곧 생각했어요. 내 옆에 남자 한 사람이 있어야 해요. 그런데 아버지는 돌아가셨고, 남자 사촌들도 뿔뿔이 흩어졌어요. 누가 이 일을 할까요?"

무릎을 꿇고 있는 모습을 보고 티베리우스 네로는 어느 정도 마음이 누그러진 것 같았다. 그는 이성적인 목소리로 말했다.

"당신은 시저에게 상황을 알려야 해. 그가 알아서 손을 쓸 테고, 원로원의 누군가가 그 일을 처리할 기회를 얻겠지. 그것은 아주 사소한 일이야. 어째서 이런 문제를 내게 말하는지 모르겠군."

"당신 말이 옳아요. 다만 나는…… 나는 아버지를 원해요. 그리고 아버지가 아니라면, 아버지의 친구 중 한 사람에게 부탁해야 한다고 생각해요. 그러나 아버지의 친구들을 떠올려봐도 그들은 모두 죽었어요. 그 역할을 누가 해줄까요? 마르쿠스 브루투스? 데시무스 브루투스? 키케로?"

"리비아."

나는 울었다. 내 슬픔은 진심이었고 눈물은 순수한 것이었지만, 눈물도 제 역할을 할 것임을 알았다.

"용서하세요. 나는 당신에게 친절을 받을 자격이 없다는 걸 알지만, 당신은 내 아버지의 친구이자 육촌이에요."

"당신 설마 그런 의미는……."

그가 화를 냈다면 입을 다물고 일어나서 나갔을 것이다. 하지만 그는 그저 놀라기만 했다.

"당신은 클라우디우스 가문의 지도자고, 우리 가계 중 원로원 의원이에요. 우리 가족을 위해 의무를 다하는 것은 당신에게 달렸어요. 로마의 평화를 위해 맡아주기를 부탁해요. 고귀한 일이 될 거예요. 또 시저의 끝없는 감사도 얻게 될 거예요."

티베리우스 네로는 말이 없었고, 나는 낮은 소리로 덧붙였다.

"그렇게 되면 법적으로 시저와 인연을 맺게 돼요."

티베리우스 네로가 아내를 잃어버리게 되었지만 여전히 거래에서 무엇인가 얻을 수 있는 위치에 있다는 것을 알아주기를 바랐다. 한 남자가 여자 친척을 다른 남자의 아내로 주는 것보다 굳건한 정치적 연대에 더 효과적인 것은 없었다. 티베리우스 네로가 전남편이었다는 사실이 우리 상황을 기이하게 만들었다. 그러나 한편으로 그는 내 친척이기도 했고, 며칠 전만 해도 결사적으로 타비우스의 환심을 얻으려고 노력했던 사람이다.

"당신은 진심으로 내가 당신 손을 넘겨주기를 원해?"

"그건 나에게 아주 뜻깊은 일이 될 거예요."

조용히 나를 내려다보던 그가 젖 짜는 여자에게 호의를 베푸는 왕자 같은 목소리로 말했다.

"내가 할 수 있을 거야."

타비우스와 나를 위해 여기 그의 집에서 피로연을 베풀어 달라고 제안했을 때에도 그는 우물거리며 동의했다. 그러나 그의 우울한 얼굴과 힘없이 처진 시선을 보며 나는 그만 일어나서 물러났다.

지금까지처럼 티베리우스 네로의 아내 역할을 며칠 더 계속했고, 그날 밤부터 다른 방에서 잠을 잤다. 나는 깜빡 잠이 들었는데 좋지 못한 꿈을 꾸었다. 계곡을 가로지른 높은 산 정상에 타비우스가 서 있었다. 그는 내게 손을 내밀며 소리쳤다.

"뛰어!"

가슴이 두근거렸지만 그의 말을 따랐다. 나는 계곡을 넘고 시체들을 넘어 독수리처럼 날았다. 타비우스는 팔로 나를 잡아끌었고 나는 있는 힘을 다해 그에게 매달렸다. 우리가 서로 놓아버린다면 추락하기라도 하듯이 나는 그를 놓지 않았다. 우리는 흔들거리며 서로 붙들고 서 있었다. 상상할 수도 없는 긴 시간 동안. 나는 연이어 밀려오는 공포를 느꼈다. 왜냐하면 끝내 우리가 추락하여 시체 더미 위로 떨어지면 몸이 산산이 조각나고 부러져 버릴 것을 알았기 때문이었다.

나는 어둠 속에서 잠이 깨었다. 그 꿈의 의미는 스스로에게 물어볼 필요도 없었다.

다음날 아침 일찍, 나는 전령이 전달한 타비우스의 자필 메모를 받았다.

'나의 사랑, 점심때 내게로 와줘요. 당신을 보지 않고는 하루도 보낼 수 없어요. 그리고 몇 가지, 특히 우리의 결혼에 관해 급하게 의논할 문제도 있어요.'

나는 그의 손으로 쓴 편지를 처음 보았다. 얼마나 급하게 썼는지 철필이 납을 뜯어내다시피 했다. 그의 필체는 학교 선생님 같은 티베리우스 네로의 것과는 너무 달랐다.

예전에 내가 말을 탔을 때의 기억이 떠올랐다. 온힘을 다해 양쪽 허벅지 사이에 말을 끼고 원하는 대로 통제했다. 잠시 후 내 생각이 어디로 흘러가는지 깨닫고는 얼굴이 붉어졌다.

나는 우리 두 사람과 로마의 이익을 위해 타비우스를 어느 정도 조종하고 싶었다. 사랑하는 남자의 행동을 이끌고 싶지 않다고 말하는 여자가 있다면, 내 생각에 그 말은 거짓말이다.

나는 천천히 향수로 목욕했다. 펠리아가 옷 입는 것을 거들고 머리를 만져주었다. 내가 결혼하면 펠리아를 데려갈 것이다. 그리고 그녀가 동거하는 정원사와 두 사람 사이의 아기도 함께 데려가서 그녀를 기쁘게 해주겠다고 생각했다. 그 외에 내가 좋아하는 탈로스와 안티탈로스 쌍둥이도 데려가겠다. 그들은 나의 지참금 반환에 합산할 수 있다. 나는 모든 금액을 반환받아야 된다고 판단했다. 여자 지참금의 절반 몰수는 간통에 대한 벌금이었다. 내가 티베리우스 네로에게 개인적으로 용서를 비는 것과 지참금 일부를 상실하여 공식적으로 먹칠을 당하는 것은 별개 문제였다. 티베리우스 네로가 소유했던 재산을 내게 돌려주면 궁색해질 게 뻔한 그의 처지를 감안해볼 때 여러 가지 문제들이 야기될 수 있었다. 그러나 나는 이에 대한 협상 계획이 있었다.

펠리아가 내 입술에 루즈를 칠하고 눈가에 콜로 선을 그려주는 동안 이런 즐거운 생각들이 마음에 가득 찼다. 루브리아도 생각했다. 내가 타비우스와 결혼할 때 그녀를 데려갈 수 없다는 것이 유감이었다. 앞으로도 언제나 친구가 되고 싶지만, 내 아이들을 돌보려면 그녀는 티베리우스 네로 집에 있어야 했다.

어린 티베리우스가 아버지와 같이 있어야 한다는 생각을 떠올리자 방이 어두워지는 것 같이 느껴졌다. 하지만 그저 내 마음에 어두운 그림자가 드리워진 것이었다. 펠리아가 들고 있는 거울 속에서 자기가 낳은 아이와 앞으로 낳을 아이를 버리려고 하는 이기적이고 무정한 여자를 보았다. 엘리시움 낙원에 있을 아버지와 어머니가 이 사실을 안다면, 내가 남편을 떠나 하필이면 시저와 결혼하는 것을 어떻게 생각할지 마음속에 그려보았다.

"눈에 칠한 검정이 너무 진하지 않죠?"

펠리아가 말했다.

"마님이 저번에 했던 화장법이 마음에 든다고 해서 그때와 똑같이 했어요."

그녀는 내 얼굴에 역력한 암울한 표정을 보며 반응하고 있었다.

"콜이 너무 진하지 않아. 내가 원하던 대로야."

나는 어깨를 펴며 자리에서 일어나 가마꾼을 불러 타비우스 집으로 갔다.

타비우스는 지난 몇 년 간 낯설고 모험적인 인생을 살았다. 그의 확고부동한 용기에도 불구하고 그것은 그의 정신을 피폐하게 했다. 그의 부름에 내가 응할 것을 확신하지 못했다는 듯이 즐거움보다 안도감으로 나를 맞이해 주었을 때 그런 사실을 파악할 수 있었다. 그는 팔로 나를 감싸며 말했다.

"이런 크나큰 행복은 나를 위한 것이 아니라서 누군가에게 빼앗겨 버릴 것만 같아요."

시저는 처형을 명령하는 것 외에 두려워할 만한 여러 가지 이유가 있는 사람이지만, 그런 사람이 아니었다. 나는 그렇게 믿고 싶었다. 나는 그가 단순히 그런 존재가 아니라는 걸 믿고 싶었다. 타비우스는 내게 그럴 만한 이유를 많이 보여주었다. 물론 나는 그의 다른 면이 존재한다는 사실을 알았다. 사랑은 나를 어리석게 만들지는 않았고, 함께하는 우리 인생에 어느 정도 관련성이 없어 보였다.

"할 이야기가 있어요."

식당 카우치에 기대어 여전히 소박한 식사를 하는 그를 보며 말했다.

"뭔데요?"

그는 긴장하며 물었다.

'우리는 될 수 있는 대로 빨리 결혼해야 해요. 그렇지 않으면 나에 대한 사랑 때문에 그는 고통 받는 영혼이 될 거예요.'

이런 생각을 하니 미소가 떠올랐다.

"좋은 소식에요."

나는 티베리우스 네로가 결혼식의 주최자 역할을 하며 내 손을 넘겨주는 데 동의했다는 말을 했다.

"당신이 그가 동의하게 만들었죠?"

타비우스는 티베리우스 네로가 공식적으로 우리의 결혼을 축하하는 게 모두에게 이롭다는 것을 바로 알아차렸다. 그가 여전히 기뻐하고 있는 사이 내가 또 말했다.

"우리의 결혼 때문에 당신에 대한 그 어떤 적대감도 일어나지 않았으면 해요. 타비우스, 내가 당신에게 부탁해도 될까요? 티베리우스 네로에게 최고의 존경과 친절로 대해주세요."

타비우스는 웃음을 지었다.

"물론. 그는 나의 새로운 귀중한 친구가 될 거예요."

나는 눈을 내려 음식을 보았다.

"그렇다면 당신이 몰수했던 그의 재산을 돌려주시겠어요?"

눈을 들어 나를 응시하는 타비우스를 보았다. 그의 얼굴은 실망했다기보다 놀라는 게 확실했다.

"그렇게 하면 더욱 그의 선심을 사게 될 거예요. 또 보상을 받지 못한 사람을 당신이 보살피고 있다는 것을 사람들에게 알리는 좋은 일이 될 거예요."

나는 미소를 짓고 덧붙였다.

"내 사랑, 그것은 내게도 도움이 돼요. 나는 지참금을 돌려받고 싶어요. 게다가 티베리우스 네로의 재산은 결국 내 자식들의 몫이 될 거예요."

타비우스는 머리를 기울인 채 내면을 들여다보는 것 같았다. 이 모습은 곧 익숙해졌다. 나는 그가 내가 방금 부탁한 것을 생각하는 중이라는 것을 알아차렸다. 하지만 타비우스가 이 문제를 어떻게 생각할지 불확실했다. 이윽고 나는 그가 단순히 표면에 떠오른 것에 대해

심사숙고하기보다 마치 인생이 믿을 수 없을 정도로 복잡한 보드게임인 것처럼 자기가 하는 행동에 대해 포괄적인 전략을 세운다는 사실을 이해했다.

티베리우스 네로의 재산을 돌려줄 것인지에 대한 문제가 제시되었을 때 그는 티베리우스 네로와 나에 대한 효과뿐만 아니라 협력자들이나 적들이 그런 처사를 어떻게 해석할지 고려했다. 과연 그들이 이것을 보고 마음이 누그러질 것인지 아니면 마음에 분노를 느낄지, 또한 그 돈은 어디서 나오며 어떻게 쓰일 것인지 내가 미처 생각지 못한 다른 방향에 대한 생각도 했다. 모든 것이 깊이 고려되었고 순간적으로 균형이 잡혔다. 그는 미소를 지으며 말했다.

"그렇게 하죠."

우리는 카우치에 같이 기대 있었고, 나는 그에게 키스했다. 그는 내 머리를 쓰다듬었고, 그의 손가락 끝이 내 목 아래로 가볍게 내려가서 가슴까지 이어졌다. 아기가 이미 태어났다면 얼마나 좋았을까 생각했다. 이 순간 나의 육체가 완벽하길, 아이로 인해 몸이 비대하지도 않고 멀쩡해서 우리가 처음으로 사랑을 나눌 수 있기를 바랐지만 그런 기대는 헛된 것이었다. 그러나 나는 그를 너무나 갈망했다. 그와 나란히 누워서 키스와 애무 이상의 것을 하고 싶은 욕망에 아픔을 느꼈고, 그도 그랬을 것으로 생각한다. 그러나 그때 나는 안 된다고 생각했다. 내가 다른 사람의 아내가 아닐 때까지, 또 다른 사람의 아기가 없을 때까지 기다리는 게 낫다고 생각했다. 나는 우리의 첫 번째 만남이 잘못되거나 유익하지 않은, 혹은 부조리한 것으로 여겨지지 않고, 아름다운 행동이 되기를 원했다. 그도 똑같은 마음을 느꼈는지 우리는 머지않아 서로 떨어졌다.

우리는 결혼식에 누구를 초청할지 의논했다. 봉헌한 케이크를 나누는 종교행사는 하지 않고 단지 일반적인 관습을 따를 것이다. 그러나 타비우스는 내가 티베리우스 네로의 집에서 결혼 피로연을 마친 뒤 자신의 집까지 걸어갈 필요가 없다고 말했다.

"그것은 의무사항도 아니고, 당신은 가마를 타고 편하게 가는 것이 좋겠어요."

"사랑스러운 사람, 당신이 나를 보호해 주고 싶은 마음은 감동적이에요. 고마워요. 하지만 내가 당신 집으로 걸어가는 걸 사람들이 보는 건 중요한 일이고, 우리의 결혼을 성스럽게 만드는 일이에요. 사람들에게 내가 정절을 짓밟힌 루크레티아가 아니라는 걸 분명히 해주고 싶어요."

이 말에 타비우스는 깜짝 놀라 눈이 커졌다. 그러나 나의 의도를 이해했다.

로마인들은 복잡한 존재들이다. 나도 때때로 생각했던 것과 마찬가지로 사람들은 아내와 딸, 즉 일반적인 여자들을 별 것 아닌 존재로 생각할지 모른다. 그들은 그것이 당연한 것처럼 행동해 왔다. 그러나 그들 마음과 가슴에는 전혀 다른 면도 있었다. 무엇보다도 로마 왕조를 전복하고 세운 공화국의 탄생은 한 여성의 강간을 둘러싼 선한 남자들의 분개에서 발생했다. 로마의 전제군주의 아들이 청순한 젊은 아내 루크레티아를 강간했고, 그녀는 그 사실을 남편과 아버지에게 말하고 자살했다. 뒤이은 폭동이 그 왕국을 영원히 전복시켰다.

만약 내가 타비우스를 파괴시키고 내 인생도 끝내려고 한다면 그것은 내 손안에 달려있다는 의미다. 그의 대문 앞에서 스스로를 칼로 찌르고 죽으면 로마 남자들이 나를 대신해 보복해 주었을 것이다. 그러나 실제로 내가 바라는 것은 그의 인생과 권력을 보호하는 것이었다. 그의 집까지 걸어가면서 비록 임신은 했지만 내가 결혼에 동의했음을 만천하에 보여주는 게 최선이었다.

사랑의 기쁨에 사로잡히긴 했지만, 우리 결혼의 정치적 의미에 대해 심사숙고하는 걸 잊지 않았다. 로마가 우리 셋, 타비우스, 티베리우스 네로, 나를 비웃게 하자. 타비우스와 내가 아기가 태어날 때까지 기다리지 못하고 자제력을 잃어버렸다고 빈정거리게 하자. 이처럼 냉정하고 계산에 철저한 젊은 남자가 여자에 빠져 바보가 되었다고 깔깔대게 하자. 티베리우스 네로는 쉽게 매수당해서 정치적 이익을 얻고자 기분 좋게 아내를 주어버렸다고 추측하게 하자. 나는 간통한 여자라고 불리는 게 싫지만, 그만큼 참을 수도 있다. 그러나 원치 않는 여인을 남편에게서 빼앗아 질질 끌고 간 폭군에 대한 이야기는 나와시는 안 되었다. 무잇보다도 이것을 명백히 하고 싶었다.

그날 나는 타비우스를 떠나서 곧바로 집으로 가지 않고 동생을 방문했다. 우리는 정원의 대리석 벤치에 앉았다. 세쿤다는 입을 다물고 내가 말을 꺼내기를 기다렸다.

"며칠 내로 티베리우스 네로와 이혼하고 시저와 결혼할 거야."

"리비아 언니!"

동생은 내 이름을 부르짖었다.

"어떻게 그럴 수가 있어?"

나는 턱을 바짝 치켜들었다.

"시저와 나는 사랑에 빠졌어."

나에 대한 염려, 실망, 분노로 그녀의 표정이 복잡했다. 그리고 분노가 이겼다.

"나는 결혼식에 참석하지 않겠어."

"내가 너를 초청했었니? 기억이 안 나는데."

"친동생을 결혼식에 초청하지 않는다고?"

"솔직히 초청할 의사는 있지만 네가 안 오면 어쩔 수 없는 일이지. 하지만 이것만은 기억하렴. 너는 가서 네 남편에게 이렇게 말해야 할 거야. 이번 결혼으로 시저 옥타비아누스와 인척이 될 것인데 너는 이것을 치명적인 모욕으로 받아들였고, 그래서 둘을 대표해서 네가 결혼식 참석을 거절했다고 말이야. 네가 남편의 일을 얼마나 잘 관리하고 있는지 그가 들으면 대단히 기뻐하겠구나."

정원을 벗어나 동생의 집을 나설 때 뒤에서 부르는 소리를 들었다. 나는 무시하고 가마로 들어가 집으로 가자고 명령했다. 그리고 눈물을 흘렸다.

세쿤다가 내 결혼식에 참석하지 않을 거라고 생각해서가 아니었다. 나는 동생을 잘 안다. 그 아이는 바보가 아니었다. 틀림없이 나에게 사과를 할 것이다. 결혼식에 가게 해달라고 빌 것이고 나는 허락할 것이다.

나는 다만 부모님이 살아계셨다면 어떻게 반응하셨을지 동생의 태도를 통해 알 수 있었기 때문에 울었다. 어떤 기적이 일어나서 아버지가 살아있고 내가 시저와 결혼하겠다고 말했다면 어떻게 됐을까? 아버지는 나를 공화국의 배신자로 생각했을 것이다. 그의 분노가 무엇이든 간에 아버지는 영원히 내게 등을 돌렸을 것이다.

'아버지, 아버지.'

나는 마음속으로 아버지를 불러보았다. 그러나 대답이 없었다. 영원히 없을 것이다.

집으로 오면서 나는 계속 울었다. 그리고 가마에서 내려 땅에 발을 딛기 전에 다짐했다. 다시는 이런 이유로 울지 않겠다고. 앞으로 어떠한 죄책감이나 과거에 대한 후회도 하지 않겠다고. 이 모든 것으로부터 얼굴을 돌리고 오직 미래를 바라볼 것이다. 그것이 바로 타비우스의 아내로서 내가 할 일이었다.

결혼식 전날, 나는 아벤틴 언덕에 있는 다이아나 신전에 갔다. 오랜 역사를 자랑하는 이 신전은 마치 요새처럼 지어졌고 억울한 평민들의 방문을 많이 받았다. 이 특별한 신전에는 끔찍한 역사가 내재하고 있었다. 80년 전, 신전 앞에서 한 원로원 집정관이 이끄는 원로원들이 민주적 정치 개혁을 신봉하는 로마인들을 참살했다.

나는 동으로 만든 신전 문으로 들어갔다. 긁히고 패인 문에는 오래 전에 던졌던 화살과 창 자국이 남아 있었다. 타비우스가 이곳을 새로 수선하고 아름답게 재개장하게끔 해야겠다고 다짐했다. 나는 흰 양 한 마리를 가져가서 여사제에게 주었다. 여사제는 양의 목을 베어 그 피가 낡고 부서진 바닥 타일 위에 흐르자 눈을 들어 올려 다이아나의 동상을 바라보았다. 나는 조용히 다이아나에게 페루자에서 손을 잡아 주었던 죽은 소년에 대해 말했다.

로마의 훌륭한 사람들이 동족의 손에 살해된 이곳에서 나는 다이아나 신에게 살상을 끝내도록 애걸했다. 헛된 내전과 갈등으로 더 이상 로마인들이 죽지 않게 해달라고 요청했고, 마르쿠스 브루투스 지지자의 딸이 줄리어스 시저의 양자와 결혼하여 로마에 평화를 가져오는데 도움이 되기를 기도했다. 팔을 앞으로 뻗으며 타비우스에게도 다이아나의 자비로운 보호를 베풀어 주기를 진지하게 기도했다.

9

로마에서 내가 가이우스 줄리어스 시저 옥타비아누스와 한 결혼보다 더 이상한 장면은 아마 쉽게 찾을 수 없을 것이다. 티베리우스 네로가 한 역할은 타비우스와 나를 둘러싼 전설의 일부가 되었다. 그가 나를 타인에게 넘겨주는 행동을 애국적 자기희생으로 해석하는 사람도 있었고 그다지 고결하지 않게 보는 사람도 있었지만, 로마인은 언제까지나 그 일을 잊지 않을 것이다.

이른 아침 하객들이 도착하기 훨씬 전에 티베리우스 네로와 나는 상호간의 합의 이혼 절차를 마쳤다. 타비우스는 이 날 행사의 전반적인 과정을 직접 처리했고, 이혼 증인 일곱 명 역시 그가 선별했다. 티베리우스 네로와 나는 아트리움에서 그들을 만났다. 하인들이 피로연을 위해 그곳으로 카우치를 옮기고 있었다. 나는 곧 전남편이 될 그를 쳐다보았다. 다른 남자의 전설 속 일부가 될 남자는 어떤 모습일까? 그다지 행복해 보이지는 않았지만 적어도 분노는 없었다. 그는 일곱 명의 증인 앞에서 내게 전통적인 말 몇 마디를 했다.

"당신의 소유물을 챙겨서 떠나도록 해."

"동의해요."

우리의 결혼은 끝났다. 나의 인척이자 보호자 역할을 해왔던 그는 타비우스가 보내온 결혼 계약서를 대충 훑어보았다. 주요 조항은 내 지참금이 타비우스의 관리로 넘어간다는 것이었다. 티베리우스 네로는 그의 인장반지에 인주를 묻혀 서류 위에 눌렀다. 나는 '고맙다'고 말하면서 결혼 반지를 빼서 그에게 돌려주었다. 그는 자기 손바닥에 놓인 금반지를 내려다보고는 손가락을 말아 주먹을 쥐고 희미하게 미소를 띤 채 방밖으로 걸어 나갔다.

중요한 관계가 끊어졌다. 지난날의 애정과 기쁨을 나눈 순간들을 기억하며 나는 아픔을 느꼈다. 나는 소녀로 티베리우스 네로에게 와서 그의 아내로서 성숙한 여성이 되었다. 그가 내 남편이 되는 것을 원치 않았지만 서로 의지했다. 자신에게 약속했던 것처럼 그와 친구가 될 것이라고 생각하니 마음이 편했다.

아기 방에 들어가자 루브리아가 아들의 옷을 입히고 있었다. 아들을 보자 눈물이 나오려고 했지만 바뀔 수 없는 상황에 대해서 더 이상 울지 않겠다고 이미 결심했고, 어린 티베리우스 앞에서 비극이 닥친 듯이 행동하고 싶지 않았다. 눈을 깜박여서 나오는 눈물을 지우고 아들을 보며 애써 웃음을 지었다. 그리고 루브리아에게 말했다.

"내일이면 아이가 보고 싶어 지겠지. 가마를 보내면 아들을 데려와줘."

"물론이죠, 마님."

"지금까지 해온 대로 내 어린 아들을 잘 보살펴줘."

아들은 의아한 눈으로 깜박이며 나를 바라보았다. 그는 아직 세

살에서 두 달이 모자란다. 지금 일어나고 있는 상황을 이해할 수 있을까? 나는 침묵에 빠졌다.

"물론이죠."

루브리아는 다시 말했다. 그녀가 화재로 남편과 아이를 잃은 사실을 기억했다. 로마 빈민가에서 흔한 화재여서 그녀가 막을 수 없는 사건이었다. 루브리아가 나를 어떻게 생각할지 궁금했다. 담담하게 인내하는 얼굴에는 아무 내색이 없었다.

나는 어린 티베리우스의 이마에 키스했다. 그리고 아이를 루브리아에게 맡기고 나의 결혼식을 준비하러 갔다.

나는 회고록 쓰는 것을 잠시 멈췄다. 머릿속에 아들의 어린 시절 추억이 가득 찼다. 그런 다음 나는 최근에 그가 내게 보낸 편지에 답장을 하지 않았음을 상기했다. 그의 인장이 찍힌 납판이 그대로 내 책상 위에 있었다. 아들은 이제 쉬면서 내가 하는 업무를 믿을 수 있는 관리인에게 맡기라고 타이르고 있었다. 그는 믿을 만하고 능력 있는 사람을 추천해주고 싶어 했다. 내가 소유한 재산은 벽돌 공장, 구리 광산, 곡창 지대 등 광범위하다. 아들은 내 나이에 많은 사업을 감독한다는 건 무척 힘든 일이라고 했다. 게다가 내가 지금도 계속 하는 가난한 사람들을 찾는 일도 하지 말고 사적으로 관대하게 나눠주지도 말라고 말한다. 이전에도 그랬던 것처럼, 아들은 이런 활동은 전성기 여성일지라도 적합하지 않다고 충고했다.

아들의 말투는 거의 간청하는 분위기였다. 그에게 염려해줘서 고맙다는 정중한 답장을 써서 보내야겠다. 그러나 언제나와 마찬가지로 그 이상으로 엄마를 자제시키려는 노력은 사양할 것이다.

아들 티베리우스는 다른 사람을 대할 때 무정하고 거만해질 수 있는 성격이었다. 내게는 목소리를 부드럽게 내며 예절을 갖추지만, 그는 나를, 다른 여성들과 마찬가지로, 소견이 좁은 여성을 보듯이 대했다. 그는 대부분 병영 내의 사택에서 주로 남자들과 지내고 있다.

내가 그를 임신했을 때 로마에는 여러 차례 박탈령이 내려졌었다. 그가 아기였을 때 그의 아버지와 나는 말할 수 없는 공포로 줄곧 여기저기로 도망 다녔다. 그 후 이혼이 있었고, 타비우스와 결혼했다. 이러한 지난날의 사건들이 오늘날의 아들에게 영향을 미쳤을까? 나는 궁금했다. 때때로 나는 그가 타인에 대한 신뢰감을 상실했다는 생각이 든다. 특히 여성을 믿지 않는 이유는 내가 자기 아버지를 버렸기 때문일 것이다.

오래 전 결혼식이 있던 날, 그를 두고 떠날 때 아들의 눈에 나타나던 혼란을 떠올리면 지금도 눈물이 난다.

우리의 결혼이 너무 기쁜 나머지 나는 이런 우스꽝스런 결혼식 모습에 주눅들지 않았다. 타비우스도 그랬다. 타비우스는 다른 남자의 아이를 임신하여 진정한 아내가 되기에는 아직도 몇 개월을 더 기다려야 하는, 배가 산만한 여자와 결혼하는 것이었다. 그럼에도 티베리우스 네로의 집에 나타났을 때 그는 행복에 겨워 만면에 가득 웃음을 짓고 있었다. 흰색의 긴 튜니카 예복을 입고 얇게 비치는 진홍색 베일을 쓰고 있는 내 모습을 보자 마치 기적이라도 보는 듯 입이 벌어졌다. 결혼식을 위해 머리에 붉은 꽃과 노란 꽃으로 장식한 화환을 쓴 그는 마치 한 번도 신부를 본 적 없는 소년처럼 젊고 순수하게 보였다.

그는 형제같이 티베리우스 네로를 포옹했다. 예상되었던 긴장감은 타비우스의 행복감과 호의로 일순간에 사라졌다. 두 남자는 결혼 계약서를 교환했고, 티베리우스 네로가 내 손을 타비우스에게 넘겨주었다. 모든 것이 예의 바르게 순식간에 지나갔다.

타비우스와 나는 서로 손을 잡고 서 있었다. 나는 붉은 베일을 쓴 채 그의 눈을 들여다보며 혼약의 맹세를 했다.

"당신이 어디 있든 간에 나는 당신과 함께 할 것입니다."

내가 시저 옥타비아누스에게 그것을 말했을 때 나는 그의 편이 되고 그와 함께 쓰러진다는 의미였다. 나는 사랑에 빠진 여자였지만, 동시에 그의 전쟁터를 선택한 장군 같은 기분을 느꼈다. 그가 선택을 올바르게 했든 아니든, 이기든 지든 후퇴할 수 없다는 것을 알았다.

타비우스는 내게 금반지를 끼워주었다. 불과 한 시간 전에 티베리우스 네로의 반지를 뺀 그 손가락에. 그 순간 나는 의심의 여지없이 이 모든 일이 올바르고 피할 수 없는 것이었다고 느꼈다. 왜냐하면 타비우스와 나는 쌍둥이 영혼이었고, 둘의 사랑이 너무도 거대하기 때문이었다.

"행복하세요!"

사람들이 외치는 소리가 공기 중에 가득 찼다.

나는 베일을 들어올렸다. 우리는 함께 기대어 앉아 수많은 하객으로부터 축하를 받았다. 티베리우스 네로도 우리의 오른쪽 상석에 신부의 가장 가까운 친척 자격으로 앉았다. 사람들이 그에게 다가가는 모습을 곁눈으로 보았다. 그들은 그에게 존경을 표하면서도 적절한 말을 찾느라 더듬거렸다. 이 행사가 그에게 그리 축하할 일이 아닌 것 같았기 때문이었다.

'이건 나의 결혼식이야. 이 예식을 만끽하는 것처럼 행동해야 해. 하지만 오늘이 지나면 더 행복할 거야.'

나는 속으로 생각했다. 나는 하객들에게 공손하게 말했고, 타비우스가 축하에 답례할 때는 경청했다. 그는 대화에 부족함이 없었고, 그런 면에서 노련한 정치인 같이 보였다. 너스레를 떨지도 않았고, 공인들의 경향처럼 사람들을 지루하게 만들지도 않았다. 나는 자신에게 물어보았다. 만약 그를 알지 못 하는 어떤 사람이 그의 목소리만 듣고서 느낄 수 있는 그의 인상은 어떤 것일까? '오, 좋은 집안에서 훌륭하게 양육 받은 젊은이로군요. 로마 도시 출신은 아닌 것 같아요. 이곳 출생 사람이라고 하기에는 너무 부드럽고 정중하게 이야기하는 편이에요.' 그래서 '그에게 로마가 너무 험난한 곳이 되지 않았으면 좋겠군'이라고 생각할 것이다.

동생과 그녀의 남편도 우리를 축하하러 앞쪽으로 나왔다. 동생은 예쁜 밝은 초록색 스톨라를 입고 고급 보석을 달았다. 동생의 남편은 미소를 지었고 세쿤다는 타비우스를 마치 사자 쳐다보듯 바라보았다. 내가 그 사자를 끈으로 묶어 기대고 있기라도 하듯이. 불쌍한 동생은 자기 생각을 숨길 줄도 몰랐다.

"두 분의 결혼에 신의 행운이 있기를 빌어요."

그리고 미소를 지으려고 애썼다. 그런 다음 동생은 티베리우스 네로를 향해 놀라는 시선을 던졌다. 티베리우스 네로는 다른 손님과 담소를 나누는 한편 피로연 음식의 첫 번째 코스에 관해 간단한 명령을 내리고 있었다.

타비우스는 동생 남편에게는 우호적으로, 동생에게는 다정하게 대했다. 동생은 자기 자리로 되돌아가서야 다소 안도하는 것처럼 보였다.

타비우스의 누나는 결혼식에 참석할 수 없었다. 새 남편 안토니와 멀리 떨어져 있었기 때문이었다. 나는 타비우스에게 형제나 다름없는 두 사람을 결혼식 피로연에서 만났다. 마르쿠스 아그리파와 가이우스 마에케나스였다. 아그리파가 먼저 우리 쪽으로 다가와 인사를 하자 타비우스가 그를 소개했다.

"축하합니다!"

그는 키가 크고 근육질 몸에 혈색이 좋은 남성답고 잘생긴 사람이었다. 나는 그가 페루자를 포위했을 때 타비우스 군대의 작전 사령관이었다는 것을 알았다. 그 당시 생각을 털어버리며 그에게 인사했다.

"만나게 되어 기뻐요."

"나도 마침내 당신을 만나게 되었네요."

타비우스가 그에게 나에 관해 말했음이 틀림없었다. 나는 아그리파의 눈에 신중함이 깃들어 있다는 것을 파악했다. 그에 대해 나쁜 인상은 없었다. 그의 미래와 인생이 타비우스를 섬기는 것과 밀접한 관련이 있었다. 그는 타비우스의 이전 두 부인에 관한 이야기는 한 번도 말하지 않았다. 그것이 나와 별개의 이야기라는 걸 그는 알고 있었다.

사람들은 아그리파의 낮은 출생 신분에 대해 말이 많았다. 그의 아버지는 타비우스가 성장했던 벨레트리 가까이에 부동산을 소유한 부자였지만, 그의 조부모는 해방된 노예였다. 나는 클라우디아누스 가문의 딸이었다. 그래서 그가 나의 경멸을 두려워했던 것으로 보인다. 우리는 유쾌한 말을 주고받으며 서로의 마음을 가늠했다.

잠시 후 나는 마에케나스도 만났다. 그의 외모는 아그리파와 반대였다. 키가 좀 작고 검고 통통했다. 그는 에트루리아 왕가 혈통이라고 들었다.

"축하합니다, 부인!"

그의 목소리는 경쾌하고 음악적이었지만 남자로서는 다소 높은 편이었다. 그는 나에게 매력적인 미소를 보여 주었다.

"지금 당신을 붙잡지는 않겠어요. 하지만 당신과 더 많이 대화를 나누기를 기대합니다. 우리는 좋은 친구가 될 거라고 생각해요."

"나도 그러길 바라요."

"오, 그렇게 될 거예요."

확신에 찬 모습에 나는 그가 '이미 판단을 내렸구나' 하고 생각했다. '그는 타비우스의 새 신부와 친구가 되어 타비우스의 핵심 인물로 자기 지위를 강화하려는 거야.'

나는 그렇게 생각하며 그에게 웃어보였다. 우리는 서로의 입장을 이해했다.

권력을 놓고 다툼을 벌였던 지난 몇 년 동안 타비우스는 단 두 명의 중요한 고문이 있었다. 그들은 백발의 수염을 기른 현자가 아니라 동년배의 친구들이었다. 결과로 판단해 볼 때 이 둘은 분명히 타비우스를 잘 섬겼다. 그렇기 때문에 나는 남편과 이들의 관계를 해치는 행동은 하고 싶지 않았다. 반대로 그들이 남편에게 더 감사하고 충성하도록 돕고 싶었다.

로마 귀족들 대부분은 이 두 사람을 모두 무시했다. 아그리파의 출신 성분은 결코 양해될 수 없었다. 마에케나스의 경우는 그의 왕가 혈통이 기준을 충족한다 해도 그의 인상은 지나치게 부드러울 뿐 아니라 남자답지 못해서 늘 조롱을 당했다. 이들은 학교에서도 타비우스의 가장 가까운 친구였다. 그들을 처음 만났을 때 그는 군사훈련을 견뎌내지 못 했던 병약한 소년이었다. 벨레트리 지역의 귀족 자녀를 위한 학교에서 타비우스, 아그리파, 마에케나스는 각기 다른 이유로 비주류였을 거라는 사실을 깨달았다.

세 사람은 학교 친구들뿐만 아니라 온 세상에 신분으로 사람을 평가 절하하는 것이 얼마나 어리석은 일인지 이미 증명해 보였다. 나 자신을 이 황금집단의 네 번째 멤버가 될 거라고 보았지만, 네 번째 서열이라기보다는 타비우스의 가장 가까운 존재가 되고 모든 의미에서 단짝이 될 것이다. 부족함 없는 능력을 갖출 것이다. 그리고 세상은 나를 무시하는 것 역시 잘못된 일임을 알게 될 것이다.

사람들은 결혼 피로연에서 있었던 어떤 사건을 기억할 것이다. 탈로스와 안티탈로스는 평소 벌거벗고 지냈지만, 그날은 보석 박힌 샌들을 신고 나와 여흥을 제공했다. 그들은 재미있는 짧은 노래를 부른 다음 이쪽저쪽 테이블을 다니며 유쾌한 농담을 재잘거렸다. 둘 중 더 재치 있는 안티탈로스가 타비우스와 내가 기댄 카우치 위로 뛰어올랐다. 그의 검은 눈이 믿을 수 없다는 듯 허풍을 떨며 동그래졌다.

"마님, 마님."

"왜?"

나는 그의 농담을 기다렸다. 안티탈로스의 얼굴이 과장되게 놀란 표정으로 바뀌더니 큰소리로 떠들었다.

"오, 마님, 세상에, 여기서 뭐하세요? 마님의 남편은 저기 있는데?"

그는 티베리우스 네로를 가리켰다.

그 순간은 어느 쪽으로도 움직일 수 있는 상황이었다. 우리는 매우 당혹스러울 수도 있었다. 하지만 겨우 아홉 살 안티탈로스는 타고난 재치꾼이었고, 모든 상황을 가늠하는 재주가 있었다. 이 익살은 피로연 분위기 속에 숨겨져 있던 긴장을 건드려서 누가 봐도 명백하지만 그때까지 말로 표현할 수 없었던 기묘한 분위기를 밝은 공기 중에 폭로시켰다. 모두가 폭소를 터뜨렸다. 특히 티베리우스 네로와 타비우스는 얼굴이 벌게지고 목이 메일 지경까지 웃었다. 나 역시 억제할 수 없을 정도로 웃었다.

이제 나는 안티탈로스가 무대에서 갈채를 받던 때를 떠올린다. 내가 그와 그의 형에게 자유를 준 후 그는 연극 무대에서 활동했고, 마침내 자신의 극장도 갖게 되었다. 그는 세 쌍의 쌍둥이 손자를 두었다. 내 마음 속에 해학으로 반짝이는 눈을 가진 지금의 기품 있는 노인을 떠올리고, 또 다시 발가벗은 작은 어린이를 본다.

내가 안티탈로스의 비단 같은 검은 머리를 쓰다듬었을 때 그의 어린 얼굴이 빛났다. 나는 그가 취했던 위험이 어떤 것인지 알고 있었는지 궁금했고, 그가 완벽하게 우리를 정복했다는 걸 아는지 궁금했다.

요리사는 메인 코스 요리에서 솜씨를 발휘해 쿠민, 대추, 꿀로 향미를 돋운 소스를 곁들인 기막히게 맛있는 저민 소고기 요리를 내놓았다. 타비우스는 그것을 맛보지 않고, 피로연 내내 그가 평소에 먹던 식단에 충실했다. 또 물로 희석한 와인 한 잔을 마셨다.

후식 차례에서 내가 무화과 과자를 씹었을 때, 그는 과자도 삼가하며 속삭였다.

"이제 곧 피로연이 끝나면 집에 갈 수 있어."

나는 그에게 웃어주었다.

"집까지 걸어가지 마."

나는 고개를 흔들었다.

"이 문제를 두고 남편과 아내로서 첫 번째 말다툼 벌이는 건가?"

"그럴 수도 있죠."

"어쩌면 당신을 향해 사람들이 소리를 지를지도 몰라……. 모욕적인 말들 말이야."

그의 말에 가슴이 조이는 것 같았다. 하지만 예전에 머리와 옷에 불이 붙은 채 스파르타 외곽 숲을 뛰쳐나오던 내 모습을 떠올리고 웃었다.

"장담하건데, 이보다 더 어려운 일도 겪었어요."

그는 얼굴을 찡그리며 아무 말도 하지 않았다.

"제발, 내가 걸어가도록 해주세요. 나 자신을 드러내 보이는 것은 우리 둘에게 모두 도움이 돼요. 혹시 일부가 나를 비웃더라도 나를 방해하지는 못 해요. 왜냐하면 결국엔 그들이 나를 비웃지 못하게끔 행동할 거니까요."

잠시 후 결혼식 횃불이 밝혀졌을 때 우리는 손을 잡은 채 밖에 서 있었다. 그의 지지자들이 엄청나게 모여 들었다. 그들의 시선이 내게 집중되는 것을 느꼈다. 그들은 축복의 말을 외쳤다. 그들은 우리의 친구였다. 타비우스는 내 손을 한 번 꽉 쥐더니 놓아주고 군중 속으로 사라졌다. 타비우스의 어린 사촌은 둘이 내 손을 잡았다. 내 앞에서 결혼 횃불을 들고 있던 열두세 살 정도로 보이는 소년을 따라 나는 새 남편의 집으로 걸어가기 시작했다.

나는 머리 위로 면사포를 걷어 올렸다. 사람들이 내 얼굴을 보고 싶어 했고 행복해 하는지 알고 싶어 했다.

티베리우스 네로의 집은 팔라틴 언덕길에서 삼분의 일 지점에 있었다. 능선을 따라 포럼 근처에 있는 타비우스의 집까지 내려가는 길은 임신한 상태로도 그다지 부담되지 않았다. 내가 티베리우스 네로와 결혼할 당시 사람들은 전통에 따라 외설적인 노래를 불렀다. 그러나 이 결혼 행렬을 보기 위해 나온 군중들은 그때와는 비교할 수 없을 정도로 엄청나게 많았다.

'실컷 보라지.'

나는 생각했다.

로마 사람들. 내 눈이 개개인에 닿았다. 사랑스런 딸의 손을 잡고 서 있는 낡은 튜니카 차림의 굳은 표정의 여자, 거친 작업복을 입은 코가 긴 노동자, 아버지의 지인 같이 보이는 토가를 입은 근심스런 표정의 남자. 그 외에 수십 명의 사람들이 나를 쳐다보았고 나도 그들에게 시선을 주었다.

내가 팔라틴 능선 아래에 도착했을 때는 해가 저물고 있었다. 군중 속 안쪽에서 누군가 소리쳤다. "매춘부!" 나는 그 소리를 못들은 체하며 계속 걸었다.

횃불 속에서 적개심 없이 오히려 온정어린 시선으로 나를 바라보는 얼굴들을 보았다. 이들은 나의 민중 즉, 로마 사람들이었다. 타비우스와 결혼하면서 나는 그들을 섬기기로 결심했다. 그들이 이것을 알았을까? 나에 대해 좋아할 부분도 있다는 것을 알았을까? 아니면 그저 시저를 두려워한 것일까? 이유가 무엇이든 나는 그 이후로 더 이상 적대적 외침은 듣지 못했다.

드디어 나는 상업 지역 안에 있는 그다지 매력적이지 않은 집에 도착했다. 두 젊은이가 대문턱에서 나를 들어 올려 넘겨주었다. 현관 안쪽에서 안도의 미소를 지으며 나를 기다리고 있는 타비우스를 보았다. 나의 남편. 내 마음이 사랑과 기쁨으로 더 이상 빈 자리가 없을 만큼 가득 차올랐다. 그의 눈은 푸른 보석처럼 빛났다. 우리는 스쳐 지나가는 꿈에 현혹된 듯 서로를 바라보았다. 결혼식의 마지막 절차로 생명의 원천인 물과 불을 나누기 위해 그는 내게 물 한 컵과 불이 붙은 나뭇가지를 건넸다. 집 안쪽으로 안내된 내가 벽난로에 불을 지핌으로써 의식을 종결했다.

10

결혼식이 지나고 며칠 후, 우리는 한 쌍의 잉꼬가 되어 카우치에 앉았다. 나는 머리를 타비우스의 어깨에 기댔고, 그는 무릎에 납판을 올려놓고 손에는 철필을 쥐고 있었다. 누군가 우리를 본다면 내게 시라도 써주는 것으로 상상하겠지만 아니었다. "당신이 바라보는 세상을 보여주세요." 나의 말에 그는 지도를 그리고 있었다.

"여기가 우리나라, 그러니까 이탈리아이고, 여기는 스페인이야. 여기도 내 것이지. 이 외에 나는 갈리아 대부분을 소유하고 있는데, 아그리파가 그곳의 우두머리가 되어 국경선 수호 임무를 맡고 있어."

타비우스는 갈리아 서쪽 끝에 선을 그었다.

"그곳 야만인들이 우리 영토를 침공하려고 하거든."

"그들에 대해 걱정해야 하나요?"

"아니, 아그리파가 그들을 물리칠 거야. 하지만 나는 국경선에서 눈을 떼면 안 돼. 여기는 북아프리카야."

그는 이탈리아를 나타내는 장화 모양 아래쪽에 원을 그렸다.

"그곳은 레피두스가 차지하고 있는데, 그는 내 친구라고 할 수는 없지. 또 여기서 동쪽으로 가면 안토니가 있어."

"나는 안토니가 싫어요."

"개인적으로 나는 그에게 대항할 수 없지만, 우리는 연합하고 있고 내 누나를 그와 결혼시켰어."

"누나도 그를 좋아하나요?"

"그래. 도무지 이해할 수 없지만 좋아해. 누나는 마음이 여려서 누구든 다 좋아할 거야. 어쨌든 적어도 지금은 안토니에 대해서 크게 우려하지 않아."

"좋아요."

나는 타비우스의 귀를 살짝 물었다.

"아기가 태어날 때까지 첫날밤을 미루고 싶다고 하지 않았어?"

나 자신도 타비우스를 건드리지 않고 자제하는 게 얼마나 힘든지 알고 있었다. 하지만 전남편의 아이를 임신한 사실은 적어도 마음 속 장애물인 것만은 확실했다.

"네, 그래요."

"자, 이제 우리는 섹스투스 폼페이까지 왔어."

그는 기분 좋게 이탈리아 연안에서 떨어진 시칠리아 섬을 그렸다.

"섹스투스는 좋아요. 그는 내게 대단히 친절했어요."

나는 타비우스와 끌어안고 누워서 편안한 기분에 아무 생각 없이 말해버렸다. 불쾌감이 그의 얼굴에 스치기도 전에 엄청난 실수를 했다는 것을 깨달았다. 타비우스는 시칠리아 섬으로부터 이탈리아 방향으로 계속해서 사선을 그어댔다.

"그는 내 해안을 습격했고 내가 가진 모든 것을 탐내는 놈이야. 우리가 평화조약을 맺었는데 그 달이 지나기도 전에 그것을 깨버렸어."

아마도 섹스투스는 타비우스가 깼다고 말할 수도 있다. 줄리어스 시저와 섹스투스의 아버지는 경쟁적 관계였고, 해결할 수 없을 정도의 적대감이 다음 세대까지 이어졌다.

"총력전인가요?"

타비우스가 고개를 끄덕였다.

"지금은 잠시 소강상태지만, 맞아. 전쟁이 완전히 끝날 때까지 싸움이 계속될 거야."

결혼한 이래로 나는 슬픔이 내 안의 행복을 건드리지 못할 거라고 느꼈다. 그리고 나는 그것이 얼마나 어리석은 생각이었는지 깨달았다. 더 많은 내전이 있을 것이라고 생각하니 몸이 떨렸다.

"안타까운 일이에요."

나를 향한 타비우스의 시선이 날카로워졌다.

"당신은 정말로 섹스투스에게 호감을 갖고 있는 모양이군?"

"당신의 적이라면 그렇지 않죠."

타비우스의 얼굴에 골똘히 생각하는 표정이 나타났다.

"로마 귀족 대부분이 섹스투스에게 연민을 느끼고 있어. 그는 당신 같은 출생 성분을 갖고 있지만, 나는 그렇지 않아. 그래서 사람들이 그를 더 좋아하지."

타비우스의 모친은 귀족이지만, 그의 생부는 신분이 낮은 지방 출신이었다. 나는 그의 뺨을 어루만졌다.

"사람들이 왜 당신보다 섹스투스를 더 좋아해야 하나요? 반대로 당신을 더 좋아해야 한다는 이유라도 있어요? 왜 그래야 되는지 이해할 수 없어요."

나는 입술로 그의 입술을 쓸었다.

"우리가 사람들의 눈을 뜨게 해야겠어요."

"우리."

그는 그 말의 어감이 좋은지 아닌지 불분명하다는 듯 중얼거렸다.

"우리요."

타비우스와 내가 결혼한 순간부터 내가 권력을 거머쥐었다고 떠들어대는 사람들이 있다. 그러나 무엇을 위한 권력인지 묻는 사람은 없었다. 나는 로마인들이 모두 만족된 삶을 살기를 바랐다. 가장 야만적인 정부의 형태가 사람들을 억압하는 것임을 알고 있었고, 그런 야만은 오래가지 못한다. 시저의 암살이 일어났던 3월 보름날이 또 생길까 봐 두려웠다.

결혼을 하면서 나는 남편이자 통치자인 타비우스에게 헌신할 것을 맹세했다. 나는 그의 지성과 능력을 보았다. 물론 나는 그를 사랑했고, 그것이 로마를 다스리는 그의 지도력에 대한 나의 견해에 영향을 미친다 하더라도 이상한 일은 아니었을 것이다. 그러나 군 장교들, 일반 사병들, 강경파 정치인들을 비롯해 많은 사람들 역시 그의 자질에 대해 나와 같은 평가를 내렸다. 만약 자기 이익만을 위해서 그를 추종하는 사람이 있다면 그가 나라를 구하기를 기대하지 않았을 것이다. 나와 마찬가지로 그들은 애국자였다. 로마는 현명한 정부와 안정을 갈망했다. 나는 그것을 타비우스가 이룩해 주기를 희망했다.

우리 부모님도 좌절하고 파괴당한 사람들이었다. 패배한 사람의 역경에 대해 내가 마음 아파하는 것은 당연했다. 내가 타비우스의 통치를 이전보다 더 관대하게 만드는 상상을 해보았다.

"당신이 얼마나 위대하고 훌륭한 사람인지 사람들이 이야기하면 좋겠어요. 당신을 두려워해서가 아니라 그들 마음속에서 진정으로 우러나서 말이죠."

"그리고 그렇게 되려면⋯⋯?"

'당신이 위대하고 훌륭한 사람이 되어야 하죠.'

"위대한 업적을 이뤄야죠. 우리가 혹은 국가 재정이 허용하는 만큼이요. 그리고 사람들을 기쁘게 해줘야 해요. 사람들이 젊은 부부 한 쌍을 보며 호감을 갖고, 두 사람이 서로에게 헌신하는 모습을 볼 수 있길 원해요. 우리는 전통적 도덕관의 모델이 되어야 해요. 나는 집에서 당신의 옷을 모두 만들겠어요. 하녀들이 만드는 걸 내가 감독하죠. 여자가 모직을 짠다는 건 특별한 의미가 있어요. 그것은 사람들 마음속의 전통적 덕행과 관련이 있어요. 모두들 내가 옷감을 직접 짠다는 것을 알아야 해요."

다비우스는 웃음을 티트릴 것처럼 보였다.

"당신은 그런 일이 정치에 영향을 미친다고 믿지 않는 거죠?"

"그럴 수 있다고 믿어. 하지만 당신이 실을 짜고 내 옷을 짓는 데 얼마나 시간을 보낼지 궁금해."

"많이는 아니죠."

그가 소리 없이 활짝 웃었다.

"우리는 마땅히 도덕적이고 검소해야 해. 그 점에 대해서는 나도 같은 생각이야."

물론 그는 내게 농담으로 이야기하고 있었다. 나는 그를 황홀하게 했고 그를 기쁘게 해주었으며 그는 나를 원했다. 그 의미는 우리가 만나지 않았다면 그가 전혀 발을 디뎌보지 못했을 길로 내가 끌고 갈 수도 있다는 의미였을까? 모르겠다. 그러나 우리가 함께 있을 수 있다는 바람은 갖게 되었다.

"팔라틴 언덕으로 이사하는 일은 서두르지 않아요. 이 집도 어떤 면에서 좋은 집이에요. 꽤 소박한 곳이죠. 이사를 하더라도 의원들이 흔히 갖고 있는 거대한 집은 필요 없어요. 어떤 사람도 '왕과 여왕이 사는 방식'이라는 시각으로 우리의 생활을 들여다보게 해서는 안 돼요. 그들이 우리를 보는 관점은 상당히 중요해요."

"지금 가장 중요한 것은 나를 보는 군대의 시각이야. 나는 여기에 경계를 늦추지 않고 있어."

"당신은 대중의 생각이 중요하지 않다고 생각해요?"

"그런 말이 아니야."

타비우스는 거의 뱉다시피 말했다. 어쩌면 그는 나의 제안을 돕겠다는 의도보다 비난으로 받아들였는지 모른다. 처음 느낀 것은 아니었지만 어느 때보다 절실하게 느낀 것은, 이제 남편이 된 복잡하기 그지없는 이 사람에 대해서 꾸준히 연구해야겠다는 점이었다. 나는 아직 그의 신뢰를 얻은 게 아니었다. 그가 홀로 지고 있는 엄청난 부담감과 그의 고독을 느꼈다.

"내가 왜 이런 문제를 걱정하는지 알아요?"

내가 물었다.

"왜냐하면 내가 당신을 사랑하기 때문이에요. 다른 사람들은 모두 자신의 일에 관심이 있고, 그건 당신과는 별개의 일이죠. 왜 안 그렇겠어요? 만약 아그리파나 마에케나스가 이루고자 하는 야심이 없다면 당신은 그들을 한심하게 생각했을 거예요. 그러나 나는, 나는 그저 당신을 사랑할 뿐이에요."

나는 그의 머리카락을 쓰다듬었다. 바로 알아차릴 정도로 그의 눈이 가늘어졌다. 한때 덜 길들여진 야생강아지 같던 한 소년의 모습이 떠올랐다. 부드러운 말과 다정한 손길은 제 역할을 발휘했고, 오래지 않아 이 강아지는 제 손으로 원하는 것을 먹었다. 내 앞에 있는 가련한 연인은 크나큰 위험을 뚫고 살아온 사람이었다. 그는 다정한 손길이 필요했다.

"당신을 내가 얼마나 좋아하는지 알아요? 당신과 얼마나 가까워지고 싶은지 알아요? 정말 가까이, 당신이 무엇이든 나에게 이야기할 수 있을 만큼 가까이요. 나는 언제나 당신 편이 될 거예요. 언제나 제일 먼저 당신을 생각할 거예요."

그는 긴장된 목소리로 말했다.

"하지만 좀 전에 섹스투스 폼페이는 좋다고 했잖아."

그의 눈이 나를 응시했다.

"정말이야? 그를 좋아해?"

나는 섹스투스가 가엾어졌다. 그 젊은이는 티베리우스 네로와 나에게 굳이 하지 않아도 될, 우리조차도 선혀 기대하지 않았던 엄청난 호의를 베풀었다. 나의 마음속으로 그가 잘 지내기를 기원했다.

"나는 섹스투스 폼페이를 잘 알지도 못 해요."

"그는 내 적이야. 그를 좋아하냐구?"

나는 시험대에 올랐다. 나는 타비우스가 내 마음을 의심하게 내버려둘 수는 없었다.

"그는 예전에 내게 친절을 베풀었어요. 그가 당신의 친구였다면 좋았을 거예요. 하지만 그가 당신에게 맞서 전쟁을 벌인다면 그는 나의 적이에요."

나는 이 정도로 충분하지 않다고 느꼈다. 나의 일부는 움찔했지만 말하지 않을 수 없었다.

"만약 그가 당신에게 전쟁을 선언하고, 그가 당신에게 피해를 준다면, 그가 죽기를 바라요."

타비우스는 나를 조심스럽게 쳐다보았다.

"그렇다면 당신은 곧 행복해질 거야. 그는 곧 사랑하는 그의 아버지를 따라가게 될 거고, 나는 시칠리아를 갖게 될 테니까. 그렇게 되면 당신은 행복할까?"

"당신이 안전하고 영광스러울 수만 있다면, 나는 언제나 행복할 거예요."

타비우스가 웃는 것으로 보아 내 진실한 목소리의 울림을 들은 것이 틀림없었다.

"최근 들어 대중의 의견이나 귀족들과의 친목 도모에 주의를 기울이지 않았는지도 몰라. 그런 부분을 등한시하는 건 어리석은 일이지만, 갈리아 전쟁과 독사의 자식 섹스투스 때문에 그쪽에 신경이 곤두섰어. 나 혼자 처리할 수 있는 일에는 한계가 있잖아."

"지금까지는 혼자였죠."

그의 표정은 약간 회의적이었지만, 내 말을 반박하지는 않았다.

나는 타비우스의 무한 신뢰를 얻는 것을 목표로 정했다. 그것이 어려웠을까? 그렇지 않았다. 그를 향한 나의 헌신적인 마음을 그에게 확신시키기 위해 때로는 단어도 고심해서 선택해야 했고, 심지어 진실을 감추기도 해야 했다. 그러나 자신이 믿고 싶어 하는 것을 납득시키는 일은 그다지 어려운 일이 아니다. 무엇보다도 그는 나를 사랑했고, 나를 믿고 싶어 했다. 또한 나의 진심어린 마음을 감지했을 것이다. 나는 그를 존경했다.

타비우스는 진실한 동반자의 자질을 갖춘 아내가 필요했다. 그는 거대한 영토를 통치했고, 군대를 두 곳의 전선에 파병시키고 있었다. 각각 갈리아 지역과 섹스투스 폼페이와 싸우기 위해 전투를 준비하고 있는 곳이었다. 결혼 직후 그는 내게 집 한쪽에 있는 큰 방을 보여 주었다. 그곳은 자유인 세 사람이 타비우스 앞으로 도착하는 진정서와 서신을 검토하는 업무 공간으로 꾸며졌다. 납판과 양피지 두루마리가 쌓인 가운데 비서들이 끊임없이 밀려들어오는 서류를 정리하느라 분주했다.

"여기 어딘가에 내가 꼭 필요로 하는 중요한 정보들이 있어."

타비우스가 말했다.

"그러나 다른 사람이 내가 알아야 하는 정보를 찾기는 어려워. 그래서 매일 많은 편지와 진정서를 직접 읽고 있어. 어느 날은 온 종일 편지만 읽을 때도 있어."

타비우스는 겉치레 명예가 아닌 진정한 위업을 갈구했다. 로마에 효율적인 정부를 이룩하고, 지방의 모든 주를 직접 통치하려고 했다. 그는 하루 종일 일하고도 저녁 식사 후에 또 다시 서재로 가서 더 하곤 했다. 만약 그의 성실한 고역이 알려졌다면 마크 안토니와 근면하지 않은 공직자들의 조롱거리가 되었을 것이다.

자신이 통치하는 낙후지역에 행정적인 어려움이 생겨 사람들이 호소하면 그는 그것을 해결해주려고 노력했다. 로마로 들어오는 길이 파손되었을 때 어떤 사람이 타비우스에게 와서 불평하자 즉시 개선해 주었다. 도시 빈민들의 빵 배급에 쓸 곡식 수송이 늦어질 때마다 타비우스의 개인적인 문제처럼 여겨졌다. 그는 지속적인 주의가 필요 없는 효율적인 정부 체계를 세우는 데 주력했다. 한편 매일 매일 그는 혼란에서 벗어나 질서가 잡히도록 노력하며 수많은 세부사항과 씨름했다. 권력은 기진맥진할 정도의 수고와 계속되는 홍수 같은 탄원을 해결하려는 필사적인 노력으로 얻어지는 보상이었다.

그의 서신을 검토하는 자유인 세 명은 총명하고 능력 때문에 뽑힌 사람들이었다. 당연한 얘기지만 그들은 타비우스의 신뢰를 받았으며, 또 그만큼 권위도 행사할 수 있었다. 그들은 이 점을 기꺼워했다.

"여보, 당신이 모든 것을 다 할 수는 없어요."

어느 날 그가 서재 카우치에 앉았을 때 내가 말했다.

"당신이 진정으로 의지할 수 있으면서 당신의 목표를 이해하고 자유 재량권을 행사할 수 있는 협력자가 필요해요."

"당신 눈이 무슨 색인지 잘 알 수가 없어."

그는 손으로 내 턱을 잡고 더 잘 보이도록 얼굴을 기울이며 말했다.

"나는 평범한 갈색 눈이에요."

"지금은 눈동자 안에 황금색 반점이 있는데, 어떤 때 보면 전혀 안 보이기도 하고. 게다가 때때로 완전히 검정색으로 보일 때도 있어. 진짜로."

그는 내 입에 키스했고 목에도 입을 맞췄다. 몸 가득 전율이 넘쳤다. 나는 너무나 그를 원했다.

"곧, 내 사랑, 곧이에요."

나는 중얼거렸다. 나를 끌고 가는 그의 얼굴이 욕망으로 경직했다.

"오, 아폴로 신이여!"

그가 들릴듯 말듯 중얼거렸다. 그에게 나는 여전히 얻지 못한 대상이었다. 말 그대로 결혼만 했지, 아직 첫날밤도 치르지 않은 아내였다. 대개 귀족 집안에서는 임신한 아내가 산달이 차오면 별도의 침실을 사용했다. 이것이 그를 격렬한 열정에 사로잡히게 했고, 강박적인 욕망에 시달리게 했다. 독서하다가 책에서 눈을 들어보면 언제 왔는지 타비우스가 옆에 앉아 조용히 나를 쳐다보고 있었고, 가끔 한밤중에 눈을 떠서 보면 그가 촛불을 들고 내 옆에 앉아서 자는 모습을 지켜보기도 했다. 이 세상에 존재하지 않는 귀중한 물건을 엄청난 대가를 주고 방금 사온 듯이 나를 보는 것 같았다. 아직도 내가 자신에게 소속되었다는 것을 완전히 믿지 못하는 것 같았다.

한편 나는 어떤가? 그를 바라볼 때마다 나는 숨이 막혔다. 앞으로 있을 환희를 그리며 갈망으로 고통스러웠다. 내가 경험했던 결혼과는 전혀 다른, 정열적 사랑과 마음이 밀착되는 결혼을 눈앞에 떠올렸다. 나는 그의 뺨을 어루만지고 그의 입술을 만졌다.

"타비우스……."

"왜?"

"내가 당신의 서신을 관리하고 싶어요. 잘할 수 있어요. 자유인들에게 나한테 보고하도록 해요. 절대로 후회하지 않을 거예요."

"그게 얼마나 엄청난 일인지 알아? 얼마나 힘든 일인지 알고 하겠다는 거야?"

"바로 그걸 하겠다는 거예요. 나는 좀 특이하거든요."

물론 나는 그를 돕고 그가 짊어진 짐을 덜어주고 싶었다. 하지만 서신 업무를 책임진다면 그것에 따른 영향력이 얼마나 클지도 감지했다. 어떤 정보가 그의 관심사인지 아닌지 선택하고, 여러 사안들에 대해 행동을 취해야 할지 말아야 할지 결정하고, 전 로마 제국 전체의 중요한 사람들로부터 온 편지에 대해 답장 초안을 쓰고……. 이런 업무는 분명히 내게 힘을 줄 것이다. 또한 시간이 지나가면 나 스스로 많은 문제를 처리하는 것이 점점 자연스런 일이 될 것으로 내다보았다.

"나는 당신을 사랑해요. 당신을 돕게 해주세요."

"당신이 진정으로 원하는 거야?"

"무엇보다도."

그는 머리를 기울인 채 생각했다. 사랑의 황홀 속에서도 시저 옥타비아누스는 정치적 생존과 관계되는 문제에 대해서 충동적으로 행동하지 않았다. 나는 결정을 조르지 않았다. 부드럽고 우아함이 나의 무기였다. 나는 기다렸다.

어느 날 그는 나를 서재로 데려가서 넓은 참나무 책상 위에 놓인 양피지 두루마리 한 다발을 보여주었다.

"내가 어떻게 이 모든 탄원서들을 다 읽고 그 외에 또 다른 일도 할 수 있을까?"

나는 걱정스럽게 혀를 찼다.

"당신이 이런 것을 제대로 처리할 수 있는 사람을 찾으면……."

"좋아, 어디 한 번 해보자구."

아기가 태어나기 전까지, 즉 타비우스의 완전한 아내가 되기 전까지, 나는 그의 정부에서 비공식적인 임무를 수행했다. 나는 양손을 내밀어 그것을 잡았다. 그리고 처음으로 날갯짓을 할 기회를 가진 새끼 독수리가 된 것 같은 기분이 들었다. 말하자면 내가 쟁취했던 것이다.

나는 지방의 작은 마을의 최고 행정관으로부터 온 길고도 장황하게 늘어놓은 공문서를 읽고, 한편으로 그에 대한 불만을 토로하는 백성들의 편지를 읽었을 것이다. '이건 그 행정관이 세금을 올리고 싶어 하는 이유이고, 이건 왜 지금이 적당한 시기가 아닌지 설명하는 이유에요'라고 타비우스에게 말했을 것이다. 그러면 그는 세금에 관해서 원하는 바를 결정하고 나는 타비우스를 위해 그 행정관에게 보내는 답장의 초안을 썼을 것이다. 우리의 협업은 결혼으로 맺어진 사적인 연결을 분리시키지 않았다. 오히려 두 사람의 마음이 사랑으로 결합하는 것 같았다. 우리는 서로 마음이 잘 맞았다. 그리고 이런 조화가 너무 빨리 나타나서 놀랍고 기뻤다.

어느 날 저녁 우리 두 사람이 식사를 하던 중에 내 마음을 크게 움직이게 한 대화가 있었다.

"때때로 신들이 나에게 호의적이라고 확신해. 그건 단지 그들이 나를 사랑해서일 뿐만 아니라, 당신도 알다시피, 그들이 로마를 사랑하기 때문이야. 그리고 내가 로마가 필요로 하는 인물이기 때문이라고 생각해. 내가 지방장관이 된 직후 두 집정관이 죽었을 때 몇몇 사람들은 내가 비밀리에 그들을 살해한 것이 틀림없다고 생각했지. 그렇게 생각하기 쉬운 상황이었지만, 사실 나는 그들을 죽이지 않았어. 그들은 자연사한 거였고, 덕분에 나의 길이 열리게 되었지."

타비우스는 그때를 기억하며 머리를 흔들었다.

"불가사의한 일이었어."

"행운은 용감한 자의 편이에요."

"내가 뛰어나게 지적인 아내와 결혼하는 것이 신의 뜻이었다고 생각하지 않아? 나는 모든 것을 신들이 주관한다고 생각해."

그는 자만이 아닌 거의 독백을 하듯이 진지하게 말했다.

만약 그가 나의 눈, 머릿결, 아름다운 목소리에 관한 십여 편의 열렬한 시를 써주었다면 내게는 별 의미가 없었을 것이다. 그것은 자신이 원했던 것을 인정하는 희열의 평가였다. 여자로서 인정받는다는 것, 그리고 마음을 지닌 피조물로서 인정받는다는 것 이상 더 바랄 게 있을까?

나는 하늘 높이 나는 기분이었고, 행복해질 확고한 요건도 갖췄다. 그러나 이 땅에는 완전한 만족이란 없기 마련이다. 타비우스가 원로원 회의를 위해 집을 떠날 때마다 나는 그가 아버지라고 불렀던 남자의 운명을 떠올리고 두려웠다. 그 외에도 내 인생에는 현재의 어려움을 보완할 것도 너무나 많았다.

어린 아이가 양쪽 부모로부터 사랑을 받을 때는 결혼이 완전히 종결된 것이 아니다. 스크리보니아는 정기적으로 어린 줄리아를 보러 왔다. 그녀가 아기를 얼르며 시끄럽게 구는 것은 육아에 불충실한 나에 대한 불만도 내포되어 있었을 것이다. 그녀가 오면 타비우스는 어느 곳에 있는지 전혀 모습을 나타내지 않곤 했다. 어쩔 수 없이 내가 그녀의 마음을 위로해주는 역할을 해야 했다. 한편 내 아들도 아이 아버지 집에서 자라고 있었다. 타비우스가 약속했던 대로 나 역시 어린 티베리우스를 원할 때마다 자주 만났다. 티베리우스 네로는 내 인생의 한 존재였다. 전남편을 볼 때마다 죄책감이 들지 않은 것은 내 성격의 강인함 때문이었을 것이다. 하지만 의무감은 있었고, 그도 그것을 알고 있었다. 그는 내게 사소한 일상의 부담이 거의 없도록 배려하면서 내가 해결해야만 하는 최소한의 문제만 남겨두었다. 다행히 루브리아가 최선을 다했다. 내가 두 집안의 가사를 맡아야 했기 때문에 나를 도우려는 마음에서였다. 이 모든 일로 내 인생은 너무 바빴다.

나는 1월 중순에 아기를 낳았다. 두 번째 아들은 첫째 때보다 진통이 훨씬 덜했다. 그 후 나는 배내옷을 입힌 갓난아기를 안고 침대에 누워 있었다. 그 아기는 너무나 귀엽고 흠없이 완벽해 보였다. 심지어 감미로운 냄새가 났다. 태어나자마자 소리를 지르며 울었지만 지금은 평화롭게 잠들었다. 영원히 그를 안고 있고 싶었다.

타비우스가 침대 곁에 와서 앉았다.

"내가 원하는 게 뭔지 알아요?"

"내가 원하는 것과 같은 거겠지."

이 아기가 타비우스의 아들이었다면…….

"이 아이는 내게 특별한 존재가 될 거야."

타비우스가 말했다.

"왜냐하면 이곳 내 집에서 당신 자식으로 태어났기 때문이야."

그는 부드러운 미소로 아기를 물끄러미 바라보았다.

"리비아 드루실라의 아들, 작은 드루서스."

"아이 아버지는 '데시무스 클라우디우스 네로'라고 이름 지으려고 해요."

"이름을 두 개 가지면 안 되나? 아버지도 둘 갖고? 아버지가 한 사람인 것보다 더 많으면 아기에게 훨씬 유익하다는 것을 내가 증명할 수 있어."

나는 웃었다. 하지만 내 아들은 티베리우스 네로에게 인정을 받아야 했다. 세상에서 아기의 위치는 전남편의 직접적인 부권 주장에 따라 결정되었다.

"아기는 따뜻하게 강보에 싸서 티베리우스 네로의 집에 보내야 해요. 애석하지만, 순리에 따라주시겠어요?"

타비우스는 고개를 끄덕이고 웃었다.

"당신은 이제 쉬어. 출산에서 회복되는 대로 곧 우리 아들도 만들 수 있을 거야."

틀림없이 그는 이해하지 못 했을 것이다. 갓 태어난 아기를 멀리 보내야 하는 것이 얼마나 어려운지. 가슴이 찢어질 듯 아팠다.

시중에는 타비우스와 내가 결혼하자마자 얼마나 빨리 아기를 만들지에 대한 우스갯소리도 퍼져 있었다.

그 부모는 얼마나 운이 좋은가

자궁에서 3개월 만에 아기를 만들어내다니

그러나 어린 드루서스(그 별명이 확정되었다)는 태어나던 날로 아버지가 확인되었고, 알 만한 사람들은 아기의 적통성에 의심이 없었다. 물론 티베리우스 네로도 그랬다. 당연히 그랬겠지만, 그는 두 번째 아들의 출생에 기뻐했다.

어린 티베리우스 때 했던 그대로 나는 드루서스를 위해 유모를 고용했다. 전남편은 내가 두 아들의 양육을 관리하는 걸 기뻐했다. 나는 나와 같은 위치에 있는 여성들이 어린 자녀들을 돌보는 하녀를 감독하는 것과 같은 당연히 해야 할 일을 하는 것이라고 스스로에게 말했다. 우리가 각각의 집에서 사는 게 그다지 큰 차이가 있는 것이 아니라고 믿으려고 애썼다. 그러나 차이는 분명히 있었다. 만약 아이들이 한밤중에 아프거나 두려움으로 깨면 루브리아와 집안의 하녀들이 보살필 것이다. 아버지도 곁에 있겠지만, 그러나 엄마는 없다. 그들이 엄마는 아니다.

아버지 집에서 나를 찾으며 울고 있는 내 아이들을 자주 그려보았다. 그들을 안아주고 싶어서 마음이 아팠다. 우리가 함께 있을 때 때때로 어린 티베리우스의 눈에 비치는 비난을 보았다. 왜 떠났어요?

둘째 아들을 출산한 후 불과 3일 만에 타비우스와 나는 두 번째 결혼식을 치렀다. 시기는 내가 정했다. 타비우스가 말했다.

"왜 그렇게 서둘러? 완전히 회복하기 전에 결혼식을 진행한다면 첫

날밤을 잘 치를 수 있을까?"

"우리는 전통적인 귀족 부부예요. 우리의 결혼을 정당화하고 나면
더 이상 불필요하게 함께 있는 꿈을 꾸지 않아도 될 거예요."

나를 인계하는 똑같은 역할을 티베리우스 네로에게 다시 부탁했
고 나는 신부의 주홍색 면사포를 또 다시 썼다. 제우스 신전의 사제
가 돼지 한 마리를 제물로 바친 뒤 꼬리를 검사하고는 하늘이 미소를
보냈다고 말했다. 타비우스와 나는 봉헌 케이크를 같이 먹었다. 그런
다음 몇몇 손님과 함께 저녁식사를 한 후 키스하고 침실로 돌아가서
곯아 떨어졌다.

드루서스가 태어난 지 9일째 되는 날, 타비우스와 나는 티베리우
스 네로가 아기를 위해 개최하는 성명식에 참석했다. 타비우스와 네
로가 조심스럽게 정중한 태도를 취할 것으로 예상했지만, 그들은 서
로 편안한 것 같았다. 한 번은 타비우스가 무엇인가를 말했는데, 나
는 그 말을 들을 수 있을 정도로 가깝게 있지 않았고 티베리우스 네
로는 미소를 띠었다.

"그에게 원로원 집정관직을 제안했나요?"

내가 나중에 물었을 때 타비우스는 고개를 흔들었다.

"그럼 무슨 얘기를 했죠?"

그는 내 코끝을 살짝 건드렸다.

"당신이 모든 것을 다 알아야 하나? 난 그의 아들들의 장래를 위
해 무슨 일이든 다 하겠다고 약속했어."

아들들의 장래? 하나는 갓 태어난 아기이고, 다른 아들은 세 살인
데? 그러나 나는 타비우스의 얼굴에서 이것이 진지한 약속을 의미한
다는 것을 읽을 수 있었고, 이 약속이 내 아들들의 장래에 중대한 의
미가 있음을 느꼈다. 타비우스의 목을 껴안고 그의 깊은 마음씨에 대

해 고맙다고 말했다. 그는 미소 지으며 어깨를 으쓱했다. 그의 자비심 이상 더 축하해 줄 것이 없었다.

그때 나는 타비우스의 약점과 단점 몇 가지를 알게 되었다. 그가 어떻게 경계심을 갖고 심지어 나에게까지 냉담하다가 또다시 재빨리 명랑하고 애정에 찬 태도로 바뀌는지 알게 되었다. 그는 언제나 식사를 아끼듯 조금씩 먹었고 절대 과음하지 않았으며 내기를 좋아했다. 그는 무엇이든 판돈을 걸곤 했다. 경보, 권투 시합, 내일 일기 예상에도 판돈을 걸었다. 쉴 수 있는 시간에 그가 좋아하는 오락은 마에케나스나 근위병들과 주사위를 던지는 일이었다. 주사위가 바닥에 떨어지는 순간을 지켜보는 그의 강렬한 눈빛은 기이할 정도였다. 작은 판돈을 땄을 때의 흥분도 그랬고, 행운이 따르지 않을 때 나타나는 짧은 분개도 그랬다. 하지만 그는 잃는 것보다 따는 돈이 더 많았기 때문에 내가 불평할 게 거의 없었다.

결혼 초부터 나는 그의 침실로 가는 걸 피했는데, 내가 아직 사랑의 행위를 할 준비가 안 된 상태에서 그가 나를 이끌게 하지 않도록 하기 위함이었다. 그러나 드루서스가 태어나고 2주가 지난 어느 날 밤 그가 미소를 지으며 말했다.

"이제 내 방으로 들어와도 돼. 어서, 잠깐만. 내게 달콤한 꿈을 빌어주지 않을래? 깨물지 않을게."

그래서 우리는 그의 침대로 함께 들어갔고, 그의 팔이 내 어깨를 감싸 안았다. 방 안에는 수수하고 낮은 침대와 개암나무 옷장, 그리고 작은 기름 램프가 걸쇠로 매달려 불이 켜져 있었다.

그는 나를 가까이 잡아 당겼다. 그의 숨이 목에 따뜻하게 느껴졌다. 눈을 감고 내게 닿은 그의 육체 감각에 완전히 정신을 놓아버렸다. 그를 원하는 나의 욕구로 신음했다. 그가 침대로 나를 끌었다.

"타비우스, 너무 빨라요. 아직 안 돼요."

그는 나를 놓고 애처롭게 웃었다.

"조금만 참아요."

나는 내 우아한 침실로 되돌아가서 기름 램프를 불어 끄고 누운 채, 자신의 침대에 이를 갈며 누워 있는 타비우스를 그려보았다. 머릿속 생각을 떨쳐버리고 돌아누웠다. 내가 처음 그를 보고 원했던 이래 5년이 지났다. 이제 나는 내 욕망을 채우기 위해 조금만 더 기다리면 되었다. 그러나 어두움 속에 누워서 생각하니 기다림이란 너무나 잔인해 보였다. 나의 온 전신이 그의 손길을 갈망하고 있었다. 우리가 한몸이 되는 순간의 황홀을 상상했다.

신체적으로 아직 출산에서 완전히 회복되지 않았다. 그러나 결혼 이래 사랑의 꿈 속에서 살아왔다. 비록 내가 아직 남편과 잠을 자지 않았지만 나의 모든 날들이 예민한 기대감으로 물들었다. 때때로 불안의 발작이 욱신거렸다. 부정적인 생각도 들었다.

'마침내 우리가 실제적인 사랑을 하게 될 때 내 기대에 못 미치면 어쩌지? 혹은 더 안 좋은 경우, 타비우스의 기대감에 못 미치면? 만약 그가 다른 여자와 나를 비교하고 내가 부족하다고 느끼면?'

우리가 가는 곳마다 배고픈 눈으로 그를 쳐다보는 여자들을 애써 보지 않으려고 노력했다. 그는 위대한 권력과 부를 가진 사람이었고, 아름다웠다. 그들은 승리한 검투사나 유명한 전차 기수를 바라보듯 그를 응시했다. 그들이 그를 보고 웃음을 보내면 타비우스도 미소로 응답하곤 했다. 나는 자신에게 말했다.

'그들은 그저 바라보기만 할 뿐인데 내가 왜 신경을 쓰지? 나는 그의 아내이고 그가 사랑하는 사람은 그들이 아닌 나야.'

2월 어느 날 저녁 간소한 비공식 저녁파티에 타비우스의 가까운 지지자 몇 명을 초대했다. 어느 순간 나는 마에케나스와 같은 카우치에 같이 앉아서 그가 들려주는 젊은 시인들과 자기가 아는 예술가들에 대한 재미있는 일화에 붙들려 있었다.

"잘 아시겠지만, 나는 내 영토를 관장해왔죠. 나는 이들을 만나고 그들을 장려해서 그들 중 좋은 사람들을 시저에게 소개할 거예요. 그가 그들을 돕게 되면 시저의 명성을 더욱 빛나게 할 겁니다. 그것으로 나는 로마 재건에 크게 기여할 수 있어요."

이런 말을 하는 마에케나스의 위엄이 나를 놀라게 했다. 그는 어떤 일에도 그다지 심각해 보이지 않았다. 누군가 정부의 공식적인 역할을 바라는 것인지 질문하자 그는 뒷전에서 제안만 하는 것 같이 보였다. 타비우스는 그의 정치적 충고를 가치 있게 생각했고, 외교적 어려운 문제에 닥쳤을 때도 늘 그에게 도움을 청했다. 마에케나스가 골자를 빼버렸을 때도 그가 사람들을 매료시키는 놀라운 재주가 있다고 타비우스는 말했다.

나는 마에케나스의 부인 테렌틸라가 타비우스가 기대고 있는 카우치에 같이 앉아 있는 것을 발견했다. 그들은 서로 몸이 닿지는 않았지만 거기에 앉아 있는 그녀의 자연스러움이 어쩐지 마음에 걸렸다. 마에케나스도 나의 눈길을 알아차렸는지 속삭였다.

"둘은 오랜 친구에요."

모든 사람이 알고 있듯이, 테렌틸라와 마에케나스의 결혼에는 친분만 있고 가볍게 스쳐가는 남자들 간의 사랑과 크게 다르지 않았다. 나는 술을 조금 마시며 남편과 그의 '오랜 친구'에게서 시선을 떼지 않았다.

"나는 세련된 사람은 아니에요."

낮은 소리로 말했다.

"그건 좋은 일이예요. 시저는 그래서 당신을 더 좋아하고 있어요."

"그럼 타비우스는 세련된 사람인가요?"

"그렇기도 하고 아니기도 해요. 당신에 관해서라면 사랑에 빠진 남학생 같아요."

나는 타비우스와 테렌틸라를 지켜보았다. 그들은 그저 대화를 나눌 뿐이었다. 그러나 내 몸 깊은 곳에서부터 긴장을 느꼈다.

"우리가 자라난 도시는 그다지 세련된 곳은 아니었어요. 그에게 대단히 엄격한 부분도 있긴 하지만, 설마 그가 환관처럼 살아왔기를 바라세요?"

나는 고개를 저었다. 내 눈은 여전히 타비우스와 테렌틸라에 가 있었다. 그녀의 머리카락은 밝은 노란색이었는데 염색한 게 틀림없었다. 그녀의 얼굴 주위로 머리카락이 곱슬거렸다. 내가 바라보는 동안 그녀는 타비우스의 눈을 보며 웃고 있었다.

"테렌틸라는 그를 잘 아는 것처럼 보여요."

마에케나스가 가까이 몸을 기대며 내 귀에 속삭였다.

"둘의 관계는 끝났어요. 장담해요. 이미 한참 전의 일이에요."

"좋아요."

나는 계속 둘을 쳐다보며 말했다.

"그리고 다른 사람들…… 눈으로 그를 집어먹을 듯 쳐다보는 다른 사람들과도 끝났나요?"

"당신에게 충고 하나 해도 될까요?"

그의 목소리는 부드러웠다. 나는 으쓱하며 이를 깨물었다.

"로마에서 시저가 가질 수 없는 여자는 거의 없어요. 어쩔 수 없이 당신은 모두가 시저에게 제 몸을 던지는 걸 봐야 할 거예요. 차라리 시선을 돌리는 방법을 배워야 해요. 왜냐하면 당신이 관심을 두는 만큼 중요한 문제가 되거든요. 이런 식으로 생각하세요. 주목할 가치도 없어."

나는 고개를 끄덕인 다음 일어나서 타비우스의 카우치로 걸어갔다. 그리고 테렌틸라를 바라보았다. 화내지 않고 그저 보며 기다렸다. 그녀의 눈이 커지고, 갑자기 볼일이 생각난 듯 자리에서 일어났다. 그녀는 마에케나스의 카우치에 가서 앉았고, 나는 그녀 대신 남편의 옆자리를 차지했다.

"마에케나스와 참 좋은 대화를 나누었어요."

나는 타비우스에게 말했다.

"그가 말하는 예술가와 시인 후원에 관해 나도 완전히 동의해요. 그렇게 할 거죠, 여보?"

"오, 맞아요."

옆에 있던 또 다른 여성인 메텔라가 말했다.

"모든 사람들이 훌륭한 예술가들이 로마에 있다는 걸 알아야 해요. 아테네도 아니고, 세상 어디 멀리 떨어져 있는 곳이 바로 로마에 말이에요. 당신은 예술의 꽃을 피울 수 있어요, 시저."

"그렇게 하려고 해. 어쨌든 내가 할 수 있는 한은."

시저는 웃으며 대답했다.

"고마워요, 내 사랑."

나는 그의 입술에 키스했다.

그는 내가 가슴과 영혼만큼 육체로써 진정한 아내가 될 순간을 빨리 결정해 주기를 참을성 있게 기다렸다. 대가를 치르고 있는 그의 인내심을 알고 나는 더욱 그를 사랑했다.

　어느 날 밤 나는 그의 손을 잡고 내 침실로 들어갔다. 그의 눈에 나타난 의혹에 웃음이 나왔다.

　나는 향초로 방을 꾸몄다. 달콤하고 은은한 사향 냄새와 개암나무, 장미냄새로 가득했다. 붉은 비단 베개와 침대보가 황금 색실로 장식되어 침대 위에 있었다.

　"사랑해요. 평생 당신을 사랑할 거예요."

　그는 늘 하던 대로 고개를 기울인 채 한동안 나를 쳐다보았다. 그의 동공이 몽롱해지고 푸른 눈은 촛불 속에서 거의 검어졌다. 그는 몸을 굽혀 내게 키스했고, 내 팔이 그의 목을 감았다. 나의 그의 어깨를 포옹하고 손을 그의 머리 속에 넣어 머리카락을 엉클었다. 그는 나를 꼭 껴안고 내 이름을 불렀다.

　그날 밤 내내 우리는 서로에게 깊이 빠져 버렸다.

11

타비우스는 섹스투스 폼페이가 지배하는 시칠리아 섬을 침공하기 위해 봄에 전선으로 떠날 예정이었다. 우리가 함께 있을 수 있는 시간이 너무나 짧았다. 주로 침대에서 대부분의 시간을 보냈지만 잠을 자지는 않았다. 대신 이야기를 나누고 사랑을 나누고 또 다시 사랑하고 더 많은 이야기를 했다. 나는 그의 육체를 소유하는 게 부족하다고 느낄 만큼 그를 사랑했다. 나는 그를 원하며 그저 바라봐야만 했다. 그는 내 가슴과 허벅지에 키스했고, 그의 입술이 닿는 곳마다 불같은 뜨거움을 느꼈다. 나는 이전에는 그와 같은 짜릿함을 알지 못 했고, 한 번도 이러한 황홀한 기분이 가능할 거라고 느껴보지 못 했다.

오랜 세월이 흘렀지만 나는 지금도 그의 젊은 목소리를 기억하고 있고, 웃음으로 채워진 속삭임, 그의 향기와 뜨거움을 기억한다. 그처럼 그렇게 부드러운 감정으로 나를 어루만져준 사람은 없었다. 그런 기쁨은 너무나 새로운 것이었다. 결혼식 때 맹세하는 "당신이 있는 곳에 언제나 내가 있어"라는 구문이 문자 그대로 사실이었고, 우리 둘 사이에는 어떤 분리도 없었다.

물론 우리는 분리된 존재였지만, 나는 타비우스를 믿었다. 우리는 세계관도 같았다. 놀라고 실망하는 순간도 있었다. 우리는 언제나 같은 시각만은 아니었다.

"원로원에 내 이름을 붙인 달을 만들게 해야 할까?"

우리가 침대에 누워 있을 때 그가 내 넓적다리를 더듬으며 물었다. 때는 거의 정오였고 침실 덧문이 반쯤 열려서 그의 얼굴을 정확히 볼 수 있었다. 옅게 미소 띤 그의 입가가 올라갔다.

"그것을 누가 제안했어요?"

"친구 누메리우스가 했어."

그는 특출난 아첨꾼인 원로원의 이름을 대었다.

"그 사람은 당신 친구가 아니에요."

타비우스는 애무를 중단했다.

"친구야."

"그 사람은 멍청이에요. 그런 바보 친구는 필요 없어요."

"필요 없어?"

"필요 없어요."

타비우스의 애무하던 손길이 다시 돌아왔고, 나도 그를 만지는 동안 우리는 하던 말을 중단했다. 다시 나는 중얼거렸다.

"옥타비아누스의 달이 누메리우스의 생각인가요?"

"그런 것 같아. 내 아버지 줄리어스 시저의 이름을 따서 줄리어스의 달이 있잖아."

나는 하마터면 불쑥 말할 뻔했다. '그것이 당신 아버지가 죽은 이유에요.' 그러나 우리가 뜨거운 포옹 속에 누워 있을 때 타비우스에게 정치적 문제를 무분별하게 말하지는 않았다. 반대로 중요한 대화를 구상했다. 나는 우리가 중요한 이야기를 하고 있다는 것을 감지했다. 사실, 우리는 위험스런 논제로 옮기고 있었다.

"리비아, 나는 내 이름을 딴 달을 만들고 싶지는 않아. 그런 것을 생각한 적이 없어. 하지만 당신 반응이 궁금해."

"나는 당신을 사랑하는 아내에요. 그렇기 때문에 내 반응은 완전한 두려움이에요."

그는 얼굴을 찌푸렸다.

"당신이 나를 사랑하기 때문에?"

"내가 당신을 숭배하기 때문에요."

"당신은 명예로 이름을 딴 달과 같은 사소한 일로 내가 비수에 찔릴 거라고 생각해?"

내 마음은 해야 할 말을 부드럽게 하는 방법을 찾고 있었다. 타비우스는 줄리어스 시저를 성스러운 존재로 취급했다. 바로 이 점 때문에 그가 아버지의 암살로부터 올바른 교훈을 이끌어내지 못한다는 사실이 두려웠다.

"당신은 자신의 모습을 숨기고 있어."

타비우스는 내게 기대며 말했다.

"그게 무슨 모습이죠?"

"그것은 '내가 이 가련한 바보에게 어떻게 진실을 전달할 수 있을까?' 하는 것이지. 당신이 내 마음을 읽는 만큼 나도 당신 마음을 읽을 수 있어, 내 사랑. 티베리우스 네로는 한 번도 그럴 수 없었다는 것을 나는 알아. 하지만 나는 명확하게 읽을 수도 있고, 잊지도 않아. 말해 봐, 내가 화내기 전에 당신이 하고 싶은 얘기를 어서 해봐."

나는 손을 그의 머리 사이로 집어넣었다. 손가락 주위에 부드러운 머리 다발을 말면서 그의 금발을 만지는 기분이 얼마나 좋은지.

"당신은 아버지가 암살당한 원인을 제공한 실수가 어떤 것인지 분석해 봤나요?"

"물론 해봤지. 그는 자신을 배신했다가 다시 돌아온 사람을 용서했어. 그는 관용이 너무 지나쳤어. 당신도 이미 알겠지만, 나는 지나친 관용을 저지르지 않아."

"더 나쁜 결점이 있었어요. 그것이 당신에게 점점 더 다가오는 게 보여요. 거짓 친구가 매번 당신에게 아낌없이 아첨할 때 마다요."

"어떤 결점인데?"

나는 그의 어깨에 얼굴을 기댔다.

"무슨 결점?"

그가 재차 물었다.

"내가 꼭 얘기해야 해요?"

"내 생각에 당신은 오만에 관해 말하는 것 같아."

"당신 아버지는 권력만으로 만족하지 않았어요. 그는 스스로 함정을 팠어요. 자기 이름을 따서 달의 이름을 붙였어요. 이미 절대 권력자였으면서도 왕이 되고 싶다고 분명히 밝혔어요. 로마인이 왕을 싫어한다는 것을 잘 알면서도 말이죠. 그가 베푼 자비가 항상 호의를 얻지는 못했어요. 왜냐하면 원로원에게 복종을 면전에 들이밀었기 때문이에요. 그는 원로원들이 감히 자신과 동등한 신분으로 행동하게 내버려두지 않았어요."

타비우스는 내게서 떨어져서 돌아누워 천장을 응시했다. 그가 화났는지, 아니면 내가 한 말을 곰곰이 생각하는지 알 수 없었다. 나는 그 순간을 참고 있을 수 없었다. 그의 가슴에 기대며 말했다.

"당신 이름을 따서 달의 이름을 짓자고 제안한 사람은 당신을 죽음으로 초대하고 있어요. 아첨꾼은 적이에요. 타비우스. 당신이 원하는 일은 무엇이든지 할 수 있고, 그러면서도 여전히 안전하다며 당신이 안심하도록 유혹할 거예요. 하지만 절대 당신은 그럴 수 없어요."

"왜 그렇게 속상해 하는 거야?"

그가 부드러운 음성으로 물었다.

"당신에게 일어날 수 있는 일들이 두렵기 때문이고, 또 내가 하는 말을 당신이 듣지 않을까 봐 두려워요."

그는 나를 자기 위로 끌어올리고 팔로 내 몸을 꽉 껴안았다.

"당신과 나는 어떤 사람들이지, 리비아? 거대한 난파선이 있다고 생각해봐. 겨우 살아서 파도에 밀려 해안가로 올라온 두 사람이 있다면 그게 바로 우리일 거야. 우리는 바다에 삼켜지지 않을 방법을 찾아야 해."

나는 생각했다.

'파도가 너무 격렬하면 모든 사람을 집어삼킬 것이고, 마침내 대해는 우리 모두를 삼킬 거예요. 그러나 진실로, 우리 중 누구도 쉽게 빠지지는 않을 거예요.'

나는 그에게 다시 키스했다. 입술, 목, 눈.

"내가 솔직하게 털어놓지."

타비우스가 내 귀에 속삭였다.

"내가 노쇠한 늙은이가 되면 내가 무슨 일을 할지 알아?"

"달에 당신의 이름을 붙이게 시키겠죠."

그가 조용히 웃는 것을 느꼈다. 나도 역시 웃으며 생각했다.

'다이아나 신이여, 모든 것을 그런 식으로 일어나게 하소서. 두 사람이 오랫동안 함께 있게 하소서!'

아들 드루서스가 태어난 이후, 나는 자주 저녁 식사파티를 열어서 주로 원로원 부부를 초대했다. 뮤시아가 왔던 저녁이 내 기억에 남아 있다. 그녀를 좋아한 어머니는 그녀에 대해 칭찬했고, 어린 나는 그녀를 경외했다. 완벽하게 손질된 은발에, 무엇이든 알고 있는 듯한 검은 눈을 가진 그녀를 보며 영웅 그라쿠스 형제의 어머니이자 로마의 현모양처 코넬리아의 모습이라고 상상했다. 뮤시아와 남편 아트라티누스 원로원 의원은 귀족 싸움에서 중립을 유지하여 과거 5년간 살아남았다. 그들은 도덕적인 사람들로 신의를 지키는 친구들이 있었다.

뮤시아는 나를 포옹하며 속삭였다.

"당신을 보니 당신 어머니가 생각나요."

나는 눈물이 나올 것 같아 눈을 깜박였다.

그녀와 남편은 공손하게 옆에 서 있는 타비우스에게 인사했다. 나는 뮤시아가 타비우스를 보았을 때 그녀의 눈과 입 언저리에 작은 근육들이 긴장하는 걸 알아차렸다. 그 후 첫 번째 코스를 시작했을 때 나는 그녀가 드러나지 않게 주위를 관찰하고 있는 것을 느꼈고, 그녀의 마음을 거의 읽을 수 있었다. 이 여자가 알피디아와 클라우디아누스의 딸이자 야만인 시저와 결혼한 가련한 아이다. 맙소사! 세상이 어떻게 되려고.

안주인으로서의 내 역할은 사람들을 편안하게 하고 대화하는 일이었다. 하지만 그날 밤 내 역할을 손님이 아니라 타비우스를 그려보는 일로 정했다. 도대체 타비우스는 이 시인에 대해, 저 건축가에 대해 어떻게 생각할까? 처음에 그는 자신의 입장을 내세우는 데 망설이는 듯이 보였지만, 곧 예술에 관한 이야기에 깊이 빠져들었다. 확실히 그의 말을 듣는 그 누구도 타비우스를 매력 있고 멋있는 남자가 아닌 사람이라고 생각하는 사람은 없다고 생각했다. 나는 뮤시아에게 이야기하고 있었다. 보세요, 타비우스는 당신이 생각하는 그런 남자가 아니죠. 야만인이 아닌 문명인이고 실제로 고급 상류 취향을 가지고 있어요. 그는 온화한 사람이에요. 내 접시의 포도를 집어 타비우스의 입에 넣었다. 그는 우물우물 씹더니 삼켰고 몇 알을 더 넣어주어도 손님의 이야기를 듣느라 거의 의식하지 않았다.

나는 뮤시아의 시선을 주시하고 소리 없이 그녀에게 말했다. 타비우스는 나를 사랑하고 믿어요. 그와 더불어 나의 영향력이 실질적으로 커져가는 걸 당신이 들었을지도 모르죠. 그것이 사실이라는 것을 믿으세요.

어떤 사람은 여자들이 타비우스를 어떻게 생각하는지는 별 문제가 아니라고 말할 것이다. 심지어 원로원 부인들이라 할지라도. 게다가 행사를 만들 만한 힘도 없는 뮤시아 같은 부인은 더 그렇다고 할 것이다. 그러나 만약 브루투스의 사랑하는 부인 포르티아가 줄리어스 시저 암살 계획을 부추기는 대신 그에게 그런 일은 자신과 다른 이들을 무의미하게 파괴하는 일이라고 했다면 어땠을까? 아마 포르티아가 역사를 바꾸어버렸을 것이라고 생각한다.

식사는 끝났고 중요한 일은 없었다. 그러나 뮤시아가 자리를 떠나면서 말했다.

"리비아 부인, 나는 몇몇 부인과 곧 오찬을 하기로 했어요. 당신도 참석하면 기쁘겠어요. 4일 후에요. 너무 빠른가요?"

나는 뮤시아에게 좋다고 말했다. 그녀와 다른 손님들이 떠났을 때 나는 의기양양해져서 타비우스 목을 껴안았다.

"그녀에게 점심초대 받아서 기쁜 거지?"

"초대는 중요해요. 우리 둘에게 유익할 거예요."

우리는 아트리움으로 걸어갔다. 하인이 하품을 하며 램프를 끄고 있었다. 현관 제단에 있는 작은 램프만 밤새 빛을 발할 것이다. 타비우스는 나를 팔로 끌어안았다. 어렸을 때 기억나는 밤이 있다. 나의 침실에서 밖을 내다보자 부모가 사교모임에서 집으로 돌아오는 것이 보였다. 그들은 즐거운 기분에 누가 보는지도 모른 채 포옹하고 키스했다.

"지금 슬퍼 보여."

타비우스가 내 마음을 읽으며 말했다.

"뮤시아는 어머니의 친구였어요. 그녀는 어머니를 위해 내게 다정하게 대하려고 해요. 그녀를 보면 옛날이 생각나요."

"지난 일은 잊어버려."

"그러려고 해요. 대부분은 성공했어요. 그렇죠?"

"어서 침대로 가자. 슬픔을 몰아내는 방법을 내가 알지."

뮤시아의 오찬에 가기 위해 나는 새로 산 고운 노란 린넨 스톨라를 입었다. 값은 비쌌지만 소박한 드레스로, 연한 붉은색의 끝단으로 장식한 것이었다. 펠리아가 내 몸에 옷을 둘러주고 완벽하고 우아하게 주름을 잡아주었다. 금 귀걸이와 루비 목걸이를 걸었고 어머니가 물려주신 황금 장미 브로치를 달았다. 머리는 얼굴 주위로 단단히 말아 올려 귀까지 늘어지도록 핀을 꽂았다. 헤어스타일이 정치적 의미를 가질 수 있다면, 이것이 그러했다. 내 머리는 너무나 단순했기 때문에 보는 사람들마다 오래 전 로마공화국의 관습을 연상했을 것이다. 나는 공식적으로 타비우스 옆자리에 설 때마다, 그리고 중요한 행사에서 이런 차림을 했다.

나는 뮤시아의 점심모임도 중요한 식사로 여겼다. 그리고 내가 생각했던 것이 옳았다. 모든 손님들은 고위 원로원 부인들이었고, 남편들은 누구도 타비우스를 확고한 동료로 여기지 않는 사람들이었다. 실제로 내가 남편을 전복시키기 위해 연합단을 모집하려 했다면 바로 그들에게 접근했을 것이다. 그래서 내가 할 일이 있었다.

값비싼 향수 냄새가 공기를 채웠다. 에메랄드와 진주가 목과 손목에서 번쩍거렸다. 우아한 손들이 양념한 고기로 채운 빵을 집어 들었고, 붉은 입술들은 은잔에 담긴 와인을 홀짝거렸다. 여성들의 깔깔거리는 웃음소리가 났다. 처음에 시작된 대화는 귀족 부인들 모임에 있을 만한 이야기들이었다. 우리는 재봉사들의 장점과 단점을 꽤 길게 말하고 있었는데, 한편으로 나의 한 마디마다 한 동작마다 까다롭고 날카로운 여섯 명의 마음속에서 분석되고 있었다.

나는 로마 통치자의 아내였다. 여성들 대부분은 내게 존경 이상의 태도로 말을 붙였다. 그에 대한 대가로 나는 친절했고, 심지어 성의를 다했다. 그들은 그 점에 감사했고 다소 편안하게 생각했다. 그들은 내가 귀족 태생임을 알고 있었다. 나는 그들과 같은 신분의 클라우디아누스 가문이었다. 그것이 얼마나 중요한 문제인지는 두 말할 필요가 없었다. 나는 조심스런 공손함 속에서 부드러워진 분위기를 느낄 수 있었다. 왜 나를 받아들이지 않고, 왜 우리가 친구가 될 수 없겠는가? 하지만 그중 카에실리아만은 적의까지는 아니라고 해도 내게 냉담했다. 나는 그녀가 나를 기분 좋게 대하는 게 현명할 것으로 생각했지만, 그녀는 그렇지 못했다. 우리가 아이들에 대해 말했을 때 그녀는 말했다.

"어린 아이들과 함께 살지 못하면 당신은 틀림없이 힘들 거예요."

"아이들과 한 지붕 아래에서 같이 살지 못 하는 것은 힘든 일이지만, 전남편이 몹시 다정해서 직접 애들을 돌보도록 배려해 줘요."

"다행이네요."

뮤시아는 카에실리아에게 눈치 채기 어려운 책망하는 시선을 던지고 대화 주제를 바꿨다. 잡다한 이야기들이 더 오갔다. 그 다음 가장 젊은 파필리아가 말했다.

"누구 최근에 좋은 연극 보신 분 있나요? 나는 연극을 좋아해요."

나는 그녀 쪽으로 몸을 기울이고 말했다.

"내가 어떤 연극을 보고 싶어 하는지 아세요? 한 번도 공연된 적이 없는 것인데, 그리스 연극이에요. 확실히 여러분도 들이봤을 거예요. 라이시스트라타."

파필리아는 미소를 지었다.

"그것은 모든 부인들이 남편이 끔찍한 전쟁을 끝낼 때까지 잠자리를 거부한다는 내용의 연극 아닌가요?"

나는 고개를 끄덕였다.

"그것은 물론 희극이죠."

카에실리아가 말했다.

"네. 희극이에요. 이것은 아테네와 스파르타 간의 펠로포네시아의 전쟁을 다룬 이야기에요. 이 전쟁은 불과 25년 정도 밖에 안 걸렸죠."

"불과라구요?"

또 다른 여자인 힐티아가 말했다.

"그리스인이 그리스인을 25년간 죽였어요. 로마 기준으로는 아무 것도 아니죠. 우리는 그보다 훨씬 오랫동안 전쟁을 해왔어요."

내 말에 파필리아가 웃었다.

"가엾은 로마에는 라이시스트라타와 같은 여성이 없어요."

"네, 가엾죠."

"무슨 의미죠? 우리가 이탈리아에 평화가 올 때까지 남편과 자는 것을 거절하란 말인가요?"

카에실리아가 물었다.

"오, 그럴 리가요. 그렇게 무자비한 뜻이 아니에요."

나는 어깨를 으쓱했다.

"나는 그 방법이 효과가 있다고 생각하지 않아요. 무엇보다도 평화를 깨뜨리는 남자는 섹스투스 폼페이고, 그는 우리의 영향권 밖에 있어요. 그러나 나는 여성들이 평화에 대해 좀 더 진지한 생각을 해야 되고, 또 평화를 가져올 수 있는 가능성은 무엇이며 누가 할지 생각해야 된다고 믿어요."

나는 과자를 한 조각 먹었다.

"당신의 '누구'는 시저 옥타비아누스겠네요."

거의 비난하는 듯한 목소리로 카에실리아가 말했다. 나는 그녀의 눈을 보고 미소 지으며 말했다.

"분명히 나는 그렇게 믿어요."

그리고 나는 뮤시아를 바라보았다.

"과자가 맛있어요. 부인의 주방장이 내게 요리법을 알려주면 고맙겠어요."

내가 의도했던 씨앗을 모두 뿌렸다. 앞으로 몇 개월, 몇 년이라도 열심히 씨앗에 물을 주고 돌볼 계획이었다.

점심이 끝날 무렵 여성 여러 명이 내게 와서 수줍은 얼굴로 스톨라 주름 사이에서 접은 양피지들을 꺼냈다. 한 사람은 압수당한 재산 일부를 가족들에게 돌려주기를 간청하는 것이고, 다른 것은 남편이 고위 공직에 임명되기를 원하는 것이었고, 세 번째는 그녀가 타비우스에게 부탁하는 것이었다.

그리고 나서 카에실리아가 내게 다가왔다. 말을 꺼내는 그녀의 얼굴이 달아올랐다.

"내 동생이 추방을 당했어요. 그 아이는 집에 돌아올 수 없어서 좌절하고 있어요."

그녀는 거절당할까봐 조심스러워 하며 서류를 내게 건넸다. 물론 나는 그것을 받았다.

"여러분을 위해 최선의 노력을 할게요."

그녀는 의심스런 눈빛으로 나를 보았다.

"반드시 할게요."

나는 진성서들을 가지고 타비우스가 있는 집으로 돌아갔다. 저녁 식사 후 우리는 그의 서재 카우치에 웅크리고 앉아 부드러운 램프 불빛 아래 함께 내용을 검토했다. 나는 왜 이런 진정들이 수락되기를 희망하는지 그에게 말할 필요도 없었다. 그도 모든 귀족들을 자기 편으로 끌어오는 데 나의 도움을 필요로 했고, 내가 오찬을 같이 했던 부인들은 모두 귀족층의 핵심 인물들이었다. 부탁받은 요청은 지축을 뒤흔들 정도로 대단한 것도 아니었고, 그래서 그는 재빨리 앞의 세 가지 진성서를 승인했다. 이것은 일부 나를 기쁘게 할 뿐만 아니라 그의 이해관계 때문이었을 것이다.

"카에실리아의 남동생……."

"위협적인 사람인가요?"

타비우스는 고개를 흔들었다.

"그는 내 아버지한테 불충한 두꺼비 새끼야. 절대로 용서할 마음이 없어."

오직 나를 기쁘게 할 목적으로 그런 일을 하게 만들 수가 있을까? 이 문제를 해결하는 최선의 방법은 무엇일까? 이 질문을 생각하며 그의 얼굴을 살피다가 눈 아래 푸른 반달을 목격했다.

"피곤해 보여요. 좀 쉬어야겠어요."

그는 얼굴을 찡그렸다.

"우리 며칠 로마를 떠나야겠어요. 지금은 모든 것이 조용하니까 그 정도는 할 수 있잖아요?"

"좋겠지. 이곳과 네아폴리스 중간 즈음에 빌라가 있는데, 거의 가지 않았지만 참 아름다운 곳이야. 거기 가볼래?"

"네, 좋아요."

그는 희미하게 미소 지었다.

"당신이 '우선 카에실리우스를 용서한 다음에요'라고 말할 줄 알았는데."

가여운 사람. 모든 사람이 이거 아니면 저거로 늘 그를 성가시게 졸라대고 있었다. 매일 아침 우리 집 문 앞에 호의를 구하는 무리가 서 있었고, 타비우스가 가는 곳마다 졸졸 따라다녔다. 수많은 탄원자 무리 가운데 한 사람처럼 행동하는 부인이 있다면 그의 모습이 어떨지 상상해 보라.

"카에실리우스는 잊어버려요."

다음날 오후에 서커스 막시무스 원형경기장에서 전차 경주가 있었다. 타비우스와 나는 예약한 넓은 특별석에 앉았고, 많은 눈이 우리에게 집중되었다. 타비우스는 두 번이나 크게 판돈을 따서 기분이 좋았다. 하지만 게임을 즐기기는 했어도 우승자에게 상을 수여할 때는 이미 저녁이었고 피곤해져서 하품이 났다.

"얼른 마을로 돌아가요."

횃불이 귀갓길을 밝혀주었다. 우리는 가마꾼 여덟 명이 나르는 큰 가마를 타고 길을 통과하며 커튼을 열고 환호하려고 나온 사람들에게 손을 흔들었다.

집에 돌아온 우리는 서로를 감싸안았다.

"그러니까…… 당신은 내가 카에실리우스를 용서해 주기를 바라는 거지."

"당신이 그 문제를 다시 거론한 거지, 내가 그런 게 아니라는 것 잊지 마요."

"하지만 당신은 내가 그 독사 새끼를 용서해 주기를 바라잖아."

"나는 당신이 훌륭하고 더욱 관대하기를 바랄 뿐이에요."

"그러나 당신이 알다시피, 나는 자비로운 사람이 아니야. 원한에 사무쳐서 복수심에 불타는 사람이야."

"당신은 빛과 같은 존재에요."

빛과 같은 존재가 내게 키스했다. 다음날 그는 카에실리우스를 용서하고 우리는 시골로 떠났다.

그는 때때로 다른 이유라면 안 했을 일을 나를 기쁘게 해주기 위해 하기도 했다. 어쩌면 그는 내가 꿈꾸는 모습대로 살고 싶었는지 모른다. 카에실리우스를 용서한 것이 현명한 정책이었는지 아니었는지에 대한 고민이 이미 그를 용서한 후에도 고민거리로 남았다. 타비우스는 이런 행동이 초래할 폭넓은 영향에 대해 신중하게 생각했다.

우리가 엄청난 호위병들에 둘러싸여서 닫힌 가마를 타고 함께 여행하면서 그는 내게 말했다.

"이것은 수수께끼야. 나는 스스로에게 물어봐. 인간이 공포의 대상이 되고자 노력해야 하는지, 그렇지 않으면 사랑받기 위해서 노력해야 하는지 말이야. 명확한 답이 없어."

"사랑받는 편이 더 좋아요."

나는 그의 손을 잡았다. 그는 미소를 지었다.

"어떤 관계에서는 그것이 의심의 여지가 없지만, 공직 생활에서는 어떨까?"

"당신은 이미 자신을 두려운 존재로 만들었어요. 지금은 귀족들이 당신을 피에 목말라 하는 사람이 아니라 정반대의 온건한 존재로 인식시키는 게 필요해요. 모든 사람이 지난날의 유혈 이후 로마를 위한 안전한 항구는 당신이라고 생각하도록 해야 해요. 그러면 그들이 당신을 지지할 거예요."

"당신이 어떻게 알지?"

"지나친 두려움은 사람들을 증오하게 만들거나 극단적인 행동을 하도록 만든다고 생각해요. 많은 사람은 친절로 마음을 화해시킬 수 있다고 생각해요."

"내 생각에 당신은 친절로 할 수 있는 일에 지나친 믿음을 갖는 것 같아. 이 문제는 좀 더 생각해 봐야겠어."

우리는 그 후 여행하는 동안 가벼운 이야기를 나누었다.

티비우스의 별장은 줄리어스 시저가 유산으로 준 것이었다. 도착한 뒤 우리는 장중한 방들과 거대한 정원을 걸어서 둘러보았고, 모든 곳에 많은 예술작품이 있는 것을 보았다. 우리는 우선 기분 좋을 정도로 따뜻한 수영장에 몸을 담근 후 부드러운 대리석 조각에 배를 대고 엎드려 보았다. 수영장에는 특별히 훈련받은 안마사들이 대기하고 있어 마사지를 해주었다. 나는 타비우스 쪽으로 머리를 돌리고 말했다.

"이것이 전부 당신 거예요? 그런데도 한 번도 안 왔어요?"

"그동안 바빴잖아."

그는 입가가 실룩이는 것을 자제하며 말했다.

"하지만 이제 나도 돈이 꽤 있고, 돈으로 살 수 있는 건 당신에게 별 의미가 없잖아요."

"아니야. 돈으로 군대를 살 수도 있고, 정치에도 큰 도움이 되지."

주위가 호화로웠음에도 불구하고 우리는 주로 단순한 오락만 즐겼다. 아직 봄은 아니지만 날씨가 따뜻했다. 항상 따르는 호위병도 없이 둘이서 자유를 만끽했다. 평원과 과수원을 이리저리 걸었다. 어느 날 타비우스는 자기 손으로 당나귀 한 마리를 붉은 가죽 안장에 붉은 칠을 한 소형 마차에 묶었다. 그리고 나를 앉혀서 자기 소유의 과수원으로 데려갔다.

마차를 타고 가는 동안 독수리 한 마리가 머리 위에서 급하강했다. 우리가 가는 길을 따라 나는 것 같았다. 타비우스는 낮게 나는 독수리를 지켜보다가 소리쳤다.

"저것 좀 봐. 발톱에 무엇인가 있어."

색이 하얀 그것은 새 같았다. 비둘기일까? 아니. 새보다 더 컸다.

"아마 새끼를 먹이려고 사냥 나온 어미 독수리일 거예요."

나는 아버지와 함께 로마에 있는 어린 티베리우스와 드루서스를 생각했다. 나는 지금까지 단 며칠도 애들을 두고 멀리간 적이 없었다.

휴가는 즐거웠지만, 나는 아이들이 보고 싶었다.

그때 독수리가 쥐고 있던 새가 어떻게 밑으로 빠졌는지, 아니면 떨어뜨렸는지 날개를 퍼덕거리며 땅으로 떨어졌다. 독수리는 그것을 따라 하강하더니 새가 내 무릎에 떨어지기 직전에 방향을 바꾸어 날아가 버렸다.

나는 흰 새끼 암탉을 내려다보았다. 한 쪽에 독수리 발톱에 찍긴 핏자국이 있었다. 하지만 병아리는 살아 있었고, 밝고 검은 눈으로 나를 보았다. 부리 안에 나무줄기를 물고 있었다. 타비우스는 입을 벌린 채 나를 쳐다봤다. 나는 병아리의 깃털을 쓰다듬었다.

"가여워라. 살 수 있을까요?"

타비우스는 가까이 들여다보았지만 상처가 어느 정도인지 판단할 수 없었다.

"그것은 월계수 나뭇가지야."

"정말요?"

"맞아."

그는 단호하게 말했다. 그의 얼굴이 다소 창백해졌다. 월계수란 승리만이 아니라 그의 수호신 아폴로와 관계가 있었다. 우리는 불가사의한 일이 발생했다는 것을 알았다. 독수리가 날아가다 쥐고 있던 먹이를 떨어뜨려서 바로 아래 있던 사람이 하늘에서 떨어지는 새를 잡았다. 거기까지는 그럴 수도 있다고 하자. 그러나 월계수 가지는 어떻게 설명할 수 있을까?

"우리가 그 병아리를 키워야겠어."

그가 말했다.

"상처가 낫게 하고 다시는 다치지 않도록 보살피자. 이곳 농장을 관리하는 집사에게 병아리를 최대한 보살피게 하지. 월계수는 정원사에게 주어 관리하게 해서 그 가지를 새로운 나무로 키울 수 있는지 관찰하게 해야겠어. 사제도 이렇게 처리하도록 말할 거야. 확실해."

나는 끄덕였다. 타비우스가 너무나 진중해 보였기 때문에 나도 덧붙였다.

"아무래도 이건 승리의 징조 같아요. 그렇지 않아요? 반드시 그래야 해요!"

"이 승리의 징조는 당신을 위한 거야."

"그렇지만, 여보, 당신이 있는 곳에 내가 있을 테니, 이것은 틀림없이 우리를 위한 거예요."

"월계수 가지를 문 '암탉'이 '당신' 무릎에 떨어졌어. 아니, 이건 '나'를 위한 징조가 아니야, 리비아."

이 말에 나는 실망스럽게 그를 보았다.

"오해하지 마. 나는 너무 기뻐. 이것은 행운의 징조야."

그러나 그는 기뻐하는 음성이 아니었다. 우리는 다시 마차를 타고 빌라로 되돌아왔고, 그 병아리에 대한 생각이 내 마음에 가득 찼지만, 둘 다 아무 말도 하지 않았다. 두 사람 모두 다소 마음을 진정시킬 필요가 있다고 생각했다. 내가 아들의 탄생을 예견하는 수탉으로 부화되기를 너무나도 고대하며 손안에 알을 쥐고 있던 날들을 떠올렸다. 이제 신은 승리의 월계수 가지를 물고 있는 암병아리를 내게 맡겼다. 거기에는 어떤 훈계가 있는 것일까?

그 후에 타비우스는 그 징조에 관해 한결 기분 좋게 생각하는 듯 보였다.

"이 이야기를 모두에게 알려야겠어."

저녁식사 내내 그가 말했다.

"아마 말 많은 사람들은 내가 이야기를 지어냈다고 할 거야. 하지만 순박한 사람들은 이것을 믿고 경외심을 가질 거야. 이것은 우리의 위업에 보탬이 될 수 있어."

벌써 그는 전령을 로마로 달려가게 보내서 이 징조의 정확한 의미에 대해 예언자들에게 의견을 묻도록 했다. 예언자들은 전령을 전속력으로 우리에게 되돌려 보냈고, 타비우스는 편지를 단숨에 읽었다.

"내가 암병아리와 월계수를 키워야 한다고 적혀 있어. 역시 내 생각이 맞지?"

"그 징조의 뜻은요?"

그는 편지를 소리 내어 읽었다.

"독수리는 로마의 상징이자 제우스 신에게 속해 있는 신성한 새다. 닭은 암컷이고 월계수는 승리를 뜻한다. 그러므로 우리는 제우스신이 한 여성을 통해 로마의 승리나 위대한 유익을 부여할 것임을 알아야 한다."

타비우스가 나를 보았다.

"특히, 당신을 통해서 내려준대."

그는 내게 약간 시샘하는 듯한 미소를 띠며 다시 그 편지를 훑어보았다.

"나에 대해서는 한 마디도 없네. 단지 신이 명백하게 우리 결혼을 승인한다는 것 이외에. 그것은 내가 함께 말을 타고 있는 동안 당신 무릎에 암병아리가 떨어졌기 때문이래."

나는 어린 소녀 시절부터 나라를 위해 얼마나 위대한 업적을 이루고 싶었는지를 기억했다. 당시에는 내가 여자이기 때문에 그 꿈은 내 손을 뻗을 수 없는 곳에 있었다. 지금 신이 타비우스의 아내로 내가 로마를 위해 위대한 업적을 이루게 하려는 계시처럼 보였다. 그런 식으로 가능할 수 있다는 것을 생각하고 놀랐다.

나는 그날 밤 침대에서 타비우스에게 특별히 정열적이었다. 우리는 함께 행복했고, 징조와 술사들의 평가는 우리 마음에서 사라졌다.

우리가 책임감을 벗어던지고 같이 있을 수 있었던 날들이 순식간에 지나가버렸다. 타비우스가 어느 아침에 말했다.

"로마로 돌아가기 전에 잠깐 들릴 곳이 있어. 중요한 지지자가 꼭 자기를 방문해 달라고 간청하는군. 베디우스 폴리오라고 들어본 적 있어?"

들어본 적이 없는 사람이었다.

"그런데 좀 괴팍한 데가 있어. 어마어마하게 부자이면서 내 아버지에게 충성했던 사람이야."

우리는 다음날 아침 타비우스의 호위병을 동반하여 마차를 타고 베디우스 빌라로 출발했다. 우리의 전원적이고 평화로웠던 휴가도 끝났다. 이 점을 강조라도 하듯 날씨가 갑자기 추워졌다. 세 시간 정도 이어지는 여행이어서 나는 외투를 단단히 여몄다. 타비우스도 역시 따뜻하게 입었는데 숨을 쉴 때 조금 색색거리기 시작했다. 나는 근심스럽게 쳐다보았다.

"가끔 날이 차가워지면 그래."

그는 개의치 않는 듯 말했다.

"베디우스에게 다음에 가면 어때요?"

"아니야."

"타비우스."

"난 아프지 않아."

우리는 그대로 나아갔다.

베디우스 빌라는 집이라기보다 작은 도시 같았다. 문 앞에 도착해 마차에서 내렸을 때 나는 빌라의 엄청난 규모에 눈이 휘둥그레졌다. 베디우스는 우리를 맞으러 나왔다.

"시저!"

그는 소리쳐 부르며 타비우스를 안았다.

"오, 당신의 아름다운 부인!"

그는 나를 안지는 않았지만 손을 잡아 흔들며 대단히 흡족하여 어쩔 줄 몰라 했다. 이렇게 정성스런 인사에도 불구하고 첫눈에 나는 그가 마음에 들지 않았다. 그의 두꺼운 입술이나 튀어나온 눈이 마음에 들지 않았고, 점점 벗겨지는 머리를 감추려고 회색머리를 앞쪽으로 끌어 앞이마를 둥글게 가리고 포마드로 고정시킨 모습도 마음에 들지 않았다. 그의 부인 오피미아는 입을 활짝 벌리고 깨지는 듯한 거슬리는 웃음소리를 내거나 사는 집이라기보다 궁전 같은 자기 집을 과시하려고 들어서 마음에 들지 않았다. 그들은 우리를 이 방 저 방으로 끌고 다니며 그리스 거장들이 만든 예술품을 구경시켰다. 또 믿을 수 없을 정도로 저속한 성적 유희를 벌이는 남신들과 여신들을 묘사한 벽화를 지나쳤다. 금과 은이 도처에 번득였다.

그들은 우리를 연못이 바라보이는 발코니로 안내했다. 그 연못은 완벽한 타원형으로 구름 낀 하늘 아래에서 회색빛으로 빛났다. 연못의 둑은 검은 대리석으로 깔려 있었다. 공기는 눅눅했고 불쾌한 냄새가 났다. 베디우스가 우리에게 귀띔했다.

"저것은 자연 못이 아니에요. 혹시 그렇게 생각했어요? 아니에요. 내가 만들었어요. 파는 데만 수 개월이 걸렸죠."

타비우스와 나는 둘 다 연못을 보고 칭찬했다. 베디우스가 그렇게 해줬으면 하는 게 느껴졌기 때문이다.

"내가 연못을 무엇으로 채웠을 것 같아요?"

베디우스가 우리에게 물었다.

"물고기인가요?"

나는 추측했다.

"아녜요. 아녜요. 뱀장어요! 그것도 평범한 뱀장어가 아니라 칠성 장어예요! 혀에 이가 있어요. 그들은 혀로 사람을 물고 피를 뽑아내 요. 장어 백 마리, 이백 마리에게 공격 받는다고 상상해 보세요. 누구 라도 일단 연못에 빠지면 불행하게 죽어요. 정말이에요."

타비우스는 그를 좀 괴팍한 사람이라고 말했다. 나는 왜 그가 자 기 집 옆에 칠성장어를 채운 연못이 필요했는지 묻지 않았다. 그저 발코니에서 빨리 떠나고 싶은 생각밖에 없었다. 하지만 타비우스는 발코니 난간에 기대어 깊이 숨어있는 장어를 보려는 듯 연못을 응시 했다.

"먹이를 주나요?"

"물론이죠, 시저. 나를 귀찮게 하는 노예를 던져요."

베디우스는 농담을 했고, 타비우스는 미소를 지어보였다.

집안 구경이 계속되었다. 더 많은 예술품과 더 많은 금장식 가구를 보았다. 이에 비하면 화려하다고 생각했던 타비우스 빌라는 초라한 시골집 같았다. 그래도 전혀 부럽지 않았고, 빨리 떠나고 싶은 마음 만 강렬했다.

타비우스는 이 방문 동안 상당히 온후하게 행동했다. 베디우스와 같은 대단한 재산가의 우정은 상당히 도움이 된다고 생각한 게 틀림 없었다. 모든 방에 황금 화로가 있어서 따뜻했다. 적어도 그는 색색거 리지는 않았다.

마침내 베디우스는 우리를 식당으로 데려갔다. 그는 우리를 다른 두 손님인 젊은 조카와 그의 부인에게 소개했다. 하인이 커다란 음식 접시를 우리에게 내놓느라 잰걸음으로 바쁘게 돌아다녔다. 우리는 조각이 새겨진 상아 카우치에 푸른 비단 방석을 깔고 몸을 기대고 앉아 밝은 다이아몬드같이 휘황찬란한 빛이 나는 고급 크리스털 잔으로 일품의 와인을 마셨다. 나는 잔을 칭찬했다. 아니, 칭찬해야만 했다. 나는 지금까지 이렇게 좋은 잔을 본 적이 없었다.

"굉장한 벽화네요."

타비우스가 벽을 보며 말했다. 그것은 요정을 강간하는 반인반마 켄타우루스를 묘사한 것이었다.

"놀라울 정도로 사실 같아요."

베디우스의 사촌이 말했다.

하인이 두 번째 음식을 다른 명품 와인과 함께 내왔다. 우리가 사용하던 크리스털 잔은 역시 아름다운 새 잔들로 바뀌었다. 갑자기 무언가 깨지는 소리가 들렸다. 나는 머리를 돌려 그곳을 보았다. 하인이 크리스털 잔을 떨어뜨렸다. 턱이 튀어나온 바짝 마른 젊은 남자는 꼼짝 않고 서서 발아래 파편들을 내려다보았다. 그의 얼굴은 송장 같았고 푸른 빛이 감돌았다.

"이 멍청이!"

베디우스가 카우치에서 일어나 소리를 지르며 달려갔다. 나는 그가 주먹을 날릴 거라고 확신했다. 이따금 상류가정에서도 이런 장면을 볼 수 있을 것이다. 하인이 와인을 쏟으면 안주인이 뺨을 때린다. 요리사가 음식을 망치면 손님 앞에서 주인이 채찍질을 한다. 개인적으로 나는 그런 장면에 혐오감이 일었다. 그렇다고 해도 자기 노예를 어떻게 할지 타인이 말해줄 수는 없다. 그러나 베디우스는 잔을 깬 남자에게 손끝 하나 대지 않았다. 그 대신 소리를 쳤다.

"크리토, 어떻게 되는지 알아? 이 멍청한 바보놈아! 말해주지. 칠성 장어한테 가는 거다."

배가 조여들었지만 이것은 그저 엄포라고 생각했다. 누가 잔 하나 깼다고 사람을 산 채로 먹잇감으로 단죄할까? 나는 타비우스를 쳐다 보았다. 그는 내게 희미하게 미소하며 고개를 저었다. 그도 나처럼 이 상황이 단순히 잔인한 연극 정도라고 생각한 것이다. 나는 노예를 보 았다. 그의 눈은 너무나 크게 벌어졌다. 그는 주인의 말을 곧이곧대 로 받아들인 듯했다.

베디우스는 손바닥을 치며 소리쳤다.

"렉토! 브루미오! 파에도!"

세 명의 억센 노예들이 식당으로 달려왔다.

"장어에게 던져버려."

그들이 크리토에게 다가갔고, 그는 피할 길을 찾으며 뒤로 물러섰 다. 그때 그는 타비우스와 내가 기대어 있는 카우치 바로 옆에 무릎 을 꿇고 타비우스의 토가 끝을 붙잡고 소리쳤다.

"각하, 나를 구해주세요! 제발 도와주세요!"

타비우스는 미소를 지었다. 상당히 뻣뻣하고 겸연쩍은 미소였다.

"크리토, 네 주인은 너를 칠성장어에게 던질 생각이 없어."

그는 베디우스를 보았다. 여전히 미소를 짓고 있었지만 목소리에 딱딱한 게 있었다.

"내가 보증합니다. 크리토가 충분한 교훈을 배웠고, 다시는 당신의 잔을 깨지 않을 것으로 봐요. 어쨌든, 이 정도면 충분하지 않아요?"

"그건 당신 말이 맞아요, 시저. 그는 다시는 내 잔을 깨지 않게 될 거예요."

타비우스는 경직됐고 웃음이 사라졌다.

"진심은 아니겠죠."

"아니, 진심이에요."

베디우스가 말했다. 타비우스가 다시 입을 열었다.

"맙소사, 베디우스, 이건 말도 안 돼요. 아무리 당신이 감정이 없다하더라도 귀중한 노예를 이렇게 낭비하는 건 어리석은 일이에요."

"그럴 만한 가치가 있어요."

"겨우 잔 하나에?"

타비우스가 그를 노려보았다.

"지나치다고 생각하지 않아요? 잔 하나 때문에 사람을 산 채로 먹히게 한다?"

내가 바닥에 꿇어앉아 이 대화를 듣고 있는 크리토가 되는 상상을 해보았다.

"그는 내 노예니까 내 마음대로 할 수 있어요."

"그렇지 않다고 말할 사람은 없겠죠."

타비우스의 말에 크리토가 괴롭게 신음했다. 타비우스가 다시 입을 열었다.

"베디우스, 당신이 마음을 바꾸어 주면 고맙겠어요. 당신도 알다시피 그가 나에게 도와 달라고 호소했잖아요. 내가 그를 도와줘야 할 의무가 있어요."

그는 합리적인 사람에게 일반적인 부탁을 하는 듯이 말했다.

"당신의 요구에 응하지 못해 죄송합니다, 시저."

어느 누구도 주인과 하인 사이에 끼어들어서는 안 된다. 나도 늘 그렇게 교육받았다. 베디우스가 크리토를 끌어가도록 사람들을 부르는 순간 가슴이 꽉 막혔다. 나는 타비우스를 보았다. 그는 입술을 힘

주어 닫고 얼굴은 돌덩이가 되었다. 엄청난 일이 일어나고야 말 것 같았고, 눈앞에서 지켜보게 될 것이라고 생각했다. 내 마음은 베디우스의 마음을 움직일 말을 찾으며 불안했다. 어떤 말이 이런 미친 남자에게 영향을 줄 수 있을까?

타비우스의 목소리가 울렸다.

"아울루스!"

그의 호위대장이 다섯 명의 군인을 데리고 아트리움에서 뛰어 들어왔다.

"가서 이 집안에 있는 크리스털 명품들을 여기로 가져와. 모조리, 알겠어?"

아울루스는 한순간 그를 쳐다보더니 발꿈치를 돌려 타비우스의 명령을 수행하기 위해 자리를 떴다. 식당의 모두가 얼어붙었다. 바닥에 무릎 꿇은 크리토, 그를 끌고 가려던 하인들, 베디우스, 다른 손님들. 모든 사람들의 눈이 타비우스에게 쏠렸다. 타비우스는 선 채로 마시던 술잔을 집어 들고 가치가 얼마나 되는지 평가하려는 듯이 얼마동안 잔을 들여다 본 뒤 반쯤 남은 술잔을 바닥에 내던졌다. 잔은 산산조각이 났다.

"시저!"

베디우스가 마치 자녀 하나가 살해당하기라도 하듯이 울부짖었다. 타비우스는 그를 무시하고 나를 쳐다보더니 말없이 내 잔으로 손을 뻗었다. 그는 분노로 얼굴이 하얘지고 눈은 불길 속처럼 파랗게 되었다. 나는 내 컵을 건네주었다. 그것도 바닥에 힘껏 팽개쳐졌다. 이어서 테이블에 있는 다른 사람에게도 차례로 다가가서 잔을 잡았다. 누구도 말없이 각자 자신의 크리스털 잔을 그에게 넘겨주었다. 쨍그랑! 쨍그랑! 쨍그랑!

타비우스는 베디우스의 자리까지 갔고 그의 잔마저 빼앗아 바닥에 내던졌다. 깨어진 크리스털과 쏟아진 술이 우리 주위에 널렸다. 그때 호위병들이 값비싼 고급 크리스털들을 끌고 들어왔다. 타비우스는 그것들을 옆 테이블에 놓으라고 손짓했지만, 그곳에는 이미 개인용, 모듬용 접시들로 가득 쌓여 있었다. 타비우스가 한꺼번에 팔로 그것들을 쓸어버리자 바닥에서 산산이 부서졌다. 호위병들이 테이블에 와인잔, 화병, 우아한 술병 크리스털들을 쌓았다. 타비우스는 잠시 크리스털들을 쏘아보더니 말했다.

"부숴버려."

호위병들은 크리스털들을 바닥에 내던졌다. 베디우스는 하강하는 독수리를 본 토끼처럼 꼼짝 않고 서 있었다. 바닥에 여전히 쭈그리고 앉은 크리토는 크리스털 파편으로 둘러싸였고, 판도라가 가슴을 열어 뜻하지 않게 세상의 모든 악을 풀어주었던 순간과 같은 표정을 짓고 있었다. 임무를 마치고 차렷 자세를 잡은 병사들조차 겁을 먹은 눈치였다. 나는 움직이지도 못하고 아무 말도 하지 않았다. 그의 다음 행동을 전혀 알 수 없었다.

그는 크게 한숨을 내쉬고 크리토를 내려 본 후 말했다.

"오늘부터 너는 자유다."

그 노예는 믿을 수 없다는 듯이 기쁨에 찬 울음을 터트리고는 고마움에 타비우스의 무릎을 끌어안았다.

타비우스는 식탁 맞은편에 있는 베디우스를 쏘아보았다. 그 순간 섬뜩한 공포를 느꼈다. 죽여 버릴 듯한 시선의 강도는 전에 겪어본 적이 없는 나를 바싹 움츠러들게 했다. 베디우스도 떨었다. 타비우스가 자신을 칠성장어에게 던지라고 명령할 것을 생각하고 있는 것 같았다. 나도 반신반의했다. 그러나 타비우스는 말했다.

"당신의 연못을 메우시오. 알겠소?"

"네, 시저."

"당신이 이런 일을 한다는 소식을 다시는 듣고 싶지 않소."

베디우스는 타비우스의 손을 잡고 키스했다. 타비우스는 냅킨으로 자기 손을 닦았다. 마치 누군가 오물이라도 묻혔다는 듯이. 그는 한 호위병에게 몇 마디 말을 해서 크리토의 해방에 대한 공식 서류를 만들게 했다. 그런 다음 나를 보며 말했다. "갑시다." 그리고는 베디우스의 집에서 어찌나 빨리 걸어 나갔는지 나는 거의 뛰어야 했다.

마차를 타고 그의 빌라로 되돌아가면서 타비우스가 말했다.

"그는 정말 잔 하나 깼다고 산 사람을 먹잇감으로 만들려고 했어. 맙소사! 인간쓰레기들이 이 세상을 얼마나 불결하게 만드는지 알고 있었지만, 내가 보지 않았다면 믿지 못 했을 거야."

그동안 옳고 그름에 대한 그의 인식은 실제와 어긋나 있었지만, 그가 보여준 분노는 공정한 것이었다. 나는 '그의 마음속에 있는 분노를 일깨우는 이에게 연민을 보내야겠군'이라고 생각했다.

타비우스의 이런 정의로운 면이 내게 매력적으로 다가왔다. 이전에는 극히 일부만 보이고 거의 자신 안에 묻어두었을 뿐이었다. 그가 만약에 백 년 전 이 세상이 덜 추악할 때 태어났다면 어떤 사람이 되었을지 상상해 보았다. 선과 정의의 투사였을 그를 그려보았다.

우리가 베디우스 저택에서 2, 3킬로미터 정도 갔을 때 타비우스는 다시 색색거리기 시작했고, 가는 동안 점점 상태가 심해져서 숨을 가쁘게 쉬었다.

"왜 그래요?"

나는 불안하게 물었다.

"아무것도 아니야."

"의사에게 보여야겠어요."

그는 화를 내며 나를 보았다.

"내 말 못 들었어? 아무 것도 아니라고."

로마로 돌아오고 얼마 후 타비우스가 시칠리아 공격의 준비 상태를 최종점검하려고 집을 떠나 있는 동안 나는 사적으로 의논하기 위해 마에케나스를 초청했다. 우리는 잡담을 나누며 타비우스가 베디우스 빌라에서 크리스털들을 어떻게 부셨는지 이야기했다. 마에케나스는 통쾌해 마지않았다.

"마지막 잔까지 모조리요? 정말 제대로 쳤어요. 이 이야기를 온 세상에 알려야겠어요. 그것은 타비우스의 전설에 추가될 거예요."

"그래요. 그런데, 지금 당장은 그보다 그와 함께 있는데 더 관심이 있어요."

나는 우리가 만난 목적을 설명했다.

"내 남편의 건강에 관해 이야기해 주시겠어요?"

"그에 대해 물어봐야 할 대상은 틀림없이 시저겠죠."

"제발 그렇게 얘기하지 마세요. 그에게 건강이 좋지 않다고 하면 모욕으로 취급해요. 하지만 그는 건강이 안 좋아요. 어째서 날씨가 차가우면 호흡을 잘 못 하죠?"

마에케나스는 깊은 한숨을 쉬었다.

"리비아 부인, 로마 여성 중의 여왕이여, 세상 꽃 중의 꽃이여, 그런 사람을 위해서라면 나는 강도 건너고 산도 오르고 사자와도 싸우고 큰 불길 속도 뛰어들겠어요. 제발, 나를 불편하게 하지 마세요."

나는 내가 그를 불편하게 하고 있다는 걸 알았다. 한편으로 마에케나스가 나와 우정을 유지하고 싶다는 것도 알았다. 그는 오히려 타비우스의 신부에게 현명한 인생 가이드 역할을 하고 싶어 했다. 하지만 그는 타비우스의 비밀을 지키고 배신을 몹시 경계했다.

"타비우스가 로마에 있으면 거의 매일 아침 군사훈련을 하러 마르스 광장으로 가요. 내 생각에 그는 내키지 않아하면서 가는 것 같았어요. 가끔 절룩거리며 귀가하는데 무슨 일이 있었는지 물어도 다른 말만 해요. 그는 말을 타는 동안 근육이 결리거나 검술을 하는 동안 비틀거리기도 해요. 왼쪽은 괜찮은데 오른쪽 다리는 불편하다는 것을 알았어요. 그리고 음식은 적게 먹는데, 내 생각에는 너무 조금 먹는 것 같아요. 그의 식습관은 특이해서 육류에 바른 소스는 닦아내요. 마치 독이라도 되는 듯이."

"그래요. 그는 담백한 식사를 좋아해요."

내 마음이 불만과 두려움으로 가득 찼다. 무엇인가 타비우스에게 상당히 심각한 문제가 있는데도 어느 누구도 그것이 무엇인지 말해주지 않았다.

"거짓말, 거짓말, 거짓말이에요."

나는 말했다.

"어떻게 당신이 나를 보며 거짓말을 할 수 있죠?"

마에케나스는 자신의 얼굴을 문질렀다.

"진실을 말해 주세요. 제발, 나는 그의 아내예요. 어째서 타비우스가 내게 이런 것을 숨겨야하지요?"

"그가 어떤 위치에 있는지 생각해 보세요. 누구도 범접할 수 없는 힘과 위용을 보여주어야 해요."

"나한테까지 위용을 지킬 필요가 있나요?"

"당신은 즉각적이고 완전한 신뢰를 기대해요? 그는 이미 당신에게 자신의 서신을 읽게 하잖아요. 인내심을 가져요."

"인내심을 가지라고요? 나는 그가 정말 치명적인 병에 걸려있는지 알고 싶어요."

마에케나스는 고개를 저었다.

"치명적인 건 아니에요. 우리가 좀 더 젊었을 때 나는 그가 아프면 밤새 병상을 지키다가 집에 가서 울곤 했죠. 그렇지만 그는 언제나 다시 살아났어요. 그가 정말 건강이 좋지 못하다는 걸 알게 되었지만, 어쩌면 나보다 더 오래 살지도 몰라요."

"뭐가 문제죠?"

"이것저것이요."

우리는 조그만 응접실에 있었고, 나는 과일, 견과류, 술을 작은 테이블에 갖다 놓으라고 시켰다. 마에케나스는 무화과를 먹으며 얼굴을 찌푸리더니 한숨을 쉬고 말했다.

"그는 오른편이 약해서 때로는 절룩거려요. 날씨가 너무 춥거나 더우면 호흡이 버거워져요. 왜 그런지는 나도 모르겠어요. 참 이상해요. 그는 담배도 안 피고 먼지도 안 마셔요. 언젠가 벌에 쏘여 살이 부풀었는데 거의 죽을 뻔했어요. 그는 먹을 수 없는 음식도 많아요. 먹으면 무척 아파해요."

"무척 아파한다고요?"

"리비아, 충격 받을 필요는 없어요. 건강에 대한 문제가 늘 있다 없어지곤 했지만, 그를 방해하지는 못 해요. 그리고 그가 건강 때문에 죽는 일은 없을 것으로 확신해요."

"건강 때문에 죽지 않는다고 어떻게 알죠?"

"그의 의지의 힘을 압니다. 그는 지상에서 해야 할 일이 생기면 완수하려고 해요."

"그런 상황에서 어떻게 활동하며 군대를 끌어갈 수 있죠? 그가 그렇게…… 아프다면요."

마에케나스는 누군가 우리의 말을 엿들을 것을 경계하며 주위를 둘러보았다.

"제발, 타비우스에 대해 그런 말은 결코 해선 안 돼요. 그 자신조차도요."

그는 얼른 덧붙였다.

"만약 이 문제를 당신과 의논했다는 걸 그에게 말하면 내게 어떤 일이 일어날지 아세요?"

"무슨 일이 있죠?"

마에케나스는 손가락으로 자기 목을 그었다.

"정말이요?"

그는 웃었다.

"아니에요. 하지만 굉장히 화낼 거예요. 그러니 다소 분별이 필요합니다. 그러시겠죠?"

나는 마에케나스의 신뢰를 지켰다. 그리고 타비우스가 전쟁터로 나가기 전 업무를 정리하러 귀가했을 때 '당신은 건강하지 않기 때문에 갈 수 없어요' 따위의 말은 하지 않았다. 내가 열네 살 소녀라면 말했을지 모르지만, 성숙한 여인은 내가 무슨 말을 하든 그가 갈 것임을 알았다.

"여보, 당신에게 부탁할 중요한 말이 있어요."

어느 날 밤 침대에서 말했다. 타비우스는 내 목을 지분거리던 걸 멈추고 말했다.

"뭔데?"

'당신이 집에서 안전하게 있으면 좋겠어요. 그리고 그 전쟁을 빨리 끝냈으면 좋겠어요.'

"당신이 전쟁에 나가면, 실제적으로 관리할 누군가가 당신의 재정을 감독해야 해요. 그것을 내가 해야 된다고 생각해요."

그는 웃었다.

"당신, 책임 맡는 거 좋아하지? 당신을 보면 생각나는 사람이 있는데 누군지 알아?"

그는 내 귀에 바짝 대고 속삭였다.

"바로 나."

며칠 전 나는 결혼지참금의 일부인 조그만 농장을 팔고 싶었다. 물론 타비우스의 승인을 얻어야 했다. 남편으로서 그는 나의 재정 보호자였고 내가 하는 모든 거래에 그가 인장을 찍어야만 가능했다. 그는 내 요구를 쉽게 들어주었지만, 이런 부탁 자체가 내 자신을 초라하게 했고 그래서 화가 났다. 내가 로마를 통치하는 그를 도와주고 있는 이곳에서 여성에게 적용되는 법 때문에 내 자신의 유산 한 부분조차 자유롭게 처분할 수 없었다. 타비우스가 없는 동안 내가 남자 집사들에게 우리 돈의 관리를 맡기고 싶지 않은 것은 당연했다.

"당신이 없는 동안 당신 인장을 내가 가지고 있겠어요."

"생각해 볼게."

타비우스는 이렇게 말했지만, 그의 음성은 동의하는 투였다. 그리고 다시 요구할 필요도 없이 인장을 주었다. 그러나 내가 진정으로 바라는 것은 쉽게 이루어질 수 없는 평화였다.

며칠 후 아트리움에서 나는 타비우스를 끌어안고 서 있었다. 상실 감에 대한 두려움에 겁쟁이가 되었다. 타비우스의 병약함을 알고 마음이 미어졌다. 군대 생활이 무척이나 힘들 텐데 병이 더 심각해지면 어쩌나? 그 대신 내가 전쟁에 나갈 수 있으면 좋겠다. 적어도 나는 신체적 질병으로 허약하진 않았다.

남편이 없는 동안 돈주머니 끈을 쥐겠다고 요구하던 냉정한 여자는 사라지고 마음속이 모두 허물어진 것 같았다. 아버지와 헤어지던 때를 떠올리며 내 얼굴을 타비우스 어깨에 묻자 그의 가슴에 입은 흉갑의 쇠가 뺨에 닿았다. 내전은 부모를 빼앗았고, 이제 사랑하는 사람을 빼앗으려고 했다. 눈물이 났다. 타비우스도 이런 식의 이별이 있을 것으로 전혀 생각하지 않았다.

"리비아, 제발, 이러지 마."

"당신을 너무 사랑해요."

"맙소사. 나는 다시 돌아올 거야."

'그걸 어떻게 알아요?'

"눈물을 닦아, 어서."

"미안해요. 당신은 승전하고 돌아올 거예요. 그리고 나는 지금의 어리석음을 생각하고 웃겠죠."

그는 내게 키스했고 나는 그를 보냈다.

나는 로마에서 업무를 처리하며 지냈다. 외로운 몇 개월이 지나갔다. 시칠리아로부터 승전 소식을 기다리는 동안 두려움에 떨었다. 그 두려움은 완전히 어긋난 것만은 아니었다. 어느 날 타비우스로부터 메시지가 왔다.

내 사랑, 시칠리아 침공은 성공하지 못 했어. 후일 다시 해야 돼. 나는 집으로 가고 있어. 이 소식을 듣고 실망할지 모르지만 다른 사람들과 있을 때는 유쾌한 태도를 유지하기 바라. 내가 여전히 이 전선에서 주도권을 쥐고 있음을 사람들에게 알려줘.

그는 살아서 돌아오는 중이었다. 그것이 내게 가장 중요한 관심사였다. 그러나 그의 함대가 섹스투스 폼페이의 함대를 바다에서 만났을 때 그는 패배했다. 지금까지 그가 참전했던 모든 전쟁에서 그는 언제나 승리의 편에 있었다. 지금까지의 연승이 그가 권력을 잡는 원천이었다. 그가 위축된 모습을 보이면 권력에 굴복했던 사람들이 두려움에서 벗어나 대담해질 것이다. 그의 정적들도 미친 개처럼 무리지어 덤빌 수도 있었다.

12

나는 우리 집의 작은 정원 가장자리에 서 있었다. 티베리우스 네로는 휴가를 떠나면서 아이들을 내게 맡겼다. 루브리아 역시 함께 왔다. 요람 속에서 아름다운 꿈을 꾸는 드루서스는 거의 울지 않는 완벽한 아기지만, 잠에서 깨면 조그만 손으로 나를 붙잡고 옹알거렸다. 드루서스 옆 요람에서는 줄리아가 잠을 잤고 루브리아는 둘을 지켜보았다. 그러는 동안 작은 티베리우스는 조그만 목검으로 장미 수풀을 내려치며 전쟁놀이를 했다.

"그렇지."

나는 말했다.

"열심히 싸우면 승자가 될 거야."

그는 힐끗 시선을 내게 던졌다. 그는 유달리 큰 내 눈을 빼닮았다. 그는 다시 상상의 적과 싸움을 계속했다. 티베리우스 네로는 불과 네 살 아들에게 칼 잡는 법을 가르쳐 주었고, 아이는 상대를 찌를 때를 제외하고는 칼을 몸에 바짝 붙이는 방법을 알았다. 나는 그를 쳐다보며 자부심을 느꼈다.

나는 루브리아 옆에 앉았다.

"남편에게 편지를 받았는데 침공이 이루어지지 않아서 다시 해야 한대."

그녀는 다시 묻고 싶은 듯이 나를 보았다.

"패배한 거야."

나와 너무나 다른 평민 루브리아는 믿을 만한 친구가 되었다. 그녀는 잠시 내 얼굴을 보더니 안심했다. 낙담하는 내 마음 속을 루브리아가 모른다면 누가 알겠는가? 나는 다행이라고 생각했다.

내 마음은 공포로 가득 찼다. 패배 후에도 타비우스가 로마인의 충성을 받을까? 유명한 아버지의 아들 섹스투스는 그것만으로도 돋보였고, 사람들은 승자를 좋아한다. 남편을 어떻게 도울 수 있을까?

"만약에 로마의 평민들로부터 사랑받고 싶다면 어떻게 해야 할까? 루브리아?"

그녀는 정원 건너편을 묵묵히 응시하고 있었기 때문에 생각을 하는 건지 질문을 못 들은 건지 알 수 없었다. 그녀는 겨우 무겁게 말했다.

"만약에 저라면 공공주택지역에서 일어나는 화재에 관한 일을 하고 싶을 거예요."

나는 그녀가 남편과 아이의 죽음을 떠올리고 있다는 것을 알았다. 로마 빈민가에 있는 3, 4층짜리 임대주택은 나무로 지어져 쉽게 불에 탔다. 민간 소방대가 불을 끄는 경우는 소유주가 비용을 낼 때였고, 그것도 불이 확대되어야 적극적이었다. 그러는 동안 불길은 이웃까지 번졌다.

루브리아의 상실에 마음이 아팠다. 내가 지난 일을 다시 꺼내는 걸 그녀는 원치 않았을 것이다. 그래서 그녀와 무관한 일처럼 말했다.

"어떤 도시에는 항시 비상 대기하는 공공 소방대가 있다는 소리를 들었어. 로마는 없지만."

나는 불타는 임대주택 안에 갇히는 기분이 어땠을지 상상해 보았다. 불에 타 죽는 모습이 너무도 생생했다. 나는 떨면서 로마도 공공 소방대를 설치해야 한다고 결심했다.

다음 며칠간 타비우스의 귀환을 기다리고 있는 동안 전쟁의 패배에 관한 소식이 드문드문 들려왔다. 해전이 있었다. 해신 넵튠의 아들이라고 부르는 섹스투스는 기술적으로 군대를 배치시켰다. 타비우스 함대의 총사령관은 대적하지 못했고 갤리 함선 반 이상이 침몰했다. 타비우스는 하마터면 물에 빠질 뻔했다가 운 좋게 살아남았지만 많은 사람이 죽었다.

나는 타비우스가 원했던 일들을 했다. 극장이나 전차경주를 관람했고, 거의 매일 저녁마다 원로원 부부들과 식사하면서 유쾌한 태도를 유지했다.

"시저는 어떻게 됐지요? 그로부터 소식 들었어요?"

의원 하나가 물었을 것이다.

"지금 전쟁 상황이 어떤가요?"

나는 한숨을 쉬며 고개를 지었다.

"시저는 괜찮아요. 하지만 상황이 좋지는 않아요."

내가 시저는 행복하다고 한들 누가 믿을까?

"그는 다시 침공하겠다고 편지를 보냈어요. 여러분도 알겠지만 그는 이번 일에 대해 몹시 분개하고 있어요. 그는 미루는 것을 싫어해요."

그런 다음 나는 원로원의 팔에 손을 얹고 로마에 공공 소방대를 설립하는 걸 어떻게 생각하는지 물었을 것이다. 사람들이 그 일을 어떻게 생각할지? 비용이 막대하게 들지? 어쩌면 우리가 헤어진 후에 그 의원은 이렇게 추측했을지 모른다.

'시칠리아 상황이 회복하지 못할 만큼 참패한 건 아닌가 보군. 시저의 부인이 유쾌한 걸 보니. 사실 그녀는 내내 공공 소방대에 대해서 떠들어 댔어.'

최소한 그것이 나의 작은 희망이었다.

내가 시칠리아 패배 소식을 들은 지 한 달 후 아트리움에서 시끄러운 소리가 들리더니 고위 장교와 있는 타비우스가 보였다. 나는 달려가서 그의 팔에 안기고 싶었다. 내가 그에게 가까이 다가가자 그의 얼굴에 표정이 드러났다. 나에 대한 갈망이 일었다가 다음 순간 바뀌었다. 부하들에게 둘러싸여 있는 사령관의 자세로 자제한 것이다.

"여보, 어서 오세요."

나는 웃었고 군인들에게도 마치 파티 손님 대하듯 우아하게 인사했다. 타비우스는 숨을 쉴 때마다 색색거렸다. 나는 불안감을 재울 수 없었다.

"코감기가 좀 걸렸어."

"뮤시아가 감기에 좋은 허브차에 관해 말해 주었어요. 그 차를 좀 달여 올게요."

나는 타비우스와 장교들을 두고 부엌에 가서 허브차 혼합법을 지시하여 달이게 했다. 그리고 아트리움으로 연결된 복도에 가서 군인들의 대화를 엿들었다. 나는 섹스투스로부터 당장의 위협은 없다는 것을 듣고 알았지만, 타비우스는 곧 다시 공격을 감행할 결심을 했다.

장교들은 공격에 소극적이었고, 타비우스가 "아그리파가 공격을 주도할 것이다"라고 말하자 그제야 목소리에 안도감이 뚜렷이 나타났다.

아그리파는 갈리아에서 대승을 거두었고, 이것은 좋은 일이었다. 만약 두 전투에서 모두 패했다면 우리의 입장은 참담했을 것이다. 그러나 타비우스의 패배와 친구의 영웅적 승리의 대비는 극명했다. 그래도 타비우스의 목소리에서 자신감을 감지했다. 그 자신감의 정도가 얼마나 큰지 말할 수는 없었지만. 그는 계속 기침을 그치지 못했다.

장교들이 떠난 뒤, 예상했던 대로 그는 나에게 오지 않았다. 그는 서재에서 직접 검토하도록 옆으로 따로 둔 서신들을 보고 있었다.

"편지를 읽으려고요? 지금?"

그는 서류에서 눈을 떼고 나를 보았다. 그의 얼굴에 감정이 드러나는 것을 보았지만 내가 확인하기도 전에 지나갔다.

"내가 어떻게 하길 바라는데?"

그는 냉담한 목소리로 물었다.

"앉아서 울까?"

"우리 상황이 어떤지 말해 주세요."

"우리는 졌어. 그래서 성공할 수 있는 다른 침공을 다시 시작하려는 거야."

주방장이 뮤시아가 처방한 허브차를 들고 왔다. 내가 타비우스 입술에 갖다 대자 그가 한 모금 마셨다.

"냄새만큼 맛이 없지는 않군."

"끝까지 들이키세요."

그는 얼굴을 찡그리며 컵을 받아들고 마셨다. 나는 그의 머리를 쓰다듬었다.

"보고 싶었어요."

그는 고개를 끄덕였다. 그의 모습이 우울했다. 나는 그가 속으로 패배를 곱씹고 있다는 느낌을 받았다.

"나는 로마를 위해 공공 소방대를 조직하고 싶어요."

나는 그의 관심을 다른 데로 돌리려고 애썼다.

"계획도 세웠고 청사진도 있어요."

"엄청난 공적자금을 사용하기에는 좋지 않은 시기야."

"생각보다는 돈이 덜 들 거예요."

"정확히 얼마 정도냐?"

시칠리아 패배에 대한 생각을 한옆으로 치우고, 공공 소방대를 논의하는 것은 우리에게 중요한 의미가 있다고 생각했다.

늦은 오후에 타비우스는 마에케나스를 불렀다.

"자네가 아테네에 있는 안토니에게 가주면 좋겠어. 내가 섹스투스를 격퇴시키는 걸 도와주는 게 그에게도 이로울 것이라고 우리 누나와 함께 그를 설득해줘."

옆에 앉아 이야기를 듣던 나는 '섹스투스 격퇴'라는 말에 마음이 움찔했다. 그는 내게 아무것도 바라는 것 없이 친절을 베풀었다. 그러나 그와 내 남편은 사생결단의 싸움에 갇혔다. 나는 마음을 모질게 먹어야 했다.

"안토니는 파르티아를 침공할 때 자네가 지원해주겠다는 약속을 원할 거야."

마에케나스가 말했다. 그 당시 안토니는 파르티아 제국을 정복해서 제2의 알렉산더 대왕이 되고자 계획했다. 타비우스는 고개를 끄덕였다.

"그럼 아그리파를 본국으로 데려올 건가?"

"물론이지."

타비우스는 얼굴을 다른 데로 돌렸다.

"갈리아에서 그가 승리한 건 위대한 일이야. 당연히 업적을 축하받을 만한 자격이 있어."

마에케나스는 얼굴을 찌푸렸다.

아그리파의 승전을 공식적으로 축하하는 것은 타비우스 자신이 겪은 참패를 오히려 강조하고 로마인에게 둘 중 누가 더 위대한 장군인지 선포하는 일과 같았다. 한편 모든 군대 사령관은 승리의 마차를 타고 로마 거리를 달리는 꿈을 꾸었다. 아그리파의 승리를 부인한다는 것은 우리가 가장 필요로 하는 친구를 떼어내는 위험이 될 것이다.

"당신은 아그리파가 이번에 이룬 승리에 대한 가치를 인정하려고 하세요?"

나는 타비우스에게 말했다. 그는 한참동안 나를 쳐다본 후 마침내 고개를 끄덕였다. 마에케나스가 돌아간 후 타비우스는 나에게 부탁했다.

"아그리파에게 편지 좀 쓸 수 있어? 지금 내가 올바른 마음으로 축하할지 잘 몰라서 말이야."

아그리파에게 가는 편지는 그날 갈리아로 보내졌고, 답이 빛의 속도로 돌아왔다. 타비우스가 서재에서 답장을 읽는 동안 나는 같이 있었다. 그는 놀라고 충격을 받은 것 같이 보였다.

"도대체 그가 뭐라고 해요?"

나는 물었다. 그리고 아그리파가 자만으로 우쭐해져 귀환을 거절하거나 우리를 돕지 않겠다며 오히려 타비우스에 대항할 기색을 보이는 불쾌한 답장을 상상했다.

"그는 즉시 돌아올 것이라고 말했어. 그리고 우리는 섹스투스를 격퇴시킬 거야. 그는 끝없는 감사로 편지를 가득 채웠고, 내가 그에게 개선 행렬을 제시한 이 순간을 절대로 잊지 않을 거라고 했어. 그가 쓴 몇 마디로 볼 때 이것이 그에게 얼마나 중요한지 알 수 있어. 하지만 그는 지금 개선 축하식을 단연코 거절하고 있어."

"어째서요?"

"그것은 이 시기에 적절한 일이 아닐 걸세."

타비우스는 편지에 있는 그 구절을 읽고 이해가 안 간다는 듯 고개를 흔들었다.

"그가 한 말은 그게 전부야."

마에케나스는 그리스에서 편지를 보내 안토니가 섹스투스 침공을 위한 연대에 관해 타비우스와 사적으로 논의하고 싶어 한다고 알렸다. 타비우스는 타렌툼 시에서 그와 만나기로 했다. 그는 나와 함께 가고 싶어 했다. 타비우스의 누나가 그곳에 있기 때문에 어떤 면에서 이것이 내가 한 번도 만나지 못한 가족 모임의 의미도 있었다. 그렇기는 하지만 습지대로 이어지는 불편한 육로 여행에 아이들을 데리고 가는 것은 무리가 있었다. 줄리아의 엄마는 딸을 기꺼이 맡을 것이고, 내 아들들은 어차피 함께 살지 않았다. 이 여정은 한 달이 채 못되게 집을 비우게 될 것이었다. 그럼에도 줄리아를 내 아이처럼 돌보았기 때문에 세 아이를 두고 떠나는 게 망설여졌다. 그러나 결국 무엇보다 타비우스의 일을 우선으로 여기고, 어린 아이들에게 작별키스를 했다.

타비우스와 나는 마차로 5일간 여행했다. 평온한 여행을 한 후 우리는 타렌툼에 도착했다. 빛나는 대리석 건물들과 정교한 동상들로 넘치는 이 아름다운 소도시는 그리스인들이 세웠지만 이탈리아 남부에 위치했다. 안토니는 그곳에 빌라를 갖고 있었다. 그는 타비우스에게 떠들썩하게 외치는 소리로 인사를 하며 포옹하고는 내게도 양팔로 인사했다. 옥타비아는 아주 조용하게 인사했지만, 타비우스를 보았을 때 얼굴에 부드러운 애정이 드러났다.

타비우스는 언젠가 내게 누나가 거의 모든 사람을 좋아한다고 말한 적이 있다. 그런데 나를 좋아하지 않는다는 사실은 처음부터 알았다. 그녀가 미소를 지으며 내게 인사했을 때 그녀의 눈은 타비우스와 같은 푸른 눈이었지만 온기가 없었다.

"마침내 당신을 알게 되어 기뻐요."

서툰 거짓말쟁이의 긴장된 어조였다.

그녀는 27세로 우윳빛 피부의 소녀 같은 모습이었고, 모든 사람이 보고 싶어 하는 베스타 제단의 처녀 같은 품위를 지녔다. 그녀는 안토니의 아기를 임신하고 있었고, 열다섯에 결혼했던 늙은 원로원 의원인 첫 남편과의 사이에서 낳은 아들과 두 딸의 엄마이기도 했다. 내 추측이 맞다면, 첫 결혼에서 정열은 깨어나지 않았을 터였고 안토니 역시 그녀의 정열을 깨워주지는 않았다. 사람들이 염문에 대해 떠벌렸기 때문에 클레오파트라가 안토니의 쌍둥이를 낳았다는 것을 틀림없이 알았을 것이다. 나는 그녀가 그런 별난 무대에 뛰어들어 경쟁하려고 하지는 않았다고 생각했다. 무대란 클레오파트라가 모든 포상을 독차지하는 상황을 뜻했다. 하지만 그녀는 남편과 남동생 사이에 평화와 우정을 유지하기 위한 로마에 대한 책임감을 알고 있었다. 가끔 같이 읽었던 타비우스에게 보낸 그녀의 편지에서 그녀가 자신의 노력으로 타인에게 도움이 되는 모든 것을 다했다는 사실을 알았다.

안토니의 권력을 감안할 때 많은 사람이 안토니를 최고의 남편감으로 생각했을 것이다. 나는 그가 사적인 친밀감에서 옥타비아가 선택할 수 있는 배우자로서는 거리가 멀지 않았나 짐작했다. 타비우스는 가끔 다소 죄책감을 느끼며 누나를 거의 존경하듯 말했다. 그는 누나에게 지운 무거운 부담을 알고 있었고, 누나가 언짢아하거나 한 번도 나무라지 않는 것을 고맙게 생각했다.

옥타비아와 내가 서로 좋아할 수 있을까? 의무를 생명처럼 여기는 그녀의 입장에서는 내가 연애결혼을 위하여 의무를 져버리고 남편과 애들을 버린 여자로 보였을 것이다. 나는 그녀한테서 혼자서 이룰 수 있는 이상적인 여성의 전형을 보았다.

빌라에서 남편들은 세상의 운명을 결정하고 있었다. 한편 옥타비아와 나는 여러 시간 동안 장미와 아이리시 꽃향기가 나는 정원 한쪽에 앉아, 함께 있는 부담을 참으며, 애들과 집안일에 대해 끝없이 이야기를 이어갔다. 나는 사람과 대화하는 게 그렇게 어려운지 거의 느낀 적이 없었다. 초반에 둘은 정치 이야기를 꺼렸다. 옥타비아에게 옷이나 머리 스타일에 대한 것조차 말할 수 없었다. 도통 관심이 없어 보였기 때문이다. 마침내 나는 그녀가 독서를 많이 한다는 것을 알았다. 내가 이전에 좋아했던 것보다 훨씬 더 많이. 그래서 우리는 시에 관해 이야기를 했고, 특히 마에케나스가 발굴한 새로운 시인과 예술가들에 대한 후원 활동에 대해 말했다. 그때 그녀가 물었다.

"타비우스가 한때 시인이 되고 싶어 했다는 것을 알아요?"

"그리고 비극도 쓰고 싶어 했죠. 네, 알고 있어요."

"소년 시절에 아름다운 시를 쓰기도 했죠. 어머니가 그 시들을 잘 보관했지만 돌아가신 후 어디에 보관했는지 찾을 수가 없었어요. 참 유감스러워요. 내가 그것을 보관하고 싶었는데. 그런데 타비우스가 더 이상 시를 쓰지는 않죠?"

"그럴 시간이 있을까요?"

"그는 자신의 일부를 죽인 것 같아."

나는 그녀를 응시했다.

"내 말은 시를 포기했다는 뜻이에요."

그녀는 입술을 물고 내 눈을 피했다. 나는 마침내 마음속에서 최고의 주제를 끄집어냈다.

"안토니가 이번 전쟁에서 타비우스를 도울 거라고 생각하세요?"

"물론이죠. 그는 섹스투스를 무법자로 규정하는 데 동참할 것이고 타비우스에게 함대를 보낼 거예요. 그리고 나중에 그가 파르티아 전선으로 갈 때 타비우스가 그에게 몇 사단을 빌려줄 걸로 기대하겠죠. 또 다른 전쟁을 치루기 위해서."

그녀는 긴 숨을 내쉬었다.

"적어도 두 사람 사이에 친선을 구축할 수 있겠지만, 잘 이루어지지 않을 거예요. 안토니가 하는 방식 때문에요. 타비우스가 와서 개인적으로 도움을 요청하게 만들고 있거든요."

"그를 설득해서 다르게 처리할 수 없나요?"

"안 돼요. 나도 노력했어요. 타비우스가 예민하다는 것을 잘 알아요. 구걸은 그에게 죽음과 같죠. 허약하거나 작다는 기분도 역시 그를 죽이는 거고. 하지만 안토니는 그런 것을 보지 않아요. 오직 줄리어스 시저의 후계자는 자신이 되어야 한다고 볼 뿐이지. 알다시피, 그는 그것을 기대했어요. 어느 날 밤 과음한 뒤에 그러더군요. 그 후계자리를 위해 싸웠으나 무시당했다고요."

그녀는 잠시 말을 멈췄다.

"나는 모든 사람을 불쌍히 여기고, 그것이 내 약점이기도 해요."

그녀의 표정이 바뀌었다. 마치 문을 닫아버리는 것 같았다.

"당신은 그런 약점은 없죠?"

나는 머리를 흔들며 말했다.

"아니요. 어쩌면 전에는 있었는지 모르지만, 이제는 벗어났어요."

그녀에게 할 말은 아니었다. 그녀는 마치 어린아이 취급을 당한 듯한 모욕을 느낀 것 같았다. 솔직히 말이 잘못 나갔지만 느낀 대로 표현했던 것이다. 어떤 면에서 그녀는 마치 어린아이처럼 나를 대했다.

우리는 함께 이틀 정도를 더 어울리며 보냈고, 문제가 되는 이야기는 한마디도 하지 않았다.

안토니와 타비우스는 협정을 체결했다. 두 사람은 앞으로 5년간 평화를 유지하며 전쟁 시 서로 지원한다고 성스럽게 서약했다. 뒤이어 안토니는 사적인 유대관계를 증진할 목적으로 고별 만찬을 주최했다. 여기에 대해 내가 기억하는 것은 안토니가 타비우스의 신경을 건드렸다는 것이다. 그가 와인을 여러 잔 마신 후에는 그 정도가 더 심해졌다.

"드루실라."

안토니는 여전히 합당하게 내 이름을 부르지 않았다.

"나는 당신 아버지를 존경해야 했어요. 필리피에서 당신 아버지가 싸움을 걸어왔었죠. 진짜예요. 그는 겁쟁이가 아니었어요. 그는 무척 위태로워 보였죠. 그리고 내가 전쟁터 한 가운데를 둘러보는

데…… 그때 내가 보지 못한 사람이 누구였을까?"

그는 웃었다.

"그는 어디 있냐고 내가 물었지. '줄리어스 시저의 선택받은 후계자는 어딨지? 그의 텐트 속에? 맙소사, 어떻게 여전히 텐트 속에 있을 수 있냐구?'"

그는 타비우스를 쳐다보고 고개를 흔들며 이를 드러내고 웃었다.

"당신의 불운이었죠. 안 그래요? 그날 병이 나다니."

"불운이라."

타비우스가 그의 말을 따라했다. 그리고 씩 웃었다. 그러나 타비우스의 눈은 베디우스 빌라에 있을 때와 똑같아 보였다. 냉담한 불길 속 푸른 빛 같이. 나는 공포를 느꼈다. 누구를 위한 공포였을까? 아마 안토니였을 것이다. 놀랍게도, 안토니였다. 순간 어떤 생각이 떠올랐다. 표면적으로 볼 때는 터무니없는 생각이었지만.

'타비우스가 그를 죽일 것이다.'

옥타비아는 전혀 핵심이 없는 말을 시작했다.

"날씨가 얼마나 시원한지 느꼈죠? 머지않아 곧 더워질 거예요. 그러면 우리는 다시 시원한 날씨를 원하겠죠?"

"날씨가 더워지면 어린 아들이 태어날 거야."

안토니가 그녀의 배에 손을 갖다 댔다. 그들이 식탁 카우치에 함께 앉아있는 동안에는 꽤 사랑하는 부부인 듯 보였다. 비록 그들 중 한 사람만 그렇기는 하지만. 게다가 안토니는 술을 마셔서 얼굴이 벌게졌다.

다음날 헤어질 때가 되었다. 우리는 안토니의 빌라 밖 길에 서 있었다. 타비우스와 나는 다시 로마로 가기 위해 마차에 막 올라타려던 참이었다. 안토니는 타비우스보다 머리 반 정도 더 크고, 어깨 근육이 튜닉 안에서 불쑥 올라와 있었으며, 수소 같은 목을 가졌다. 그가 타비우스와 나란히 서 있으면 신체적으로 서로 어울리지 않았다. 안토니의 거구는 그의 군사력이 더 큰 것을 상징하는 것 같았다. 그 점이 타비우스가 회의 내내 안토니가 제공하는 음식을 반항적으로 모조리 받아들인 이유가 된 것 같았다.

안토니는 공식적으로 섹스투스에 맞서 타비우스와 연대했고, 그에게 전투용 갤리 군함 120척을 주었다. 그러나 둘은 이전보다 더 사이가 악화된 채 헤어졌다. 그렇기는 해도 타비우스의 조카를 임신한 채서 있는 옥타비아는 우리 관계를 엮는 깨어질 수 없는 고리였다.

타비우스는 옥타비아를 팔로 안았고 남매는 서로 놓아주고 싶지 않은 것으로 보였다. 안토니는 어설프게 옥타비아의 어깨를 쓰다듬었다.

"이봐, 당신, 남동생과 오랫동안 헤어져 있을 필요가 없어. 나는 곧 전쟁에 나갈 건데, 당신 혼자 그리스에서 기다릴 이유가 있겠어? 로마에 가서 한동안 있어도 돼. 내 집도 아직 거기 있으니 편할 거야. 당신 애들, 내 아들들 모두 데려가. 가족 전부 같이 가라구. 나는 안틸루스와 줄루스가 로마인임을 잊게 하고 싶지 않아. 어때?"

안토니가 누구에게도 친절을 베푸는 걸 본 적이 없었기 때문에 나는 깜짝 놀랐다. 옥타비아는 타비우스를 놓고 안토니를 껴안았다.

"고마워요. 그게 좋겠어요. 진짜 애들을 데려가도 돼요? 당신도 로마에 함께 갈 수 있다면 얼마나 좋겠어요."

나는 진실로 타비우스가 이런 대화에 가슴이 뭉클해졌다고 생각한다. 그의 얼굴이 부드러워졌고, 옥타비아는 또 다시 타비우스를 포옹하며 말했다.

"그럼 조만간 다시 만나자."

"잘 됐어요. 이번에 로마에 돌아오면 한동안……."

타비우스는 안토니를 보며 누나에게 키스했다. 다음 순간, 안토니는 과연 안토니다운 태도로 모든 것을 짓밟아야 했다.

"좋았어, 소년."

그는 '소년'이라고 말했다. 그리고 한바탕 으르렁거리는 듯한 소리로 웃었다.

"그런데 네 배를 가라앉힌 것처럼 내 배를 바다에 수장시키면 안 돼요. 알겠지?"

이것이 안토니가 타비우스에게 한 마지막 말이었다. 결코 얼굴을 맞대고 해서는 안 되는 말이었다.

어쩌면 악령이 그 말을 들었을지 모른다.

'내 배를 수장시키지 마라.'

어쩌면 격노에 찬 바다의 신 넵튠이 직접 들었을지 모른다.

타비우스와 아그리파는 시칠리아에서 양면 공격을 준비했다. 그들은 각자 거대한 선단을 이끌었다. 마에케나스는 마법적인 외교술을 발휘하여 레피두스를 북아프리카로부터 그들을 돕도록 끌어냈다. 그래서 시칠리아 해안에 레피두스의 12사단을 상륙시키는 성공을 거두었다. 이후 거대한 태풍이 몰아쳤다. 아리그파의 지휘를 받던 선단은 태풍을 잘 참고 견뎠다. 타비우스는 자신의 배들을 보호하기 위해 이탈리아 해안선의 만 안쪽으로 피하도록 명령했다. 악한 신에게 인도된 듯 태풍은 타비우스가 있는 그 만으로 향했다. 배들이 태풍을 피하기 위해 바다로 나가는 건 불가능했고 그들은 그대로 갇혔다.

그 소식을 나도 들었고 전 로마 역시 들었다. 또 한 번 선단을 잃고 빠져 죽을 뻔했던 타비우스는 해안으로 간신히 올라와 바람을 향해 소리쳤다.

"비록 넵튠이 나의 승리를 원치 않아도 반드시 승리하겠다."

그는 오랫동안 서서 만을 보았다. 만은 죽은 시체로 가득 찼다.

이번에는 웃을 수도, 밖에 나갈 수도 없었다. 아무 일도 없는 것처럼 가장할 수도 없었다. 로마 길거리마다 죽은 아들을 부르는 어머니들의 통곡 소리를 들을 수 있었다. 첫 패전보다 인명손실이 컸고, 지금은 재난에 재난이 다시 겹친 것이며 처참한 공포임을 모두가 알았다. 지난번에는 타비우스가 충고를 잘못 받아서 패전했다. 하지만 지금은 자신의 직관에 따라 만으로 들어간 것이었다.

타비우스가 노름을 좋아한다는 걸 아는 어느 길거리 시인은 이 사건을 두고 짤막한 노래를 지었다. 그 속에서 재치 따위는 찾아볼 수 없는데도 그 시는 여기저기서 되풀이 되었다.

> 그는 바다에서 두 번이나 당하고
> 그리고 두 선단을 잃었고
> 그리고 이제 단 한 번 승리하기 위해
> 그는 온종일 주사위를 던지네

타비우스는 파리하고 지친 몸으로 돌아와서 내게 겨우 인사 한 마디를 중얼거렸다. 그는 서재로 들어갔다. 그가 벽을 응시하는 동안 나는 옆에 앉아서 아무것도 묻지 않았다. 그가 내게 완전히 함구할까 두려웠고 내게 나가라 말할까 두려웠다. 그가 수치심에 이러는 것을 이해할 수 있었다. 맙소사, 두 개의 선단이라니. 그는 두 선단을 모두 잃었다. 도대체 로마 전 역사를 통틀어 그렇게 짧은 기간 동안 두 선단을 잃은 사람이 누가 있단 말인가?

하필 왜 그 좁은 만으로 들어갔을까? 군이 왜 섹스투스에게 공세적 침략을 감행했을까? 타협은 없었을까?

나는 남편 옆에 앉아도 달콤함을 느낄 수 없었다. 그러기는커녕, 내가 생각할 때 그가 내린 결정은 우리를 어려운 지경까지 내몰았고 기분 같아서는 그의 뺨이라도 때리고 싶은 심정이었다. 나는 그가 침몰하면서 나도 함께 가라앉는 모습을 그려 보았다. 그가 무력해졌다고 말하는 것은 해결의 시작이 아니었다.

섹스투스에게 평화를 청하기에는 너무 늦었다. 타비우스는 어쩔 수 없이 대참패 이후 승리를 이룩해야만 했다. 오직 승리만이 그의 군내가 겪은 손실을 정당화할 수 있다. 그렇지 않으면 이렇게 될지 최근의 역사를 통해 충분히 알고 있었다. 또 한 차례 패한다면, 군대는 그를 버리기 시작할 것이다. 만약 그가 권력에서 쫓겨나면 결코 살아남지 못할 게 틀림없었다. 그는 적에게 쫓기거나 살해당할 것이다. 혹은 목숨을 끊는 것 외에 다른 명예로운 대안이 없게 될 것이다. 그리고 나는 아이들을 친부에게 맡기고 포르티아나 어머니가 갔던 길을 따르게 될 것이다. 나는 티베리우스 네로가 자살을 말했을 때 겁쟁이라고 불렀던 사람이다.

나는 두려움에 질려 앉아있었고, 타비우스는 깊은 헛기침을 했다. 이상하게도 그 기침소리는 그에 대한 내 사랑이 얼마나 절실했는지를 상기시켰다. 자세히 그의 얼굴을 살폈다. 이전에는 본 적 없는 공허하고 자포자기한 모습이었다. 그의 고통이 곧 나의 것이었다. 그가 백여 척의 함대를 잃을 수 있다 하더라도 나는 그를 사랑할 것이다.

'아니야. 우리 둘 다 죽지 않을 거야. 무슨 일이 있더라도 우리는 살아남을 거야. 나는 그가 파멸하도록 두지 않을 것이다. 절대로.'

나는 말했다.

"이것은 시험의 때일 뿐이에요. 영웅의 운명에 일어나는 일들이에요. 신들은 당신이 어떻게 해나가는지 보고 싶어 해요."

그의 목소리가 먼 밖에서 들려오는 것 같았다.

"당신 정말 그렇게 믿어?"

"확신해요. 보세요. 이 전쟁은 당신에게 유리하게 전개되고 있어요. 레피두스가 이미 시칠리아에 상륙했어요. 아그리파 선단은 태풍 피해를 입지 않았죠. 당신은 승리할 거예요. 신념을 가져야만 해요."

하늘에서 월계수 가지를 입에 물고 떨어진 암탉을 생각했다. 신은 우리에게 승리를 약속한 게 틀림없었다.

"불과 며칠 전에 별장지기로부터 월계수 가지가 뿌리를 내렸다는 소식을 들었어요. 그리고 암탉은 병아리들을 부화시켰어요. 과연 그 닭이 살 수 있을지 염려했던 거 기억하죠?"

"하지만 그건 당신의 징조였지, 나의 징조는 아니야."

나는 고개를 흔들었다.

"내 운명은 당신과 별개가 아니에요. 나는 떨어진 운명을 원치 않아요. 원하지도 않고 용납할 수도 없어요."

사람들은 한결같이 내가 티베리우스 네로를 버리고 기회주의적인 이유로 시저 옥타비아누스한테 갔다고 추측했다. 어쩌면 타비우스조차 자신의 혁혁한 성공 때문에 내가 그를 흠모했다고 믿었을 것이다. 만약 그랬다면, 지금 이 순간에 그에 대한 내 사랑이 그가 짐작했던 것과 다르다는 것을 알게 될 것이다. 나의 사랑이 생각보다 훨씬 깊다는 것을.

나는 그때까지 타비우스가 자신에게 손 대기를 원치 않는다고 생각했고, 나와 벽을 쌓은 것 같았다. 지금 둘 사이에 벽이 없어졌다. 너무나 자연스럽고 편하게 나는 그의 손을 잡았다.

"당신은 승리해요. 모르겠어요? 그 외에 다른 가능성은 없어요."

그는 낮은 소리로 말했다.

"태풍이 어땠는지 당신은 상상할 수도 없을 거야. 고함치는 사람들, 침몰하는 배들, 물이 너무나 많이 하늘에서 쏟아 붓고 바다로부터 퍼부었어. 인간이 견딜 수 있는 게 아니었어."

"당신이 언젠가 우리는 물에 빠져죽기도 어렵다고 말한 거 기억해요? 사실이에요. 당신은 안 죽었죠?"

"그래. 물에 빠져죽을 사람은 바로 섹스투스야. 자기를 바다의 신 넵튠의 아들이라고 부르는 그 작자 말이야."

그의 목소리에는 인정하기 싫은 불안함이 있었지만, 이전보다 생기가 살아났다. 우리의 불행한 상황에서 나의 역할은 부리에 승리의 월계수를 물고 하늘에서 떨어지는 암탉이었다.

"물론 전쟁이 앞으로도 계속 되겠죠?"

"그럴 거야. 겨울이 오기 전에 시칠리아를 점령해야 돼."

며칠 후 로마 원형경기장에서 검투대회가 있었다. 우리는 거의 모든 행사에 참석했기 때문에 이번에도 참석했다. 숨어있는 것처럼 보이고 싶지 않았다. 원형경기장에서 타비우스와 내가 앉는 전용 특별석은 뒷좌석의 여자들이 나를 볼 수 없게 막아주는 곳이었다. 나는 격투경기를 즐겼지만 사람이 죽지 않을 때가 더 좋았고, 타비우스도 그랬다. 특히 우리의 삶 가운데 우리의 존재가 위험스럽기 때문에 누군가 죽는 것을 보고 싶지 않았다.

첫 경기는 상당히 재밌었다. 경기에 진 검투사는 합리적으로 잘 싸웠고, 마침내 칼이 목에 닿자 손을 들고 자비를 호소했다. 칼을 내리라는 지시로 타비우스는 엄지를 밑으로 내렸고, 그래서 둘 다 살았다.

두 번째는 찌르고 슬쩍 피하기를 계속하는 지루한 싸움이었다. 사람들은 간식을 사러갔고 점심을 먹었다. 나는 소시지와 값싼 술 냄새를 맡았다. 내 마음은 다른 곳에 가있었다. 그때 경기장에서 고함소리가 났고, 아래 모래밭으로 내 관심이 돌아왔다. 경기가 끝났다. 부상당한 투사는 칼을 떨어뜨리고 다친 무릎을 꿇었는데 죽을 정도는 아니었다. 그는 전용석의 타비우스를 향해 손을 들어올렸다.

경기장 군중의 반은 죽이라고, 또 반은 살리라고 고함쳤다. 우리와 같이 앉아있던 원로원 의원 콜부스는 타비우스에게 중얼거렸다.

"이번에는 죽여야죠. 사실 싸움이란 가혹한 거예요."

어쩌면 타비우스는 비위가 상했을 지도 모른다. 그래서 다시 그의 엄지를 밑으로 내렸을 것이다. 죽이기를 원했던 군중들로부터 불평이 일었다.

이어서 단검과 방패를 든 검투사와 삼지창과 그물을 든 검투사가 모래 경기장으로 걸어 나왔다. 투덜거림이 "넵튠! 넵튠!"이라고 외치는 소리로 바뀌었다. 나는 등골이 오싹했다. 물론 넵튠은 삼지창을 들고 있는 모습으로 묘사된다. 그러나 넵튠이 섹스투스 폼페이의 수호신임을 모든 이가 다 알았다.

연호하는 소리에 사기가 들뜬 삼지창 검투사가 그의 적에게 그물을 씌우고 정어리처럼 삼지창을 꽂았다. 죽음을 원했던 사람들이 그것을 얻었다. 승리자는 자기 무기를 끌어당겨 쓰러진 검투사의 내장을 파냈다. 피가 모래 위에 스몄고 그는 삼지창을 흔들어 내장을 공중에 날렸다. 원형경기장 안에 환호성이 으르렁댔다. 타비우스와 나는 의무적으로 손뼉을 쳤다. 그러자 상당수의 군중이 연호하며 외치기 시작했다.

"넵튠! 넵튠! 넵튠!"

그 소리는 먼 곳에서 쾅쾅거리는 천둥처럼 위협적이었다. 그것은 승리한 검투사에게 보내는 찬사가 아니었다.

로마인은 승자를 좋아했다. 그들은 함대를 잃은 사령관을 좋아하지 않았다. 만일 이 순간에 로마인에게 섹스투스와 타비우스에 대한 자유 선택권을 주었다면 그들은 넵튠의 아들을 선택했을 것이다.

구호가 점점 커졌다. 분노와 냉소가 짙어진 얼굴들이 우리를 향했다. 나는 그대로 앉아서 정면을 직시했다. 어떤 다른 행동도 자칫하면 약점으로 비춰질 수 있었다. 내 가슴이 뛰었다. 사람들이 우리 좌석으로 뛰어올 것만 같았다. 그런 경우에 타비우스 옆에 선 호위병들이 충분히 우리를 보호할 수 있을까? 아니면 우리의 사지가 찢겨질까?

옆자리의 콜부스가 낮은 소리로 타비우스에게 말했다.

"가장 시끄러운 우측으로 군인들을 좀 보내는 게 좋겠는데요. 말을 못 하게 입을 막아야죠."

나는 타비우스가 이 멍청한 제안을 따를까봐, 그래서 폭동을 형성시킬까봐 잔뜩 긴장했다. 내가 말을 꺼내기 전에 타비우스가 웃음으로 정리했다.

"친구여, 나는 그런 것은 꿈도 꾸지 않아요. 그들은 로마의 자유인들이에요. 내가 누구라고 넵튠을 연창하지 못하게 해요?"

새로운 두 검투사가 모래 위로 걸어 나와서 주의를 빼앗았다. 그들이 싸우기 시작하자 연호가 멈췄다.

"이제 갈까요?"

나는 타비우스에게 속삭였다.

"내 사랑, 아직 가면 안 돼."

그는 내게 미소 지었다. 그를 바라보는 누구라도 아마 우리가 즐거운 이야기를 하고 있다고 생각했을 것이다. 그는 "우리가 사냥감처럼 달아나면 그들은 늑대떼 같이 따라올 거야"라고 속삭였다.

"우리는 여기 앉아 경기를 봐야 돼. 그리고 조용해지면 그때 떠나는 거야. 아주 천천히."

"그래요. 당신이 옳아요."

"미소를 떠어요, 내 사랑."

나는 다음 경기를 보지도 않고 멍하게 있었다. 패배한 검투사가 잘 싸운 것만은 틀림없다. 왜냐하면 땅에 누워 손을 들고 살려달라고 자비를 구하자 군중 거의 모두가 살려주기를 원했기 때문이다. 타비우스도 동의했고, 경기장이 그를 살리는 것을 승인하는 고함소리로 가득 찼다. 두 검투사가 모래에서 비틀거리면서 밖으로 나가는 동안에 그와 나 역시 자리에서 일어났다. 입 안이 바싹 말랐다. 우리는 천천히 조심스런 발걸음으로 호위병들에 둘러싸여 둘 다 미소를 지으며 그곳을 떠났다.

마차를 타고 집으로 돌아오면서 공포가 가라앉더니 분노가 차올랐다. 내 마음의 일부가 타비우스를 향해 외쳤다.

'다시 누누이 말하지만, 당신은 너무 대중들의 인기에 관심을 기울이지 않아요. 그 결과가 어떻게 됐나 보세요. '넵튠! 넵튠! 넵튠!' 하고 소리치잖아요. 당신이 로마를 위해 무슨 일을 했죠. 신전 몇 개 수리한 것밖에 없잖아요? 로마인들이 가리키며 칭찬할 수 있는 공공사업은 마땅히 없잖아요? 만약 당신이 내 조언을 따라 주었다면 적어도 소방대는 설립했을 거고, 그러면 대중이 당신을 사랑했고 어쩌면 당신 편이 됐을지 몰라요. 어쩌면 형편없는 해적 섹스투스를 외치지도 않았을 거예요!'

나는 혀를 깨물었다. 우리가 싸우고 있을 때가 아니었다. 로마인들은 때에 따라 자신들을 위해 가장 일을 많이 했던 지도자조차 그들의 별이 떨어질 때는 배신했다. 승리만이 두 번의 패배를 보상할 수 있다. 하지만 내 생각에 타비우스는 국민의 사랑을 받을 일을 하지 않았고, 해야 할 가치가 있는 일도 안 했다. 이런 일을 했다면 이런 중요한 시기에 보호 장치로 작용할 수도 있었을 것이다.

다음날 나는 부드럽고 다정한 목소리로 내가 생각하는 것을 대강 말했다. 그는 나를 무표정하게 쳐다보며 말했다.

"지금 소방대를 신경 써야 해? 나는 전쟁을 치루고 있어."

'당신은 전쟁에 지고 있어요.'

나는 한숨을 쉬었다.

"나는 사람들이 내가 사랑하듯 당신을 사랑하길 바라요."

"때때로 당신은 나를 피곤하게 해. 시칠리아를 얻기 위해 나는 또 다른 함대를 모으는 일에 자산을, 내 '모든' 재산을 쏟아 부어야 해."

우리는 타비우스의 서재에 있었다. 그는 책상에 놓인 서신 더미에서 납판 하나를 집어 들고 읽기 시작했다. 가끔 성가시면 내가 거기 있는데도 그런 식으로 서신을 읽기 시작했다. 나를 무시한다고 말하는 그의 방식이었다.

나는 아들에게 하듯 그의 머리카락을 헝클었다. 그가 나를 쳐다보자 미소를 짓고 목을 애무한 다음 그의 튜닉 아래로 손을 넣어 어깨를 쓰다듬었다. 그가 읽던 납판을 내려놓았다. 그의 손이 내 스톨라 밑으로 들어가서 무릎을 애무하고 넓적다리를 기어오르는 것을 느꼈다. 전율이 온몸에 퍼졌다.

그리고 얼마 후 나는 마침내 공공 소방대를 얻었다. 혹은 로마가 소방대를 갖게 되었다고 말할 수 있겠다. 오래지 않아 타비우스는 로마 시민들의 공익을 위해 기획된, 항시 염두에 두고 있던 새로운 공공 사업에 관하여 원로원에서 연설했다. 그것은 아직 계획 단계였지만 시칠리아를 손에 넣은 후에 바로 시작될 것으로 언급했다. 이것은 내 생각과 일치되어서 대단히 기뻤다.

곧 그는 다시 내 곁을 떠났다. 침울한 어느 아침에 그를 또 다시 전송하기 위해 현관 입구에 서 있었다. 타비우스가 섹스투스와의 전쟁에서 또 패배하면 우리 둘은 끝이라는 깊은 부담을 느꼈다. 나는 용기가 흔들리지 않도록 자신에게 다짐했다. '승리하고 돌아오세요.' 나는 로마 대장군의 부인들이 예로부터 해온 용기를 주는 말을 확신을 갖고 하려고 했다. 하지만 나는 다른 말을 했다.

"내 사랑, 가능하다면 이번 전쟁에서 자비를 보여주세요. 부탁이에요. 심지어 섹스투스라고 해도, 목숨을 살려줄 수 있다면 꼭 그렇게 해주세요."

상황을 감안해볼 때 섹스투스에게 자비를 보이라는 요구는 절대로 그에게 기대할 수 있는 일이 아니었다. 처음에 그는 혼란스럽고 놀라는 모습이었다. 그런 다음 입가가 위로 올라갔다.

"당신은 나의 승리를 확실히 믿고 있는 것 같아."

"네, 그래요. 나는 신이 자비를 사랑한다고 믿어요. 그들은 당신이 자비로운 마음을 가질 때 같은 편이 될 거예요."

한쪽으로 살짝 기운 미소가 입가에 있었다.

"정말로 그렇게 믿어?"

"네."

타비우스는 남편이 철없는 아내를 사랑스럽게 보듯 나를 바라보았다. 그리고 나를 껴안으며 키스하고 다시 떠났다.

나는 타비우스가 멀리 있을 때 내게 보낸 편지를 보관했다. 대개는 납판에 그저 닐러 쓴 글에 불과했고, 이제는 바래어 잘 보이지 않았다. 때로는 파피루스 양피지에 긴 글을 쓰기도 했다. 그는 전쟁의 상황보다는 나에 관해 썼고, 암호나 사적인 말을 사용했다. 그리고 마주보고 있을 때보다 더 솔직하고 자연스럽게 썼다. 나는 편지를 읽으며 과오 없는 강건한 자세로 일과를 마치고 허름한 군대 텐트 안에 있을 그의 모습을 그려보았다. 그는 온종일 기다린 후에야 투구를 벗어 놓고 편지를 쓰며 나를 대할 수 있었을 것이다.

내 사랑, 이 편지가 당신과 아이들 손에 무사히 들어갔을 거라고 믿어. 그때쯤이면 이미 시칠리아 전투 결과를 들었겠지만, 당신은 전반적인 이야기를 더 궁금해 한다는 것을 잘 알지. 만약 내가 곁에 있다면, 지금도 그러길 몹시 바라지만, 당신은 틀림없이 내게서 모든 것을 다 알아냈을 거야.

나는 당신이 여기 같이 있어서 사랑을 나눌 수 있었으면 하고 자주 생각해. 하지만 아무리 불타는 연인이라도 얼마나 많은 시간을 사랑을 나누며 보낼 수 있을까? 그리고 내가 집에 있을 때 우리가 얼마나 많은 시간을 이야기하며 보내는가? 이곳에서 나는 친구들과 지지자들에 둘러싸여 있지만 이야기할 사람이 없다는 걸 깨달아. 지금 이 순간 가장 간절한 것은 당신과 이야기하고 싶은 거야.

당신이 무슨 말을 할지 짐작해봐? "타비우스, 전쟁에 관해 듣고 싶어요." 맞지? 하지만 영웅담은 기대하지 마.

우리는 우수한 작전을 세워 순조롭게 착수했어. 나는 전함대 지휘권을 아그리파에게 주어 섹스투스를 견제하고 교란시키도록 했지. 다른 선박들도 군인으로 채워서 시칠리아에 상륙한 다음 주둔 중인 레피두스 군대와 합류하도록 계획을 짰어. 아그리파는 적과의 해전에서 승리했지만 섹스투스 군대는 큰 피해를 입지 않고 퇴각했고, 내가 이탈리아 스콜라시움에서 시칠리아로 횡단을 시작했을 때 그들은 반격 준비를 갖췄어.

우리는 두 번 싸웠어. 나의 바다에서의 불운은 혼란 중에도 변함이 없어. 뺏기거나 불탄 갤리선들은 거의 대부분 내 소속이었고 내 배까지 침몰했어. 바다에 떠 있는 작은 배에 기어올라 보니 물이 가득 차 있지, 섹스투스 함대는 추격해오지, 이탈리아 해안으로 간신히 돌아왔어.

나는 무장 호위병 그나에우스만 데리고 있었는데, 그가 멀리서 고함을 쳐서 내가 많은 사람들에게 추격당한다는 것을 알았어. 나는 어떤 경우라도 산 채로 잡히지 않겠다고 결심했고, 아직 바다에 있는 동안 그나에우스를 설득해서 내가 포로가 될 경우 나를 죽이겠다는 성스런 맹세를 받았어. 나의 명운이 가까워졌다고 생각했어. 우리는 오직 그들 눈에 안 띄겠다는 절망적인 희망을 품은 채 몸을 웅크리며 해안을 따라 움직였지. 믿을 수 없게도 친절한 농부 부부가 어디선가 해변으로 달려 나와 나를 도와주었어. 그들은 내가 누군지 알고, 내 아버지를 숭배한다고 말했는데 의심이 갔어도 믿는 수밖에 없었어.

그들은 나를 자기들의 작은 어선까지 데려갔어. 우리가 허겁지겁 올라타자 그들은 내 부대가 집결한 지점까지 데려다 주었어. 군인들은 내가 친구들과 있는 것을 보고 놀랐고, 게다가 살아있는 것을 보고 더욱 깜짝 놀랐어. 나는 배를 출항시켜 마침내 시칠리아까지 건너갔지. 아그리파와 레피두스의 군대가 승리를 거두었고, 내가 도착했을 때는 섬 대부분을 손에 넣은 다음이었어.

리비아, 내 사랑, 내 영혼이 시키는 대로 당신을 믿고 있어. 나머지 이야기를 간단히 하지. 시칠리아 북쪽 끝부분만 남은 섹스투스는 해전에 모든 것을 걸기로 결정했어. 나가서 군대를 이끌기 위해 무장하고 있는 중이었는데…… 무슨 일이 있었는지 나도 모르겠어. 내가 간이침대에 늘어져 있더라니까. 그나에우스가 옆에 서서 나를 굽어보고 안타깝게 손을 비비며 내가 죽었다고 말하는 거야.

내 힘은 중요한 순간에 다 빠져나가가 버리는 거였어. 일어나려고 할 때마다 현기증이 나서 쓰러졌어. 결국 멍하니 누워 있을 수밖에 없었어. 생각만 해도 끔찍해.

아그리파가 나를 걱정하며 막사로 달려왔어. 그는 언제나 절친한 나의 친구로서 내 상태를 보며 말했어.

"고열이 있어. 너무 무리하지 마. 자네는 전쟁을 하도록 명령만 내려주면 돼."

나는 그에게 모든 작전을 처리하라고 명했어.

사람들은 시칠리아 탈환 마지막 전투 때 나의 불참을 두고 갖가지 말을 지어내겠지. 내가 병이 났다고 말하는 것보다 당신이 더 좋은 이야기를 지어낸다면 고맙겠어.

아리그파는 나 없이 섹스투스와 싸우러 출항했어. 놀라운 행운이 아그리파를 따랐어. 초반에 섹스투스의 배 한 척이 충돌하자 항복해 왔어. 그러자 아군 병사들이 승리의 노래를 불렀고, 그것이 다른 배에 퍼져서 마침내 해안에서 보고 있는 우리 군대에까지 퍼졌어. 전체로 퍼진 이 노래 소리가 섹스투스 해군의 자신감을 뒤흔들면서 걷잡을 수 없는 도주가 일어났어. 섹스투스의 해군대장 하나는 자결했고, 다른 하나는 항복했어.

섹스투스 지상군 사령관도 즉시 항복했어. 아그리파는 병사들에게 막 사도 주었는데, 아마 이 이야기는 당신도 기뻐할 것이라고 확신해. 그는 장교들에게 나에게 사면을 구해야 한다는 것을 알렸다고 전하더군. 나는 그들의 머리를 쳤어. 아니야, 내 사랑, 난 안 그랬어. 나는 자비로운 손길에 충분히 인사불성이 되어 그들 모두를 사면해 주었어. 이제 당신, 행복하지?

그렇다면 넵튠의 아들은 어떻게 되었는지 궁금하겠지? 우리의 최신 정보에 따르면 그는 친한 친구 몇을 작은 배에 태우고 동쪽으로 가는 중이야. 내 생각에 그가 안토니 손에 들어갈 것이고, 그것이 그가 할 수 있는 일일 거야. 당신이 이 일을 슬퍼한다면 유감이야.

내가 고열에서 회복됐을 때, 병영 의사들이 머리를 흔들든 말든, 내가 시칠리아를 인수해야겠다는 생각으로 침대에서 벌떡 일어났어. 레피두스가 시칠리아를 양도한다는 협의를 지킬 의도가 없다는 사실을 즉시 알게 되었거든. 우리는 또 다른 전쟁을 준비했어. 하지만 간첩 몇을 파견했고 레피두스 군대의 현 상태에 관한 환영할 만한 보고를 받았어. 그의 군대가 그를 좋아하지 않는다고 말하는 게 더 나을 것 같아.

상황에 따라 주사위를 던져야 할 때도 있어. 올바르게 행동한다면 그들이 나를 위해 레피두스를 버릴 수도 있다고 생각했어. 그래서 기병대에서 지원자를 뽑아 레피두스 진영으로 달려갔지. 우리는 말들을 진영

경계선에 두고 여섯 명의 동행자를 데리고 친근한 미소를 지으며 군인들 행렬을 통과하여 걸어갔어. 나를 알아보고 군인들이 경례했어.

불행하게도 누군가 레피두스에게 이 일에 대해 말해주었어. 그는 병영 침입자들을 격퇴하도록 충성스런 장교팀을 보냈어. 나는 군인들을 이 끌고 레피두스 진영에서 뛰쳐나왔어. 내 뒤에서 조소의 웃음소리를 들었지만 추격은 없었어. 내 진영에 돌아와 손을 머리에 대고 침상에 앉아서 생각했어. 전투란 싸움을 해야만 하는 것이라고. 그때 아그리파가 웃으며 들어와서 말했지.

"군인들이 전부 버리고 우리에게 오고 있네."

얼마 후에는 레피두스도 항복했어. 그는 내 막사에 들어오더니 내 무릎을 잡으려고 몸을 굽혔는데 나는 그를 잡고 그럴 필요 없다고 했어. 그가 기절할 것 같아 보여서 술도 주었어. 나는 그에게 말했어. "나는 지금 시칠리아를 갖고 있는데 당신이 북쪽 아프리카도 내게 양도할 것으로 생각한다." 그러자 그는 공직에서 물러나겠다고 약속했고, 그래서 이탈리아 해안에 있는 그의 빌라로 배에 태워 보냈어.

내 사랑 리비아, 이 편지를 읽으며 생각하겠지. '얼마나 유순한 남편인가. 자비를 베풀라고 이야기했더니 돌연 레피두스 같은 독사까지 살려주고 있구나.' 하지만 당신도 알겠지, 진실은 훨씬 더 복잡하다는 것을, 그렇지?

신은 자비로운 자를 돕는다? 내가 읽은 역사는 그런 관점을 따르지 않았지만, 당신의 신념만은 잘 반영시키고 있어. 나는 당신의 관대한 정신이 없어. 그러나 당신이 느끼고 모든 로마인이 느끼는 것처럼 나도 느끼고 있어. 상호간 학살은 끝나야 한다고. 우리 모두 그런 일에 지쳤지.

조카가 태어났다는 소식에 기뻤어. 그게 누나를 기쁘게 했을 테니까. 이것을 정치적으로 말하면 안토니에게 좋은 일이며, 어린 안토니아를 통해서 우리가 혈연으로 묶였다는 이야기야. 한때 당신에게 그려준 지도를 기억해? 섹스투스도 있었고, 레피두스도 있었고, 그리고 서쪽에서부터 밀려오던 갈리아도 있었지. 이제 지도가 간단해져서 안토니와 나만 남았어.

타비우스는 시칠리아 문제를 해결하느라 한 달이 걸려서야 집에 왔다. 나는 너무나 기쁘게 그를 안았다. 그는 시칠리아 전쟁이 영웅적이지 않다고 했지만, 내게는 그랬다. 타비우스가 우리의 생존을 위해 전쟁에서 이겨야 했다. 게다가 그는 살릴 수 있는 목숨을 모두 살렸다. 로마 사람들, 그리고 특히 귀족들은 그를 전혀 다른 시각으로 볼 것이다. 즉 자제하는 사려 깊은 현명한 통치자로. 더욱 놀랍게도, 많은 로마인의 피를 막기 위해 그는 맨손으로 적군 진영으로 갔다. 역사상 어떤 행동이 이 용기를 능가했는가? 원로원은 이것을 두고 그의 명예를 투표로 인정하여 그의 동상을, 그것도 황금으로 도금하여 세웠다.

그는 재발이 없었다고 말하지만 시칠리아에서 기절했던 일이 나를 염려하게 했다. 어느 날 타비우스가 없는 동안 담당의사 푸스티니우스가 아픈 하인을 보러 집에 방문했다. 나는 그를 내 서재로 불러서 타비우스의 건강에 관하여, 특히 어째서 시칠리아에서 의식을 잃었는지 알려 달라고 했다. 의사는 턱을 문지르며 얼버무리다가 마침내 말했다.

"시저는 천성적으로 예민한 체질이에요. 우리가 아무렇지도 않게 받아들이는 맛있는 음식이나 약간의 불결도 그에게는 부작용이 일어요. 열기나 추위는 그의 상태를 더욱 악화시켜요. 불안, 걱정, 정신적 부담은 물론이고요."

그는 다소 모호한 태도를 보였다. 나는 그를 쳐다보았다. 타비우스가 정신적 부담 때문에 시칠리아에서 기절했다는 뜻일까?

"당신은 내 남편이 누군지 잘 알고 있죠. 또한 매일 과도한 부담이 있다는 것도 알죠?"

"네, 추천하고 싶지 않은 점이에요."

내가 타비우스의 운명에 대한 상황을 바꿀 수는 없다. 대신 그의 치료에 도움이 될 만한 약차에 관심을 가졌다. 내가 그를 최선을 다해 보살피는 것 외에 달리 무슨 방도가 있을까? 후에 악의적인 사람은 이런 약초 연구를 두고 사악한 의미를 부여할 것이다. 그러나 나는 남편이 낫도록 돕기 위한 마음뿐이었다.

늦은 가을 화창한 어느 날, 그는 로마 지도자들이 시민에게 연설하는 돌 연단 로스트라에 올랐다. 포럼이 넘치도록 사람들이 들어찼다. 찬사를 퍼부으며 환호하는 군중이 시칠리아 전쟁에 대한 승전 결과의 보고를 직접 듣기 위해 기다리고 있었다. 거기에 여성을 위한 자리는 없었다. 나는 광장 가장자리에 대리인을 배치시켜 군중이 어떤 반응을 보이는지 즉시 말하도록 했다. '넵튠! 넵튠!' 하는 환호는 없었다. 수많은 군중이 외쳐댄 이름은 '시저!'였다. 우리의 위대한 군 사령관을 위해 준비된 칭호는 '위대한 개선장군!'이었다. 군중이 잠잠해지자 타비우스는 로마인들을 환희의 도가니로 끌어들이는 연설을 했다. 그는 말했다.

"전쟁은 끝났습니다."

그는 사람들에게 한 자신의 말을 믿었다. 그는 평화 속에 이 땅을 통치할 생각으로 가득 차 있었다.

13

우리는 팔라틴 언덕으로 이사했다. 새 집은 내가 바라던 집이었다. 일반적인 원로원 집보다 더 크지 않았고, 어마어마한 벽화로 인해 악의적 시기심을 야기할 것도 없었다. 다만 타비우스가 일할 넓은 서재와 나를 위한 비슷한 크기의 서재가 있었다. 타비우스는 정문 양쪽에 승리의 상징인 월계수를 심도록 명령했다. 그것은 독수리 발톱에서 떨어진 병아리가 부리에 물고 있던 가지에서 싹을 틔워 키운 것이었다. 우리는 이 나무가 마치 혼인한 부부라도 되는 것처럼 우리만의 재미있는 이름으로 '폼포와 타틸라'라고 불렀다. 전쟁의 그림자를 벗어나니 허튼소리가 나왔다.

타비우스는 자신을 보살펴준 사람들에게 관대하게 보상했다. 섹스투스 군대의 추격을 당할 때 그를 구해준 농부는 엄청난 보상을 받았다. 마에케나스는 시칠리아의 대영지를 받았다. 그러나 누구도 아그리파보다 더 많이 타비우스의 마음을 받을 자격이 있는 사람은 없었고, 더 많은 포상을 받은 사람도 없었다. 시칠리아의 광활한 지역이 그를 가장 부유한 사람으로 만들었다.

타비우스가 아그리파에게 로마의 송수로, 하수관, 대대적인 공공 건물 개선공사를 책임지도록 했을 때 나도 그 자리에 있었다. 그는 고개만 끄덕였다.

"자네는 도시 건물관리 책임자인 조영관이 될 거야."

타비우스는 말했다.

"그게 자네가 새로이 맡을 임무에 합당한 직위라고 생각해."

그는 다시 고개를 끄덕였다. 직위는 그에게 중요한 게 아니었다. 그는 가장 실제적인 질문을 묻기 시작했다. 얼마나 많은 건물을 재건할 것인지? 타비우스가 구상하는 하수도 공사의 규모가 얼마나 큰지? 그와 타비우스는 곧 길게 이어지는 기술적 토론에 몰두했다. 그때 타비우스가 말했다.

"모든 신들을 모실 거대한 신전인 판테온을 세울 걸세. 그 위에 자네의 이름을 넣어야 해. 돌 위에 '마르쿠스 아그리파가 세우다'를 새겨 넣어 모든 사람이 보게 할 거야. 어떤가?"

"좋을 것 같군."

아그리파는 웃었다. 그런 다음 관개 공사에 관한 의논으로 돌아갔다.

나중에 타비우스는 내게 말했다.

"그는 내가 해달라는 것이면 뭐든 다 할 거야. 지켜봐. 그는 훌륭하게 해낼 거야."

나도 의심하지 않는다고 답했다. 아그리파는 정치적인 책략만 제외하고 모든 실용적 기술에서 뛰어났다. 그는 최고의 사냥개만큼 충실했다. 이 점이 그를 그런 식으로 만들었다.

며칠이 지난 후 타비우스와 나는 크고 잘 꾸민 새 정원에 함께 앉아 있었다.

"아그리파에게 무엇이 필요한지 알아요?"

나는 말했다.

"부인이에요."

타비우스는 호기심 있는 모습을 보였다.

"그에게 잘 어울리는 사람이 있어요. 부유하고 매력적이고 집안도 좋아요."

나는 정원을 따라 시선을 한 바퀴 돌렸다. 하인이 나무가 지나치게 뻗지 않도록 가지를 손질하고 있었다.

"또 사적으로 나를 잘 따르는 사람이에요."

내가 결코 원치 않는 일은 아그리파가 그의 충성을 흔들어 날려버릴 어리석은 여자와 결혼하는 것이었다.

"그런 귀중한 보석 같은 존재는 누구지?"

"카에실리아예요."

"그녀의 남동생을 용서해준 사람?"

나는 고개를 끄덕였다. 그녀의 남편이 최근에 죽어 카에실리아는 청상과부가 되었다. 우리의 첫 만남 때에는 서리가 내릴 듯 했지만, 그녀는 나의 좋은 친구가 되었다. 그리고 그녀는 현명한 여자였다. 그녀의 가족들이 잘못된 야심으로 파멸되는 경험을 했기 때문에 남편에게 어리석은 행동을 권하지 않을 것이다. 또한 그녀는 과거의 아그리파의 낮은 신분보다 진정한 가치를 알아보는 안목이 있었다.

"귀족 부인은 아그리파에게 광채를 더해줄 거예요."

머지않아 둘은 결혼했다. 둘 다 좋은 인연이라고 생각했고, 내가 희망했던 대로 우리에게도 고마운 일이었다.

인생이 태양만 빛나는 안전한 세상으로 생각할 수 있을 만큼 너무 즐거운 때도 있는 것이다. 이 순간은 내가 손 대는 모든 것이 황금으로 변하는 것 같이 보였다. 새 집은 티베리우스 네로의 집에서 걸어갈 수 있는 곳에 있어서 나는 아들들과 가까이 살게 되었다. 티베리우스 네로는 재혼하지 않았다. 사람들은 그가 사온 노예 소녀가 나의 열다섯 살 시절의 모습과 쌍둥이 같아 보여서 받아들였을 거라고 수군거렸다. 언뜻 봤을 때 나와 닮은 점은 없었지만 머리는 붉은색이었다. 비록 그렇다 해도 티베리우스 네로는 나를 친구로 대했고 원로원에서 타비우스의 믿음직한 지지자였다. 권력자와의 유대관계로 인해 다른 의원들이 티베리우스 네로에게 경의를 표하는 것이 그를 즐겁게 했다.

최고위층이든 하위층이든 어떤 사람도 타비우스나 내게 충성해서 손해 본 사람은 없었다. 얼마 후에 나를 개인적으로 섬겨왔던 여자들에게 자유를 주었다. 내 집에서 권위 있는 위치까지 오른 펠리아가 첫 번째였다. 루브리아는 물론 자유인이었다. 엄청난 신세를 진 그녀가 내가 줄 수 있는 작은 것을 원했을 때는 실망스러웠다. 그녀가 내 아들들에게 기울인 정성에 대해 물질적으로는 충분히 보상했다. 그녀는 내게 감사했고, 나는 그녀가 근본적으로 속을 드러내지 않는다는 것을 알고 있었다. 어느 날 그녀가 아주 부끄러워하며 말했다.

"마르쿠스 올토를 아세요?"

우리는 티베리우스 네로의 집 정원에 앉아 있었다. 내가 보러온 아들들은 새끼 사자들 같이 땅위에서 씨름을 하고 있었다. 나는 어린 드루서스가 다칠까 염려되어 중단시키고 싶었다. 하지만 다섯 살치고는 꽤 크고 또래 소년들보다 거친 티베리우스는 언제나 동생이 다치지 않도록 보살폈다.

"마르쿠스 올토?"

나는 호기심으로 루브리아를 보았다.

"익숙한데 어디서 들었는지 모르겠어."

"시저의 호위병이에요."

그런 후 그녀는 얼굴을 붉혔다. 마침내 나는 그녀가 원하는 상이 무엇인지 알았다.

루브리아는 가족 없이 혼자였고, 또 나의 종속인이었기 때문에 올토에 관하여 알아보았다. 그는 온화하고 정직한 사람이었고, 심지어 셈도 밝았다. 나는 두 사람이 결혼을 할 수 있도록 실제적인 준비를 떠맡았다. 올토는 군을 제대하여 최근 성행하고 있는 보석 수입 사업을 하도록 마련해 주었다. 그는 루브리아가 내 아들들을 계속 돌보게 해주었다. 이 일은 모두에게 행복한 주선이었다.

이 무렵 타비우스의 건강이 많이 나아졌다. 어쩌면 이것은 그를 위해 달여준 약차 덕분일 수도 있지만, 약을 음용하는 이상으로 전쟁과 혼란으로부터 휴식을 취한 것이 더 큰 도움이 되었을 것이다. 기침도, 색색거리는 증상도 줄었다. 그는 휴식을 더 많이 취했고, 누나가 로마에 도착했을 때 기쁘게 그녀를 맞이했다. 파르티아로 떠날 준비 때문에 마크 안토니는 옥타비아를 로마로 보냈고, 팔라틴에 있는 그의 거대한 저택으로 이사했다. 그녀는 자기 아이들과 안토니의 두 아들도 같이 데려왔다.

옥타비아는 여전히 나를 별로 좋아하지 않았는데, 어느 날 함께 전차대회에 참석했을 때 기대하지 못했던 따뜻한 미소를 보냈다. 그녀는 말했다.

"나는 무척 기뻐요."

그녀는 그렇게 말하며 멀지 않은 곳에 서서 한 의원과 말하고 있는 타비우스를 쳐다보았다.

"하지만 저 아이에게 소식을 전하기가 부끄러워요. 어리석어 보여요? 그는 틀림없이 알고 싶어 하고 기쁘게 생각할 테지만, 어쩐지 동생과 이런 것을 말하기가 어색해요. 당신이 나 대신 말해 줄래요?"

"그에게 무슨 말을 하죠?"

"내가 말 안 했나요?"

그녀는 웃었다.

"나 또 임신했어요."

타비우스에게 직접 이야기하는 게 꺼려져서 못 하는 것을 대신 하는 것도 불쾌하고, 무엇보다 내가 사랑하는 사람의 아기를 임신하지 못 해서 줄곧 마음이 초조한 상태였다. 우리는 결혼한 지 2년이 되었지만 신혼 때는 내가 임신 중이었고, 타비우스는 종종 오랫동안 집을 떠나 있었다. 나는 우리 사이에 자녀가 없는 것이 신경 쓰였다. 그래서 타비우스가 우리가 앉은 곳으로 되돌아 왔을 때 불쑥 말해버렸다.

"당신 누나가 또 임신했대요."

옥타비아는 당황한 듯했다. 분명히 내가 야단스럽게 축하하는 식으로 그 소식을 전하길 바랐을 것이다. 하지만 타비우스는 미소를 짓고 누나에게 키스했다.

이 임신은 내 생각에도 좋은 징조이긴 했다. 옥타비아가 또 한 번 안토니의 아기를 임신했다고 알려졌을 때 모두 그들의 행복한 결혼이 국가의 화합을 보장하는 일이라고 생각했다. 동족 간의 싸움을 더 이상 원하지 않았기 때문에 로마도 이 소식에 기뻐했다.

나의 행복한 푸른 창공에 한 줄기 구름이 나타났다. 매달 임신이 되기를 바라는 희망이 꺾였다. 그런 경우에 남자의 씨가 원인이라고 생각하는 사람은 없다. 그리고 타비우스는 짧고 냉랭했던 스크리보니아와의 결혼 기간에도 줄리아를 낳았다. 그러니 원인은 나한테 있는 게 분명했다. 나는 타비우스의 아기를 가지려고 안간힘을 썼고, 작고 따뜻한 어린 것을 내 팔에 안기를 갈구했다. 나는 그에게 이런 말을 하지 않기로 결심했다. 하지만 옥타비아의 임신을 알게 된 어느 밤 침대에서 이 이야기가 나왔다.

"타비우스, 나도 아기를 갖고 싶어요."

"시간문제일 뿐이야."

"나도 그러길 바라요."

나는 그에게 바싹 달라붙어서 말했다.

"그렇지 않다면 나와 이혼해야 할 거예요."

"무슨 소릴 하는 거야?"

"제국은 후계자가 필요하고 당신은 아들이 필요해요."

"리비아, 내가 몇 살이지?"

"스물여섯."

"당신은?"

"스물하나."

"나라면 우리가 후계자를 얻는 데 시간이 남아 있다고 하겠어. 설명해 봐. 왜 여성들은 실제로 있지도 않은 고난을 생각하지?"

"그것은 여자들이 현명해서 남자들이 보기 훨씬 전에 앞을 볼 수 있기 때문이에요."

"오, 그래? 나는 여자들이 불행 속에서도 늘 즐겁기 때문이라고 생각했어."

그는 나를 가까이 끌어당겼다.

"하지만 당신이 우리가 후계자를 얻기 위해 노력해야 된다고 생각하면 나도 노력을 두 배로 늘리는데 찬성해."

그래서 우리는 웃고 사랑하며 그 문제를 잊어버렸다.

빨래를 하든 빵을 굽든 로마를 통치하든 하루는 하루다. 시간을 늘릴 수는 없다. 타비우스가 두 명의 이발사를 시켜 얼굴을 반씩 나누어 면도한다는 소리를 듣고 사람들은 웃었다. 그들은 타비우스처럼 시간에 쫓긴다는 게 어떤 것인지 전혀 개념이 없다. 그는 해야 할 일이 너무 많았다.

우리는 해야 할 일이 점점 더 많아졌다. 나는 지방관리로부터 온 서신을 스스로 처리했고, 자주 타비우스의 요청으로 의원을 만났다. 그가 어느 곳에서든, 어느 문제든 혼자서 모든 것을 다 할 수는 없었고, 그는 내게 의지할 수 있음을 잘 알았다.

나는 여동생을 자주 보지 못했다. 물론 그녀와 그녀의 남편이 이전보다 더 부유해지도록 도왔다. 그러나 세쿤다는 나와 다른 사회에서 활동했다. 그녀는 정치 생활을 꺼렸다. 내가 그녀의 남편을 원로원에 올리자는 말을 꺼내자 놀라서 쳐다보았기 때문에 두 번 다시 언급하지 않았다.

그녀는 내가 언니라는 자체도 친지들에게 말하지 않았고, 나는 사적으로 그것을 거론하지 않았다. 어떤 면에서 그녀가 취한 분명하지 않는 역할은 오히려 도움이 되었다. 나와 타비우스에 대한 반응을 전해 줄 일단의 심복을 모집했다. 타비우스와 내가 시민들의 의견을 듣기 위한 것으로, 그들을 처벌하기 위한 정보원들은 아니었다. 하지만 나는 원형경기장에 모인 군중들이 "넵튠! 넵튠!" 하던 연창을 잊지 않았다. 평민들의 감정에 많은 관심을 기울였다. 시장에서 여성들과 이야기하고 상인이나 무역인들과 같이 식사를 하는 세쿤다는 내 정보원이기도 했다.

"사람들이 소방대에 대해 이야기하니?"

어느 날 우리가 정원에 앉았을 때 물었다. 나는 그날 오후에 내 아이들도 오도록 했다. 티베리우스, 드루서스, 줄리아, 세쿤다의 어린 딸 데시미아가 우리 주위를 뛰어다니며 놀거나 아니면 드루서스와 여자애들이 함께 놀았다. 티베리우스는 어린 아이 키 만한 창을 쌓아놓고 몇 미터 떨어진 장미 덤불 가까이 표적을 정했다. 그는 어른처럼 진지하게 창 던지는 연습을 했다.

"모두가 그들을 칭찬해. 하지만……."

"하지만 뭐?"

"사람들이 그들이 언니의 군대 같다고 말하는 걸 들었어."

"내 군대? 시저의 군대도 아니고?"

세쿤다는 희미하게 웃었다. 그녀는 내게 나쁜 뉴스를 전할 때 쾌감이 있는 것 같았다.

"왜, 실제로 건물에 불이 날 때마다 언니가 소방대원하고 그곳에 있잖아."

나는 공공주택에 불을 끄는 소방대원들을 자주 보러 갔다. 나는 집을 잃은 사람들에게 돈이나 옷과 음식을 가져다주곤 했다. 특히 여자들과 어린이들이 내 주위에 몰려들어 동전이나 물건들을 받고 감사의 말을 하고 싶어 했다. 타비우스는 연기를 맡을 수 없었기 때문에 직접 화재 현장에 가볼 수는 없었다. 그러나 나는 타비우스가 그들을 보살핀다고 생각해 주기를 바랐다.

"나도 그런 환경을 겪었기 때문에 불을 피해야만 하는 사람에게 특별한 연민이 있어."

세쿤다는 입술을 꼭 다물었다.

"언니가 소방대원에게 연설한다는 소리도 들었어."

"나는 그들에게 용기를 주기 위해 몇 마디 했을 뿐이야."

최근 기억이 떠올랐다. 잔해 더미 위에 서서 내가 불을 끈 그들을 칭찬했을 때 검댕이 묻은 얼굴의 억센 남자들이 둘러싸서 환호했다. 맙소사, 내가 풀비아 같은 사람이 되었던 것일까?

"세쿤다, 사람들이 나에 대해 뭐라고 이야기하지? 시저가 아니고 나 말이야."

"어떤 사람은 언니가 선하고 관대하다고 하고……."

"그럼, 다른 사람은 다르니?"

동생은 어깨를 으쓱했고, 나의 불편함을 보고 즐긴다고 말할 수 있었다.

"세쿤다, 사람들이 뭐라고 하는지 말해줘!"

그녀는 몸을 앞으로 내밀어 가깝게 마주했다.

"꼭 알아야 한다면, 그들은 언니가 냉정하고 권력에 목말라 있으며, 언니가 명령하면 시저는 복종한대. 그는 언니에게 말하기 전에 질문을 적고 언니가 준 답을 받아 적는대. 그 결혼은 정이 없는 남자 둘 간의 친선 협정 같대."

그 말에 상처 받은 것을 보여주지 않으려고 태연한 표정을 지었다. 타비우스는 다른 참모들과 할 때처럼 우리의 토론 전후에 일부를 메모했다. 이것은 일을 분명하게 하고 정리하기 위함이며, 그와 나의 시간을 효과적으로 사용하기 위한 것이었다. 하지만 명백하게 그는 나의 명령에 복종하지 않았다. 다만 정직하게 말해서 그가 나의 생각을 묻지 않고 정치적으로 일한 적은 거의 없었다. 이 문제를 두고 로마 사람들이 어떻게 생각할지 예상은 했지만, 나를 이렇게 나쁘게만 생각한다는 것은 실망이었다.

내가 냉정했을까? 어쩌면 그렇게 보였을 수 있다. 때때로 나는 사람들의 요구를 들었고 다른 때는 물리쳐야만 했다. 그래서 권위적 태도로 자제력을 키웠다.

"타비우스와 결혼했을 때 내가 무엇을 두려워했는지 아니? 사람들이 우리 결혼 상황을 보고 나에 대해 음탕한 말을 지어내어 내 남편을 먹칠하지 않을까 하는 것이었어. 그래서 나는 옷차림도 조심했고 공식석상에서 매력적인 남자에게 눈도 돌리지 않았다."

내 음성이 떨리며 새어나왔다.

"덕분에 사람들은 내가 얼음 같이 차갑고, 내 결혼은 결혼도 아니고, 나는 오직 권력만 사랑한다고 말하는구나."

순간 연민의 모습이 세쿤다 얼굴에 스쳤다.

"제발, 화내지 마. 사람들이 뭐라고 생각하고 말하든 뭐가 중요해? 그들은 어쨌든 언니에게 고개를 숙여야만 해."

"나는 사람들의 복지를 위해 많은 일을 해. 이에 대한 감사를 받고 싶은 게 유별난 일일까?"

"로마인으로부터 감사라고? 언니는 이전에 아버지가 사람들은 은혜를 베푸는 선행에 대해 감사할 줄 모른다고 말했던 거 잊었어?"

티베리우스가 창을 던져 목표물 정중앙을 맞추는 모습을 지켜보았다.

"참 잘했어, 애야. 네 조준 솜씨가 훌륭하구나."

그는 내 쪽을 보지도 않고 그저 어깨를 으쓱하며 다른 창을 집어들었다. 이 단호한 어린 사내 같으니라고.

"아버지와 어머니를 기억하긴 해?"

"물론이지. 이상한 질문을 하네."

"언니는 한 번도 부모님에 대해 말한 적이 없어."

"나는 항상 마음속으로 그들을 애도해."

"그래?"

"당연하잖아. 어떻게 그런 식으로 묻지?"

"그저 가끔 이상했어."

나는 목 안에서 흘리지 않은 눈물 맛을 느꼈다. 마치 내 발 아래 덫이 활짝 열리는 것 같았다. 열리는데 시간이 걸리지도 않았다. 이를 위해 세쿤다는 그저 '아버지와 어머니를 기억하긴 해?'라고 묻기만 하면 되었다. 나는 궁금했다. '지금 부모님이 나를 보실 수 있을까? 나를 본다면 무엇을 볼까? 자신들을 배신한 딸, 권력에 목마른 얼음 같은 여자?'

드루서스가 와서 내 무릎에 올라탔다.

"엄마, 슬퍼?"

아이는 아름다운 검은 눈으로 나를 쳐다보며 물었다.

부모님은 지금 내 모습을 보고 놀라 뒷걸음질을 치실까? 아마도 그들은 내가 택한 인생 모습에 놀라워할 수도 있고 딸로서는 불가능한 존재가 나왔다고 의아해할 수도 있을 것이다. 나는 두 아들을 물끄러미 바라보았다. 둘 중 누구에게도 나를 설명할 수 없었다. 전쟁놀이에 빠진 티베리우스도, 너무나 온순한 드루서스도 아니었다.

나는 머리를 톡 치며 말했다.

"엄마는 조금도 슬프지 않아."

나는 작은 아들에게 키스했다.

동쪽으로 도망친 섹스투스 폼페이는 세 여단을 구성할 수 있는 충분한 금을 가지고 있었다. 그는 안토니와 싸우려는 파르티아 왕에게 자신의 군대를 제공하겠다고 제안했다. 그러나 안토니의 장군이 진격하여 그를 사로잡은 후 안토니 명령에 따라 처형했다. 그의 운명이 보다 나을 수도 있었다고 생각하니 불쌍했지만, 한편으로는 그가 더 이상 위협이 아니라는 사실에 안도했다.

섹스투스에게는 로마 친척이 보살피는 어린 딸이 있었다. 나는 먼 곳에서 할 수 있는 한 그 소녀를 지키겠다고 결심했고, 그 딸의 인생이 순탄하기를 바랐다. 한때 티베리우스 네로와 나를 도왔던 그 스파르타인과 같은 이유로 이런 일을 했다. 타비우스 지배 하에서 로마는 스파르타를 특별한 자비로 대우했고, 이것은 나의 옛 빚을 갚는 일이었다.

그곳에서 불과 몇 년 전에 나는 동굴에서 웅크리고 있던 젊은 여자였다. 로마가 스파르타를 관리하는 문제를 내 일이 아니라고 생각해 본 적이 한 번도 없었다. 내 동생 앞에서 거의 울 뻔했던 일은 드문 일이었다. 나는 하고 있는 일을 사랑했고 그런 일을 하는 나를 사랑했다. 나는 살아가면서 종종 지난날을 되돌아보는 일을 멈추지 않았다. 타비우스의 통치에서 나의 역할은 내게 너무나 자연스런 일이었다. 내가 여자였기 때문에 부과된 제한은 불편했다. 내가 원로원 의원들을 만나면서 나의 마음과 정신이 그들과 같다는 것을 느꼈다. 나는 심지어 그들보다 훨씬 더 훌륭한 의원이 되었을 것이다. 물론 웃자는 얘기지만. 사적인 환경에서조차 나는 벽에 둘러싸여 있다고 느꼈다. 나 자신의 지참금 재산을 마음대로 처리할 수 없는 불편함이 당연시 되는 관념이 늘 나를 괴롭혔다. 왜 남편이 내 후견인이 되어야 할까?

물론 그보다 훨씬 더 중요한 우려도 있었다. 나는 만약 안토니가 파르티아를 정복한다면 타비우스보다 훨씬 더 강력해질 것을 염려했다. 그는 제국의 정부에서 타비우스의 역할을 축소시키려고 노력할 것이다. 나는 또 이탈리아 북쪽 국경에서 야만족 일리리아인들이 우리 도시를 습격하는 위협이 점점 커지는 것을 걱정했다. 로마가 아닌 야만 족속들을 상대로 싸우는 또 다른 전쟁이 서서히 일어나는 것을 생각하면 불안했다.

가끔 남편에 대한 숭배를 유지시키는 일도 걱정이 되었다. 어느 저녁 극장에서 타비우스가 아름다운 젊은 여성을 쳐다보는 것을 눈치 챘다. 그녀는 타비우스 쪽을 돌아보았고 둘은 미소를 주고받았다. 나는 두 사람이 낯선 사이가 아니라는 것을 알았다. 타비우스는 알아볼 정도로 마에케나스의 부인인 테렌틸라에게 친근했다. 저녁 파티에서 그는 자주 어떤 의원 부인과 아무도 들을 수 없는 목소리로 대화했다.

우리가 극장이나 저녁식사에서 돌아왔을 때 나는 무엇인가 해야 하는 게 아닌지 생각했다. 타비우스와 대화를 나누는 것도 생각해 보았다. 나는 타비우스에게 묻고 싶었을 것이다. '왜 당신은 여자와 대화하죠?' 또는 '왜 습관적으로 미소를 던지죠?' 그는 나를 쳐다볼 것이다. '무슨 소리야, 내가 언제 미소를 던져?' 그런 문제를 거론하는 자체가 우아함을 잃는 것이다. 왜냐하면 부인은 남편이 농부라 해도 정절을 의심할 수 없다. 하물며 로마의 지배자라면?

아마 자신의 부인하고만 잠자리를 갖는 고위층 로마 남자들은 한 손에 꼽을 정도로 적을 것이다. 타비우스도 거기에 들어갈까? 솔직히 말해서 모르겠다. 나는 그 의문을 마음에서 잘 떨쳐버렸다. 내가 다른 방법을 택하여 확신을 요구했다면 내 결혼생활에 해를 줄 수도 있었다. 그래서 나는 평화를 선택했다.

타비우스는 매일 밤 내가 있는 집으로 돌아왔다. 그것은 확실했다. 우리는 심지어 따로 식사한 적도 별로 없었다. 이전과 같이 정열적으로 사랑했고 임신이 늦다고 나무라지도 않았다.

안토니의 아기를 가져 배가 부른 옥타비아의 모습을 보았지만, 반면 나의 월경은 계속되었고 규칙적이었으며 거르지도 않았다. 나는 신에게 물었다. 왜 그녀는 다산인데 나는 아닌지. 옥타비아가 또 딸을 낳고 대단히 실망하는 모습을 보였다. 안토니에게 아들을 낳아주고 싶어 했다. 하지만 예쁘고 건강한 새 아기는 옥타비아와 그 남편을 또 한 번 묶어주었고 안토니는 이미 후계할 아들을 여럿 두었다. 타비우스가 안토니의 두 아들을 보면서 나타난 간절함은 나만의 상상이었을까?

옥타비아와 나는 너무 달랐다. 자녀를 두는 문제에 있어서 이번에도 행운이 옥타비아에게만 닥쳤기 때문만이 아니었다. 그녀는 내 동생만큼 정치에 흥미가 없었지만, 세쿤다의 경우처럼 거리를 두는 것은 아니었다. 그녀는 타비우스의 누나였고 안토니의 부인이었다. 지금 그녀는 로마에 있었기 때문에 공식 행사에 타비우스, 나와 함께 움직였다. 사람들은 언제나 그녀의 이름을 외쳤다. 평화를 유지하는 그녀의 역할이 로마인의 마음을 샀다.

사람들이 지켜볼 때 우리는 행복한 삼인조의 태도를 취했지만, 사적인 순간이 되면 긴장이 드러났다. 내 별장인 프리마 폴타에서 타비우스, 옥타비아와 함께 했던 저녁 식사를 기억한다. 타비우스는 내가 '나의 빌라'라고 말할 때 웃었다. "당신 빌라로 초대해 줘서 고맙군"이라며 농담도 했다.

나는 도시 가까이 시골집이 필요하다고 판단했고 장소도 물색했다. 이곳은 로마에서 3, 4킬로미터 정도밖에 떨어지지 않은 위치면서도 도시의 소음과 냄새로부터 벗어나서 사생활을 보장하는 위치로 완벽했다. 집 주인과 협상한 뒤 내 지참금에서 빌라 값을 지불했다. 나는 건물과 부지를 수리하는 도급자들을 고용해 감독했다. 그래서 자연스럽게 빌라가 내 것 같은 기분이 들었다.

"오늘은 몹시 기분이 언짢았어요."

나는 집수리 문제를 염두에 두고 말했다.

"여름용 식당 안에 벽화를 그리는 화가는 천재여서 다른 사람으로 대체할 이유가 없는데, 다만 계약하기 전에 남편의 승인을 원한다고 하더군요."

"과연 무례하군."

타비우스의 입언저리가 실룩거렸다.

우리는 이미 가구가 갖추어진 겨울용 식당에 있었다. 집안에서 가장 따뜻한 곳이었다. 나는 타비우스가 온도에 민감하다는 것을 늘 기억하며 이 방을 새롭게 배치했다. 빌라를 수리하는 데 제일 주의한 부분은 남편의 마음이 편하고 즐거워야 하는 것이었다. 일반 대중의 눈을 벗어난 이곳에서는 로마에서 삼가 했던 사치를 누릴 수 있었다. 타비우스는 그런 것을 원하지 않았지만 그도 받았다면 좋아했을 것이다. 지금 그는 붉은 비단 쿠션으로 꾸민 카우치에 편히 팔다리를 뻗고 있었다.

여름용 식당의 실내장식이 완성되면 그도 좋아할 것임을 알고 있었다. 그 예술가는 꽃, 나무, 새들을 그리는 데 놀라운 재주가 있었고, 특히 새는 실제로 살아있는 것처럼 보였다. 그는 식당을 화려한 정원의 새장처럼 보이게 만들고 싶어 했는데, 불행히도 능력이 뛰어난 대신 성격은 천박했다.

"네, 나는 무례하다고 말하고 싶어요."

"내 인장을 가지고 가서 체결해. 그리고 화가에게 내가 다 봤다고 말해."

"그렇게 하겠어요. 하지만 나는 상당히 마음이 상해요. 내가 당신 돈을 그에게 지불하면 별개 문제이지만 이건 내 돈이잖아요."

타비우스는 혀를 찼다.

나는 분노의 가시가 내 등뼈 밑을 찌르는 따가움을 느꼈다.

"나를 위해서 당신이 해주길 바라는 게 있어요. 나를 남자의 경제적 후견인으로부터 해방시킨다는 법을 통과시켜 주세요. 베스타 신전의 처녀들은 법적 보호에서 자유로운데, 그들이 그럴 수 있다면 나는 왜 안 돼요?"

여신 베스타의 신전에서 성화를 관리했던 처녀들은 많은 특권을 가지고 있었다.

타비우스는 치즈 한 조각을 우물우물 씹었다. 마음 속 목소리가, 내가 한때 타비우스에게 경고한 적이 있던 바로 그런 오만으로 달려가고 있다고 속삭이고 있다면, 그 속삭임도 무시해 버렸다. 왜냐하면 그동안 나는 무시당해 왔고, 제국 통치를 직접 도운 내가 이 간단한 계약서 한 장에 도장도 찍을 수 없다는 것이 부당하게 보였다. 지금 나의 지난 일을 회상해 보면 그때는 내가 그랬다. 그 당시 젊은이들이 자주 할 수 있었던 의식으로 가득 차 있었다. 심지어 동생이 내게 들려주었던 사람들이 어떻게 보더라 하는 것조차 그 순간 내 머리 속에서 다 잊어버렸다.

"진심이에요. 나는 당신이 그 법을 통과시켜주면 좋겠어요. 내가 당신을 위해, 그리고 로마를 위해 일한 것에 대한 대가로요. 내가 감당하는 모든 업무의 무게를 생각해서요. 그게 내가 원하는 거예요.

너무 지나친가요?"

타비우스는 술을 몇 잔 마셨다.

"진심은 아니죠?"

옥타비아가 말했다.

"당신만의 이익을 위해 내 동생에게 법을 통과시키라고 요구하는 것은 아니겠죠?"

"용서하세요. 당신에게 말씀드린 건 아니에요."

나는 타비우스를 보았다.

"그 법에 당신 누나도 포함시키면 좋겠죠. 무엇보다 우리는 둘 다 로마의 지배자들의 부인이잖아요."

"나는 내가 다른 여성 위에 올라가는 법이 통과되길 원치 않아."

나는 머리를 쳐들며 아무 대답도 하지 않았다. 그녀의 욕심 없는 성품은 나를 화나게 했고, 그녀로 인해 자신의 의미가 판결 받는 기분이 들었으며, 그녀의 의존적 의지에 맞추어 살도록 두고 싶은 심술궂은 욕망을 느꼈다. 사실 옥타비아는 나를 최악의 입장으로 몰아넣는 소질이 있었다.

"이건 학술적 토론에 불과해. 왜냐하면 내가 그런 법을 통과시키지 않을 테니까."

타비우스는 우리가 앉은 카우치 사이의 공간에 몸을 숙이며 내게 키스했다.

"이 일을 하면 내가 우스꽝스러워지기 때문에 할 수 없어. 그냥 내 인장을 마음대로 써."

우리의 눈이 마주쳤다.

"내가 아내를 위해 특별법을 통과시키면 남자들이 어떻게 생각할지 고려해 봤어?"

그는 주장했다.

"그래서 그녀는 내 승낙 없이 재산을 사고팔고 할 수 있다?"

그의 목소리는 빈정대는 투로 말을 이었다.

"미안해, 여보, 그런 웃음거리가 될 계획은 없어."

나는 아무 말도 하지 않았다. 우리는 몇 분간 더 서로를 응시한 다음 다른 데로 시선을 돌렸다. 옥타비아는 나를 방해한 것에 대단히 만족한 듯 보였다.

"우리는 안토니에게 보낼 사단에 대해 의논해야 해."

그녀가 타비우스에게 말했다. 나의 어리석음이 완전히 무시되었고, 이제 우리는 좀 더 중요한 그녀의 남편과 그가 원하는 것에 대화를 돌릴 것이다.

"저번에 남편이 보낸 편지에서 군대를 언제 더 보내줄 수 있는지 물었어."

"나는 그에게 천 명을 보냈어."

"하지만 너는 그에게 2만 명을 약속했잖아."

"상황이 바뀌었어."

"그러나 타비우스, 사람은 자신의 약속을 지켜야 해."

옥타비아는 자녀를 야단치는 듯한 부드럽지만 꾸짖는 투로 말했다. 나는 웃었다. 나의 시누이는 나를 보았다.

"뭐가 재밌어요?"

"여기는 당신 딸들의 보육원이 아니에요. 우리는 여기서 사단에 대해 말하고 있어요."

나는 페루자에서 있었던 안토니의 이중거래를 생각했다. 안토니가 야기한 군사적 충돌 때문에 로마인에 의해 로마의 도시가 파괴되었다. 하지만 그는 그것을 인정하지도 않고 있었다. 나는 공포 속에서 어린 아들을 껴안고 도망쳤던 당시를 생각했다. 옥타비아는 언제나 안전했고 모두가 응석을 받아준 귀염둥이였다. 하지만 그렇다 해도 눈을 감고 귀가 먹었단 말인가? 그녀가 보육원에서나 가르칠 만한 규칙을 로마 정치에 적용할 생각이라면, 대체 그녀는 지난 몇 년간 어디에 가 있었단 말인가?

나는 타비우스가 실제로 누나의 희망에 동의하고 자기 손해를 감수하며 기꺼이 행동할까 봐 걱정했다. 그는 누나를 거의 존경했다. 그녀는 타비우스를 바라보며 긴장했다.

"너는 약속했어."

"약속은 지킬 거예요. 안토니는 2만 명의 군인을 갖게 될 거예요. 결국에는요."

"하지만 그는 지금, 파르티아를 상대로 전쟁하고 있어."

"그는 계속 승전 보고를 원로원에 보내고 있어요. 그런데 무엇 때문에 내 군대가 필요하죠? 그는 동쪽에 엄청난 군인을 갖고 있어요. 반면 우리는 북쪽에서 상황이 악화되고 있어요. 나도 곧 일리리아와 싸우게 될 거예요."

"그러면 내가 남편에게 뭐라고 말해야 하니?"

옥타비아는 울 듯한 모습이었다.

"네가 약속을 지키지 않으면 안토니는 네가 적대감을 품었다고 생각할 거야."

"이제 내 군사력을 낭비할 수 없어요."

그는 긴장된 목소리로 말했다.

"일리리아는 약속을 거절하는 변명일 뿐이라고 생각해. 너와 안토니가 친구가 아니라면 나와 내 어린 딸은 어디로 가야 하니? 우리 둘도 갈갈이 찢겨야 하니? 안토니는 내 남편이고 나는 그의 아내야. 이것은 변치 않는다."

타비우스는 입술을 굳게 다물었다.

안토니가 옥타비아와 아이들을 로마로 보냈을 때 그것은 친절처럼 보였다. 타비우스는 그에게 감사까지 했는데 어리석은 짓이었다는 기분이 들었다. 왜냐하면 안토니가 자신의 정부를 만나기 편한 방법을 원했을 뿐이었다는 것이 드러났기 때문이다. 파르티아를 침공하기 전까지 안토니는 클레오파트라의 품에 안겨 있었다. 그들은 불륜을 재개했다는 사실을 숨기려 하지도 않았다. 그가 출전하기 전에 이미 두 명의 자녀를 낳았던 그녀는 또 다시 임신을 했고, 불과 며칠 전에 클레오파트라가 프톨레미 왕족의 이름을 붙여준 그들의 새로운 아들이 태어났다는 소리를 들었다.

안토니는 수많은 연인들을 거느렸을지도 모르지만 그가 침묵하는 한 타비우스는 모르는 척 했다. 타비우스의 정신이 형성되었던 벨레트리에서 아내들은 성실했고 남편은 하고자 하는 쾌락은 모두 추구했다. 그러나 품위를 지키는 측면에서 볼 때는 문제가 되었고, 존경받는 남자들은 내연 여성들을 과시하지 않았다. 그들은 자기의 혼외자식들을 돌보고 있는지도 모르지만, 표면적으로 드러나는 잡음은 없었다. 이것은 부인에게 모욕적인 일이 될 수 있는 것이다. 타비우스의 관점에서는 이것이 품위를 지키는 행동이었다. 타비우스의 누나가 딸을 낳은 지 몇 개월 만에 온 세상이 다 보는 가운데 클레오파트라가 안토니의 세 번째 아기를 가졌다는 것은 대조적인 일이었다.

떨리는 목소리로 옥타비아가 말했다.

"너는 고의적으로 약속을 깨겠다는 거니? 그에게 사단을 안 보낼 거니?"

그녀가 나를 향했다.

"당신이 한 짓이야."

나는 놀라서 그녀를 보았다.

"제가요?"

"당신은 이기적이야."

그녀의 입이 경멸로 일그러졌다.

"'나의 빌라! 나의 돈!' 당신이 내 동생에게 어떤 충고를 해주는지 잘 알아."

"좋은 충고죠. 그러니까 당신 동생이 받아들이죠."

그녀는 나를 공격했다. 왜? 어린아이 같은 그녀의 생각을 세상이 거절한다고 해서? 충분히 믿지 못할 만한 남자인 안토니를 불신한다고 해서?

타비우스는 입을 열었다.

"누나."

옥타비아는 그를 쳐다보며 쉰 목소리로 말했다.

"그녀가 남편과 애들을 얼마나 쉽게 던져버렸는지가 너에게는 별 문제가 안 되니? 그녀가 어떤 사람인지 모르겠니?"

"누나가 지금 말하는 사람이 내 아내라는 걸 잊지 마."

"그리고 나는 네 누나야. 너에게 내 남편과의 약속을 지키라고 간청하고 있는……."

"할 수 없어요."

타비우스가 대답했다. 그러자 옥타비아는 나를 보았다.

"당신이 동생과 나를 떼어놓았어."

"왜 그런 어린애 같은 어리석은 소리를 하세요?"

그녀는 턱을 떨며 타비우스를 쳐다보았다. 그가 나를 야단쳐 주기를 원했는지도 모른다. 그가 그렇게 하지 않자 그녀는 울기 시작하더니 일어나서 식당 밖으로 나갔다. 타비우스가 괴로운 듯 그녀의 뒤를 쳐다 보았다.

"당신이 옳아요. 당신도 조만간 전쟁에 나갈 거잖아요. 안토니는 곧 모든 파르티아의 권력과 부를 가지게 될 거예요. 그리고 그는 그의 혈족에게도 신뢰받을 수 없을 거예요. 바보만이 그에게 더 사단을 보내겠죠."

그는 끄덕이며 깊은 숨을 내쉬고 얼마 후에 말했다.

"안토니는 파르티아의 모든 권력과 부를 절대로 갖지 못해."

"못해요?"

"파르티아 작전이 계속 참패하고 있다는 보고를 받았어. 그가 원로원에 보내는 전문은 전부 거짓이야."

"정말이에요?"

이런 상황에서 그것은 좋은 소식이었다. 나는 일어나서 타비우스의 카우치에 다가갔다.

"확실해요?"

그는 끄덕였다.

"지금까지 로마를 위해 한 일 중 누나를 안토니와 결혼시킨 것만은 배에서 경련이 일어."

나는 그의 뺨을 어루만졌다.

"알아요. 하지만 당신은 평화를 위해 그렇게 했어요. 그녀가 안토니를 너무 좋아하는 것 같아 보여요. 그렇죠?"

나는 근래 옥타비아의 최우선 순위가 타비우스가 아니고 안토니라는 사실을 암시하고 싶었지만 자제했다.

"누나는 그를 너무 좋아해."

그는 슬픈 듯이 동의했다.

"사랑하는 당신, 일리리아에 군대를 직접 끌고 가야 해요? 아그리파가 당신 없이 혼자 출정하면 안 돼요?"

"거기에 대한 대답은 당신이 알고 있잖아."

"당신이 전쟁터로 군대를 이끄는 모습은 용감해 보여요."

그는 나를 옆에 끌어당겨서 키스했다. 부드럽게 시작했다가 다음 순간 정열적 키스로 목을 타고 내려갔다. 나도 그의 목 뒤를 애무했다. 나는 허물어질 듯이 약해졌다. 그는 곧 전쟁으로 갈 것이다. 괴로운 일이었다.

그는 부드럽게 저주의 말을 했다.

"왜 그래요?"

"네가 원하는 건……."

"뭔데요?"

그는 머리를 저으며 내게서 떨어졌다. 그는 옥타비아와 안토니의 형편에 대해 곰곰이 생각하는지도 모르고, 어쩌면 앞으로 닥칠 전쟁을 생각하는지도 몰랐다. 그의 머리카락을 쓰다듬었다. '돌아와요. 꼭 돌아와야 해요.'

나는 그의 시선이 먼 곳을 향하고 있는 것을 보았다. 그리고 한 가지 의문이 떠올랐다. 과연 이 사람이 이전만큼 나를 사랑할까? 어쩌면 나는 사랑의 증명이 필요했거나 아니면 이해할 수 있는 증거를 원했을 것이다. 한때 우리만은 특별한 사랑이 되기를 기원했다는 것이 얼마나 철부지 어린이 같은지?

"타비우스. 나 스스로 재산관리를 하고 싶어요. 왜 이것이 중요한지 설명하지 못하지만 대단히 중요해요. 쉽지 않다는 거 알아요. 하지만 하고자 하면 방법을 찾을 수 있을 거예요."

"불가능하다고 이미 말했어. 당신은 불가능의 의미를 다시 배워야 하는 어린 애야?"

이것은 벽과 충돌하는 일이었다. 그의 목소리에 분노가 이는 것을 알고 눈을 아래로 내렸다.

"내가 말한 건 잊어버려요."

내가 다시 그를 보았을 때 나를 응시하는 그의 눈이 너무나 찼다. 나는 이미 화가 난 그를 조르는 바보였다. 그에게 입을 맞추었다. 순간 그가 나를 밀치고 싶어 하는 기분을 느꼈지만, 결국 내 키스를 받아들였고 모든 것이 다시 편안해졌다.

나는 독립적으로 재산권을 행사하겠다는 생각을 버리지 않았다. 단지 사람들에게 우스꽝스럽게 보이지 않으면서 타비우스가 할 수 있는 방법을 생각해야 했다. 한 달은 족히 걸렸지만 좋은 생각이 갑자기 떠올랐다. 이것은 나의 목표를 이룰 뿐만 아니라 타비우스 마음에 근접하는 명분이 되며 타비우스와 그의 누나의 입지도 강화될 것이다. 그러면 로마인에게 유지되고 있는 안토니의 인기는 줄어들게 된다. 또한 내가 존경하는 여인이자 영웅 그라쿠스 형제의 어머니 코넬리아는 지금보다 더욱 명예로울 것이다.

타비우스와 여러 가지를 이야기할 때 가끔은 침대 속에서 하는 게 효과가 있었다.

"옥타비아는 로마의 평화를 유지하는 데 상당히 중요한 역할을 하고 있어요."

우리가 달콤한 어둠 속에 누워있을 때 그의 귀에 대고 속삭였다.

"그녀는 대중의 사랑을 받고 있으니까 만약 당신이 누나에게 특별한 명예를 부여하면 모든 사람들이 당신을 칭송할 거예요. 당신과 아그리파가 짓고 있는 원로원 포럼 가까이에 있는 새 포르티코(대형 건물 입구에 기둥을 받쳐 만든 현관 지붕)의 이름을 '옥타비아의 포르티코'라고 명명하는 게 합당하다고 생각해요. 이것은 사람들의 마음을 감동시키는 행동이에요. 그리고 입구가 완성되었을 때 당신이 옥타비아에 대해 로마 여성이 따라야 할, 욕심 없고 후덕한 아내이자 어머니의 모범이라는 연설을 하는 거예요. 그러면 사람들이 감동을 받을 거예요."

"내 사랑, 당신이 누나를 좋아하지 않는다는 것을 우리 둘 다 아는데, 왜 그런 이야기를 하지?"

"나는 당신과 안토니 사이에 평화 유지의 역할을 하는 그녀를 존경해요. 그것만으로도 당신이 복구시키려고 하는 코넬리아 동상만큼 그녀는 명예를 받을 만해요."

"당신이 나로 하여금 복구하도록 만든 거지."

"나는 초라하게 보이는 게 싫어요. 수리된 동상을 옥타비아 포르티코에 갖다 놓으면 이상적인 로마의 여성상 둘을 한자리에 모으는 셈이 돼요."

"그래서? 계속 얘기해봐."

"당신이 포르티코 개장 연설을 하고 나면 당신은 그 법을 통과시킬 수 있어요. 옥타비아에게 대한 베스타 처녀의 권리와 보호를 부여하는 법 말이에요. 그렇게 되면 누구도 부당하게 생각하지 않을 거예요. 결국 모든 사람은 그녀를 위해 길을 비켜줄 것이고 지금처럼 극장에서 가장 좋은 자리를 갖게 될 거예요. 그러면 사람들이 이렇게 말하겠죠. 뭐가 다르지? 그러나 이것은 모든 사람의 눈높이에서 그녀의 입지를 드높이는 일이 될 거예요."

내가 '베스타 처녀'라는 말을 꺼내자마자 타비우스가 침대에서 몸을 움직이는 게 느껴졌다. 그래도 똑같이 편안한 어조로 계속 말했다. 내 뺨에 그의 더운 숨이 닿았다.

"당신 정말 끈질기다."

"만약 내가 그렇다면, 당신과 닮아서 그래요."

그는 아무 말도 하지 않았다.

"내 사랑, 난 단지 몇 가지 일에 대해서만 끈질겨요. 중요하게 생각하는 것들에 대해서만."

그는 조용히 내게 다가왔다. 그의 손가락 끝이 내 코, 입술, 뺨까지 얼굴 구석구석 움직였다. 마치 어둠 속에서 내 모습을 샅샅이 파악하려는 듯이, 마치 내가 누구며 어떤 존재인지 이해하려는 듯이.

"때때로 내가 왜 당신 말을 참는지 이상해."

이상한 것은 그가 이런 말을 너무 귀엽게 한다는 것이었다. 나는 어둠속에 미소 지었다.

"당신이 왜 참죠?"

"그건, 당신이 아름다우니까. 하지만 동시에 흥미로운 성격을 가졌어."

나는 쾌락의 스릴을 느꼈다. 타비우스가 나를 칭찬할 때보다 더 기쁜 일은 없었다.

"좋은 계획이죠?"

"내가 '코넬리아의 재림'처럼 누나를 치켜 올릴수록 사람들은 이집트 창녀와 관계를 자랑하면서 옥타비아를 학대하는 안토니를 더 경멸한다."

"네. 바로 당신은 그녀에게 충성스럽고 헌신적인 동생이고, 안토니는 외국 여왕과 애들을 낳고 있는 불한당이죠."

"외국 여왕?"

그는 되풀이했다. 안토니에 대한 혐오가 그의 목소리에 담겼다. 좀 더 가벼워진 어투로 다 안다는 듯이 그가 물었다.

"당신은 거기서 얻는 게 뭐지?"

"당신은 어떻게 생각하죠?"

"누나와 동급 서열이겠지. 어떤 사람도 내가 누나에 관한 연설을 하는 동안 베스타 처녀와 같은 권리를 당신에게 법으로 부여하게 되는 것에 크게 주의를 기울일 사람은 없을 거야."

경제 후견인제도에서 벗어나는 문제는 부가적인 것이었다.

"이것은 공정한 일이에요. 나는 그것을 원하는 거예요. 그러나 타비우스, 사람들이 누나를 존경하는 일은 결국 당신을 사랑하는 일이 될 거예요. 코넬리아에 대한 존경은 로마인들 마음과 정신 속에 살아 있어요. 그것이 내가 가장 원하는 일이에요."

로마 시민들에게 받는 인기는 그의 통치에서 안전을 보장하는 주 춧돌이었다. 나는 그가 안토니보다 더 확실하게 사랑받는 것이 절대적으로 필요한 일이라고 보았다.

그 후 오래지 않아 타비우스는 누나가 평화의 여신이라도 되는 듯이 칭찬하는 연설로 많은 반응을 얻었다. 어느 로마의 제대로 된 남자가 이런 로마의 진주 같은 여성보다 클레오파트라 같은 외국인을 좋아하겠는가? 여기에 함축된 의미를 문제시 하는 사람은 없었다. 누구도 옥타비아가 베스타와 같은 신성불가침 지위를 얻었을 때 트집을 잡지 않았고, 또 나도 함께 그런 지위를 받은 것에 신경을 쓰는 사람도 없었다.

타비우스는 내 제안을 수락하여 내가 기대했던 것보다 일을 더욱 확대시켰다. 안토니의 추락 기회는 타비우스에게 꿀이 되었다. 클레오파트라의 열정에 사로잡혔던 줄리어스 시저는 비너스 신전에 그녀의 동상을 세웠다. 이집트 보석으로 장식한 부리 같은 코, 은은한 미소 속에 나타나는 관능적 입술을 가진 그녀는 색다른 외국 여성처럼 보였다. 타비우스는 이 동상을 너무나 싫어했지만 다른 곳에 옮기지 않았다. 그는 옥타비아의 포르티코에 코넬리아 동상을 옮기고, 그 양옆에 누나와 나의 동상을 세웠다. 코넬리아 동상이 앉아 있는 모습이었기 때문에 우리도 앉은 모습으로 제작했다. 우리는 등을 꼿꼿하게 바로 세우고 턱은 위로 들었다. 옥타비아와 나는 다소 지친 조각가의 모습을 취하고 있었는데 그런대로 가치가 있었다. 우리는 대단히 검소한 로마 드레스를 입고 머리 대부분을 숄로 덮어서 마치 코넬리아 같은 침착한 귀족 모습으로 표현했다.

돋보이는 동상의 중요한 역할은 정치적 의미의 전달이었다. 우리는 코넬리아의 정신적 딸들이었다. 결코 이집트 여왕이 자리를 넘볼 수 없는, 훌륭한 로마 여성의 표상이라는 메시지였다.

공공 동상으로 전시되는 기분은 기묘했다. 로마의 소년들은 중요한 사람이 되어 자신의 동상이 세워지는 것을 꿈꾼다. 소녀들은 그런 꿈을 꾸지 않는다. 나의 동상을 처음 봤을 때 이상한 기분을 느꼈다. 마치 내 정신을 상상력으로 만든 것 같기도 하고, 대리석이 아니라 한순간 꺼질 수 있는 거품으로 만든 것 같기도 했다. 그러나 사람들이 그것이 실제로 살아있는 것같이 놀라울 정도로 꼭 닮았다는 말을 하는 것에는 익숙해졌다. 나의 명예를 동상으로 세워준 타비우스가 고마웠다.

나는 자금을 직접 처리하는 권리가 새로운 자신감을 준다는 것을 알았다. 앞으로 얻는 재산도 실제 내 것이 될 것이다. 어떤 남자도 내게 이런 일을 할 수 있다 혹은 할 수 없다고 말할 수 없을 것이다. 내 사업 수완은 후견인제에서 벗어나서야 제대로 발휘되었다.

나는 옥타비아가 '내가 다른 여성의 위에 올라가는 법이 통과되길 원치 않아'라고 말하던 독선적 혐오감을 기억했다. 사실 동상과 타비우스가 옥타비아와 내게 부여한 세상의 존경은 일반적으로 여성에게 주는 경의를 드높였다. 몇 년 후에 자녀 출생수를 늘리기 위하여 로마는 네 명 이상의 자녀를 둔 엄마에게 재정 후견인제를 풀어 주었다. 내가 그런 식으로 이끌지 않았다면 과연 그 일이 이루어졌을지 생각했다. 나는 신들 앞에서 말할 수 있다. 내게 부과된 특권은 다른 여성에게 결코 해를 주지 않았다고. 물론 내가 더 많은 자유를 누린 것을 알지만, 어디까지나 그 높이는 한 남자와 묶인 인연 위에서 날았다.

14

내 기억이 사라지는 경우는 거의 없다. 몇몇 손주들은 농경신 사투르누스 축제기간에 나를 방문하러 빌라로 왔다. 그들의 출현이 마치 침입 행위라도 되는 듯 그들을 보면 긴장했다. 마치 조상들에게 고하듯이 존경어린 말투로 내 귀에 애원의 말을 중얼거리는 젊은 남녀보다 지난날의 사람들이 더욱 실제인 것처럼 보인다. 나는 젊은 손주들이 내가 집필하고 있는 인물들과 얼마나 닮았는지 안다. 비록 혈연이 서로 얽히고설켜 있기는 해도, 때때로 이것은 누가 누구의 친척인지 기억하는 기준이 된다.

어제 손자 클라우디우스가 여기 왔다. 그는 옥타비아와 마크 안토니의 손자이기도 하다. 나의 사랑이 모든 손자와 증손들에게 골고루 가는 것이 당연하지만 클라우디우스는 마음이 가질 않는다.

다른 사람이 어떻게 생각하든 그가 다리를 절거나 근육경련을 일으키거나 말을 더듬어서 싫어하는 것이 아니다. 그건 그도 어쩔 수 없는 일이다. 가엾은 아이다. 그러나 그의 크고 쉰 웃음소리가 늘 신경에 거슬린다. 그를 보면 안토니가 생각나며, 특히 술을 마실 때 그렇다. 그는 술도 많이 마신다. 그가 이유 없이 나를 찾는 일은 극히 드물다.

"하, 할머니. 나는 어, 어려운 부탁이 있어요."

나는 고개를 들고 말을 기다렸다.

"할머니 서, 서재에 채, 책들이 있잖아요."

그 얘기는 일반 사람이 잘 모르는 에트루리아 언어 책을 말하는 것 같았다. 그러나 클라우디우스는 그 언어를 독학했고 방대한 에트루리아 역사책을 쓸 계획이었다. 그는 내가 갖고 있는 잘 알려지지 않은 에트루리아 왕들에 대한 책들을 몹시 갖고 싶어 했다. 그래서 나는 그 책들을 가지라고 허락했다. 당연한 일이었다. 그는 군복무가 불가능했고 정치에는 관심이 없었다. 걸어 다닐 때는 힘들게 다리를 질질 끌었다. 오래 전 과거를 쓰는 일이라면 그에게 어렵지 않다.

내가 그에게 가져갈 만큼 가져가라고 말하자 그는 대단히 기뻐했다.

"하, 할머니, 고마워요. 만약 내가 하, 할머니를 도와드릴 일이 있으면 저, 저한테 말씀하세요."

그는 역사가가 되고 싶어 하니 내가 쓰고 있는 지난날의 이야기에 대해 그가 어떻게 생각할지 궁금해진다.

또 다시 헤어지는 시간이 찾아왔다. 나는 이별에 대해 익숙해졌어야 마땅했다. 그러나 그렇지 못했다. 타비우스가 일리리아 전쟁에 나갈 때 내가 말했다.

"이번에는 신체적 위험은 제발 피하세요."

타비우스는 웃었지만 그의 눈이 우울해 보였다.

"당신이 그런 말을 하면 다른 사람들이 재미있다고 할 거야."

나는 의아하게 그를 보았다.

"필리피에서 있었던 시칠리아 탈환을 위해 벌였던 마지막 전투 말이야. 사람들은 내가 신체적인 위험에서 빠져나가는 데 전문가라고 말하지. 당신도 알지? 적들이 내게 수군대는 말을."

사람들은 시저가 겁쟁이라서 전쟁에서 빠진다고 수군거렸다.

"당신은 맨손으로 레피두스 진영에 걸어 들어갔죠. 당신은 가장 용감한 사람이에요."

그의 동 흉갑에 작은 얼룩을 본 나는 손가락으로 그것이 없어질 때까지 문질렀다.

"사랑스런 리비아, 당신 눈 속에서 나를 볼 수 있으면 좋겠어. 그러면 기분이 참 좋겠어. 하지만 그게 나인 줄 알아보기나 할까?"

그는 내 턱을 들어 올려 키스했다. 나는 그의 목에 팔을 두르고 이것이 마지막인양 미친 듯이 키스했다. 그는 정열적인 키스가 불편했던지 살짝 뒤로 몸을 뺐다가 다시 어린아이를 안듯 나를 껴안았다.

"왜 마에케나스가 함께 가죠? 그리고 그 시인들은요?"

"그들은 지루한 생활에서 벗어나고 싶어 해."

"그럴 듯하게 들리는군요."

이 전쟁에 두 가지 목적이 있다는 것을 알고 있었다. 첫째는 일리리아 야만인들로 인한 분쟁지역을 평화롭게 정리해주고, 둘째는 마에케나스가 늘 타비우스의 '전설'이라고 고집스럽게 불러왔던 그 업적을 강화하는 일이었다.

"오, 타비우스, 부디 조심해요."

타비우스는 내 뺨을 코로 밀었다.

"평소에는 당신에게 말할 때 여느 남자들에게 말하듯이 이야기할 수 있지. 그러다가 어느 순간 당신은 가장 여성스럽게 변해. 이게 항상 나를 놀라게 한다니까."

"당신 계획은 뭐에요?"

"음…… 전투에서 실제로 내가 앞장서면 새로운 모습일 거야."

그는 떠나면서 웃었다. 전쟁이 마치 장난인 것처럼.

타비우스가 일리리아 전쟁으로 떠난 후 얼마 되지 않아 티베리우스 네로에게 물었다.

"남자들은 어째서 전쟁을 그렇게 좋아하죠?"

"전쟁을 통해서 우리의 용기를 시험하지."

그는 프리마 폴타에 있는 내 별장으로 나를 방문하러 왔다. 그도 인근에 별장을 사고 싶어 했고, 내가 정원을 어떻게 꾸몄는지 보고 싶어 했다. 우리가 정원을 산책하러 나갔을 때 그는 대리석 분수와 다양한 꽃들의 아름다움을 인정했다. 옛 친구에게 감동을 주는 일은 즐거웠다.

"아름답군."

그는 활을 든 다이아나 동상을 보고 말했다.

"당신은 여전히 모든 신보다 다이아나 신을 숭배하고 있어?"

"나는 늘 다이아나 신이 숲 속에서 불이 났을 때 우리를 구해주었다고 믿고 있어요."

"그랬지. 그 대화재."

그는 머리를 흔들며 회상했다.

"그때는 다른 생애였던 것 같아."

그에게 질문하고 싶은 것들이 맴돌았다. '행복하세요? 내가 떠난 일을 용서하시나요?' 우리가 서로 말하지 않은 것들도 있었다. 우리는 아들에 관한 의논도 필요했다.

"어린 티베리우스가 좋아하는 전쟁놀이에 대해 말하자면, 그가 언제나 하고 싶은 것이 무기 가지고 노는 일이에요."

티베리우스 네로는 웃었다.

"걔는 타고난 군인이지?"

나는 이를 갈았다.

"네, 언젠가 창으로 내 노예를 맞췄어요."

"어떤 사람도 완벽하게 목표를 맞추는 사람은 없어."

"그 또래치고는 명중률이 우수해요. 걔가 고의적으로 그러지 않았나 하는 생각이 들어요."

"노예가 죽지는 않았지?"

"죽이지는 않았지만 상처를 입혔어요. 내가 야단쳤는데도 미안해하는 것 같지 않았어요."

"또 노예를 겨냥하는 것을 보면 회초리로 때리도록 하지."

티베리우스 네로가 웃으며 덧붙였다.

"그 아이가 확실히 군인 자질을 가지고 있는 것만은 시인해야 돼."

"나는 그저 군인이 되기보다 그 이상이 되기를 바라요. 그 아이는 온화함과 우아함이 필요해요. 다음 11월에 일곱 살이 되는데 내가 개인지도 선생을 알아봐도 될까요? 올바른 사람이어야만 돼요. 예를 들자면 철학, 미술, 시에 안목이 있는 사람 말이죠."

"알아봐. 하지만 당신이 그 아이를 온순하게 만들지는 못할 걸."

371

그의 눈이 빛났다.

"걔는 내 아들이야."

내 사랑 리비아, 나는 큰소리로 웃고 싶어. 웃을 때 대단히 아프지만 않다면 말이야. 모든 곳이 아파. 하지만 나는 행복해. 우리는 일리리아 수도 메툴럼을 포위하고 나무 통로를 세우고 공격을 준비했어. 나는 임시로 지은 탑 위에 올라가 사령관의 위치에서 지휘했어. 그러나 내가 위에만 계속 있었을까? 아니야. 공격을 시작한 위험한 순간에 불같이 이는 군인정신에 사로잡혀 탑 밑으로 뛰어내렸어. 그리고 멈칫거리며 뒤로 물러나는 아군의 방패를 뺏어 들고 소리 질렀지.

"나를 따르라!"

그런 다음 걸쳐놓은 통로로 올라갔어.

사전 계획이 있었는지 당신은 묻겠지? 물론 우리는 계획을 세웠어. 십여 명의 호위병이 나를 에워쌌지만, 몸소 포위된 도시 공격을 이끌었어. 이런 최고사령관은 본 적 없을 걸? 알렉산더 대왕 정도 꼽을 수 있겠지만, 그는 알렉산더 대왕이잖아.

당신은 말하겠지. "타비우스, 위험해요!" 내 사랑, 위험은 가치가 있어. 그리고 내 임무를 방해하고 조롱당하게 만드는 질환은 없었어.

내가 나무 통로 위로 올라가자 군인들은 나의 무용에 감명을 받아 사기가 올랐어. 너무 많은 군인들이 통로에 올랐기 때문에 갑자기 땅으로 무너져 내렸어. 나도 거의 몸이 부서질 뻔 했지. 더미 밖으로 나왔을 때 우리 군의 대승을 보았어. 메툴럼은 우리의 것이고, 전역이 우리 것이야.

의사는 부러진 갈비가 잘 회복되었다고 말했고, 마에케나스는 데려갔던 시인들에게 내 영웅담에 대해서 서정시를 짓게 했어. 사랑하는 당신, 내가 책임을 이끄는 것은 중요한 일이야. 타인의 공적을 인정해주기 위해서, 또 내 자신의 자부심을 위해서.

나는 넘쳐흐르도록 잔을 채우고 있어. 나는 승리했어. 그런데 패전자가 누군지 알아? 안토니지. 그의 파르티아 작전은 불명예스러운 종말을 고했어. 너무 도가 지나쳐서 와해되어 버렸어. 나는 진심으로 그의 불쌍한 패잔병들을 동정하여 어려운 상황에 도움이 되는 음식, 옷, 담요 보급품을 보내겠다고 정중한 편지를 썼어. 그는 나더러 그것을 잘 보관해 두라는 회신을 보내왔어. 이제 그는 아르메니아를 정벌할 거야. 만약 내가 일말의 애국심조차 갖고 있지 않았다면, 아르메니아를 돕고 싶었을 거야.

내 사랑, 당신은 행운이 찌푸릴 때 언제나 나를 격려해 주었지. 이제 나의 행운을 당신이 누리길 바라. 축하해줘. 떨지 말고, 내가 무모하다고 말하지 마. 내가 주사위를 던지고 승리했으니 행복해 하길 바라. 비록 몸이 좀 다쳤지만 그게 뭐 대수겠어? 지금 이 순간 내게 유일하게 부족한 것이 있다면 내 품에 당신이 없다는 거야.

좀 다쳤다고? 그 말은 제대로 표현한 게 아니었다. 그는 메툴럼에서 낙상해서 사람들, 나무, 쇠붙이 무게에 짓눌려서 거의 죽을 뻔했다.

그는 승전군 대열의 맨 앞에 서서 내게 돌아왔다. 다리를 절었고 기침을 했다. 기진맥진한 듯이 보였다. 아직 더운 가을이었는데, 돌아온 그날은 전혀 움직이지 못하고 벌거벗은 채 침대에 누워있었다. 그의 상반신과 팔다리에 새로 생긴 붉은 흉터가 있었다. 나는 상처에 일일이 키스했다.

"모두가 당신의 영웅담을 이야기해요."

다소 과장하긴 했어도 그는 분명히 로마 사람들에게 대단한 감명을 주었다.

"하지만 제발 다시는 그렇게 하지 마세요."

타비우스는 껄껄거리다 기침을 터트렸다.

"당분간 전쟁이 없기를 바라요. 틀림없이 우리는 앞으로 오랫동안 평화를 누릴 거예요. 그러나 만약 전쟁이 또 나면 그때는 다른 사람을 보내서 싸우게 하세요."

"그렇지만 리비아, 군대의 영웅이 되는 맛을 이제 알았어. 어쩌면 다음에 브리테니아(영국)도 정복할지 몰라."

타비우스는 가벼이 농담을 했다. 그러나 나는 그가 겪어 온 모든 것, 그리고 운명을 완성시키기 위해 여전히 어려움을 겪게 될지도 모른다는 생각을 했다. 열여덟 살에 그는 이미 운명을 결정했고 이것이 완성되는 것을 보고 싶어 했다. 위험과 고통도 그가 하는 일을 결코 방해하지 못할 것이다. 상처를 본 순간 나는 그를 위해 울고 싶었다. 그러나 울지 않았다. 그는 내가 우는 모습을 별로 좋아하지 않았을 것이다. 그래서 이 말만 했다.

"다른 사람을 시켜서 브리테니아를 정복하면 좋겠어요."

다리를 저는 것은 이전에도 있었다가 없어졌지만 일리리아 전투 후에는 그렇지 않았다. 눈에 띌 정도는 아니어도 마치 상처같이 오래

갔다. 하지만 기침은 곧 멈췄다. 그는 침대에서 일어나 하던 대로 열심히 일했다.

이번에는 루브리아가 임신을 했다. 소식을 듣고 물론 나도 기뻤고 본인 이상으로 그녀의 건강한 출산에 대한 희망이 간절했다. 그러나 임신이나 출산 소식을 들을 때마다 내 마음은 긴장되었다. 타비우스와 나는 결혼한 지 4년이 되었는데 아기 기미가 없었다.

나는 신전에서 기도했다. 부적 목걸이를 걸고 침대로 들어갔고 로마의 최고 명의가 조제한 쓴 약도 마셨다. 루페르칼리아 제전에 불임 여성들과 같이 길거리에 서 있기도 했다.

로물루스와 레무스에게 젖을 준 암늑대를 경배하는 축제는 언제나 아기를 간절히 바라는 여성에게 새로운 희망을 주었다. 사제들은 두 마리 수컷 염소와 개 한 마리를 제물로 바쳤다. 그리고 두 명의 젊은 남자의 이마에 희생된 짐승의 피를 묻히고 죽은 염소 가죽을 입혔다. 두 젊은이는 팔라틴 언덕 주변을 뛰어다니면서 손에 든 가죽 끈으로 여자들을 내리쳤다. 그들이 휘두르는 채찍질은 다산을 기원하는 뜻이 담겨 있었다.

다른 여성이 하는 것을 본 그대로 나도 신성한 사제가 올 때 손을 내밀었다. 그는 덩치가 좋은 젊은 남자로, 염소 가죽을 벗겨내 만든 앞가리개와 망토를 걸쳐 술의 신 사티로스 같이 보였고 그처럼 웃었다. 그는 뛰어 지나가며 내 손을 채찍으로 세게 내려쳤다. 얼마나 얼 얼했는지 자국이 날 정도였다. 그러나 나는 임신하지 않았다.

지금은 전쟁이 없었기 때문에 타비우스는 건축에 에너지를 쏟았다. 로마는 새로운 수로와 하수관, 새 포장도로, 번쩍이는 대리석 신전과 공공건물도 갖추었다. 아그리파는 이 모든 공사의 현장 감독으로서 책임을 지고 있었지만, 기획에 있어서는 내 의견에 무게가 있었다. 우리가 로마를 재건한다고 생각하니 즐거움이 컸다. 건축 사업은 가난한 사람들에게 일자리를 제공하는 측면도 있었다. 평민들 사이에 타비우스의 인기가 이 정도로 치솟은 적이 없었다. 정치면에서도 만족했어야 당연했다. 그러나 마크 안토니의 상황은 앓는 이처럼 우리를 괴롭혔다.

어느 날 그가 내게 말했다.

"안토니가 아르메니아 전투로 떠나기 전에 옥타비아 누나가 되돌아가야 한다고 생각해."

"어째서요?"

"누나는 그의 아내가 되든지 아니든지 결정해야 돼."

옥타비아가 그의 아내가 아니었다면 얼마나 좋았을까? 세상 일이 더 좋을 수도 있었을 텐데. 현상유지가 우리 모두에게 최선일지 모른다.

"문제를 건드리지 않고 그냥 두는 게 낫지 않고요?"

타비우스는 못마땅하게 나를 보았다.

"나는 이 문제를 누나가 결정하도록 하겠어."

"내 생각에는 아무래도……."

"이 문제를 누나가 결정하도록 하겠어."

그는 같은 말을 되풀이했다.

며칠 후 우리 셋, 타비우스와 옥타비아, 나는 로마에 있는 안토니 집의 햇볕 쪼이는 정원에 앉았다. 그녀가 말했다.

"네가 약속한 1만 9천 명의 군인을 내가 데려가게 해줘."

"2천 명과 군함 70척, 군대 보급품을 보내겠어."

"1만 9천 명은 왜 안 돼? 어째서 약속을 안 지키니?"

"나도 군인이 필요해."

그는 앉아 있는 돌 벤치의 옆면을 두드리며 말했다.

"안토니는 네가 그를 믿지 않는다고 생각할 거야."

"음, 그게 옳을 지도 모르지."

"그가 나를 떠나보내려 한다고 생각하지? 그가 나와 이혼하고 싶어 한다고?"

"현실을 직시해, 누나. 그는 다른 여자와 동거하고 있어."

타비우스는 냉정하게 말했다. 누나에 대한 연민이 없어서가 아니라 현 상황에서 가끔씩 그녀의 일편단심이 참을 수 없는 분노를 일으켰기 때문이었다.

"가끔씩 너를 이해할 수 없다는 생각이 들어."

옥타비아가 말하며 내게 비난조의 눈초리를 주었다.

"리비아, 나더러 알렉산드리아에 있는 남편에게 가라는 것은 누구 생각이지?"

"누나가 가고 싶다고 말했잖아."

타비우스가 대답했다.

"그래. 나는 너무 오랫동안 그와 떨어져 있었어. 당연히 이런 일이 있기 전에 나도 가겠다고 주장했어야 했지. 하지만 너는 내가 지금 가야 된다고 하는데, 왜지?"

"순리잖아. 아내가 남편하고 있어야 한다는 거?"

"내가 알렉산드리아에 가면 남편을 당혹스럽게 만들 거라는 걸 네가 안다고 짐작해. 만약 그가 나를 받아주지 않으면 모든 로마가 그를 더욱 나쁘게 생각할 거야. 왜냐하면 네가 나를 페인트 칠한 정숙한 동상으로 세웠기 때문이지."

그녀는 나를 보았다.

"로마인 마음 속에 나를 부풀린 것이 누구 생각인지 나는 다 안다.

내가 그런 대접을 받겠다고 요청한 적이 한 번도 없었고, 누구도 내게 의논하지 않았어. 물론 안 하지. 왜 하겠어?"

나는 아무 말도 하지 않았다.

"나를 갑자기 안토니에게 보내려는 계획은 교활해. 이런 생각을 내놓은 게 바로 당신이지, 리비아. 아니야?"

"아니에요."

그녀는 머리를 갸웃했다.

"진짜야? 타비우스 네 생각이니? 흥, 너희 둘을 따로 생각한다는 자체가 어려운 일이야. 때때로 두 사람이 말하는 게…… 말투조차 너무 비슷해서 소름이 끼쳐."

집 어딘가에서 아기 울음소리가 들렸다. 옥타비아의 어린 딸이자 안토니의 아이였다.

"이제 됐어."

타비우스가 말을 중단시켰다. 옥타비아가 다시 입을 열었을 때 그녀의 음성이 떨렸다.

"만약 너와 안토니 사이에 전쟁이 나면 누가 승자가 될지 예측할 수 없어. 그러나 어떻게 되든지 간에 나는 가장 비참한 여자가 될 거야. 그거 아니?"

타비우스 표정이 굳어졌다.

"나는 시간이 없어. 해야 할 일이 있어."

다른 말 없이 그는 자리에서 일어나 집에서 걸어 나갔다. 한동안 옥타비아는 그의 뒤를 바라보았다. 그녀의 표정은 참담했다. 마침내 그녀는 내게 얼굴을 돌렸다.

"당신은 왜 타비우스와 같이 가지 않지?"

"나는 당신을 안토니에게 보내라고 제안한 적이 없어요. 또한 안토니가 당신을 받아들이길 거절하는 것도 바라지 않아요. 절대로 원치 않아요."

"그러면 타비우스가 원하는 일이구나."

나는 어깨를 으쓱했다.

"그것이 진실인지는 나도 몰라요."

"아니, 당신이 내 동생 머릿속을 다 안다고 생각했는데."

그녀의 음성은 가시가 돋아 있었다. 나는 갑자기 피곤을 느끼고 눈을 비볐다.

"그는 사이에 끼는 것을 아주 싫어해요. 그리고 어느 쪽이든 문제가 해결되기를 원해요."

그녀는 싫어하면서도 또한 호기심을 갖고 내 얼굴을 살폈다.

"당신은 뭘 원하지?"

"안토니와 충돌하는 게 두렵고 전쟁이 싫고 무서워요."

"안토니가 나를 거부하면 전쟁이 있을 거라고 믿어?"

"절실히 느끼고 있어요. 당신의 결혼이 끝나면 조만간 전쟁이 있을 거예요, 또 다른 전쟁."

나는 옥타비아의 눈을 들여다보았다.

"로마인들끼리 서로 죽일 것을 생각하면 내 영혼이 울어요. 나는 아버지, 어머니의 죽음도, 페루자도 기억해요. 그것은 고통과 파괴였어요. 그런 일들이 다시 일어나는 것은 생각만 해도 참을 수 없어요. 당신 말이 맞아요. 싸움이 나면 누가 이길지 아무도 몰라요."

그녀는 긴 한숨을 내쉬었다.

"이 문제만은 우리가 생각이 같아. 참 이상하지."

나는 다가가서 그녀의 손을 잡았다.

"안토니에게 가지 마세요. 되어가는 대로 내버려 두세요. 안토니가 당신을 부르러 보낼 때까지 기다려보세요."

옥타비아는 손을 슬며시 빼고 돌아섰다. 둘 다 침묵했다. 정원 중앙의 화려한 분수대에서 나는 물 소리만 들렸다. 장미 향기가 났고 황금을 입힌 세 아기천사의 입에서 황금색 물이 흘렀다. 안토니의 집 어디서나 이런 현란함을 볼 수 있었다. 수수한 드레스와 꾸밈없는 태도의 옥타비아는 이곳과 전혀 어울리지 않는 것처럼 보였다. 나는 옥타비아가 떠나고 싶은지 궁금했지만 몇 분 후 그녀가 말했다.

"나를 안토니에게 보내려는 타비우스의 이유가 무엇이든 간에, 내가 안토니에게 가는 데는 나 자신의 목적이 있어."

그녀는 내 쪽으로 몸을 돌렸다.

"안토니와 나, 우리는 서로의 팔 안에 놓여 있어. 만약 내가 그곳에 있다면 그에게 말할 수 있을 거야. 그가 결코 클레오파트라를 포기하지 않을 거라는 건 알아. 하지만, 오, 그녀를 그의 정부로 두게 하라지! 내가 그의 아내인 이상 말이야! 나는 우리 결혼에 대해 얼마나 많은 의미가 있는지 그를 이해시킬 수 있어. 만약 내가 멀리 있으면 그가 나를 데리러 보낼지 의심스러워. 하지만 내가 거기에 있으면 적어도 그가 나를 멸시할 수는 없어."

그 순간에 나는 지금까지 느끼지 못했던 그녀의 진정한 모습을 보았다. 그녀는 우아한 몸매와 기품을 지녔다. 미모가 없는 것도 아니었다. 어쩌면 클레오파트라에게 싫증난 안토니가 다시 돌아올 수도 있고, 그렇게 되면 옥타비아를 더 좋아하게 될지도 몰랐다.

"하지만 나는 아이들은 데려가지 않을 거야. 내가 그런 것처럼 아들들이 안토니를 몹시 그리워하고 갓 태어난 아기는 아직 본 적도 없지만 말이야. 지금으로서는 아이들이 로마에 있는 것이 최선이야. 모든 일이 잘되면 애들을 데려오도록 사람을 보내겠어. 리비아, 내가 왜 아이들을 데려가지 않는지 이해하겠어?"

옥타비아는 안토니가 자기를 아내로서 환영할 거라는 확신이 없었던 것이다. 나는 말없이 고개를 끄덕였다. 만약 자신의 영토에서 아이들과 함께 있는 옥타비아를 보면 자식들을 다 빼앗아버릴 것이다. 그러나 아이들이 로마에 있으면 타비우스는 이렇게 말할 것이다. 분명히 안토니가 아버지니까 와서 아이들을 데려가라. 옥타비아는 자기 딸들을 잃는 것뿐만 아니라 풀비아와 안토니 사이의 두 아들까지 다 빼앗길까봐 염려했다. 옥타비아는 아들들에게 애착이 컸다.

"나는 이제까지 용감한 일을 해본 적이 없어. 타비우스가 공개적으로 나를 미덕의 여성으로 칭찬하면서도 용기라는 말은 하지 않았다는 걸 알 거야. 그는 '여자에게 용기가 뭐가 필요할까?'라고 생각한 것 같아."

옥타비아는 공허한 웃음을 지었다.

"직접 남편에게 가는 용기를 내겠어. 안토니가 여전히 내 남편인지 봐야겠어. 우리가 만났을 때를 떠올려보면 그의 눈 속에서 나를 클레오파트라와 비교하고 있었다고 생각돼. 상황이 더 낫다 하더라도 나는 아이들을 될 수 있는 대로 더 나중에 데려와서 우리가 즐겁게 다시 만나기를 희망해."

옥타비아가 마음을 털어 놓음으로써 나의 마음이 움직였다. 적어도 그녀의 희망이 실현될 기회가 있을 것이라고 생각했다. 안토니는 예측불가능한 사람이었지만 이전에는 진정으로 옥타비아를 좋아하는 것처럼 보였다. 둘의 관계가 회복되면 가족관계도 회복될 것이다.

"신이 그렇게 만들어 주기를 기원해요."

타비우스는 안토니에게 보낼 2천 명을 여러 부대 가운데 좋은 군인들로 선발했다. 이들에게 최고의 새 갑옷과 무기를 착용시켰다. 70척 군함을 파견하면서 옷과 식품을 채웠고, 안토니 군대가 비축하도록 살아있는 가축들도 집어넣었다. 또한 안토니와 그의 최고 장교들에게 줄 고가의 개별 선물도 보냈다. 어떤 것도 허술한 것이 없었다. 타비우스는 분명 누나를 빈손으로 안토니에게 보내고 싶지 않았던 것이다. 타비우스의 관대한 배려를 본 옥타비아는 그를 껴안고 따뜻한 말로 감사하며 헤어졌다.

나는 안토니가 우정의 표시로 보낸 것을 잘 받아들이고 부인으로서 옥타비아의 올바른 입지를 회복시켜 주기를 희망했다. 틀림없이 그는 적절한 시기에 이보다 더 많은 군사적 지원을 기대했고 타비우스가 거절하지 못할 거라고 생각했을 것이다. 미래의 평화에 이바지하는 결과가 분명히 가능할 것으로 보였다.

타비우스가 누나로부터 편지를 받았을 때 나는 그와 같이 있었고, 누나가 가져간 선물들을 잘 전달했다는 말을 들었다. 우리는 그의 서재에 앉아서 작은 국사 문제를 의논하고 있었다. 전령 하나가 들어왔을 때 나는 여행으로 지친 그의 행색에서 얼마나 힘들게 달려왔는지 읽을 수 있었다. 그는 타비우스에게 말했다.

"마님께서 몹시 피곤하기 때문에 로마로 천천히 되돌아오고 계십니다. 마님께서 이것을 전달하도록 저를 보내셨습니다."

그는 봉해진 납판을 전달했다. 내 가슴이 두근거렸다. 타비우스는 봉합을 찢어서 편지를 읽고 얼굴이 하얗게 질렸다. 그는 거의 자제하지 못하는 분노의 목소리로 전령을 내보냈다.

나는 그 편지에 어떤 소식이 있는지 감히 묻지 못했다. 그의 온몸이 분노로 떨렸다. 그가 누나의 결혼문제에 관해 대단히 냉정하게 처리할 수 있었고, 이것을 자기가 하고 싶어 하는 일을 다 할 수 있는 구실로 삼았다고 훗날 이야기하는 사람들도 그 순간에는 그의 떠는 모습을 틀림없이 보았을 것이다.

그는 차마 말로 전할 수 없다는 듯 내게 편지를 건넸다. 나는 편지를 읽으며 옥타비아가 일어났던 실제 상황보다 축소하려고 애쓴 흔적을 발견했다. 그녀는 동생을 진정시키고자 했던 것이다.

나는 아테네에 도착했고 이집트 알렉산드리아에 있는 안토니에게 편지를 보내어 그곳에 가서 안토니와 합칠 수 있는지, 아니면 아테네 집에 머물 테니 그가 와서 만날지를 물었어. 물론 나는 그에게 네가 풍부하게 보낸 선물에 대해 말했고, 또한 그것을 어디로 보낼지를 물었어. 그는 선물은 알렉산드리아로 보내고, 나는 다시 로마 집으로 돌아가야 한다고 즉시 답장을 보냈어.

타비우스, 이 소식을 들으면 네가 몹시 화낼 것을 잘 안다. 그러나 그의 어휘는 거칠지 않았고 전체적으로 친절했어. 그는 내가 돌아가야 한다고 했어. 물론 나는 아직도 그의 아내야. 군인 하나가 내게 귀띔하기를 안토니가 나를 받아주면 클레오파트라가 자살하겠다고 했단다. 그도 처음에는 받아들일 의도가 있었던 거야. 그가 그녀에 대해 정열이 어느 정도 식어가고 있고 내가 기다리면 제대로 잘 될 거라고 생각한다. 나는 그럴 작정이야.

당연히 나는 남편의 말을 따를 거란다. 선물들을 안토니에게 보낸 후 바로 로마로 돌아갈 거야. 내 동생 타비우스, 제발 실제보다 더 왜곡하지 않기를 바란다.

나는 편지로부터 눈을 들었다. 내장이 전부 내려앉는 기분이었다.

"그는 누나를 보려고 하지도 않았어."

타비우스는 확신하듯 말했다.

"안토니는 선물만 보내라고 했어."

안토니가 클레오파트라에 빠져서 머리가 돌았다고 생각하진 않았었다. 둘은 함께 살았고 쌍둥이 아이들도 두었으며, 안토니의 편의를 생각해서 3년 정도 헤어졌던 것이다. 만약 그가 사랑에 눈이 멀었다면 그들의 오랜 관계 중 근래에 정도가 더욱 발전된 상황이었다. 그 이집트 여왕은 부유했고 세상에서 가장 힘 있는 여자였다. 그녀는 사적으로 안토니의 파르티아 전투에 돈을 댔다. 그러나 사랑과 욕망이 뒤섞인 안토니의 행위에는 틀림없이 정치적 계산이 깔려있었다. 그는 클레오파트라와 사이에 문제가 된다면 부인을 받아들이지 않을 것이다.

그래도 그는 옥타비아와 이혼까지 생각하지는 않았다. 그녀를 로마 집에 묶어두고 싶었을 것이다. 타비우스가 자기 누나를 이렇게 취급하는 것을 묵인할 거라고 생각했을까? 또 다시 내전이 일어나서는 안 된다고 생각했다.

지금은 타비우스에게 분노를 참으라고 말할 시기가 아님을 알고 있었다. 조심스럽게 일을 해결해야 한다.

"내 사랑, 분노는 함께 나누어야 해요. 내가 부탁하고 싶은 건 너무 급하게 행동하지 말라는 거예요. 당신은 안토니처럼 정열에 사로잡히는 무모한 존재가 아니죠."

그는 억눌린 목소리로 말했다.

"내가 그렇지 않던가?"

"그가 섬기는 유일한 신은 술의 신 바쿠스예요. 하지만 당신은 아폴로 신의 아들이죠. 이성과 지식과 빛이 당신의 행동을 이끌어요."

"그가 만일 온 세상 사람이 보는 앞에서 내 얼굴에 침을 뱉는다 해도 이보다 덜 모욕적일 거야. 누나에 대한 무례를 내가 쉽게 참지 않을 것임을 누구나 다 알 거야."

그의 분노를 건드리지 않을 만한 말을 도저히 찾을 수 없었다. 옥타비아에 대한 안토니의 대우는 어떻게 말해도 너무 지나쳤다. 그 외에 이것은 옥타비아 가족 전체에 대한 치욕이었다. 타비우스는 이것을 자신에 대한 안토니에게 내재된 멸시의 표현으로 볼 수 있었다. 온 세상이 다 알 수 있는 이중의 수치였다. 타비우스는 부들부들 떨리는 숨을 내쉬었다.

"나는 어리석은 짓은 더 이상하고 싶지 않아."

어쩌면 옥타비아는 전령이 말한 대로 지쳤기 때문에 천천히 돌아오는지 모른다. 어쩌면 그동안 벌어졌던 일의 설명을 위한 준비 시간이 필요했는지 모른다. 안토니의 거부를 개인적 모욕으로 생각하지 않기 위해 마음의 결심도 필요했을 것이다. 마침내 그녀는 로마에 도착했다. 휴식을 취한 뒤에 그녀와 타비우스와 나는 팔라틴의 안토니의 집 정원에서 만났다. 아름다운 여름 날씨 속에 우아하게 조경된 정원에서 옥타비아는 향긋한 와인, 무화과 열매, 견과류를 우리에게 내놓았다. 이 모든 것은 즐거운 가족 모임에 적합했을 것이다. 그러나 우리는 각자 다른 생각으로 대단히 마음이 불편했다. 타비우스는 안토니의 행동에 얼굴이 굳었고, 옥타비아는 우울했으며, 나는 다음에 벌어질 일에 대한 공포로 가득 찼다.

"누나는 단 하루도 그 놈 집에 있어서는 안 돼."

타비우스는 옥타비아가 이혼에 대한 부담을 더 이상 참아서는 안 된다고 생각하는 듯했다. 하지만 자존심 때문에 그녀는 적어도 별거가 더 나았다.

"우리 집 근처에 주택 두 채를 사둔 게 있어. 업무 용도로 사용할 생각이었지만 누나가 좋은 것을 선택해서 가지도록 해. 그 집에 가구 배치가 끝날 때까지는 우리 집에 와 있어."

"네가 좋은 의미에서 말하는 것을 안다. 그러나 이곳에 있고 싶어."

"이곳에 있어서는 안 돼. 내가 그렇게 둘 수 없어. 누나는 이 집에 있으면 안 되고, 또 그의 아내인 체해서도 안 돼."

"나는 그의 아내야."

"그는 누나에게 이혼장을 보내는 정도의 예의도 없는 사람이야."

타비우스의 턱 근육이 떨렸다.

"누나는 이 결혼이 끝났다는 것을 알아야만 해."

나는 부드럽게 말했다.

"타비우스, 아이들 생각도 해야 돼요. 당신은 자녀에 대해서는 아직 말하지 않았어요."

타비우스는 고개를 끄덕였다.

"물론 해야지. 안토니아와 안토닐라는 누나가 데리고 있어. 리비아와 나는 아이들을 환영해."

그는 단호하게 냉정한 태도로 말했다. 그는 자신을 자제하려고 스스로와 씨름하고 있었다. 누나를 안토니에게 보냈을 때 그가 무엇을 생각했든 간에 그는 결과에 대한 준비를 하지 않았다. 불행하게도 그는 지금까지 옥타비아에게 부드러운 말 한마디 한 적이 없었다. 만약 그랬더라면 그의 친절과 위로의 마음이 받아들여질 수도 있었을 것이다. 하지만 타비우스는 전과 다름없는 냉정한 목소리였다.

"아이들과 헤어질까봐 두려워하지는 마. 안토니는 애들이 살아있는지 기억도 못 할 거야. 그러나 혹시 기억한다 해도 이제 애들을 뺏으려 한다면 나의 시체 위로 걸어와야 할 거야. 누나의 딸들은 내 혈연이야. 내가 누나를 돌보는 것처럼 아이들을 돌보겠어."

옥타비아는 그 말이 기쁜 듯 반쯤 웃는 얼굴로 받아들였다.

"고마워. 하지만 또 다른 책임이 있어. 우선 의붓아들들이 불과 열두 살, 여덟 살인데 어떻게 그들을 버릴 수 있겠어?"

풀비아와 안토니 사이의 아들들? 타비우스는 누나가 이 시점에 그 아이들 생각까지 한다는 데 놀라는 것 같았지만 즉시 말했다.

"좋아. 걔들도 우리 집으로 데려오겠어. 그러면 아버지가 아이들에 대해 조치를 취할 때까지 누나가 돌보도록 해."

그는 덧붙여 말했다.

"그가 만약 신경을 쓴다면 말이지. 하지만 그는 클레오파트라가 산란해 놓은 새끼들 외에 자식이 있다는 걸 기억도 못 할 거야."

클레오파트라에 대한 말이 나오자 옥타비아는 얼굴이 굳어져 고개를 돌리고 낮은 목소리로 말했다.

"네가 아들들을 받아들이겠다니 참 고마워. 하지만 여전히 아이들 양육만큼 중요한 다른 책임이 있어. 나는 좋든 나쁘든 안토니와 결혼했어. 지금조차 그에게 책임이 있어. 적어도 나는 그가 제정신이 돌아오는지 기다려 봐야 해. 그리고 또한 로마에도 책임이 있어."

그녀의 눈이 다시 타비우스에게 왔다.

"너는 나의 능력 이상으로 나를 칭찬했어. 나는 평화의 상징처럼 되어서 사람들은 나를 너와 내 남편 사이에 평화를 보장하는 존재로 보고 있어. 안토니 아내만이 그 일을 할 수 있어."

그녀를 쳐다보는 타비우스 눈이 이글이글 타올랐다. 그녀는 얼른 다가와서 동생의 손을 잡았다.

"앞으로 네가 나와 무관한 이유로 전쟁을 한다고 하면 거기에 대해 내가 할 수 있는 일은 없어. 그러나 너와 안토니는 세상에서 가장 힘센 사람들이야. 둘 중 하나가 여자 하나로 인해 이성을 잃고, 다른 하나는 나를 대신하여 그 여자를 상대로 반격과 적개심을 동반하여 로마에 내전을 일으킨다면 어떻게 되겠니? 이것은 비극적이고 우스운 일이야."

"나는 전쟁에 대해 말하는 게 아니야."

타비우스는 이를 물고 말했다.

"하지만 나는 늘 선생을 생각한단다. 만약 선생이 일어난다면 나를 구실로 삼는 모욕을 내게 주지 마. 부탁하는데 그것은 도저히 참을 수 없어."

우리 셋은 말이 없었다. 타비우스가 목이 잠겨서 말했다.

"나는 평화를 깨뜨릴 생각이 없어. 그러나 누나는 안토니의 집을 떠나야 돼. 여기에 두지 않겠어."

"타비우스, 나는 이 집을 떠날 수 없어. 나를 위한 올바른 길은 내가 걸어온 길을 꾸준히 계속 가는 거야. 가능하면 내 결혼을 살리기 위해 마지막까지 걸어가겠어."

"빌어먹을."

타비우스는 누나에 대한 격분과 고통에 사로잡혀서 말했다.

"제발 내 말대로 해줘."

옥타비아는 살짝 웃으며 가벼운 목소리로 말했다.

"네가 군인들을 불러서 나를 이 집에서 끌어낼까봐 두렵다. 왜냐하면 내 의지로는 떠나지 않을 테니까."

나는 그 순간 옥타비아의 진정한 고결함을 이해했다. 안토니가 공개적으로 옥타비아에게 입힌 수치심에 대해 그녀는 분노를 피했다. 그 대신 로마와 우리 모두를 위한 최선의 행동을 찾았다. 그녀는 독단적으로 자기 입장만 주장하면서 전쟁만은 피하려고 노력했다. 이것은 내가 옥타비아를 대신해서 어떻게 해야 할지 생각하게 했다. 하지만 내가 그 모든 것을 할 수 있을지 알지 못했다.

타비우스는 더 이상 말하지 않고 일어나서 가버렸다. 그래서 옥타비아는 거기에 머물면서 안토니의 재산도 돌보고 안토니의 아들들도 마치 친자식인 것처럼 돌보며 이 도시를 방문하는 안토니의 친구들에게 우아한 여주인 노릇을 했다. 이것은 로마에서 많은 사람들의 찬양을 받았다. 비록 멀리 떨어져 있었지만 안토니의 충성스럽고 헌신적인 아내로 계속 있다는 사실은 타비우스 가슴에 돌을 던졌다.

그동안 원한을 쌓으며 유지되던 평화는 화가 난 안토니의 편지가 타비우스에게 도착하고 그에 대해 타비우스가 다시 안토니에게 편지를 쓰면서 오가는 공방 속에 예전부터 현재까지의 불만이 한꺼번에 쏟아져 나오면서 끝이 났다. 이것은 수개월 동안 계속되었기 때문에 이런 식으로 영원히 갈 것 같이 보였다. 하지만 타비우스와 안토니의 연대 조약 기한이 2년도 남지 않았다.

이런 불화에도 불구하고 로마로서는 무척 좋은 시기였다. 타비우스는 권력을 굳히기를 원했다. 정말로 안토니와 전쟁을 하려 한다면 대중들의 사랑이 필요했다. 그래서 아그리파가 관리하는 거대한 건축 공사는 빠른 속도로 진행됐고 범위까지 확대했다. 진행 중인 공

사 현장과 근로자들이 로마 전역에서 보였다. 나의 자선사업도 확대
되었다.

타비우스처럼 나도 정규적으로 오전 시간을 정해서 일반인들을 접
견했다. 그즈음 나는 농장, 곡창지대, 올리브 농장으로 많은 부를 축
적했다. 나는 돈을 낭비하지 않았지만 필요할 때 인색하지도 않았다.
예의를 지킬 줄 알아도 궁핍으로 어려움을 겪는 여자들 가운데 현명
한 사람들이 나를 찾아왔다. 나는 그녀들에게 몸을 팔지 않고 살아
갈 수 있는 방법을 찾아주곤 했다. 가끔 그들에게 결혼 지참금을 마
련해주어 그녀와 결혼함으로써 남자가 자립할 수 있는 매력적인 조건
을 만들어 주기도 했다. 그에 대한 대가로 나는 충성을 기대했고 대개
본인뿐 아니라 이웃에게도 마음을 얻었다. 나는 서로에게 충성하는
유대관계로 묶여 있는 많은 동료들이 있었다. 그 범위도 다양해서 나
의 자선사업의 수혜자로부터 원로원 의원의 부인들까지 있었다. 심지
어 그 그룹에 몇몇 의원들도 포함시킬 수 있었다. 타비우스의 인생 대
부분이 매일 부탁을 들어주고 정치적 유대관계를 구성하는 일이었는
데, 사소하지만 그 만큼 나의 역할도 그랬다.

매일 타비우스는 그가 짊어진 부담을 덜기 위해 내 힘에 의존했다.
그는 가끔 자신이 이런 부인을 선택한 것이 행운이었다고 말했다. 그
러나 나는 번번이 아기를 잉태하는 데 실패했다. 이때는 마치 근처의
여자들이 모두 다 아기만 낳는 것처럼 보였다. 우선 동생도 둘째 딸
을 낳았고, 다음으로 카에실리아가 아그리파와의 행복한 결혼생활
속에서 역시 딸을 낳았으며, 얼마 되지 않아 내 아들들을 여전히 친
절한 이모인양 돌보는 루브리아도 어린 마르쿠스를 낳았다.

루브리아의 남편 올토가 개최한 아들 성명식에 타비우스와 내가
참석했다. 올토는 우리를 맞이하자 영광으로 얼굴이 상기되었다. 몇

년 전이라면 자기 손님으로 시저를 맞이하게 될 줄은 꿈도 꾸지 못했겠지만, 지금 그는 우리를 맞이할 크고 넓은 집을 가졌으며 아이보리 꽃 장식으로 조각된 요람에 누워있는 아들도 생겼다.

어린 마르쿠스는 태어난 지 9일밖에 안됐지만 붉지도 않고 주름도 없이 아주 잘 생겼다. 내가 요람에 누운 아기를 자세히 쳐다보자 마치 나를 아는 듯 웃었다. 아기를 많이 낳아보지 않은 나로서는 맘속에 떨리는 갈망을 느꼈다.

나는 아기에게서 눈을 억지로 떼고 아트리움 건너편 벽 한쪽에 있는 미네르바 동상을 보았다. 그것은 정교하게 색을 입힌 고가의 동상이었다. 올토와 루브리아가 그런 예술품을 소장할 수 있다는 게 내 마음을 기쁘게 했다. 만족하는 손님들과 달콤한 케이크 냄새 속에 와인이 은잔에 따라지는 축하식 자체도 즐거웠다.

아기를 낳고 회복 중이라 얼굴이 파리해 보이는 루브리아는 요람 옆에서 오는 손님에게 인사하며 앉아 있었다. 내가 루브리아 옆에 앉았을 때 그녀는 고민하며 무엇인가를 찾는 표정이었다.

"아니, 표정이 왜 그래? 틀림없이 행복하지?"

"마치 꿈을 꾸는 기분이에요."

나는 웃으며 손을 토닥여 주었다.

"꿈이 아니야."

루브리아는 방 건너편에 있는 남편을 보았다.

"남편은 너무 빨리 부자가 되었어요. 마님의 도움에 정말 감사하고 있어요. 하지만 유성을 보는 것 같아요. 유성은 생겼다가 다음 순간 떨어져요."

그녀의 말에 내가 섬뜩해졌다. 왜냐하면 그런 식으로 말한 적이 한 번도 없었기 때문이었다.

"여자들은 출산 후 기분이 이상해진다고 들었어. 하지만 금방 지나가지."

"저는 아직도 외롭고 가난하다고 생각돼요. 집과 아들을 가진 상인의 아내는 내가 아니에요. 깊은 잠에 빠져서 꿈꾸는 중이지만 깨어나면 현실을 볼 거예요."

"그만."

그녀를 좋아했기 때문에 나는 부드럽게 루브리아를 타일렀다.

"그런 환상에 빠지면 안 돼."

"이게 단순한 환상일까요?"

"물론이지."

나는 그녀의 금박 팔걸이를 실짝 쳤다.

"이건 분명한 현실이야. 주위를 둘러봐. 여긴 네 집이고, 네 남편과 네 아들이 있어. 여기 있는 나는 네 사랑하는 친구잖아. 나는 확실하고 꿈 속 환영이 아니야."

"리비아 부인, 산불과 동굴을 기억하세요? 그 이후 너무나 높이 올라간 부인에게는 이 모든 게 꿈같은 일로 보이지 않겠지요? 물론, 내 자신을 부인과 비교하지 않아요. 하지만 때때로 꿈꾸는 것이 아닌지 의심되지 않으세요?"

"아니. 나는 그런 생각을 안 해. 그 이유로 나는 너무 바빠."

사실 그런 생각이 나면 쫓아버리려고 노력했다.

"떨어질까 봐 두렵지 않아요?"

"나는 절대로 쓰러지게 내버려두지 않을 거야."

곧 타비우스가 내게 다가와 다른 약속이 있다고 속삭였다. 우리는 그 집을 떠나 함께 시내를 갈 때 이용하는 크고 편한 가마를 타고 이동했다. 사람들이 환호하며 거리에 서 있었기 때문에 우리를 볼 수 있도록 커튼을 열었다.

"당신 느껴요?"

나는 낮은 소리로 물었다.

"사람들이 당신을 얼마나 존경하는지?"

그는 미소 짓고 손을 높이 들어 군중에게 흔들었다.

"나도 당신을 존경해요. 얼마나 존경하는지 알아요?"

그는 나의 마음을 안심시킬 필요가 있음을 느끼는 것 같았다. 그는 머리를 돌려 호기심 있게 나를 보았지만, 그때 사람들의 외침이 주의를 빼앗아 시선을 다른 데로 돌렸다. 그때 이상하게도 기도해야 겠다는 충동을 느꼈다. 마음속으로 다이아나 앞에서 애원했다. 나는 언제나 기도해 왔던 것처럼 타비우스를 보호해 주기를 간청했고, 평화가 계속 유지되기를 간청했다. 그리고 한 가지 더, 중요한 소원을 빌었다. 바로 타비우스의 아들을 갖게 해달라고 빌었다.

어쩌다 사람이 낯선 길로 들어서면 끝이 어디일지 상상할 수 없을 정도로 여행이 길게 느껴진다. 표지물을 발견하고서야 얼마나 왔는지 알게 되고 그때부터는 최종 목적지까지 가는 게 시간문제가 된다. 그러나 목적지에 도착하고 싶지 않다면 어떻게 될까? 만약 여행하지 않는 듯이 가장하면 어떻게 될까? 지형의 변화는 달갑지 않은 것이다.

나는 안토니와 옥타비아가 비록 영원히 떨어져 있어도 결혼관계는 유지될 것으로 믿고 싶었다. 타비우스와 안토니가 계속 으르렁거려도 싸움은 하지 않을 것으로 믿고 싶었다. 무엇보다 그들은 각기 이웃 도시에 사는 게 아니고 거대한 제국에서 멀리 떨어져 살고 있었다. 아마도 타비우스와 안토니는 각자의 존재를 인정하며 살아갈 수도 있었을 것이다.

그러다가 어느 날 타비우스는 내가 하녀들이 짠 천을 검사하고 있는 방으로 들어왔다.

"내 서재로 와줘."

그가 나를 이런 식으로 부르러 온 것은 이례적이었다. 이전 베디우스 빌라에서 귀중한 크리스털 제품들을 부쉈을 때처럼 그의 눈에서 불이 나고 있었다.

서재로 들어가서 우리는 문을 닫았고 나는 의자에 앉았다.

"무슨 일이 있었어요?"

타비우스가 앉지도 않고 위에서 불안하게 나를 내려다보는 모습에서 두려움을 느꼈다. 그의 손은 주먹을 불끈 쥐었고 때릴 누군가를 찾는 듯이 보였다.

"안토니에 대한 보고를 받았는데, 그가 아르메니아를 합병시켰대."

"그럴 거라 예상했었잖아요?"

나는 불쑥 말했다.

"리비아, 조용히 내 이야기 좀 들어봐. 그는 클레오파트라가 있는 알렉산드리아로 돌아가서 그녀와 결혼식을 올렸대."

'오, 아니, 오, 안 돼, 오, 절대 그럴 수 없어.'

"그는 알렉산드리아에 있는 모두에게 연설했어."

타비우스는 급하게 말을 이었다.

"그는 연설에서 클레오파트라가 줄리어스 시저의 법적 아내였다고 말했어. 그래서 그녀의 아들 카에사리온이 줄리어스 시저의 유일하고 진정한 후계자라고."

"안토니는 언제나 어리석은 행동만 해요."

나도 급하게 말이 나왔다.

"내용도 제대로 모르면서 바보짓만 해요. 오직 클레오파트라를 즐겁게 하기 위해 그랬을 거예요. 그의 기질을 생각하면 틀림없이 술에 취했을 거예요."

타비우스는 화를 내며 말했다.

"그는 자기 부인인 내 누나에게 치욕을 주었고, 내가 줄리어스 시저의 후계자가 아니라고 공개적으로 말했는데, 당신은 그를 위해 변명해 주는 거야?"

내 마음 속에서 어린아이 같은 목소리가 말했다.

'난 무서워요. 제발, 전쟁을 해서는 안 돼요.'

나는 숨을 들이쉬었다.

"내 사랑, 오해하지 마세요. 그그를 변호하는 게 아니잖아요. 너무 터무니없다는 거예요. 그가 제정신으로 그랬다면 당신을 반역하는 명백한 적대적 선언으로 취급해야 해요. 하지만 그는 안토니에요."

타비우스는 고개를 끄덕이며 진정했다.

"그렇지, 그놈은 바보지."

그가 내 옆에 앉았다.

"내 정보원이 이것을 보냈어."

손바닥에 커다란 은전이 놓여있었다. 그것을 집어 들고 살펴보았다. 한 면에는 안토니의 측면 초상화가 있었고, 다른 쪽에는 클레오파트라의 전면 얼굴이 새겨있었다. 나는 동쪽 왕국에서 왕과 여왕이 통치를 어떻게 상징화시키는지 알게 되었다. 은전 양면에는 그리스어가 새겨 있었다. 안토니 초상화 위에는 '아르메니아 정복 직후 안토니', 클레오파트라의 위에는 '클레오파트라, 왕들의 여왕이자 왕들의 어머니'라고 적혀 있었다.

"그는 로마에 적대적인 독립 왕국을 세우기를 희망해. 수 세대에 걸쳐 피 흘려 이룩한 이 제국을 해체해서 그 옆에 클레오파트라를 두고 동쪽의 대군주가 되려고 하는 거야."

이것이 그의 진정한 목표였을까? 어떻게 이해해야 할까?

"그는 정상이 아니에요. 때로는 전혀 진지하지 못한 행동을 해요. 그저 클레오파트라를 기쁘게 할 욕심만 있어요."

"그녀는 무엇을 하고자 생각하고 있을까?"

"그녀?"

나도 클레오파트라의 동기가 무엇인지 궁금했다. 그러나 타비우스는 이전에 그녀는 마치 안토니를 떼어놓고는 아무 존재 의미가 없는 것 같다고 말했다. 그는 기가 막힌 웃음을 지었다.

"그녀가 여자이기 때문에 무시해? 나는 아니야. 그녀가 누구며 어떤 여자인지 지금까지 생각해 보지 않았어?"

"그녀는 여왕이에요. 그래서 나는 그녀를 평가절하하지 않아요."

"내 아버지가 그녀와 사랑할 때 그녀를 본 적이 있어. 아름다움으로는 내게 매력적이지 않지만, 하고자 하면 엄청난 매력을 발산하곤 했어. 우선 여섯 개 언어를 유창하게 구사하고, 교육을 받은 덕에 지적이지만 동시에 야만적이야. 그녀가 이어받은 왕가 혈통은 오로지 배신과 살인만 있을 뿐이야."

나는 고개를 끄덕였다. 나도 알고 있었지만, 타비우스는 추악한 이야기들이 뒤틀린 즐거움이라도 주는 듯 계속 중얼거렸다.

"클레오파트라가 어렸을 때 그녀의 언니가 아버지에 반란을 일으켜서 그는 딸을 처형했어. 그녀의 아버지가 죽은 후에 왕관을 뺏기 위해 클레오파트라는 자기 남동생들을 살해했어. 그 중에는 자기 남편이기도 한 사람도 있었는데, 소년 남편은 결혼을 완성시킬 정도로 오래 살지도 못 했어. 이집트 왕가는 이런 혈족 살해가 관행이야. 클레오파트라의 여동생 알시노에는 로마에는 친지가 없었고, 단지 어린 소녀였기 때문에 내 아버지가 목숨을 살려주었어. 당신은 알시노에한테 불과 몇 년 전에 무슨 일이 있었는지 알아?"

물론 나도 알았다. 클레오파트라는 안토니에게 알시노에를 처형해야 된다고 주장했고, 그는 사원 성전에서 그녀를 끌어내어 처형시켰다.

그녀는 이집트 통치를 유지하기 위해 간악한 여성적 유혹이라는 재능을 모두 활용했다. 자기 권력 유지를 위해 가족을 다 살해했다. 그러나 자신에 대해 강제적으로 설명하도록 강요받으면 그녀는 어떻게 묘사할까? 틀림없이 그녀는 불충한 친척들과 싸움을 했고 로마로부터 왕국을 지키기 위해 필요한 일을 했다고 할 것이다. 그녀의 선택은 필요에 따라 행해졌다고 주장할지 모른다.

내가 그녀에 대해서 한 조각 동질감을 느낀다면 잘못이겠지. 그러나 타비우스와 내가 만약 안정된 공화국에서 태어났다면 굴곡어린 여정을 걷지 않았을 것이다. 내가 클레오파트라 입장이라면 어떤 일을 했을까? 그녀와 나는 내가 가볍게 시인하는 것보다 더 많은 공통점이 있을지도 모른다. 내가 타비우스를 사랑하는 것만큼 과연 클레오파트라가 안토니를 사랑했을까? 그녀는 간단히 남편에게 권리를 줄까? 아니면 그것이 클레오파트라 제국이라고 주장하고 있을까?

"나는 세상의 어떤 남자가, 설령 그게 안토니라고 해도, 다정하고 선량한데다가 아름다운 내 누나를 두고 다른 사람을 더 좋아할 수 있는지 모르겠어. 하지만 그는 그녀의 노예가 되었어. 그들은 공개 결혼식을 했고, 이 식에서 안토니는 그녀가 낳은 큰 아들에게 아직 정복도 못한 파르티아 제국을 주었고, 그의 딸들에게 크레타 섬과 키레나이카를 주었어. 어린 아들은 시리아와 소아시아를 물려받았지. 그의 엄마를 '왕들의 여왕'이라고 한 것처럼 카에사리온은 '왕 중의 왕'이라고 불렀어."

로마인의 관점에서는 이 모든 것이 기괴한 행동이었다. 그러나 안토니가 통치한 영토 안에는 몇 명의 왕이 지배하고 있었고, 이들은 로마와 안토니에게 종속되어 있었다. 만약 그가 자기 아들들을 이 지역의 봉신으로 만들려고 했다면 어떤 사람들은 그건 그의 권한이고 로마에 해를 주는 것은 아니라고 주장했을 수도 있다. 나는 이 점을 타비우스에게 말했고, 그는 그 점을 부정하지 않았다. 하지만 나는 그가 내 말을 듣지 않는 것으로 느꼈다.

"안토니는 분명히 이성을 잃었어요. 미친 사람이 무슨 일을 할지 예측할 수 있겠어요? 그렇기 때문에 조급한 행동을 취해서는 안 돼요. 당신은 안토니와 클레오파트라의 마음속 진심을 알아내야 해요. 그 진심이 전쟁이라면……"

나는 그 단어를 거의 억눌렀다.

"만약 앞으로 전쟁이 있다면 로마는 모두 당신 편이 되어야 해요. 그러면 로마인들은 그들에게 평화를 가져다준 사람으로 선의적 의미에서 당신에게 기대하게 돼요. 그들은 바로 그 점 때문에 당신을 사랑해요. 이전보다 더 많이 그들의 사랑을 얻어야 해요. 만약 전쟁이 일어나면 당신 잘못이 아니라 안토니 잘못이라는 것을 사람들이 명백히 알도록 해야 해요. 그러면 그들이 당신을 지원하고 당신은 승리할 거예요."

"그것이 바로 내 생각이야."

따라서 우리는 기다리게 되었다.

15

다음날 타비우스와 옥타비아와 나는 다시 삼자 대화를 했다. 타비우스는 평소보다 훨씬 부드러운 말투로 누나를 안토니와 결혼시킨 일을 사과했고, 그녀가 자기를 위해 그와 결혼해 주었다는 것을 인정했다.

"내가 그런 사람과 절대로 연대하지 말았어야 했어. 너무 어리석은 실수를 해서 누나에게 큰 피해를 입혔어. 이제 내 잘못을 되돌릴 때고 누나는 그와 이혼해야 해."

그는 이전에 말한 대로 그녀가 우리와 같이 있어야 하며, 우리 둘은 누나의 안정과 행복을 보장하는 모든 일을 하겠다고 말했다.

"이혼하지 않을 거야. 그리고 안토니 집을 떠나지도 않을 거야."

타비우스 태도가 완전히 바뀌었다. 그는 화를 내며 말했다.

"안토니는 다른 여자와 결혼했어. 누나가 무슨 야만인 창녀처럼 일부다처하는 남자와 살 작정이야?"

"그가 무슨 일을 했든 간에 그는 그녀와 결혼한 게 아니야. 법적으로 그렇게 할 수도 없고 그는 나와 결혼했어."

타비우스는 주기적으로 기침을 하다가 점점 더 많이 했다. 그의 불안정한 마음의 증세로 여겨졌다. 나는 그의 분노를 느끼고 그를 돕고 싶었지만 방법이 없었다. 그녀가 안토니와 이혼하면 벌어질 일이 두려웠다. 나는 타비우스가 지는 전쟁을, 그래서 그를 영원히 빼앗기는 모습을 그려보았다. 타비우스는 진정하고 누나에게 낮은 소리로 말했다.

"누나가 남편이라고 부르는 사람의 말에 의하면, 줄리어스 시저의 후계자는 내가 아니래. 알고 있어? 이것은 그가 단검을 꺼내 내 가슴을 거눈 것과 같아. 그는 우리 둘에게 침을 뱉었어. 누나는 자존심도 없어?"

"내 자존심 때문에 누구를 죽게 하고 싶지 않아."

그녀는 동생의 손을 잡았다.

"적어도 네가 죽어서는 안 돼."

그는 자신에게 닿는 누나의 손길이 고통스러웠다. 반사적으로 손을 뿌리치고 몇 걸음을 옮겼다. 우리는 안토니 집 정원에 있었다. 타비우스는 꽃과 나무들이 온통 적인 듯 주위를 둘러보았다.

"그럼 이곳에 있어. 누나를 덜 사랑했든가 덜 존경했다면 나는 사람을 시켜 누나를 끌어냈을 거야. 마음대로 해. 하지만 이건 미친 짓이야. 다만 누나가 제정신이 들기를 바랄 뿐이야."

그의 시선이 내 쪽으로 왔다.

"안토니가 누나에게 한 짓을 만약 내가 당신에게 했다면 아마 당신은 내 콩팥을 꺼내 먹고 싶어 했을 거야. 하지만 당신은 그곳에 가만히 앉아 한마디도 하지 않고 있어. 나더러 누나의 굴욕적 처신을 참으라는 것 같은데, 왜지?"

나는 그의 감당할 수 없는 분노를 느꼈다. 우리가 한 몸이 될 때는 쌍둥이 영혼 같았다. 지금은 갑자기 둘 사이에 벽이 세워진 듯한 기분이 들었다.

"나는 오직 평화를 원해요."

나는 떨리는 목소리로 말했다.

"평화."

타비우스는 메스꺼운 듯이 그 단어를 따라하고 주위를 빙 돌아 집 밖으로 성큼 나가버렸다.

옥타비아와 나는 얼마동안 조용히 앉아있었다. 나는 울음이 나오려는 것을 애써 참았다.

"소위 안토니의 이번 결혼에 관해 나도 들은 게 있어요."

옥타비아가 마침내 말했다.

"그래, 나도 들었어. 그것은 반 그리스, 반 이집트 식의 특이한 의식이었다지. 안토니는 술의 신 바쿠스 같은 의상에, 그녀는 이집트 여신처럼 차려 입었다고. 하객이 축제를 벌이고 취하는 가운데 남신, 여신 놀이를 한 것일 뿐 그건 로마의 결혼이 아니야."

"그것은 공식적인 행사였어요."

"어리석은 행동일 뿐이야. 안토니는 어떤 면에서 소년 같은 데가 있어. 어린이는 잔인할 수 있지만 잔인성을 모르는 거야. 그래서 우리가 그들을 용서해야 해."

'우리가?'

이 말이 나올 뻔했다. 안토니는 타비우스가 고려할 수 있는 용서의 가능성을 이미 넘었다. 내 생각에도 그는 이번 사건으로 어떤 불행이라도 달게 받아야 했다. 그러나 우리는 아니었다. 로마도 그럴 이유가 없었다. 나는 안토니의 어처구니없는 행동 때문에 아들의 죽음을 애도하며 슬퍼하게 될 어머니들을 그려 보았다. 또 다시 전쟁에 끌려가면 로마인이 로마인을 죽여야 한다. 이번에는 타비우스마저 파괴시킬지 모르는 전쟁이었다.

타비우스와 나 사이에 냉기가 돌았다. 그는 내가 옥타비아를 설득해서 안토니 집에서 떠나게 해주기를 바랐다. 그러나 나는 그렇게 하지 않았다. 매일 말없는 불만을 피부로 느꼈다. 그러면서 하늘은 컴컴해졌고 로마 전역에는 열병이 휩쓸었다. 이전에 돌았던 열병이 다시 발생했고, 의사도 아무런 도움이 되지 못했다. 밤마다 시체를 수거하며 거리를 구르는 마차 소리가 들렸다. 타비우스는 제우스 신전에서 하늘의 분노를 삭이기 위한 제를 올렸다. 하지만 효과가 없었다. 티베리우스 네로는 우리의 두 아들들을 데리고 죽는 사람 숫자가 별로 없는 시골로 갔다. 마찬가지로 옥타비아도 아이들을 데리고 도시를 떠났다. 타비우스와 나는 여러 가지 업무로 너무 바빠서 로마를 떠나지 못했다.

타비우스의 취약한 건강이 염려스러웠지만, 열병에 걸리지는 않았다. 한편 내가 알고 있던 여러 원로원 의원들도 죽었고, 내 노예도 둘이 죽었다. 그때 마르쿠스 올토가 병에 걸렸다는 소식이 왔다.

"루브리아에게 가봐야겠어요."

"그녀의 집에 의사를 보내. 하지만 감염될 수 있는 곳으로 당신을 보낼 수는 없어."

"우리 집 노예 가운데 이미 전염병이 있었어요."

"안 돼. 감염된 사람은 죽든지 낫든지 둘 중 하나야. 당신은 루브리아의 집에 가면 안 돼."

할 수 없이 나는 서둘러 의사만 보냈는데, 이번에는 올토가 죽고 루브리아도 병에 걸렸다는 소리를 들었다.

"그녀가 아니었다면 나는 산 채로 불에 타버렸을지도 몰라요. 지금은 그녀 옆에 있어야 돼요."

우리는 그의 서재에 있었다. 납판과 파피루스 두루마리가 책상 위를 덮었다. 나는 언제나 문서들을 정리해두었지만, 여전히 서류더미를 살펴보고 그중에서 남편이 확인해야 하는 문제들을 심사숙고하기란 쉬운 일이 아니었다. 갈리아, 북아프리카, 시칠리아에서 오는 천 개의 목소리들이 시저가 주목하도록 아우성쳤다. 그는 이 짐을 기꺼이 받아들였지만, 그에게 부담이 되었다. 그 외에도 로마에 그림자를 지우는 질병이 있었으며, 늘 안토니와 클레오파트라의 위협이 있었다. 그의 얼굴이 긴장으로 굳어졌다.

"당신, 나를 걱정시키는 대신 단 한 번만이라도 내게 순종하는 게 불가능해? 한 사람의 아내로서 남편에게 순종해야 하는 대로 순종할 수는 없을까?"

"용서하세요. 이것만은 안 돼요."

내 가마를 불러 루브리아의 집으로 향했다. 나는 다른 일은 할 수 없었다. 루브리아를 잃어버리는 두려움이 나를 파고들었다. 어쩌면 내가 그녀와 함께 있으면 그녀가 나를 구한 것처럼 나도 구할 수 있을지 모른다는 생각이 들었다.

그녀의 집은 불과 몇 개월 전만 하더라도 흥겨웠는데, 지금은 무덤으로 장식된 것 같았다. 집에 들어서자 울음소리를 들었다. 저 울음소리는 그들의 주인을 위한 것일까, 아니면 같이 일했던 동료를 위한 울음일까? 그렇지 않으면 곧 같은 여행길에 오르게 될 그들의 마념을 위한 것일까? 내가 보낸 의사 후스티니우스가 굳은 얼굴로 아트리움에 나와서 인사했다.

"그녀는 죽어가고 있어요. 어쩔 수 없어요. 당신이 할 수 있는 일이 없으니 빨리 떠나세요."

"그녀는 깨어 있나요?"

"가끔요."

"그러면 직접 봐야겠어요."

그녀는 밀랍 같은 파리한 모습으로 누운 채 깨끗한 흰 담요를 덮고 있었다. 그녀의 가슴이 오르내리는 담요를 보지 못했다면 살아 있다고 알지 못했을 것이다. 그녀의 눈은 감겨 있었다. 내가 들어가서 침대 옆 의자에 앉았을 때에도 전혀 움직이지 않았다. 나는 그녀가 깨어나지 못하겠다고 생각했다. 그리고 안전을 위해 떠나야겠다고 생각했을 때 담요 위에 놓인 손에서 화상 입은 상처를 발견했다. 나는 그녀를 향해 속삭였다.

"루브리아, 내가 왔어."

그러자 그녀가 눈을 떠서 나를 놀라게 했다.

"걱정하지 마. 회복될 거야."

그녀는 멍하니 낯선 사람을 보듯 나를 쳐다보았다.

"내가 누군지 알아보겠어?"

그녀는 고개를 끄덕했다.

"내가 너 없이 살 수 없다는 거 알지? 떠나면 안 돼."

"신은 다르게 말해요."

그녀는 숨결에 실어 겨우 말했다.

"너는 오래 살 자격이 있고 아들 크는 것도 봐야 해. 내가 말할 수 있는데 너는 곧 나을 거야."

그녀는 속삭였다.

"부인은 삶과 죽음을 조정할 수 있다고 생각하세요?"

나는 오히려 훈계를 받은 기분이 들어 입을 다물었다.

"행복했어요……. 한동안요."

그녀는 나를 위로하려고 힘들여 말했다.

"그랬어?"

그녀는 대답이 없었다. 마치 잠자는 것 같았다. 그러다가 다시 눈을 뜨고 말했다.

"아들은요?"

그녀의 얼굴에 공포가 떠올랐다.

"그 아이에게는 아무도 없어요."

"내가 네 아들을 돌볼게."

공포가 그녀의 얼굴에서 떠나지 않았다. 나는 그녀가 내 말을 듣고 있는지 궁금했다. 나는 더 큰 소리로 말했다.

"루브리아, 다이아나 신을 두고 맹세할게. 내가 그 아이를 내 아들처럼 키울 거야."

그녀는 의심하듯이 나를 보았다.

"그는 내 아들이 될 거야. 맹세할게."

점차 그녀의 얼굴은 평화로워졌다. 다시 말할까 기다렸지만 다시는 말이 없었다. 그녀가 죽는 순간에 나는 아무 말도 나오지 않았다. 그녀는 너무나 평온했다.

나는 그녀의 눈을 감기고 영혼을 나르는 사공 케론에게 주도록 눈위에 동전을 놓은 다음 루브리아의 하인에게 어린 마르쿠스를 데려오도록 지시했다. 나는 그 아이를 가마에 태워 집에 오는 내내 가슴에 품고 있었다.

루브리아가 죽고 그녀의 애를 데려 왔다고 말하자 "얘가 우리에게 전염시키지 않기를 바랄뿐이야"라고 타비우스가 말했다.

"그렇게 말해줘서 고마워요."

슬픔의 눈물이 흘렀다.

"아이를 한 번 보자."

우리는 아기가 누워있는 옆방으로 갔다. 타비우스는 그 아기를 내려다보았다.

"아기가 건강하죠? 그렇죠?"

타비우스의 표정이 싸늘했다. 어쩌면 순간적으로 그도 나처럼 우리 둘의 아기를 요람 위로 내려다보면 얼마나 좋을까 히고 그려 보았는지 모르겠다.

"아이 엄마에게 그를 내 자식으로 키우겠다고 약속했어요."

"당신 자식으로?"

그가 나를 노려보았다.

"나한테 묻지도 않고 약속했어?"

그 순간에 공포가 나를 감쌌다. 우리 두 사람 사이가 갈라지는 틈의 두려움이었다. 서로를 잃어버릴 수도 있을 것 같은 깊은 공포 때문에 그를 보면서 애원하지 않으면 안 된다는 생각이 들었다.

"내 사랑, 내가 어떻게 루브리아한테 안 갈 수 있었겠어요? 지금 어떻게 그녀의 자식을 돌보지 않을 수 있겠어요? 우리는 그녀에게 빚을 졌어요. 당신이 내 입장이라도 똑같이 했을 거예요."

"내가 그렇게 했을 것이라고 확신해?"

"네. 나는 당신을 알아요."

타비우스는 얼굴을 찡그린 채 서 있었고, 나는 냉기를 느꼈다. 마참내 그가 말했다.

"좋아, 저 아이의 엄마는 우리한테 충성한 사람이었고, 아버지 역시 언제나 신의를 지켰어. 우리가 아이를 위해서 할 수 있는 일이 있을 거야."

나는 그의 뺨에 키스했다.

그는 법적으로 어린 마르쿠스를 양자로 들이자는 제안은 하지 않았다. 아이를 후계자 중 하나로 정하는 일은 대단히 중요한 일이었다. 그러나 그는 우리 가정에 있는 존재로 그 아이를 받아들이고, 내 두 아들들에 비해 거리감이 있기는 해도 곧 똑같이 친절하게 대하기 시작했다. 우리 사이에는 침묵이 줄어서 마음속에 깊이 자리했던 두려움도 사라졌고, 나는 이 일을 잊으려고 최대한 노력했다.

내가 아는 사람들 가운데 열병으로 죽는 사람은 더 이상 생기지 않았고, 도시 내에서 새로운 주검은 거의 없었다. 루브리아의 죽음은 내 아들들에게 큰 충격이었고, 특히 티베리우스에게 더 그랬다. 그는 그 소식을 듣고 심하게 오랫동안 울었지만, 그녀 이름을 다시 입에 올리지는 않았다.

여러 달이 지나도 안토니와 타비우스의 분노 어린 서신 왕래는 계속되었다. 타비우스는 안토니에게 법적으로 결혼한 아내에게 돌아오고, 그리스 이집트의 지배자가 아닌 로마 관리답게 행동하라고 촉구했다. 안토니는 자기 사생활은 자신의 일이라고 말했다. 타비우스는 지금까지처럼 분별 있게 군대를 더욱 강화시켰고 로마에 건축 유행을 유지했다. 평민들 모두가 공사장 발판 위에 있는 것처럼 보였다. 사방에서 대리석이 번쩍거렸다. 사람들은 그에게 갈채를 보냈다. 그들은 내게도 박수를 보냈다. 그러나 어떤 사람도 옥타비아만큼 로마에 강력한 사랑을 가졌다고 주장하는 사람은 없었다. 그녀는 로마를 위해 자기의 고통스런 결혼을 참는 것처럼 보였다.

"사람들은 그녀를 사랑해요."

어느 날 나는 타비우스에게 말했다.

"그리고 평화를 유지시켜준 공로로 당신도 사랑해요."

그는 쓴웃음을 지었다.

"로마 사람들의 단순한 마음이지."

"옥타비아의 숭고한 영혼에 대해 모두가 말해요."

그는 서재의 카우치에 앉아서 각 지방으로부터 올라온 칭원시를 보고 있었다. 손에 들었던 서류를 옆 책상에 던졌다.

"당신은 왜 누나를 그렇게 칭찬하지?"

"그녀에 대해 내가 느끼는 마음 때문이에요. 어느 날 그녀가 말했어요. 당신이 근래에 자기하고 말도 잘 하지 않는다고. 또 자기를 쳐다보는 것조차 안 한대요."

그의 얼굴이 상기되었다.

"제기랄! 당신은 바보야? 안토니가 그런 식으로 자신을 취급하도록 스스로 만들어서 내 속이 뒤틀려. 옥타비아는 내 누나고, 이 상황은 내게 굴욕이야. 당신은 이것도 못 본단 말이야?"

나도 하고 싶은 말을 참지 않았고, 그의 아픈 마음을 진정시키려 하지도 않았다. 우리가 살면서 겪는 긴장이 그가 그랬던 것처럼 내 신경을 피곤하게 했다. 나도 그에게 소리쳤다.

"당신은 누나를 이해하지 못 하죠? 안토니와 당신 사이에 전쟁이 나면 죽을 남자들에 대한 생각을 못 해요? 당신 자신 이외의 사람은 조금도 생각할 수 없어요?"

그리고 우리는 둘 다 입을 다물고 서로를 노려보았다. 그가 차디찬 목소리로 말했다.

"내 명예 따위는 당신에게 아무 의미가 없다는 것을 이제 알겠어."

나는 충격을 받았다.

"당신의 명예는 평화를 유지하는 데 달려 있어요. 로마를 섬기는 데요."

"그래, 로마를 섬기는 데."

우리는 더 이상 말하지 않았다. 잠시 후 나는 살며시 발끝으로 그에게 다가갔다. 만일 그가 심한 말을 던진다면 나도 똑같이 가혹한 말로 반격할까 봐 두려웠다. 그러면 우리는 어떻게 될까? 나는 노력해도 적당한 말을 찾을 수 없었다. 하지만 애정표현만큼은 늘 효과가 있었다. 그런 다음 놀라운 일이 생겼다.

처음에는 날짜를 잘못 계산했다고 생각하고 다시 계산해 보았다. 아니야. 실수가 아니야. 어쩐지 다소 몸이 불편했다. 보름 정도가 지났는데 속옷이 여전히 깨끗하니 가장 기다려 왔던 희망이 실현될 수도 있다고 믿기 시작했다. 하지만 타비우스에게 혹시 실망을 줄까 두려워서 아무 말도 하지 않았다. 분명히 가슴에 통증을 느꼈고, 이것은 아이들을 임신했을 때의 초기 증세였음을 기억했다. 그렇다 하더라도 착각일까 봐 두려웠다.

타비우스에게 이 소식을 알리기 전 확신을 위해 열흘 정도 더 기다려 보기로 결심했다. 그러나 그는 나를 너무나 잘 알고 있었다. 그 이튿날 잠자리를 준비하면서 그가 내 얼굴을 두 손으로 잡으며 자세히 살폈다.

"당신한테서 비밀스런 웃음이 보이는데 뭘 숨기지?"

"뭐라고 생각해요?"

"포도원에 또 투자한 거 아니야? 내게 말도 없이? 지금 우리 돈을 특히 조심해야 될 때라고 말했잖아?"

나는 그를 보며 더 웃었다.

"포도밭은 사지 않았어요."

"그럼 뭐야?"

"아기를 가졌어요."

시간이 지나면서 타비우스는 아기가 없는 것을 개의치 않는 듯이 행동하려고 노력했지만, 나는 그의 이런 가장을 믿지 않았다. 지금 밝아진 그의 얼굴을 보자 얼마나 둘 사이의 아기를 기다려 왔는지 충분히 느낄 수 있었다. 그는 숨 쉴 수 없을 정도로 내게 키스했다.

"우리의 아들이 전 제국을 통치하게 될 거야. 당신에게 서약하지."

내 뒷목이 통렬하게 찔리는 것을 느끼며 나는 거의 말할 뻔했다. '안토니는 어떡해요?' 그러나 그는 환희 속에서 너무 기뻐서 말했고, 문제를 끄집어내는 것은 어리석어 보였다.

"아직은 가능한가, 그⋯⋯."

그가 중얼거렸다.

"물론이죠."

나는 재차 안심시키는 말을 속삭여야 했다.

"내 사랑, 아기는 이런 걸 별로 신경 쓰지 않아요."

우리는 그날 밤 부드럽게 한 몸이 되었고, 행복감에서 새롭게 사랑이 피어났다. 부드럽고 서두르지 않는 애무, 속삭이는 애정표현, 모든 것을 포용하는 부드러움은 처음 결혼했을 당시를 생각나게 했다.

지금까지 내 인생에 이런 즐거움은 겪어본 적이 없었다. 남편의 팔을 베고 누워 그의 아기를 내 몸 안에 잉태하고 있다는 것을 인지하면서 어린 아들의 푸른 눈을 그려보았다. 무엇보다도 나는 타비우스에게 실망을 주지 않았다는 걸 알게 되는데 정말 오랜 시간이 걸렸다. 우리는 기적의 축복을 받았다는 것을 느꼈다.

　　나는 모든 사원에 가서 감사의 제를 올렸다. 특히 다이아나 신에게 감사했다. 그녀에게는 한 가지를 더 부탁한 것이 있었다. 아들을 갖게 해달라고.

　　하지만 당연히 행복했어야 할 이 시간조차 안토니와 타비우스 사이에는 긴장이 감돌았다. 조만간 우리의 평화는 깨질지도 모른다. 그리고 우리 집 가까운 곳에 슬픔이 있었다. 티베리우스 네로가 죽어가고 있었던 것이다. 파리하게 마르면서 볼 때마다 수척해졌어도 처음에는 사실이라고 시인하고 싶지 않았다. 그의 다리에 치료될 것 같지 않은 궤양이 생겼다. 의사가 세 번이나 도려냈고 고름을 빼냈지만 악화되었고, 내가 물약을 주었어도 그의 질환은 해결되지 않았다.

　　"난 괜찮아."

　　어느 날 그는 침대 곁에 앉은 내게 말했다.

　　"당신이 낫는 것은 시간문제일 뿐이에요."

　　"우리는 서로 거짓말하는 거 너무 잘 알아."

　　나는 입술을 깨물었다.

　　"내 유언은……."

　　"그렇게 말하지 마세요. 곧 회복된다는 말만 해요."

　　"리비아. 지금은 고통이 거의 없지만 다시 올 거야. 그렇게 되면 고통으로 몸이 말라버려서 말할 수도 없게 돼. 지금 내 말을 들어줘."

나는 내가 열네 살 소녀였을 때 처음 들어간 그 침실에 앉아있었다. 당시 그곳에서 그가 내게서 손을 치워주기를 바라며 천장을 쳐다보곤 했다. 이제 그를 보지 못하고 목소리도 다시 듣지 못할 것을 생각하며 눈물범벅이 되었다.

"듣고 있어요."

"내 노예 몇 사람에게 자유를 주고 유산을 남겨주려고 해. 당신은 내 소원을 이행해 줄 것으로 믿어."

나는 고개를 끄덕였다. 붉은 머리의 노예 소녀가 병상을 들여다보면서 시간을 보냈다. 그녀에게 주려는 것으로 짐작했다.

"그것을 제외하고 모든 것은 아들들에게 갈 거야. 내가 유산을 공평하게 나누어 주어서 행복해."

한동안 그는 행복해 보였고 심지어 만족감까지 보였다.

"나는 그들이 성인이 될 때까지 올바른 후견인을 지명했어."

이런 생각을 애써 뿌리쳐 버렸다. 왜냐하면 티베리우스 네로가 죽어간다는 사실을 받아들일 수 없었기 때문이었다. 하지만 남자 후견인이어야 했다. 나의 아들들을 낯선 사람에게 맡긴다는 것이 불안했다. 티베리우스 네로가 선택을 잘못했다면 어쩌나?

그는 내 표정을 읽었다.

"나를 못 믿겠어? 물론 시저를 골랐어. 그 외에 누가 있겠어? 그것이 당신이 내게 충고하고 싶은 거 아니겠어?"

나는 흐느낌을 억눌러야 했다.

"그래요. 그것이 내가 충고하고 싶었던 거예요. 고마워요."

"언젠가 시저는 내게 자기가 아이들을 군대와 공적 직책에서 제 임무를 수행하게 하겠다고 약속했어. 나는 그의 말을 믿을 수 있어. 아이들은 위대한 인물이 될 것이고, 나의 훌륭한 유산이 될 거야. 리비아, 제발 울지 마."

나는 눈물을 참을 수 없었다. 그는 희미한 미소를 지으며 말했다.

"당신은 앞으로 지금보다 더 나은 일을 해야 해. 나는 아직은 죽지 않았어."

"당신은 나를 용서한다고 말하지 않았어요. 너무 고마웠어요. 그러나 그 말을 하지 않았어요."

"그렇지……."

그의 얼굴이 굳어졌다. 그가 고통을 느끼는 것을 알았다.

"소녀에게 물약을 가져오게 하겠어요."

"그렇게 해주겠어?"

나는 문으로 가서 약을 가져오게 시켰다. 내가 돌아오자 티베리우스 네로는 말했다.

"당신은 나를 좋아했지, 그렇지? 당신이 때로 침대에서 연기를 했다는 건 알아. 대부분의 여자들이 그렇게 하지. 하지만 모든 것이 연기는 아니었지?"

나는 고개를 흔들고 그의 손을 잡았다. 그 손은 살이 없어 마치 뼈 같았다.

"나는 당신을 아꼈어요. 지금도 그래요. 그리고 스파르타에서, 그랬죠, 우리는 스파르타에서 한동안 행복했어요."

"스파르타, 그래, 좋았지, 좋았어."

그 다음 그의 얼굴이 일그러졌다.

"시저도 같이 왔더라면 좋았을 텐데……. 리비아, 나는 당신을 용서해. 큐피드 화살, 그렇지? 그러나 저주하기도 해. 당신은 화살이 오면 몸을 숙였어야지. 농담이야. 그저 농담이야. 마르스 신이여, 도와주소서! 좋지 않아. 대단히 좋지가 않아. 로리아에게 빨리 약을 가져오라고 해줄래?"

나의 아들 티베리우스가 한두 살만 어렸더라도 그는 아버지 장례식에 상주 역할을 하지 못했을 것이다. 아이는 아홉 살이었음에도 아버지를 위한 조사를 낭독하고 장작 제단에 불을 붙이기에는 어렸다.

타비우스는 처음부터 진지하게 후견인으로서의 임무를 맡았다. "사람들은 그 아이의 행동을 기억할 거야"라고 내게 말했다. 그리고 "이것은 그 아이의 미래를 위해 중요한 일이야"라고 덧붙였다.

아직 어린 아들이 아버지를 위해 밤새 울며 지새웠다는 것을 생각할 때 내 마음이 소리쳐 울고 싶었다. 그는 조사 연설문 작성은 하지 못했다. 나는 침묵했지만 내 양심의 가책이 타비우스에게 영향을 준 것이 틀림없었다. 티베리우스 네로의 시신이 마지막 여행 준비를 하면서 아트리움에 놓여 있던 집에서 떠나기 전, 타비우스는 내 아들 옆에 서서 말했다.

"이 일을 하기가 힘들면 '연설을 하지 않겠다'고 말하면 된다."

"나는 장남이에요. 누가 아버지에 대해 말할 수 있겠어요? 드루서스가요?"

타비우스는 몹시 다정하게 말했다.

"내 말은 내가 네 대신 조사를 읽어줄 수 있다는 말이야."

티베리우스의 눈이 이글거렸다.

"당신이요? 하지만 아버지는 당신이 아니라 제가 하길 바라실 거예요."

타비우스가 티베리우스의 어깨에 손을 얹자 아들은 손을 뿌리쳤지만, 그는 여전히 다정한 음성으로 말했다.

"네 말이 맞다. 아버지는 네가 하기를 원할 거야."

우리는 시신이 놓인 마차 뒤를 따라 포럼 쪽으로 걸어갔다. 티베리우스 네로는 마치 앞에 만찬이 차려지기를 기다리며 카우치에 앉아 있는 듯한 모습으로 팔다리를 놓았다. 마차 앞쪽에는 납으로 만든 초상화 가면을 쓴 남자들이 그를 사후세계로 이끌어가는 조상들처럼 줄지어 걸었다. 고용된 장례사들이 소리쳐 울자 사람들이 밖으로 나왔다. 많은 사람들이 장례행렬에 끼어들었다. 나는 드루서스의 손을 잡고 타비우스는 줄리아의 손을 잡았는데, 티베리우스는 가족과 좀 떨어져서 걸었다.

포럼에서 그의 아버지의 친구들이 티베리우스를 인도해서 연설단으로 안내했다. 그는 모여든 수많은 군중에게 말했다.

"우리는 오늘 이곳에 나의 아버지, 전 집정관 티베리우스 클라우디우스 네로를 추모하기 위해 왔습니다."

소년이 갖는 고음 목소리는 놀라울 정도로 힘이 있고 일정했다.

"나의 아버지는 능력 있는 원로원 의원이었고, 위대한 군대 사령관이었습니다. 줄리어스 시저도 아버지의 용맹에 대해 칭찬했습니다."

그는 줄리어스 시저의 유명한 갈리아 승리에 대해 아버지의 공헌을 이야기했다. 그 연설은 물론 대필된 것이었지만, 단어를 일일이 암송했다. 그는 낭독의 끝을 향했다.

"여러분이 모두 아는 것처럼 아버지는 내 의붓아버지 시저 옥타비아누스의 충실한 친구였습니다."

나는 아이가 이 구절을 마지못해 비꼬듯이 말하고 있는데 겁이 났지만, 누구도 그 연설에 흠을 잡지는 않았다. 마지막에 마르스 광장에서 티베리우스는 불붙은 횃불을 들고 성큼 앞으로 걸어가서 아버지 장작 제단에 불을 붙였고, 불이 타오르는 것을 지켜보며 눈물을 삼키고 있었다. 나는 그 순간 아버지를 보았다. 가망 없는 명분이었지만, 그는 존재가 흐릿한 정치인이 아니라 페루자에서 적들을 상대해서 끊임없이 공격을 가했던 사람이었다. 나는 아이의 외조부인 내 아버지의 용기를 내 아들에게서 보았다. 마음의 목소리가 속삭였다.

'내 아들은 위대한 사람이 될 것이다.'

하지만 그 후 티베리우스는 또 다시 슬프고 어려움을 겪는 어린 소년으로 되돌아갔다. 나는 그 아이와 드루서스를 내 지붕 밑에서 데리고 살게 되었는데, 이전에는 감히 희망할 수 없던 일이었다. 그러나 이 상황은 사소한 부분에서 어떤 사람도 할 수 없는 비난으로 티베리우스가 나를 괴롭힐 수 있게 만들기도 했다. 언젠가 내가 화재 현장에서 사람들을 돕고 귀가 했을 때 그가 나를 보았다. 내 뺨에 그을음이 얼룩져 있었는데, 그것을 보고 아이가 말했다.

"엄마, 얼굴이 더러워요. 엄마가 불난 데 가서는 안 된다고 생각해요. 귀부인에게 어울리지 않아요."

그 말이 뇌리에 박혀버렸다.

드루서스와 어린 마르쿠스는 키우기 쉬운 아이들이었다. 티베리우스와 내 의붓딸은 완전히 달랐다. 타비우스가 한숨을 쉬며 "나는 정말이지 속 썩이는 두 딸을 가졌어. 바로 로마와 줄리아야"라고 처음으로 말했을 때가 딸이 다섯 살 정도였을 때라고 생각한다. 그는 딸과 보내는 시간이 많지 않았지만, 선물을 아끼지 않았다. 내가 딸을 야단치면 아이는 아버지에게 나에 대해 불평했고, 그는 내게 어린 애들에게 너무 욕심내지 말라고 말했다. 내 아들들도 한 집에서 같이 살게 되면서 줄리아와 티베리우스는 서로 적절히 싫어하기로 결심했으며, 이로 인해 아이들의 싸움에 대해 훈계하지 않으면 안 되었다. 이것이 늘 신경을 건드렸다. 한편 나는 아침마다 아팠고 자주 밤늦게까지도 아팠다. 이것은 아기가 처음 발로 배를 찬 후에도 계속되었다.

그즈음 정보원이 시장에서 떠도는 소문을 들려주었는데, 그것은 로마에 충격적 영향을 가져온 작은 파문이었다. 사람들은 나를 강력한 자로 생각했기 때문에 나에 대해 추악한 이야깃거리를 주고받았고, 가엾게 냉대 받는 옥타비아에 대해서는 그런 식의 소문을 내지 않았다.

"어쩌면 제가 이런 말을 해서는 안 될지도 모르겠어요."

내 정보원이 말했다. 시장에서 그는 푸줏간 가게 주인이었고, 다른 사람들이 비밀을 털어놓는 사교적인 사람으로, 가끔 은밀하게 내게 왔지만 정보원임을 다른 사람에게 전혀 알리지 않았다.

우리는 내 서재에 앉았고, 나는 그날 아침에 할 일이 산처럼 쌓여 있었다. 조바심이 나서 나는 테이블에 펜을 두드리며 말했다.

"말해보세요."

"사람들이요, 마님이 티베리우스 네로를 독살했다고 말해요. 아들들을 빼앗아 오려고요."

그는 눈을 굴리며 말을 이었다.

"마님은 약초를 능숙하게 잘 쓴다고 말하는데, 독약을 가지고 그의 집으로 들어가는 것을 보았대요."

"도대체 사람을 바보로 만드는 게 뭔지. 내가 티베리우스 네로에게 가져간 것은 건강에 좋은 것밖에 없어."

"리비아 부인, 물론 그렇게 확신해요."

이 이야기는 그저 억측에서 나온 거품으로 크게 문제가 되지 않았다. 그 당시도 그랬고, 후에도 그랬다. 이것이 내 마음속 병이 되었다면 임신 중독증을 겪고 기간 내내 입덧을 했던 것이 당연했다.

나는 그 이야기를 마음속에서 지워버리고 앞으로 있을 일에만 집중했다. 나는 두 가지 사건을 기대하고 있었다. 하나는 공포, 다른 하나는 큰 기쁨. 즉 타비우스가 안토니와 맺었던 연대가 공식적으로 종결되는 것, 그리고 내 아기의 탄생이었다.

16

처음으로 진통을 느꼈을 때 하녀에게 산파를 부르도록 시키면서
내 목소리가 차분한 것에 놀랐다. 세상이 연기로 날아가면 이런 차분
함이 나올까 가끔 생각한다.

수치는 냉정한 기술이다. 숫자는 돌처럼 단단하다. 사람은 원하는
것을 위해 애걸하고 울 수도 있지만 그 자체는 바뀌지 않는다. 전투에
있어서 양쪽 군인 수는 사활의 문제며, 아기 역시 달수만큼 자궁 속
에 있는 것이다.

산파가 내 발 아래 웅크리고 앉았다. 나는 출산용 의자에 앉아 마
호가니 팔걸이를 꽉 잡고 있었다. 아기는 3개월 더 있어야 했는데, 시
간이 잘못 되었다는 것을 알았다. 나는 진통이 끝나기를 기도했고,
내 아기가 나와 안전하게 있어 주기를 기도했다.

임신이라고 말한 후 침대에 누워 타비우스에게 물었다.

"아기 이름을 뭐라고 하죠?"

"당신은 무슨 이름을 생각하고 있어?"

"말해 봐요."

"가이우스 줄리어스 시저."

그의 양아버지 이름이었다.

"작은 아이에게 너무 거대한 이름이 아닐까요?"

"아이는 그 이름에 걸맞은 사람이 될 거야. 이 이름이 그를 강하게 만들 수도 있어."

아기는 완벽하게 남자의 모습을 갖추었지만 너무 작았다. 나는 산파의 소리를 들었다.

"아직 살아있어요. 무엇으로 싸야 해요."

"아기를 이리 줘."

"기다리세요. 후산이 나와요."

마침내 그들은 나를 침대에 눕히고 아기를 팔에 안겨주었다.

"편히 누워 쉬세요."

나는 침대에서 일어나 앉았다. 만약 내가 잠들면 깨어나는 사이 아들이 엄마를 필요로 할 순간이 끝나버릴 수 있기 때문에 누워있고 싶지 않았다. 나는 아들을 꼭 껴안았다. 타비우스의 아들이자 내 아들이다. 가이우스 줄리어스 시저. 그는 거의 무게가 없었다. 눈은 감겨 있었다. 피부는 꽃잎처럼 연해 보였다. 그가 머리를 돌렸을 때 그의 관자놀이 가까이 작고 푸른 혈관이 보였다. 타비우스가 방에 들어온 줄도 몰랐다. 갑자기 그는 내 위에 서 있었다. 그의 표정은 마치 전투에서 치명적인 상처를 입은 것 같은 느낌이었다. 나는 그의 표정에 움찔하여 시선을 아기에게 돌렸다. 눈을 뜨고 세상을 보려는 듯 아기 눈꺼풀이 깜박였다.

"리비아,"

"위로의 말을 찾지 않아도 돼요. 위로는 불가능해요."

"산파가 당신을 쉬게 하도록 부탁했어. 앉아있으면 안 돼. 잠을 좀 자야 돼."

나는 아기에게서 눈을 떼어 타비우스를 보며 말했다.

"아들을 확인해 보세요."

그는 고개를 저었다.

"아기는 살 수 없어."

아이를 안은 팔을 내밀었지만, 타비우스는 아기를 받으려고 하지 않고 그저 서서 내 시선을 피하고 있었다. 나는 아기를 타비우스에게 안기려고 계속 들고 있었다. 우리는 그런 채로 마치 동상같이 오랫동안 있었다.

결국 그는 아기를 받고 말했다.

"아기 이름을 가이우스라고 하자."

거의 울 것 같은 목소리였다. 그는 아기를 보지 않고 빨리 내게 돌려준 후 어딘가로 가버렸다. 이어서 산파가 들어와서 아기를 맡기고 쉬어야 한다고 했다.

"당신 일은 끝났으니 가도 좋아요. 이제 필요 없어요."

나중에 의사가 왔다.

"절대적으로 휴식이 필요합니다. 당신은 너무 오래 몇 시간 동안 앉아 있었어요."

'그래요? 벌써 몇 시간이 지났어요?'

"이제 하녀에게 아기를 맡기고 주무세요."

의사가 말했다. 나는 의사 말에 신경도 쓰지 않았다. 아기의 눈꺼풀이 움직이지 않자 나는 강보 안에 손을 넣어 가슴이 뛰는지 확인했다.

"숨을 쉰다."

나는 속삭였다. 동굴 속에서 산불을 피하고 있었을 때 어린 티베리우스에게 한 말이 생각났다. 숨을 쉬어야 살아. 나는 두 아들이 태어났을 때 얼마나 무관심했는지 생각했다. 그때 나는 젊었었다. 자궁 안에서 생명이 태어나는 자체가 얼마나 큰 축복이었는지 그 당시에는 전혀 알지 못했다. 그 당시가 기적이었다는 것을 지금의 실패를 통해서 보았다.

산파가 들어왔다. 그녀는 내 말을 듣지 않고 집에도 가지 않았다.

"아기를 제게 주세요."

나는 그녀에게 아기를 맡겼다. 누우라고 했을 때 따르는 게 좋겠다고 생각했다. 뭐가 잘못 되었을까?

열이 났다. 나는 그때의 열을 기억한다. 하녀들이 내 얼굴을 찬 수건으로 닦아주었다. 다이아나가 별처럼 빛나는 눈으로 내게 왔다. 그녀는 내 이마를 어루만졌다.

"아가야, 너는 지금 불타고 있어."

"내 아기, 아기를 주세요."

"쉬이."

"아폴로는 당신을 사랑해요, 그렇죠? 그 누구보다 더욱. 당신은 아폴로 신의 쌍둥이에요. 제 어머니는 아버지에게 아들을 줄 수 없었어요. 아기를 낳았지만 모두 죽었지요. 그러나 아버지는 어쨌든 어머니를 사랑했어요. 나는 아기를 바라고 있어요. 당신은 여신이에요. 당신은 그들에게 내 아기를 돌려주라고 할 수 없나요?"

"나의 가련한 딸."

다이아나 신은 슬픈 눈으로 나를 쳐다보고 찬 손으로 내 이마를 쓰다듬었다.

"너는 누구에게도 빚진 것이 없다고 생각했니?"

나는 눈을 떴다. 타비우스가 옆에 앉아있었다.

"진정해."

"왜요?"

"당신은 좀 더 잠을 자야 해."

"내가 잠자지 않았어요?"

"당신은 침대에서 몸부림을 쳤어. 사람들이 당신이 침대 밖으로 떨어질까 몹시 염려하고 있어."

"목이 말라요……. 어디 가세요?"

"물 갖다 줄게."

"안 돼요. 가지 마요. 당신과 얘기해야 돼요. 우리는 저주를 받았어요. 다이아나가 그렇게 말했어요. 이것이 우리가 지불해야 될 대가에요. 우리의 아이를 통해서."

그는 냉정하고 꺼리는 목소리로 말했다.

"우리가 한 일이 저주를 받아야 할 일이라고?"

"알잖아요. 내가 아는 것만큼 당신도 잘 알아요."

"내 말 들어. 당신은 지금 제정신이 아냐. 열도 있고 헛소리를 하고 있어."

"아기가 정말 죽었나요?

"그래."

그의 목소리는 슬픔으로 응축되었다.

"왜 죽었죠?"

"조산이기 때문이야. 기억 안나?"

"나는 아기를 잃었어요. 또 당신도 잃게 될 거예요. 그렇죠? 타비우스……."

"리비아, 지금 말하면 안 돼. 당신은 지금 당신이 무슨 말을 하는지 몰라."

"도와주세요! 불이 나보다 더 빨라요. 찾아봐도 동굴이 없어요. 내 아들은 어디 있죠?"

타비우스의 얼굴이 점점 희미해졌다. 누군가 내 얼굴을 찬 수건으로 닦아 주었지만 남편은 아니었다.

물론 나는 회복했다. 나는 언제나 강했다. 내 생활도 해왔던 대로 계속되었다. 정치 업무로, 자선활동과 투자 사업으로 바빴다. 타비우스가 내게 다정하게 말했지만, 얼마동안 그도 나를 쳐다보기가 힘들었을 것이다. 나는 앞으로 아기 같은 것은 없을 거라고 믿었다. 내 생각에 그 역시 마음속에서 영원히 문이 닫힌 것으로 믿었을 것이다. 나 자신에게 물었다.

'아내란 무엇 때문에 존재하는가? 아기를 영원히 갖지 못한다면.'

타비우스는 스크리보니아와의 사이에서 딸을 낳았지만, 아들도, 후계자도 없다. 내게는 아들들이 있다. 다른 배우자를 통해 이렇게 아름답고 건강한 자녀들을 가질 수 있다는 것이 얼마나 이상한 일인가? 그러나 우리 사랑은 자식이 없을 것이다. 신이 그렇게 명령했다. 신도 불공평하지 않은가?

어느 날 밤 자기 전 나는 타비우스에게 속삭였다.

"누구도 나만큼 당신을 사랑하는 사람은 없을 거예요."

"나도 그걸 알아."

그 목소리에서 유감을 느꼈다면 단지 착각이었을까?

위대한 일은 사적인 슬픔으로 중단되지 않았다. 타비우스와 안토니의 동맹기간이 끝났다. 타비우스, 마에케나스 그리고 나는 타비우스가 원로원에서 동맹이 연장되지 않은 이유를 설명하는 연설 문안을 작성했다.

"귀족들이 무엇을 듣고 싶어 하는지 우리 셋 중에 당신 의견이 제일 훌륭해."

타비우스는 내게 말했다.

"로마 사람들이 무엇을 듣고 싶어 하는지가 제일 중요해."

나는 그가 그렇게 솔직하게 시인하는 데 놀랐다.

"그들이 듣고 싶어 하는 것은 당신과 안토니는 여전히 협력자라는 거죠. 왜냐하면 협력은 평화를 확신시켜 주기 때문이에요. 그러나 그들에게 그렇게 말할 수 없죠?"

"없어."

그는 냉정하게 말했다.

"그러면 당신이 할 수 있는 만큼 사적인 증오는 없다는 걸 얘기하세요. 그리고 안토니가 당신 누나가 아닌 딴 여성에게 빠진 것이 아니고, 단지 외국의 영향에 굴복하고 있다고 말하세요. 그는 외국 통치자의 꼭두각시예요."

타비우스의 서재 선반에는 갤리 군함 조각상이 있었다. 아주 오래 전에 아그리파에게 받은 섬세한 작품 선물이었다. 나는 그것을 쳐다보고 있었다.

"그럼에도 불구하고 당신은 전쟁을 원치 않는다고 그들에게 말하세요."

"사실대로 말하자면 그는 더 이상 로마인이 아니야."

나는 로마인들이 로마가 아닌 것은 어떤 것이든, 누구든 끔찍하게 싫어하고, 얼마나 불신하는지를 생각했다. 심지어 귀족들도 그런 생각은 조금도 다르지 않았다.

"외국의 영향."

마에케나스는 고개를 끄덕였고, 납판 위에 연설문을 쓰기 시작했다.

나중에 나는 타비우스에게 말했다.

"내가 사람들을 이해하는 것은 나도 그들 중 하나이고, 사람들은 자기 아들들이 또 전쟁에 나가서 죽기를 바라지 않기 때문이에요."

"당신은 안토니가 해군력을 강화시킨다는 것을 알아?"

"이 시점에서 그가 그렇게 하지 않는다면 바보죠."

하지만 나는 생각했다. 전쟁은 불가피한 것이 아니라고.

타비우스는 다음날 원로원에서 상당히 온건적인 연설을 했다.

"그런데 나도 모르게 무심코 말이 튀어나왔어. '안토니가 술주정꾼'이라고."

나는 그가 안토니에게 최고로 나쁜 욕을 하고 싶었다는 것을 알았다.

"'외국 영향'이라는 점에 대한 원로원의 반응은 어땠어요?"

타비우스는 내게 만족스런 미소를 지었다.

타비우스 연설에 대한 답으로 안토니는 비열한 편지를 써서 그것을 공개했다. 타비우스가 원본을 받은 동시에 그의 하수인들이 대대적으로 양피지 복사본을 만들어서 로마 거리 전역에 뿌렸다. 한 시간만에 네 명의 정보원이 포럼에서 발견한 사본을 가져왔다.

이 편지의 모독은 한때 키케로가 안토니에게 했던 모욕으로 인해 안토니가 그의 목과 손을 잘라버린 정도에 해당되었다. 안토니는 타비우스를 "쥐새끼, 병든 절름발이"라고 불렀다. 그는 타비우스가 필리피에서 적과 대항하기를 두려워했던 겁쟁이고, 피 흘리는 일은 안토니 자신에게 모두 시켰고, 시칠리아에서는 침대에서 일어나지도 못했고, 아그리파가 섹스투스 함대와 전투를 벌였을 때도 두려워서 뒤에 숨어 있었다고 했다.

안토니는 타비우스의 친부가 일용직 노동자 출신이라고 했다. 그의 친부는 부자가 되었고, 귀족이 되려고 필사적으로 노력하여 돈으로 줄리의 딸과 결혼할 수 있었다. 이유는 타비우스의 증조할아버지는 밧줄 꼬는 노예 출신이었기 때문이었다. 안토니는 타비우스의 내력을 노예부터 3대에 이르기까지 추적했다. 타비우스의 가계도가 이보다 더 상세할 수 없었고, 사람 이름과 장소까지 알아냈다. 사람들은 거의 정확한 이야기라고 느꼈을 것이고, 안토니는 타비우스의 배경에 대해 오랫동안 조사해 왔음을 느꼈다.

그리고 나서 내 가슴을 죽이는 일이 드러났다. "너는 어떠냐?" 안토니가 타비우스에게 쓴 것이었다.

"어째서 이런 적개심을 보이느냐? 내가 여왕과 잠자리를 하기 때문이냐? 내가 내 것을 휘두르는데 남이 무슨 상관이냐? 그러는 너는 어떠냐? 너에게 과연 드루실라밖에 없느냐? 네가 이 편지를 읽을 때도 여전히 테둘라나 테렌틸라, 루필라, 살비아 티티세니아, 혹은 그들 모두와 잠자리를 갖지 못 했다면 앞으로 행운을 빈다."

테렌틸라는 물론 마에케나스 부인이었다. 내가 엄청난 바보였다면 안토니가 폭로한 오래 전 일에 자극을 받았겠지만, 나는 그런 바보는 아니었다. 테렌틸라 외에 다른 셋도 내가 아는 사람이었다. 그들이 저녁 식사 파티에서 타비우스에게 눈을 마주치는 것도, 그가 그들에게 다시 웃어 주는 것도 보았다. 나는 아무것도 보지 않는 것처럼 다른 데로 고개를 돌렸다.

우리 둘은 내 서재에 있었다.

"당신 읽었어?"

"물론이죠."

"내 증조할아버지가 노예였다는 것을 알지 못했어."

나는 어깨를 으쓱했다.

"그가 말한…… 여자들에 관해……."

"네?"

안토니가 말한 이 부분에 관해 지금 부인한다는 것은 무의미하다는 것을 타비우스도 틀림없이 알았을 것이다. 명문가의 혈통을 찾아내어 신분이 노예였다는 것을 부인하는 것도 의미가 없었다. 진실을 반박하기도 어렵다.

타비우스는 낮고 조심스럽게 말했다.

"만약 당신이 이해한다면, 내 인생에서 극히 일부분이었고 오래 전한때 있었던 하찮은 것이었어. 당신과 함께한 인생에는 관계없어."

"물론, 알고 있어요."

나는 평정을 취하며 말했다. 지금 와서 다른 말을 한다는 것은 자존심을 던져버리는 것으로 느껴졌다. 남편의 충절을 기대하는 바보가 누구란 말인가? 귀족 신분의 남자들은 언제나 부인 옆에 다른 여성들을 두고 있었고, 나도 알고 있었다. 하지만 웬일인지 타비우스가 나와 나누었던 것을 나 아닌 다른 사람과 공유한다는 것을 믿고 싶지 않았다. 신념의 결여가 얼마나 초라했는지, 그것은 의도적인 무지였다.

내 마음 속에서 소리쳤다. '그는 너무 열심히 일했고 바빴다! 우리는 너무 많이 함께 있었다. 도대체 언제 그는 다른 여성들을 취할 수 있는 시간이 있었을까?' 그러나 나는 이런 모든 생각이 모순이라는 것을 알았기 때문에 이런 말을 크게 외쳐서 나를 초라하게 하고 싶지 않았다.

"나는 그들을 사랑하지 않았어."

타비우스는 말했다. 어쩌면 내 마음 깊이 자리 잡고 있는 침착함을 통해 나를 잘 알고 있었는지 모른다. 그가 내 어깨에 손을 얹었다.

"리비아……."

"내 사랑, 당신은 내가 중요하게 생각하지 않는 것에 대해 이야기하는군요. 정말이지, 이것에 대해 더 이상 듣고 싶지 않아요."

그런 다음 울음이 나오거나 아니면 손톱으로 그의 얼굴을 할퀼까 봐 겁이 나서 나는 그 방을 나와 버렸다.

한동안 나는 혼자 정원에 앉아 있었다. 나는 곰곰이 우리가 영영 중요한 무언가를 잃어버릴 만한 무슨 일이 또 일어날까 생각했다. 나는 아기를 낳아 줄 수 있는 아내를 찾아 그가 나를 떠날까봐 두려웠다. 이제 나는 우리가 함께 있든 아니든, 노력하면 얼마든지 될 수 있는 결혼이 아니라는 것을 깨달았다. 나는 줄기가 긴 붓꽃 주위를 빙빙 도는 벌을 보았다. 나무 위에서 검은 새가 노래를 불렀다.

'나도 어쩌면 사랑하는 연인을 만날지 몰라'라고 생각했지만, 그러지 않을 것을 알고 있었다. 왜냐하면 그 외에 내가 원하는 사람은 없었기 때문이었다. 내가 지금도 타비우스를 사랑한다는 의미인지는 의심스러웠다. 그때 나는 타비우스에 대한 사랑을 전혀 느끼지 못했다. 어떻게 이렇게 마음이 공허한지 내 자신도 이상하게 느껴졌다.

그날 오후 늦게 나는 남편과 마에케나스와 같이 앉아서 새로운 사건을 해결할 전략을 짰다. 마에케나스는 줄곧 불안한 시선으로 쳐다보았지만, 나는 무시했다.

"안토니는 클레오파트라와의 염문을 하찮은 애정행각인 것처럼 넘기려고 하고 있어요."

나는 말했다.

"그렇지만 로마는 외국 여왕이 그를 지배하도록 만드는 행태를 모두 보게 될 거예요. 그것이 바로 로마가 견딜 수 없는 일이에요."

나는 타비우스를 쳐다보았다.

"그의 비방에 대답하려고 하지 마세요. 냉정하게 경멸하세요. 안토니는 그런 취급을 받아야 마땅해요. 완전히 멸시하세요. 여성 통치자인 외국 여왕 클레오파트라에게 고개 숙이는 그를 규탄하세요. '외국'과 '여왕'이라는 두 단어만으로는 충분히 설득할 수 없어요. 그녀가 지배하길 원하는 바보 얼간이인 그는 탐욕에 눈 먼 장님이에요. 안토니가 스스로 그녀에게 그것을 허용하게 될 거예요. 당신이 사람들에게 전해야 할 것이 바로 그거예요."

타비우스는 돌 조각 같은 굳은 얼굴로 고개를 끄덕였다.

나중에 마에케나스가 따로 나를 찾았다.

"당신을 대단히 존경해요. 해야 할 일들을 매우 정확하게 처리하고 있어요."

분노의 불길이 피어 올랐다.

"내가요? 그렇게 말해줘서 고마워요. 마에케나스, 당신은 그와 테렌틸라 사이에 관계가 다시 시작되었다는 것을 아셨죠? 물론 당신은 알았겠죠. 그런데도 당신은 내게 미소만 지었어요."

"이런 이야기를 전했어야 했나요? 이런 관점에서 생각해 보시면 좋겠어요. 당신은 시저가 진정으로 사랑하는 유일한 여자라고 말이죠. 그런데 뭐가 문제가 되겠어요?"

"나도 모르겠어요. 그것조차 사실인지 모르겠어요. 당신이 그렇게 말해주니 사실로 믿어야겠지요? 그의 행동을 은폐하기 위해 의도적으로 거짓말을 하지 않는다면 말이죠?"

마에케나스는 상처 입은 듯 머리를 흔들었다. 물론 타비우스에 대한 분노를 불쌍한 마에케나스에게 내뿜는다는 것은 부당하다는 생각도 들었다. 하지만 개의치 않았다. 나는 그의 턱을 쓸어주었다.

"자, 자, 고마워요. 우리는 여전히 친구에요. 그러나 앞으로 당신이 우정의 가치를 어떻게 취급할지 알게 되겠죠."

안토니는 옥타비아에게도 편지를 썼다. 내게 말해줄 때 그녀의 눈은 말라있었다.

"편지는 아주 짧았어. 당신이 궁금해 하면 그 내용을 전할게. '옥타비아, 당신과 이혼하겠어. 당신 것을 다 가지고 내 집을 나가.' 다른 말 없이 그의 직인만 있었어."

우리는 안토니의 집 정원에 앉아 있었다. 집안에서는 벌써 하인들이 옥타비아의 짐을 싸고 있었다. 우리는 고음의 소년 목소리를 들었다.

"내 차례야!"

"안틸루스 목소리야."

옥타비아가 말했다.

"아이들은 언제나 너무 시끄러워. 한 녀석이 소리치지 않으면 다른 녀석이 울지. 어떻게 조용히 시킬 수 있는지, 힘들어. 편지에 애들 얘기는 없었어. 그러니 아이들 넷을 안토니에게 보내면 그가 받아야 하지 않을까 생각해."

나는 그녀를 보았다. 안토니에게 자신의 딸 안토니아와 안토닐라를 풀비아의 아들들과 함께 다 보낸다?

"농담이었어. 내가 이사할 때 모두 데리고 갈 거야. 전처 아들들까지. 안토니가 그들을 기억하지 않길 바라."

그녀의 얼굴이 굳어졌다.

"하지만 아이들은 기억하고 있어. 특히 안딜루스가 아버지를 몹시 존경해."

"타비우스가 아이들을 모두 보살필 거예요."

"그렇게 할 거라고 나도 알아. 상처받은 심정으로 하겠지."

그녀의 표정이 다소 친절해졌다.

"우리는 지금까지 나의 어려움에 대해 이야기했는데, 당신의 어려움에 대해서는 별로 말하지 못했어."

우리는 지난 몇 개월 동안 친구가 되었다. 이전에는 가능할 것으로 생각도 못했던 일이었다. 나는 앞쪽으로 늘어진 머리카락을 뒤로 쓸어 넘겼다.

"포럼에 영웅 타비우스의 금도금 동상이 처음 세워졌을 때는 너무나 똑같다고 생각했던 거 당신도 아세요? 그런데 지금 보니 같지가 않아요. 그것을 자세히 관찰하는 것도 꽤 재미있어요."

화제를 바꾸자.

"나는 지금도 제발 전쟁이 없기를 기도하고 있어."

옥타비아가 말했다. 이때 엔틸루스, 동생 줄루스, 옥타비아의 아들 마르셀루스가 서로 지르는 소리를 들었다.

"쟤들은 언제나 저렇게 싸워. 그러나 해결도 스스로 찾더라고. 정말 좋은 애들이야."

그녀는 잠시 멈추었다.

"왜 남자애들은 커가면서 저렇게 짐승 같아지는지 모르겠어. 어떤 면에서 우리 책임일까? 우리가 쟤들을 키우니까?"

옥타비아의 질문에 나는 대답하지 않았다.

"온 세상이 전쟁 속에서 허물어져 가는 모습을 상상해 봤어? 그리고 당신만이 남편으로 하여금 그런 일을 하지 않도록 막을 수 있다는 거 알아?"

나는 옥타비아의 어깨를 팔로 껴안았다. 그녀의 몸에서 부드럽고 깨끗한 꽃향기가 났다.

"안토니가 시작하지 않는데 타비우스가 공격 결정을 하지는 않을 거예요."

"타비우스가 결국 안토니를 죽일 거야."

옥타비아가 말했다.

"그렇지 않으면 안토니가 타비우스를 죽이든지. 둘 중 어느 것이 더 나을까?"

그녀의 눈이 눈물로 가득 찼다.

"나는 안토니와 헤어져 있을 때마다 늘 그에게 편지를 썼어. 나는 그를 책망하지 않았고 애들 소식을 전하면서 읽으면 재미있을 사소한 일상을 전했어. 나는 그런 편지를 쓰느라고 무척 애를 썼지."

그녀가 편지를 쓰느라 애쓰는 동안 안토니는 다른 여자 침대에 누워 있었다. 나는 낮게 물었다.

"안토니를 사랑했어요?"

"당신이 타비우스를 사랑하는 만큼은 아니었지만, 당신이 애들을 사랑하는 정도보다는 사랑했어. 하지만 나는 앞으로도 계속 그를 사랑할 거야."

그녀는 좋은 여성이었고, 여러 면에서 나보다 나았다. 그녀를 보며 나는 선행이 통하지 않는 세상에 슬픔을 느꼈다.

타비우스와 나는 멀리 떨어져서 이야기했고, 밤이 되자 그는 불안해하며 내게 다가왔다. 나는 그에게 등을 돌리지도 않았고, 그의 애무에 차가운 동상처럼 누워있지도 않았다. 그는 내 발에 키스했다. 천천히 내 몸 위로 움직이는 그의 입술을 느끼며 눈을 감았다. 내 의지는 아니었지만 쾌감이 일었다. 조소적인 웃음을 띠는 동안 내 정신이 침대를 헤매는 것 같았다.

그 후 며칠 간, 나는 첫 결혼을 파기하고 두 아들도 포기하고 그를 위해 이곳에 왔다는 생각을 자주 했다. 많은 사람이 내가 여성의 품 위조차 내던졌다고 말할 것이다. 타비우스는 나를 위해 어떤 희생을 했을까? 그는 나를 얻기 위해 무엇이라도 포기할 생각은 있었을까?

겨우 결혼에 관한 어두운 생각을 떨쳐버렸지만, 그 자리가 평화스런 생각으로 대체되지는 않았다. 다만 앞으로 닥칠 수도 있는 일들이 두렵기만 했다. 타비우스는 로마에서 멀리 떨어진 이탈리아 군 진영에서 대부분의 시간을 보내면서 군대를 확장시키고 전의를 불태우고 있었다. 아그리파는 소형 갤리 함대가 안토니 군함을 무찌르는 데 유리하다고 믿었다. 타비우스는 광폭적인 행보로 함대를 구축하기 시작했고, 아그리파는 배의 선원 훈련을 감독했다. 이런 일은 숨길 수 있는 일이 아니었다. 로마는 전쟁을 준비했다.

나는 이때 타비우스의 정치적인 입지를 강화시키기 위한 모든 일을 하면서 원로원 의원 부부들과 지난 수년간 맺은 관계를 이용했다. 타비우스가 로마를 떠났을 때 내 정보망을 계속 접촉했고, 타비우스의 등 뒤에서 그를 지켰다.

안토니를 사랑한 원로원들은 별로 없었지만, 일부는 안토니가 훨씬 더 자유로운 정치를 할 것으로 생각하고 좋아했으며 다른 사람들은 안토니의 뇌물도 많이 받았다. 안토니를 지지했던 두 집정관이 타비우스를 견책하는 원로원 투표를 모의했고 타비우스가 전쟁만 선동한다는 비난을 했다. 나는 그것을 듣고 주저하지 않았다. 이들이 타비우스의 전복을 꾀하는 것으로 생각하여 즉시 남편에게 이 사실을 알렸다. 그는 군대를 끌고 선두에 서서 로마로 돌아왔고 원로원 회의장으로 바로 행군했다. 그의 적들은 풍비박산이 났다. 거리에서 난투극이 일며 이틀간 고함소리가 있었지만, 결과는 분명했다. 소란이 그쳤을 때 원로원 삼분의 일이 안토니 앞으로 달아났다.

처음에 나는 믿기지 않아서 주위를 둘러보았다. 내가 지금까지 만들려고 애써왔던 조화가 다 깨져버렸다. 그러나 우리가 적어도 원로원 삼분의 이는 장악했다는 안도감이 들었다.

"나는 누가 내 편이고 누가 적인지 명백히 알아야겠어."

우리는 그의 서재에 앉았다. 그의 얼굴에 우울한 기미가 서렸다.

"누가 도망갔고 누가 안 갔는지 몰라요?"

나는 싸늘하게 말했다.

"충성을 맹세할 수 있는 지지자들이 필요해. 그들은 전쟁이 있을 때 나를 지지한다고 맹세해야 해."

"여보, 내 말 좀 들어봐요. 클레오파트라와 안토니가 공격할 것으로 생각되지는 않아요. 위험부담이 너무 커요. 정벌할 장소를 찾는다면 아마 동쪽이겠죠."

그는 어깨를 으쓱했다.

"조만간 그들은 모두 다 원할 거야."

"조만간? 조만간 우리 모두 살아남지 못할 거예요."

나는 더욱 차분히 정색하며 말했다.

"필요 없을지 모르는 전쟁을 하려고 해요? 어느 편이 이길지 아무도 모르는 이때에?"

그는 불투명하게 경계하며 나를 보았다.

"아직 결정을 내리지 못했어."

이탈리아 곳곳에서 군대들이 그에게 협력하겠다는 동맹선서를 했다. 시저가 요구했기 때문에 민간인들도 모두 선서하기 위해 즉시 광장으로 몰려들었다.

나는 가장 가까운 친구들에게조차 이런 서약 행위에 대한 생각을 숨겼다. 그러나 타비우스에게는 숨기지 않았다. 그는 내가 전쟁을 싫어한다는 것을 알기 때문에 이런 일도 싫어할 거라는 걸 알았다. 나는 원로원 집정관들이 타비우스에게 반역을 꾀했을 때 그를 돕기 위해 행동했지만, 그가 지금 원하는 것에는 동의할 수 없었다.

나는 내전의 두려움이 점점 가까이 오고 있다는 것을 느꼈고, 남편의 전쟁 계획도 분명했다. 그는 앞으로 시간이 흐르면서 자신은 점점 약해지고 안토니는 강해질 가능성에 대비하여 초반에 우위를 선점하고 싶어 했다. 누나의 불행을 보복하고 싶은 생각도 간절했다. 가장 근본적인 이유는 그가 로마 제국 전체를 장악해야 한다는 욕망에 사로잡혀 있다는 점이었다. 그와 나는 한 번도 이렇게 분리된 적이 없었다. 우리가 전쟁과 평화에 대해 의논했을 때 나의 소리는 절망으로 무거워졌고, 그의 대답은 갈수록 간단하고 냉정해졌다.

겁이 날 때 구원의 희망이 있다면 그것을 잡게 될 것이다. 옥타비아가 갑자기 안토니로부터 편지를 받았을 때 내 가슴은 희망으로 부풀어 올랐다. 나는 안토니가 클레오파트라와 헤어지고 참회하는 내용의 서신을 기대했지만, 아니었다. 그것은 아이들에 관한 것이었다.

그는 타비우스 손에 두 아들을 남겼다는 것을 기억하고 있었다. 간단히 말해서 전쟁이 날 경우 애들이 인질로 사용될 수 있는 가능성과 타비우스가 두 아들을 살해할 가능성을 두려워했다. 안토니는 딸들은 옥타비아와 남아도 좋다고 승인했지만 아들들은 알렉산드리아의 자기에게로 보내주기를 원했다.

타비우스는 말했다.

"이 애들을 제일 처음 출항하는 배에 태워라."

그러나 옥타비아는 선택할 기회를 주라고 사정했다. 그래서 우리 세 사람은 또 한 차례 우울한 가족회의를 가졌다. 우리는 타비우스가 자기 누나에게 준 로마 시내 우리 집 인근에 위치한 집 방 안에 앉아 있었다. 여기에는 열다섯 살도 채 안 된 안틸루스도, 열 살짜리 줄루스도 참석했다. 그들은 가정교사에게 수업을 받기 위해 갔던 학교에서 방금 돌아왔다. 줄루스는 파피루스 양피지에 그리스 문자를 배우고 있었는데, 손에 잉크 자욱이 있었다.

타비우스는 우울하게 아이들에게 말했다.

"너희 둘은 아직 성인이 아니다. 그렇다고 도움을 받을 수 있는 것.

도 아니다. 스스로 남자로서 결정을 내려야 한다."

그는 아이들에게 이것이 상당히 중요한, 어쩌면 장래를 결정할지 모르는 선택이라는 것을 알아주길 원했다. 큰 아들은 이해하겠지만, 과연 어린 줄루스는?

"너희는 아버지에게 가든지 우리와 같이 머물든지 결정해야 한다. 만약 이곳에 있으면 너희를 나의 누나의 아들로 대할 것이다. 그리고 내게 충성하는 한 우리 가족이 될 것이다. 너희에게 달렸다."

"나는 아버지한테 가겠어요."

안틸루스가 말했다. 나는 옥타비아가 고통으로 눈을 감는 것을 보았지만, 그녀는 아무 말도 하지 않았다. 타비우스는 줄루스에게 얼굴을 돌렸다. 자신을 바라보자 그 소년은 긴장하는 모습을 보이며 눈이 커졌다. 나는 그 소년이 불쌍했다. 그는 머리를 흔들며 입을 열었지만, 말이 나오지 않았다. 그 다음 그가 기억하는 긴 세월 동안 엄마였던 옥타비아를 보면서 말했다.

"나는 엄마하고 같이 있겠어요."

"배신자."

안틸루스가 소리쳤다. 줄루스는 옥타비아의 품속으로 뛰어들었고, 그녀는 훌쩍이는 그를 껴안았다.

"이 머저리 같은 배신자! 전쟁하면 아버지가 이길 거고 그때는 후회할 거야. 너는 적의 편을 드는 거야. 알고 있어? 너는 더 이상 내 동생도 아니야. 너는……."

"됐어. 그만해."

타비우스가 말했다. 안틸루스는 입을 다물었다.

"너는 아버지 아들이기 때문에 너를 오랫동안 돌봐 온 나의 누나에 대해 감사함이 없는 걸까?"

"나도 감사함을 알아요."

그는 애써 품위를 지키며 말했다. 그리고 옥타비아를 보며 말했다.

"당신이 나에게 친어머니 같이 대해 주었다는 것을 언제나 얘기할 거예요."

그녀는 끄덕이며 미소를 지었다. 옥타비아는 여전히 팔에 동생을 껴안고 있었다. 안틸루스는 타비우스에게 얼굴을 돌리고 냉소했다. 그의 모습에서 풀비아의 흔적을 보았다.

"알렉산드리아에 가는 배를 언제 탈 수 있나요? 빨리 탔으면 좋겠어요."

안토니 편 한 사람이 우리 쪽으로 도망 와서 안토니의 유언 몇 가지를 타비우스의 귀에 일러주었다. 그러나 거의 믿을 수 없는 것들이었다. 전통적 관습에 따라 안토니는 베스타 처녀들의 보호 속에 자신의 유언을 보관해 두었다. 타비우스는 그것을 뺏겠다고 말했다.

"그것은 관습을 어기는 일이에요."

나는 예절을 어기는 일이라고도 덧붙였다.

"나를 사랑해?"

이런 대화가 이루어질 때 우리는 침실에 있었다.

"당신은 참 이상한 질문을 하네요."

결혼 초에 내가 섹스투스를 좋아한다고 말했던 것을 기억했다. 타비우스가 얼마나 나를 경계하는지 유감스러웠고, 얼마나 나를 세심하게 주의하는지 깊은 충성을 확신시키는 말을 선택해야 했다. 그는 당시처럼 나를 보고 있었다.

"나를 사랑해?"

그는 다시 물었다. 나는 그에게 바짝 다가가서 턱을 어루만졌고 손 끝으로 입가를 만졌다. 그는 무감각하게 이것을 참고 있었다. 그 순간 오랫동안 느끼지 못했던 그의 민감함에 마음이 아팠다. 그의 얼굴을 손으로 잡고 키스했다.

"물론 사랑해요."

"그런데 왜 당신은 내 적을 변호하지?"

"그런 적 없어요. 다만 전쟁을 두려워할 뿐이에요."

"아직 해야 할 일이 있어. 갔다 와서 나중에 잘게."

그는 방을 걸어 나갔다. 나는 누워있었고, 침대 옆 촛불이 깜박거 렸다. 불이 꺼지고 방안이 깜깜해져도 그는 돌아오지 않았다.

다음날 타비우스는 베스타 신전에 있는 안토니의 유언을 보내달라 고 요구했다. 그들이 타비우스의 요구를 거절했기 때문에 그는 군인 들을 데리고 신전으로 들어가 압수했다. 안토니의 유언에는 로마든 어디든 자기의 시체를 클레오파트라에게 보내고 로마가 아니라 알렉 산드리아에 안장해야 한다고 지시했다.

"'외국 여왕'이라는 말을 아무리 많이 써도 충분하지 않아요'라고 나는 타비우스에게 말했다. 그는 원로원 앞에 서서 유언장을 들고 안 토니를 공격하면서 그 말을 되풀이해서 말했다. 내 충고를 따르는 것 이 다소 아이러니한 면도 있었지만, 그는 안토니를 한 여자의 유순한 노예라고 혹평했다. 그는 클레오파트라에 의해 임명받지도 못했다. 클레오파트라가 로마를 지배하게 되면 우리는 집정관이나 대장군에 의해서가 아니라 미용사나 화장한 사람이나 심지어 환관에 의해 지 배받게 될 것임이 명백하다. 안토니는 외국 여왕의 노리개다. 그는 남자도 아니다. 더구나 로마 밖에 묻히기를 원한다면 애국자도 아니다.

"다시 내전이야."

나는 이 말에 목이 막혔다. 타비우스는 그의 서재로 가서 책상에 몸을 기댔다. 그의 건너편 카우치에 나도 앉았다. 우리는 이 방에서 너무나 많은 결실을 맺는 토론을 하며 로마의 유익을 위해 일해 왔다.

"나는 안토니에 대해서가 아니라 이집트와 클레오파트라에 대해 선전포고를 하고 싶어."

"여보, 제발 하지 마세요."

타비우스는 내 옆에 앉아 내 손을 잡았다.

"리비아, 하나의 제국이 있어야 해. 그래야 해. 내가 국가 통치를 안 토니 같은 놈과 어떻게 나누겠어? 있을 수 없어."

"당신이 지면요?"

그는 이해하지 못하겠다는 듯 쳐다보며 내 손을 놓았다.

"이 모든 것이 당신에게 무슨 의미죠? 주사위를 또 다시 던지는 거 예요?"

"당신은 그보다 잘 알고 있잖아. 나는 매일 매순간에 책임의 무게 를 느껴. 그러나 나도 운명이 있어. 로마를 위해, 전 제국을 위해 내가 할 수 있는 것이 무엇인지 알고 통치를 어떻게 잘 할 수 있는지 알고 있어."

"내 사랑, 당신이 질 수도 있어요. 그렇지 않다 하더라도…… 살육 을 생각해 보세요."

"나 같은 운명이란 항상 즐거운 것만은 아니야. 선택하는 사람이 있다면 권하고 싶지 않아. 단 한 가지만 선택해야 하는 것은 가혹할 때가 있어."

"오, 타비우스."

우리 사이의 거리감이 너무 큰 것 같았다. 전쟁과 평화에 대한 우리의 차이, 아기가 죽은 후 서로 위안을 줄 수 없었던 무력함, 다른 여자와 누워 있었다는 사실, 모든 것이 혼란스러웠다. 이런 불협화음이 축적되어 결혼 7년을 상처내고 이 순간 엄청난 소용돌이를 형성했다. 그의 손을 잡고 싶었지만 하지 않았다. 왠지 모르게.

"내 운명을 말하면 당신은 나를 반미치광이처럼 보지만, 나는 미치지 않았어. 로마를 위해서 내게 무엇이 필요한지 알 뿐이야."

그는 다듬어진 목소리로 말했고, 내게 침착함을 보이려고 노력하는 것을 느꼈다. 그는 말하고 있었다. '자, 봐! 이런 문제를 토의할 때 내가 얼마나 침착한지. 어떻게 내가 반미쳤다고 생각할 수 있지?'

마치 낯선 사람을 보듯 그의 흠 잡을 데 없는 용모에 나는 충격을 받았다. 푸른 눈, 금발, 섬세하게 형성된 체격. 결혼 몇 년이 지났어도 그를 볼 때 신처럼 아름답게 보일 때 내 숨이 멈춰지는 순간이 있었다. 그가 만약 신이라면 파괴의 신이 되었을 것으로 생각했다. 아니다. 그는 미치지 않았지만 내전을 촉발시키려 하고 있었다.

우리 결혼 이래 스스로가 상당히 힘이 세다고 생각했지만, 이제 나는 진정한 힘이 없다는 것을 깨달았다. 그것은 언제나 그의 것이었으며, 나는 오직 부탁하는 재주만 있었다.

"당신은 보게 될 거야. 나는 이겨."

"타비우스, 제발, 제발이에요. 만약 내전이 반드시 다시 일어나야 한다면, 그건 안토니의 머리에서 나와야 해요. 당신이 시작해서는 안 돼요. 제우스신은 우리가 하는 일을 보고 있어요. 의심할 필요도 없어요. 우리 둘은 이미 충분히 지불했어요. 내 사랑……."

슬픔과 공포의 샘이 이미 열려서 눈물이 쏟아졌다. 어떤 말도 그에게 안 통하는 것일까?

"우리는 이미 아이를 잃는 벌을 받았어요. 당신의 줄리아와 나의 아들들이 역시 고통 받기를 원해요?"

그의 얼굴은 표정 없는 가면 같았다.

"당신은 아기의 죽음이 신의 처벌이었다고 생각해? 재미있는 말이야. 우리가 무엇 때문에 처벌받아야 한다고 생각하지?"

'피를 흘리게 한 당신의 죄, 부모를 배신하고 남편과 아이들을 버린 나의 죄.'

나는 침묵하고 있었지만, 그가 무언의 내 말을 다 듣고 있는 것 같았다. 그의 얼굴은 굳어졌고 눈은 암흑 같았다.

"당신은 무의미한 죄책감에 굴복하고 농부의 여자처럼 미신적 불안에 쫓기기 위해 이 순간을 선택했단 말이야? 이 시점에 당신은 용기를 잃었단 말이야?"

"이번 전쟁이 정당하고 필요하다면 용기를 내겠어요."

"당신은 나를 버리는 거야."

"당신 운명의 사당에서 당신을 따라 예배를 드리지 않는다고 당신을 버리는 건가요?"

그는 벌떡 일어났다. 그리고 갑작스럽게 기침이 터지면서 거의 넘어질 뻔했다. 그는 격분하여 주먹으로 입을 막았다.

"타비우스—"

"다른 여자들에 대해 아무 문제가 없다고 했어."

그의 음성은 거칠고 쉰 소리가 났다.

"하지만 거짓이었지? 그래서 나를 버리려는 거지?"

나는 일어나서 그를 응시했다. 내가 그를 지지하지 않는다는 사실은 그를 휘청하게 만들었다. 그는 배신감을 느껴서 전신을 떨었다. 그렇지 않았다면 그의 염문설을 꺼내지 않았을 것이다. 나는 생각했다. 지금은 벼랑 끝에서 우리 사이의 모든 행운이 다 파괴되기 전에 다시 돌아서야 할 순간이다. 그러나 내 가슴 가운데에 분노가 치밀었다.

"나는 당신의 충성을 언제나 믿을 수 있다고 생각했어."

그는 말했다.

"그러나 점차 부식되는 모습을 보고 있어."

다시 분노가 굳어졌다.

"그리고 당신은 항상 한결같이 내게 충실했고 말이죠."

"무슨 말이지?"

"당신이 암캐를 쫓는 것처럼 내게 충실했다는 거예요."

그의 입이 뒤틀렸다.

"내 위치에 있는 남자가 아이도 못 낳는 아내를 두는 사람은 아무도 없어."

고통이 나를 찢었고 분노가 말했다.

"당신에게 나는 불임 여자일 뿐이군요."

그의 웃음에서 내 칼날이 얼마나 그에게 깊이 박혔는지 알았다. 나는 그를 상처 낸 것이 기뻤으며 더 가격하고 싶었다. 나는 그에게뿐만 아니라 나의 삶 전체에서 내가 얼마나 절름발이가 됐는지 분노를 느꼈다. 항상 여러 가지 임무에도 불구하고 새로운 사건을 해결하려고 노력했지만 실패했고, 또다시 일어나서 노력했지만 가장 중요할 때 또 실패하기도 했다.

"내 일에 언제나 간섭하는 당신 같은 아내를 가진 게 얼마나 즐거운 일인지. 입은 닫히는 적이 없지. 내가 적에 둘러싸였을 때 나를 싫어하는 사람 편을 들지. 당신은 배신자야? 아니면 단지 겁쟁이라서?"

그는 얼굴을 내게 바짝 내밀었다.

"당신은 대체 어느 쪽이야?"

우리 시선이 부딪쳤다. 그가 나를 협박해서 내가 다른 데로 눈을 돌리게 하려는 것임을 알았다. 나는 움직이지 않고 서서 응시하는 그를 맞대응했다. 맞섰다. 나는 일격에 일격을 가할 수 있었다.

"당신은 괴물과 결혼한 것이 즐거움이었다고 생각해요? 공화정을 파괴시킨 괴물이요."

그는 굳어지더니 내게서 물러섰다. 그의 최악의 분노는 뜨겁지 않고 오히려 차가웠다. 입을 열었을 때 그의 목소리는 마치 한때 집정관이기도 했던 회계사나 교장이 말하는 것처럼 들렸다.

"은혜도 모르는 패악한 년. 내 눈 앞에서 꺼져."

내 마음이 비틀거렸다. 나는 몸을 떨며 한동안 서 있다가 획 돌아 밖으로 나갔다.

그가 전쟁의 마지막 점검을 하는 동안 우리는 낯선 사람같이 함께 살았다. 그는 조상들이 예전 방식으로 클레오파트라에게 선전포고를 했는데, 도시 경계선 밖으로 나가서 돼지 한 마리를 잡아 신에게 바치고 창에 피를 묻힌 후 이집트 방향으로 던졌다. 이런 방식으로 그는 이집트의 자칼머리 신들과 싸우기 위해 로마의 모든 신을 불러 들였다.

군대가 출발할 날이 되었다. 그는 내가 계속 행정 업무를 보고 그의 우편물을 정리하던 내 서재로 들어왔다. 우리의 결혼이 끝난 걸 알았지만, 평소 임무를 무감각하게 그대로 수행했다. 나는 그가 중단 시킬 때까지 이 일을 계속하고 싶었다.

그는 내가 분리해 놓은 편지 몇 개를 흘끗 보더니 고개도 들지 않고 말했다.

"당신은 내 옆에 서 있어야 돼. 그리고 내가 로마를 위해 행동한다는 것을 깨달아야만 돼."

"로마 공화정이 찢어질 때마다, 살인이 자행될 때마다 암살자들은 다 로마를 위해 행동했다고 말했어요. 어쩌면 모두가 그렇게 믿었겠죠. 그러나 알고 보면 그들은 권력을 쥐고 싶었던 거예요."

"지금 내 이야기를 하는 거야? 당신은 나를 암살자들과 비교하는 거야?"

그의 눈이 번쩍였다.

"당신 대체 어떤 아내야?"

'나는 아내가 아니에요. 이제 아니에요.'

그의 분노가 누그러져서 단순한 냉담 정도가 되었다.

"말해 봐. 궁금해. 만약에 일이 잘못되면 안토니가 여기 올 거야. 당신은 어떻게 할 거야?"

나는 그의 가슴 흉갑에 새긴 승리의 날개 표시를 응시했다.

"내가 어떻게 할 것 같아요? 아이들 목숨을 살리기 위해 뱀장어처럼 꼬고 틀고 할 거예요."

타비우스는 이런 말을 할 것으로 짐작했다는 듯이 고개를 끄덕였다.

"당신이 꼭 해야겠다면 내 명성에 침을 뱉어도 좋아. 마음 놓아. 나는 상관하지 않겠어."

그는 마치 우리가 시시한 의논을 한 듯 말했다. 그리고 다른 음색으로 말했다.

"애들이란 줄리아를 포함 하는 거야?"

"나는 애들이라고 말했어요."

"당신은 줄리아도 돌보게 될 거야."

나는 말하지 않았다.

"말해 봐. 줄리아도 돌볼 거라고."

"네. 그래요! 당신 지금 불안하세요?"

"전혀. 하지만 일어날 수 있는 모든 것을 생각해야 돼."

'그래요. 그래야만 하죠.'

나는 생각했다.

'나는 이 대화를 기억할 것이다. 언제나 기억할 것이다. 그의 모습이 어땠는지. 그의 목소리까지. 만약 그가 죽으면 이것이 내가 기억할 일이다.'

"이별의 말 한마디도 안 할 거야, 리비아? 당신의 방패가 되겠다든가 등등? 좀 사랑스런 이야기 말이야?"

나는 거칠고 퉁명스럽게 한마디를 뱉었다.

"이기세요."

"나도 그러려고 해."

우리 둘 중 하나라도 손을 내밀고 다가갔다면 어떻게 되었을까? 그러나 아무도 그러지 않았다. 울거나 소리 지르지도 않았고 가지 말라고 사정하지도 않았다. 나는 그를 저주하고 싶었고 또 언제까지나 그에게 매달리고 싶었다. 우리는 모두 침묵을 지켰다.

아트리움에서 아이들에게 작별하는 소리가 들렸다. 그렇게 그는 떠났다.

17

"카에실리아, 아그리파로부터 편지 받은 적 있어요?"

"며칠 전에 한 장 받았어요."

그녀는 나의 빌라 프리마 폴타에 손님으로 왔다. 우리는 여름용 식당에서 함께 저녁식사를 하며 푸른 비단 방석 위에 기대어 앉았다. 그녀는 정기적으로 남편에게 편지를 받았는데 나는 아무 소식도 듣지 못했다. 그녀는 이것을 눈치 채고 의아했겠지만, 내색하지 않았다.

"우리는 암호로 편지를 써요. 알다시피 전령이 붙잡히는 경우를 생각해서요. 그런 식으로 아그리파는 자유롭게 편지를 쓰며 걱정하지 않아요."

"그는 어때요?"

그와 타비우스는 이오니아 해의 그리스 연안에서 해군 함대에 같이 있다는 것을 알고 있었다.

"그는 잘 있어요. 모든 것이 계획대로 잘 되어 간대요. 새로운 갤리 함선들이 그가 원했던 대로 모두 갖추어졌대요."

그녀는 미소 지으며 끼고 있는 사파이어 귀고리처럼 눈을 반짝였다. 그녀는 남편이 전장에 나갈 때 키스로 전송한 충실한 부인 같았고, 지금은 남편의 확실한 승리를 기대하고 있는 것 같았다.

"그는 전쟁이 진행되기를 바라고 있어요."

그녀의 목소리도 경쾌했다. 나는 하인에게 잔에 술을 더 따르라고 손짓했다.

"이곳은 마치 정원에 있는 것 같아요."

카에실리아가 벽화를 둘러보았다. 사방 벽에 화가가 나무와 꽃이 핀 식물들을 그려놓았다.

"표현이 너무 섬세하고 완벽해요. 저 나무는 참나무고, 저것은 편백나무죠."

그녀가 가리킨 두 나무는 서로 바짝 붙어 자라서 나뭇가지를 풀 수 없는 것처럼 보였다. 하지만 둘은 구별이 뚜렷했다.

"네. 그 화가 솜씨가 대단해요."

"내가 가장 좋아하는 것은 새들이에요. 비둘기, 지빠귀, 울새 등등 다양한 새를 좋아해요."

카에실리아가 말했다.

"우리가 새라면 가고 싶은 곳을 마음대로 자유롭게 날아가서 즐거울 거예요."

그녀의 말에 대답했다.

"나는 오늘이라도 이오니아에 날아갈 거예요."

그녀의 표정은 그리운 것 같았다.

"잠깐 들려서 상황도 보고 올 수 있을 거예요."

그녀는 과자를 먹었다.

"클레오파트라는 안토니와 같이 있어요. 그들은 그녀도 안토니 옆에서 참전할 거라고 말해요. 그녀는 자신의 함대도 있어요. 그녀는 보통 여성과 전혀 다르죠?"

클레오파트라의 기분은 어떤 것일까? 이것이 전쟁이 될 거라고 믿었을까? 아니면 오산했을까? 그녀는 타비우스가 그들에게 한 도발을 싫어했을까? 아니면 그녀는 전쟁 발발을 반기며 제국을 얻게 될 것을 믿고 있을까?

"아그리파는 전쟁이 곧 시작된다고 생각하나요?"

나는 카에실리아에게 물었다. 그녀는 끄덕거렸다.

"모든 것이 대해전에서 결정날 거라고 아그리파는 생각하고 있어요. 그는 함대의 반을 지휘하고 시저가 나머지 반을 맡아요. 그들 둘 사이에서 안토니를 잡기를 희망해요."

내 표정이 틀림없이 변했을 것이다. 카에실리아는 나를 보며 물었다.

"리비아, 왜 그래요?"

나는 고개를 흔들며 감정을 숨기려고 애썼다. 두려움의 파도가 나를 사로잡았다. 아그리파는 경험 많은 장군이고 선상에서는 언제나 행운의 영웅이었다. 그러나 그들이 바다에서 둘로 나뉠 때마다 타비우스는 재난을 만났다.

나는 무슨 일이 있어도 우리를 갈라놓지는 못할 것이라고 말했던 타비우스의 목소리를 떠올렸다. '물론 나는 한 쪽을 지휘하고 다른 쪽은 아그리파가 할 거야. 리비아, 내가 장난삼아 그의 배를 따라다니기만 한다고 생각하는 거야? 어떻게 그렇게 보일까?'

침묵 속에 나는 그를 보고 울부짖었다. '하지만 당신은 해전에서 운이 없잖아요! 세 번이나 거의 죽을 뻔했어요!'

카에실리아는 당황하며 나를 보았다. 나는 술잔을 들고 마셨다. 겨우 목소리를 가라앉히고 말했다.

"아그리파는 해전이 있을 것으로 생각했을 때 편지를 썼나요?"

"그는 9월 초에 좋은 소식이 있을 거라고 했어요."

좋은 소식. 물론. 강건하고 자신감 있는 아그리파는 좋은 소식을 기대하겠지.

9월 초라면 겨우 닷새가 남았다.

우선 나는 로마에 있는 우리 집으로 돌아왔다. 그날 나는 타비우스를 대신해 정부 건물관리 담당 조영관과 같이 일을 처리했다. 조영관은 더 많은 자금을 부탁하기 위해 왔다. 나는 내 농경지 회계장부를 들여다보고 관리인을 꾸짖는 긴 편지를 썼다. 그리고 저녁에 원로원 의원의 파티에 참석했다. 내 마음은 천둥치는 폭풍 속의 어린 나무 가지처럼 떨렸다.

9월 이튿날 열두 시 직전에 티베리우스, 줄리아, 드루서스, 어린 마르쿠스와 함께 식사를 했다. 간단한 빵, 치즈, 포도를 먹었다. 티베리우스는 마르스 광장에서 그날 무술연습을 하며 시간을 보냈고, 수영으로 몸을 식혔다. 그의 머리는 젖었고 검은 곱슬머리가 앞이마까지 내려왔다. 줄리아는 같은 카우치의 옆에 앉아서 말했다.

"강 냄새가 나니까 목욕하고 와."

티베리우스는 그녀를 보고 얼굴을 찡그렸다.

"나도 테베레 강에서 수영하고 싶어."

줄리아가 말했다.

"어리석은 소리 하지 마. 여자애들은 수영할 수 없어."

티베리우스가 말했다.

"어리석다구? 나는 오빠보다 수영을 더 잘할 수 있어. 리비아 엄마, 왜 내가 테베레 강에서 수영할 수 없어?"

"여자애가 그렇게 하면 품위가 없다고 생각하기 때문이야."

내 말에 티베리우스가 "알았지?" 하며 손으로 푹 찔렀다. 그러자 줄리아도 반격하듯 티베리우스를 찔렀다.

"그만 둬."

나는 둘을 말렸다.

"줄리아, 너는 빌라의 수영장에서 마음대로 수영하렴. 그게 훨씬 더 좋아."

바다. 늦은 여름 하늘 아래에 검푸른 파도가 내 마음속에 그려졌다.

"테베레 강은 더럽고 탁해."

줄리아가 말했다.

"더럽고 탁해, 더럽고 탁해."

마르쿠스는 노래를 불렀다.

"더럽고 탁해!"

드루서스는 멋진 농담인 듯 소리치며 웃었다.

"그만."

내가 말하자 아이들도 조용해졌다.

파도. 선박. 갤리 함대. 갈라진 두 함대. 하나는 뛰는 물고기처럼 재빠른 작은 배. 다른 함대는 마치 먹잇감을 향해 육중하게 움직이는 맹수처럼 느리고 큰 배.

"테베레 강은 더럽지 않아."

티베리우스가 말했다.

"더러워."

줄리아는 말했다.

"사람들이 그 물을 보고 오빠 이름을 지었어. 더럽고 탁한 테베레 강을 본따서."

"조용히 못해."

티베리우스가 말했다.

"무례해. 리비아 엄마, 오빠는 나한테 너무 무례해요."

내 마음 속에서 두 함대가 서로 돌진했고 뛰는 물고기 함대는 둘로 갈라섰다. 나는 생각했다.

'전쟁이 벌어지고 있다. 아그리파가 카에실리아에게 말했듯이 대해전 한 번으로 모든 것이 결정된다. 지금 그 일이 벌어지고 있다.'

"아버지가 집에 있다면 내게 무례하게 굴도록 두지 않았을 거야."

줄리아의 아래 입술이 떨렸다.

'전쟁이 벌어지고 있다.'

"조용해, 줄리아, 그만 됐어."

마음이 알 수 있는 것이 무엇이라고 누가 말해줄 사람 없을까? 뱃머리에 누런 동을 두른 배들은 서로 맞부딪쳤다. 비 오듯 화살이 퍼붓고 창을 던지고 투석하는 돌들이 떨어졌다. 끝에 불을 붙인 대포알이 공중으로 난무했고 불화살이 날아다녔다. 배들은 화염에 휩싸였다. 사람들은 몸에 불이 붙은 채로 물로 뛰어들며 비명을 질렀다.

"엄마, 왜 안 드세요?"

드루서스가 물었다.

"배가 안 고프구나. 어린이들은 식사를 마쳐야 한다. 그리고 올바르게 행동해야 한다."

나는 자리에서 일어났다. 마음속에는 북소리가 요란했다. '전쟁이 벌어지고 있다. 전쟁이 벌어지고 있다.' 갤리 함대에 타고 있는 타비우스는 희미한 미소를 지었다. 그가 자주 하던 말이 그에게 되돌아온다. '바다에서 나의 불운은 혼란 속 세상에서도 언제나 같다.' 그는 세 번의 해전 패배, 침몰하는 배, 그를 아래로 잡아끄는 바다를 기억했다. 거대한 무장 갤리 함대가 물을 헤치며 점점 가까이 접근했다. 그도 다가오는 것을 보았다. 사람들이 그를 보며 명령을 기다렸다.

나는 아트리움에서 떨어진 실물 크기의 다이아나 동상을 세워놓은 작은 방으로 들어갔다. 대리석 상에 앞에 서서 애원하듯이 손을 펴들었다.

"여신이시여. 로마의 운명이 이제 결정될 것입니다. 당신의 도움을 주저하지 마세요. 당신의 백성들을 보호하소서."

내 목소리는 강하고 변함없었지만 목이 막혔다.

"승자는 안토니가 되어서는 안 됩니다. 신들도 모르는 그의 여왕이 이겨서는 안 됩니다. 타비우스는 로마를 사랑합니다. 그는 선하고 정의로운 통치자가 될 것입니다. 간청하고 또 애원합니다. 타비우스가 승자가 되게 하고 안토니가 패자가 되게 해주소서."

나는 타비우스와 내가 어떻게 작별했는지 기억했다. 그것이 우리가 함께 했던 마지막 순간이었나? 사랑의 말은 하나도 없었다. 그를 사랑한다는 말을 하지도 않고 내가 어떻게 그를 보냈지? 안토니의 승리를 상상하니 내가 다시는 나의 사랑하는 타비우스를 가슴으로 껴안을 수 없으면 어쩌나 안타까웠다. 무릎을 꿇고서 흐르는 눈물을 억제할 수 없었다. 동상의 눈이 내 얼굴을 샅샅이 훑어보는 것 같았다.

'내 자녀여, 슬프게 우는 것은 로마를 위한 것인가?'

'아니에요. 타비우스를 위한 거예요. 여신이시여, 제발……'

나는 바닥에 몸을 구부리고 팔을 앞으로 폈다. 울면서 이제 영원히 울게 될지도 모른다고 생각했다. 타비우스가 전쟁터에서 죽어 눈을 멍하니 뜬 채 그의 시체가 바다로 가라앉는 것을 상상했다. 타비우스.

로마 건국 722년 9월 2일 낮 12시, 악티움 해전이 시작됐다. 해가 지기 훨씬 전에 모든 것이 결정되었다. 한밤중까지 불타는 배에서 사람들이 구조되었지만 그 소식은 놀라운 속도로 속속 로마로 도착했다. 내가 받은 편지는 그보다 나중에 도착하여 이미 알고 있던 것을 확인하는 것이었다. 인장을 찍어서 날려 쓴 편지였다. 단 두 마디였다.
'내가 승리했어.'

훨씬 뒤 겨울에 다른 편지가 왔고 가죽 케이스로 묶은 파피루스 두루마리 편지에는 그의 직인 반지를 찍은 흔적은 없었다. 여기도 인사는 없었다.

우리는 적기에 알렉산드리아를 손에 넣을 것이며, 로마의 전쟁도 끝날 거야. 안토니와 클레오파트라는 도시 성곽 안에 있어. 둘 다 자신들의 생명을 두고 협상하려고 노력하고 있지. 안토니는 내 아버지를 죽이려고 칼을 휘둘렀던 사람 중에 마지막 남은 사람을 내게 선물로 보냈어. 그는 오랫동안 안토니 영내에서 보호받고 있었어. 나는 이 살인자의 목을 잘랐고, 시체는 독수리떼에게 던져 주었어. 내 아버지에게 맹세했던 대로 충분히 보복을 다 갚았어.

안토니는 레피두스가 한 것처럼 은퇴하고 싶어 해. 마치 내가 그가 숨쉬는 동안 그에게 등을 돌릴 수 있을 거라는 듯이. 클레오파트라는 내가 안토니를 살려두지 않을 것으로 올바르게 추측하고 있어. 그녀는 내가 안토니를 처리하는 데 관심도 없고 단지 자신의 목숨을 위해 협상을 벌이고 있어. 아니면 상관없는 척 가장하는 걸 수도 있지. 어쨌든 그녀는 안토니를 희생시킬 준비가 되어 있어. 리비아, 내가 같은 상황에 놓였다면 당신은 나를 희생시킬 마음의 준비가 되어 있을까? 나는 별로 환상을 좋아하지 않는 남자야. 그러나 최근까지 나는 나에 대한 당신의 사랑을 어떤 것으로도 흔들 수 없을 거라고 말하고 싶었어. 거짓으로 가득 찬 세상에서 무엇인가를 믿는 건 좋은 일이었지.

나는 좀 더 순종적인 아내가 필요하고, 후계자도 필요해. 당신이 내게 이야기한 태도에 대해 한마디도 사과하지 않았다는 게 놀라워.

나는 당신에게 너무 익숙해졌어. 나도 알아. 왜냐하면 나는 당신에게 마음에서 우러나오는 대로 말을 하거든. 여기에 문제가 있어. 나는 이제 당신에게서 벗어나는 게 좋겠어. 이유는 당신에게 너무 많은 권한을 주었기 때문이야. 아무래도 당신이 나를 현혹시킨 것 같아.

악티움 해전 승리 후에도 당신은 축하한다는 말 한마디도 전해주지 않았어. 이곳에서 나는 멍청이들에게 둘러싸여 있어. 군인들의 어리석음은 세상의 그 어떤 어리석음과도 종류가 달라. 때때로 나는 남자들이 신체적으로 용감한 이유가 그들이 상상력이 부족해서 내장 안에 창이 꽂힐 때 그 기분이 어떨지 가늠하지지 못하기 때문이 아닐까 생각해.

왜 내가 당신에게 편지를 쓰느라 시간을 소비해야 할까? 어쩌면 나는 이 편지를 보내고 싶지 않을지도 모르겠어.

그러나 이 편지를 보고 쓸 수 있다면 아이들 소식만이라도 알려줘.

답장을 어떻게 써야 했을까? 내 마음 속에서 아직도 이 남자를 사랑하고 있을 때, 그리고 그가 이 지상에서 가장 큰 권력을 쥐고 있는 사람일 때, 오직 바보만이 고의적으로 그의 적개심을 불러일으킬 때 말이다.

나는 답으로 긴 편지를 썼다. 내가 쓴 편지의 몇 구절이 아직도 기억 속에 남아 있다.

사랑하는 타비우스,

나의 편지를 반가워 할지 확신이 서지 않았어요. 그래서 편지를 쓰지 않았지만, 물론 당신의 대승을 진심으로 축하해요. 아이들은 모두 건강하고, 당신에게 안부와 사랑을 보내요.

클레오파트라가 안토니를 희생시키듯이 나는 당신을 희생시키지 않아요. 왜냐하면 그녀에 비해 바보스럽게 감성적인 여자니까요. 더구나 그 어떤 것도 당신을 향한 나의 사랑을 영원히 바꿔놓지는 못 할 테니까요. 당신이 살아서 안전하다는 사실만큼 내게 중요한 건 없어요. 당신의 승리도 그 다음이에요. 당신은 그것을 어리석다고 생각할 수도 있겠지만, 다이아나 신은 진실이라는 것을 알고 있어요.

내가 순종적이지 못 하다는 것은 물론 사실이에요. 내가 앞으로 변하겠다고 약속한다면 믿어줄지 걱정이에요. 나도 내 힘으로 변할 수 있을지 확실히 모르겠어요.

당신에게 후계자를 낳을 수 있는 아내가 필요하다는 것도 이해해요.

우리는 서로 호의를 가지고 생각해보기로 해요. 또 지난날의 행복했던 시절을 기억하도록 해요. 행복이란 귀한 것이니까요.

나는 그의 분노를 진정시키기 위해 조심스럽게 편지를 썼다. 하지만 거짓은 없었다. 내가 어떤 말을 하든 나의 사과를 충분히 전할 수 없었다. 물론 나보다 현명한 여자라면 그럴 수 있었겠지만. 내가 느낀 상실감은 너무 컸지만, 얼마간 그런 감정을 품은 채 살았다. 남자 후계자의 필요에 대해서도 충분히 이해했다. 그는 군주다. 거대한 제국을 지배하는 군주는 무엇보다도 아들이 필요하다.

"이제 황금시대가 올 거예요."

악티움에서 처음으로 소식이 전해졌을 때 마에케나스가 나를 포옹하며 꺼낸 첫 마디였다. 냉소적인 사람은 그를 보며 경마에서 우승말을 맞췄을 때 보여주는 것 같은 과한 환희라고 일축할 수도 있을 것이다. 그러나 그는 죽을 때까지 타비우스를 떠나지 않았다. 어떤 원한도 보이지 않았다. 일전에 내가 그에게 했던 불친절한 언사도 빠르게 잊었다. 매일 우리는 함께 일했고 티바우스의 부재 동안 해야 할 행정적 업무를 같이 맡아 처리했다.

"황금시대라, 너무 높은 기대치를 두는 게 아닐까요?"

언젠가 내가 그에게 말하자 마에케나스는 웃었다.

"황금시대란 최악의 정치적 상황에서 최선의 결과를 얻어낼 때를 두고 하는 말이에요. 로마는 살아났어요. 전쟁에서 소모되었던 에너지는 더 나은 목적을 향해 갈 거예요. 그리고 예술도 번창할 거예요."

그렇다. 타비우스의 통치 하에 꽃피울 것으로 확신한다.

"어떻게 될지 지켜보는 재미가 있겠네요."

나의 목소리가 소원하게 들렸다. 새로운 시대가 시작될 것이다. 타비우스 옆에 다른 여자가 있을 것이다. 그리고 나는? 내 자신의 황금시대는 타비우스와 별개라고 생각하기 시작했다.

이집트 알렉산드리아에서 흘러나온 소식이 로마에 있는 우리 귀에까지 들렸다. 클레오파트라는 충성이 의심되는 이집트 주요 인물들을 학살했다. 열일곱 살 카에사리온과 열여섯 살 안틸루스는 공식적으로 남자의 권리와 의무를 부여하고 사기를 높이기 위해 이집트 군에 편입시켰다.

"이것의 의미는 무엇일까?"

옥타비아가 말했다.

"이런 소년들을 군에 집어넣는 것은? 알렉산드리아가 곧 함락될 거라고 모두 알고 있어."

"클레오파트라는 할 수 있는 한 모든 행동을 다 할 거예요."

악티움 해전에서 그녀는 적으로부터 도망친 첫 번째 인물이었다. 이것은 겁쟁이가 아니라 멀쩡하게 눈을 뜬 무자비함의 극치였다. 그녀는 상황이 어떻게 되는지 보았고 살길을 찾았다. 안토니도 그녀 뒤를 따라가서 마침내 그녀의 배 위에 올라갔다. 그들은 군대를 내버렸고 지휘자 없이 군인들이 우왕좌왕 하다가 패하게 두었다. 지금까지도 그래왔지만, 그녀는 포위된 도시에서 권력을 붙들고 극악무도 했다.

"당신이 클레오파트라나 안토니였다면 그 소년들을 성년이 될 때까지 두었을까? 아니면 무장시켰을까?"

우리는 전차 경기장 특별석에 앉았다. 주변은 말과 말똥 냄새로 가득했다. 우리는 타비우스 대신 공공 석상에 나타나야 할 책임을 느꼈다. 비록 둘 다 전차경기에 관심이 없었어도 말이다.

나는 고개를 저었다.

"만약 카에사리온과 안틸루스가 내 아들들이었다면 나는 그들을 세상 끝까지 도망시켜 타비우스로부터 멀리 보냈을 거예요."

"동생은 양심이 있다고 생각해. 그는 항상 합법적인 마음가짐을 가지고 있어. 그 소년들이 자기를 상대로 무장할 나이가 될 때까지 아이들을 풀어줄 거야."

"이런 이야기를 할 필요가 있나요?"

"당신은 카에사리온을 죽일 거야? 만약 당신이 타비우스라면 할 수 있다고 생각해?"

나는 전차들이 출발선에 정렬하는 것을 보았고 환호 소리도 들었다. 경기가 시작되었다.

"만약 그가 산다면…… 또 하나의 시저가 태어나는 셈이겠죠. 그러면 또 다시 전쟁이 일어날 가능성이 있을 거고요. 이 말은 타비우스가 지금까지 싸우고 애쓴 노력들이 원상태로 되돌아가고 살육은 끝나지 않을 수도 있다는 뜻이죠."

"당신이 타비우스라면 그를 죽일 수도 있다는 말이야?"

"나는 몰라요. 알고 싶지도 않구요."

나는 흰 팀과 검은 팀을 보았다. 두 팀은 막상막하였으며 사수들의 채찍에 긴장하고 있었다. 그들은 너무 가까이 근접했다. 어느 순간에 그들은 서로 부딪칠지 모른다. 말들은 비명을 지르고 관중은 전율하고 기수는 죽을지 모른다.

"안틸루스는?"

옥타비아는 떨리는 소리로 물었다.

"앞으로 어떻게 될까?"

나는 아무 말도 하지 않았다.

"걱정 마. 사람들이 있는 곳에서는 울지 않을 테니."

옥타비아는 천천히 한숨을 쉬었다.

"자신에게 물어봐. 안틸루스가 순리적으로 타비우스의 승리를 받아들일 수 있을까? 그리고 그를 내려치기 위해 손을 들어 올리지 않을까? 안토니를 위해 보복하려 들지 않을까? 내가 이런 생각에 자신이 없다면 타비우스도 마찬가지일 거야."

나는 그녀의 얼굴에서 슬픔으로 뒤섞인 체념을 보았다. 그녀는 이미 안틸루스에 대한 희망을 포기했다. 지금 생각하니, 그녀는 이미 안토니도 죽은 것처럼 말했다.

내가 소녀였을 때 나는 아버지 눈을 통해 어렴풋이 바라본 세상의 한 부분이 되고 싶었다. 남자들의 세상은 권력이 휘둘러지고 있었다. 그러나 나는 도살장의 제일 앞자리를 요구했던 것일까? 어떤 면에서는 그렇다고 생각했지만, 정서적 의미에서는 나를 완전히 이해하지 못한 것이었다. 더 이상은 아니라고 나는 생각했다.

"마음 속 나는 안틸루스가 너무 불쌍해서 울고 있어. 리비아, 나는 우는 중이야. 클레오파트라가 안토니의 어린 아이들을 가진 것도 이상해. 그들을 살려두는 것도 위험한 일이야. 누가 알아, 어느 날 그들이 적으로 전향할지. 나는 내 동생이 애들을 죽일 가능성도 자신에게 물어봐. 왜냐하면 어느 날 그 애들이 동생을 위협할 수도 있으니까. 이 질문에 대한 답을 모르겠어. 리비아, 당신은 알아?"

"나도 몰라요."

낮은 목소리로 옥타비아가 말했다.

"가끔 나는 도망가서 세상 소식이 단절되는 곳에 숨고 싶어. 당신은 어때?"

"나는 없어요. 하지만 최근에 와서 자주 마음속에 인생에 대한 다른 모습을 그려봐요. 예를 들면 가난한 소녀가 절망적인 상태로 내게 오면 그녀에게 지참금을 주어 멋있는 사람을 만나 결혼하도록 해서 첫 아기를 낳으면 보여주러 나를 찾아오는 상상을 해봐요. 그런 일은 마치 신이 내게 미소해 주듯이 나를 기쁘게 해요. 내가 마르쿠스를 볼 때 그런 기분이 들어요. 이건 좋은 일 아녜요? 마르쿠스는 고아지만 여전히 안정 속에서 사랑 받고 있잖아요?"

"그거 좋군. 아름다운 일이야."

"나는 앞으로 내 아이들과 좋은 인생을 살 수 있을 것 같아요. 그렇게 살아본 적은 없지만요. 어쩌면 더 많은 고아들을 키울 수도 있어요. 돌보는 이 없이 내몰린 아이들이 너무나 많아요. 아마 특별 부지를 사야 할 거예요. 그래서 그들을 그곳으로 보내고 양육하고 돌볼 수 있어요. 나는 가끔 그곳에 가서 아이들의 엄마가 될 수 있을 거예요. 내가 아기를 임신하지 못 한다 해도 아이를, 그것도 아주 많이 키울 수 있게 돼요. 이것도 인생을 사는 즐거운 방법이라고 생각하지 않으세요?"

옥타비아는 나를 자세히 살폈다.

"앞으로 더 많은 고아를 데려오면 타비우스는 어떻게 생각할까?"

나는 어깨를 으쓱했다. 잠시 나는 그녀의 눈을 보며 그녀가 하고 싶은 말을 짐작해 보았다.

'내 동생과 당신의 결혼은 끝났잖아?'

하지만 그 대신 그녀가 말했다.

"리비아, 타비우스가 당신에게 돌아오지 않을 거라고 생각해? 아니면 당신이 타비우스가 돌아오기를 원치 않는 거야?"

나는 대답하지 않았다. 내 자신도 여기에 대해 분명히 알지 못했다. 경기장에서 마차 하나가 결승선을 넘자 모두가 환호했다.

사랑하는 리비아,

내 승리에 대한 축하는 지나친 것은 아니었어. 여전히 고맙게 생각해. 나에 대한 증오심이 줄어든 것 역시 고마웠어.

그에 대한 보답으로 나도 당신에 대한 미움을 가라앉히려고 최선의 노력을 다할 거야. 또 우리 결혼의 결말에 대한 전망도 깊이 생각해 보겠어. 무엇보다 이것은 여자가 전쟁을 두려워 한다는 천성일 뿐이고, 남자에게 대하듯 불충하다거나 겁쟁이라고 판단하는 것은 여자에게 너무 가혹할 수 있으니까. 나는 내 누나를 마음이 여리다고 비난해 본 적이 없는데, 어째서 당신을 비난해야 할까? 틀림없이 우리는 친구가 될 거야. 당신을 친구 아닌 다른 존재로 생각한다는 건 우리의 좋았던 추억을 파괴하는 일이 될 테니까.

당신이 이곳 상황이 어떤지 궁금해 할 줄로 생각해. 내가 알렉산드리아를 곧 전투 없이 항복시킬 것으로 기대하고 있다는 것을 알면 당신도 기뻐할 거야. 한편, 안토니는 그와 내가 한판 싸움에서 모든 문제를 해결하자는 편지를 보냈어. 이미 내가 이겨버린 전쟁에서 일대 일로 만나자고 제안한 것은 그의 입장에서는 참으로 고상한 태도겠지.

클레오파트라의 최근 편지는 덜 우스워 보여. 그녀는 자기 자녀를 위해 퇴위하겠다고 썼어. 그녀가 생각하는 건 자신을 위해 기꺼이 임시적으로 왕위에서 은퇴하고, 최종적으로 내가 그녀와 카에사리온을 어떻게 처리할 것인가 협상하자는 거야.

카에사리온을 생각하면 목 뒤가 묵직하게 뻐근해져. 과연 줄리어스 시저의 아들일까? 아마 아닐 것 같아. 하지만 아들일지도 모르지. 그는 종합적으로 생각할 때 그녀의 자식인 것만은 틀림없어. 나는 그의 성격을 잘 아는 사람과 대화도 해봤는데, 지적이고 야심 있는 젊은이라고 해. 그건 불리한 일이지. 만약 그가 온순한 바보였다면 나는 그에게 잠을 편히 자도록 작은 봉토를 내어줄 수도 있을 텐데.

당신이 내 앞에서 이 결정을 고려한다면 움찔할 걸 알아. 클레오파트라는 움찔하지 않을 거야. 당신이 말한 대로 당신은 감성적인 여자야. 제국의 지배자에게 필요 없는 건 감성적인 아내겠지. 내가 만약 당신과 이혼한다면 클레오파트라와 결혼하는 게 맞을 거야. 그녀는 불안으로 나를 화나게 만들지는 않을 테니까. 다른 한편으로 내가 그녀와 결혼하면 시식하는 사람을 고용해야 하겠지.

알렉산드리아의 모든 이에게 자비를 베풀 생각이야. 그렇게 하면 적어도 당신이 기쁘지 않겠어? 당신도 알겠지만, 나는 여전히 당신을 기쁘게 하는 일에 관심이 있어. 이상하지?

사랑하는 타비우스,

아이들은 건강하고 공부도 잘하고 있어요. 그들은 당신에게 존경의 인사와 사랑을 전했어요. 아직 내가 당신을 친구로 여길 수 있어서 참 행복해요. 당신의 친절한 편지에 감사해요.

이미 39세인 클레오파트라는 당신이 필요한 좋은 아들들을 안겨줄 배우자로 적합하지 않아 보여요. 또 당신이 말한 대로 그녀는 믿을 수 없어요. 어느 정도의 감성은 통치자의 아내로서 좋은 덕목이 될 수 있다고 생각해요. 좋은 가문의 덕 있는 참한 로마 여성이 당신에게 최선이 될 수 있어요. 만약 그녀가 다산 가문 출신이라면 더욱 좋겠지요. 당신에게 어울리는 후보 추천을 원한다면 얘기해요. 이것은 내가 당신의 행복을 바라기 때문이에요.

당신이 알렉산드리아 사람들을 살려줄 계획을 한다니 기뻐요. 이런 중요한 문제에 대해 당신에게 충고할 권리도 없고, 또 내 충고가 당신에게 영향을 주지도 않을 것이라고 믿어요. 내가 이렇게 말해도 당신이 오해 없기를 바라요. 당신이 하는 모든 일에 있어서 신은 자비를 사랑한다는 것을 기억해 주세요.

그의 편지를 읽으며 아직도 불충한 아내로 간주하는 나에 대해 용서할 수 있는 방법을 찾으려고 고민하는 게 신경 쓰였다. 그것은 그가 나의 '감성'적인 성격을 여성적이고 부드러운 것으로 볼 때만 용서할 수 있을 것이다. '나 역시 그를 용서할 수 있으면 좋을 텐데'라고 생각하는 동시에 우리 결혼에 작별을 고했다. 물론 나는 그가 보고 싶어서 밤마다 그리움으로 아팠다. 그의 품에 안겼던 그때로 돌아갈 수 있다면 내 영혼을 주고 싶은 때도 있었고, 추억으로 눈물짓게 하는 순간들도 있었다. 하지만 분노에 차서 그를 포기하고 차라리 개선 장군에게 작별을 고하는 게 쉬운 일이었다.

한동안 나는 타비우스로부터 편지를 받지 못했다. 어느 날 나의 사업 장부를 검토하여 재산 규모를 확인했다. 타비우스와 이혼한 후에도 굶어 죽지는 않을 것이 확실했다. 어린 고아들을 데려오려는 계획대로 몇 십 명의 아이들을 키울 자원이 충분했다.

이집트로부터 받는 소식은 너무 느렸고 신빙성도 없었다. 내 호기심은 언제나 채신을 떨어뜨렸다. 충동적으로 어느 날 알렉산드리아로 떠나는 군함 편에 타비우스에게 편지를 보냈다. '소식이 궁금하니 제발 전해주세요.' 나는 간청했지만 과연 그가 답을 보내줄지 알 수 없었다.

사랑하는 리비아,

당신의 마지막 편지에는 몇 가지 암시적인 질문들이 담겨 있었어. 어째서 내 일에 관심을 갖고 있을까? 우리는 끝난 게 아니었나? 내게 친절하게 미래의 신부를 제안한 것에 대해, 나는 당신의 질문이 아내로서의 우려가 아니라 단지 호기심에서 나온 게 아닌가 추측했어. 그럼에도 불구하고 답장을 통해 나의 선의를 보여주려고 해.

그래. 알렉산드리아는 평화적으로 항복했어. 부패 관행과 타락으로 유명한 이 도시에 대한 응징을 앞두고 크나큰 자비를 구하는 사람들에게 물론 자비를 베풀겠다는 연설을 했어. 그리고 결국 안토니는 자살을 시도했어. 그리고 그는 그것을 망쳤지. 그의 인생에서 많은 것을 실패한 것처럼. 그가 죽기까지 너무 오랜 시간이 걸렸어. 하지만 내가 잡아 죽이기 직전에 죽어버렸지. 그의 관점에서 생각해 볼 때 그게 중요했던 것 같아. 그가 죽은 곳이 너무 멀어서 친구들이 시체를 끌고 멀리 떨어진 클레오파트라가 숨어있는 곳까지 옮기는 데 시간이 많이 걸렸어. 어찌 보면 그는 나를 피하기보다 오히려 자신을 배신하고 버린 그녀를 목

졸라 죽일까 봐 도피한 게 아니었을까 싶기도 해. 그가 피를 흘리고 죽자 사람들 마음에 동요가 있었어.

나는 마침내 클레오파트라를 보러 갔어. 내 군인들이 포위하고 있던 거대한 요새 같은 무덤 안에 숨어있던 그녀는, 그렇지, 나를 유혹하려고 노력했어. 하지만 아니야. 나는 유혹에 넘어가지 않았어. 우선, 내게는 너무 나이 든 여자였고, 둘째, 로마 기준으로 볼 때 아름다운 여자가 아니었어. 마지막으로, 나는 그녀에게 최고 직책이었을 때의 그녀로 보지 않겠다는 이야기를 예를 갖추어 말을 할 거야. (내가 실제적으로 유혹의 가능성에 관하여 언급하지 않았다고 당신이 항의할 걸로 보이는군. 당신의 편지 글줄 사이의 의문들을 읽었다고 말한다면 나를 용서해 줄까?)

그녀는 내게 양아버지로부터 받은 사랑의 편지를 여러 편 보여주었고, 가장 좋아했던 편지 구절을 매력적이고 감미로운 목소리로 읽어주기도 했어. 그녀는 "당신을 보면 여러 면에서 당신 아버지가 생각나요", "아버지와 당신은 놀랍게 닮았어요"라고 하더군. 그러더니, 아마도 내가 의심스럽게 그녀를 보았겠지, "정말이에요"라고 덧붙였어. "나는 신체적인 유사점을 말하는 게 아니라 정신적인 면을 말하는 거예요. 그리고 내 마음 속에 생생히 살아있는 추억이 참 많아요"라고도 했지. 나는 그녀의 의미를 그 시저처럼 이 시저도 사랑할 수 있다는 뜻으로 취급했어. 누가 그녀를 비난할 수 있겠어? 유혹으로 마지막 주사위를 던져보려는 것을.

그래, 그녀도 자살해 버렸어. 그녀가 살아있었더라면 쇠사슬로 묶어 로마 길거리를 두루 걷게 했을 거야. 그녀가 진실을 찾도록 말이야. 그녀는 독사를 침대 안에 집어넣어 마치 위대한 여배우나 되는 것처럼 우아하게 무대를 떠나버렸어. 그녀가 차라리 그렇게 하기를 바라던 바였어. 그녀는 내게 편지를 남겼는데 안토니와 합장해달라는 부탁이었고, 이것은 들어 주었어.

안틸루스와 카에사리온은 내 명령에 따라 곧바로 처형되었어. 클레오
파트라가 카에사리온을 숨기기 위해 인도로 보냈고 그는 그곳에 숨을
수도 있었겠지만, 내가 어쩌면 왕으로 만들어 주려고 한다는 소문을
듣고 황급히 되돌아 왔어. 어리석게도.

그와 안틸루스는 법에 적용할 수 있는 성년이 되었음을 알려줄게. 만
약 우리 입장이 바뀌었다면 둘 중 하나가 만찬에서 내 간을 꺼내어 먹
었을 것으로 확신해. 그러나 지금까지 나는 살해된 한 남자의 보복을
위해 이 여행을 시작했다는 게 극도의 아이러니라는 것을 깨닫고 그가
낳은 아들을 죽임으로써 끝내고자 해.

나의 모든 결정은 냉철한 논리와 로마의 유익을 계산하여 근거로 삼았
어. 그것은 나 자신의 방어이면서 당신의 견해도 유효했는지는 당신이
생각하기에 달렸지. 만약에 사람이 살인을 꺼린다면 신은 더 다정하게
대해 줄까? 어쩌면 신은 나 같은 남자보다 오히려 마음이 없는 포식동
물에게 더 미소를 보낼지도 모르지. 나는 계속되는 전쟁에서 로마를
구했고, 이로 말미암아 내 몸이 지옥 타르타로스에서 불타버려도 어쩔
수 없어. 하지만 이것만은 당신에게 말해주고 싶어. 나는 그 누구도 로
마제국을 확장시키기 위해 이 영광스런 전쟁을 치렀다고 생각해 주지
않기를 바라. 나는 전쟁의 악취를 물리도록 맡았어. 다시는 또 다른 시
체를 보지 않게 되기를 원해.

안토니와 클레오파트라 사이의 어린 아이들을 처리하는 문제가 늘 숙
제로 남아 있었어. 나는 그들을 누나에게 보내기로 결정했어. 누나는
아이 키우기를 좋아하기 때문에 틀림없이 엄마가 되어 줄 것이라고 생
각해. 리비아, 당신의 설득력 있는 영향이 없었더라면 나는 누구도 원
치 않는 세 마리 강아지들을 물속에 빠뜨렸을 거야. 물론 친구 대부분

은 그것이 가장 안전한 방법이라고 생각했지만. 그러나 수 년 동안 내 귀에 대고 했던 당신의 가냘픈 도덕적 야옹거림이 효과가 있었던 것 같아. 이제 나는 마크 안토니를 생각하며 살아야 해. 그는 망자의 나라 하데스의 가장 깊은 구덩이 속에서 머리가 잘린 채 웃고 있을 거야. 그리고 또 여섯씩이나 되는 새끼들을 떠맡은 내 불쌍한 누나를 생각하며 살아야겠지. 나는 아이들의 타비우스 삼촌 역할을 해야 할 것이고, 매일 그들이 아버지를 닮지 않기를 기도해야 할 거야.

괴물이 그걸 할 수 있을까?

내가 업무에 시달려서 사적인 일에 별로 신경 쓰지 못한 걸 이해해주기 바라. 우리가 정말 이혼해야 할까? 남자 후계자를 낳을 필요는 부인할 수 없어. 당신과 나 우리 둘은 노력했지만 그 문제는 성공하지 못했지. 어려움을 해결하기 위해 대부분의 남자들은 아이를 잘 낳을 만한 열다섯 살 처녀를 추천해. 내가 이혼에 찬성하는 또 다른 이유는 앞서 언급했던 지속적인 도덕적 야옹거림이야. 이 질문의 다른 측면은, 우리의 결혼이 끝난 후 당신이 나의 가장 가까운 친구가 되거나 신뢰할 수 있는 사람으로 남기를 바라는 게 비현실적으로 보인다는 거야. 나는 누구하고 이야기할지 자신에게 물어봐. 당신은 대답하겠지. 아그리파. 마에케나스. 그렇지, 그렇지. 또 다른 사람들. 모든 사람들. 아무도 없어.

뭐, 어쨌든 세상은 여자로 가득 차 있지.

이런 사랑 이야기를 읽으면 틀림없이 당신이 내 팔로 뛰어들고 싶겠지. 당신이 그럴 수 없을까 봐 걱정이야. 더군다나 지금 당장은 아니겠지. 나는 앞으로 여러 달 동안 제국의 동부 지역을 다시 재건할 거야. 만약 내가 아내를 옆에 두어야 한다고 주장할 정도로 극진한 남자라면 떨어져 있는 건 바람직하지 못한 일일 테지. 그 외에 당신은 군대 병영 안에서 사는 것도 별로 좋아하지 않을 거고. 우리 둘 다 기꺼이 동의하잖아. 당신이 풀비아가 아니라는 걸.

나는 편지를 읽은 후 책상에 내려놓았다. 거기에는 제국 각 지역에서 온 서신 더미가 쌓여있었다. 그것을 멍하게 바라보았다.

'타비우스가 나와 이혼하도록 내버려두자. 나는 이 모든 것들에게 작별을 고할 것이고 미련을 버리겠다.'

나는 풀비아가 아니었다. 풀비아처럼 칼에 끈을 묶어 메지도 않을 것이다. 그녀와 비교해서 나는 부드럽고 여성다웠다. 마음속 영상을 꺼버리기라도 할듯 눈에 손을 가져다 대었다. 공격하려고 몸을 감은 독사가 보였다. 하지만 클레오파트라의 어디를 물었을까? 목? 팔? 죽는데 얼마나 걸렸을까? 나는 그녀의 죽음과 막 남자가 된 두 소년의 죽음을 그려보고 있었다.

앞으로 어떻게 될까? 마에케나스가 말한 황금시대는 올까? 우리 자녀들과 자녀의 자녀들의 여정은 어떻게 전개될까?

분노와 배신이 휩쓸고 지나간 다음 안토니는 클레오파트라의 팔에 피를 흘린 채 누워있을 때 서로 용서를 주고받았다. 나는 그녀가 안토니를 내려다보며 우는 장면을 눈앞에 그려보았다. 둘은 얼마나 잘못했는지, 얼마나 잔인했는지, 서로에게조차 잔인한 면모를 감추지 못했다. 하지만…… 그러나 하지만…… 그들이 서로 사랑할 수 있는 한 잔인한 행위 자체는 의미가 없지 않을까? 죽음을 선택한 것은 적어도 일종의 방어가 아니었을까? 그는 그녀로 하여금 자기 시체를 끌고 만인이 보는 길거리를 걷게 했을까? 그녀는 그를 보고 외면하지 않았을까?

나는 그녀가 된 나 자신을 생각해 보았다. 자해의 상처에서 피를 흘리는, 내가 안고 있는 남자는 안토니가 아니라 타비우스였다.

나는 울었다.

타비우스는 대화할 사람이 없다고 푸념했다. 나 역시 고독을 느꼈다. 친구는 있었지만, 사생활과 국사가 서로 맞물린 가슴의 비밀을 어떻게 털어놓을 수 있을까? 내게 진정한 친구가 있다면 이렇게 말하고 싶었다.

'그는 나를 그리워한다. 그가 그렇지 않다면 그걸 글로 쓰지는 않을 것이다. 만약 내가 변화해서 따뜻하고 사랑스런 말을 해줄 수만 있다면 나는 어쩌면 그의 아내로 머물 수 있을 텐데. 그러나 무엇인가 내 안에서 나를 잡아당긴다. 현재가 아닌 다른 삶. 나는 더 이상 누군가에게 연루되지 않은 삶을 그려본다.'

때로는 우리가 함께 할 수 있는 미래도 생각해 보았다. 제국의 지배자와 결혼했지만 아기를 낳을 수 없으면 어떻게 될까? 가장 중요한 것이 언제나 실패다. 비록 모든 일을 성공했다 하더라도. 그의 눈에서 실망을 보게 될 것이다.

지금 스물여덟인 나는 아직도 아들을 얻을 수 있을 정도로 젊다. 지금까지 결혼생활에서 무엇이 이상했던 걸까? 아니다. 나는 감지했다. 나는 새로운 생명을 탄생시킬 능력을 이미 상실했다.

결국 로마의 지배를 위한 다른 결정들과 같은 계산으로 타비우스는 나를 버릴 것이다. 아니라면 그가 실행할 때까지 나는 기다려야 할 것이다. 왜 내가 그런 길을 선택해야 할까?

그가 냉철한 논리를 바탕으로 행동하는 방법을 알고 있다면 나도 그랬다. 이번에는 다르게 선택할 것이다.

나는 부유했기 때문에 지상의 어떤 여자도 누릴 수 없을 정도로 자유로웠다. 나는 타비우스의 적이 되지 않을 것이다. 그것은 현명하지 못한 일이다. 티베리우스 네로와 했던 것처럼 나는 타비우스와 우정을 지킬 것이다. 안전을 지키기 위해서 우정이란 정말 든든한 가치이다. 먼 거리라면 그가 처형시킨 사람 얘기를 더 이상 듣지 않을 것이다.

나도 새처럼 날아오르겠다. 홀로, 짝 없이, 속박 없이.

"걔들도 다른 애들과 같아."

옥타비아가 말했다. 안토니와 클레오파트라의 세 자녀들이 옥타비아의 어린 딸들과 함께 정원에 모여 있었다. 그들은 안토니아와 안토닐라보다 피부가 좀 검었지만 닮은 데가 있었고, 안토니의 애들은 모두 턱이 튀어 나왔다. 클레오파트라가 낳은 안토니의 아이들은 엄마의 매부리코도 가졌다. 애들 전부가 피곤한 유모의 관리 아래 뛰고 소리치며 놀았다.

옥타비아와 나는 정원 끝 벤치에 앉아서 은잔에 사과주를 따라 마시며 무화과와 견과류를 아작아작 씹었다.

"타비우스가 귀환 개선식 때 안토니의 세 아이를 로마 사람들 앞에 보여야 한다고 편지했어."

옥타비아는 말했다.

"그들을 동생의 전차 앞쪽 마차에 태우고 신성한 길을 행진할 것이라고 추측하고 있어. 그 다음에 바로 애들을 내게 돌려준다고 약속했어. 걔들 몸에 사슬을 감게 될지 궁금해."

"어쩌면 작은 금사슬이겠죠."

옥타비아 얼굴이 못마땅해졌다.

"그들은 죽을 수도 있었어요. 노예로 팔렸거나. 누가 감히 반대하며 누가 놀라겠어요. 타비우스가 그 아이들을 파멸시키지 않고 대신 한 시간 정도 장난감 금체인을 두르고 나면 당신이 로마시민으로 잘 키우게 될 거예요."

"당신은 어떻게 그렇게 빨리 내 동생을 옹호하지?"

나는 아무 말도 하지 않았다. 그저 클레오파트라의 애들이 의붓자매들과 공을 던지며 주고받는 모습을 지켜보았고, 옥타비아의 어린 딸이 깔깔거리는 소리를 들었다.

"요즘 볼 때마다 당신은 너무 가라앉아 있어. 예전에는 광채가 있어서 눈이 등처럼 빛나고 그 안이 활활 타올랐는데. 지금은 당신이 구제할 고아들 계획을 이야기할 때조차 생명이 없어 보여."

"당신은 너무 다정해요. 칭찬은 그만 하세요."

옥타비아는 약하게 미소했다.

"그저 좋은 일이나 하며 조용히 사는 게 내게 맞아. 하지만 당신은 어떻지?"

"나도 이미 대부분의 시간에 좋은 일을 하려고 노력해 왔어요."

나는 거의 무뚝뚝하게 말했다.

"나도 알아. 내 동생의 통치에 있어서 당신과 당신의 노력이 중요한 받침대가 되었다는 것을."

나는 머리를 돌리고 대꾸하지 않았다.

"나는 앞으로 있을 일을 알아."

옥타비아는 낮고 비밀스럽게 말했다.

"타비우스가 집에 돌아오면, 심지어 이 모든 피를 덮어 쓴 채로 돌아오더라도, 당신은 그날 즉시 다시 피어날 거야. 당신은 그의 아픔에 대한 치료제를 만들어내고, 당신의 사랑으로 씻겨주며, 그를 아폴로 신의 아들로 느끼도록 만들 거야. 그리고 당신은 그의 여신이면서 여왕이 되겠지?"

나는 고개를 흔들었다. 그녀가 크게 잘못 알고 있었다. 타비우스와 나는 몇 달 동안 서로 편지도 쓰지 않았다. 게다가 그의 피 묻은 손을 씻어주고 키스해 준다는 생각에 거부감이 일었다. 나는 다른 미래를 보고 있었다. 자유로운 여자. 내가 일생동안 고독하게 산다면 신의 시각에서 나의 죄에 대한 균형을 맞추는 일이 될 것이다.

"그렇게 조롱하지 마세요."

"나는 조롱하는 게 아니야. 오해 하지 마. 내가 희망하는 것을 말하는 거야. 나는 동생을 사랑하고 있기 때문에 당신이 거대한 바다뱀 레비아단 배 위에 그와 함께 앉아있기를 바라는 거야. 당신이 싫다면 누가 할 수 있겠어? 내가 할 일이 아니라는 것을 신은 알고 있어. 그가 만약 혼자 있다면 누나로서 걱정이 되는 거야. 사실 그런 위대하고 절대적인 권력을 혼자서 부담해야 한다면 그의 판단이 올바를지 두려운 거야. 당신이 그 아이와 헤어지면 로마가 불쌍하고 타비우스도 불쌍하지만, 특히 타비우스에게 더 연민이 가."

나는 그녀의 말을 듣고 깜짝 놀라 침묵했다.

"내가 동생을 찾으려고 할 때, 내가 기억하는 내 동생 말이야. 내 동생을 어디에서 찾았을까? 당신과 같이 있었어. 당신 앞에서 그는 인간이 돼. 비록 그가 당신을 배신하더라도……."

"나를 배신해요? 그가 나를 배신하지 않았다고 추측하잖아요?"

"그 여자들? 당신은 그 여자들이 타비우스에게 별 의미가 없다는 걸 알잖아. 그러나 그가 당신을 버리면 동생에게 남는 게 아무것도 없다는 걸 잘 알아. 마지막에는 로마가 그를 통째로 집어 삼키겠지. 그런 날이 오면 나는 옷을 찢어야 할 거야. 맹세코."

그는 2년이나 떠나 있었다. 2년이란 때에 따라 백년처럼 느껴질 수도 있는 시간이었다. 돌아오기 전 그는 내게 짧은 편지를 보냈다. 개선행진이 진행되는 거리로 말을 몰고 들어갈 수 있을 때까지 그는 로마에 들어오지 않을 것이다. 그것은 전통이었다.

'내가 프리마 폴타의 별장에 있는 게 가장 편리할 거야. 그곳은 로마 밖에 있고 또 공식적 업무를 처리하기에도 가장 편안하니까. 나의 개선 축하행사가 완전히 조직될 때까지 그곳에 머물 예정이야. 당신만 괜찮다면.'

마지막 구절을 쓰면서 입가가 씰룩거렸을 모습을 그려보았다. '당신만 괜찮다면.'

나의 답장은 공손했다.

'당신이 프리마 폴타에 머무는 건 좋은 생각이에요. 물론 나는 괜찮아요.'

이탈리아 해안에 배가 닿자마자 연락병이 소식을 가져왔다. 나는 그를 기다리기 위해 별장으로 갔다. 손님들이 거의 한꺼번에 몰려와서 침실이 가득 찼다. 주요 원로원 의원들은 필사적으로 초청을 애원했다. 그들은 시저를 환영하기 위해 그곳에 있어야만 했다. 그의 도착이 가까워지자 초청받지 않은 의원들까지 와서 광적으로 나에게 재롱을 부리는 듯한 미소를 보냈다. 순식간에 의원들이 내 정원 대부분을 메웠다. 나는 그들을 환영하여 음식과 술을 내었지만, 그들이 빨리 가버리길 바랐다.

모인 사람들의 면면을 보니 한때 안토니의 편을 들던 친구 혹은 친척들이 있는 사람들 같았다. 그들은 전혀 이해할 수 없는 이유로 모든 충고에 반대했었다. 그리고 이제 이집트 모래 위의 주인 잃은 양떼처럼 헤매거나 아니면 친척의 시골집 어딘가에 숨어 있었다.

"리비아 부인, 나는 당신의 호소만 있으면 시저가 자비를 내릴 것이라고 확신합니다. 내 불쌍한 조카는 전혀 해를 끼칠 줄 모르는 바보일 뿐입니다. 시저가 목숨만 살려준다면…… 집으로 오도록……."

"이것은 새로운 질서를 위한 당신의 역할이 될 것입니다."

나이든 원로가 말했다.

"생각해 보십시오. 국가란 어떤 면에서 가족과 같은 것입니다. 가족은 아버지와 어머니 둘 다 필요합니다. 내가 소년이었을 때 형제들과 끊임없이 싸움을 했어요. 언제나 아버지는 회초리로 우리를 때리려고 했는데 맞은 적이 별로 없었던 것으로 기억합니다."

"오, 그래요?"

"그랬어요. 그 이유는 어머니가 늘 우리를 용서하라고 사정했기 때문이에요."

그는 나를 보고 웃었다.

"당신이 시저 마음을 부드럽게 해서 어머니처럼 구해주세요. 우리가 시저를 사랑할 수 있게 도와주세요."

내가 이 선량하고 점잖은 남자들에게 어떻게 말하면 좋을까?

'시저는 다른 부인을 얻을 거예요'라고?

"아빠!"

기쁘고 떨리는 마음에 줄리아의 목소리가 높아졌다.

"아빠!"

나는 앉아서 편지들을 읽고 있었다. 나는 일어나 머리를 매만지고 복도로 나갔다. 타비우스의 호위병들이 꽉 차 있었다. 나는 정원 옆 가족실에 타비우스와 아이들이 있는 것을 보았다.

타비우스는 군복 튜닉을 입고 있었지만, 갑옷도 칼도 없이 서 있었다. 그는 머리를 짧게 깎고 수염도 깨끗하게 면도한 모습이었는데, 햇빛에 많이 타 있었다. 그의 양 입가에는 기억에 없는 주름이 있었다.

줄리아는 타비우스에게 매달려 뺨을 가슴에 묻고 있었다. 그는 딸의 머리를 쓰다듬었고 드루서스와 마르쿠스도 흥분으로 펄펄 뛰었다. 티베리우스는 조금 떨어져 서 있었지만 타비우스가 그에게 말했다.

"소형 갤리 함선이 전세에 영향을 미쳤는지 나도 잘 모르겠구나. 안토니의 선원들은 모두 이런 저런 열병에 걸려서 쉽게 잡혔거든. 전쟁에는 그런 행운도 일어난단다."

"그래도 소형 갤리 군함이 더 낫죠?"

티베리우스가 물었다.

"만약 수병들이 전술을 잘 활용하도록 훈련만 받으면."

타비우스가 대답했다. 그리고 나를 봤다. 우리 시선이 마주쳤다. 빛의 속임수가 스치는 순간 나는 절대 권력자가 아닌 열여덟 살의 소년을 보았다.

"티베리우스는 상당히 지적인 질문을 해."

"질문하기 전에 당신이 앉을 때까지 기다렸어야지요."

나는 말했다.

"어서 와요."

"고마워."

그는 말을 덧붙였다.

"정원을 피해서 들어왔어. 사람들로 가득 차 있을 게 뻔해서."

"나도 그럴 거라고 생각해요. 원로원 의원들이죠. 끊임없이 찾아와요. 벌써 원로원 거의 전부가 다 왔어요. 당신에게 안정과 휴식이 필요할 게 뻔하지만 그들을 쫓을 수는 없었어요."

"물론 그렇게 못하지."

그는 줄리아를 부드럽게 떼어놓으며 카우치에 앉았다. 그가 할 일을 끝내서 기뻐하는 것을 볼 수 있었다. 그는 나를 보았다. 그의 얼굴에서 이전에 못 보던 표정을 보았다. 부드러움일까? 그리움일까?

"쉬고 난 뒤에 내일 사람들을 만나세요."

그는 고개를 흔들었다.

"그들은 로마에서 먼 길을 왔는데 무례한 일이야. 조금 있다가 그들과 이야기하겠어."

"배고프세요?"

"먼 길을 오느라 뱃멀미가 났어. 음식 생각은 별로……."

"하지만 목이 마르실 거예요."

나는 손뼉을 쳐서 하인을 부르고 물과 포도주를 가져오게 했다.

"나중에 알렉산드리아 이야기를 해줄게."

그가 줄리아에게 말했다.

"하지만 지금 하기에는 길어. 너희들 수업 없니?"

아이는 가기 싫어서 움직이지 않았다.

"아버지가 피곤해 하시잖아. 모두 선생님께 가보렴. 어서."

줄리아는 내게 불만스런 표정을 던지며 애들과 나갔다. 나는 타비우스 옆에 앉았다. 하인이 돌아오자 쟁반을 두고 나가도록 지시했다. 나는 잔에 술을 따르고 물을 부으며 포도주의 자색이 연해지는 것을 보았다. 내가 이러는 사이 타비우스가 나를 보고 있다는 것을 알았다. 나는 그가 좋아하는 포도주 배합을 알고 있었다. 하인은 새로 들어와서 타비우스의 입맛을 모를 수도 있었다.

나는 타비우스에게 잔을 건네며 생각했다.

'위대한 로마제국을 이룩하여 스스로 주인이 된 남자도 다른 남자처럼 피곤하고 목이 마르다.'

그는 전보다 나이 들어 보였다 얼굴에 주름이 패여서가 아니라 그의 태도가 미묘하게 바뀌었다. 그는 잔을 들어 입술에 대고 마시며 잔 너머로 나를 살폈다. 그는 잠시 후 말했다.

"애들이 모두 커진 것 같아. 달라졌어. 얼마나 달라졌는지 당황스러울 정도야. 적어도 당신은 예전과 같아 보여."

그는 좀 더 마시고 잔을 내려놓았다. 입술에 술이 묻어있었다. 한때 그랬듯이 나는 손으로 그것을 닦아주고 싶은 충동이 일었다. 여름용 식당 벽에 그려진 두 나무의 가지가 서로 뒤엉켜 있었던 것을 떠올렸다. 그 나무들은 너무 가까이 자라서 가지를 치기 전에는 풀 수도 없었다.

나는 자기 자신에 대해 너무나 아는 게 없었다. 어째서 그를 만났을 때 어떤 기분이 들지 짐작하지 못 했을까? 하지만 나는 여전히 헤어질 수도 있다고 믿었고, 떠날 용기도 있었다.

얼마동안 우리는 서로의 눈을 들여다보았다. 우리는 대단히 진지했다. 나는 그가 지금 지고 있는 짐의 무게를 생각했다. 하늘을 어깨에 멘 아틀라스만큼 무거운 부담. 스스로 그것을 추구했기 때문에 이제 그 부담을 냉엄하게 감수해야 한다. 그는 나의 생각을 짐작하고 내게 쓸쓸한 미소를 지었다.

"당신은 악티움 해전 후에 클레오파트라가 금관과 옥좌를 내게 보냈다는 것을 알았어?"

"독사도 보냈나요?"

그는 웃었다.

"당신이 그 말 할 줄 알았어. 삶이 고단해진 어느 날 그 왕관을 쓰겠어."

그의 얼굴이 진지했다.

"나는 왕이 되지 않을 거야. 하지만 그런 칭호는 필요하겠지."

나는 그를 껴안고 싶었다. 피부 구석구석 그리움이 북받쳤다.

"당신을 '일등시민'이라고 부르세요."

그는 눈썹을 치켜 올렸다.

"원로원 최고 의원이 그 칭호를 사용한 적이 있어요. 로마인 중 일인자. 모두가 기뻐할 거예요."

"일등시민."

그는 잠시 곰곰이 생각했다.

"나는 왜 그 생각을 못했지?"

"당신은 생각할 게 많잖아요."

"그래. 사실이야. 여기저기 돌아다니는 건 나와 맞지 않아. 머리가 뿌옇게 돼."

'누워요. 내 무릎에 머리를 베고. 몹시 피곤해 보여요. 당신의 잠든 모습이 보고 싶어요.'

"당신은 그동안 재미있는 광경을 많이 보았겠죠."

"알렉산더 대왕의 미라를 보았는데 그리 단단하지 않았어. 코에 손을 댔더니 떨어져 나가버렸어."

그가 농담을 하는 건지 알 수가 없어서 애매하게 웃어주었다.

"그의 머리카락은 나와 거의 비슷한 색인데 길이가 길었고, 키는 나만 했어. 어떤 사람도 나더러 미라에 손대지 말라고 하는 사람이 없던데."

"불쌍한 알렉산드리아 사람들은 당신이 너무 두려웠겠죠."

"불쌍하다고? 코도 없는 불쌍한 알렉산더. 나는 모든 것을 이겼어, 리비아. 내가 그럴 줄 알았어. 언제나. 나는 모든 것을 손에 넣었어."

나는 고개를 끄덕였다.

"나는 모든 로마인들에게 세상이 겪어보지 못한 가장 좋은 정부를 보여 줄 때까지 만족하지 않을 거야. 그곳에는 평화와 정의와 번영이 있을 거야. 내가 숨 쉬는 한 그런 것들을 위해 노력할 거야."

그렇다. 나는 그것을 믿었다. 그가 이런 권력을 위해 얼마나 많은 피를 뿌렸는지 나도 알고 있었다. 그의 중심에 틈이 있었다. 그의 영혼을 관통하며 분리하는 틈.

"우리 결혼에 대해 많은 생각을 하는 중이야."

"그래요? 놀랐어요."

나는 뱃속에서부터 긴장감을 느꼈다.

"놀라지 말고 잘 들어봐."

처음에 그는 시선을 다른 데로 돌리고 일어나서 방 안을 한 바퀴 돌았다. 그는 떠나기 전보다 눈에 띄게 절룩거렸다.

"나는 문제가 이쪽 혹은 저쪽, 어느 쪽이든 명확히 결론이 나길 바라. 이기든 또는 지든."

"모든 결론이 승리나 패배로 끝나는 건 아니에요."

"이도 저도 아닌 중간에 있는 건 나를 소심하게 만들어. 내가 왜 당신에게 편지 쓰는 걸 중단했는지 알아? 당신이 내게 준 답장에서 두 서를 이해할 수 없었어. 당신은 고의적으로 나를 갖고 놀려고 했어?"

"어떻게 생각하세요?"

"나는 당신이 내 아내로 있고 싶은지 결정을 내릴 수 없었다고 생각해."

그는 고개를 흔들었다.

"당신은 모순이 많아. 하지만 아직도 나를 사랑한다고 썼어."

소녀였을 때 나는 사랑이 고결한 미덕에 대한 일종의 보상이라고 생각했다. 그것은 주로 철학자들이 사랑을 묘사하는 방법이었다. 사랑은 완전한 영혼과 순수한 마음을 가진 사람에게만 저절로 우러나오는 찬사였다. 그것이 지금 내게 더 열정적이고 이해하기 어려운 어떤 형태로 일어났다. 영혼의 친밀함? 심지어 그것조차 사랑을 포괄하지는 않았다.

'이야기 그만하고 이리 오세요. 나는 당신을 껴안고 싶어요.'

하마터면 말이 나올 뻔해서 억지로 침묵했다. 나는 손에 아무것도 없는 자유로운 여자를 그려보았다.

"자, 이제 당신이 결정해야 해. 나는 우리의 결혼에 상처를 입히는 수많은 죽음을 더 이상 원치 않아. 그러니 함께 가서 손님들에게 인사하고 나와 다시 시작해."

그의 목소리가 강해졌다.

"그게 아니라면 아니라고 말해. 그러면 나는 그들에게 가서 당신과 나는 우호적인 이혼을 결정했다고 말할 거야."

"우호적인."

그 말을 따라했다. 나는 그의 친구가 되고, 그 이상은 없다고 상상했었다. 나는 목이 조이는 것을 느꼈다.

"나는 빚을 갚는 거야. 하지만 당신도 무엇을 버릴지 생각해."

"나는 생각하고 있어요."

그는 와서 다시 내 옆에 앉았다. 낮은 목소리로 비밀을 말하듯 내게 말했다.

"당신은 '내가 당신을 사랑하는지'를 생각해 볼지 몰라. 내 생명이 끝나는 날까지 당신을 사랑할 거야. 당신이 아기를 낳아주지 못 한다 하더라도 나는 받아들이겠어. 다른 결혼을 해서 당신을 포기하는 것보다 차라리 다른 남자의 아들에게 이 제국을 물려주겠어."

나는 이 말에 숨을 가쁘게 들이마셨다. 이 말은 전혀 기대하지 못했던 말이었다. 그는 나를 위해 희생하지 않을 것으로 생각했었다. 다른 남자의 아들에게 이 제국을 물려주겠다? 그의 판단에 의하면 이보다 더 큰 희생은 없을 것이다. 나는 그의 얼굴에서 이것이 얼마나 큰 희생이 될 수 있는지 보았고, 대가를 지불할 완전한 결심도 보았다.

"당신의 말 이외에 나를 포기시킬 것은 아무것도 없어."

그는 말을 이었다.

"그러니 이런 것을 충분히 생각해. 그리고 당신이 로마에게 진 책임감도 균형적으로 고려해."

"로마."

나는 되풀이했다.

"나는 당신이 없을 때보다 당신이 있을 때 더 훌륭한 지배자가 될 거야. 한순간의 의심도 없이 이 점을 생각해야 해, 알겠어?"

나의 턱을 치켜올렸다.

"의심하지 않아요."

"그래?"

그는 내게 미소를 보냈다. 정말 매력적인 미소였다. 그가 다른 여성을 유혹할 때 저 미소를 발휘할 것을 상상해 본다. 그렇다. 나는 그를 명확히 보았다. 내가 그를 사랑한다면 그것은 소녀의 가슴을 설레게 하는 무엇이 아니라 그의 지성 때문이었다.

"지금부터 백년간 함께 살아요. 역사가들은 질문할 거예요. 지배자가 되기 위해 야만스럽게 싸웠던 남자가 나중에 어떻게 위대하고 정의롭고 자비로운 통치자가 될 수 있었을까? 남자 역사가들은 당신을 폄하하고 싶겠죠. 그렇다고 해도 할 수 없겠죠? 역사가들이 지금까지한 일이 있나요? 이런 이야기들은 나중에 멋진 농담거리가 될 거예요. 우리도 이것을 두고 웃겠죠."

갑자기 한순간 그의 얼굴에 심각한 표정이 나타났다.

"우리는 그렇게 할 거야."

그는 힘주어 말했다.

"우리는 웃게 될 거야."

그는 일어나 내게 손을 내밀었다.

마침내 나는 선택했다. 어째서 나는 이런 선택을 했을까? 내 평생의 유일한, 그리고 영원한 사랑이기 때문이었을까? 내가 여전히 그를 갈망하고 있기 때문일까? 어쩌면 열정이 나를 지배했기 때문인지도 모른다. 나는 그가 혼자 정상에 오르는 것을 상상해 보았다. 고독이 그에게 어떤 영향을 미칠까? 그렇다. 이것도 하나의 연민일 수도 있다. 어쩌면 내 운명의 소리를 들었는지도 모른다.

나는 이 모든 것이 다 이유라고 생각한다.

나는 일어나서 그의 손을 잡지 않고 그의 입술에 키스했다. 그는 팔로 나를 힘 있게 끌어안고 얼굴을 나의 목 깊숙이 묻었다. 그리고 긴 거리를 다 뛴 달리기 선수처럼 긴 한숨을 쉬었다. 이러다가 그가 쓰러질지 모른다는 생각에 그를 부축했다. 그는 몸을 바로하고 내게 미소를 지었다. '나는 다시 승리한다.' 그의 눈이 말했다. 그는 목마른 사람처럼 내게 키스했다. 그리고는 한 발짝 뒤로 물러서서 다시 손을 내밀었다. 내 손을 그의 손에 올려놓았다. 그리고 같이 의원들에게 인사하러 나갔다.

그는 왕관을 쓰지 않았다. 하지만 죽을 때까지 로마를 다스렸다. 각 개인의 가정과 거대한 제국 전체에 일찍이 누구도 본 적이 없는 평화, 즉 팍스 로마나가 있었다. 상업이 번성했고, 시문학도 번성했다. 사람들은 이것을 로마의 황금시대라고 불렀다. 아버지와 선인들이 꿈꾸었던 바로 그런 공화국은 아니었다. 하지만 이전 로마보다 훨씬 더 좋았고, 수십 년 간 피를 흘린 뒤 합리적인 사람들이 희망했던 로마보다 더 좋았다.

그러는 동안 원로원은 타비우스에게 존경을 담아 새로운 이름 '아우구스투스(존엄한 자)'를 선사했다. 사람들 역시 그를 로마 제국의 아버지라고 불렀으며, 그의 명예를 존중하여 일 년 중 8월(August)을 그 호칭을 딴 이름으로 불렀다.

나는 목소리였다. 자비가 힘이 될 수 있다는 진실을 그의 귀에 속삭였다. 그가 자신을 몰락시키려 했던 사람들을 여러 차례 사면했던 이유는 내가 부탁했기 때문이다. 나는 어느 누구도 그를 손에 피를 묻힌 폭군이라고 부르는 것을 들은 적이 없었다.

나는 그의 아기를 낳아주지 못했다. 우리는 그의 딸에 대해서는 그다지 언급하지 않는다. 그녀가 자기 아버지의 가슴에 너무나 큰 상처를 주었기 때문이다. 그의 손자도 젊은 나이에 일찍 죽었다. 어떤 사람들은 내가 나의 자식의 야심을 위해 그들을 독살했다고 수군거렸다. 나는 이런 이야기에 어깨를 으쓱할 뿐이다. 사람들은 위대한 것을 보고 거짓말하기를 좋아한다.

타비우스와 내가 함께 보낸 세월은 행복과 고통이 모두 있었지만 충만한 마음으로 생활했고, 우리의 유대관계는 어떤 것도 부술 수 없는 것이었다. 그는 자신이 자란 고향 사람들은 결혼해서 평생 동안 같이 산다는 이야기를 해주었고, 그래서 우리도 그렇게 했다. 인생을 되돌아볼 때 후회하지 않는 순간이 없지만, 그러나 내가 타비우스의 아내가 되기 위해 내린 선택은 결코 후회한 적이 없다.

티베리우스와 드루서스는 그들 세대에서 훌륭한 장군들이 되었다. 그들은 같은 로마 사람들과는 싸우지 않았지만 로마 국경선에 침범한 타국의 적들과 싸웠다. 나의 마르쿠스 역시 평범한 군인으로서 다른 사람의 모범이 되었다. 이후 드루서스는 갈리아에서 승마 사고로 죽었다. 이것은 내 인생에서 가장 슬픈 사건이었다.

마침내 티베리우스는 타비우스의 뒤를 이어 로마를 통치하고 제국을 하나로 단결하는 후계자의 자격을 부여받는 유일한 사람이 되었다. 타비우스는 그를 양자로 맞이했고 적절한 시기에 모든 것을 물려주었다. 지금 그는 내가 좋아하지 않는, 관대함이 없는 방식으로 로마를 지배하고 있다.

나의 아버지가 믿었던 영광스러운 공화국이란 무엇일까? 그 개념조차 희미해진다. 기억 속에서 흐려지며, 상상할 수 없는 먼 미래로 멀어진다. 우리는 자격이 없다. 우리는 길을 잃었다. 신들이 우리를 평가할 것이다.

나는 나의 기억을 글로 쓰기 시작했다. 앉아서 젊었을 때의 나를 평가해 본다. 그러나 그것이 불가능하다는 것을 깨달았다. 나는 여전히 리비아 드루실라다.

신들이 나를 평가할 것이다.

나의 사랑이자 로마가 존경한 그는 77번째 생일 며칠 전에 세상을 떠났다. 그는 아우구스투스의 달에 평화롭게 침대에서 눈을 감았다. 나는 그가 병을 앓을 때 함께 있었고, 빛이 사라질 때 내 팔로 그를 껴안았다. 그가 한 마지막 행동은 내게 입을 맞춘 것이었다. 그는 마지막으로 내게 말했다.

"우리 결혼의 추억을 잘 간직해 줘."

그는 속삭였다. 나는 그렇게 했다. 그리고 영원히 그렇게 할 것이다.

리비아는 86세에 세상을 떠났다. 원로원은 그녀의 명예를 높이기 위해 지금까지 그 어떤 여성도 선례가 없는 최고의 신적 존재로 추앙하도록 결의했다. 그녀는 많은 사람들의 생명을 구했고, 시민들의 수많은 자녀를 양육했고, 많은 소녀들의 결혼지참금을 내어 주었으며, 그 결과 '로마제국의 어머니'라고 불렸기 때문이다. 그녀는 아우구스투스 영묘에 안장되었다.

_카시우스 디오(Cassius Dio, 로마 역사가)